Rosamunde Pilcher

Los buscadores de conchas

ROSAMUNDE

PILCHER

Los buscadores de conchas

RBA

Título original: *The Shell Seekers*

Pérez Galdós, 36 bis, 08012 Barcelona

Proyecto gráfico y diseño de la cubierta: Joan Batallé
Fotografía de la cubierta: © CD GALLERY

ISBN: 84-473-1807-9
Depósito Legal: B-48.884-2000

Impresión: Cremagrafic, S.A.
Encuadernación:
Encuadernaciones Marsa, S.A.
C/ Bernat Metge, 197-207 08205 - Sabadell (Barcelona)

Impreso en España - Printed in Spain

Este libro es para mis hijos, y sus hijos

PRÓLOGO

El taxi, un viejo Rover que olía a humo de cigarrillo, avanzaba lentamente por la vacía carretera de campo. Era el principio de una tarde de finales de febrero, un mágico día invernal de frío penetrante y cielo sin nubes, gélido y pálido. El sol brillaba proyectando largas sombras, aunque irradiaba poco calor. Los campos arados se extendían en la lejanía. De las chimeneas de las granjas diseminadas y de las pequeñas quintas de piedra ascendían columnas de humo hacia el aire inmóvil, y los rebaños de ovejas, cargadas de lana y de incipiente preñez, se agrupaban alrededor de pesebres de heno fresco.

Sentada en la parte trasera del taxi, mirando a través de la polvorienta ventanilla, Penélope Keeling pensaba que nunca la familiar campiña le había parecido tan bella.

Tras un brusco recodo de la carretera, apareció el poste de madera que señalaba el camino a Temple Pudley. El taxista aminoró la velocidad y giró en medio de un doloroso cambio de marcha, para traquetear seguidamente cuesta abajo entre altos y deslumbrantes setos vivos. Momentos después entraban en el pueblo, con sus doradas casas de piedra Costwold, el vendedor de periódicos y el de golosinas, el mesón Sudeley Arms y la iglesia algo retirada de la calle junto a un antiguo cementerio y algunos tejados de aspecto siniestro. Las calles se veían desiertas. Todos los niños estaban en la escuela y el frío penetrante recluía a los mayores en el interior de sus casas. Sólo un hombre ya entrado en años, con guantes y bufanda, paseaba a su perro.

—¿Cuál es la casa? —preguntó el taxista volviendo la cabeza por encima del hombro.

Ella se inclinó hacia adelante, excitada.

—Un poco más adelante. Pasado el pueblo. Esa verja blanca a la derecha. Está abierta. ¡Aquí! ¡Hemos llegado!

El coche traspuso la verja y se detuvo detrás de la casa.

Penélope bajó, envolviéndose en su capa azul marino para protegerse del frío. Sacó las llaves del bolso y se acercó a abrir la puerta. Detrás de ella, el taxista sacaba una pequeña maleta del maletero. Ella se volvió para cogerla pero él la retuvo con aire preocupado.

—¿No hay nadie esperándola?

—No. Nadie. Vivo sola y todo el mundo piensa que aún estoy en el hospital.

—Cuídese.

Ella dedicó una sonrisa a su agradable rostro. Era un hombre bastante joven, con una hermosa y espesa mata de pelo.

—Por supuesto.

Él titubeó y luego dijo:

—Si quiere, puedo entrar la maleta y llevarla arriba...

—Oh, es muy amable de su parte. Pero puedo arreglármelas sola...

—No es ninguna molestia —repuso él siguiéndola hacia la cocina.

Penélope abrió una puerta y le condujo a través de la pequeña escalera de la casa. Todo olía a una pulcritud aséptica. La señora Plackett, bendita fuese, no había perdido el tiempo durante los pocos días de ausencia de Penélope. Se dedicó a limpiar la pintura blanca de las barandillas, hervir los trapos y sacar brillo a los dorados y la plata.

La puerta de su habitación estaba entreabierta. Ella entró seguida del joven, que depositó la maleta en el suelo.

—¿Necesita algo más? —preguntó el taxista.

—Nada más, gracias. Dígame cuánto le debo.

Él se lo dijo con expresión casi avergonzada, como si estuviese en un aprieto. Ella le pagó y le dijo que se quedase con el cambio. El taxista le dio las gracias y ambos bajaron las escaleras.

Pero él seguía indeciso, como si se resistiese a marcharse. Probablemente, pensó ella, debe de tener una anciana abuelita hacia la que siente la misma clase de responsabilidad.

—Así pues, ¿no necesita nada?

—Se lo aseguro. Además, mañana vendrá mi amiga, la señora Plackett, y ya no estaré sola.

Esto, por alguna razón, tranquilizó al joven.

—Entonces, adiós.

—Adiós. Y gracias.

—Ha sido un placer.

Cuando se hubo marchado, Penélope entró de nuevo en la casa y cerró la puerta. Por fin a solas. En casa. Su casa, sus posesiones, su cocina. La estufa de petróleo parecía en paz consigo misma, y todo resultaba felizmente cálido. Se desabrochó la capa y la dejó caer sobre el respaldo de una silla. Sobre la refregada mesa había un montón de correspondencia a la que echó una ojeada pero, como no parecía haber nada urgente ni interesante, volvió a dejarla donde estaba y, atravesando la cocina, abrió la puerta de cristal que comunicaba con el invernadero. El estado de sus preciosas plantas, posiblemente muertas de frío o de sed, le había preocupado bastante en su ausencia, pero la señora Plackett se había ocupado de ellas como de todo lo demás. La tierra de los tiestos estaba húmeda y margosa; las hojas, crujientes y verdes. Un geranio temprano tenía una corona de diminutos brotes y el jacinto había crecido por lo menos diez centímetros. Más allá del cristal, el jardín ofrecía un aspecto invernal y los árboles sin hojas adornaban el pálido cielo, pero unas campanillas de febrero surgían con fuerza entre el césped musgoso debajo del castaño, y se veían los primeros pétalos dorados de los acónitos.

Abandonó el invernadero con la intención de deshacer la maleta, pero en lugar de eso se permitió el lujo de dejarse llevar por el inmenso placer de estar de nuevo en casa. Y así fue vagando, abriendo puertas, inspeccionando los dormitorios, mirando a través de cada ventana, acariciando los muebles, descorriendo las cortinas. No había nada fuera de su sitio. Nada había cambiado. De nuevo en la cocina, cogió las cartas y, atravesando el comedor, se dirigió a la sala. Allí estaban sus más preciados tesoros: el escritorio, las flores, los cuadros. La chimenea estaba preparada. Encendió una cerilla y se arrodilló para prender el papel de periódico. La llama vaciló, pero las secas astillas llamearon y crepitaron. Colocó los troncos y las llamas se alzaron en la chimenea. Ahora la casa volvía a tener vida y, una vez cumplida esta agradable y pequeña tarea, ya no quedaba excusa para no telefonear a alguno de sus hijos y explicarle lo que había hecho.

Pero ¿a cuál de ellos? Se sentó en una butaca para considerar las diferentes alternativas. A Nancy, por supuesto, porque era la mayor y le gustaba sentirse totalmente responsable de su madre. Pero Nancy se horrorizaría, sería presa del pánico y la recriminaría duramente. Penélope no se sentía aún con fuerzas suficientes para enfrentarse a Nancy.

¿Noel, entonces? Quizá, dado que era el hombre de la familia. Pero la idea de esperar alguna clase de ayuda o consejo práctico por parte de Noel era tan ridícula que no pudo reprimir una sonrisa. «Noel, me he marchado del hospital y estoy en casa.» Y él contestaría: «¿De veras?».

Así pues, Penélope hizo lo que desde un principio sabía que iba a hacer. Descolgó el auricular y marcó el número de la oficina de Olivia en Londres.

—*Venus*. —La chica de la centralita entonaba el nombre de la revista.

—¿Podría hablar con Olivia Keeling, por favor?

—Un momento.

—Soy la secretaria de la señorita Keeling. Dígame.

Intentar hablar con Olivia era casi como obtener una entrevista con el presidente de Estados Unidos.

—Quisiera hablar con la señorita Keeling, por favor.

—Lo siento, la señorita Keeling está en una reunión.

—¿Significa eso que está en la sala de juntas, o que está en su despacho?

—Está en su despacho... —La secretaria parecía desconcertada, y con razón—. Pero tiene una visita... —añadió.

—Bien, interrúmpala, por favor. Soy su madre y es muy importante.

—¿No... puede esperar?

—Ni siquiera un momento —repuso Penélope con firmeza—. No la entretendré mucho.

—De acuerdo.

Otra espera. Y por fin Olivia.

—¡Mamá!

—Siento molestarte...

—Mamá, ¿pasa algo?

—No, todo va bien.

—Me alegro. ¿Llamas desde el hospital?

—No, desde casa.

—¿Desde casa? ¿Cuándo has vuelto a casa?

—Esta tarde, hacia las dos y media.

—Pero si yo creía que no te iban a dar el alta por lo menos hasta dentro de una semana.

—Eso es lo que ellos querían, pero estaba muy aburrida y agotada. Por las noches no podía pegar ojo y en la cama vecina había una señora vieja que no paraba de hablar. No, no hablaba, deliraba, pobre mujer. Así pues, me limité a decirle al médico que no podía aguantar allí un minuto más, hice la maleta y me marché.

—Te has dado de alta tú misma —dijo Olivia escuetamente, con voz resignada pero no sorprendida.

—Exactamente. No me pasa nada malo. Así que cogí un taxi con un conductor amabilísimo que me trajo a casa.

—¿Pero el médico no puso objeciones?

—Muy débiles. No podía hacer mucho más.

—¡Ay, mamá! —Había risa en la voz de Olivia—. Eres terrible. Iba a ir este fin de semana a visitarte al hospital. Ya sabes, a llevarte un montón de uva y luego comérmela yo.

—Puedes venir aquí —dijo Penélope, deseando inmediatamente no haberlo dicho, pues podía parecer triste y sola, necesitada de compañía.

—Bien..., si estás bien de verdad, puedo dejarlo para más adelante. Tengo muchas cosas que hacer este fin de semana. ¿Has hablado ya con Nancy?

—No. He pensado en hacerlo pero luego lo he dejado correr. Ya sabes cuánto se preocupa. La llamaré mañana por la mañana, cuando esté aquí la señora Plackett y me sienta bien atrincherada sin poder moverme.

—¿Cómo te encuentras? Ahora de verdad.

—Perfectamente bien. Lo único, como ya te he dicho, un poco falta de sueño.

—No irás a moverte mucho, ¿verdad? Quiero decir, ¿no se te ocurrirá saltar al jardín y empezar a cavar zanjas y replantar árboles?

—No, no lo haré. Te lo prometo. Además, todo está duro como el hierro. No se podría ni clavar una espada en la tierra...

—Bien, demos gracias a Dios. Mamá, tengo que dejarte, estaba reunida con un compañero de trabajo...

—Lo sé. Tu secretaria me lo ha dicho. Siento haberte molestado, pero quería que supieses lo ocurrido.

—Me alegro de que lo hayas hecho. Nos llamaremos, mamá, y cuídate un poco.

—Lo haré. Adiós, cariño.

—Adiós, mamá.

Colgó, dejó de nuevo el aparato sobre la mesa y se reclinó en la butaca.

Ahora ya no había que hacer nada más. Comprobó que estaba muy cansada, pero era un cansancio agradable. Se sentía segura y reconfortada por el entorno, como si su casa fuese una persona cariñosa y unos brazos amorosos la estuviesen estrechando. En la habitación caldeada por el fuego de la chimenea y arrellanada en su butaca favorita, se sorprendió a sí misma al experimentar una especie de irrazonable felicidad que no había sentido desde hacía años. Es porque estoy viva. Tengo sesenta y cuatro años y he sufrido, de dar crédito a esos médicos idiotas, un ataque cardíaco. Sea como sea, lo he superado y debo olvidarlo para siempre. Porque estoy viva. Puedo sentir, tocar, ver, oír y oler; cuidar de mí misma; marcharme del hospital por mi propio pie, encontrar un taxi y volver a casa. Hay campanillas de febrero floreciendo en el jardín y la primavera está en camino. Puedo ver el milagro anual y sentir que el sol sale más cálido a medida que transcurren las semanas. Y como estoy viva formaré parte de este milagro.

Recordó la anécdota del entrañable Maurice Chevalier:

«¿Cómo se siente uno al cumplir setenta años?», le preguntaron. «No demasiado mal. Sobre todo si tenemos en cuenta la otra alternativa.»

Pero Penélope Keeling se sentía mil veces mejor que «no demasiado mal». Ahora, vivir ya no era solamente la existencia que uno daba por garantizada, sino que se había convertido en un regalo, y cada día que pasaba era una experiencia digna de ser saboreada. No debía desperdiciar ni un solo momento. Nunca se había sentido tan fuerte, tan optimista. Como si fuese joven otra vez, como si empezase de nuevo y algo maravilloso estuviese a punto de ocurrir.

I

NANCY

En ocasiones pensaba que ella, Nancy Chamberlain, tenía la desgraciada virtud de convertir la más insignificante e inocente actividad en algo pesado y con tediosas complicaciones.

Como esa mañana. Un día gris de mediados de marzo. Todo lo que estaba haciendo..., todo lo que tenía previsto hacer..., era coger el tren de las 9.15 desde Cheltenham a Londres, comer con su hermana Olivia, quizá ir a dar un vistazo a Harrods y luego volver a casa. A fin de cuentas, no había nada de terrible en este plan. Ella no era del estilo de dar rienda suelta a salvajes orgías de extravagancias, ni tenía ningún amante con el que citarse; de hecho, ese plan era más una obligación que otra cosa, pues había que discutir responsabilidades y tomar decisiones, pero apenas lo anunció a su familia, se vio enfrentada a objeciones o, peor, indiferencia para acabar sintiéndose como si estuviese luchando por su vida.

La tarde anterior, después de haberse puesto de acuerdo con Olivia por teléfono, fue en busca de sus hijos. Los encontró en la pequeña sala de estar, lo que eufemísticamente Nancy llamaba la biblioteca, repantigados en el sofá enfrente de la chimenea, viendo la televisión. Tenían una sala de juegos con televisión propia, pero allí no había chimenea y hacía un frío de muerte, además, la televisión era vieja y en blanco y negro, por lo que no era de extrañar que pasasen la mayor parte del tiempo en la biblioteca.

—Hijos, mañana tengo que ir a Londres, he quedado con tía Olivia porque tenemos que hablar acerca de la abuelita Pen...

—Si te vas a Londres, ¿quién va a llevar a *Lightning* al herrero para hacerle las herraduras?

Ésta había sido Melanie. Después de haber hablado, Melanie se metió en la boca la punta de su trenza y fijó una mirada ceñuda en el maníaco cantante de rock cuya imagen llenaba la pantalla. Tenía catorce años y estaba atravesando, como su madre se decía, la edad del pavo.

Nancy había esperado esta pregunta y tenía la contestación preparada.

—Le he dicho a Croftway que lo haga él. Debería ser capaz de arreglárselas solo.

Croftway era el hosco jardinero que vivía con su mujer en una vivienda sobre los establos. Odiaba los caballos y siempre les hablaba gritando con voz chillona. Los trataba con malos modos, pero parte de su trabajo consistía en ayudar a manejarlos, lo que hacía de mala gana, alojando malamente a los pobres animales en el camión equino que conducía a través de la campiña para que participaran en los diversos eventos de los Pony Clubs. En estas ocasiones, Nancy se refería a él llamándolo «el mozo».

Rupert, que tenía once años, se apuntó a este intercambio de palabras y surgió con su propia objeción.

—Había dicho que mañana iría a casa de Tommy Robson a tomar el té. Ha conseguido algunas revistas de fútbol y me ha dicho que me las prestaría. ¿Cómo voy a volver a casa?

Era la primera noticia que Nancy tenía sobre este asunto. Negándose a perder el control y sabiendo que la sugerencia de un cambio de día provocaría un inmediato y agudo flujo de argumentaciones y de quejas del tipo «no hay derecho», se tragó su irritación y dijo, lo más suavemente que pudo, que quizá podría tomar el autobús para volver a casa.

—Pero entonces tendré que venir andando desde el pueblo.

—Oh, sí, pero es menos de medio kilómetro —sonrió ella, haciendo un esfuerzo para salvar la situación—. Por una vez no te vas a morir. —Tuvo la esperanza de que le devolvería la sonrisa, pero él se limitó a chascar la lengua y volver su atención a la televisión.

Ella esperó algo de interés en las actitudes de sus hijos hacia una situación que era evidentemente importante para toda la familia. Hasta un comentario prometedor sobre lo que tenía previsto comprarles en Londres sería preferible a nada. Pero ellos ya se habían olvidado de su presencia; su total concentración estaba centrada en lo que estaban mirando. La situación se le hizo de pronto insoportable y salió de la habitación, cerrando la puerta detrás de ella. En el recibidor, se vio envuelta en un frío penetrante que subía del suelo enlosado y se filtraba escaleras arriba hasta los helados huecos del rellano.

Había sido un invierno muy crudo. De vez en cuando, Nancy se decía resueltamente a sí misma —o a cualquier persona obligada a escucharla— que a ella no le importaba el frío. Era una criatura de sangre caliente y no le molestaba. Además, añadía, uno nunca siente realmente frío en su propia casa. Había siempre mucho que hacer.

Pero esa tarde, después de la actitud desagradable de los niños y ante la perspectiva de tener que ir a la cocina a decir unas palabras a la malhumorada señora Croftway, tiritó y, al ver que el pelo de la alfombra se levantaba, apretó fuertemente su gruesa rebeca contra ella, estremeciéndose ante la corriente que circulaba por debajo de la mal ajustada puerta principal.

Vivían en una casa vieja, una antigua vicaría georgiana en un pequeño y pintoresco pueblo de Costwold. *The Old Vicarage, Bamworth.* Era una dirección original y a ella le gustaba darla cuando se la pedían en las tiendas. «Póngalo en mi cuenta. Señora de George Chamberlain, The Old Vicarage, Bamworth, Gloucestershire.» Lo había hecho imprimir en relieve, en Harrods, en un costoso papel de cartas azul. Esos pequeños detalles, como el papel de cartas, eran importantes para Nancy. Daban buena impresión.

Ella y George se habían mudado allí poco después de haberse casado. Poco antes de este acontecimiento, el anterior párroco de Bamworth tuvo un repentino e inesperado momento de locura y se rebeló indicando a sus superiores que a nadie..., ni siquiera a un sencillo representante de la Iglesia, se le podía pedir, con su terriblemente magro estipendio, que viviese y sacase adelante a su familia en una casa de tan monstruoso tamaño, incómoda y fría. La Diócesis, después de algunas deliberaciones y de enviar a pernoctar allí al arcediano, que cogió un resfriado y poco faltó para que se muriese de una pulmonía, accedió finalmente a construir una nueva casa de párroco. Se edificó oportunamente un chalet de piedra en el otro extremo del pueblo y la antigua vicaría fue puesta en venta.

Fue comprada por George y Nancy. «Ha sido una ganga», explicaba a sus amigos, convencida de que ella y George habían sido muy rápidos y astutos y, sin bien era cierto que la habían conseguido prácticamente por nada, con el tiempo ella descubrió que era sólo porque nadie la quería.

«Es cierto que hay mucho que hacer; pero es una de las casas más encantadoras de la última época georgiana, y con tanta tierra... prados y establos..., y sólo a media hora de Cheltenham y del despacho de George. Realmente perfecta, de verdad.»

Era perfecta. Para Nancy, crecida en Londres, la casa era la realización final de todos sus sueños adolescentes, fantasías alimentadas por las novelas de Barbara Cartland y Georgette Heyer que ella devoraba. Vivir en el campo y ser la mujer de un hacendado había sido durante mucho tiempo el máximo de sus modestas ambiciones después, naturalmente, de la tradicional temporada londinense, una boda de blanco con damas de honor y su fotografía en el *Tatler.* Lo había tenido todo a excepción de la temporada social londinense y, recién casada, se encontró dueña y señora de una casa en los Costwolds, con un caballo en el establo y un jardín para fiestas eclesiásticas. Con el adecuado tipo de amigos y el adecuado tipo de perros; con George como presidente del partido conservador local y encargado de la lectura del sermón los domingos por la mañana.

Al principio todo fue sobre ruedas. No les faltaba el dinero y habían renovado la vieja mansión, estucando la parte exterior e instalando calefacción central. Nancy restauró los muebles victorianos que George había heredado de sus padres y decoró alegremente su dormitorio con telas de cretona. Pero a medida que pasaban los años, disparándose la inflación y aumentando el precio del gasóleo y los salarios, se fue haciendo más y más difícil encontrar a alguien para ayudar en la casa y en el jardín. El esfuerzo económico para mantener la propiedad en marcha resultaba cada año más duro y a veces ella sentía que la carga era un poco demasiado pesada para lo que podían soportar.

Por si esto era poco, habían entrado ya en la época de los enormes gastos de la educación de sus hijos. Ambos, Melanie y Rupert, iban a colegios privados locales en calidad de externos. Probablemente, Melanie permanecería en el suyo hasta que terminase el nivel A, pero Rupert estaba destinado a Charlesworth, el internado privado donde había asistido su padre; George le había inscrito el día después de su nacimiento haciendo al mismo tiempo un seguro de estudios, pero la insignificante cantidad que supondría ahora, en 1984, cubriría escasamente los primeros viajes en tren.

En una ocasión, estando una noche en Londres con Olivia, Nancy se había confiado a su hermana, a la espera quizá de algún consejo práctico por parte de la realista mujer de negocios que era. Pero Olivia no mostró la más mínima comprensión hacia ellos.

—En mi opinión, los internados privados son un anacronismo —le dijo a Nancy—. Mandadlo lejos de las tolerancias locales, dejad que se codee con el resto del mundo. A la larga será más beneficioso para él que todo ese ambiente enrarecido lleno de tradiciones arcaicas.

Pero eso era impensable. Ni George ni Nancy habían considerado nunca la educación estatal para su único hijo. A decir verdad, alguna vez que otra Nancy se había deleitado secretamente soñando en ver a Rupert en Eton, e imaginándose a sí misma ataviada con sombrero en la fiesta del 4 de Julio; pues Charlesworth, por muy serio y acreditado que fuese, era el segundo en categoría. Esto, sin embargo, no se lo confesó a Olivia.

—Eso está fuera de toda discusión —dijo secamente.

—Bien, en ese caso, dejad que intente obtener una beca de estudios. Permitid que haga algo por sí mismo. ¿Por qué desangraros económicamente a causa de un niño pequeño?

Pero Rupert no tenía gran aptitud intelectual. No tenía ninguna posibilidad de obtener una beca, y tanto George como Nancy eran conscientes de ello.

—En este caso —dijo Olivia, abandonando el tema porque le estaba aburriendo—, me parece que la única alternativa que os queda es la de vender la vieja vicaría e iros a vivir a un sitio más pequeño. Piensa en el dinero que podrías ahorrar al no tener que mantener ese viejo caserón.

Pero la perspectiva de una cosa así horrorizaba más a Nancy que la mención de una educación estatal para su hijo. No solamente porque equivaldría a admitir una derrota y a abandonar todo aquello por lo que siempre había luchado, sino también porque tenía la desdichada sospecha de que si ella, George y los niños se fuesen a vivir a alguna casa pequeña y práctica de los alrededores de Cheltenham, privados de los caballos, del Instituto de Mujeres del Partido Conservador, las gincanas y las fiestas de la iglesia, se verían disminuidos, ya no tendrían interés para sus amigos del condado y se convertirían gradualmente, como sombras moribundas, en un olvidado cero a la izquierda.

Tiritó de nuevo, recuperó la calma después de haber sido turbada por estos desagradables pensamientos y atravesó resuelta el helado pasillo en dirección a la cocina. Allí, el enorme fogón siempre encendido proporcionaba un ambiente agradablemente cálido y acogedor. En ocasiones Nancy pensaba, sobre todo en esta época del año, que era una pena que no hiciesen la vida en la cocina..., y otra familia cualquiera que no fuese la suya sin duda habría sucumbido a la tentación de pasar todo el invierno allí. Pero ellos no eran una familia cualquiera. La madre de Nancy, Penélope Keeling, había pasado toda su vida en la vieja cocina del sótano de la casa de la calle Oakley, cocinando y sirviendo abundantes comidas en la muy refregada mesa; allí escribía cartas, criaba a sus hijos, remendaba ropa e incluso recibía a sus innumerables huéspedes. Pero Nancy, que se avergonzaba de su madre, había rechazado desde entonces esta forma de vida informal. «Cuando me case —se había jurado de niña—, tendré un salón y un comedor, como tienen otras personas, y sólo estaré en la cocina lo estrictamente necesario.»

Por suerte, George era de su misma opinión. Unos años antes, y después de una seria discusión, habían decidido que la comodidad de desayunar en la cocina compensaba la ligera pérdida de categoría. Pero aparte de esto, ninguno de los dos estaba dispuesto a frecuentarla. Por consiguiente, la comida y la cena se servían en el enorme comedor de alto techo, con la mesa correctamente puesta y con predominio de la etiqueta sobre la comodidad. La tenebrosa estancia se calentaba por medio de un fuego eléctrico colocado en el hueco de la chimenea y, cuando tenían invitados a cenar, Nancy lo encendía un par de horas antes de la hora prevista para la cena, por lo que nunca pudo entender por qué sus invitadas llegaban siempre envueltas en chales. Peor fue aquella vez..., nunca lo olvidaría..., en que había vislumbrado debajo del chaleco de un esmoquin el bulto inconfundible de un grueso jersey de pico. Este hombre no fue invitado nunca más.

La señora Croftway estaba junto al fregadero, mondando patatas para la cena. Era un tipo de persona muy eficiente (mucho más que su malhablado marido) y se ponía, para trabajar, una bata blanca, en la creencia quizá de que ello bastaba para que su cocina fuese profesional y apetitosa. Lo que no era así, pero por lo menos la presencia de la señora Croftway por las tardes significaba que Nancy no tenía que hacer la cena.

Ésta decidió ir directamente al grano.

—Por cierto, señora Croftway..., un pequeño cambio de planes. Mañana tengo que ir a Londres a comer con mi hermana. Está el problema de mi madre y es imposible hablar de estas cosas por teléfono.

—Yo pensaba que su madre había salido del hospital y estaba de nuevo en casa.

—Sí, así es, pero ayer hablé con su médico por teléfono y me dijo que de hecho no debería seguir viviendo sola. Ha sido sólo un leve ataque cardíaco y se está restableciendo maravillosamente, sin embargo..., nunca se sabe...

No estaba dando estos detalles a la señora Croftway porque esperase algún tipo de ayuda o siquiera de simpatía, sino porque a las mujeres les encantaba hablar de enfermedades y Nancy tenía la esperanza de que así tendría una actitud más expansiva.

—Mi madre tuvo un ataque cardíaco, nunca fue la misma después de esto. La cara se le volvió azulada y las manos se le hincharon tanto que nos vimos obligados a cortarle el anillo de bodas.

—No lo sabía, señora Croftway.

—Ya no pudo seguir viviendo sola. Tuve que llevármela a vivir conmigo y tenía la mejor habitación en la parte delantera de la casa, pero me tenía crucificada, se lo puedo asegurar; todo el día escaleras arriba y abajo y ella con el bastón golpeando el suelo. Al final yo era un manojo de nervios. El médico dijo que nunca había visto a ninguna mujer con unos nervios como los míos. Así que mandó a mi madre al hospital y murió.

Esto, aparentemente, era el final de la deprimente epopeya. La señora Croftway volvió a sus patatas y Nancy dijo, inoportunamente:

—Lo siento... Tuvo que ser muy duro para usted. ¿Qué edad tenía su madre?

—Ochenta y seis menos una semana.

—Bien... —Nancy alzó el tono de voz—. Mi madre sólo tiene sesenta y cuatro, estoy segura de que se recuperará bien.

La señora Croftway echó una patata pelada en la cacerola y se volvió a mirar a Nancy. Rara vez miraba directamente a la gente pero, cuando lo hacía, era desconcertante porque sus ojos eran muy claros y parecía no parpadear nunca.

La señora Croftway tenía su propia y peculiar opinión sobre la madre de Nancy. La llamaba señora Keeling y sólo la había visto una vez, durante una de sus escasas visitas a la vieja vicaría, pero había sido suficiente. Era una mujer muy alta, con ojos oscuros como una gitana y se vestía con una ropa propia para ser donada a la Beneficencia. También era obstinada, iba a la cocina e insistía en fregar los platos, cuando la señora Croftway tenía su propia forma de hacer las cosas y no le gustaban las interferencias.

—Es raro que haya tenido un ataque cardíaco —observó seguidamente—. A mí me pareció fuerte como un toro.

—Sí —dijo Nancy débilmente—. Sí, ha sido terrible, para todos nosotros —añadió, con voz respetuosa como si su madre estuviese ya muerta y fuese más conveniente hablar bien de ella.

La señora Croftway hizo una mueca.

—¿Su madre sólo tiene sesenta y cuatro años? —parecía incrédula—. Parece más, ¿verdad? Yo pensaba que ya rondaba los setenta.

—No, tiene sesenta y cuatro.

—¿Cuántos años tiene usted, entonces?

Era indignante. Nancy sintió que se estaba agarrotando ante la absoluta grosería de la señora Croftway y notó cómo la sangre había coloreado sus mejillas. Anheló tener el valor de abofetear a esa mujer, de decirle que se ocupase de sus propios asuntos, pero en ese caso sin duda tendría que despedirla y ella y Croftway se marcharían y ¿qué haría ella en ese supuesto con el jardín, los caballos, la gran casa y la familia siempre hambrienta?

—Tengo... —su voz salió como un gruñido. Se aclaró la garganta y lo intentó de nuevo—. En realidad tengo cuarenta y tres años.

—¿Sólo? ¡Oh, habría jurado que tenía usted por lo menos cincuenta!

Nancy soltó una leve carcajada, intentando tomarlo a broma. ¿Qué otra cosa podía hacer?

—Eso no es muy halagador, señora Croftway.

—Sin duda es por el peso. Eso es. No hay nada que envejezca más como perder la figura. Debería usted ponerse a régimen... No es bueno que esté gorda. La próxima noticia que tendremos —lanzó una risotada— será que es *usted* quien ha tenido un ataque de corazón.

«La odio, señora Croftway, la odio.»

—He visto un régimen bastante bueno en la *Woman's Own* de esta semana... Se toma un zumo de uva un día y un yogur al día siguiente. O quizá es al contrario... Si quiere, puedo recortarlo y traérselo.

—Oh... Es muy amable por su parte. Sí. Es posible. —Parecía

aturdida, su voz temblaba. Sobreponiéndose, Nancy irguió los hombros y, con algún esfuerzo, tomó las riendas de la deteriorada situación—. De todos modos, señora Croftway, en realidad de lo que yo quería hablarle era de mañana. Tengo que coger el tren de las nueve y quince, por lo que no tendré mucho tiempo para arreglar la casa antes de marcharme, así que me temo tendrá usted que hacer lo que pueda... ¿Y sería tan amable de dar de comer a los perros...? He dejado su comida ya preparada en las escudillas y si pudiese usted sacarles a dar una vueltecita por el jardín... y... —continuó rápidamente antes de que la señora Croftway tuviese la oportunidad de poner objeciones a sus sugerencias—. También le ruego dé a Croftway un recado de mi parte, dígale que lleve a *Lightning* al herrero... Hay que ponerle herraduras nuevas y no quiero posponerlo por más tiempo.

—Oh —dijo la señora Croftway dubitativa—. No sé si podrá él solo meter a este animal en el camión.

—Bien, estoy segura de que podrá, lo ha hecho antes... y luego, mañana por la noche, cuando yo vuelva, me gustaría que tuviese preparado un poco de cordero para la cena. O unas chuletas o cualquier otra cosa..., y esas deliciosas coles de Bruselas de Croftway...

Hasta después de cenar no tuvo oportunidad de hablar con George. Tras conseguir que los niños hiciesen los deberes, buscar las zapatillas de baile de Melanie, cenar y recoger la mesa, llamar a la mujer del párroco para decirle que no asistiría al día siguiente a la reunión de la Asociación de Mujeres y organizar la casa, a Nancy no le había sobrado tiempo para intercambiar una sola palabra con su marido; el cual no llegaba a casa hasta las siete de la tarde deseando sentarse frente a la chimenea con un vaso de whisky y el periódico.

Pero por fin estaba todo hecho y pudo reunirse con George en la biblioteca. Cerró la puerta con fuerza detrás de ella a la espera de que él alzase la vista, pero como permaneciese inmóvil parapetado por *The Times,* se dirigió al bar situado junto a la ventana, se sirvió un whisky, se sentó en una butaca separada de la de él por una alfombra y lo miró fijamente. Sabía que él no tardaría en extender una mano y encender la televisión para ver las noticias.

—George —dijo ella.

—¿Sí?

—George, escúchame un momento.

Él terminó la frase que estaba leyendo y bajó el periódico de mala gana. Era un hombre de aproximadamente cincuenta y cinco años, pero de apariencia mayor, con escaso pelo de color gris, gafas sin aros y el traje oscuro y la sobria corbata de un señor de edad avanzada. George era abogado y creía que esta apariencia tan cuidadosamente estudiada —como si se vistiese para interpretar un papel en alguna obra— inspiraba confianza a sus clientes potenciales. Por el contrario Nancy pensaba a veces que si diese un poco más de vida a su aspecto, poniéndose un bonito traje de *tweed* y comprándose unas gafas de concha, quizá su despacho se animaría también ya que esa zona, desde que se había inaugurado la autopista de Londres, se había puesto muy de moda. Habían llegado nuevos y acaudalados residentes y las fincas habían cambiado de manos por sumas increíbles; la gente se había lanzado a comprar las más decrépitas casas para transformarlas, con enormes gastos, en refugios de fin de semana. Las agencias inmobiliarias y las empresas de construcción florecían y prosperaban; tiendas exclusivas se abrían en los pueblecitos más inverosímiles y Nancy no podía comprender por qué Chamberlain, Plantwell y Richards no se habían subido a este tren de la abundancia para sacar así provecho de lo que sin duda estaba ahí sólo a la espera de ser recogido. Pero George estaba chapado a la antigua, se aferraba a la forma tradicional de actuar y le aterrorizaban los cambios. Era un hombre prudente y cauteloso.

—Bien, ¿qué es lo que tienes que decirme? —preguntó.

—Mañana voy a Londres para comer con Olivia. Tenemos que hablar sobre mi madre.

—¿Qué problema hay ahora?

—Oh, George, tú ya conoces el problema. Te lo expliqué, hablé con el médico de mi madre y me dijo que no debía seguir viviendo sola.

—¿Y tú qué piensas hacer al respecto?

—Pues... tendremos que buscar una empleada de hogar para ella. O una compañía.

—Ella no querrá —afirmó George—. Además, en el supuesto de que encontremos a alguien..., ¿podrá pagarlo tu madre? Una mujer como es debido costaría entre 40 a 50 libras por semana. Sé que cobró una cantidad enorme por la casa de la calle Oakley y que no ha gastado prácticamente nada en la de Podmore's Thatch a excepción de la construcción del ridículo invernadero, pero es el dinero del capital, ¿no es así? ¿Podrá hacer frente a todo este gasto?

George se movió en el sillón para alcanzar su vaso de whisky.

—Yo no tengo ni idea —añadió.

Nancy suspiró.

—Es tan reservada, tan condenadamente independiente... Hace que resulte imposible ayudarla. Si por lo menos hubiese confiado en nosotros, dándote a ti algún poder legal, me habría hecho la vida más fácil. Al fin y al cabo soy la mayor y, además, no es por decirlo, pero Olivia y Noel nunca han levantado un dedo para echarle una mano.

George había oído todo esto antes.

—Y su interina, la señora... ¿cómo se llama?

—Plackett. Sólo va tres veces por semana, por las mañanas a limpiar, y tiene una casa y una familia de que ocuparse.

George depositó de nuevo el vaso y se puso a mirar el fuego, con las manos formando como una pequeña tienda de campaña, dedo contra dedo.

Al cabo de un momento, dijo:

—Francamente, no comprendo por qué esto te tiene que poner en este estado. —Parecía como si estuviese hablando con un cliente particularmente imbécil y Nancy se sintió ofendida.

—No me pongo en ningún estado.

Él ignoró este comentario.

—¿Es sólo por el dinero? ¿O es porque te sientes incapaz de encontrar una mujer suficientemente santa como para vivir con tu madre?

—Ambas cosas a la vez, supongo —admitió Nancy.

—¿Y de qué forma piensas tú que Olivia va a participar en este enredo?

—Lo mínimo que puede hacer es hablar de ello conmigo. A fin de cuentas, nunca en su vida ha hecho nada por mi madre..., o por alguno de nosotros —añadió amargamente, sacando viejos rencores—. Cuando mi madre decidió vender la casa de la calle Oakley y nos comunicó su intención de volver a Cornualles para vivir en Porthkerris, fui yo quien luché para convencerla de que era una locura dar ese paso. Y de hecho se hubiese ido allí si tú no le hubieses encontrado Podmore's Thatch, donde por lo menos está a treinta y dos kilómetros de nosotros, lo que nos permite ir a verla. ¿Te imaginas que estuviese ahora en Porthkerris, a cientos de kilómetros, con un corazón delicado y sin saber ninguno de nosotros lo que estaba pasando?

—Por favor, atengámonos al problema —suplicó George, en el colmo de la exasperación.

Nancy no le hizo caso. El whisky la había calentado y había encendido en su interior viejos sentimientos.

—Y en cuanto a Noel, abandonó prácticamente a mi madre apenas ésta vendió la casa de la calle Oakley y él tuvo que mudarse. Fue un golpe para él. Tenía veintitrés años y nunca le había pagado un penique de alquiler, se alimentaba de su comida, se bebía su ginebra y vivía sin ningún cargo de conciencia. Te aseguro que fue muy duro para Noel empezar a atender sus propios gastos.

George suspiró profundamente. La opinión que tenía de Noel no era más alta que la que tenía de Olivia. Y su suegra, Penélope Keeling, siempre había sido un completo enigma para él. Constantemente se asombraba de que una mujer tan normal como Nancy hubiese surgido del seno de una familia tan extraordinaria como ésta.

Terminó su bebida, se levantó del sillón, puso otro tronco en el fuego y fue a rellenarse el vaso. Desde el otro lado de la habitación y con el tintineo de los hielos en el vaso como música de fondo, dijo:

—Imaginemos lo peor. Supongamos que tu madre no puede hacer frente al gasto de una empleada de hogar. —Volvió a su sillón sentándose de nuevo frente a su mujer—. Supongamos que no puedes encontrar a nadie capaz de realizar la ardua tarea de hacerle compañía. ¿Qué ocurrirá entonces? ¿Sugerirás que venga a vivir con nosotros?

Nancy imaginó a la señora Croftway en un estado de resentimiento perpetuo, a los niños, quejándose escandalosamente de las interminables críticas de la abuelita Pen. Le vino a la mente la madre de la señora Croftway, con la alianza cortada y dando bastonazos en el suelo desde la cama...

—Creo que no podría aguantarlo —dijo con un tono que parecía desesperado.

—Pienso que yo tampoco podría —admitió George.

—A lo mejor Olivia...

—¿Olivia? —La voz de George surgió incrédula—. ¿Ha dejado alguna vez Olivia que alguien se entrometiese en su vida privada? Debes de estar bromeando.

—Bien, y con Noel es imposible contar.

—Parece que todo es imposible —dijo George. Alzó subrepticiamente la muñeca para mirar el reloj. No quería perderse las noticias—. Y no creo que yo pueda hacer ninguna sugerencia constructiva hasta que hayas puesto las cosas en claro con Olivia.

Nancy se sintió ofendida. Era cierto que ella y Olivia nunca habían sido muy buenas amigas... Al fin y al cabo, no tenían nada en común..., pero le molestó la expresión de «poner las cosas en claro», como si no hiciesen otra cosa que discutir. Estaba a punto de hacérselo ver a George cuando él se lo impidió encendiendo la televisión y dando así por finalizada la conversación. Eran las nueve en punto y él se disponía con satisfacción a recibir su ración diaria de huelgas, bombas, asesinatos y desastres financieros, coronada con el anuncio de que al día siguiente haría mucho frío y que en el transcurso de la tarde la lluvia iría extendiéndose poco a poco por toda la región.

Al cabo de un rato, muy deprimida, Nancy se levantó del sillón. Sospechó que George ni siquiera se había dado cuenta de que se había movido. Se acercó al bar, se sirvió otro whisky con mano generosa y salió de la habitación cerrando suavemente la puerta detrás de ella. Subió la escalera, entró en su dormitorio y, a través de éste, en el cuarto de baño. Puso el tapón en la bañera, abrió los grifos y vertió aceite perfumado de baño con la misma generosidad con que había servido el whisky en su vaso. Cinco minutos después se sumergía en una de sus actividades preferidas, que consistía en darse un baño caliente y beber un whisky frío al mismo tiempo.

Envuelta en burbujas y espuma, se dio el lujo de lanzarse a una orgía de autocompasión. Ser esposa y madre, se decía, es una tarea ingrata. Una se dedica con devoción al marido y a los hijos y sólo es considerada como una persona del servicio, y tiene que cuidar de los animales de todos, ocuparse de la casa, hacer las compras, la colada, ¿y qué agradecimiento recibe? ¿Qué consideración?

Ninguna.

Las lágrimas empezaron a brotar de sus ojos, mezclándose con la humedad general del agua y del vapor. Anhelaba un reconocimiento, una muestra de cariño, un contacto físico afectuoso, alguien que la tomase en sus brazos y le dijese que era maravillosa, que estaba haciendo una labor digna de elogio.

Para Nancy, sólo una persona en el mundo no le había defraudado nunca. Ciertamente, mientras estuvo con vida papá había sido un encanto, pero había sido la madre de éste, Dolly Keeling, quien constantemente tomó partido por Nancy, granjeándose su confianza.

Dolly Keeling nunca simpatizó con su nuera, no tenía tiempo para Olivia y siempre andaba con pies de plomo al hablar con Noel, Nancy fue su preferida, su niña consentida y adorada. Fue la abuelita Keeling quien le compró aquel vestido color humo con mangas filipinas cuando Penélope quería mandar a su hija mayor a una fiesta con un viejo vestido heredado de raído linón. Fue la abuelita Keeling quien le decía siempre que ella era guapa y la invitaba al teatro y a tomar el té a Harrods.

Cuando Nancy se prometió con George, hubo terribles problemas en la familia. En aquella época su padre se había marchado de casa y su madre era incapaz de comprender por qué era tan importante para Nancy contar con una boda tradicional, vestida de blanco, con damas de honor, los hombres vestidos con chaqué y un banquete formal. Aparentemente, a Penélope le parecía una forma estúpida de malgastar el dinero. ¿Por qué no limitarse simplemente a una ceremonia familiar seguida como mucho de una comida en la gran mesa refregada de la cocina del sótano de la casa de la calle Oakley? ¿O una fiesta en el jardín? El jardín era amplio, había sitio para todo el mundo y los rosales ya estarían en flor...

Nancy lloró, dio portazos y dijo que nadie la comprendía, que nadie la había comprendido jamás. Luego se encerró tras un muro de malhumor que hubiese podido durar para siempre de no haber intervenido la querida abuelita Keeling. Le fue retirada la responsabilidad a Penélope, la cual estuvo encantada de haberse librado de ella, y todo fue dispuesto por la abuelita. Ninguna novia podía haber pedido más. La iglesia de la Santa Trinidad, un vestido blanco con cola, damas de honor en rosa, un banquete en el Twenty-Three Knightsbridge, maestro de ceremonias con chaqueta roja y una enorme cantidad de sofisticados arreglos florales. Y se presentó su querido papá, avisado por su madre, para estar junto a Nancy y llevarla al altar, elegantemente ataviado con su chaqué. Ni siquiera el aspecto de Penélope, majestuosa dentro de capas de brocado antiguo y terciopelo pero sin sombrero, pudo impedir la perfección del día.

Ay, si la abuelita Keeling estuviese aquí ahora. Sumergida en el baño, y aun siendo una madura mujer de cuarenta y tres años, Nancy lloró por la abuelita Keeling. Por no tenerla allí, por no poder recibir su afecto, consuelo y admiración. «Oh, mi pequeña, eres realmente maravillosa, haces mucho por tu familia y por tu madre y todos ellos lo consideran natural.»

Podía incluso escuchar su adorada voz, pero sólo era su imaginación, pues Dolly Keeling había muerto meses atrás. El año anterior, a la edad de ochenta y siete años, esta valerosa mujercita, que seguía poniéndose colorete en las mejillas y pintándose las uñas, impecable en su traje de chaqueta color malva, había fallecido mientras dormía. Este triste acontecimiento tuvo lugar en la pequeña residencia privada Kensington, donde había decidido pasar sus últimos años, junto a otras personas ancianas, y de donde fue debidamente trasladada por los empleados de las Pompas Fúnebres con quien la dirección de la residencia tenía, con mucha previsión, un acuerdo permanente.

La mañana siguiente fue tan terrible como Nancy había temido. Cuando se levantó de la cama a las siete y media de la mañana, observó que el whisky le había provocado dolor de cabeza, hacía más frío que nunca y estaba oscuro como boca de lobo. Empezó a vestirse, descubriendo mortificada que los bordes de la cinturilla de su mejor falda no llegaban a abrocharse, por lo que tuvo que sujetársela con un imperdible. Se embutió en el jersey de lana que hacía conjunto con la falda apartando la vista de los michelines que sobresalían del enorme sujetador. Se puso las medias de nilón, pero como normalmente llevaba gruesos calcetines de lana, le parecieron insuficientes, por lo que decidió ponerse las botas altas, cerrando a duras penas las cremalleras.

Abajo, las cosas no iban mejor. Uno de los perros había vomitado, la caldera de la calefacción estaba sólo templada y únicamente había tres huevos en la despensa. Nancy echó a los perros fuera, limpió la vomitona y echó en la caldera el caro carburante, rogando al mismo tiempo que no se derramase fuera proporcionando así a la señora Croftway una buena excusa para quejarse. Llamó a los niños, diciéndoles que se diesen prisa. Puso agua a hervir, hirvió tres huevos, hizo las tostadas y puso la mesa. Rupert y Melanie aparecieron, más o menos correctamente vestidos, pero peleándose porque Rupert decía que Melanie había perdido su libro de geografía, y Melanie replicaba que, en primer lugar, nunca lo había tenido y que era un mentiroso estúpido y, además, necesitaba veinticinco peniques para el regalo de despedida de la señora Leeper.

Nancy nunca había oído hablar de la señora Leeper.

George no hizo nada por ayudar. Se limitó a hacer acto de presencia. En algún momento, durante todo este alboroto, se comió su huevo pasado por agua, bebió su taza de té y se fue. Mientras ella iba dejando los platos fregados en el escurreplatos, preparados para que la señora Croftway los acomodase a su conveniencia, oyó cómo el Rover se alejaba sendero abajo.

—Entonces, si tú no tienes mi libro de geografía...

Al otro lado de la puerta, los perros ladraban. Los dejó entrar y ello le recordó su comida. Les llenó las escudillas con galletas y abrió una lata de Bonzo pero, en su agitación, se cortó el pulgar con el borde rugoso de aquélla.

—¡Dios mío, qué torpe eres! —le dijo Rupert.

Nancy le volvió la espalda y dejó correr el agua fría sobre el pulgar hasta que éste dejó de sangrar.

—Si no llevo los veinticinco peniques, la señora Rawlings se va a poner furiosa...

Nancy corrió arriba para terminar de arreglarse. No había tiempo para ponerse con armonía el carmín o para pintarse los ojos, por lo que el resultado final estaba lejos de ser satisfactorio, pero no podía hacer más. No había tiempo. Sacó del armario el abrigo de piel y el gorro con el que hacía juego. Cogió los guantes y el bolso de piel de lagarto de Mappin and Webb. En éste, vació el contenido de su bolso de diario y luego, como era de esperar, no consiguió cerrarlo. No importaba. No podía perder más tiempo.

Corrió de nuevo abajo, llamando a los niños. Por algún extraño milagro aparecieron llevando sus carteras. Melanie se había encasquetado aquel gorro que le sentaba tan mal. Salieron por la puerta posterior, se dirigieron al garaje, subieron todos al coche —gracias a Dios éste se puso en marcha a la primera— y se pusieron en camino.

Acompañó a los niños a sus respectivos colegios, dejándolos delante de las verjas con el tiempo justo para despedirse y marcharse otra vez corriendo hacia Cheltenham. Eran las nueve y diez cuando aparcó el coche en el aparcamiento de la estación y las nueve y doce minutos cuando compró el billete económico de ida y vuelta. En el quiosco de periódicos, se saltó la cola con lo que ella esperaba fuese una sonrisa encantadora y se compró el *Daily Telegraph* y —gran extravagancia— un ejemplar de *Harpers and Queen.* Después de haber pagado, se dio cuenta de que era un número atrasado —la edición del mes anterior—, pero no tenía tiempo para indicárselo al vendedor y que le devolviese el dinero. Además, no tenía demasiada importancia, elegante y brillante como siempre, seguiría siendo un maravilloso placer. Diciéndose esto, llegó al andén justo en el momento en que llegaba el tren de Londres. Abrió una puerta, una cualquiera, entró y encontró un asiento libre. Estaba sin aliento y su corazón palpitaba aceleradamente. Cerró los ojos. Así, se dijo, es cómo debe de sentirse uno cuando acaba de escapar de un incendio. Al cabo de un rato, tras algunas profundas inspiraciones y unas palabras tranquilizadoras dirigidas a sí misma, se sintió más fuerte. El tren, afortunadamente, estaba caldeado. Abrió los ojos y se desabrochó el abrigo. Adoptó una postura más cómoda, se puso a mirar por la ventana el duro panorama invernal y dejó que sus nervios crispados se calmasen con el ritmo del tren. Le gustaba viajar en tren. No sonaba ningún teléfono, se podía estar sentado y no había que pensar en nada.

El dolor de cabeza había desaparecido. Sacó la polvera del bolso e inspeccionó su cara en el pequeño espejo, se empolvó la nariz y entreabrió los labios para pintárselos. La recién comprada revista yacía sobre sus rodillas, llena de delicias como una caja de bombones oscuros por fuera y blandos por dentro antes de ser abierta. Empezó a pasar las páginas y vio anuncios de abrigos de pieles, de casas en el sur de España, de fincas de propiedad compartida en las tierras altas de Escocia; de joyas y cosméticos que no sólo ayudaban a tener mejor aspecto, sino que realmente producían un efecto reparador en la piel de una; de cruceros que navegaban hacia el sol; de...

Interrumpió bruscamente su distraído hojear, algo había llamado su atención. Un anuncio a doble página de la empresa Boothby's, expertos en arte, informaba sobre una subasta de pintura victoriana que tendría lugar en su galería de Bond Street el miércoles 21 de marzo. Para ilustrarlo, habían reproducido un cuadro de Lawrence Stern, 1863-1946. La pintura se llamaba *Las portadoras de agua* (1904) y representaba un grupo de jóvenes mujeres en distintas posturas llevando cántaros de cobre sobre los hombros o sobre las caderas. Después de haberlas estudiado, Nancy sacó la conclusión de que con toda probabilidad se trataba de esclavas, pues iban descalzas, no había sonrisa en sus caras (pobres, no era de extrañar, los cántaros parecían terriblemente pesados) y su ropa era la mínima expresión, telas muy ligeras de un azul grisáceo y un rojo orín, con una casi innecesaria exposición de pechos redondos y pezones rosados.

Ni Nancy ni George se interesaban por el arte, como tampoco se interesaban por la música o el teatro. La vieja vicaría contaba, naturalmente, con la cantidad obligada de cuadros, grabados deportivos corrientes en cualquier casa de campo que se respete y algunos óleos representando venados muertos o canes fieles con faisanes en la boca, que George había heredado de su padre. En una ocasión en que tenían una hora o dos para perder en Londres, fueron a la Galería Tate y se arrastraron sumisamente a lo largo de una exposición de Constable, pero los únicos recuerdos de esta ocasión que le habían quedado a Nancy eran un montón de árboles muy verdes y el hecho de que le habían dolido los pies.

Pero incluso Constable era mejor que esta pintura. La contemplaba escéptica. A sus ojos, era difícil creer que alguna persona pudiese desear que ese horror colgase de la pared de su casa, previo pago de una buena cantidad de dinero. Si ella se viese obligada a tener un objeto como ése, lo desterraría en algún desván olvidado o lo quemaría en la hoguera.

Pero Nancy no se había fijado en *Las portadoras de agua* por razones estéticas. Si contemplaba la pintura con tanto interés era por el hecho de ser una creación de Lawrence Stern. Era el padre de Penélope Keeling y, por lo tanto, su abuelo.

Lo extraño era que apenas estaba familiarizada con su trabajo. En la época en que ella nació, su fama —que había alcanzado su punto máximo a finales del siglo pasado— había declinado y prácticamente muerto y hacía tiempo que su producción se había vendido, quedando dispersa y olvidada. En la casa materna de la calle Oakley había sólo tres cuadros de Lawrence Stern y dos de ellos formaban un par de paneles, inacabados, que representaban una pareja de ninfas alegóricas esparciendo azucenas en la falda de una colina cubierta de hierba y margaritas.

El tercer cuadro colgaba de la pared del vestíbulo de la planta baja, justo debajo del hueco de la escalera, el único espacio de la casa que podía acoger su considerable tamaño. Se trataba de un óleo, realizado en los últimos años de Stern, que se llamaba *Los buscadores de conchas*. Mostraba un mar encrespado con espumosas olas, una playa y un cielo plagado de amenazadoras nubes. Cuando Penélope se mudó de la calle Oakley a Podmore's Thatch, estas tres valiosas posesiones se fueron con ella, los paneles para acabar en el pasillo y *Los buscadores de conchas* para achicar la sala de estar, de proporciones ya no muy grandes y con un techo bajo con vigas. Eran tan familiares para Nancy que apenas se daba cuenta de su presencia. Formaban parte de la casa de su madre, al igual que los sofás hundidos y los sillones, los anticuados ramos de flores apelotonados en jarrones blancos y azules o el delicioso olor a comida.

A decir verdad, hacía años que Nancy no había siquiera pensado en Lawrence Stern pero ahora, sentada en el tren y envuelta en las pieles, los recuerdos se agolparon en su mente y la arrastraron hasta el pasado. No es que hubiese mucho para recordar. Había nacido al final del año 1940, en Cornualles, en el pequeño hospital de Porthkerris. Pasó los años de la guerra en Carn Cottage, bajo el techo de Lawrence Stern. Pero los recuerdos infantiles en los que aparecía el anciano eran nebulosos —más la conciencia de una presencia que de una persona—. ¿La había tenido alguna vez sobre sus rodillas?, ¿o la había llevado a dar un paseo?, ¿o había leído en voz alta para ella? Si lo había hecho, ella lo había olvidado. Parecía como si en su mente infantil no se hubiese grabado nada hasta aquel último día cuando, una vez terminada la guerra, ella y su madre se marcharon de Porthkerris para siempre, tomando el tren hacia Londres. Por alguna razón, este acontecimiento había marcado la conciencia de Nancy y su huella había permanecido para siempre en su memoria.

Él había ido a la estación para despedirlas. Muy viejo, muy alto, con una fragilidad creciente y apoyándose en un bastón de empuñadura de plata, había permanecido en el andén junto a la ventana abierta, tras dar a Penélope un beso de despedida. Su largo cabello blanco caía sobre el cuello de *tweed* de la capa invernal y en sus manos arrugadas y deformes llevaba unos mitones de lana de donde sobresalían unos dedos sarmentosos, blancos y exangües como huesos.

Justo en el último momento, cuando el tren ya se ponía en marcha, Penélope había levantado a Nancy en sus brazos y el anciano, extendiendo una mano, había acariciado la redonda mejilla infantil de Nancy. Ésta recordaba la frialdad marmórea de su mano contra la piel. No había tiempo para nada más. El tren fue adquiriendo velocidad, el andén se curvó y él se fue empequeñeciendo mientras agitaba su gran sombrero de ala ancha en un adiós final. Y éste era el primer y último recuerdo que Nancy tenía de él, pues murió al año siguiente.

Vieja historia, se dijo. Nada como para ponerse sentimental. Pero resultaba extraordinario que actualmente todo el mundo quisiera adquirir su obra, *Las portadoras de agua.* Movió la cabeza, incapaz de comprender, y abandonó el enigma para volver feliz a la reconfortante irrealidad de las notas de sociedad.

II

OLIVIA

El nuevo fotógrafo se llamaba Lyle Medwin. Era un chico muy joven, de cara agradable en la que brillaban unos ojos bondadosos, y cabello castaño claro, que parecía haber sido cortado siguiendo la circunferencia de un casquete. Su aspecto desprendía un aire de irrealidad, como de fervoroso novicio, y a Olivia le resultaba difícil creer que hubiese podido llegar con éxito tan lejos en la canallesca profesión que había escogido sin que le hubiesen cortado el cuello.

Se encontraban en el despacho de ella, junto a la mesa situada cerca de la ventana, y él le mostraba una selección de su trabajo que Olivia examinaba: dos docenas o más de pruebas positivas de brillante color exhibidas con ilusión para ser aprobadas. Olivia las había estudiado con minuciosidad decidiendo que le gustaban. En primer lugar, eran explícitas. Las fotografías de moda, ella siempre insistía en ello, deben mostrar la ropa, su configuración, la caída de una falda, la textura de un jersey, y ello se producía por medio de un impacto dinámico capaz de atraer todas las miradas. Pero, además, las fotografías respiraban vida, movimiento, placer, incluso ternura.

Cogió una. Un hombre con actitud recelosa se deslizaba sobre las olas rompientes, con un deslumbrante conjunto blanco contra el mar azul cobalto. Piel bronceada, sudor y todo el olor del aire salobre se plasmaban en la imagen.

—¿Dónde hizo ésta?

—En Malibú. Era para un anuncio de prendas deportivas.

—¿Y ésta? —Ella tomó otra, una instantánea crepuscular de una chica con una gasa vaporosa de un amarillo intenso, con la cara mirando hacia la luz difusa de una puesta de sol.

—Esto fue en Point Reays... Un reportaje especial para el *Vogue* norteamericano.

Ella dejó los positivos, volvió la cara hacia él, apoyándose en el canto de la mesa. Ello les colocó a la misma altura y sus ojos podían mirarse al mismo nivel.

—¿Cuál es su experiencia profesional?

—La Escuela Técnica —dijo encogiéndose de hombros—. Luego anduve un poco por libre para seguidamente trabajar con Toby Stryber durante un par de años como su ayudante.

—Fue Toby quien me habló de usted.

—Después, cuando dejé a Toby, me fui a Los Ángeles, donde he estado viviendo los últimos tres años.

—Y le ha ido muy bien.

Él sonrió, con desaprobación.

—Sí, supongo.

Su ropa representaba el puro estilo de Los Ángeles. Deportivos blancos, tejanos desteñidos, camiseta blanca y cazadora descolorida de algodón. Como deferencia al crudo clima londinense, se había puesto alrededor de su fino y bronceado cuello una bufanda de cachemira de color coral. Su aspecto, aunque desaliñado, era sin embargo deliciosamente limpio, como recién lavado, secado al sol pero todavía sin planchar. Lo encontraba extremadamente atractivo.

—Carla ya le habrá informado sobre el reportaje. —Carla era la redactora de moda de Olivia—. Es para el número de julio, una última presentación de ropa de verano antes de empezar con los *tweeds* de otoño.

—Sí... Ha mencionado instantáneas en exteriores.

—¿Alguna sugerencia sobre el lugar?

—Hemos hablado de Ibiza... Tengo buenos contactos allí.

—Ibiza.

Él fue rápido en adaptarse a ella.

—Pero si usted piensa en otro sitio, estoy de acuerdo. Marruecos, a lo mejor.

—No. —Se separó de la mesa y fue a sentarse en su sillón detrás del escritorio—. Hace tiempo que no hemos utilizado Ibiza..., pero yo no haría fotos de playa. Paisajes rurales darían un tono algo diferente, con cabras y ovejas y robustos campesinos labrando los campos. Podría conseguir la colaboración de algún nativo para añadir algo de autenticidad. Tienen unas caras geniales y les encanta que les hagan fotos...

—Muy bien...

—Hable entonces con Carla al respecto.

Él titubeó.

—¿Significa que he conseguido el trabajo?

—Claro que lo ha conseguido. Ahora sólo queda hacerlo bien...

—Por supuesto. Gracias... —Empezó a recoger sus pruebas positivas y las apiló.

Sonó el timbre del intercomunicador de Olivia, ésta apretó el botón y habló con su secretaria.

—¿Sí?

—Una llamada exterior, señorita Keeling.

Ella miró el reloj. Eran las doce y cuarto.

—¿Quién es? Estoy a punto de irme a comer.

—Un tal señor Henry Spotswood.

Henry Spotswood. ¿Quién demonios era Henry Spotswood? El nombre le sonaba y finalmente recordó que se trataba del hombre que había conocido dos noches antes en el cóctel de los Ridgeways. Cabello gris y tan alto como ella. Pero había dicho que se llamaba Hank.

—Pásemelo, Jane, por favor.

Cuando Olivia cogía el teléfono, Lyle Medwin, con la carpeta de fotografías bajo el brazo, atravesaba con pasos suaves el despacho y abría la puerta.

—Adiós —murmuró mientras salía, ella extendió una mano y sonrió, pero él ya se había marchado.

—¿La señorita Keeling?

—Yo misma.

—Olivia, soy Hank Spotswood, nos conocimos en casa de los Ridgeways.

—Me acuerdo.

—Tengo una hora o dos libres. ¿Existe alguna posibilidad de que comamos juntos?

—¿Cuándo? ¿Hoy?

—Sí, ahora.

—Oh, lo siento, no puedo. Ha venido mi hermana del campo y he quedado con ella para comer. De hecho llego tarde, ya debería haberme marchado.

—Oh, qué lástima. Bien, ¿qué te parece si cenamos esta noche?

Su voz le recordaba muchos detalles. Ojos azules. Un rostro agradable, de rasgos acusados, completamente americano. Traje oscuro. Camisa de Brooks Brothers con botones en el cuello.

—Me gustaría.

—Estupendo. ¿Dónde te gustaría ir?

Después de un instante de reflexión, realizó su propuesta.

—¿No te gustaría por una vez no tener que cenar en un restaurante o un hotel?

—¿Qué quieres decir con eso?

—Ven a mi casa. Te haré la cena.

—Una gran idea. —Parecía sorprendido pero en absoluto falto de entusiasmo—. Pero ¿no será mucho trabajo para ti?

—Ningún trabajo —contestó ella sonriendo ante esta pregunta tan familiar—. Ven hacia las ocho. —Le dio su dirección y una o dos indicaciones sencillas por si se encontraba con un taxista poco avispado, se despidieron y colgó el auricular.

Hank Spotswood. Bien. Se sonrió, miró seguidamente el reloj, borró a Hank de su mente, se levantó de un salto, cogió sombrero, abrigo, bolso y guantes y salió con paso majestuoso del despacho para acudir a su cita con Nancy.

El punto de encuentro era L'Escargot, en el Soho, donde Olivia había reservado una mesa. Allí acudía siempre para las comidas de negocios y no veía la razón para cambiar de lugar, aunque sabía que Nancy se hubiese sentido mucho más a gusto en Harvey Nichols, o algún otro sitio lleno de mujeres exhaustas que descansaban sus pies después de una mañana de compras.

Pero comerían en L'Escargot. Olivia llegaba con retraso y Nancy la estaba esperando, más gorda que nunca, con el jersey y la falda de lana rojiza y el gorro de piel que tenía casi el mismo color que sus rizos rubios teñidos, dando la impresión de que le había crecido otra cabeza de pelo. Allí estaba sentada una mujer sola en medio de un mar de hombres de negocios, con el bolso sobre el regazo y un largo *gin-tonic* sobre la mesita frente a ella; parecía tan ridículamente desplazada que Olivia sintió una punzada de culpabilidad y, por consiguiente, se mostró más efusiva de lo que era normalmente.

—Oh, Nancy, lo siento, lo siento muchísimo. Me entretuvieron al salir. ¿Hace mucho que esperas?

No se besaron. Nunca se besaban.

—No importa.

—Ya habías pedido una bebida. A pesar de eso..., ¿no tomarías otra? He reservado la mesa para la una menos cuarto y no deberíamos perderla.

—Buenas tardes, señorita Keeling.

—Ah, hola, Gerard. No, ninguna copa ahora, vamos un poco justas de tiempo.

—¿Tiene la mesa reservada?

—Sí. Para la una menos cuarto. Me temo que me he retrasado un poco.

—No tiene importancia. Hagan el favor de seguirme.

Y se puso en camino, pero Olivia tuvo que esperar a que Nancy levantase su masa de grasa, cogiese el bolso y la revista y acomodase el jersey sobre sus voluminosas caderas antes de seguirle. En el restaurante hacía calor y se oía un rumor de conversaciones masculinas. Fueron conducidas a la mesa habitual de Olivia, en un rincón alejado de la sala, donde después de la acostumbrada y obsequiosa ceremonia, se sentaron en un sofá curvado. La mesa fue situada de nuevo sobre sus rodillas y les entregaron la extensa carta.

—¿Una copa de jerez mientras eligen?

—Agua con gas para mí, por favor, Gerard..., y para mi hermana... —Se volvió hacia Nancy—: ¿Quieres un poco de vino?

—Sí, me gustaría.

Olivia, ignorando la carta de vinos, pidió una botella de blanco de la casa.

—Y ahora, dime, ¿qué quieres comer?

Nancy no sabía muy bien. La carta era terriblemente larga y toda en francés. Olivia sabía que podía pasarse todo el día debatiéndose con ella, por lo que hizo algunas sugerencias y, finalmente, Nancy se decidió por un consomé y luego un escalope con champiñones. Olivia pidió una ensalada verde y una tortilla. Arreglado esto y una vez se hubo marchado el camarero, se dirigió a su hermana.

—¿Cómo te ha ido esta mañana?

—Oh, muy bien. He cogido el tren de las nueve y quince. He tenido que correr para acompañar a los niños al colegio, pero lo he conseguido.

—¿Cómo están los niños?

Intentó parecer interesada de verdad, pero Nancy sabía que no era así y, afortunadamente, no se extendió en el tema.

—Muy bien.

—¿Y George?

—Yo lo encuentro bien.

—¿Y los perros? —perseveró Olivia.

—Bien... —empezó a decir Nancy y entonces se acordó—: Uno de ellos ha vomitado esta mañana.

Olivia hizo una mueca.

—No me cuentes estas cosas, por favor, por lo menos mientras comemos.

Apareció un camarero con el agua con gas de Olivia y la media botella de vino de Nancy. Fueron hábilmente destapadas y el vino servido. Nancy recordó que se esperaba de ella que lo probase, bebió un trago, frunció los labios de forma profesional y afirmó que era delicioso. La botella fue puesta sobre la mesa y el camarero, inexpresivo, se retiró.

Olivia se sirvió su propia agua.

—¿Nunca bebes vino? —le preguntó Nancy.

—Nunca en las comidas de trabajo.

Nancy arqueó exageradamente las cejas.

—¿Es ésta una comida de trabajo?

—Bien, ¿no lo es? ¿No estamos aquí para eso? ¿Para solucionar los asuntos de mamá?

La forma infantil, como de costumbre, irritó a Nancy. Los tres hijos de Penélope la llamaban de una forma diferente cada uno. Noel se dirigía a ella como «Ma». Nancy, desde hacía algunos años, la llamaba «Madre», lo que consideraba más oportuno dadas sus edades respectivas y su propia posición social. Sólo Olivia, muy insensible y sofisticada en todos sus otros aspectos, persistía como

«Mamá». Nancy se preguntaba a veces si Olivia era consciente de lo ridículo que sonaba.

—Será mejor que empecemos. No tengo todo el día.

Su tono frío fue el colmo para Nancy. Ésta, que había viajado desde Gloucestershire para verse con su hermana, había recogido la vomitona del perro, se había cortado el pulgar con la lata de Bonzo, había acompañado a los niños al colegio deprisa y corriendo y había cogido el tren por los pelos, sintió un enorme rencor.

«No tengo todo el día.»

¿Por qué Olivia tenía que ser tan brusca, tan insensible, tan dura? ¿Sería posible que alguna vez pudiesen hablar afablemente como hermanas, sin que Olivia sacase a la luz su acaparadora profesión, como si la vida de Nancy con sus sólidas prioridades de casa, marido e hijos no contara para nada?

Cuando eran pequeñas, Nancy era la guapa. Rubia, con ojos azules, de maneras dulces y (gracias a la abuelita Keeling) muy bien vestida. Era Nancy quien atraía las miradas, la admiración y los hombres. Olivia era inteligente y ambiciosa, estaba obsesionada por los libros, los exámenes y las hazañas académicas; pero fea, recordó Nancy, muy fea. Terriblemente alta y delgada, plana de pecho y con gafas, desplegaba una casi arrogante falta de interés por el sexo contrario, cayendo en un desdeñoso silencio cada vez que aparecía por casa alguno de los amigos de Nancy, o desapareciendo en su habitación para leer.

Y sin embargo, tenía sus puntos favorables. Su pelo, muy espeso, tenía el color de la caoba brillante y sus ojos oscuros, heredados de su madre, resplandecían como los de algunos pájaros con una especie de inteligencia sardónica.

¿Qué había sucedido? La desgarbada y brillante universitaria, la hermana con quien nadie quería bailar, de alguna forma, en algún momento, en algún lugar, se había transformado en este fenómeno: Olivia a los treinta y ocho años. Esta formidable mujer profesional, directora de *Venus*.

Su aspecto ese día era tan severo como siempre. Fea incluso, pero con una elegancia casi provocadora. Llevaba un sombrero de terciopelo negro muy calado, un amplio abrigo negro, una blusa de seda color crema, cadenas y pendientes de oro y varios anillos finos en las manos. Su tez era pálida, la boca muy roja; incluso había logrado de alguna manera convertir en un accesorio envidiable sus enormes gafas con montura negra. Nancy no era estúpida. Cuando siguió a Olivia a través del restaurante lleno hacia su mesa, había percibido la vibración del interés masculino, había visto las miradas encubiertas y cómo las cabezas se volvían al paso de su hermana.

Nancy nunca había conocido los oscuros secretos de la vida de Olivia. Hasta que ocurrió aquel extraordinario acontecimiento, acaecido cinco años atrás, había creído honestamente que su hermana o era virgen o totalmente asexual. (Había, naturalmente, otra posibilidad más siniestra, que había acudido a la mente de Nancy después de haber leído con dificultad y sumisamente una biografía de Vita Sackville-West, pero esto, se dijo, daba horror sólo de pensarlo.)

Clásico ejemplo de mujer ambiciosa e inteligente, Olivia había estado aparentemente absorbida por su carrera, en la cual había avanzado con paso firme hasta llegar a ser la redactora-jefe de *Venus,* la revista femenina más inteligente y selectiva del mercado, en cuyo puesto estuvo durante siete años. Su nombre figuraba en los créditos de la revista; de vez en cuando su fotografía aparecía en las páginas interiores, ilustrando algún artículo y, en una ocasión, salió en televisión contestando a unas preguntas en un programa familiar.

Y entonces, con todo un prometedor futuro por delante, Olivia dio aquel paso inesperado y poco característico en ella. Se fue de vacaciones a Ibiza, conoció a un hombre llamado Cosmo Hamilton y no regresó a casa. Posteriormente volvió, pero después de haber estado un año viviendo allí con él. Lo primero que supo su jefe de ella fue una carta formal, desde Ibiza, presentando su dimisión. Cuando a través de su madre Nancy se enteró de la alucinante noticia, se negó en un primer momento a creerlo. Se dijo que era absolutamente impropio de ella, pero en su fuero interno sintió que Olivia le había ganado por la mano.

Le faltó tiempo para contárselo a George, para ver cómo se quedaba pasmado al igual que ella, pero su reacción no fue la esperada.

—Interesante —fue todo lo que dijo.

—No pareces muy sorprendido.

—No lo estoy.

Ella frunció el ceño.

—George, es de Olivia de quien estamos hablando.

—Claro, de Olivia —miró la cara desconcertada de su mujer y casi se rió—. Nancy, ¿supongo que no imaginas que Olivia ha vivido toda su vida como una monjita? Ha tenido su propia casa en Londres y vida independiente. Si no lo crees así, eres más tonta de lo que yo pensaba.

Nancy sintió que se le llenaban los ojos de lágrimas.

—Pero..., pero yo pensaba...

—¿Qué pensabas?

—Oh, George, es tan *poco atractiva.*

—No —le dijo George—. No, Nancy, no es poco atractiva.

—Pero yo pensaba que no te gustaba.

—Y no me gusta —dijo George, y abrió el periódico dando así por finalizada la discusión.

No era corriente que George comentase un tema tan enérgicamente. Tampoco era usual en él que fuese tan perspicaz pero, después de haber meditado sobre el nuevo giro de los acontecimientos, Nancy acabó considerando que quizá George tenía razón. Una vez hubo asimilado la situación, no le resultó difícil darle la vuelta en su propio beneficio. Nancy consideró que podría ser encantador y sofisticado hacer ostentación de este hecho imprevisto —como en una vieja obra de Noel Coward— y, pasando por alto la forma de vida poco ortodoxa, Olivia y Cosmo Hamilton podían ser un buen tema de conversación en las cenas de amigos. «Olivia, ya sabéis, mi inteligente hermana, es demasiado romántica. Lo ha dejado todo por amor. Ahora vive en Ibiza..., en la casa más bonita de la isla.» Su imaginación iba por delante de otras posibilidades deliciosas y, quizá, gratuitas. «Es muy posible que el verano que viene George, los niños y yo, vayamos a verla y nos quedemos allí algunas semanas. Todo dependerá de los eventos del Pony Club, pues, ya sabéis que nosotras las madres somos esclavas del Pony Club.»

Pero aunque Olivia había pedido a su madre que fuese, y Penélope había aceptado encantada permaneciendo allí más de un mes con ella y Cosmo, nunca llegó a los Chamberlain invitación alguna, lo que Nancy no había perdonado a su hermana.

El restaurante estaba muy caldeado. Nancy sintió de pronto mucho calor. Deseó haberse puesto una blusa en lugar de un jersey que no se podía quitar y, tras recriminárselo, bebió otro trago de vino frío. A pesar del calor se dio cuenta de que sus manos estaban temblando.

Olivia preguntó:

—¿Has visto a mamá últimamente?

—Oh, sí. —Posó el vaso—. Fui a verla al hospital.

—¿Cómo estaba?

—Muy bien, dentro de su estado.

—¿Están seguros de que fue un ataque cardíaco?

—Huy, sí. La tuvieron en cuidados intensivos durante uno o dos días. Luego la trasladaron a una sala, después ella se tomó el alta por su cuenta y se fue a casa.

—Eso no le habrá gustado mucho al médico.

—No, estaba disgustado. Por eso me telefoneó y me dijo que madre no debía vivir sola.

—¿Has contrastado la opinión de otro médico?

Nancy se molestó.

—Olivia, es un médico muy bueno.

—Un médico rural de medicina general.

—Se ofendería mucho...

—Tonterías. Yo considero que no podemos ni siquiera hablar de buscarle una compañía o una empleada de hogar hasta que haya sido visitada por un especialista.

—Tú sabes muy bien que nunca irá a ver a un especialista.

—En ese caso, déjala tranquila. ¿Por qué debemos pegarnos a sus faldas como unas tontas si quiere vivir a su manera? Tiene a la buena de la señora Plackett que va tres veces por semana y estoy segura de que toda la gente del pueblo estará pendiente de ella y le prestará atención. Al fin y al cabo, hace ya cinco años que vive allí y todo el mundo la conoce.

—Pero imagínate que tiene otro ataque y muere sólo porque no hay nadie a su lado que pueda ayudarla. O que se cae por las escaleras. O que tiene un accidente de coche y mata a alguien.

Olivia se rió de forma casi cruel.

—No sabía que tuvieras una imaginación tan viva. Además, seamos realistas, si ha de tener un accidente de coche, lo tendrá igual haya o no una empleada de hogar. Honestamente, yo creo que no debemos preocuparnos.

—Pero nos tenemos que preocupar.

—¿Por qué?

—No se trata sólo de la empleada de hogar..., hay otras cosas a considerar. El jardín, por ejemplo. Casi 2.000 metros cuadrados y se ocupa ella sola. Cultiva las verduras y corta el césped. Todo. No podemos permitir que haga este tipo de trabajo físico.

—No lo va a hacer —le dijo Olivia, y Nancy frunció el ceño—. La otra tarde tuve una larga charla con ella por teléfono.

—No me lo habías contado.

—Apenas me has dado ocasión. Daba la impresión de estar estupendamente, fuerte y de buen humor. Me dijo que pensaba que el médico era un estúpido y que si tuviese otra mujer viviendo con ella probablemente la mataría. La casa es muy pequeña y estarían todo el día tropezando una con otra, y yo creo de todo corazón que tiene razón. En cuanto al jardín, ya antes de haber tenido el llamado ataque cardíaco había decidido que estaba siendo un poco demasiado para ella, por lo que se puso en contacto con la empresa local de jardinería acordando que acudiría un hombre a trabajar en el jardín dos o tres veces por semana. Creo que empezará el lunes que viene.

Todo ello no contribuyó a mejorar el estado de ánimo de Nancy. Era evidente que Olivia y su madre habían conspirado a su espalda.

—No estoy muy segura de que me parezca una buena idea. ¿Cómo sabemos el tipo de persona que le mandarán? Puede ser cualquiera. Sin duda hubiese podido encontrar un buen hombre del pueblo.

—Todos los buenos hombres del pueblo están ya empleados en la fábrica de electrónica de Pudley...

Nancy iba a argumentar en contra, pero se lo impidió la llegada de su consomé. Venía en un bol de loza marrón y olía estupendamente. Comprobó de pronto lo hambrienta que estaba, tomó la cuchara y alcanzó un panecillo caliente de pan negro.

Después, dijo fríamente:

—No se te ha ocurrido ni por un momento discutir el asunto con George y conmigo.

—¡Por Dios! ¿Qué es lo que hay que discutir? No tiene que ver con nadie salvo con mamá. La verdad, Nancy, es que tú y George la tratáis como si fuese senil; tiene sesenta y cuatro años, está en la flor de la vida, fuerte como un toro y sigue tan independiente como lo ha sido siempre. Basta de interferir.

Nancy estaba furiosa.

—¡Interferir! Quizá si tú y Noel interfirieseis, como tú dices, un poco más a menudo se aliviaría el peso que tengo sobre la espalda.

Olivia se volvió glacial.

—En primer lugar, no me pongas en el mismo plano que Noel. En segundo lugar, si tienes algún peso sobre tus espaldas, te lo has inventado y cargado tú misma.

—No sé por qué George y yo nos molestamos. Seguramente nadie nos lo va a agradecer.

—¿Qué es lo que se os tiene que agradecer?

—Mucho. De no haber convencido yo a madre que era una locura, habría vuelto a Cornualles y ahora estaría viviendo en una casucha de pescadores.

—Nunca he comprendido por qué pensabas que era una idea tan mala.

—Olivia, a cientos de kilómetros de nosotros, en la otra punta del país..., era ridículo. Así se lo dije a ella. Uno nunca puede volver atrás, le expliqué. Eso es lo que estaba intentando hacer, recuperar su juventud. Hubiese sido un desastre. Además, fue George quien le encontró la casa de Podmore's Thatch. Y no me negarás que es una casa encantadora, perfecta en todos los sentidos. Y todo gracias a George. No lo olvides, Olivia. Gracias a George.

—Bien por George.

En este punto llegó otra interrupción, fue retirado el bol de Nancy y servidos el escalope de ternera y la tortilla. Vaciaron lo que quedaba de vino en el vaso de Nancy y Olivia empezó a servirse ensalada. Cuando el camarero las dejó solas de nuevo, Nancy preguntó:

—¿Y qué va a costar el jardinero? Contratar un jardinero es terriblemente caro.

—Oh, Nancy, ¿qué importa?

—Claro que importa. ¿Puede madre afrontar este gasto? Es para preocuparse. Siempre ha sido muy reservada con respecto al dinero, pero al mismo tiempo sumamente derrochadora.

—¿Madre? ¿Derrochadora? Si nunca gasta un penique en ella.

—Pero nunca deja de gastar. Sus cuentas de comida y bebida deben de ser astronómicas. Y ese ridículo invernadero que se ha hecho construir en su casa. George intentó disuadirla. Hubiese sido preferible que se hubiera gastado ese dinero en instalar dobles ventanas.

—A lo mejor no quiere dobles ventanas.

—Te niegas a tomar parte en el asunto, ¿no es así? —La voz de Nancy tembló de indignación—. Te niegas a considerar las consecuencias.

—¿Y cuáles son estas consecuencias, Nancy? Dime.

—Podría vivir hasta los noventa años.

—Así lo espero.

—Puede quedarse sin el capital que tiene.

Los ojos de Olivia brillaron divertidos.

—¿Tenéis miedo tú y George de quedaros en la miseria, con una madre a vuestro cargo? ¿De tener otro agujero en vuestra economía después de pagar el mantenimiento del caserón y llevar a vuestros hijos a los colegios más caros del país?

—La forma en que gastamos nuestro dinero no es asunto tuyo.

—Y la forma en que mamá decide gastar el suyo tampoco es asunto *vuestro*.

La réplica enmudeció a Nancy. Dejó de mirar a Olivia y concentró su atención en la ternera. Olivia, mirándola, vio el rubor tiñendo las mejillas de su hermana y un ligero temblor en la boca y barbilla. «Por Dios santo —pensó—, tiene sólo cuarenta y tres años y parece una mujer vieja, gorda y patética.» Súbitamente sintió una cierta culpabilidad y piedad hacia su hermana, lo que la llevó a decir, en un tono más amable y tranquilizador:

—Yo en tu lugar no me preocuparía demasiado. Vendió muy bien la casa de la calle Oakley y todavía le queda una buena cantidad, incluso después de haber comprado Podmore's Thatch. No creo que el viejo Lawrence Stern fuese consciente de ello pero, entre una cosa y otra, puede vivir bastante holgadamente. Lo que nos fue muy bien a ti a mí y a Noel porque, seamos sinceras, nuestro padre, económicamente hablando, era una completa calamidad...

Nancy se dio cuenta de pronto de que había llegado al cabo de sus fuerzas. Estaba exhausta de discutir y odiaba a Olivia cuando hablaba así de su querido papá. En circunstancias normales, se habría alzado en defensa de este hombre tan querido y ya muerto. Pero ahora no tenía energía. La reunión con Olivia había sido una completa pérdida de tiempo. No se había concretado nada sobre su madre, o sobre el dinero o la empleada de hogar, o cualquier cosa; Olivia, como siempre, le había dado tres en raya y había dejado a Nancy como si hubiese pasado encima de ella una apisonadora.

Lawrence Stern.

La deliciosa comida se había acabado. Olivia lanzó una mirada a su reloj y sugirió a Nancy si quería tomar café. Nancy preguntó si había tiempo y Olivia contestó que sí, que tenía todavía cinco minutos, así que Nancy dijo que le gustaría y Olivia pidió café; y Nancy, borrando a regañadientes de su mente las imágenes de los deliciosos pudings que había vislumbrado en el carro de los postres, cogió la revista *Harpers and Queen* que había comprado para el tren y que yacía ahora en el asiento forrado de terciopelo junto a ella.

Fue pasando las páginas hasta que llegó al anuncio de Boothby's y tendió la revista a su hermana. Olivia echó una ojeada y asintió con la cabeza.

—Sí, lo había visto. Se subastará el próximo miércoles.

—¿No es increíble? —Nancy tomó de nuevo la revista—. ¿Pensar que alguien pueda querer comprar este horror?

—Nancy, te puedo asegurar que hay mucha gente que quiere comprar este horror.

—Debes estar bromeando.

—Por supuesto que no —al observar la perplejidad ingenua de su hermana, Olivia se rió—. Oh, Nancy, ¿dónde habéis estado metidos George y tú estos últimos años? Ha habido un enorme resurgimiento del interés por la pintura victoriana. Lawrence Stern, Alma-Tadema, William Waterhouse..., obtienen precios elevadísimos en las subastas de arte.

Nancy estudió la tenebrosa reproducción de *Las portadoras de agua* con un ojo que intentaba verla de manera distinta. No hubo diferencia.

—Pero ¿por qué? —insistió.

Olivia se encogió de hombros.

—Una nueva apreciación de su técnica. Escasa producción.

—Cuando hablas de precios elevadísimos, ¿a qué te refieres exactamente? Quiero decir, ¿por cuánto puede salir éste?

—No tengo idea.

—Más o menos.

—Bien... —Olivia frunció los labios, calculando—. Quizá..., doscientas mil libras.

—¿*Doscientas mil*? ¿Por esto?

—Penique más, penique menos.

—Pero ¿por qué? —insistió Nancy.

—Te lo he explicado. Escasa producción. Las cosas no valen nada hasta que alguien las desea. Lawrence Stern nunca fue un pintor prolífico. Si miras con atención los detalles de este cuadro entenderás la razón. Debió de tardar meses en realizarlo.

—Pero ¿qué ha ocurrido con toda su obra?

—Desaparecida. Vendida. Probablemente se vendió directamente desde el caballete, estando la pintura todavía húmeda. Cualquier colección privada que se respete o cualquier museo del mundo debe de tener un Lawrence Stern en algún lugar. Ha sido ahora cuando sus cuadros aparecen en el mercado. Y no olvides que dejó de pintar bastante antes de la guerra cuando sus manos se deterioraron demasiado siquiera para coger un pincel. Yo me imagino que vendió todo lo que pudo, sintiéndose satisfecho con poder mantenerse a sí mismo y a su familia. Nunca fue un hombre rico y fue una suerte para nosotros que heredase de su padre aquella casa enorme aquí en Londres; posteriormente pudo comprar la propiedad de Carn Cottage. La venta de Carn Cottage se fue en gran parte en la educación de nosotros tres y el producto de la casa de la calle Oakley es de lo que mamá vive ahora.

Nancy escuchaba todo esto, pero no con toda su atención. Sus pensamientos divagaban, como si su mente estuviese explorando posibilidades, especulando.

—¿Y qué pasa con los cuadros de madre? —dijo seguidamente, de la forma más intrascendente que pudo.

—¿Te refieres a *Los buscadores de conchas*?

—Sí. Y a los dos paneles del rellano.

—¿Qué pasa con ellos?

—Si se vendiesen ahora, ¿valdrían mucho dinero?

—Supongo que sí.

Nancy tragó saliva. Su boca estaba seca.

—¿Cuánto?

—Nancy, yo no estoy en este negocio.

—Aproximadamente.

—Imagino..., alrededor de las quinientas mil.

—¡Quinientas mil! —Las palabras apenas tenían sonido. Nancy se reclinó en su asiento, literalmente pasmada. Medio millón. Podía ver la cifra escrita, con el signo de libras y cantidad de adorables ceros. En ese momento, el camarero apareció con el café, negro, humeante, oloroso, Nancy carraspeó y lo intentó de nuevo.

—Medio millón.

—Más o menos. —Olivia, con una de sus raras sonrisas, ofreció el azucarero a Nancy—. Ya ves por lo tanto que ni tú ni George debéis preocuparos con respecto a mamá.

Esto daba por finalizada la conversación. Bebieron el café en silencio. Olivia pagó la cuenta y se dispusieron a marcharse. Una vez en la calle, como iban en direcciones diferentes, pidieron al portero dos taxis, y como Olivia iba más justa de tiempo, tomó el primero. Se despidieron en la acera y Nancy observó cómo se alejaba. Mientras comían, había empezado a llover bastante fuerte, pero Nancy, de pie bajo el aguacero, apenas lo notó.

Medio millón.

Llegó su taxi. Le dijo al taxista que la llevase a Harrods, le dio una propina al portero, y subió. El taxi se puso en marcha. Sentada en la parte posterior veía pasar Londres a través de la salpicada ventanilla, pero sus ojos no miraban. No había llegado a nada concreto con Olivia, pero el día no había sido en vano. Podía sentir cómo su corazón latía con fuerte excitación.

Medio millón de libras.

Una de las razones por las que Olivia había tenido tanto éxito en su carrera consistía en que había desarrollado la capacidad de limpiar su mente. Así, su considerable inteligencia atendía a un solo problema cada vez. Dirigía su vida como un submarino, dividido en compartimientos estancos, cada uno de ellos precintado e inexpugnable para el otro. De esta forma, aquella mañana había borrado a Hank Spotswood de su mente siendo capaz así de centrar toda su atención en habérselas con Nancy. Al volver a la oficina, ya cuando traspasaba la puerta del prestigioso edificio, Nancy y todas sus ansiedades triviales de la casa y la familia habían quedado aparcadas, y Olivia era de nuevo la directora de *Venus,* con el único pensamiento de intensificar el éxito de su revista. Durante la tarde dictó cartas, se reunió con el director de publicidad, organizó un cóctel de presentación que tendría lugar en el Dorchester y tuvo una muchas veces pospuesta bronca con la directora de la sección de ficción, informando a la pobre mujer que, si no era capaz de encontrar mejores historias, *Venus* cesaría completamente de publicar ficción, con lo cual la directora de esa sección se encontraría sin trabajo. La directora de ficción, una mujer divorciada con la responsabilidad de sacar adelante dos niños, se deshizo en lágrimas, pero Olivia fue inflexible: la revista tenía prioridad sobre todo lo demás. Se limitó a ofrecerle un pañuelo de papel y darle dos semanas de permiso para que sacase algún conejo mágico de su sombrero.

Pero todo resultaba altamente agotador. Se dio cuenta de que era viernes y llegaba el fin de semana, lo cual agradeció. Trabajó hasta las seis poniendo en orden los papeles de su mesa. Luego se apresuró a recoger sus cosas, tomó el ascensor hasta la planta del garaje, se metió en el coche y se dirigió hacia su casa.

El tráfico era aterrador, pero estaba acostumbrada a las horas punta y lo aceptó. *Venus,* tras un portazo mental, había dejado de existir; era como si la tarde no hubiera tenido lugar nunca y estuviera de nuevo en L'Escargot con Nancy.

Había sido brusca con Nancy, acusándola de exagerar las cosas, quitando importancia a la enfermedad de su madre, rechazando el pronóstico del médico rural. Esto era porque Nancy siempre hacía montañas de un grano de arena..., pobre chica, qué otra cosa podía hacer con su aburrida vida..., pero también porque Olivia, como si fuese todavía una niña, sólo quería pensar cosas buenas con respecto a su madre. Como si fuese inmortal. No quería que estuviese enferma. No quería que se muriese.

Un ataque cardíaco. De entre todas las personas, eso le tenía que haber pasado a su madre, que no había estado enferma en toda su vida. Alta, fuerte, vital, interesada por todo, pero lo más importante, siempre *allí.* Olivia recordó la cocina del sótano de la casa de la calle Oakley, el corazón de la gran casa londinense, donde hervía el caldo y la gente se sentaba alrededor de la mesa refregada y hablaba durante horas frente a un aguardiente o un café, mientras su madre planchaba o remendaba ropa. En una época en que ya nadie mencionaba la palabra «seguridad», Olivia pensaba en aquel lugar acogedor.

Suspiró. Quizá el médico tenía razón. Quizá debería haber alguien viviendo con Penélope. Lo mejor que podía hacer Olivia era ir a verla, hablar del tema y, en caso necesario, ver la forma de encontrar una solución. Mañana era sábado. Iré a verla mañana, se dijo sintiéndose inmediatamente mucho mejor. Iré a Podmore's Thatch por la mañana y pasaré el día con ella. Una vez tomada la decisión, borró todo de su mente y permitió que el lugar vacante fuese ocupado con placentera anticipación por la velada que tenía por delante.

Estaba cerca de casa. Pero antes se dirigió al supermercado del barrio, aparcó el coche y compró algunas cosas. Crujiente pan moreno y una lata de *paté de foie-gras;* pollo y lo necesario para hacer una ensalada. Aceite de oliva, melocotones frescos, quesos; una botella de whisky escocés, dos botellas de vino. Compró flores, un ramo de narcisos, lo colocó todo en el maletero del coche y condujo acortando la distancia que le separaba de Ranfurly Road.

Su casa formaba parte de una hilera de construcciones sin división entre sí, de ladrillos rojos eduardianos, todas con ventanas que sobresalían, jardín en cada casa y sendero embaldosado. Desde fuera, parecía casi lamentablemente ordinaria, lo cual no hacía más que aumentar el impacto de su inesperado y sofisticado interior. Las pequeñas habitaciones de la planta baja habían sido transformadas en una sola y espaciosa estancia, con la cocina separada de la zona del comedor sólo por una barra, como un pequeño bar, y una escalera abierta que conducía al piso superior. En el extremo de la sala, unas puertaventanas daban al jardín y ofrecían un peculiar panorama rural, pues más allá del jardín había una iglesia que contaba aproximadamente con quinientos metros cuadrados de terreno, donde en la época estival tenían lugar comidas escolares, y un enorme roble extendía sus ramas.

Olivia había decorado su casa con un estilo campestre, con alegres algodones y muebles de pino, pero el efecto que había conseguido era refrescante y moderno como en un ático. El color predominante era el blanco. A Olivia le encantaba el blanco. El color del lujo y de la luz. Baldosas blancas en el suelo. Paredes blancas, cortinas blancas. Provocadores y cómodos sofás y sillones forrados con una tela nudosa de algodón de fondo blanco, lámparas y pantallas blancas. Y el resultado no era frío, a causa de esos detalles originales que había esparcido con toques de gran luminosidad. Cojines escarlata y rosa India, alfombrillas españolas, llamativos cuadros abstractos enmarcados en plata. La mesa de comer era de cristal y las sillas negras, y había pintado una de las paredes del comedor en azul cobalto, colgando en ella una galería de fotografías de familia y amigos.

La casa estaba caldeada e inmaculadamente limpia. La vecina de Olivia, con quien tenía un arreglo desde hacía mucho tiempo, iba cada día a limpiar y abrillantar. Ahora, podía oler el abrillantador, mezclado a la fragancia del tiesto de jacintos azules, cuyos bulbos había plantado el otoño anterior y que habían alcanzado finalmente su punto máximo de perfumada perfección.

Con actitud relajada y parsimoniosa inició los preparativos para la velada. Descorrió las cortinas, encendió el fuego (que era de gas con leños simulados, pero acogedor y auténtico como un fuego de verdad), puso una cinta en el estéreo y se sirvió un whisky escocés. En la cocina preparó la ensalada, hizo el aliño para ésta, puso la mesa y el vino al fresco. Eran casi las siete y media y se dirigió al piso superior. Su dormitorio estaba en la parte posterior de la casa, con vista al jardín y al roble; y también aquí todo era blanco, con una gruesa moqueta y una enorme cama doble. Miró la cama y pensó en Hank Spotswood; la deshizo y la volvió a hacer reemplazando las sábanas existentes por unas limpias de brillante y fresco hilo recién planchadas. Una vez hecho esto, y sólo entonces se desnudó y se dirigió al baño.

Para Olivia, el ritual del baño diario por la tarde suponía el abandono a la total relajación. Aquí, sumergida en perfumada espuma, permitía que su mente fuese a la deriva, que sus pensamientos divagasen. Era un interludio propicio para reflexiones placenteras —planes de vacaciones, ropa que comprar en los próximos meses, fantasías vagas en relación al hombre con el que estaba saliendo en ese momento. Pero de alguna forma esa tarde se encontró volviendo a Nancy, pensando si ya estaría en esa horrible casa con su desagradable familia. Es cierto que tenía problemas, pero siempre parecía que se los buscaba. Ella y George, con todas sus pretensiones, vivían por encima de sus posibilidades y además intentaban convencerse de que tenían derecho a eso y mucho más. Era difícil no sonreír ante la vista de la cara de Nancy, boquiabierta y con los ojos desorbitados, cuando Olivia le informó sobre el probable valor de los cuadros de Lawrence Stern. Nancy nunca había sabido ocultar sus pensamientos, sobre todo si se le cogía desprevenida, y el evidente asombro había dado paso, de pronto, a una expresión de avaricia calculadora, cuando sin duda Nancy veía las facturas de los colegios pagadas, el viejo vicariato con ventanas dobles y el futuro de todo el clan Chamberlain asegurado.

Esto no preocupaba a Olivia. No sentía temor por *Los buscadores de conchas.* Lawrence Stern había dado el cuadro a su hija como regalo de boda y era más valioso para ella que todo el oro del mundo. Nunca lo vendería. Nancy —y de la misma forma Noel— no tendrían más remedio que esperar el momento propicio, hasta que la naturaleza hiciese su camino y Penélope muriese. Lo cual no ocurriría hasta dentro de muchos años, como Olivia esperaba fervientemente.

Abandonó mentalmente a Nancy para dirigir su pensamiento hacia otro asunto más atractivo. El inteligente joven fotógrafo, Lyle Medwin. Brillante. Un verdadero hallazgo. Y también muy perspicaz.

«Ibiza» había dicho él y ella, involuntariamente, había repetido la palabra; y quizá advirtiendo alguna pregunta en su voz o expresión, había salido al paso con una sugerencia alternativa. Ibiza. Ahora, estrujando la esponja de forma que el agua caliente gotease como un bálsamo sobre su desnudez, se daba cuenta que los recuerdos se habían despertado y habían permanecido inmóviles en la parte posterior de su conciencia desde el momento de ese intercambio de palabras nimio y aparentemente insignificante.

Hacía meses que no pensaba en Ibiza. Pero «Paisajes rurales...» había sugerido. «Con cabras y ovejas y robustos campesinos labrando los campos.» Vio la casa, larga y baja, con tejas rojas, adornada con buganvillas y enrejados de cepas. Oyó los cencerros y el canto de los gallos. Olió la cálida resina de los pinos y los enebros, del mar le llegó de pronto un viento caliente. Sintió de nuevo el profundo calor del sol mediterráneo.

III

COSMO

A principios del verano de 1979, estando de vacaciones con unos amigos, Olivia conoció a Cosmo Hamilton en el transcurso de una fiesta celebrada en un barco.

Olivia no era amante de los barcos. Le disgustaban los espacios reducidos, sentía claustrofobia cuando había demasiada gente en un lugar pequeño y le molestaba el constante golpear de los amantillos y el cabeceo del pescante y la botavara. Aquel barco privado tenía treinta pies y estaba anclado en medio del puerto, lo que hacía necesario llegar a él en una potente lancha neumática. Olivia había ido, a regañadientes, con el resto de su grupo y estaba resultando tan malo como había temido; estaba lleno de gente, no había sitio para sentarse y todo el mundo estaba terriblemente alegre y exaltado. La mayoría de los invitados bebía Bloody Mary y comentaba con risas ruidosas la multitudinaria fiesta donde habían estado todos la noche anterior y a la cual Olivia y sus amigos no habían asistido.

Se encontró de pie, con un vaso en la mano, en la bañera del yate junto con otras catorce personas. Era como intentar alternar en un ascensor repleto. Además no había posibilidad de marcharse. Una no podía simplemente traspasar la puerta, llegar a la calle, encontrar un taxi y volver a casa. Estaba bloqueada allí, cara a cara con un hombre de lo más soso que parecía pensar que ella encontraba fascinante escuchar su experiencia de pertenecer a la Guardia Real y lo que se tardaba en ir, en un coche bastante rápido, desde cierta plaza de Hampshire hasta Windsor.

La cara de Olivia era puro aburrimiento. Cuando él se volvió un momento para llenarse el vaso de nuevo, ella aprovechó inmediatamente la ocasión para escaparse, saliendo de la bañera y abriéndose camino hacia delante, topándose con una muchacha casi totalmente desnuda que tomaba el sol sobre el techo de la cabina. En la proa, encontró un rincón de cubierta vacío y se sentó, con la espalda apoyada en el mástil. Allí, el murmullo de voces seguía asaltando sus oídos, pero por lo menos estaba sola. Hacía mucho calor. Fijó abatida su mirada en el mar.

Una sombra atravesó sus piernas. Miró hacia arriba, temiendo que fuese el guardia de Windsor, y vio que se trataba del hombre de la barba. Lo había visto apenas había subido a bordo, pero no se habían hablado. Su barba era gris y tenía una abundante mata de pelo blanco, era muy alto, enjuto y musculoso e iba vestido con una camiseta blanca y unos tejanos desteñidos y lavados a la sal.

—¿Quieres otra copa? —dijo él.

—No, gracias.

—¿Quieres estar sola?

Su voz era encantadora. No tenía aspecto de ser el tipo de hombre que se considerase a sí mismo como uno más.

—No necesariamente —contestó.

Se agachó junto a ella. Sus ojos quedaron a la misma altura y ella observó que los suyos eran del mismo azul pálido, suave, de los tejanos. Su rostro estaba surcado de arrugas e intensamente bronceado. Tenía pinta de ser escritor.

—¿Puedo hacerte compañía?

Ella titubeó para sonreír seguidamente.

—¿Por qué no?

Se llamaba Cosmo Hamilton. Vivía en la isla desde hacía veinticinco años. No, no era escritor. Al principio, había estado empleado en el alquiler de yates, luego trabajó como agente para una compañía de Londres que organizaba vacaciones para grupos, y ahora era un caballero ocioso.

A pesar suyo, a Olivia se le despertó el interés.

—¿No te aburres?

—¿Por qué tendría que aburrirme?

—Sin nada que hacer.

—Puedo hacer cientos de cosas.

—Dime dos.

Los ojos de él brillaron divertidos.

—Esto parece un atraco.

De hecho, probablemente estaba en tan buena forma y era tan activo como parecía. Olivia sonrió.

—No hablaba en serio.

La sonrisa de él iluminó su cara, como una luz, y le aparecieron arrugas en el extremo de los ojos. Olivia sintió cómo su corazón se conmovía y le daba un vuelco.

—Tengo un barco —le dijo él—. Y una casa y un jardín. Estanterías llenas de libros, dos cabras y tres docenas de gallinillas de Bantam. La última vez que las conté. Las gallinillas de Bantam son terriblemente prolíficas.

—¡Te ocupas tú de las gallinillas o lo hace tu mujer?

—Mi mujer vive en Weybridge. Estamos divorciados.

—¿Vives solo?
—No del todo. Tengo una hija. Va a un colegio en Inglaterra, en calidad de externa, por lo que vive con su madre durante el curso y viene aquí para las vacaciones.
—¿Qué edad tiene?
—Trece. Se llama Antonia.
—Debe gustarle mucho pasar aquí las vacaciones.
—Sí. Lo pasamos muy bien. ¿Cómo te llamas?
—Olivia Keeling.
—¿Dónde te hospedas?
—En Los Pinos.
—¿Estás sola?
—No, con amigos. Por esto estoy aquí. Ha sido invitado uno de nuestro grupo y le hemos acompañado todos.
—He visto cómo subías a bordo.
—Odio los barcos —dijo ella y él se echó a reír.
A la mañana siguiente, él se presentó en el hotel en su búsqueda. La encontró sola, tendida al sol, junto a la piscina. Era temprano y probablemente sus amigos estuvieran todavía en sus dormitorios, pero Olivia ya había nadado y había pedido que le sirviesen el desayuno en la terraza de la piscina.
—Buenos días.
Ella levantó la cabeza, miró hacia arriba y lo vio allí de pie, recortado contra el cielo.
—Hola.
Su cabello estaba húmedo y liso a causa del baño y se envolvía con un albornoz blanco.
—¿Puedo sentarme?
—Si quieres. —Estiró un pie y empujó una silla en su dirección—. ¿Has desayunado?
—Sí —dijo él sentándose—. Hace un par de horas.
—¿Un poco de café?
—No, ni siquiera café.
—¿Qué puedo entonces hacer por ti?
—He venido para ver si te gustaría pasar el día conmigo.
—¿Incluye esta invitación a mis amigos?
—No. Sólo a ti.
La miraba directamente, con unos ojos fijos y algo descarados. Ella sintió como si se estuviese enfrentando a un desafío y por alguna razón aquello la desconcertó. Hacía años que Olivia no había experimentado desconcierto. Para enmascarar este nerviosismo desconocido y ocuparse en algo, tomó una naranja del cesto de la fruta y empezó a mondarla.
—¿Qué les voy a decir a los demás? —preguntó.
—Les dices simplemente que vas a pasar el día conmigo.

A ella le estaba resultando arduo mondar la naranja, lastimándose la uña del pulgar.

—¿Qué vamos a hacer?

—He pensado que podríamos coger mi barco..., llevarnos comida... Eso. —Parecía impaciente, se inclinó hacia delante y le cogió la naranja—. Así no podrás mondarla nunca. —Metió la mano en el bolsillo posterior, sacó una navaja y empezó a hacer cuatro cortes en la naranja.

—Odio los barcos —dijo ella mirando sus manos.

—Lo sé. Me lo dijiste ayer. —Devolvió la navaja al bolsillo, después de haber mondado diestramente la fruta y se la ofreció de nuevo a Olivia—. Ahora —dijo él mientras ella la comía silenciosamente—, ¿qué vas a contestar? ¿Sí o no?

Olivia se reclinó en su silla y sonrió. Dividió la naranja en gajos y empezó a comérsela, uno a uno. En silencio, Cosmo la miraba. El calor de la mañana se había intensificado y, con el delicioso sabor del cítrico fresco en la boca, sintió en su rostro el aire caliente, lo que le produjo una cierta alegría. Despacio, terminó la naranja. Seguidamente se limpió los dedos y miró por encima de la mesa al hombre, que esperaba impaciente su respuesta.

—Sí —dijo.

Olivia descubrió aquel día que después de todo no odiaba los barcos. El de Cosmo no era ni con mucho tan grande como aquel donde tuvo lugar la fiesta, pero infinitamente más bonito. Sólo estaban ellos dos y no se limitaron a permanecer anclados en el sitio, sino que soltaron amarras, izaron la vela y se deslizaron hacia delante, atravesaron el muelle, salieron al mar abierto y, costeando, llegaron a una cala azul y desierta que los turistas no se habían tomado la molestia de encontrar. Allí echaron anclas, nadaron tirándose al agua desde la cubierta y escalaron el barco de nuevo, lo que significaba tener que trepar por una terca escalera de cuerda.

El sol estaba alto y hacía tanto calor que Cosmo colocó un toldo sobre la bañera y, a la sombra, se comieron el picnic. Pan, tomates, lonchas de salchichón, fruta y queso; y vino fresco que se conservaba gracias a que él había atado un trozo de cabo al cuello de las botellas introduciendo éstas en el mar.

Después, se tumbaron sobre la cubierta y tomaron el sol tranquilamente y, más tarde, cuando el viento hubo amainado, el sol se deslizaba hacia el horizonte y la luz trémula del agua se reflejaba en la mampara blanca de la cabina, hicieron el amor.

Al día siguiente se presentó de nuevo, en su pequeño y maltrecho Citroën 2 CV, que más parecía un cubo de basura móvil que otra cosa, y la llevó lejos de la costa, al interior, donde tenía su casa. Los amigos de Olivia se mostraron entonces algo molestos con ella, incluso el que se hacía pasar por «su pareja» le recriminó su actitud y ante la respuesta de Olivia, decidió dar por terminado su viaje y regresar.

Aquella mañana era también espléndida. La carretera atravesaba suaves colinas, blancos pueblos aún dormidos, dos pequeñas iglesias también blancas y granjas donde las cabras pacían en los delicados campos y las pacientes mulas enganchadas a chirriantes ruedas giraban en círculo.

Aquí todo permanecía como durante siglos había permanecido, incólume al comercio y al turismo. El moderno alquitranado había sido dejado atrás y el piso de la carretera era ahora irregular. El Citroën rechinaba y se sacudía en su camino descendente sobre una pista estrecha y sin asfaltar, oscura y fresca, a la sombra de un bosquecillo de pinos piñoneros, para detenerse bajo un enorme olivo.

Cosmo paró el motor y salieron del coche. Olivia sintió el frescor de la brisa en su rostro, vislumbrando el mar a lo lejos. Un sendero bajaba a través de un campo de almendros, y detrás de éste, se encontraba la casa. Larga y blanca, con tejas rojas, sus muros estaban plagados de púrpuras buganvillas, alzándose sobre una vista sin obstáculos del amplio valle que declinaba hacia la costa. A lo largo de la parte frontal de la casa había una terraza recubierta de cepas y, más allá, un pequeño y salvaje jardín se extendía hasta una reducida piscina, la cual resplandecía clara y turquesa a la luz del sol.

—¡Qué sitio! —fue lo único que pudo decir.

—Entra. Te enseñaré la casa.

Era una casa caótica. Había escaleras que iban arriba y abajo sin orden ni concierto y no se encontraban dos habitaciones en el mismo nivel. Anteriormente había sido una granja, y la cocina y el salón estaban todavía en el piso superior, mientras que los dormitorios se encontraban en la planta baja, en lo que habían sido establo, cuadra y pocilga.

El interior era austero y fresco, toda blanqueada y amueblada en el más simple de los estilos. Algunas alfombras coloradas sobre el suelo de madera rústico, muebles del lugar, sillas con asiento de anea, mesas de madera gastada por el uso. Sólo había cortinas en la sala de estar. En el resto de la casa, las ventanas provistas de profundo alféizar tenían postigos.

Había también muebles más refinados. Hondos sofás y sillones con mantas de algodón colorado puestas sobre ellos; floreros; cestas rústicas junto a la chimenea llena de troncos. En la cocina, cacerolas de cobre colgaban de una viga, y se olía a especias y hierbas. Y por todas partes había muestras de la afición que ese hombre, que llevaba ocupando el lugar por espacio de veinticinco años, sentía por la cultura. Cientos de libros, no sólo en las estanterías, sino sobre las mesas, los alféizares y la alacena junto a su cama. Había asimismo buenos cuadros y muchas fotografías y estanterías de discos elegantemente apilados al lado del tocadiscos. Una vez terminada la visita, Cosmo pasó a través de una puerta baja hacia otro tramo de escalera y, cruzando un descansillo de baldosas rojas, llegaron a la terraza. Ella se puso de espaldas al panorama y levantó la vista hacia la fachada de la casa.

—Es más perfecto de lo que podía haber imaginado —dijo.

—Siéntate, contempla el paisaje y yo iré a buscar un vaso de vino.

Había una mesa y algunas sillas de mimbre colocadas cerca de los lirios, pero Olivia no quería sentarse. En lugar de esto, se apoyó en la pared blanqueada donde en tiestos de barro se desparramaban geranios colgantes con perfume de limón, y un ejército de hormigas trabajando sin fin iba y venía en filas bien ordenadas. La calma era inmensa. Escuchando, captó los sordos y ligeros sonidos que formaban parte de esta quietud. Un cencerro en la lejanía. El murmullo del suave cacareo de gallinas satisfechas, escondidas en algún lugar del jardín pero fácilmente audibles.

Todo un mundo nuevo. Sólo habían conducido algunos kilómetros, pero podía sentirse a cientos del hotel, de sus amigos, las fiestas, las piscinas llenas de gente, las calles y las tiendas animadas de la ciudad, las luces brillantes y las discotecas ruidosas. Todavía más lejos estaba Londres, *Venus,* su casa, su trabajo, desvaneciéndose en la irrealidad; sueños olvidados de una vida que nunca había sido real. Como un barco que había estado vacío durante demasiado tiempo, se sentía llena de paz. «Podría quedarme aquí.» Una vocecita, una mano tirándole de la manga. «Éste es un sitio donde yo podría quedarme.»

Le oyó detrás de ella, bajando la escalera de piedra, con los tacones de sus sandalias sueltas que golpeaban contra los escalones. Se volvió y lo vio aparecer a través del quicio de la puerta (era tan alto que agachaba la cabeza automáticamente). Llevaba en la mano una botella de vino y dos vasos. Posó los vasos y la botella fría y empañada sobre la mesa y buscó en los bolsillos de sus tejanos para sacar un purito que encendió con una cerilla.

Después, ella dijo:

—No sabía que fumabas.

—Sólo esto. De vez en cuando. Yo era un hombre de dos paquetes y medio diarios, pero al final he logrado dejarlo. Hoy, sin embargo, creo que es una buena ocasión para autogratificarme.

Ya había descorchado la botella y vertía el vino en los vasos; tomó uno y lo ofreció a Olivia, estaba realmente frío.

—¿Por qué cosa vamos a brindar? —preguntó él.

—Por tu casa. Como se llame.

—«Can D'alt.»

—Por «Can D'alt» entonces, y su dueño.

Bebieron.

—Te miraba por la ventana de la cocina. Estabas tan tranquila. Me preguntaba en qué estarías pensando —dijo él.

—Sólo eso..., aquí..., realidades que se desvanecen.

—¿Eso es bueno?

—Creo que sí. No soy... —titubeó buscando las palabras justas porque de pronto sintió que debía utilizar exactamente las palabras adecuadas—. No soy un ser hogareño. Tengo treinta y tres años y soy la directora de una revista llamada *Venus*. He necesitado mucho tiempo para llegar ahí. Desde que dejé Oxford he trabajado duro por mi independencia, y no te lo digo para que me compadezcas. Nunca he querido ninguna otra cosa. Nunca he querido casarme o tener hijos. No he necesitado este tipo de estabilidad.

—¿Y?

—Sólo esto... éste es el tipo de lugar donde creo que podría quedarme. Aquí no me sentiría ni atrapada ni como si estuviera echando raíces. No sé por qué —le sonrió—. No sé por qué.

—Pues quédate —le dijo.

—¿Hoy? ¿Esta noche?

—No. Simplemente quédate.

—Mi madre siempre me decía que no aceptase una invitación abierta. Siempre tiene que haber una fecha de llegada, según ella, y una fecha de partida.

—Tenía bastante razón. Digamos que la fecha de llegada es hoy y la fecha de partida la decidirás tú misma.

Ella le miró, estimando motivos, implicaciones.

—¿Me estás diciendo que venga a vivir contigo? —dijo finalmente.

—Sí.

—¿Y qué hay de mi trabajo? Es un buen trabajo, Cosmo. Bien pagado y de responsabilidad. He luchado toda mi vida por llegar donde estoy.

—En este caso, ha llegado el momento de que te tomes un año sabático. Ningún hombre o mujer puede trabajar para siempre.

Un año sabático. A doce meses se les puede llamar un año sabático. Más tiempo sería huir.

—También tengo una casa. Y un coche.

—Déjaselo a tu mejor amigo o amiga.

—¿Y mi familia?

—Puedes invitarla a que venga con nosotros.

Su familia allí. Imaginó a Nancy asándose junto a la piscina mientras George se instalaba en el interior con un sombrero por temor a coger una insolación. Se imaginó a Noel rondando las playas de nudistas y volviendo a la hora de cenar con el trofeo del día, muy probablemente alguna rubia soltera hablando algún idioma desconocido. Imaginó a su madre..., pero esto era diferente, en absoluto ridículo. Era el lugar adecuado para su madre, esa casa encantadora y peculiar, ése jardín salvaje. Los campos de almendros, la terraza caldeada por el sol, incluso las gallinillas de Bantam —especialmente éstas— le encantarían. Se le ocurrió que quizá ésta era la razón por la que se había sentido instantáneamente atraída por Can D'alt, sintiéndose tan a gusto en ella.

—No soy la única que tiene familia. Tus obligaciones deben ser también consideradas.

—Sólo Antonia.

—¿No es suficiente? No querrás disgustarla.

Él se rascó la parte posterior del cuello y pareció algo incómodo por un momento.

—Quizá no sea el momento más oportuno para mencionarlo, pero ha habido otras mujeres.

Olivia se rió de su azoramiento.

—¿Y a Antonia no le importaba?

—Lo entendía. Lo tomaba con filosofía. Es muy sociable. Muy independiente.

Se hizo el silencio entre ellos. Él parecía esperar una respuesta. Olivia miró el fondo de su vaso de vino.

—Es una gran decisión, Cosmo —dijo finalmente.

—Lo sé. Debes pensarlo. ¿Qué te parece si nos hacemos algo para comer y dejamos este tema para más tarde?

Así lo hicieron, entraron en la casa para que él preparase un plato de pasta con una salsa de setas y jamón y, como era evidentemente mejor cocinero que ella, Olivia se retiró al jardín. Se encaminó al huerto, cogió una lechuga y tomates y descubrió, bajo unas hojas, un racimo de calabacines enanos. Con este botín regresó a la cocina donde se instaló junto al fregadero y preparó una ensalada sencilla. Comieron en la mesa de la cocina y después Cosmo sugirió que era la hora de echar una siesta. Se fueron juntos a la cama y todo fue incluso mejor que la vez anterior.

Y a las cinco de la tarde, cuando el calor del día se había moderado un poco, fueron a la piscina y nadaron desnudos para luego secarse al sol.

Él le habló de su pasado. Tenía cincuenta y cinco años. Le habían llamado para hacer el servicio militar el día que acabó la escuela superior y había estado en el servicio activo la mayor parte de la guerra. Le gustó esta vida y, al terminar la guerra y como no se le ocurrió otra cosa que quisiera hacer, se enroló como oficial en el ejército regular. Cuando tenía treinta años, su abuelo murió dejándole algo de dinero. Económicamente independiente por primera vez en su vida, renunció a su graduación de oficial y, sin ataduras o responsabilidades de ningún tipo, decidió lanzarse a ver mundo.

Llegó a Ibiza, en su estado virgen en aquellos años y todavía terriblemente barato. Se enamoró de la isla, decidió que ése era el lugar donde quería echar sus raíces y no viajó más.

—¿Y tu mujer? —preguntó Olivia.

—¿Qué?

—¿Cuándo apareció en tu vida?

—Murió mi padre y yo fui a casa para el entierro. Me quedé allí un tiempo, ayudando a mi madre a solucionar los últimos asuntos de mi padre. Tenía yo entonces cuarenta y un años, ya no era un jovencito. Conocí a Jane en una fiesta en Londres. Tenía más o menos tu edad. Dirigía una floristería. Me sentía solo, no sé por qué. Quizá tenía algo que ver con la pérdida de mi padre. Nunca me había sentido solo anteriormente, pero entonces sentí la soledad y, por alguna razón, no quería volver aquí solo. Ella era muy dulce, estaba muy predispuesta a casarse y pensaba que Ibiza sonaba locamente romántico. Éste fue mi gran error. Hubiese tenido que traerla antes aquí, en lugar de presentarla como mi novia a la familia. Pero no lo hice. Nos casamos en Londres y la primera vez que posó su mirada en este lugar era ya mi esposa.

—¿Fue feliz aquí?

—Durante un tiempo. Pero añoraba Londres. Echaba de menos sus amigos, el teatro, los conciertos en el Albert Hall, las tiendas, las reuniones con amigos, las salidas de fin de semana. Se aburría.

—¿Y Antonia?

—Antonia nació aquí. Es una auténtica ibicenca. Yo pensaba que el nacimiento del bebé calmaría algo a su madre, pero sólo empeoró las cosas. Por lo que decidimos, de forma bastante amigable, que partiese. No había ninguna acritud, pero tampoco había por qué pelearse. Se llevó a Antonia y se ocupó completamente de ella hasta que cumplió ocho años; luego, cuando la niña ingresó en el colegio, empezó a venir aquí, en verano y Pascua, para pasar las vacaciones conmigo.

—¿No suponía un problema para ti?

—No. No era un problema en absoluto. Hay una pareja encantadora, Tomeu y María, que tiene una pequeña granja en el camino. Tomeu me ayuda en el jardín y María viene a limpiar y atiende a la niña cuando está aquí. Son muy buenas amigas. Antonia es bilingüe gracias a eso.

Empezaba a refrescar. Olivia se sentó y cogió su blusa, para ponérsela. Cosmo también se movió, anunciando que toda esa charla le había dado sed y que necesitaba beber algo. Olivia dijo que le apetecería una taza de té. Cosmo le contestó que se lo haría encantado, se puso de pie y se alejó sin prisa, desapareciendo en el jardín hacia la casa para poner agua a calentar. Olivia se quedó junto a la piscina, deleitándose en su soledad, porque sabía que él no tardaría en volver. El agua de la piscina estaba quieta. En el extremo de ésta había una estatua de un niño tocando la flauta, reflejándose su imagen en el agua como en un espejo.

Una gaviota pasó volando sobre el lugar. Ella alzó la cabeza para mirar su airoso paso, las alas parecían rosas a causa de la luz del sol poniente. Olivia supo, en ese preciso instante, que se quedaría con Cosmo. Se iba a regalar, a modo de maravilloso presente, todo un año sabático.

Olivia descubrió que quemar las naves era más traumático de lo que parecía. Había mucho que hacer. En primer lugar, regresaron al hotel Los Pinos para recoger el equipaje de ella y pagar la cuenta. Hicieron todo esto de forma clandestina, aterrorizados ante la idea de ser descubiertos y, en lugar de buscar a sus amigos y explicarles la situación, Olivia optó por el camino más cobarde dejándoles una carta en la recepción del hotel.

Había que mandar telegramas, escribir cartas y telefonear a Inglaterra para dejarlo todo bien atado. Una vez estuvo todo hecho, ella pensaba que se sentiría eufórica y liberada, pero en cambio se encontró temblando de miedo y enferma de cansancio. Se encontraba mal. Ocultó este hecho a Cosmo, pero cuando la encontró postrada en el sofá, sollozando sin poder parar, como un manojo de nervios, todo salió a la luz.

Él fue muy comprensivo. La acostó en la pequeña habitación de Antonia donde podía estar sola y tranquila y la dejó dormir por espacio de tres noches y dos días. Sólo se movió para beberse la leche caliente que él le llevó y para comer una rebanada de pan con mantequilla y una fruta.

En la tercera mañana, se despertó y supo que el mal había pasado. Se había recuperado, y experimentaba una maravillosa sensación de bienestar y vitalidad. Se desperezó, saltó de la cama y abrió los postigos a la temprana mañana, olió la tierra mojada por el rocío y escuchó el canto de los gallos. Puso agua a hervir y preparó té. Con la tetera y dos tazas sobre una bandeja, salió de la cocina y bajó el otro tramo de escalera hasta la habitación de Cosmo.

Los postigos permanecían cerrados y estaba oscuro, pero él ya se había despertado.

—Qué sorpresa, hola —dijo él cuando ella entró.

—Buenos días. Te he traído el té de la mañana. —Dejó la bandeja junto a él y fue a abrir los postigos. Sesgados rayos de sol matutino llenaron la habitación de luz. Cosmo extendió un brazo hacia el reloj.

—Las siete y media. Eres un ave tempranera.

—He venido a decirte que estoy mejor. —Se sentó en la cama—.

Y a explicarte que siento haber sido tan débil. Te agradezco que hayas sido tan comprensivo y amable.

—¿Cómo me lo vas a agradecer? —le preguntó.

—Bien, se me ha ocurrido una cosa, pero quizá es demasiado temprano.

Cosmo sonrió y se apartó para dejarle sitio.

—Nunca es demasiado temprano —dijo y después añadió—: Eres muy hábil.

Ella se acurrucó feliz en la curva de su brazo.

—Al igual que tú, Cosmo, yo también he tenido algunas experiencias.

—Dígame, señorita Keeling —dijo él, con la voz de quien está haciendo una mala imitación de Noel Coward—: ¿Cuándo perdió usted la virginidad? Estoy seguro de que a nuestros radioyentes les encantará saberlo.

—En mi primer año de universidad.

—¿En qué colegio mayor?

—¿Es importante eso?

—Puede serlo.

—Lady Margaret Hall.

Él la besó.

—Te quiero —dijo, y ya no sonaba como Noel Coward.

Los días pasaban uno tras otro, sin nubes, calurosos, largos y ociosos, sólo llenados con ocupaciones de cualquier índole. Nadar, dormir, deambular por el jardín para alimentar a las gallinillas de Bantam, coger los huevos o arrancar alguna inofensiva mala hierba. Conoció a Tomeu y a María, quienes no parecieron inmutarse ante su llegada y la saludaban cada mañana con grandes sonrisas y apretones de mano. Aprendió algo de cocina española y miraba cómo María hacía sus enormes paellas. La ropa dejó de tener sentido. No se maquillaba, paseándose por ahí descalza, en tejanos o en bikini. A veces caminaban hasta el pueblo con un cesto a comprar alguna cosa pero, por acuerdo tácito, no se acercaban ni a la ciudad ni a la costa.

Con el tiempo para reflexionar sobre su vida, se dio cuenta de que era la primera vez que no trabajaba, que no se afanaba por hacer carrera dentro de la profesión escogida. Desde muy temprana edad su ambición había sido simplemente ser la mejor. La primera de la clase, la primera de los resultados de los exámenes. Estudiaba para conseguir becas, para alcanza el nivel O, para el nivel A, repasando a todas horas para alcanzar el grado que le aseguraría una plaza en la universidad. Y ya en Oxford, empezó todo el proceso de nuevo, el ascenso hasta la cumbre, los exámenes de fin de curso. Con matrícula de honor en inglés e historia, podía haberse tomado cierto tiempo de descanso, pero le aterrorizaba perder un momento, desaprovechar oportunidades y empezó a trabajar inmediatamente. Desde entonces habían pasado once años y no se había parado nunca.

Todo había pasado. Ahora, no se arrepentía. De pronto fue consciente y comprobó que había encontrado a Cosmo y lo había abandonado todo en el momento justo. Al igual que una persona con una enfermedad psicosomática, se había curado antes de que la dolencia fuese diagnosticada. Estaba profundamente agradecida. Su pelo brillaba, sus ojos oscuros, antes apagados, brillaban de felicidad e incluso los huesos de su rostro parecían haber perdido su agudo ángulo y se redondeaban y suavizaban. Alta, delgada, bronceada como una castaña, se miró al espejo y, por primera vez en su vida, se encontró verdaderamente guapa.

Uno de los días en que Cosmo había bajado a la ciudad para recoger los periódicos y la correspondencia y dar un vistazo al barco, Olivia se quedó sola en casa. Estaba echada en la terraza y miraba dos pequeños y desconocidos pájaros que coqueteaban sobre las ramas de un olivo. Mientras contemplaba ociosamente sus brincos, fue consciente de una extraña sensación de vacío. Analizándolo, obligándose a concretar, descubrió que estaba aburrida. No aburrida de Can D'alt, ni de Cosmo, sino aburrida consigo misma y con su propia mente vacía, como una habitación desprovista de muebles. Consideró durante un rato esta nueva circunstancia, levantándose luego de la silla para entrar en la casa y buscar algo para leer.

Estaba tan sumergida en la lectura que ni siquiera oyó a Cosmo cuando entraba en casa por lo que se sobresaltó cuando él apareció súbitamente junto a ella.

—Tengo calor y estoy sediento —empezó él a decir, pero se detuvo de pronto para mirar fijamente—. No sabía que usaras gafas.

Ella dejó caer el libro sobre sus rodillas.

—Sólo para leer, trabajar y en las comidas de negocios con hombres poco sentimentales a quienes intento impresionar. Aparte de eso, llevo lentes de contacto.

—No lo hubiese imaginado.

—¿Qué quieres decir? ¿Acaso eso va a cambiar algo entre nosotros?

—En absoluto. Te dan un aire de mujer inteligente.

—Soy muy inteligente.

—¿Qué estás leyendo?

—George Eliot. *El molino de Floss.*

—Espero que no empieces a identificarte con Maggie Tulliver.

—Nunca me identifico con nadie. Tienes una biblioteca maravillosa. Con todo lo que quiero leer, o releer, o nunca he tenido tiempo de leer. Probablemente me pasaré todo el año con la nariz en un libro.

—A mí no me importa, siempre y cuando aparezcas de vez en cuando para satisfacer mi apetito carnal.

—Así lo haré. —Él se inclinó y la besó, con gafas y todo, y se dirigió al interior para ir a buscar una lata de cerveza.

Ella terminó *El molino de Floss* y se sumergió en *Cumbres borrascosas,* luego siguió con Jane Austen. Leyó a Sartre, *En busca del tiempo perdido* y, por primera vez en su vida, *Guerra y paz.* Leyó a los clásicos, biografías y novelas de autores cuyos nombres no había oído jamás. Leyó a John Cheever y Joseph Conrad, y una copia maltrecha de *Los buscadores de tesoros,* que la transportó a los años de la casa de la calle Oakley cuando era niña.

Y, como estos libros era todos viejos amigos de Cosmo, pasaban las veladas sumergidos en largas discusiones literarias, normalmente acompañados con música de fondo; el *Nuevo Mundo, Variaciones enigma* de Elgar, sinfonías y óperas.

A fin de no perder el contacto con el mundo, él recibía cada semana de Londres *The Times.* Una noche, después de haber leído un artículo que hacía referencia a los tesoros de la Galería Tate, ella le habló de Lawrence Stern.

—Era mi abuelo, el padre de mi madre.

Cosmo quedó gratamente impresionado.

—Es realmente emocionante. ¿Por qué no me lo habías contado antes?

—No lo sé. No suelo hablar de él. Además, actualmente la mayoría de la gente no ha oído nunca hablar de él. Se quedó anticuado y fue olvidado.

—Era un gran pintor. —Frunció el entrecejo, haciendo profundos cálculos—. Pero nació..., debió de ser... hacia el mil ochocientos sesenta. Debía de ser muy viejo cuando tú viniste al mundo.

—Más que eso, estaba muerto. Murió en mil novecientos cuarenta y seis, en su propia cama, en Porthkerris.

—¿Solías ir a Cornualles a pasar las vacaciones y esas cosas?

—No. La casa estaba siempre alquilada a otra gente y al final mi madre la vendió. Tuvo que hacerlo porque andaba siempre corta de dinero y ésta era otra razón por la cual nunca salíamos de vacaciones.

—¿Te importaba eso?

—A Nancy eso le importaba muchísimo. Y a Noel también le hubiese importado, pero él era un gran superviviente. Siempre hacía amistad con los chicos adecuados y se las arreglaba para recibir invitaciones para ir a navegar o a esquiar y asistir a bonitas fiestas en el sur de Francia.

—¿Y tú? —La voz de Cosmo era cariñosa.

—No me importaba. No quería marcharme. Vivíamos en una enorme casa en la calle Oakley con un jardín igualmente enorme en la parte posterior y tenía todos los museos, bibliotecas y galerías de arte al alcance de mi mano. A mi disposición. —Sonrió recordando aquellos días tan llenos y placenteros—. Esa casa pertenecía a mi madre. Al acabar la guerra, Lawrence Stern se la cedió. Mi padre era un tipo de persona bastante —buscó la palabra adecuada— insignificante. No era un hombre de empuje o de muchos recursos. Supongo que mi abuelo debía saberlo y quería que ella fuese independiente y tuviese por fin una casa donde criar a sus hijos. Por otra parte, en aquella época tenía ochenta años y estaba aquejado de artritis. Sabía que nunca volvería a vivir allí.

—¿Tu madre sigue viviendo allí?

—No. La casa se volvió muy difícil de manejar y costosa de mantener, por lo cual este año decidió finalmente venderla e irse a vivir fuera de Londres. Soñaba con volver a Porthkerris pero mi hermana se lo quitó de la cabeza y en cambio le encontró una casa de campo en un pueblo que se llama Temple Pudley en Gloucestershire. Debo ser justa con Nancy, es una casa encantadora y mi madre es muy feliz allí. Lo único horrible es su nombre: Podmore's Thatch. —Arrugó la nariz con repugnancia y Cosmo se rió—. Reconócelo, Cosmo, es un poco cursi.

—Podríais cambiarle el nombre. Mon Repos. Encajaría con los hermosos cuadros de Lawrence Stern.

—No. Desgraciadamente sólo quedan tres. Me gustaría que tuviera más. Creo que, al paso que va el mercado, serán muy valiosos dentro de uno o dos años.

La conversación giró hacia otros artistas victorianos para acabar hablando de Augustus John, y Cosmo fue a buscar los dos volúmenes de su biografía, que ella ya había leído pero deseaba releer. Discutieron un rato sobre él. Estaban de acuerdo en que, a pesar de su mala vida, sólo podían sentir admiración por ese viejo león alocado. Asimismo ambos consideraban que su hermana Gwen era una gran artista.

Después de esto, se ducharon y vistieron de forma adecuada y caminaron hasta el pueblo, al Bar Pedro, donde uno podía sentarse bajo las estrellas y tomar una copa. Apareció un joven con una guitarra que se sentó en una silla de madera y empezó sencillamente, sin ninguna ceremonia, a tocar el segundo movimiento del *Concierto para guitarra* de Rodrigo, evocando con esa majestuosa música el calor y la esencia de España.

Antonia debía llegar dentro de una semana. María ya había empezado la limpieza de primavera de su dormitorio, arrastrando todos los muebles hasta la terraza, blanqueando las paredes, lavando cortinas, sábanas y colcha y azotando con un sacudidor de mimbre las alfombras.

Esta urgente actividad iba acercando la presencia de Antonia y Olivia se sintió llena de aprensión. No era puro egoísmo, a pesar de que la perspectiva de compartir a Cosmo con otra mujer, aunque sólo tuviese trece años y fuese su hija, era sobrecogedora, por no decir algo más fuerte. Una verdadera ansiedad yacía en ella, porque temía fallar a Cosmo, decir algo inadecuado, o hacer algo falto de tacto. Según Cosmo, Antonia era encantadora y nada complicada, pero ello no servía para tranquilizar a Olivia, pues nunca había tratado con niños. Noel había nacido cuando ella tenía casi diez años y cuando salió de la infancia, Olivia se había virtualmente marchado de casa y ya andaba por el mundo. Estaba la prole de Nancy, naturalmente, pero eran unos niños tan poco atractivos y tan inaguantables y mal educados que Olivia había decidido tratarlos lo menos posible. Así pues, ¿qué se les dice? ¿De qué se les habla? ¿Qué iban a hacer los tres juntos?

Una tarde, cuando ya se habían dado el baño cotidiano y estaban echados en las tumbonas junto a la piscina, se confió a Cosmo.

—Es sólo que no quiero echar a perder nada entre vosotros dos. Es evidente que os sentís muy cerca el uno del otro y no puedo creer que ella no piense que yo estoy alejándoos de vuestro mutuo afecto. Al fin y al cabo, sólo tiene trece años. Es una edad algo difícil y un poco de celos sería la reacción más comprensible y natural.

—¿Cómo puedo convencerte de que no será así? —dijo mirándola.

—Tres es un mal número, incluso en los mejores momentos. A veces, ansiará tenerte para ella sola y yo puedo no ser suficientemente perspicaz para quitarme de en medio. Puede darse el caso.

Él no contestó inmediatamente, considerando lo dicho por ella. Finalmente, mirándola, dijo:

—Es obvio que no hay forma de persuadirte de que nada de lo que temes va a pasar. Así que pensemos en una solución alternativa. ¿Qué te parece si, mientras Antonia esté con nosotros, le decimos a alguna otra persona que venga a quedarse? Hacer una especie de grupo. ¿Te tranquilizaría más?

La sugerencia daba un aspecto completamente diferente a la situación.

—Sí. Sí, me tranquilizaría. Es buena idea. ¿A quién se lo vamos a decir?

—A quien tú quieras, a condición de que no sea un hombre joven, guapo y viril.

—¿Qué te parece mi madre?

—¿Vendría?

—Como una bala.

—No esperará que durmamos en habitaciones separadas, ¿o sí? Soy demasiado viejo para andar corriendo a escondidas por los pasillos. Probablemente me caería por las escaleras.

—Mi madre no se impresiona con nada y mucho menos conmigo. —Se levantó, súbitamente excitada—. Oh, Cosmo, te encantará. No veo el momento de verla.

—En ese caso, no tenemos tiempo que perder. —Se levantó a su vez de la tumbona y cogió los tejanos—. Vamos, muchacha, mueve el trasero. Si podemos comunicar con tu madre, organizaríamos con Antonia que se encontrasen en Heathrow y viniesen en el mismo vuelo. Antonia siempre tiene un poco de miedo de viajar sola y a tu madre sin duda le gustará la compañía.

—¿Pero dónde vamos? —preguntó Olivia, abrochándose la blusa.

—Vamos al pueblo a telefonear, usaremos el teléfono de Pedro. ¿Tienes su número de Podmore's Thatch?

Pronunció el nombre con fruición, haciendo que sonase más pomposo de lo normal, y miró el reloj.

—Ahora son las seis y media en Inglaterra. ¿Estará en casa? ¿Qué debe de estar haciendo a las seis y media de la tarde?

—Estará haciendo de jardinera. O haciendo la cena para diez personas. O sirviendo una copa a alguien.

—Tengo ganas de tenerla aquí.

El avión de Londres vía Valencia tenía su llegada a las nueve y cuarto de la noche. María, que estaba impaciente por ver de nuevo a Antonia, se ofreció voluntariamente a ir y hacer la cena. Dejándola a solas con la preparación del colosal festín, se dirigieron en coche al aeropuerto. Ambos estaban, aunque ninguno lo admitía, en un estado de cierta excitación nerviosa y por ello llegaron demasiado temprano. Tuvieron que dar vueltas y más vueltas por la desangelada sala de espera de llegadas durante media hora o más hasta que fue anunciado por los altavoces, en un castellano chirriante, que el avión había aterrizado. Todavía tuvieron que esperar a que los pasajeros desembarcasen, pasasen el control de pasaportes y recogiesen su equipaje; pero finalmente las puertas se abrieron y empezó a desfilar un torrente de humanidad. Turistas de rostros pálidos y cansados por el viaje; familiares de nativos con niños; un siniestro caballero con gafas oscuras de aspecto poco tranquilizador; un cura y un par de monjas; y por fin, justo cuando Olivia empezaba a temer que hubiesen perdido el avión, Penélope Keeling y Antonia Hamilton.

Habían encontrado un carro donde apilar su equipaje, pero les había tocado uno con unas ruedas que se atascaban lanzándose en la dirección contraria, lo que por alguna razón les producía a ambas una risa tonta. Estaban tan absortas hablando, riendo e intentando conducir el cacharro hacia delante, que no vieron a Cosmo y Olivia.

Parte de la aprensión nerviosa de Olivia procedía del hecho de que, después de un período de separación de Penélope, siempre tenía miedo de que su madre hubiese cambiado. No había envejecido, estaba igual, quizá parecía un poco cansada. Pero en el momento en que su madre puso la mirada en ella, la ansiedad se desvaneció. Todo estaba bien. Penélope tenía el aspecto vital y la distinción maravillosa de siempre. Alta y erguida, con su espeso pelo gris recogido en un moño en la parte posterior de la cabeza y sus oscuros ojos brillando divertidos, ni siquiera la lucha que mantenía con el carro podía disminuir su dignidad. Le colgaban, inevitablemente, bolsas y paquetes e iba vestida con su vieja capa azul, una prenda de un oficial de barco que había comprado de segunda mano al final de la guerra a una viuda naval venida a menos y que llevaba desde entonces en todas las ocasiones, desde bodas hasta funerales.

Y Antonia... Olivia vio a una muchacha alta y delgada, que parecía mayor de trece años. Su pelo era largo, liso y de un rubio pajizo, e iba vestida con unos tejanos, una camiseta y una cazadora roja de algodón.

No tuvo tiempo para más. Cosmo levantó los brazos y pronunció el nombre de su hija, llamando su atención. Antonia abandonó a Penélope y el carro y corrió hacia él, con el cabello al viento, unas aletas de goma en una mano y una bolsa de lona en la otra, sorteando a la muchedumbre cargada de equipajes para caer en los brazos de Cosmo. Él la cogió en alto, la hizo girar con las larguiruchas piernas volando, la besó con fuerza y la volvió a dejar en el suelo.

—Has crecido —le dijo acusadoramente.

—Lo sé, más de tres centímetros.

Se volvió hacia Olivia. Tenía pecas en la nariz y una boca grande, demasiado grande para su cara en forma de corazón; sus ojos eran de un gris verdoso y bordeados de unas hermosas pestañas largas y espesas. Su expresión era abierta y sonriente, llena de interés.

—Hola, yo soy Olivia.

Antonia se separó de los brazos de su padre, puso las aletas bajo el brazo y extendió una mano.

—¿Cómo estás?

Y Olivia, al mirar el joven y luminoso rostro, supo que Cosmo tenía razón y que todos sus temores eran infundados. Conquistada y desarmada por la gracia cortés de Antonia, estrechó la mano extendida.

—Estoy contenta de que estés aquí —le dijo y seguidamente,

una vez superado esto sin incidentes, abandonó al padre y a la hija para atender a su propia invitada, la cual seguía guardando pacientemente el equipaje. Penélope, con silencioso placer, abrió ampliamente los brazos en uno de sus típicos gestos expansivos y Olivia se metió en ellos feliz, en un enorme abrazo, presionando su rostro contra la fresca y firme mejilla de su madre, oliendo su familiar perfume de pachulí.

—Oh, mi querida niña —dijo Penélope—. No puedo creer que estoy realmente aquí.

Cosmo y Antonia se habían unido a ellas, y empezaron a hablar todos a la vez.

—Cosmo, te presento a mi madre, Penélope Keeling...

—¿No han tenido problemas para encontrarse en Heathrow?

—En absoluto; yo llevaba un periódico y una rosa entre los dientes...

—Papá, hemos tenido un vuelo divertidísimo. Alguien ha vomitado...

—¿Éste es todo vuestro equipaje?

—¿Cuánto tiempo habéis tenido que esperar en Valencia?

—... y la azafata ha tirado todo un vaso de zumo de naranja sobre una monja.

Finalmente, Cosmo consiguió tener la situación bajo control, se hizo cargo del carro y se dirigió hacia el aparcamiento. Salieron todos a la cálida e intensa oscuridad iluminada por las estrellas y animada por el sonido de las cigarras. Apretados, se metieron todos en el Citroën, Penélope delante y Antonia y Olivia en la parte posterior. El equipaje fue apilado sobre los pasajeros y finalmente se pusieron en camino.

—¿Cómo están María y Tomeu? —quiso saber Antonia—. ¿Y las gallinillas de Bantam? Papá, ¿sabes una cosa? He tenido unas notas estupendas en francés. Oh, mira, hay una nueva discoteca. Y una pista de patinaje sobre ruedas. Oh, tenemos que ir a patinar, papá, ¿podremos? Lo que me gustaría verdaderamente este verano es aprender a hacer *windsurf*... ¿Son muy caras las lecciones?

La carretera ascendía y se alejaba de la ciudad para entrar en el interior, donde las colinas estaban salpicadas por las luces de las granjas distribuidas al azar y el aire olía fuertemente a pino. Cuando se introdujeron en el camino que bajaba a Can D'alt, Olivia vio que María había encendido todas las luces exteriores y éstas resplandecían con aire de fiesta a través de las ramas de los almendros. Y cuando Cosmo detuvo el coche y sus ocupantes empezaron a bajar, ya estaban allí María y Tomeu, en medio de toda aquella iluminación; María rechoncha y curtida por el sol con su vestido y delantal negros y Tomeu, perfectamente afeitado para la ocasión, se había puesto una camisa limpia.

—Hola, señor —saludó Tomeu, pero María sólo pensaba en su querida niña.

—¡Antonia!

—¡Oh, María! —Había salido del coche y corría camino abajo para abrazar a María.

—Antonia. Mi niña favorita. ¿Cómo estás?

La habitación de Penélope, que había sido en la época un establo para burros, daba directamente a la terraza. Era tan pequeña que sólo había espacio para la cama y una cómoda, y una hilera de colgadores de madera tenía que hacer las veces de guardarropa. Pero María le había dado el mismo tratamiento implacable que al dormitorio de Antonia, por lo que resplandecía limpio y blanco y olía a jabón y a algodón recién planchado; además, Olivia había llenado un jarrón azul y blanco con rosas amarillas que había colocado, junto con algunos libros cuidadosamente escogidos, sobre la mesilla de noche de madera. Dos escalones embaldosados conducían a una segunda puerta que abrió, explicándole a su madre la situación del único cuarto de baño.

—La subida del agua es un poco irregular; depende del estado de la cisterna. Así pues, si el váter no funciona a la primera, simplemente vuelve a intentarlo.

—Creo que todo está muy bien. Qué sitio tan bonito. —Se quitó la capa, la colgó de un gancho y se volvió para inclinarse sobre la cama y abrir su maleta—. Y Cosmo parece un hombre encantador. Tú tienes un aspecto estupendo. Nunca te había visto tan guapa.

Olivia se sentó en la cama y se puso a observar cómo su madre deshacía la maleta.

—Eres un ángel por haber venido habiéndote avisado con tan poco tiempo. Lo hice porque pensé que todo sería más fácil si tú estuvieses aquí al venir Antonia. Ésta no es la única razón por lo que te lo he pedido. Desde el momento en que vi este lugar he deseado enseñártelo.

—Ya sabes que me gusta hacer las cosas con el impulso del momento. Telefoneé a Nancy y le conté que iba a venir, estaba loca de envidia. Y un poco picada también, porque ella no había sido invitada, pero yo no le presté la más mínima atención. Y en cuanto a Antonia, qué cielo de criatura. No es huraña en absoluto, está todo el día riendo y charlando. Desearía que los hijos de Nancy fuesen la mitad de sociables y bien educados. Sólo el cielo sabe qué pecado habré cometido para tener ese par de nietos...

—¿Y Noel? ¿Le has visto últimamente?

—No, hace meses que no le veo. El otro día le llamé para estar segura de que todavía estaba vivo. Lo estaba.

—¿Cómo le va?

—Bien, ha encontrado otro apartamento, cerca de King's Road. No me atrevo a preguntarle cuánto le va a costar, pero es su problema. Está pensando en dejar el mundo de la edición para entrar en la publicidad. Dice que tiene muy buenos contactos. Y había ido a pasar el fin de semana a Cowes. Lo normal.

—¿Y tú? ¿Cómo te van las cosas? ¿Qué tal en Podmore's Thatch?

—Querida casita —dijo Penélope con cariño—. El invernadero está terminado por fin, no te puedes imaginar lo bonito que es. He plantado jazmín blanco y una vid, y he comprado incluso un elegante silloncito de mimbre.

—Ya era hora de que tuvieses muebles de jardín nuevos.

—La magnolia ha florecido por primera vez y he podado la vistaria. Los Atkinson fueron a pasar un fin de semana y hacía tanto calor que pudimos cenar en el jardín. Preguntaron por ti y te envían sus más cariñosos saludos. —Sonrió, poniéndose maternal con expresión de afecto—. Cuando vuelva a casa podré decirles que nunca te había visto tan bien. Floreciente. Hermosa.

—¿Te impresionó desfavorablemente mi conducta, que me quedase con Cosmo, que echase por la borda mi trabajo y, en fin, que actuase como una lunática?

—Quizá. Pero después de todo, ¿por qué no? Has trabajado toda tu vida; en ocasiones, cuando te veía tan cansada y nerviosa temía por tu salud.

—No me lo dijiste nunca.

—Olivia, tu vida y lo que haces con ella no es asunto mío. Pero eso no significa que no me preocupe por ti.

—Bien, tenías razón. Estaba enferma. Después de haber tomado la decisión, cortado amarras y quemado las naves, me sentí hecha pedazos. Dormí por espacio de tres días. Cosmo fue un ángel. Y después, todo ha ido bien. No me había dado cuenta de lo cansada que estaba. Creo que si no hubiese hecho esto, habría podido acabar en alguna casa de locos, con una profunda *crise de nerfs*.

—Ni lo menciones.

Mientras hablaban, Penélope se movía de un lado a otro, guardando su ropa en la cómoda, colgando los raídos y familiares vestidos que había traído consigo. Era corriente en Penélope que no hubiese nada nuevo o a la moda entre sus cosas, comprado especialmente para las vacaciones, pero Olivia ya sabía que su madre impregnaría estas ropas intemporales con su propio toque de distinción.

Pero, sorprendentemente, había algo nuevo. Del fondo de la maleta sacó un vestido de seda de un intenso color verde esmeralda que, una vez sacudido y liberado de las arrugas, resultó ser un caftán bordado en oro, rico y voluptuoso, como de *Las mil y una noches*.

—¿De dónde has sacado esta maravilla? —preguntó Olivia lógicamente impresionada.

—¿No es delicioso? Creo que viene de Marruecos. Se lo compré a Rose Pilkington. Su madre lo había traído de alguna excursión a Marrakesh y ella lo encontró en el fondo de un viejo baúl.

—Debes de parecer una emperatriz con él.

—Ah, pero esto no es todo. —El caftán, ahora colgado, hacía compañía a los algodones descoloridos y Penélope tomó su gran bolso de piel y empezó a revolver en su interior—. ¿Recuerdas que te escribí contándote que la vieja y querida tía Ethel había muerto? Bien, pues me dejó un pequeño legado. Llegó hace un par de días, justo a tiempo para traérmelo.

—¿Tía Ethel te ha dejado algo? No me imaginaba que tuviese algo para dejar.

—Ni yo. Pero es muy típico de ella, nos ha sorprendido a todos.

De hecho, tía Ethel siempre había sido muy sorprendente.

La única y mucho más joven hermana de Lawrence Stern decidió, al finalizar la Primera Guerra Mundial que, a sus treinta y tres años y con la flor y nata de la juventud británica cruelmente diezmada en los campos de batalla franceses, no le quedaba otra opción que aceptar la inevitable soltería. Sin traumas por ello, se dispuso a disfrutar de su estado todo lo humanamente posible. Vivió en una casita diminuta en Putney, mucho antes de que esa zona se pusiese de moda. Para llegar a fin de mes, acogió a un huésped (¿o amante?; su familia nunca lo supo con certeza) y daba lecciones de piano. No era una existencia potencialmente excitante, pero tía Ethel la volvió excitante, viviendo a pesar de su penuria económica cada día intensamente. Cuando Olivia, Nancy y Noel eran pequeños, las visitas de tía Ethel eran vivamente esperadas, no porque les llevase regalos, sino porque era muy divertida y no se comportaba como un adulto corriente. En una ocasión, mientras estaban sentados ante el desproporcionado pastel que había hecho para el té, se derrumbó el techo de su dormitorio. En otra ocasión, habían encendido una hoguera en un extremo de su diminuto jardín y la valla fue pasto de las llamas, teniendo que acudir los bomberos urgentemente. Otras veces tocaba para ellos el Can-Can y canciones vulgares de teatro de variedades cargadas de *doubles entendres* que provocaban en Olivia carcajadas culpables, a pesar de que Nancy siempre apretaba los labios y pretendía no entender.

Parecía, recordaba Olivia, un insecto erguido, con unos pies del tamaño de los de un niño, el pelo teñido de rojo y un cigarrillo encendido siempre al alcance de su mano. Pero a pesar de su apariencia y forma de vida excéntricas (o quizá a causa de ello) tenía una legión de amigos y no había prácticamente una ciudad en el país donde tía Ethel no tuviese un viejo y querido compañero de escuela o un antiguo galán. Una buena parte de su tiempo lo pasaba visitando a estos amigos —quienes siempre estaban suplicándole que fuese para hacerles pasar un buen rato—, pero entre estas incursiones a la campiña inglesa volvía a su casa de Londres, para acudir a las exhibiciones de arte y a los conciertos que eran el aliento de la vida para ella; regresaba a su copiosa correspondencia, a su huésped del momento, a sus alumnos de piano y a su teléfono. Se pasaba el día telefoneando a su agente de Bolsa, quien debía de ser un hombre muy paciente, y si sus magras participaciones subían un punto a lo largo del día, se permitía dos ginebras con angostura en lugar de una, cuando el sol se ponía sobre el jardincillo. Las llamaba sus pequeños orinales.

Ya cumplidos los setenta años, cuando el ritmo y el nivel de vida de Londres se volvieron excesivos incluso para ella, tía Ethel se mudó a Bath, para estar cerca de sus queridos amigos Milly y Bobby Rodway. Pero entonces Bobby Rodway pasó a mejor vida, siguiéndole al poco tiempo Milly, y tía Ethel se quedó sola. Fue tirando durante un tiempo, indestructible y alegre como siempre, pero la edad iba causando implacablemente sus estragos y acabó tropezando con una botella de leche y rompiéndose la cadera en la escalera de delante de su casa. Después de esto, fue yendo de capa caída a pasos agigantados y se volvió realmente tan débil e incapaz que las autoridades la ingresaron en una residencia de ancianos. Ahí, cubiertos los hombros con un chal, desmemoriada y temblorosa, era visitada regularmente por Penélope, que viajaba a Bath desde Londres, y, más recientemente, desde Gloucestershire, en su viejo Volvo. Alguna vez Olivia acompañó a su madre, pero le quedaba una sensación tan deprimente y triste que siempre intentaba encontrar alguna excusa para no ir.

—Esa querida y vieja mujer —decía ahora Penélope afectuosamente—. ¿Sabes que tenía casi noventa y cinco años? Demasiado mayor... Ah, aquí está.

Encontró por fin lo que buscaba. Sacó del bolso un viejo y gastado estuche de piel para las joyas. Presionó el cierre y se abrió la tapa y allí, sobre el acolchado terciopelo descolorido, yacía un par de pendientes.

—Oh. —El pequeño signo de asombro fue casi involuntario, pero la visión de aquéllos llenó a Olivia de placer. Eran preciosos. Adornados con oro y esmalte, en forma de cruz, con rubíes y un círculo de pequeñas perlas en los brazos de la cruz hacia el cierre de oro.

—¿Eran de tía Ethel? —fue todo lo que pudo pensar en decir.

—¿No son maravillosos?

—¿Pero de dónde los sacó la vieja dama?

—No tengo idea. Han estado languideciendo en el banco durante los últimos cincuenta años.

—Parecen antiguos.
—No. Victorianos, creo. Probablemente italianos.
—¿No habrían pertenecido quizá a su madre?
—Sí, a lo mejor. Quizá los ganó jugando a las cartas. O se los regaló un enamorado rico y lleno de adoración por ella. Con tía Ethel, uno se podía esperar cualquier cosa.
—¿Te los has hecho tasar?
—No he tenido tiempo. Además, aunque son muy bonitos, no creo que tengan mucho valor. En cualquier caso, combinan de maravilla con mi caftán. ¿No crees que parecen hechos el uno para el otro?
—Sí. Así es. —Olivia devolvió el estuche a su madre—. Pero prométeme que cuando vuelvas a casa te los harás tasar y los asegurarás.
—Claro que lo haré. No soy tan estúpida con este tipo de cosas —comentó volviendo a meter el estuche en el bolso.
Ya había deshecho toda la maleta. Penélope la cerró, la escondió debajo de la cama y se volvió hacia el espejo que colgaba de la pared. Retiró las horquillas de carey de su moño, éste se soltó quedando su pelo, veteado de gris pero espeso y fuerte como siempre, suelto sobre la espalda. Agrupándolo sobre un hombro, cogió el cepillo. Olivia observaba con satisfacción el ritual familiar, el brazo estirado, los largos y tajantes golpes.
—¿Y tú, hija mía? ¿Cuál va a ser tu futuro?
—Me quedaré aquí un año. Un año sabático.
—¿Sabe tu director que piensas regresar?
—No.
—¿Volverás a *Venus*?
—A lo mejor. O quizá cambio de sitio.
Penélope dejó el cepillo, cogió la larga mata de pelo en su mano, la retorció, compuso el moño y colocó de nuevo las horquillas en su lugar. Dijo:
—Ahora debo ir a lavarme un poco y entonces estaré dispuesta para cualquier cosa.
—No te caigas por los escalones.
Se encaminó hacia el cuarto de baño. Olivia, mientras la esperaba, permaneció donde estaba, sentada sobre la cama y sintiéndose llena de gratitud por la tranquila y práctica aceptación de la situación por parte de Penélope. Pensó en la posibilidad de haber tenido otro tipo de madre, que hubiera querido unir a Olivia y Cosmo, que imaginara a su hija de pie ante algún altar con un vestido blanco diseñado para ser lucido por detrás. Esta idea le hizo reír y estremecerse al mismo tiempo.
Cuando Penélope volvió, se puso de pie.
—Y ahora, ¿qué te parece si vamos a comer algo?

—Tengo bastante hambre. —Miró el reloj—. Cielo santo, son casi las once y media.

—Las once y media no es nada. Ahora estás en España. Ven, vamos a ver lo que nos ha preparado María.

Salieron juntas a la terraza. Más allá de las luces, la oscuridad se extendía como terciopelo azul; Olivia se dirigió escaleras arriba hacia la cocina, donde encontraron a Cosmo, Antonia, María y Tomeu sentados alrededor de la mesa iluminada con velas, jaraneando con una botella de vino y hablando todos a la vez, en un ruidoso castellano.

—Es espléndida —dijo Cosmo.

Estaban de nuevo solos y era como volver a casa. Habían hecho el amor y ahora yacían en la oscuridad, Olivia acurrucada en la curva de su brazo. Hablaban bajito para no molestar a los otros ocupantes de la casa, ya dormidos.

—¿Mamá? Sabía que te encantaría.

—Ahora sé de dónde has sacado tu belleza.

—Ella es cien veces más guapa que yo.

—Tenemos que lucirla. Nadie me perdonaría si la dejase volver a Inglaterra sin haberla presentado.

—¿Qué quieres decir?

—Vamos a organizar una fiesta. Lo antes posible. Vamos a inaugurar la temporada de baile.

Una fiesta. Era una idea totalmente nueva. Desde aquella primera fiesta malograda en el barco, Cosmo y Olivia habían pasado todo el tiempo solos, charlando únicamente con Tomeu y María y las pocas personas que frecuentaban el bar de Pedro.

—¿Pero a quién vamos a invitar? —preguntó ella.

Sin oírla, sintió la risa de él. Su brazo se tensó alrededor de su hombro.

—Querida, sorpresa, sorpresa. Tengo amigos en toda la isla. Al fin y al cabo, hace veinticinco años que vivo aquí. ¿Crees acaso que vivía marginado de la sociedad?

—Nunca he pensado en ello —le dijo ella sinceramente—. Me bastaba contigo.

—Y a mí contigo. En cualquier caso, pensé que necesitabas un descanso de vida social. Temí por ti esos días en que sólo dormías, por lo que decidí que sería preferible que estuviésemos tranquilos durante un tiempo.

—Sí. —No había sido consciente de nada de esto, había tomado su soledad como un hecho. Ahora, mirando las cosas retrospectivamente, se asombraba de no haberse interrogado sobre su voluntario retiro—. No había pensado en ello.

—Pues ya es hora de hacerlo. ¿Qué te parece entonces la idea de una fiesta?

—Estupenda —dijo ella, descubriendo que le apetecía mucho.

—¿Informal o terriblemente distinguida?

—Oh, terriblemente distinguida. Mi madre se ha traído su vestido de fiesta.

Al día siguiente, durante el desayuno, él confeccionó la lista de invitados, ayudado y estorbado a la vez por su hija.

—Oh, papá, debes decírselo a la señora Sangé.

—No puedo, está muerta.

—Bueno, entonces Antoine. Seguro que podrá venir.

—Yo pensaba que no te gustaba ese rudo muchachote.

—No mucho, pero me gustaría verlo. Y a los chicos Hardback, son simpatiquísimos; pueden enseñarme a hacer *windsurf* y así no deberíamos pagar clases.

La lista fue finalmente completada y Cosmo se marchó al bar de Pedro para pasarse la mañana telefoneando. Los invitados que no tenían teléfono fueron contactados por medio de invitaciones escritas que fueron entregadas por Tomeu, que cogió el Citroën de Cosmo con el consiguiente peligro para él y para cualquiera que se le ocurriese cruzarse en su camino. Llovieron las contestaciones y el número total alcanzó las setenta personas. Olivia estaba impresionada, pero Cosmo se mostraba modesto. Le dijo que siempre había sido de aquellos que escondían una baza bajo la manga.

Llamaron a un electricista para que instalase una hilera de luces de colores alrededor de la zona de la piscina. Tomeu puso manos a la obra, montó mesas de caballete, sacudió cojines y arregló sillas; Antonia fue encargada de limpiar los vasos y lavar la vajilla de loza raramente usada, fue enviada a buscar servilletas y manteles a un anaquel olvidado. Olivia y Cosmo, con una lista larga como su brazo, hicieron una exhaustiva excursión a la ciudad de donde volvieron cargados de provisiones, aceite de oliva, almendras tostadas, bolsas con cubitos de hielo, naranjas, limones y cajas de vino. Durante todo este tiempo, María y Penélope trabajaban en la cocina donde, de común acuerdo y sin entenderse apenas, cocieron jamón, asaron aves, hicieron los preparativos para las paellas, batieron huevos, revolvieron salsas, cortaron pan e hicieron rodajas de tomates.

Finalmente, todo estuvo listo. Los invitados empezarían a llegar a las nueve. A las ocho, Olivia se retiró para ducharse y cambiarse. Encontró a Cosmo, recién afeitado y oliendo deliciosamente, sentado en la cama intentando ponerse los gemelos de oro en los puños de su mejor camisa.

—María pone demasiado almidón en estos condenados puños. No puedo abrir los agujeros.

Ella se sentó junto a él y le quitó la camisa y los gemelos de la mano. Él la miró.

—¿Qué te vas a poner? —le preguntó.

—Tengo dos preciosos vestidos nuevos que me compré para dejar pasmados a los huéspedes de Los Pinos y que nunca me puse. No tuve ocasión. Entraste en mi vida y desde entonces me he visto obligada a ir de trapillo.

—¿Cuál te vas a poner?

—Están en el armario. Puedes escoger.

Se levantó, abrió el armario y, después de mirar entre las perchas, encontró finalmente los vestidos. Uno era corto, de brillante gasa rosa, con capas de tela vaporosa. El otro era largo, de color azul zafiro, todo caído, suelto en amplios pliegues y con unos finos tirantes. Cosmo escogió el azul, como ella sabía que haría. Le besó, le devolvió la camisa y se fue a duchar. Cuando regresó del cuarto de baño, él se había marchado. Se arregló lentamente, con inmensa atención, se maquilló, se peinó, se puso pendientes y se perfumó. Finalmente, se ciñó unas delicadas sandalias y deslizó el vestido por la cabeza. Se adaptó fresca y ligeramente a su cuerpo como un soplo de aire. Cuando ella se movía, el vestido se movía con ella. Era como estar metida en la brisa.

Llamaron a la puerta.

—Adelante —dijo, y apareció Antonia.

—Olivia, ¿crees que estoy bien...? —Se detuvo y miró.

—Oh, estás guapísima. Te sienta de maravilla.

—Gracias. Ahora veamos cómo estás tú.

—Mi madre me lo compró en Weybridge y me gustó en la tienda, pero ahora no estoy muy segura. María dice que no es suficientemente elegante. —Era un vestido blanco de marinero con una falda plisada y con un cuello cuadrado ribeteado de azul marino. Sus piernas estaban desnudas, llevaba unas sandalias blancas y se había hecho dos trenzas finas con su pelo dorado que había sujetado con unos lazos azul marino.

—Creo que es perfecto. Tienes un aspecto limpio y crujiente como..., no sé. ¿Una bolsa de papel sin estrenar?

Antonia soltó una risilla.

—Papá dice que tienes que ir. La gente ha empezado ya a llegar.

—¿Mi madre está ya allí?

—Sí, está en la terraza, guapísima. Oh, anda, ven...

Agarró la mano de Olivia y tiró de ella a través de la puerta; cogidas de la mano, bajo las luces, se dirigieron a la terraza. Olivia vio a Penélope ya en animada conversación con un hombre y supo que no se había equivocado con respecto al caftán de seda y los pendientes de tía Ethel; su madre parecía realmente una emperatriz.

Después de esa noche, cambió el esquema completo de sus vidas en Can D'alt. Tras semanas de soledad sin planes preconcebidos, parecía ahora que no tenían un día para sí mismos. Llovieron las invitaciones para cenas, picnics, barbacoas, salidas en barco. Los coches iban y venían, nunca eran menos de una docena de personas alrededor de la piscina y la mayoría de una edad inferior a la de Antonia. Cosmo finalmente fue a apalabrar las clases de *windsurf* y todos bajaban a la playa donde tenían lugar; Olivia y Penélope se echaban sobre la arena observando los esfuerzos de Antonia para dominar este desesperante y difícil deporte, pero en realidad distraídas en la ocupación favorita de Penélope, que era observar a la gente. Y como la mayoría de las personas que frecuentaba esta playa, jóvenes y viejos, estaba casi completamente desnuda, sus comentarios eran jocosos y ambas pasaban la mayor parte del rato riéndose de forma incontrolada.

A veces, de vez en cuando, venía el regalo de un día perezoso. En esas ocasiones no salían de la casa y del jardín y Penélope, con un viejo sombrero de paja, con su recién adquirido bronceado y su raído vestido de algodón, como una ibicenca, se hacía con unas tijeras de podar y atacaba las lozanas rosas de Cosmo. Se bañaban continuamente, para hacer ejercicio y huir del calor y cuando la tarde se volvía más fresca, iban a dar una pequeña vuelta, a través de campos de trigo. Pasaban por delante de pequeñas casas con corrales donde los bebés con el culito al aire jugaban felices sobre el polvo con las cabras y las gallinas, mientras sus madres lavaban incansablemente o extraían con cubos agua del pozo.

Cuando finalmente llegó el momento de partir para Penélope, nadie quería dejarla marchar. Cosmo, aguijoneado por Olivia y su hija, la invitó formalmente a quedarse más tiempo, pero ella, aunque conmovida, rehusó.

—Después de tres días, el pescado y los invitados apestan, y yo ya llevo aquí un mes.

—Pero tú no eres ni un pescado ni una invitada, y además hueles muy bien —le aseguró Antonia.

—Sois muy amables, pero tengo que volver a casa. He estado ausente demasiado tiempo. Mi jardín no me lo perdonará nunca.

—¿Volverás, verdad que sí? —insistió Antonia.

Penélope no contestó. En medio del silencio, Cosmo levantó la mirada hacia los ojos de Olivia.

—Oh, di que volverás.

Penélope sonrió y palmeó la mano de la niña.

—Quizá —dijo—. Algún día.

Fueron todos al aeropuerto para despedirla. Incluso después de haberle dicho adiós, se entretuvieron a la espera de ver despegar el avión. Una vez se desvaneció el ruido de los motores y el avión se perdió en la inmensidad del cielo, ya no había razón para permanecer allí, se dirigieron al coche y volvieron a casa en silencio.

—No parece lo mismo sin ella, ¿verdad? —dijo Antonia tristemente mientras se dirigían a la terraza.

—Nada lo parece nunca —le dijo Olivia.

Podmore's Thatch
Temple Sudbury
Glos
17 de agosto

Mis queridos Olivia y Cosmo:

¿Cómo puedo agradeceros que hayáis sido tan infinitamente amables y que me hayáis proporcionado estas vacaciones inolvidables? No pasó ningún día sin que me sintiese bien acogida y querida y he vuelto a casa con tantos recuerdos que podría llenar todo un álbum de fotos. Can D'alt es un lugar mágico, vuestros amigos encantadores y hospitalarios y la isla —a pesar de, o quizá debería decir especialmente por, las playas seminudistas— es fascinante. Os echo de menos a todos, en particular a Antonia. Hacía tiempo que no pasaba un tiempo tan gratificante con una persona tan joven y encantadora. Podría seguir diciendo montones de cosas, pero ambos ya sabéis lo muy agradecida que estoy. Siento no haber escrito antes, pero no he tenido un momento. El jardín es un tumulto de malas hierbas y los rosales sólo son cabezas marchitas. Quizá debería buscar un jardinero.

Hablando de jardinero, en el camino de vuelta a casa me detuve en Londres un par de días, donde estuve en casa de los Friedmann y fui a un concierto delicioso en el Festival Hall. Asimismo, aproveché para llevar los pendientes a Collingwood para que me los tasasen, como tú dijiste que hiciese, y no lo vas a creer, pero el hombre me dijo que valían como mínimo 4.000 libras. Estuve a punto de desmayarme; le pregunté sobre el seguro, pero la prima a pagar es tan elevada que me limité a meterlos en el banco apenas llegué a casa. Allí están. Pobres, parecen condenados a pasarse la vida en el banco. Supongo que podría venderlos, pero son tan bonitos. En cualquier caso, es agradable saber que están ahí y el dinero disponible si de pronto decido hacer alguna locura, como comprarme un cortacésped a motor para cortar la hierba. (Esto explica la referencia al jardinero.)

Nancy, George y los niños vinieron a comer el domingo pasado, aparentemente para oír mis relatos de Ibiza, pero en realidad para contarme las iniquidades de los Croftway y cómo habían sido invitados a comer por el representante de la Corona en el condado. Les di faisán, coliflor fresca del huerto y compota de manzana con macedonia de fruta en conserva y coñac, pero Melanie y Rupert no paraban de quejarse y pelearse y no hacían ningún esfuerzo para enmascarar su aburrimiento. Nancy es inepta con ellos y George no parece siquiera darse cuenta de sus espantosos modelos. Nancy me puso tan nerviosa que, para aguijonearla, le hablé de los pendientes. No mostró un interés particular —no fue ni una vez a visitar a la pobre tía Ethel— hasta que llegué a las palabras mágicas, cuatro mil libras, momento en el cual su atención se aguzó como un perro de caza alerta al comienzo de ésta. Siempre ha sido fácil leer los pensamientos de Nancy y yo sabía que su imaginación galopaba hacia delante, quizá hacia la fiesta de puesta de largo de Melanie, con un párrafo o dos en la página social de *Harpers and Queen*. «Melanie Chamberlain, una de las más guapas debutantes de este año, llevaba un vestido de encaje blanco y los famosos pendientes de oro y rubíes de su abuela.» A lo mejor me equivoco.

Qué cruel y desleal soy con mi hija, pero no he podido resistir a la tentación de compartir contigo esta broma.

Gracias de nuevo. Muy inadecuado, pero no hay otras palabras para la gratitud.

Con cariño,

PENÉLOPE

Los meses pasaron. Navidad llegó y se fue. Ahora era febrero. Habían tenido lluvia y algunas tormentas. Pasaban la mayoría del tiempo en la casa con un resplandeciente fuego, pero súbitamente había llegado un soplo de primavera en el aire, los almendros empezaban a estar en flor y a mediodía ya hacía suficiente calor para sentarse un rato fuera.

Febrero. Hasta entonces Olivia creía conocerlo todo sobre Cosmo. Pero se equivocaba. Una tarde, cuando subía por el jardín con una cesta con huevos de las gallinillas de Bantam, oyó como se aproximaba un coche y se detenía bajo el olivo. Cuando iba a subir las escaleras que conducían a la terraza vio a un hombre desconocido que se dirigía hacia ella. Parecía de la isla, pero iba vestido de una forma más formal de lo acostumbrado, con un traje negro, camisa y corbata. Llevaba un sombrero de paja y en la mano una cartera de documentos.

Ella le sonrió interrogadoramente y él se quitó el sombrero.

—Buenos días.

—Buenos días.

—¿El señor Hamilton?

Cosmo estaba dentro, escribiendo cartas.

—¿Sí?

—Me gustaría verle. Dígale que se trata de Carlos Barcello. Esperaré —dijo en inglés.

Olivia fue en busca de Cosmo y lo encontró en su escritorio de la sala de estar.

—Tienes una visita —le dijo—. Un tal Carlos Barcello.

—¿Carlos? Oh, cielos, me había olvidado que iba a venir. —Dejó la pluma y se levantó—. Es mejor que vaya enseguida. —La dejó corriendo escaleras abajo. Ella oyó su saludo.

—¡Hombre!

Llevó los huevos a la cocina y los fue colocando uno a uno en un recipiente de loza amarillo. Luego, llena de curiosidad, se dirigió a la ventana y vio cómo Cosmo y el señor Barcello, quienquiera que fuese, se dirigían hacia la piscina inmersos en la conversación. Permanecieron allí un momento y regresaron a la terraza, donde estuvieron un rato inspeccionando la cisterna. Después de esto, ella les oyó entrar, pero no parecieron ir más allá del dormitorio. Hicieron funcionar el water. Se preguntó si el señor Barcello no sería fontanero.

Volvieron otra vez a la terraza. Charlaron un poco más y se despidieron; ella oyó como el coche del señor Barcello se ponía en marcha y se iba. En aquel momento, los pasos de Cosmo sonaron en la escalera. Le oyó entrar en la sala de estar, poner un tronco en la chimenea y, presumiblemente, sentarse de nuevo a seguir con las cartas.

Eran casi las cinco de la tarde. Hirvió agua, preparó el té y se lo llevó.

—¿Quién era? —preguntó, posando la bandeja.

—¿Hum? —murmuró él todavía escribiendo.

—¿Quién era tu visitante? El señor Barcello.

Él se volvió en la silla para sonreírle divertido.

—¿Por qué tienes tanta curiosidad?

—Bien, claro que siento curiosidad. Nunca le había visto antes. Y parece demasiado fino para ser fontanero.

—¿Quién te ha dicho que es fontanero?

—¿No lo es?

—Por Dios, no —dijo Cosmo—. Es mi casero.

—¿Tu *casero*?

—Sí, mi casero.

Ella se encontró de pronto estremeciéndose de frío. Cruzó los brazos sobre su pecho, mirándole fijamente; como rogándole en cierta forma que le dijese que había entendido mal, que se había equivocado.

—¿Quieres decir que esta casa no te pertenece?

—No.

—¿Llevas viviendo aquí por espacio de veinticinco años y no es tuya?

—Te lo he dicho ya. No.

A Olivia le pareció casi obsceno. Aquella casa, tan vivida, llena de sus vivencias compartidas; el cuidado jardín, la pequeña piscina; el paisaje. No era de Cosmo. Nunca lo habían sido. Todo pertenecía a Carlos Barcello.

—¿Por qué no la has comprado?

—Jamás la vendería.

—¿Nunca has pensado en buscar otra?

—Yo no quiero otra casa. —Se puso de pie, despacio, como si la actividad de escribir cartas le hubiese dejado exhausto. Empujó la silla de lado y fue a buscar un puro de la repisa sobre la chimenea. Dándole la espalda, continuó—: Además, desde que Antonia empezó a ir al colegio, soy yo quien se ha hecho cargo de estos gastos. Con esto, no he podido hacer frente a la compra de nada.

—Había una cesta con astillas en el suelo y él se detuvo para coger una pequeña y acercarla a las llamas para encenderla.

«No he podido hacer frente a la compra de nada.» Nunca habían hablado de dinero. Este tema era uno de aquellos que nunca había surgido entre ellos. Durante los meses que habían estado juntos, Olivia, como la cosa más natural, había contribuido en los gastos diarios. Pagando alguna caja de provisiones en el colmado o haciendo un llenado de gasolina. En ocasiones, como ocurre muchas veces, él se había encontrado corto de dinero y Olivia se había hecho cargo de las bebidas en un bar o de la cuenta de alguna salida ocasional al restaurante. Al fin y al cabo, ella no era ninguna indigente y el solo hecho de vivir con Cosmo no significaba que esperase ser mantenida por él. Las preguntas se agolpaban en el fondo de su mente, pero tenía miedo de exteriorizarlas porque temía las respuestas que podría recibir.

Le miró en silencio. Una vez encendido el puro, tiró la astilla a las llamas y se volvió hacia ella, con la espalda en la repisa de la chimenea.

—Pareces muy sorprendida —dijo.

—Estoy sorprendida, Cosmo. Me parece casi imposible de creer. Va en contra de algo en lo cual yo creo muy firmemente. Poseer una casa propia siempre me ha parecido la más importante de las prioridades. Le da a uno seguridad en todos los sentidos de la palabra. La casa de la calle Oakley pertenecía a mi madre y, gracias a ello, de niños siempre nos sentimos seguros. Nadie nos la podía quitar. Una de las sensaciones mejores del mundo era volver a casa, cerrar la puerta y saber que estabas en casa.

Él no hizo ningún comentario al respecto, sólo le preguntó:

—¿Es tuya la casa de Londres?

—Todavía no. Pero lo será dentro de dos años, cuando haya terminado de pagar a la inmobiliaria.

—Eres una gran mujer de negocios.

—No es necesario ser una mujer de negocios para llegar a la conclusión de que no es rentable pagar el alquiler de una casa durante veinticinco años para que al final no sea tuya.

—Piensas que estoy loco.

—Cosmo, no. No pienso eso. Puedo comprender cómo ha llegado todo a este punto, pero eso no quita que me preocupe.

—Por mí.

—Sí, por ti. Acabo de darme cuenta de que he estado viviendo contigo todo este tiempo sin pensar de qué estábamos viviendo.

—¿Quieres saberlo?

—No, a menos que tú quieras decírmelo.

—El producto de unas pocas inversiones que me dejó mi abuelo y mi pensión del ejército.

—¿Y eso es todo?

—Es la suma de ambos.

—Y si te pasase algo, tu pensión del ejército moriría contigo.

—Por supuesto —dijo sonriendo burlón con la esperanza de arrancar a su vez una sonrisa en el rostro fruncido y preocupado de ella—. Pero no te preocupes todavía por mí. Al fin y al cabo, sólo tengo cincuenta y cinco años.

—¿Y Antonia?

—No le puedo dejar lo que no he tenido. Simplemente espero que en el momento en que llegue mi hora habrá encontrado un marido rico.

Habían estado discutiendo, pero sin acalorarse. Sin embargo, cuando llegaron a este punto, todo el instinto de Olivia se rebeló y perdió la calma.

—Cosmo, no digas estas cosas, no hables de esta forma arcaica y victoriana, condenando a Antonia a depender de un hombre para el resto de su vida. Debería tener su propio dinero. Todas las mujeres deberían tener algo suyo.

—No me había dado cuenta de que el dinero era tan importante para ti.

—No es importante para mí. Nunca lo ha sido. Sólo es importante si no lo has tenido nunca. Y porque se pueden comprar cosas hermosas; no me refiero a coches fastuosos o abrigos de piel o cruceros a Hawai o cualquier basura de este tipo, sino a cosas verdaderamente hermosas, como la independencia, la libertad y la dignidad. Y conocimientos. Y tiempo.

—¿Ésta es la razón por la cual has trabajado toda tu vida? ¿Para poder darle en las narices al macho arrogante, al padre de familia victoriano?

—Lo que dices no está bien. Me quieres hacer sentir como las peores mujeres del Movimiento de Liberación de la Mujer, como una agresiva lesbiana portando una sucia pancarta.

Él no replicó a esta explosión y ella se sintió inmediatamente avergonzada, deseando no haber dicho estas desagradables palabras. Nunca se habían peleado realmente antes. Su rabia se desvaneció siendo reemplazada por la razón y recobró la calma. Contestó a su pregunta con una voz deliberadamente tranquila.

—Sí, es una de las razones. Te expliqué que mi padre era un hombre falto de empuje. Nunca influyó en mí en ningún aspecto. Pero siempre he querido imitar a mi madre, ser fuerte e independiente. Además tengo una necesidad creativa de escribir y el tipo de periodismo al que me dedico llena esta necesidad. Por lo tanto, soy una persona afortunada. Hago lo que me gusta hacer y me pagan por ello. Pero eso no es todo. Hay un sentido de la obligación en algún lugar, una fuerza que me empuja, que es más fuerte que yo. Necesito la lucha de un trabajo exigente, decisiones, fechas límite. Necesito las presiones, el flujo de adrenalina. Me da vida.

—¿Y eso te hace feliz?

—Oh, Cosmo. La felicidad. No encontrarás un pájaro azul al final del arco iris. Supongo que lo que importa es que cuando estoy trabajando no soy completamente infeliz. Y que cuando no estoy trabajando no soy totalmente feliz. ¿Puedes comprenderlo?

—¿En ese caso, no has sido totalmente feliz aquí?

—Estos meses contigo son otra cosa, nada parecido a lo que me ha sucedido anteriormente. Ha sido como un sueño robado al tiempo. Y nunca dejaré de estarte infinitamente agradecida por haberme dado algo que ninguna persona podrá arrebatarme. Quiero decir que he *estado* bien, no sólo que lo he pasado bien. Pero uno no puede soñar eternamente. Te tienes que despertar. Pronto empezaré a estar inquieta y probablemente irritable. Tú te preguntarás qué es lo que me ocurre y yo haré lo mismo. Tendré que hacer un pequeño análisis del problema para acabar descubriendo que ha llegado la hora de regresar a Londres, recoger las amarras y seguir adelante con mi vida.

—¿Cuándo será esto?

—El mes que viene quizá. Marzo.

—Tú dijiste un año. Eso son sólo diez meses.

—Lo sé. Pero Antonia vuelve en abril. Creo que para entonces ya no debo estar aquí.

—Yo pensaba que lo habíais pasado muy bien juntas.

—Así es. Por eso me voy. No debe esperar encontrarme aquí; no debo volverme importante para ella. Además, me espera un montón de problemas, uno de los más importantes es encontrar un trabajo.

—¿Podrás volver a tu antiguo trabajo?

—Si no es así, encontraré uno mejor.

—Tienes mucha confianza en ti misma.

—He de tenerla.

Él suspiró profundamente y, con un gesto de impaciencia, arrojó el puro a medio fumar al fuego.

—¿Si te pido que te cases conmigo, te quedarías? —dijo a continuación.

—Oh, Cosmo —contestó ella sin esperanza.

—¿Sabes? Me parece difícil imaginar el futuro sin ti.

—Si me casase, sería contigo —dijo ella—. Pero ya te lo dije el primer día que vine a Can D'alt. Nunca he querido casarme, tener hijos. Me gusta estar en compañía. Me fascina la gente, pero necesito mi intimidad. Ser yo misma. Vivir sola.

—Te quiero —dijo él.

Ella cruzó el pequeño espacio que les separaba, puso los brazos alrededor de su pecho y apoyó la cabeza en su hombro. A través de su jersey, de su camisa, ella podía oír los latidos de su corazón.

—He hecho té y no lo hemos tomado, se debe de haber enfriado.

—Ya lo sé. —Ella notó la mano de él sobre su cabello—. ¿Volverás a Ibiza?

—No creo.

—¿Me escribirás? ¿Seguiremos en contacto?

—Te enviaré felicitaciones de Navidad con adornos de petirrojos.

Él puso sus manos a ambos lados del rostro de ella levantándolo hacia el suyo. La expresión de sus pálidos ojos era inconmensurable, triste.

—Ahora lo sé —le dijo.

—¿Qué sabes?

—Que te voy a perder para siempre.

IV

NOEL

A las cuatro y media de aquel frío, oscuro y húmedo viernes de marzo, mientras Olivia amenazaba a su directora de ficción con el despido y Nancy deambulaba confundida por Harrods, su hermano Noel arreglaba su mesa de despacho en las oficinas futuristas de la agencia de publicidad Wenborn and Weinburg para marcharse a casa.

La agencia no cerraba hasta las cinco y media, pero hacía cinco años que trabajaba allí y consideraba que tenía todo el derecho del mundo a marcharse ocasionalmente más temprano. Sus colegas, acostumbrados a su conducta, se limitaron a levantar la mirada. Ya tenía preparada su coartada si tenía la mala suerte de tropezarse con alguno de sus compañeros más antiguos en su camino hacia el ascensor: se encontraba fatal, probablemente estaba incubando una gripe y se iba a casa a meterse en la cama.

No se encontró con ningún superior ni se iba a casa a meterse en la cama, sino a coger el coche y dirigirse a Wiltshire para pasar el fin de semana, a casa de una gente que no conocía, los Early. Camilla Early era una antigua compañera de colegio de Amabel; y Amabel era la muchacha con la que Noel salía actualmente.

—El sábado organizan una carrera de caballos a campo traviesa con la gente de allí —le había dicho Amabel—. Puede estar bien.

—¿Tienen calefacción en toda la casa? —preguntó Noel con cautela. Dada la estación del año, no tenía intención de pasar más de una hora tiritando junto a un insuficiente fuego de chimenea.

—Oh, cielos, claro. De hecho, están forrados. Solían ir a buscar a Camilla al colegio con un enorme Bentley.

Sonaba esperanzador. El tipo de lugar donde uno puede encontrar gente provechosa. Mientras bajaba en el ascensor, dejó a un lado los problemas de ese día para pensar en el fin de semana. Si Amabel era puntual, podrían estar fuera de Londres antes de que se iniciase el éxodo de los viernes por la tarde. Esperaba que ella llevase su coche y pudiesen viajar en él. Su Jaguar había empezado a hacer unos ruidos extraños, unos golpeteos y, además, si iban en el coche de ella, siempre existía la posibilidad de que no tuviese que pagar la gasolina.

Fuera de la oficina, en Knightsbridge, llovía a cántaros y el tráfico era intenso. Por regla general, volvía a Chelsea en autobús o incluso, en las tardes de verano, caminaba calle Sloane abajo. Pero ahora, con aquel frío, paró un taxi, sin pensar en el gasto. Hacia la mitad de King's Road le dijo al taxista que parase, bajó, pagó la carrera y se dirigió hacia su calle, recorriendo la corta distancia que le separaba de Vernon Mansions.

Su coche estaba aparcado junto a la acera, un Jaguar E maravillosamente masculino, aunque con diez años de vida. Lo había comprado a un tipo que había hecho quiebra por lo que lo consiguió muy barato, pero al llevárselo a su casa descubrió que la parte inferior del chasis estaba completamente oxidada, que los frenos eran dudosos y que tragaba tanta gasolina como cerveza bebe un sediento.Y ahora había empezado con ese enervante golpeteo. Se detuvo para echar un vistazo a los neumáticos dándole una patada a uno de ellos. Flojo. Si por desgracia tenía que utilizarlo esa tarde, debería pararse en una estación de servicio a poner aire.

Se alejó del coche, cruzó la calzada y traspasó la puerta principal del edificio. Dentro olía a rancio y poco ventilado. Había un ascensor pequeño, pero como vivía en el primer piso subió por la escalera. Ésta estaba enmoquetada, así como el reducido rellano que llevaba a su puerta. La abrió y entró cerrándola detrás suyo. Ya estaba en casa.

Realmente, era mucho decir.

Los apartamentos habían sido pensados como apeaderos para aquellos hombres de negocios que precisan un descanso en su exhausto ir y venir diario. Cada uno tenía un minúsculo recibidor con un armario donde se suponía que uno debía meter toda la ropa de ciudad. A continuación, había un cuarto de baño diminuto, una cocina del tamaño del fogón de un barco pequeño y una sala de estar. Aquí, un par de puertas correderas ponían al descubierto una especie de perrera totalmente ocupada por una cama de matrimonio. No sólo ésta resultaba casi imposible de hacer, sino que, además, en verano y dada la pésima ventilación, hacía tanto calor que Noel solía acabar durmiendo en el sofá.

En el elevado alquiler estaba incluida la decoración y el mobiliario. Todo era beis o marrón y muy sombrío. La ventana de la sala de estar daba a una pared de ladrillos perteneciente a un supermercado recientemente construido, a un estrecho callejón y a un ruidoso garaje. La luz del sol no penetraba nunca y las paredes, que habían sido en otra época de color crema, habían tomado el tono de la margarina rancia.

Pero estaba muy bien situado. Para Noel, eso era más importante que cualquier otra cosa. Formaba parte de su imagen, como el ostentoso coche, las camisas Harvey and Hudson y los zapatos Gucci. Todos estos detalles eran importantes para él porque en su infancia, debido a las circunstancias familiares y los apremios económicos, no había asistido a un internado privado, sino que había sido educado en calidad de externo en una escuela de Londres, por lo que estuvo desprovisto de las relaciones fáciles y los contactos útiles que se consiguen yendo a Eton, Harrow o Wellington. Era un resentimiento que seguía amargándole la vida, incluso a sus casi treinta años.

Terminar los estudios y encontrar un trabajo no había supuesto un problema. Había un puesto preparado y esperándole en la compañía de la familia de su padre, Keeling and Philips, una antigua y tradicional editorial en St. James donde estuvo durante cinco años antes de cambiar al mundo infinitamente más interesante y lucrativo de la publicidad. Pero su vida social había sido una cosa totalmente diferente y en este campo había tenido que depender de sus propios recursos. Que, afortunadamente, eran cantidad. Era alto, guapo, inteligente en los juegos y ya de niño había aprendido a cultivar una manera de ser sincera y abierta que desarmaba de inmediato. Sabía cómo cautivar a las mujeres mayores, ser discretamente respetuoso con los hombres de edad y, con la paciencia y la astucia de un experto cazador, se había infiltrado sin demasiada dificultad en la clase alta de la sociedad londinense. Durante años había estado en las listas de las viudas con título como joven idóneo para los bailes de debutantes y durante la temporada social de Londres raramente dormía. Muchas veces volvía de algún baile con la temprana luz del sol de un alba estival. Se despojaba del frac y la camisa almidonada, tomaba una ducha y se iba a trabajar. Los fines de semana se le podía ver en Henley, o Cowes, o Ascot. Había sido invitado a esquiar a Davos, a pescar a Sutherland y de vez en cuando su hermoso rostro aparecía en las páginas impresas de *Harpers and Queen,* «bromeando con su anfitriona».

Era, en cierta forma, un hombre de éxito. Pero, a pesar de ello, no era suficiente. Estaba ávido. Le parecía no haber llegado a ninguna parte. Quería más.

Echó las cortinas y encendió la lámpara. Así, el apartamento ofrecía un aspecto mejor. Sacó *The Times* del bolsillo del abrigo y lo arrojó sobre la mesa. Se quitó el abrigo y lo echó sobre una silla. Se dirigió a la cocina y se sirvió un buen whisky, llenando el vaso con hielo de la nevera. Volvió a la sala de estar, se sentó en el sofá y abrió el periódico.

Fue directamente a la página de la Bolsa y vio que Consolidated Cables había subido un punto. Volvió seguidamente las páginas hasta la dedicada a las carreras. *Scarlet Flower* había llegado en cuarto lugar, lo que significaba que había tirado por la borda cincuenta libras. Examinó una nueva jugada y a continuación las noticias de las salas de subastas. Leyó que un Millais había llegado, en Christie's, a casi ochocientas mil libras.

Ochocientas mil.

Esta cifra le puso casi físicamente enfermo de frustración y envidia. Dejó caer el periódico y tomó un trago de whisky, pensando en *Las portadoras de agua* de Lawrence Stern, que iba a ser subastado en Boothby's la semana siguiente. Al igual que su hermana Nancy, nunca había tenido una clara opinión sobre el trabajo de su abuelo pero, al contrario que ella, no le había pasado inadvertido el extraordinario resurgimiento en el mundo del arte de los viejos pintores victorianos. Durante los últimos años había visto cómo los precios en las salas de subasta habían ido subiendo lentamente hasta alcanzar ahora estas cantidades asombrosas que le parecían fuera de toda proporción.

Él no tenía nada que vender. Lawrence Stern era su abuelo y sin embargo no tenía nada suyo. En la calle Oakley sólo había tres Stern que su madre se había llevado con ella a Gloucestershire donde, con sus enormes dimensiones, empequeñecían las habitaciones de Podmore's Thatch.

¿Cuál era su valor? ¿Quinientas, seiscientas mil? Aunque con pocas probabilidades de éxito, quizá debería hacer un esfuerzo y hablar a su madre de ponerlos a la venta. Si conseguía convencerla, naturalmente el valor de la venta debería ser dividido. Nancy, la primera, insistiría para tener su parte, pero incluso así quedaría una buena tajada para Noel. Su imaginación voló con cautela, con brillantes proyectos. Abandonaría su trabajo de nueve-a-cinco en Wenborn and Weinburg para crear su propia empresa. Nada de publicidad, sino corretaje de bienes de consumo, especulando a gran escala.

Todo lo que necesitaba era un prestigioso despacho en el West End, un teléfono, un ordenador y mucha caradura. De esto tenía un montón. Explotar a los interfectos, dar coba a los grandes inversores, moverse en el gran mundo. Sintió casi una perturbadora excitación sexual. Podría hacerlo. Lo único que le faltaba era el capital para poner en práctica sus ideas.

Los buscadores de conchas. A lo mejor, la semana que viene, iría a visitar a su madre. Hacía meses que no la veía, pero recientemente había estado enferma —Nancy le había dado por teléfono la noticia, en tono fúnebre, claro—, lo que le proporcionaría una buena excusa para llamarla a Podmore's Thatch y poder entonces llevar suavemente la conversación hacia el tema de los cuadros. Si ella empezaba a poner excusas o a sacar objeciones sobre los impuestos, sobre la plusvalía, mencionaría a su amigo Edwin Mundy, un antiguo tratante y experto en vender cualquier cosa en Europa ocultando para uso futuro el dinero en los bancos suizos a salvo de las insaciables fauces del fisco. Había sido Edwin el primero en advertir a Noel de los enormes precios que se estaban pagando en Nueva York y Londres por las viejas obras alegóricas de moda a finales del siglo pasado y asimismo había sugerido a Noel que se asociase con él. Pero a éste, después de algunas reflexiones, no le había parecido conveniente. Edwin, él lo sabía, estaba siempre en la cuerda floja y Noel no tenía intención de pasar siquiera una semana en la prisión de Wormwood Scrubs.

Todo era difícilmente superable. Suspiró hondamente, terminó el whisky, miró el reloj. Las cinco y cuarto. Amabel iría a buscarle a la media. Se levantó del sofá, cogió su maleta del armario del recibidor y preparó rápidamente la ropa para el fin de semana. Era un experto en ello —a causa de los muchos años de práctica— y no tardó más de cinco minutos. A continuación, se quitó la ropa y se dirigió al cuarto de baño para afeitarse y ducharse. El agua estaba ardiendo, lo cual era una de las buenas cosas de vivir en esa innoble ratonera, y después de la ducha, tras haber entrado en calor y bien perfumado, se sintió mejor. Volvió a vestirse, esta vez con ropa limpia e informal —camisa de algodón, jersey de cachemira, chaqueta de *tweed*—; puso una bolsa para la ropa usada sobre el resto de las cosas, cerró la maleta y arrojó la ropa sucia en un rincón de la cocina en la esperanza de que la señora que acudía a diario se hiciese cargo de ella.

A veces no lo hacía. A veces ni siquiera aparecía. Añoró con profunda nostalgia la vieja forma de vida antes de que su madre decidiese, pensando sólo en ella, vender la casa de la calle Oakley. Allí no le faltaba de nada. Tenía su independencia y sus propias habitaciones en la parte alta de la casa, junto con las infinitas ventajas de vivir en casa de mamá. Agua caliente constante, chimeneas encendidas, comida en la despensa, bebida en la bodega, un gran jardín para el buen tiempo, el bar al otro lado de la calle, el río a un paso de la puerta, la ropa limpia, la cama hecha, las camisas planchadas, y por todo ello sólo tenía que pagar el equivalente a un rollo de papel higiénico. Asimismo, su madre era tan independiente como el hijo y si bien no era ajena al crujido de las escaleras y a los suaves pasos femeninos pasando delante de su habitación, actuaba como si no oyese nada y nunca hacía comentarios. Él había imaginado que esta forma idílica de vida era permanente; que, de producirse algún cambio, sería por su propia iniciativa, por lo que cuando ella le informó de su intención de vender y trasladarse al campo sintió como si le hubiesen dado una estocada.

—Pero ¿y qué pasa conmigo? ¿Qué demonios voy a hacer?

—Noel, cielo, tienes ya veintitrés años y has vivido en esta casa toda tu vida. Quizá ha llegado el momento de que abandones el nido. Estoy segura de que serás capaz de arreglártelas muy bien.

Arreglárselas. Pagando alquiler, comprando comida y whisky escocés, gastando dinero en cosas horribles como Vim para el baño y facturas de lavandería. Prácticamente hasta el último momento se había aferrado a la casa de la calle Oakley, con la esperanza de que ella cambiaría de opinión. No se mudó hasta que el camión de las mudanzas llegó para recoger las pertenencias de su madre y transportarlas a Gloucestershire. Por otra parte, le sobraba la mayoría de las cosas, porque no había espacio en el diminuto apartamento que había encontrado para acumular los bártulos de toda su vida y éstos estaban ahora en un pequeño y desordenado cuarto de Podmore's Thatch que llamaban, eufemísticamente, el cuarto de Noel.

Había ido allí lo menos posible, resentido no sólo por el comportamiento de su madre, sino también porque le fastidiaba verla tan felizmente adaptada a su nueva vida, y sin él. Le parecía que podía tener por lo menos la decencia de mostrar algo de nostalgia por aquellos viejos tiempos en que vivían juntos, pero no parecía echarle de menos en absoluto.

Le resultaba muy difícil entenderlo, porque él la echaba mucho de menos.

Estas meditaciones patéticas fueron interrumpidas por la llegada de Amabel, sólo con quince minutos de retraso. Sonó el timbre y cuando él fue a abrir la puerta allí estaba ella con el equipaje en la mano, dos bolsas de viaje llenas a reventar, sobresaliendo de una de ellas un par de botas de goma color verde musgo.

—Lo sé. Perdón —dijo entrando y dejando las bolsas en el suelo; él cerró la puerta y le dio un beso.

—¿Qué es lo que te ha retrasado?

—No encontraba taxi y el tráfico está fatal.

Taxi. El corazón le dio un vuelco.

—¿No has traído tu coche?

—Tenía una rueda pinchada. Y no llevaba de recambio; en cualquier caso, no sé cambiar una rueda.

Esto era de esperar. En las cosas prácticas, era totalmente inepta y probablemente una de las mujeres más desorganizadas que jamás hubiese conocido. Tenía veinte años y era diminuta como un niño, de huesos pequeños y delgada al límite de la demacración. Su piel era tan pálida que casi parecía transparente, tenía unos ojos verde uva con largas y espesas pestañas y el pelo era largo, fino y liso. Lo llevaba suelto y normalmente le caía sobre la cara. Su ropa, en esa fría y húmeda tarde, llamaba la atención por su inadecuada escasez. Unos tejanos desgastados, una camiseta y una cazadora corta de dril. Los zapatos que llevaba eran ligeros, y dejaban los tobillos al aire. En conjunto, parecía una anoréxica de Bermondsey, pero de hecho era la honorable Amabel Remington-Luard y su padre era lord Stockwood, con grandes propiedades en Leicestershire. Era esto lo que le había atraído de Amabel en primer lugar sumado al hecho de que, por alguna oscura razón, encontraba su apariencia de abandono enormemente provocativa.

Así pues, ahora tendrían que ir a Wiltshire en el Jaguar. Ocultó lo molesto que estaba.

—Bien, será mejor que nos movamos —dijo—. Tendremos que pararnos en una estación de servicio para poner aire en los neumáticos y llenar el depósito de gasolina.

—Jo, lo siento.

—¿Conoces el camino?

—¿De dónde? ¿De una gasolinera?

—No. De donde vamos, a Wiltshire.

—Sí, claro que lo sé.

—¿Cómo se llama la casa?

—Charbourne. He estado allí un montón de veces.

Se la quedó mirando para luego fijar la vista en su presunto equipaje.

—¿Ésta es toda la ropa que te has traído?

—He cogido las botas de goma.

—Amabel, todavía estamos en invierno y se supone que mañana vamos a asistir a una carrera de caballos. ¿Has cogido un chaquetón?

—No, me lo dejé en la casa de campo el fin de semana pasado. —Encogió sus huesudos hombros—. Pero me pueden prestar algo. Estoy segura de que Camilla tiene cantidad de ropa apropiada.

—No se trata de eso. Primero tenemos que llegar allí y la calefacción del Jaguar no es de fiar. Lo último que deseo es tener que cuidarte una pulmonía.

—Lo siento.

Pero no parecía sentirlo particularmente. Sofocando su irritación, Noel se volvió y abrió la puerta corredera del armario, rebuscó en su repleto interior para finalmente encontrar lo que buscaba, un abrigo de edad indefinida de caballero; de oscuro y grueso *tweed*, con un cuello de terciopelo descolorido y forrado con piel de conejo.

—Toma —dijo—. Puedes coger éste.

—Jo —dijo ella encantada; él sabía que no era por el detalle que había tenido, sino por el maltrecho esplendor de la prenda antigua. Adoraba la ropa antigua y empleaba la mayor parte de su tiempo y dinero revolviendo los tenderetes de Petticoat Lane, comprando enmohecidos vestidos de noche de los años treinta o bolsos de cuentas. El abrigo la envolvió totalmente, pero por lo menos el bajo no tocaba el suelo.

—Oh, qué abrigo tan genial. ¿De dónde demonios lo has sacado?

—Era de mi abuelo. Lo birlé del armario de mi madre cuando vendió la casa de Londres.

—¿Me lo puedo quedar? ¿Puedo?

—No, no puedes. Pero lo puedes llevar este fin de semana. Chocará a los jinetes pero les dará algo de qué hablar.

Ella se arrebujó en el abrigo y soltó una carcajada, no tanto por su chiste fácil sino por el absoluto placer animal de llevar un abrigo forrado de piel y ese aspecto que tenía de niño perverso y ávido provocó en él un repentino deseo de ella. En circunstancias normales, la hubiese llevado directamente a la cama, pero no tenían tiempo. Habría que esperar hasta más tarde.

El viaje a Wiltshire no fue peor de lo que había temido. No cesaba de llover y el tráfico a la salida de Londres ocupaba tres hileras de la carretera e iba a paso de tortuga. Pero por fin llegaron a la autopista y pudieron aumentar la velocidad, el ruido del vehículo, muy amablemente, no se hizo evidente y la calefacción, aparentemente, funcionaba.

Charlaron durante un rato y luego Amabel permaneció en silencio. Él pensó que probablemente se habría dormido, que era lo que solía hacer en estas ocasiones, pero se dio cuenta de que no dormía cuando percibió movimientos y notó que buscaba algo a tientas.

—¿Qué ocurre? —preguntó.

—Algo está crujiendo —contestó ella.

—¿Crujiendo? —exclamó él alarmado, imaginando el Jaguar estallando en llamas. Incluso aminoró un poco la velocidad.

—Sí. Crujiendo. Ya sabes, como un trozo de papel.

—¿Dónde?

—Dentro del abrigo —dijo buscando de nuevo en la oscuridad—. Hay un agujero en el bolsillo. Creo que hay algo dentro del forro.

Más tranquilo, Noel volvió a acelerar.

—Creía que íbamos a incendiarnos —le dijo.

—Una vez, encontré media corona dentro del forro de un abrigo de mi madre. A lo mejor es un billete de cinco libras.

—Es más probable que sea una vieja carta o un envoltorio de chocolate. Lo investigaremos cuando lleguemos.

Una hora después, habían llegado a su destino. Amabel, ante la sorpresa de Noel, no se equivocó de camino, dirigiéndole una vez hubieron salido de la autopista a través de varios pueblecitos rurales para bajar finalmente por una carretera estrecha y tortuosa que conducía pasando por oscuras tierras de labranza al pueblo de Charbourne. Resultaba pintoresco incluso bajo la lluvia y la oscuridad, con una calle principal flanqueada de anchas aceras y casitas con techo de paja y pequeños jardines en su parte frontal. Pasaron delante de un bar y de una iglesia, se introdujeron en una avenida de robles y llegaron a una imponente verja.

—Es aquí.

Atravesaron la verja, pasaron ante una pequeña garita y ascendieron por un sendero a través de zonas verdes. El haz de luz de los faros iluminó la casa, cuadrada y maciza, blanca y de estilo georgiano, con las suaves proporciones y la simetría de esa época. Se vislumbraba luz detrás de las cortinas echadas y Noel rodeó la explanada con grava para colocarse delante de la puerta principal.

Apagó el motor y bajaron del coche; recogieron el equipaje del maletero y subieron las escaleras hasta la puerta que estaba cerrada. Amabel encontró una campanilla de hierro forjado y la hizo sonar.

—No tenemos que esperar —dijo a continuación abriendo la puerta.

Entraron en un recibidor con pavimento de piedra. Otra puerta de cristal daba al vestíbulo. Las luces estaban encendidas y Noel observó que era amplio y con artesonados, y con una grande e impresionante escalera que conducía al piso superior.

Mientras titubeaban, una puerta del extremo del recibidor se abrió y apareció una mujer que se dirigió apresuradamente hacia ellos. Era corpulenta, de cabello blanco y llevaba un delantal floreado sobre un precioso vestido azul turquesa de Coutelle. La mujer del jardinero, pensó Noel, que ha venido a echar una mano durante el fin de semana.

—Buenas noches. Entren. ¿El señor Keeling y la señorita Remington-Luard? Sí, así es. La señora Early acaba de subir para darse un baño y Camilla y el coronel están abajo en los establos, pero la señora Early me ha dicho que les reciba y les conduzca arriba a sus habitaciones. ¿Es todo su equipaje? Qué noche tan espantosa. ¿Han tenido un viaje muy malo? La lluvia es algo horrible, ¿no es así?

Pero ahora estaban dentro. Había un fuego encendido en la chimenea de mármol y en la casa hacía un agradable calor. La mujer del jardinero cerró la puerta.

—Si quieren seguirme... ¿Pueden con su equipaje?

Podían. Amabel, todavía envuelta en el viejo abrigo, cogió la bolsa con las botas de goma y Noel se hizo cargo de la otra bolsa y de la maleta. Así cargados, siguieron a la robusta mujer que les conducía escaleras arriba.

—Los otros invitados de Camilla han llegado a la hora del té, pero ahora están en sus respectivas habitaciones, cambiándose; y la señora Early me ha pedido que les diga que la cena es a las ocho, pero si quieren bajar a menos cuarto podrán tomar una copa en la biblioteca y encontrarse con los demás...

En el descansillo de la escalera una arcada daba a un pasillo que conducía a la parte superior de la casa. Una alfombra escarlata cubría el suelo, grabados de caza adornaban las paredes y Noel percibió ese agradable olor inherente a toda casa de campo bien atendida, mezcla de ropa recién planchada, abrillantador y lavanda.

—Aquí, ésta es tu habitación, querida. —Abrió una puerta y se echó a un lado para dejar pasar a Amabel—. Y la suya, señor Keeling, está aquí... y aquí está el cuarto de baño entre ambas. Creo que está todo, pero si necesitan algo no tienen más que decírnoslo.

—Muchísimas gracias.

—Y dígale a la señora Early que estaremos abajo hacia las ocho menos cuarto.

Se marchó con una deliciosa sonrisa cerrando la puerta detrás de ella. Noel, solo, dejó la maleta en el suelo y se quedó mirando a su alrededor. Sus años de pasar fines de semana en casas extrañas habían agudizado su percepción hasta tal punto que era capaz, casi desde el momento en que traspasaba el umbral de una puerta, de evaluar las posibilidades de los días que tenía por delante atribuyéndoles su sistema privado de clasificación.

Una estrella era lo más bajo, normalmente una casa de campo húmeda con corriente de aire, camas incómodas, comida poco apetitosa y nada más que cerveza para apagar la sed. Los otros huéspedes solían ser relaciones de poco compromiso con niños mal educados. Si se encontraba en una situación de este tipo, Noel a menudo recordaba un compromiso súbito y urgente y volvía a Londres a primera hora de la mañana del domingo. Dos estrellas se las atribuía en general a las casas de la zona militar de Surrey, con reuniones que consistían en un montón de muchachas deportivas y jóvenes cadetes de Sandhurst. El tenis era normalmente el entretenimiento aceptado y se jugaba en pistas cubiertas de musgo, terminando con una visita nocturna a la taberna local. Tres estrellas eran las vastas propiedades sin pretensiones, con muchos perros por en medio y caballos en los establos, fuegos de chimenea que se consumían lentamente, abundante comida casera y, casi siempre, un vino espléndido. Cuatro estrellas era el máximo, las casas de los inmensamente ricos. Un mayordomo, el equipaje deshecho y chimenea en la propia habitación. La razón de ser de los fines de semana de cuatro estrellas solía ser algún baile de presentación en sociedad que tenía lugar en el vecindario. Se instalaban enormes entoldados iluminados en el jardín, una orquesta, llevada con gran gasto desde Londres para tocar hasta muy entrada la noche y el champán todavía sirviéndose a las seis de la mañana.

Charbourne era, y lo había clasificado al instante, un tres estrellas y estaba muy contento por ello. Obviamente, no le habían dado la mejor habitación de huéspedes pero era, sin embargo, más que suficiente. De estilo antiguo, confortable, con sólidos muebles victorianos y gruesos cortinajes de cretona; y con todo lo que un visitante pudiese necesitar para pasar la noche. Se quitó el abrigo, lo echó sobre la cama y fue a abrir una segunda puerta que daba a un espacioso cuarto de baño enmoquetado y con una enorme bañera empotrada en caoba. En el otro extremo del cuarto de baño había otra puerta y se dirigió hacia ella para abrirla, medio esperando que estuviese cerrada; pero se abrió apareciendo el dormitorio de Amabel. La encontró todavía metida en el abrigo forrado de piel, sacando sin orden ni concierto prendas de su bolsa, que diseminaba como hojas caídas a sus pies en el suelo.

Levantó la vista y vio la sonrisa burlona en el rostro de él.

—¿Ocurre algo? —preguntó.

—Nuestra anfitriona es evidentemente una mujer con sentido común y amplitud de miras...

—¿Qué quieres decir? —Podía ser muy obtusa.

—Quiero decir que bajo ninguna circunstancia nos habría puesto en la misma habitación, pero lo que hagamos en la intimidad de la noche le importa un bledo.

—Ah, bueno —dijo Amabel—. Supongo que es una cuestión de formas. —Buscó revolviéndolo todo en la bolsa sacando finalmente una prenda fibrosa y negra.

—¿Qué es esto? —preguntó él.

—Esto es lo que me voy a poner esta noche.

—¿No está un poco arrugado?

Ella sacudió la prenda.

—Es punto. No se plancha. ¿Crees que habrá agua caliente?

—Seguro que sí.

—Qué bien. Me voy a dar un baño. ¿Podrías ir abriéndome los grifos?

Él volvió al cuarto de baño, puso el tapón en la bañera y abrió los grifos. Seguidamente volvió a su habitación y deshizo la maleta, colgando los trajes en el espacioso armario y colocando las camisas limpias en los cajones. En un bolsillo de la maleta había una petaca de plata. En esos momentos podía oír a Amabel chapoteando en el agua y oler el perfumado vapor que traspasaba como humo la puerta abierta. Con la petaca en la mano, se dirigió al cuarto de baño, cogió los dos vasos preparados para lavarse los dientes y echó whisky hasta la mitad de cada uno de ellos, llenándolos con agua procedente del grifo del agua fría. Amabel había decidido lavarse la cabeza. Siempre se estaba lavando la cabeza, aunque no se notaba la diferencia. Él le acercó uno de los vasos, colocándolo en un taburete junto a la bañera de forma que ella pudiese alcanzarlo cuando se hubiese retirado el jabón de los ojos. Seguidamente, él penetró en la habitación de ella, recogió del suelo el abrigo de su abuelo y se lo llevó al cuarto de baño, donde se sentó sobre la tapa del water, posó cuidadosamente su vaso en la jabonera del lavabo y empezó a investigar.

El vapor iba desapareciendo. Amabel se sentó, apartó su cabello empapado de la cara y abrió los ojos. Vio la bebida y la cogió.

—¿Qué estás haciendo? —preguntó.

—Buscando el billete de cinco libras.

Palpando el grueso material, localizó el crujiente objeto en el fondo del dobladillo. Metió la mano en el bolsillo oportuno y encontró el agujero, pero era demasiado pequeño para que cupiese su mano, por lo que lo agrandó un poco y probó de nuevo. Buscando a tientas entre el *tweed* y la parte posterior de la piel de conejo, las yemas de sus dedos tropezaron con pelusa y fragmentos de piel. Apretó los dientes, imaginando un ratón muerto o alguna otra cosa realmente asquerosa, pero rechazó estos horrores y perseveró. Finalmente, en la punta más alejada del dobladillo, sus dedos dieron con lo que estaban buscando. Con cuidado, lo sujetó y fue retrocediendo la mano. El abrigo resbaló de sus rodillas cayendo al suelo, pero él ya había sacado un trozo de papel fino y doblado, viejo y amarillento como un precioso pergamino.

—¿Qué es? —quiso saber Amabel.

—No es un billete de cinco libras. Una carta, creo.

—Jo, qué pena.

Con delicadeza, para no romperlo, lo desplegó. Vio una escritura inclinada, pasada de moda, con las palabras cuidadosamente escritas con plumilla.

Dufton Hall
Lincolnshire
8 de mayo de 1898

Apreciado Stern:

Agradezco su carta desde Rapallo y deduzco de la misma que en estos momentos ya habrá usted regresado a París. Espero poder viajar a Francia el mes que viene donde, Dios mediante, acudiré a su estudio a fin de examinar el bosquejo del óleo *La terraza.* Una vez tenga dispuesto mi viaje, le enviaré un telegrama informándole de la fecha y hora de mi visita.

Atentamente suyo,

ERNEST WOLLASTON

Leyó la carta en silencio. Una vez hubo terminado, permaneció un momento en profunda cavilación, luego levantó la cabeza y miró a Amabel.

—Extraordinario —dijo.
—¿Qué dice?
—Increíble encontrar una cosa así.
—Oh, Noel, por Dios santo, léemela.
Así lo hizo él. Cuando acabó, Amabel se quedó igual.
—¿Qué tiene de extraordinario esta carta?
—Es una carta dirigida a mi abuelo.
—Muy bien, ¿y?
—¿Nunca has oído hablar de Lawrence Stern?
—No.
—Era pintor. Un famoso pintor victoriano.
—No lo sabía. No me extraña entonces que tuviese un superabrigo como éste.
Noel ignoró este comentario inoportuno.
—Una carta de Ernest Wollaston.
—¿Era pintor también?
—No, ignorante, no era pintor. Era un industrial de la época victoriana. Un millonario que había llegado a serlo por sus propios esfuerzos. Llegó a elevarse hasta la nobleza y se hacía llamar lord Dufton.
—¿Y qué pasa con el cuadro... cómo se llama?
—*La terraza*. Era un encargo. Encargó a Lawrence Stern que lo pintase para él.
—Tampoco lo sabía.
—Tienes que haber oído hablar de él. Es muy famoso. Desde hace diez años está colgado en el Museo Metropolitano de Nueva York.
—¿Qué representa?
Noei permaneció en silencio por un momento, haciendo un esfuerzo para tener presente el cuadro que sólo había visto reproducido en las páginas de alguna revista.
—Una terraza. Italia, evidentemente, por ello había estado en Rapallo. Un grupo de mujeres, inclinadas sobre una balaustrada; rosas por todas partes. Cipreses y el mar azul, y un muchacho tocando el arpa. Es muy bonito. Es su estilo.
Miró la carta de nuevo y recordó exactamente lo que había sucedido.
—Ernest Wollaston había hecho fortuna y ascendido en la escala social, probablemente fue él quien hizo construir esa impresionante casa de Lincolnshire. Debió de comprar muebles para ella y hacerse llevar alfombras especiales de Francia y, como no tenía retratos heredados o Gainsboroughs o Zoffanys para colgar en las paredes, encargaría al más prestigioso pintor del momento que le hiciese un cuadro para él. En aquella época, era poco más o menos como pedirle a alguien que te hiciera una película. Había que tener en

cuenta los decorados, los trajes, los modelos. Seguidamente, cuando todo esto había sido decidido y encontrado, el artista debía de hacer un bosquejo al óleo del cuadro para que el cliente lo viese. Trabajaría meses en él y tendría que estar completamente seguro de que al final sería exactamente lo que el cliente hubiera encargado para cobrar así lo acordado.

—Ya veo. —Se echó hacia atrás en el agua, con el cabello flotando a su alrededor como Ofelia, y considerando todo esto—. Pero sigo sin entender por qué estás tan excitado.

—Pues porque... nunca había pensado en estos bosquejos al óleo. O si lo hice alguna vez, lo había olvidado.

—¿Tan importantes son?

—No lo sé. Pueden serlo.

—¿Ha sido lista tu niña encontrando esa carta en el abrigo?

—Sí. Mi niña ha sido muy lista.

Después de un momento, dobló la carta, la metió en su bolsillo, terminó la bebida y se levantó. Miró el reloj.

—Son las siete y media —le dijo ella—. Será mejor que te des prisa—. ¿Adónde vas?

—A cambiarme.

La dejó, todavía sumergida en el agua, y volvió a su habitación cerrando la puerta detrás de él. A continuación, muy deprisa, abrió la otra puerta, salió al pasillo y bajó la escalera hasta el vestíbulo. Sobre la espesa alfombra sus pasos no produjeron ruido alguno. Al final de la escalera se detuvo, dudando. No había nadie alrededor, a pesar de que llegaban las voces y el alegre parloteo del servicio procedente de la parte posterior de la casa, junto con los aromas de la deliciosa comida. Esto, sin embargo, no le distrajo pues por el momento no pensaba en otra cosa que en saber dónde podía haber un teléfono.

Encontró uno casi inmediatamente, allí mismo en el vestíbulo, en una pequeña cabina bajo el hueco de la escalera. Entró y cerró la puerta, levantó el auricular y marcó un número de Londres. La llamada fue atendida casi al instante.

—Edwin Mundy al aparato.

—Edwin, soy Noel Keeling.

—Noel. Cuánto tiempo sin saber de ti. —Su voz era ronca y sonora, con un débil trasfondo del acento londinense de los barrios populares que nunca había conseguido perder—. ¿Cómo te van las cosas?

—Bien, pero escucha, no tengo mucho tiempo. Estoy en el campo. Sólo quería preguntarte una cosa.

—Dime.

—Se trata de Lawrence Stern. ¿Me sigues?

—Sí.

—¿Sabes si hay en el mercado alguno de los bosquejos al óleo de alguna de sus mejores pinturas?

Hubo una pausa. Luego Edwin dijo despacio:

—Es una pregunta interesante. ¿Por qué? ¿Tienes alguno?

—No. Y no sé si existe alguno. Por eso te llamo.

—No sé de ninguno que hubiera salido en alguna importante sala de subastas. Claro que hay pequeños tratantes en todo el país.

—¿Por cuánto...? —Noel se aclaró la garganta y lo intentó de nuevo—: ¿Por cuánto se vendería una cosa así en la situación actual del mercado?

—Depende del cuadro. Si se trata de una de sus obras más importantes, supongo que alrededor de cuatro o cinco mil... pero no tomes mis palabras al pie de la letra, se trata sólo de una vaga suposición. No te lo puedo decir con seguridad hasta que lo vea.

—No tengo nada. Ya te lo he dicho.

—Entonces, ¿por qué la llamada?

—Simplemente estaba pensando que estos bosquejos deben de estar todavía en alguna parte, sin que ninguno de nosotros lo sepa.

—¿Quieres decir, en la casa de tu madre?

—Bueno, tienen que estar en alguna parte.

—Si eres capaz de encontrarlos —continuó Edwin con su acento más urbano—, me imagino que dejarás que me encargue de ellos por ti.

Pero Noel no tenía intención de comprometerse tan fácilmente.

—Primero he de tenerlos en mi poder. —Y seguidamente, antes de que Edwin pudiese añadir nada más—: Tengo que dejarte, Edwin. La cena se servirá dentro de cinco minutos y ni siquiera me he cambiado. Gracias por tu ayuda y siento haberte molestado.

—Ningún problema. Encantado de haberte sido de ayuda. Una interesante perspectiva. Buena caza.

Colgó. Lentamente, Noel coló a su vez el auricular. De cuatro a cinco mil libras. Más de lo que se había atrevido a imaginar. Suspiró profundamente, abrió la puerta y salió al vestíbulo. Seguía sin haber nadie por allí y, como nadie lo había visto telefonear, no era necesario dejar dinero para pagar la llamada.

V

HANK

En el último momento, cuando todo estaba listo para la cena mano a mano con Hank Spotswood, y ella lo estaba esperando, Olivia recordó que no había llamado a su madre para comunicarle su idea de ir a Gloucestershire al día siguiente y pasar un agradable sábado con ella. Había un teléfono blanco junto al sofá donde estaba sentada en ese momento, y cuando estaba marcando el número, oyó un taxi avanzando lentamente por la calle. Supo instintivamente que se trataba de Hank. Titubeó. A su madre, una vez al aparato, le gustaba hablar, dar y recibir noticias, por lo que no se trataría simplemente de dar el recado y colgar. Oyó que el taxi se paraba delante de la puerta, dejó de marcar y colgó el auricular. Llamaría más tarde. Su madre nunca se acostaba antes de medianoche.

Se puso en pie, ahuecó el hundido almohadón y echó una mirada a su alrededor, comprobando que todo estaba perfecto. Lo estaba. Luces indirectas, las bebidas esperando, hielo en la cubitera, música suave apenas audible en el estéreo. Se volvió hacia el espejo que se encontraba sobre la chimenea y se retocó el pelo, arregló el cuello de la blusa Chanel color crema. Llevaba perlas en los lóbulos de las orejas y su maquillaje era también perlado, delicado y muy femenino, nada parecido al llamativo que solía llevar durante el día. Oyó cómo la verja se abría y cerraba. Pasos. Sonó el timbre.

Se dirigió, sin precipitarse, a abrir la puerta.

—Buenas noches.

En el peldaño de la puerta, bajo la lluvia, estaba él. Un robusto y bien parecido hombre cerca de los cincuenta, con un gran ramo de rosas, como era de esperar.

—Hola.

—Pasa. Hace una noche horrible. Veo que has encontrado la casa.

—Sí, sin problema —dijo él mientras entraba; ella cerró la puerta y él le tendió las flores.

—Un pequeño detalle —le dijo y sonrió; ella había olvidado su sonrisa atractiva y sus dientes muy blancos, típicamente americanos.

—Oh, son preciosas. —Las cogió y automáticamente inclinó la cabeza para olerlas, pero habían sido cruelmente forzadas a desarrollarse en algún invernáculo y no tenían olor—. Es muy amable por tu parte. Quítate el abrigo y vete sirviendo tú mismo una copa, mientras yo voy a ponerlas en agua.

Se las llevó a la cocina, encontró un jarrón, lo llenó de agua e introdujo las rosas tal y como estaban sin tomarse el tiempo de arreglarlas; sin embargo se quedaron, como suelen hacer las rosas, en una forma airosa. Con el jarrón en la mano, volvió al salón colocándolo, con ceremonia, en el sitio de honor, sobre su escritorio de nogal. El rojo de las flores contrastaba como gotas de sangre, contra las paredes blancas. Se volvió hacia él.

—Ha sido muy amable por tu parte. Dime, ¿te has servido una copa? —lo había hecho.

—Me he puesto un whisky escocés. ¿Está bien? —Posó el vaso—. ¿Y ahora qué te puedo preparar?

—Lo mismo. Con agua y hielo.

Ella se hundió en un extremo del sofá con las piernas encogidas y le miró mientras él manejaba botellas y vasos. Cuando le acercó la bebida, ella levantó un brazo para cogerla y él, tomando de nuevo la suya, fue a sentarse en el sillón que estaba al otro lado de la chimenea. Levantó el vaso.

—Salud.

—Salud —dijo Olivia.

Bebieron. Empezaron a hablar. Todo resultaba muy fácil y distendido. Él admiró la casa, se interesó por los cuadros, preguntó por su trabajo, quiso saber cómo había conocido a los Ridgeways; aquella fiesta, unas noches antes, donde se habían conocido. Seguidamente, con mucho tacto empezó a hablar de sí mismo. Estaba en el negocio de las alfombras y había acudido a ese país para el Congreso Textil Internacional. Se hospedaba en el Ritz. Era oriundo de Nueva York pero se había trasladado al Sur por cuestiones de trabajo, a Dalton, Georgia.

—Habrá sido un gran cambio de vida. De Nueva York a Georgia.

—En efecto. —Miró hacia abajo, girando el vaso en sus manos—. Pero el traslado llegó en el momento oportuno. Mi mujer y yo nos habíamos separado recientemente y ello facilitó en buena manera las cosas.

—Lo siento.

—No tienes que sentirlo. Son cosas que pasan.

—¿Tienes hijos?

—Sí. Dos adolescentes. Un chico y una chica.

—¿Tienes ocasión de verlos?

—Claro. Pasan las vacaciones de verano conmigo. El Sur es idóneo para los niños. Se puede jugar al tenis todo el año, montar a caballo, nadar. Pertenecemos al club campestre del lugar y se reúnen con muchos jóvenes de su misma edad.

—Suena divertido.

Siguió una pausa durante la cual Olivia esperó con tacto a fin de darle la oportunidad de sacar de la cartera fotografías de sus hijos, lo que, bendito fuese, no hizo. Empezaba a gustarle más y más.

—Tu vaso está vacío —dijo—. ¿Quieres otra copa?

No paraban de hablar. La conversación se desvió hacia temas más serios; los políticos americanos, el balance económico entre sus dos países. Las opiniones de ambos eran liberales y prácticas y, a pesar de que él dijo que había votado a los republicanos, parecía profundamente preocupado por los problemas del Tercer Mundo. Al cabo de un rato, ella echó una ojeada al reloj dándose cuenta, con cierta sorpresa, de que eran ya las nueve.

—Me parece que ya es hora de que cenemos —dijo.

Él se levantó, recogió los vasos vacíos y la siguió hasta el pequeño comedor. Ella encendió las luces quedando iluminada la mesa que estaba dispuesta de forma encantadora, con cristal, brillante plata y un centro de lilas tempranas. Las luces, aunque suaves, iluminaban lo suficiente para que él se fijase instantáneamente en la pared azul cobalto, cubierta desde el suelo hasta el techo de fotografías enmarcadas, lo que le pareció un detalle simpático.

—Eh, mira esto. ¡Qué gran idea!

—Las fotografías familiares siempre han sido un problema para mí. Nunca sé dónde ponerlas, así que resolví el rompecabezas simplemente empapelando la pared con ellas.

Se fue detrás de la barra de la cocina para coger el *paté* y el pan moreno, mientras él permanecía a su espalda inspeccionando las fotografías con el interés y la atención del visitante de una galería de arte.

—¿Quién es esta chica tan guapa de aquí?

—Es mi hermana Nancy.

—Es preciosa.

—Lo era —acordó Olivia—. Pero se ha abandonado; ya sabes, al engordar uno adquiere aspecto de mayor. Pero era monísima de niña. Ésta fue tomada justo poco antes de casarse.

—¿Dónde vive?

—En Gloucestershire. Tiene dos horribles niños y un marido aburrido y su idea del paraíso es seguir de cerca una carrera de caballos a campo traviesa con dos labradores a la cabeza mientras se prodiga en saludos a todos sus amigos. No tienes ni idea de lo que hablo, ¿verdad?

Él se volvió frunciendo el entrecejo perplejo y Olivia se rió:

—No. Pero he captado lo esencial. —Volvió a mirar las fotografías—. ¿Y quién es esta dama tan atractiva?

—Es mi madre.

—¿Tienes alguna de tu padre?

—No, mi padre murió. Pero éste es mi hermano Noel. Este guapo mozo de ojos azules.

—Sí, es realmente guapo. ¿Está casado?

—No. Tiene ahora casi treinta años y no se ha casado todavía.

—¿Tiene novia?

—Ninguna fija. Nunca tiene una amiga fija. Se pasa la vida aterrorizado ante la idea de comprometerse. Ya sabes, el tipo de hombre que nunca acepta una invitación a una fiesta por si surge algo mejor.

Los hombros de Hank se estremecieron de risa.

—No eres muy amable con tu familia.

—Lo sé. ¿Pero qué sentido tiene aferrarse a ilusiones sentimentales, especialmente cuando se ha llegado a mi edad?

Salió de detrás de la barra y dejó el *paté,* la mantequilla y las rebanadas de pan moreno sobre la mesa. Cogió las cerillas y encendió las velas.

—¿Y quién es éste?

—¿Cuál estás mirando?

—Un hombre con una niña.

—Oh —se desplazó para ponerse a su lado—. Este hombre se llama Cosmo Hamilton. Y la niña es su hija, Antonia.

—Qué niña tan preciosa.

—La hice hace cinco años. Ahora debe de tener dieciocho.

—¿Son parientes tuyos?

—No. Él es un amigo. Era un amigo. Amante, de hecho. Tiene una casa en Ibiza y hace cinco años dejé de trabajar por espacio de un año... sabático; estuve allí, viviendo con él.

Hank alzó sus ojos castaños.

—Un año. Es mucho tiempo para vivir con un hombre.

—Pasó muy rápido —dijo, mientras notaba los ojos de él clavados en su cara.

—¿Le querías?

—Sí. Le quería como nunca he querido a otra persona.

—¿Por qué no te casaste con él..., o quizá ya estaba casado?

—No, no estaba casado. Pero no quise casarme con él porque no quería casarme. Y sigo sin quererlo.

—¿Le sigues viendo?

—No. Le dije adiós y fue el final de la historia.

—¿Y la hija, Antonia?

—No sé qué habrá sido de ella.

—¿Le escribes?

Olivia se encogió de hombros.

—Le felicito por Navidad. Esto es lo que acordamos. Una felicitación de Navidad cada año, con un petirrojo.

—No parece mucho.

—No, no lo es, ¿verdad? Y probablemente es imposible que me comprendas. Pero lo importante es que Cosmo lo entiende. —Sonrió—. Ahora, si has terminado con mis amigos y familiares, ¿qué te parece si nos servimos vino y comemos algo?

—Mañana es sábado —dijo él—. ¿Qué sueles hacer los sábados?

—A veces voy a pasar el fin de semana fuera. Otras simplemente me quedo aquí, descansando, relajándome, voy a tomar una copa con amigos.

—¿Tienes algo previsto para mañana?

—¿Por qué?

—No tengo ningún compromiso. Pensaba que podríamos coger un coche e ir a alguna parte juntos, podrías mostrarme un poco esa famosa campiña. Siempre he oído hablar de ella pero nunca he tenido tiempo de ir a echar un vistazo.

Habían terminado de cenar, se levantaron de la mesa y apagaron las luces del comedor. Con copas de coñac y tazas de café, volvieron junto al fuego, con la diferencia de que en esta ocasión estaban ambos sentados en el sofá, cada uno en un extremo y vueltos el uno hacia el otro. El oscuro cabello de Olivia descansaba en un almohadón rosa India y tenía las piernas encogidas. Uno de sus zapatos de piel de marca había resbalado y yacía en la moqueta a sus pies.

—Mañana pensaba ir a ver a mi madre a Gloucestershire.

—¿Te espera?

—No. Pero iba a llamarla antes de irme a la cama.

—¿Tienes que ir?

Olivia reflexionó sobre ello. Había pensado ir, había decidido ir y se había sentido mejor una vez tomada la decisión. Pero ahora...

—No, no *tengo* que ir —le dijo—. Pero ha estado enferma y no la he visto desde hace tiempo. Debería ir.

—¿Cuánta persuasión se necesitaría para que cambiases de opinión?

Olivia sonrió. Tomó un sorbo del negro y cargado café y volvió a dejar la tacita, con gran cuidado, exactamente en el centro del platillo.

—¿Cómo me persuadirías?

—Podría tentarte con la promesa de una comida de cuatro tenedores. O un paseo a caballo a lo largo del río. O un paseo por el campo. Lo que más te guste.

Olivia consideró el ofrecimiento.

—Supongo que podría aplazar una semana la visita. No me está esperando, no se llevará un disgusto.

—Vendrás entonces.

—Sí, iré —decidió.

—¿Quieres que alquile un coche?

—Tengo mi propio coche, que va de maravilla.

—¿Dónde podemos ir?

Olivia se encogió de hombros y posó la taza de café sobre la mesa.

—Donde tú quieras. New Forest; río arriba hasta Henley. Podríamos ir a Kent y ver los jardines de Sissinghurst.

—¿Por qué no lo decidimos mañana?

—Como quieras.

—¿A qué hora nos pondremos en camino?

—Temprano, diría yo. De esta forma saldremos de Londres antes de que el tráfico se intensifique.

—En este caso, quizá debería empezar a pensar en volver al hotel.

—Sí —dijo Olivia—. Quizá sí.

Pero ninguno de los dos se movió. A través del espacio del mullido sofá blanco, sus ojos se encontraron mirándose uno al otro. Todo estaba muy tranquilo. El estéreo había dejado de sonar, las cintas se habían acabado hacía rato y, fuera, la lluvia golpeaba los cristales de la ventana. Un coche pasó por la calle y el pequeño reloj de sobremesa colocado sobre la repisa de la chimenea señaló con su tictac el paso del tiempo. Era casi la una de la madrugada.

Él se movió hacia ella, como ésta había sabido que haría, pasó un brazo alrededor de sus hombros y la acercó a él, de forma que la cabeza de ella ya no descansaba más sobre el almohadón sino contra la cálida mole de su pecho. Con la otra mano él apartó el pelo de las mejillas de ella y, poniendo los dedos bajo su barbilla para levantar su cabeza, se inclinó y besó su boca. Su mano bajó de la barbilla al cuello, deslizándose a continuación hacia la curva de sus pequeños pechos.

—He deseado hacer esto toda la noche —dijo él a continuación.

—Y yo he estado deseando que lo hicieses.

—Si mañana vamos a partir tan temprano, ¿no es un poco absurdo que me vaya al Ritz sólo para dormir cuatro horas y luego volver a buscarte?

—Realmente absurdo.

—¿Puedo quedarme?

—¿Por qué no?

Él se echó hacia atrás para observar mejor el rostro de ella vuelto hacia él, con una mirada donde podía percibirse una curiosa mezcla de deseo y diversión.

—Sólo hay un problema —dijo él—. No tengo ni maquinilla de afeitar ni cepillo de dientes.

—Yo tengo ambos nuevos. Para emergencias.

Él empezó a reírse.

—Eres una mujer increíble —le dijo.

—Me lo han dicho.

Olivia se despertó temprano, como de costumbre. A las siete y media de la mañana. Las cortinas estaban echadas, aunque no del todo, y a través de la rendija entre ambas penetraba el aire, fresco y frío. Apenas había empezado a hacerse de día y el cielo estaba claro. Era posible que hiciese un buen día.

Permaneció acostada durante un rato, amodorrada, relajada, siendo feliz al recordar la noche anterior y deleitándose ante el día que tenía por delante. Giró la cabeza sobre la almohada y observó con profunda satisfacción al hombre que dormía ocupando la otra parte de la amplia cama. Tenía un brazo doblado debajo de la cabeza y el otro yacía a lo largo de la sábana blanca. Era un brazo muy bronceado, como lo estaba todo su cuerpo sano y juvenil, y cubierto suavemente de un fino vello dorado. Ella extendió una mano y tocó el antebrazo de él como si estuviese acariciando alguna pieza de porcelana o una escultura, sólo por el puro placer animal de sentir su forma y la curva bajo las yemas de sus dedos. Él no se vio perturbado por el suave roce y, cuando ella apartó la mano, siguió durmiendo.

Había desaparecido la somnolencia, para ser reemplazada por su habitual energía. Estaba despierta del todo y con muchas ganas de ponerse en marcha. Con sumo cuidado, se sentó, apartó las sábanas y se levantó de la cama. Introdujo los pies desnudos en las zapatillas y cogió la bata de lana rosa pálido, se la puso y anudó el cinturón alrededor de su delgada cintura. Salió de la habitación cerrando la puerta detrás de ella y bajó la escalera.

Corrió las cortinas y observó que, efectivamente, el día prometía ser perfecto. Había helado ligeramente por la noche, pero no había nubes en el pálido cielo y los primeros rayos bajos del sol invernal caldeaban la calle desierta. Abrió la puerta principal y cogió la leche, la llevó a la cocina y metió las botellas en la nevera. Recogió los platos de la cena de la noche anterior y los dispuso en el lavavajillas, preparando a continuación la mesa para el desayuno. Puso café en el filtro, sacó tocino entreverado y huevos de la nevera. Cogió un paquete de cereales. Volvió a la sala de estar para ahuecar los almohadones, recoger vasos y tazas de café y encender el fuego. Las rosas que él le había regalado habían empezado a abrirse, con los pétalos alejándose de los finos brotes interiores, como manos abriéndose suplicantes. Se detuvo a olerlas pero, pobres, seguían sin desprender aroma alguno. En cualquier caso, les dijo, sois preciosas. Tenéis simplemente que contentaros con vuestra belleza.

El correo, a través de una ranura en la puerta principal a modo de buzón, cayó sobre la alfombrilla del recibidor. Estaba a punto de recogerlo, había ya atravesado medio salón, cuando empezó a sonar el teléfono; se abalanzó sobre el aparato para evitar que el sonido estridente perturbase el sueño del hombre que todavía dormía arriba.

—Diga.

En el espejo que colgaba sobre la chimenea se encontró cara a cara con su propia imagen, con la desnudez matutina del rostro y el oscuro cabello sobre una mejilla. Apartó la mirada, como no había habido respuesta, dijo de nuevo:

—¿Diga?

Se oyó un golpecito seco y un rumor y habló una voz femenina.

—¿Olivia?

—Sí.

—Olivia, soy Antonia.

—¿Antonia?

—Antonia Hamilton. Antonia de Cosmo.

—¡Antonia! —Olivia se sentó en un extremo del sofá, encogió los pies junto a ella y apretó el auricular contra la oreja—. ¿Desde dónde estás llamando?

—Desde Ibiza.

—Se oye como si estuvieras en la puerta de al lado.

—Lo sé. La línea es buena, gracias a Dios. —Algo en su joven voz llamó la atención de Olivia. La sonrisa de su descolorido rostro desapareció, sus dedos se crisparon alrededor de la blanca y lisa superficie del auricular.

—¿Por qué me llamas?

—Olivia. Pensé que debería decírtelo. Temo que es algo triste. Mi padre ha muerto.

—Muerto —dijo la palabra, la susurró, pero sin saber que la estaba pronunciando.

—Murió el pasado jueves por la noche. En el hospital..., el entierro fue ayer.

—Pero... —Cosmo muerto, no lo podía creer—. Pero... ¿cómo? ¿De qué?

—No..., no, mejor que no te lo diga, no por teléfono.

Antonia sin Cosmo en Ibiza.

—¿Desde dónde estás telefoneando?

—Desde el bar de Pedro.

—¿Dónde vives?

—En Can D'alt.

—¿Estás sola?

—No. Tomeu y María se han instalado allí para hacerme compañía. Han estado maravillosos.

—Pero...

—Olivia, tengo que volver a Londres. No me puedo quedar porque la casa no es mía y..., bueno, hay muchas otras razones. En cualquier caso tengo que encontrar un trabajo. Si voy, ¿podría quedarme en tu casa algunos días, sólo hasta que me organice? No te lo pediría si no fuera porque no tengo a quién recurrir.

Olivia dudó, odiándose a sí misma por ello, pero demasiado consciente de que todos sus instintos estaban reaccionando contra la idea de que alguna persona, incluso Antonia, invadiese la preciosa intimidad de su casa y de su vida.

—Pero... ¿y tu madre?

—Se ha casado otra vez. Ahora vive en el norte, cerca de Huddersfield. Además, no quiero ir allí... Te lo explicaré también.

—¿Cuándo tienes previsto venir?

—La semana que viene. El martes seguramente, si encuentro billete de avión. Olivia, será sólo por unos días, sólo el tiempo de organizarme.

Su voz suplicante, a través de kilómetros de cable telefónico, sonaba joven y vulnerable, igual que cuando era niña. De pronto, Olivia recordó a Antonia como la había visto por primera vez, corriendo por el pulido suelo del aeropuerto de Ibiza, para volar a los brazos de Cosmo y se sintió enfadada consigo misma. Se trata de Antonia, monstruo egoísta, pidiendo ayuda. Es la Antonia de Cosmo y Cosmo ha muerto y el hecho de que haya acudido a ti es el mejor cumplido que te pueda hacer. Por una vez en tu vida deja de pensar en ti misma.

Como si Antonia la pudiese ver, sonrió reconfortante y tranquilizadora.

—Por supuesto que puedes venir. Dime en qué vuelo llegas y a qué hora y te iré a buscar a Heathrow. Entonces podrás contármelo todo.

—Oh, eres una santa. No seré un estorbo.

—Claro que no lo serás. —Su mente práctica y bien ejercitada le sugirió otros posibles contratiempos—. ¿Tienes bastante dinero?

—Oh. —La voz de Antonia sonó sorprendida, como si ni siquiera hubiese considerado estos detalles, lo que seguramente no había hecho—. Sí, creo que sí.

—¿Tienes suficiente para pagar el billete de avión?

—Sí. Justo, pero creo que sí.

—Entonces manténme informada; te esperaré.

—Muchísimas gracias. Y... siento haberte tenido que decir lo de papá...

—Yo también lo siento. —Era el mayor eufemismo de su vida.

Cerró los ojos, encerrándose en el dolor de una pérdida que todavía no había asimilado del todo.

—Era una persona muy especial.

—Sí... —Antonia estaba llorando. Podía oír, ver, sentir las lágrimas—. Sí..., adiós, Olivia.

—Adiós.

Antonia colgó.

Al cabo de un instante, totalmente aturdida, Olivia colgó a su vez el auricular. Súbitamente, sintió un inmenso frío. Hecha un ovillo en el extremo del sofá, se envolvió con los brazos, mirando fijamente el salón ordenado y pulido donde nada había cambiado, nada se había movido. Sin embargo, todo era diferente. Porque Cosmo se había ido. Cosmo había muerto. El resto de su vida Olivia tendría que vivir en un mundo donde no estaba Cosmo. Pensó en aquella calurosa noche en la terraza del bar de Pedro, donde habían estado escuchando al muchacho que tocaba el concierto de Rodrigo con la guitarra. ¿Por qué recordaba ésa ocasión precisamente, cuando había tantos y tantos recuerdos de los meses con Cosmo?

Pasos en la escalera le hicieron levantar la vista. Vio a Hank Spotswood bajando hacia ella. Llevaba puesto su albornoz blanco pero no le sentaba mal, porque podía ser también de hombre. Se alegró de que no estuviese ridículo, en esos momentos no hubiese podido soportarle. Y eso tampoco tenía sentido; ¿qué le importaba su aspecto cuando Cosmo acababa de morir?

Le miró, sin decir nada.

—He oído el teléfono.

—Esperaba que no te hubiese despertado.

No podía ver su rostro ceniciento y sus ojos, como dos agujeros en la cara.

—¿Ha pasado algo? —preguntó él.

Tenía una sombra de barba y su pelo estaba despeinado. Ella pensó en la noche anterior y se alegró de haberla pasado con él.

—Cosmo ha muerto. El hombre del que te hablé anoche. El hombre de Ibiza.

—Oh, Dios bendito.

Terminó de bajar la escalera, cruzó la estancia y fue a sentarse junto a ella; la cogió en silencio entre sus brazos como si fuese un niño malherido necesitado de consuelo. Con la cara apretada contra el grueso tejido de toalla de su propio albornoz, ella deseó de forma vehemente ser capaz de llorar. Anheló que surgiesen las lágrimas, que la aflicción se revelase de alguna forma física aliviándose así el dolor que la tenía presa. Pero nada de esto ocurrió. Nunca había sido buena llorando.

—¿Quién te ha telefoneado? —quiso saber él.

—La hija de Cosmo, Antonia. Pobre chica. Murió el jueves por la noche. El entierro fue ayer. No sé nada más.

—¿Qué edad tenía?

—Creo que..., cerca de los sesenta. Pero era muy joven de espíritu.

—¿Qué ha pasado?

—No lo sé. No ha querido hablar de ello por teléfono. Sólo me ha dicho que murió en el hospital. Ella..., quiere venir a Londres. Llega la semana que viene. Se va a quedar aquí conmigo unos días.

Él no hizo comentario alguno al respecto, pero sus brazos se estrecharon más a su alrededor, su mano palmeó cariñosamente su espalda, como si estuviese calmando a un animal nervioso. Al cabo de un rato, ella se sintió más tranquila. Había dejado de sentir frío. Separó los brazos, puso las manos sobre el pecho de él y se apartó, dueña de nuevo de sí misma.

—Lo siento —se excusó—. No suelo ser tan emotiva.

—¿Hay algo que yo pueda hacer?

—Nadie puede hacer nada. Todo ha terminado.

—¿Y qué pasa con hoy? ¿Prefieres que lo dejemos correr? Puedo sencillamente desaparecer, apartarme de tu camino, si así lo deseas. A lo mejor te gustaría estar sola.

—No, no quiero estar sola. Lo último que quiero es estar sola —ordenó su mente dispersa, coordinó los pensamientos y supo que era prioritario hacer saber a su madre que Cosmo había muerto—. Me temo que debemos olvidarnos de Sissinghurst o de Henley. Al final voy a tener que ir a Gloucestershire a ver a mi madre. Te conté que había estado enferma, pero no te dije que tuvo un ataque cardíaco, por fortuna leve. Y le tenía tanto afecto a Cosmo... Cuando yo estuve viviendo en Ibiza, ella fue a pasar una temporada con nosotros, fue una época muy feliz. Una de las épocas más felices de mi vida. Así pues, debo decirle que ha muerto y quiero hacerlo personalmente.

Miró a Hank.

—¿Te importaría acompañarme? Me temo que es un viaje largo, pero nos dará de comer y podremos pasar una tarde tranquila con ella.

—Iré encantado. Y conduciré yo.

Era como una roca. Ella esbozó una sonrisa llena de afecto y gratitud.

—Voy a llamarla ahora mismo —dijo extendiendo una mano para coger el auricular—. Le diré que nos espere para comer.

—¿No podríamos llevarla a comer fuera?

—No conoces a mi madre —contestó Olivia marcando el número.

Él lo aceptó, a continuación se puso en pie.

—Huelo a café —observó—. ¿Qué te parece si hago yo el desayuno?

A las nueve de la mañana ya estaban en camino. Olivia en el asiento del copiloto de su propio coche, un Alfasud verde oscuro, y Hank al volante. Al principio condujo con gran cautela, preocupado por no olvidar que debía ir por la izquierda, pero después de haber parado para poner gasolina fue adquiriendo confianza en sí mismo, apretó el acelerador y entraron en la autopista de Oxford a ciento veinte.

No hablaban. Él estaba concentrado en los otros coches y en la amplia carretera que se curvaba delante de ellos. Olivia estaba contenta de este silencio, con la barbilla metida en el cuello de piel de su abrigo, sus ojos miraban aunque no veían la sombría campiña que se deslizaba a través de las ventanas.

Pero una vez pasado Oxford, todo fue mejor. Era un día luminoso de invierno y a medida que el sol ascendía en ese cielo de las postrimerías del invierno, la escarcha sobre los arados y la hierba se derretía, y los árboles extendían sus largas sombras sobre la carretera y los campos. Los agricultores habían empezado a arar, multitud de pájaros seguían a los tractores y a los surcos de tierra recién removida. Pasaron a través de grandes pueblos animados por la actividad del sábado por la mañana. Las calles estrechas estaban flanqueadas por los automóviles de las familias de los alrededores, llegadas para realizar las compras del fin de semana. Y las aceras estaban pobladas de madres, niños, cochecitos de niños y tenderetes provistos de llamativos artículos, juguetes de plástico, balones, flores, fruta fresca y verduras. Al dejar atrás el último pueblo llegaron a un mesón donde se celebraba el almuerzo de unos cazadores. El patio adoquinado resonaba con las pisadas de los caballos y el aire estaba lleno de los ladridos y aullidos de los perros, el grito de los cuernos de caza y las sonoras voces de los cazadores que refulgían en sus chaquetones rojos. Hank no daba crédito a su buena suerte.

—¿Quieres que nos paremos a echar un vistazo? —empezó a decir y hubiese detenido el coche para mirar si un joven policía no le hubiese indicado con firmeza que siguiese. Así lo hizo, aunque a desgana, echando por encima de su hombro una última ojeada a aquella tradicional escena inglesa.

—Era algo como sacado de una película, con ese viejo mesón y el patio. Lástima que no llevaba la cámara.

Olivia se alegró por él.

—No podrás quejarte de cómo preparo las cosas... Podríamos viajar por todo el país sin encontrar algo tan bueno.

—Evidentemente, es mi día de suerte.

Ahora los Costwold se extendían delante de ellos. La carretera se estrechaba serpenteando a través de húmedos prados y bajo pequeños puentes de piedra. Casas y alquerías, construidas con la piedra color miel de Costwold, relucían al sol, con jardines campestres que en verano deberían de convertirse en una cascada de colores, y campos de ciruelos y manzanos.

—Puedo entender por qué tu madre ha querido venir a vivir aquí. Nunca había visto un campo tan hermoso. Y todo tan verde.

—Resulta divertido, pero no vino a parar aquí por el paisaje. Cuando vendió la casa de Londres, tenía toda la intención de irse a vivir a Cornualles. Había vivido allí de niña, y creo que ansiaba volver. Pero mi hermana Nancy consideró que estaba demasiado lejos, demasiado lejos de sus hijos. Así que encontró esta casa para ella. Tal y como han ido las cosas, es posible que haya sido lo mejor, pero en aquel momento yo estaba furiosa con Nancy por interferir.

—¿Vive sola tu madre?

—Sí. Pero esto es otro agravante. El médico dice ahora que debería tener compañía, un ama de llaves o una empleada de hogar, pero sé que a ella le sentaría como un tiro. Es terriblemente independiente y al fin y al cabo no es tan mayor. Sólo tiene sesenta y cuatro años. Yo considero que es un insulto a su capacidad mental empezar a tratarla como si ya fuese senil. De hecho, no para. Cocina, cuida el jardín, lee todo lo que cae en sus manos, telefonea a la gente y mantiene largas y agradables conversaciones. En ocasiones, viaja al extranjero para visitar a viejos amigos. Por regla general a Francia. Su padre era pintor y ella pasó gran parte de su infancia en París. —Volvió la cabeza para sonreír a Hank—. Pero ¿por qué te estoy contando todo esto de mi madre? Dentro de poco, podrás verlo personalmente.

—¿Le gustó Ibiza?

—Le encantó. Donde vivía Cosmo era una antigua casa de payés, en el interior de la isla y en un campo rodeado de colinas. Hecho a la medida de mi madre. Apenas tenía un momento, desaparecía en el jardín con un par de tijeras de podar, como si estuviese en su casa.

—¿Conoce a Antonia?

—Sí. Ella y Antonia estuvieron con nosotros en la misma época. Se hicieron grandes amigas. La diferencia de edad no era un obstáculo. Mi madre es maravillosa con la gente joven. Mucho más de lo que yo he sido nunca. —Permaneció en silencio por un momento para añadir, en un impulsivo arranque de honestidad—: Ni siquiera ahora estoy muy segura de mí misma. Quiero decir, deseo ayudar a la hija de Cosmo, pero no me gusta la idea de tener a alguien viviendo conmigo, aunque sea por un corto espacio de tiempo. ¿No es realmente vergonzoso tener que admitir esto?

—No es vergonzoso. Bastante normal. ¿Cuánto tiempo se quedará?

—Supongo que hasta que encuentre un trabajo y un lugar donde vivir.

—¿Qué formación tiene?

—No tengo ni idea.

Con toda probabilidad ninguna. Olivia suspiró profundamente. Los acontecimientos de la mañana la habían dejado agotada de emoción y físicamente exhausta. No sólo tenía que enfrentarse al golpe y al dolor de la muerte de Cosmo, sino que además se sentía rodeada, asediada por los problemas de otras personas. Antonia llegaría, se instalaría, habría que consolarla, animarla, apoyarla y, seguramente, al final, ayudarla a encontrar algún trabajo. Nancy seguiría telefoneando a Olivia acosándola con la cuestión de la compañía de su madre, mientras ésta se defendería con uñas y dientes ante cualquier sugerencia de ese tipo. Y como remate...

Sus pensamientos se pararon en seco. Luego fue retrocediendo despacio. Nancy. Mamá. Antonia. ¡Pues claro! ¡La solución estaba ahí! Como esos problemas de aritmética con fracciones que solían dar en el colegio cuya solución era de una increíble simplicidad.

—Acabo de tener la más maravillosa de las ideas —dijo.

—¿De qué se trata?

—Antonia podría venir a vivir con mi madre.

Si esperaba un entusiasmo inmediato por su parte, no lo tuvo. Hank reflexionó un momento al respecto, antes de decir con cautela:

—¿Querrá Antonia?

—Naturalmente. Te lo he contado, adoraba a mamá. Cuando mamá tuvo que marcharse de Ibiza, Antonia no quería que se fuese. Y qué mejor, cuando acaba de perder a su padre, que tener algunas semanas de tranquilidad para recuperarse con alguien como mi madre, antes de empezar a patearse las calles de Londres intentando encontrar un trabajo.

—Debo decir que tu punto de vista es muy acertado.

—Y en cuanto a mamá, no será como tener una empleada, será como tener una amiga. Se lo sugeriré hoy. A ver qué piensa. Pero estoy segura de que no dirá que no.

Resolver problemas y tomar decisiones revitalizaba a Olivia. Se incorporó un poco en el asiento, bajó el parasol del coche y se observó en el espejo situado en la parte interior. Se miró la cara, todavía muy pálida y con unas ojeras oscuras como morados bajo los ojos. La oscura piel del cuello del abrigo acentuaba esta palidez y esperó que su madre no se diese cuenta de ello. Se pintó un poco los labios y se ahuecó el pelo, a continuación volvió a subir el parasol y centró su atención en la carretera.

En ese momento habían atravesado Burford, faltaban sólo cinco kilómetros más o menos para llegar y el camino era familiar.

—Gira a la derecha, aquí —le dijo a Hank y éste introdujo el coche en el estrecho camino señalado con Temple Pudley, aminorando la marcha prudentemente. La carretera tenía curvas y ascendía por el declive de una colina y, una vez alcanzada su cima, pudo verse el pueblo, anidado como un juguete de niño en el fondo del valle, con las aguas plateadas del Windrush que se ensortijaba como una cinta. Las primeras casas llegaron a su encuentro; doradas casas de campo, construidas con una piedra de gran belleza. Vieron la vieja iglesia, protegida con tejos. Un hombre conducía un rebaño de ovejas y, fuera de la taberna, cuyo nombre era Sudley Arms, había coches aparcados. Aquí, Hank hizo girar el coche para acercarse a la entrada.

Algo soprendida por ello, Olivia se volvió a mirarle.

—¿No estarás por casualidad necesitado de una copa? —le preguntó con tacto.

Él sonrió y movió la cabeza negativamente.

—No. Pero creo que preferirás estar un rato a solas con tu madre. Me quedaré aquí y luego me reuniré con vosotras, si me explicas cómo encontrar la casa.

—Es la tercera carretera abajo. A la derecha, con una verja blanca. Pero no hace falta que hagas esto.

—Lo sé. —Le dio una palmadita en la mano—. Pero considero que así será más fácil para vosotras dos.

—Eres muy delicado —le dijo, y así lo pensaba.

—Me gustaría llevarle algo a tu madre. Si le pido al dueño que me venda un par de botellas de vino, ¿tú crees que me hará este favor?

—Seguro, sobre todo si le dices que son para la señora Keeling. Probablemente te venderá su mejor burdeos.

Él sonrió, abrió la puerta y salió del coche. Ella le vio atravesar el patio adoquinado y desaparecer a través de la puerta de la taberna, agachando cautelosamente su alta cabeza bajo el dintel. Una vez él hubo desaparecido de su vista, ella desabrochó el cinturón de seguridad, se deslizó hacia el asiento delante del volante y puso en marcha el coche. Eran casi las doce del mediodía.

Penélope Keeling se encontraba de pie en medio de su caldeada y revuelta cocina e intentaba pensar en lo que tenía que hacer a continuación, decidiendo que nada porque todo lo que tenía que hacer estaba ya hecho. Incluso había tenido tiempo de subir y cambiar su vestido de trabajo por otro más adecuado para esa comida inesperada. Olivia iba siempre muy elegante y lo mínimo que podía hacer era arreglarse un poco. Pensando en ello, se había puesto una gruesa falda de algodón brocado (muy querida y muy vieja; el tejido había empezado sus días siendo una cortina), una camisa de hombre de lana a rayas y un chaleco del color carmesí de peonías. Las medias eran oscuras y gruesas y los zapatos pesados y con cordones. Unas cadenas de oro caían sobre su pecho, y con el pelo recién peinado y un poco de perfume pulverizado sobre su persona, se sintió festiva y llena de una alegría anticipada. Las visitas de Olivia eran escasas y muy distanciadas una de otra, lo cual las hacía más preciosas. Desde la temprana llamada telefónica desde Londres había estado con la agitación de los preparativos.

Pero ahora todo estaba listo. Las chimeneas de la sala de estar y del comedor estaban encendidas, las bebidas preparadas, el vino abierto para que se airease. Allí, en la cocina, el aire olía al aroma de un rosbif asado lentamente, cebollas al horno y crujientes patatas. Había hecho un pastel, pelado manzanas, cortado en trocitos pequeños judías verdes y rallado zanahorias. Más tarde, dispondría los quesos en una tabla, molería el café y desnataría la espesa crema de leche que había comprado en la lechería del pueblo. Con un delantal para protegerse la falda, lavó algunos cacharros de cocina que había usado colocándolos en el escurridor sobre el fregadero. Guardó las cacerolas, limpió la mesa con un trapo húmedo, llenó una jarra y regó los geranios. Se quitó el delantal y lo colgó de su gancho.

La lavadora había dejado de agitarse. Nunca ponía una lavadora si el día no era apropiado para que la ropa se secase, porque no tenía secadora. Le gustaba colgar la ropa al aire libre, lo que le proporcionaba un olor fresco y facilitaba el planchado. Olivia y su amigo debían de estar a punto de llegar, pero ella cogió el gran cesto de mimbre, introdujo en él el enredo de ropa mojada y, apoyándolo en su cadera, salió de la cocina, atravesó el invernadero y llegó al jardín. Cruzó el césped, pasó por el hueco que había en el seto y llegó al huerto. La mitad de éste no era huerto. Había creado un maravilloso y prolífico jardín vegetal pero había dejado la otra mitad como siempre había estado, con viejos manzanos nudosos y el Windrush corriendo silencioso delante del seto de espino.

Una larga cuerda unía tres de estos árboles y allí colgó Penélope su colada. Hacer esto, en una mañana luminosa y fresca, era uno de sus más profundos placeres. Un tordo cantaba y, a sus pies, empujando a través de la mata de hierba húmeda, los bulbos empezaban a brotar. Los había plantado ella misma; jacintos, azafranes, escilas y campanillas de febrero. Cuando éstas se marchitasen y la hierba estival creciese densa y verde, otras flores silvestres asomarían sus cabezas. Prímulas, azulinas y amapolas, todo crecería de las semillas que había esparcido ella misma.

Sábanas, blusas, fundas de almohada, medias y camisones se columpiaban y bailaban con la suave brisa. Una vez el cesto estuvo vacío, lo cargó de nuevo recorriendo el mismo camino de vuelta a casa, pero despacio, sin prisa, visitando primero el huerto para comprobar que los rábanos no habían sido devorados por los jóvenes repollos de primavera, haciendo luego otra pausa junto al pequeño arbusto de fragancia de viburno, con sus finos tallos como ramitas adornados con flores de un rosa intenso que olían, milagrosamente, a verano. Iría a buscar la podadera para cortar unas cuantas ramas y así perfumar la sala de estar. Volvió a ponerse en camino, con toda la intención de entrar en la casa, pero fue distraída una vez más. En esta ocasión, por la deliciosa perspectiva de la parte posterior de la casa más allá del césped verde y vasto. Allí estaba, vista a la luz del sol, con un telón de fondo de robles desnudos y un cielo de un intenso azul prístino. Su silueta, alargada y no muy alta, aparecía blanca y de madera, con sus limpias tejas de paja sobresaliendo sobre las ventanas del piso superior como espesas cejas de coleópteros.

Podmore's Thatch. Olivia pensaba que era un nombre ridículo y se sentía incómoda cada vez que tenía que decirlo; había incluso sugerido que Penélope cambiase el nombre del viejo lugar. Pero Penélope sabía que no se puede cambiar el nombre de una casa de la misma forma que no se puede cambiar el nombre de una persona. Además, había sabido por el vicario que William Podmore había sido el techador del pueblo hacía más de doscientos años y la casa había recibido el nombre por él.[1] Lo que había zanjado la cuestión para siempre.

Antiguamente, habían sido dos casas, pero las convirtió en una, simplemente abriendo una puerta en la pared de división. Ello significaba que la casa tenía dos entradas, dos renqueantes escaleras y dos cuartos de baño. También significaba que todas las habitaciones se comunicaban, lo cual suponía un inconveniente si uno necesitaba un poco de intimidad. Así, en el piso inferior estaba la cocina, el comedor, la sala de estar y también la vieja cocina de la segunda casa, que Penélope usaba como cobertizo y que era donde guardaba los sombreros de paja, las botas de goma, el delantal de lona, los tiestos vacíos, los cestos para las flores y el desplantador. Sobre este cuarto había una habitación estrecha que contenía las pertenencias de Noel y seguidamente, en fila, tres amplios dormitorios. El suyo era el que se encontraba sobre la cocina.

Asimismo, oscuro y oliendo a cerrado debajo del tejado de paja, había un desván que abarcaba toda la longitud de aquél y que estaba lleno de todo lo que Penélope no quiso desprenderse cuando se marchó de la casa de la calle Oakley y para lo cual no había espacio en otro lugar. Desde hacía cinco años, se prometía que *este* invierno arreglaría y lo clasificaría todo, pero cada vez que subía la

1. *Thatch:* tejado de paja, de ahí el nombre de la casa pues *thatcher* es techada. *(N. del T.)*

insegura escalera y miraba a su alrededor, se desalentaba ante la magnitud de la tarea y lo posponía para más adelante.

El jardín, cuando ella llegó, era un desierto yermo, pero eso formaba parte de la diversión. Era una jardinera maníaca y pasaba el mayor tiempo posible de sus días fuera de la casa, arrancando malas hierbas, excavando macizos, transportando grandes cantidades de estiércol en carretillas, cortando ramas muertas, plantando, cogiendo esquejes, cultivando semillas. Ahora, después de cinco años, podía estar ahí recreándose en la contemplación del fruto de su labor. Y eso hacía, olvidándose de Olivia y de la hora que era. Lo hacía a menudo. El tiempo había perdido importancia. Era una de las buenas cosas de hacerse viejo: no se iba siempre con prisas. Durante toda su vida, Penélope se había ocupado de los demás, pero ahora sólo tenía que pensar en ella. Era el momento de pararse, mirar y recordar. Las imágenes se engrandecían, como el panorama visto desde la cumbre de una montaña de difícil ascensión.

Por supuesto, la edad llevaba también consigo otros inconvenientes. Soledad y enfermedad. La gente siempre hablaba de la soledad de la vejez, pero a los sesenta y cuatro años, consciente de que no era una edad muy avanzada, Penélope saboreaba su soledad. Nunca había vivido sola anteriormente y, si bien al principio lo había encontrado un poco extraño, había ido aprendiendo de forma gradual a aceptarlo como una ventaja, permitiéndose todo tipo de acciones reprensibles, como levantarse cuando le apetecía, rascarse si tenía prurito o permanecer levantada hasta las dos de la madrugada escuchando un concierto. Y la comida era otra cosa. Toda su vida había cocinado para su familia y amigos y era una excelente cocinera, pero había descubierto, en el transcurrir del tiempo, que tenía una inclinación subyacente por las cosas más repugnantes. Judías blancas en salsa de tomate tomadas directamente de la lata con una cuchara de té. Salsa embotellada para ensalada y ciérto tipo de encurtido cuya presencia en la mesa de la casa de la calle Oakley le hubiese avergonzado.

Hasta la enfermedad tenía sus propias compensaciones. Desde el pequeño síncope del mes anterior, que los estúpidos médicos insistían en llamar ataque cardíaco, había tomado conciencia por primera vez en su vida de su propia mortalidad. No era miedo, pues ella nunca había temido la muerte, pero había agudizado su percepción y le había recordado súbitamente lo que la Iglesia llama los pecados de omisión. No era una mujer religiosa y no había meditado sobre sus pecados que, sin duda, desde el punto de vista de la Iglesia, eran multitud, pero había empezado a pasar lista de las cosas que no había hecho nunca. Junto con fantasías realmente poco prácticas como escalar las montañas de Bután, o atravesar el desierto de Siria para visitar las ruinas de Palmira, cosas que era evidente que no haría nunca, estaba el anhelante deseo, casi una necesidad, de volver a Porthkerris.

Cuarenta años era mucho tiempo. Y ése era el largo período de tiempo que había transcurrido desde que al final de la guerra ella había subido al tren con Nancy, despidiéndose de su padre, para marcharse a Londres. Al año siguiente había muerto el anciano y ella había dejado a Nancy a cargo de su suegra para viajar a Cornualles para el funeral. Después de éste, ella y Doris habían pasado un par de días sacando sus pertenencias de Carn Cottage, para volver luego a Londres, a sus apremiantes responsabilidades de esposa y madre. Desde entonces no había vuelto nunca. Había querido hacerlo. «Llevaré a los niños de vacaciones —se decía—. Les llevare a jugar a las playas donde yo había jugado, a escalar los páramos y ver las flores silvestres.» Pero nunca lo hizo. ¿Por qué no había ido? ¿Qué pasó en esos años, que pasaron veloces como el agua que fluye con rapidez bajo un puente? Las ocasiones habían aparecido y se habían marchado, pero ella nunca se había asido a ellas, en la mayoría de los casos porque no había tiempo o no había dinero para pagar los viajes en tren; estaba demasiado ocupada llevando la gran casa, luchando con los huéspedes, educando a los niños, habiéndoselas con Ambrose.

Durante años había conservado Carn Cottage, negándose a vender la casa, negándose a admitir que nunca volvería. A través de un agente la había alquilado a diferentes inquilinos y todo ese tiempo se decía que algún día, en alguna ocasión, regresaría. Llevaría a los niños y les enseñaría la gran casa blanca sobre la colina con el laberinto de altos setos en el jardín y la vista sobre la bahía y el faro.

Siguió así hasta que finalmente, en un momento en que las fuerzas empezaban a abandonarla, el agente le informó de que una pareja de cierta edad había visto la casa y deseaba comprarla para su retiro. Eran, además de mayores, muy ricos. Penélope, siempre luchando por levantar cabeza, con tres hijos que sacar adelante y un marido casquivano que soportar, no tuvo otra alternativa que aceptar la tentadora oferta y Carn Cottage, finalmente, fue vendido.

Después de ello, no volvió a pensar en volver a Cornualles. Cuando vendió la casa de la calle Oakley anunció débilmente su deseo de ir a vivir allí. Soñaba con una casa de granito con una palmera en el jardín, pero Nancy ignoró esta sugerencia y quizá, después de todo, estuvo bien. Además, y ese fue mérito de Nancy, apenas Penélope puso sus ojos en Podmore's Thatch supo que no quería vivir en ningún otro lugar.

A pesar de ello..., sería bonito, sólo una vez, antes de que estirase la pata y muriese..., ir a Porthkerris otra vez. Podría ir a casa de Doris. Quizá a Olivia le gustaría acompañarla.

Olivia condujo el Alfasud a través de la verja abierta, sobre la grava pasó delante de la caseta de madera con el techo hundido que hacía las veces de garaje y depósito de utensilios y se dirigió a la parte posterior de Podmore's Thatch. La puerta de entrada, medio acristalada, daba a un porche embaldosado donde colgaban abrigos e impermeables; una selección de sombreros decoraba los puntiagudos cuernos de una cabeza de ciervo comida por la polilla y de un paragüero azul y blanco de porcelana pendían sombrillas, bastones y un par de viejos palos de golf. Desde el pórtico, entró directamente en la cocina, donde se desprendía el calor y el olor, sumamente apetitoso, de la ternera asada.

—¿Mamá?

No hubo respuesta. Olivia cruzó la cocina y entró en el invernadero desde donde descubrió a Penélope en el extremo del jardín, como en trance, con un cesto de la ropa vacío colocado sobre una cadera y la brisa fresca desordenando su cabello.

Abrió la puerta del jardín y emergió a la luminosa y fría luz del sol.

—¡Hola!

Penélope se movió ligeramente, vio a su hija y se dirigió inmediatamente hacia ella cruzando la hierba para recibirla.

—¡Cariño!

Olivia no la había visto desde que había estado enferma y ahora buscaba atentamente algún signo de cambio, temerosa de encontrarlo. Pero aparte del hecho de que su madre parecía algo más delgada, parecía estar en su estado de salud normal, con color en las mejillas y la habitual elasticidad de sus piernas largas al andar. Deseó no tener que borrar la expresión de felicidad de la cara de su madre teniéndole que decir que Cosmo había muerto. Le pasó por la cabeza la idea de que este tipo de personas siguen viviendo hasta que alguien nos dice que han muerto. A lo mejor era una pena que alguien nos dijese las cosas.

—Olivia, qué alegría verte.

—¿Qué estabas haciendo allí con una cesta de la ropa vacía?

—Sólo eso. Observaba. Qué día tan precioso. ¿Habéis hecho un buen viaje? —Miró por encima del hombro de Olivia—. ¿Dónde está tu amigo?

—Se ha quedado en la taberna para comprarte algo.

—No era necesario que lo hiciese.

Adelantó a Olivia y entró, no sin antes haberse limpiado rápidamente los zapatos en el felpudo. Olivia la siguió cerrando la puerta detrás de ella. En el invernadero el suelo era de piedra y había sillones de mimbre y sillas de tijera con muchos almohadones forrados de cretona descolorida. Estaba muy caldeado, las plantas y las flores crecían frondosas y el aire estaba fuertemente impregnado del aroma de las fresias, las cuales crecían en abundancia y eran las flores preferidas de Penélope.

—Ha tenido mucho tacto. —Dejó el bolso sobre la mesa de pino natural—. Tengo algo que decirte.

Penélope se desprendió del cesto dejándolo junto al bolso de Olivia, y volvió el rostro hacia su hija. Su sonrisa se fue desvaneciendo lentamente; sus hermosos ojos oscuros reflejaban inquietud, pero cuando dijo «Olivia, estás pálida como un fantasma», su voz era firme y fuerte como siempre. Olivia hizo acopio de valor y dijo:

—Lo sé. Lo he sabido esta mañana, es una mala noticia. Lo siento. Cosmo ha muerto.

—Cosmo. ¿Cosmo Hamilton ha muerto?

—Antonia me ha telefoneado desde Ibiza.

—Cosmo —dijo de nuevo, en su rostro apareció el mayor de los dolores y la aflicción—. Apenas puedo creerlo... ese hombre entrañable. —No lloró y Olivia sabía que no lo haría. Nunca lloraba. Olivia no había visto a su madre derramar una lágrima en toda su vida. Pero el color había desaparecido de sus mejillas e, instintivamente, como si quisiera apaciguar un corazón acelerado, se llevó la mano al pecho—. Pobre Cosmo, querido Cosmo. Oh, cariño, cuánto lo siento. Os queríais tanto el uno al otro... ¿Estás bien?

—¿Y *tú* estás bien? Tenía miedo de decírtelo.

—Sólo impresionada. Así, de pronto. —Su mano buscó una silla, la encontró. Lentamente se abatió en ella. Olivia se asustó.

—¿Mamá?

—Es estúpido. Me siento un poco extraña.

—¿Un poco de coñac?

Penélope sonrió débilmente. Cerró los ojos.

—Una brillante idea.

—Voy a buscarlo.

—Está en...

—Sé dónde está. —Cogió el bolso de la mesa, empujó una silla—. Pon los pies aquí arriba..., no te muevas..., vuelvo enseguida.

La botella de coñac estaba en el aparador del comedor. La cogió y la llevó a la cocina, tomó dos vasos del armario y echó en ellos dos largos y medicinales chorros. Su mano temblaba y la botella chocó contra el vaso. Derramó un poco sobre la mesa, pero no importaba. Nada importaba a excepción de mamá y su corazón inseguro. «Que no tenga otro ataque. Oh, Dios santo, no dejes que tenga otro ataque.» Cogió los dos vasos y los llevó al invernadero.

—Aquí tienes.

Puso la bebida en la mano de su madre. En silencio bebieron a sorbitos. El coñac puro calentaba y reconfortaba. Después de un par de tragos, Penélope esbozó una sonrisa fingida.

—¿Te das cuenta de lo que ocurre cuando uno se hace viejo? Se necesitan bebidas tan malas como ésta.

—En absoluto. Yo también la necesitaba.

—Pobre hija mía. —Bebió un poco más. El color volvía a sus mejillas—. Ahora, cuéntamelo todo.

Así lo hizo Olivia. Pero no había mucho que contar.

—Le querías mucho, ¿verdad? —dijo Penélope cuando se quedó en silencio, y no estaba haciendo una pregunta sino exponiendo un hecho.

—Sí. Le quería. Durante aquel año se volvió parte de mí. Me cambió como ninguna persona lo ha hecho jamás.

—Tenías que haberte casado con él.

—Es lo que él quería. Pero yo no podía, mamá. No podía.

—Desearía que lo hubieses hecho.

—No lo desees. Estoy mejor así.

Penélope asintió con la cabeza, aceptando esa afirmación.

—¿Y Antonia? ¿Y ella? Pobre niña. ¿Estaba allí cuando ocurrió?

—Sí.

—¿Qué va a ser de ella? ¿Se quedará en Ibiza?

—No. No puede. La casa nunca perteneció a Cosmo. No tiene un lugar dónde vivir. Y su madre ha vuelto a casarse y vive en el norte. Además, me imagino que Antonia no nada precisamente en la abundancia.

—Pero ¿qué piensa hacer?

—Vuelve a Inglaterra. La semana que viene. A Londres. Va a quedarse conmigo unos cuantos días. Ha dicho que tiene que buscar un trabajo.

—Pero es muy joven. ¿Qué edad tiene ahora?

—Dieciocho. Ya no es una niña.

—Era una criatura tan encantadora...

—¿Te gustaría volver a verla?

—Más que nada en el mundo.

—¿Quieres...? —Olivia tomó otro sorbo de coñac. Le quemó el pecho, le calentó el estómago y le dio fuerza y coraje—. ¿Quieres que se quede aquí contigo? ¿Que viva contigo un par de meses?

—¿Por qué me preguntas eso?

—Por un montón de razones. Porque pienso que Antonia va a necesitar tiempo para sobreponerse y para decidir lo que va a hacer con su vida. Y porque tengo a Nancy pegada a mis talones diciéndome que los médicos indican que no deberías vivir sola después del ataque cardíaco.

Había sido dicho sin subterfugios, como siempre había dicho las cosas a su madre, honestamente, sin doble intención. Era una de las características que había hecho que su relación fuese tan satisfactoria y una de las razones por la cual nunca, incluso en las circunstancias más tensas, se habían peleado.

—Los médicos dicen estupideces —le replicó Penélope con firmeza. También a ella le había calentado el coñac.

—Probablemente, pero Nancy no opina lo mismo, y hasta que no tengas a alguien contigo no parará de darme la lata por teléfono. Así que ya ves, si aceptas que Antonia se quede contigo también me harás un favor a mí. Y a ti te encantaría. ¿No es así? Aquel mes en Ibiza, no parasteis de reíros juntas como unas tontas. Ella será una compañía para ti y tú podrás ayudarla en un mal momento.

Pero Penélope seguía dudando.

—¿No será un aburrimiento para ella? Yo no llevo una vida muy excitante, y con dieciocho años se habrá vuelto una joven sofisticada.

—No me ha parecido sofisticada. Me pareció que estaba como siempre. Y si lo que anhela es el bullicio, las discotecas y los chicos, siempre le podemos presentar a Noel.

«Dios no lo quiera», pensó Penélope sin decirlo en voz alta.

—¿Cuándo llega?

—Tiene previsto llegar a Londres el martes. La podría acompañar aquí el fin de semana que viene.

Miró a su madre con ansiedad, deseando que aceptase el plan. Sin embargo, Penélope permanecía en silencio y parecía estar pensando en algo muy diferente a juzgar por la expresión de regocijo que apareció en su rostro y sus ojos, que se habían vuelto risueños.

—¿Me cuentas el chiste?

—He recordado de pronto aquella playa donde Antonia aprendía *windsurf.* Todos aquellos cuerpos echados por allí, morenos como arenques ahumados y las señoras ya mayores con sus pechos marchitos y caídos. Qué panorama. ¿Te acuerdas cómo nos reíamos?

—No lo olvidaré nunca.

—Qué época tan feliz.

—Sí. La mejor. ¿Qué dices entonces?

—Si ella quiere venir, claro que puede hacerlo. Todo el tiempo que quiera. Será bueno para mí. Me rejuvenecerá.

Así pues, cuando Hank llegó, la crisis había pasado, la sugerencia de Olivia había sido aceptada y el dolor, la impresión y la tristeza dejados de lado, por el momento. La vida seguía y, tanto estimulada como reconfortada por el coñac y la compañía de su madre, Olivia se sentía capaz de afrontarlo todo. Cuando sonó el timbre, se puso en pie de un salto y atravesó la cocina para recibir a Hank. Llevaba con él una bolsa de estraza que, una vez hubo sido presentado a Penélope, le entregó debidamente. Ella la puso sobre la mesa, y como era una de esas personas a las que daba gusto hacer regalos, la abrió al momento. Desenvolvió las dos botellas de su fino papel y su alegría fue desbordante.

—¡«Chateau Latour», Gran Cru! Qué amable es usted. ¿No me diga que ha convencido al señor Hodgkins de Sudley Arms para desprenderse de ellas?

—Como me ha indicado Olivia, apenas ha sabido para quién eran, le ha faltado tiempo para ir a buscarlas.

—No sabía que tenía estas cosas en su bodega. Nunca dejará de sorprenderme. Muchísimas gracias. Nos las beberemos con la comida; lo que ocurre es que ya he abierto otro vino...

—Consérvelas para alguna festividad —le sugirió él.

—Así lo haré —dijo ella colocándolas en la estantería. Hank se quitó el abrigo. Olivia lo colgó junto con los otros en el porche y se dirigieron hacia la sala de estar.

Ésta no era grande y Olivia se maravillaba cada vez que entraba allí de cómo Penélope se las había arreglado para reunir la mayoría de sus preciosas pertenencias. Viejos sofás y sillones, con los asientos hechos con grueso material de colchón y forrados con luminosas telas indias y cojines de tapicería esparcidos sobre ellos. El escritorio, abierto como siempre, rebosaba de viejas facturas y cartas. Sobre la moqueta de pana podía verse la mesa de costura, lámparas, alfombrillas de incalculable valor. Por todas partes había libros y cuadros, y aguamaniles de porcelana decorada llenos de flores secas. Fotografías, objetos de adorno y cachivaches de plata cubrían toda superficie horizontal y desparramados por todas partes podían verse revistas, periódicos, catálogos de semillas y paquetes de labores de punto inacabadas. Todas las pasiones de su intensa vida estaban encerradas entre estas cuatro paredes pero, como ocurría siempre la primera vez que alguien entraba allí, la atención de Hank se vio atraída inmediatamente por el cuadro que colgaba sobre la enorme chimenea.

Mediría quizá dos metros de largo por uno de alto y dominaba la estancia. *Los buscadores de conchas.* Olivia sabía que nunca se cansaría de esta pintura, aunque viviese con ella la mayor parte de su vida. Impactaba como una ráfaga de aire fresco y salobre. Un cielo ventoso, con nubes deslizantes; un mar picado, con olas de cima blanca rompiendo ruidosas contra la orilla. Sutiles rosas y grises de la arena; charcos poco profundos abandonados por el reflujo del mar relucían con el reflejo traslúcido de la luz del sol. Y las figuras de tres niños, agrupados en un lado del cuadro; dos niñas con sombreros de paja y los vestidos arremangados y un niño. Bronceados, descalzos y absortos en la contemplación del contenido de un cubo escarlata.

—Eh. —Parecía haberse quedado sin habla de pronto—. Qué cuadro tan maravilloso.

—¿Verdad? —Penélope le sonrió alegremente, con placer y orgullo—. Mi más preciada pertenencia.

—Por Dios bendito. —Buscaba la firma—. ¿Quién es el pintor?
—Mi padre, Lawrence Stern.
—¿Su padre era Lawrence Stern? Olivia, no me lo habías contado.
—He preferido que lo hiciese mi madre. Ella es cien veces más entendida en el tema que yo.
—Yo creía que era..., ya sabe..., un prerrafaelista.
Penélope asintió con la cabeza.
—En efecto, así es.
—Pero esto parece más bien la obra de un impresionista.
—Lo sé. Es interesante, ¿verdad?
—¿En qué época fue realizado?
—Hacia 1927. Tenía un estudio en Porthkerris, en la playa norte, y pintó este cuadro desde la ventana de su estudio. Se llama *Los buscadores de conchas* y la niña de la izquierda soy yo.
—¿Pero por qué su estilo es tan diferente?
Penélope se encogió de hombros.
—Por muchas razones. Todo pintor debe cambiar, evolucionar. En caso contrario no hubiese podido ganarse el pan. Por otra parte, en aquella época había empezado a tener artritis en las manos y ya no era físicamente capaz de realizar un trabajo muy fino, detallado y meticuloso.
—¿Qué edad tenía entonces?
—¿En 1927? Supongo que alrededor de los sesenta y dos años. Fue padre ya mayor. No se casó hasta los cincuenta y cinco.
—¿Tiene usted algún otro cuadro suyo?
—Aquí no —le contestó Penélope—. La mayoría de los que ve usted aquí fueron hechos por colegas suyos. Hay un par de paneles inacabados, pero están arriba en el pasillo. Fueron su última obra, pero por entonces la artritis era tan aguda que apenas podía sujetar el pincel. Por eso no los terminó nunca.
—¿Artritis? Qué horror.
—Sí. Era muy triste. Pero él lo llevó muy bien, con mucha filosofía. Solía decir: «he tenido satisfacciones y no me puedo quejar», y no lo hacía. Pero tuvo que ser terriblemente frustrante para él. Mucho tiempo después de haber dejado de pintar, seguía teniendo su estudio y cuando estaba deprimido o tenía lo que él llamaba un «perro negro» a su espalda, acostumbraba a coger y dirigirse al estudio para simplemente sentarse allí ante la ventana y mirar la playa y el mar.
—¿Te acuerdas de él? —Hank preguntó a Olivia.
Ella negó con la cabeza.
—No. Nací después de que él muriese. Pero mi hermana Nancy nació en su casa de Porthkerris.
—¿Siguen teniendo esa casa?

—No —le dijo Penélope con tristeza—. Al final, hubo que venderla.

—¿Nunca va por allí?

—No he estado allí desde hace cuarenta años. No obstante, aunque parezca mentira, precisamente esta mañana estaba pensando que debo ir a verlo todo otra vez. —Miró a Olivia—. ¿Por qué no vienes conmigo? Sólo una semana. Podríamos ir a casa de Doris.

—Oh... —La había cogido desprevenida y Olivia titubeó—. Pues..., pues no sé.

—Podemos ir cuando te vaya bien a ti. —Penélope se mordió el labio inferior—. Pero qué tonta soy. Ya sé que no puedes tomar decisiones así de pronto.

—Oh, mamá, lo siento, pero va ser un poco difícil. No puedo tomarme vacaciones hasta el verano y tengo previsto ir a Grecia con unos amigos. Han alquilado una casa y un yate. —Ello no era estrictamente cierto, pues el plan inicial no había sido todavía concretado, pero las vacaciones eran sagradas y Olivia suspiraba por el sol. Sin embargo, apenas hubo pronunciado estas palabras, se sintió culpable, porque vio que el momentáneo disgusto nublaba el rostro de Penélope, para ser reemplazado al instante por una sonrisa comprensiva.

—Por supuesto. Hubiese tenido que pensar en ello. Era sólo una idea. Además, puedo ir sola.

—Es un viaje demasiado largo para que conduzcas tú sola.

—Puedo ir en tren perfectamente.

—Díselo a Lalla Friedmann. Le encantaría un viaje a Cornualles.

—Lalla. No había pensado en ella. Bien, ya veremos...

—Y abandonando la cuestión Penélope se volvió hacia Hank—. Vaya, nosotras charlando sin parar y a este pobre hombre ni siquiera le hemos ofrecido una copa. ¿Qué le apetecería?

La comida fue pausada, agradable y deliciosa. Mientras tomaban el delicado y rosado rosbif, que Hank trinchó amablemente, las crujientes y doradas hortalizas, la salsa picante de rábanos y el pastel Yorkshire con su suculenta salsa marrón, Penélope empezó a bombardear a Hank con preguntas. Sobre Estados Unidos, sobre su casa, su mujer, sus hijos. Y no era, pensaba Olivia mientras rodeaba la mesa sirviendo vino, porque creyese que debía ser educada y dar conversación, sino porque estaba realmente interesada. La gente era su pasión, en particular si se trataba de extranjeros de allende los mares y más en especial todavía si eran atractivos y encantadores.

—¿Así que vive usted en Dalton, Georgia? No puedo imaginarme Dalton, Georgia. ¿Vive usted en un piso o tiene una casa con jardín?

—Tengo una casa y también un jardín, péro lo llamamos patio.

—Supongo que en un clima como ése crecerá cualquier cosa.

—Me temo que no entiendo gran cosa de este tema. Tengo un jardinero que mantiene el jardín cuidado. Debo confesar que ni siquiera corto mi propio césped.

—No tiene por qué avergonzarse.

—¿Y usted, señora Keeling?

—Mamá nunca ha tenido ayuda —le explicó Olivia—. Todo lo que ves al otro lado de las ventanas es creación suya.

—No puedo creerlo. Y por una razón: es demasiado trabajo —dijo Hank incrédulo. Penélope se rió.

—No ponga esa cara aterrorizada. Para mí no supone una tarea tediosa sino un tremendo placer. Sin embargo, no puedo seguir así indefinidamente por lo que el próximo lunes por la mañana empieza a trabajar un jardinero.

Olivia dio un respingo.

—¿Es verdad? ¿Has contratado un jardinero?

—Ya te conté que andaba buscando uno.

—Sí, pero no creí que lo hicieras.

—Hay una buena empresa en Pudley. Se llama Autogarden, que por cierto no me parece un nombre con mucha imaginación,[1] pero esto es aparte. Me van a mandar un joven tres días por semana. Hará lo más duro de la excavación y, si es responsable, le diré que haga otras cosas, como cortar troncos o cargar carbón. En cualquier caso, ya veré cómo responde. Si me mandan un patán o me cuesta muy caro, puedo cancelar el acuerdo con toda tranquilidad. Ahora, Hank, tome otro trozo de carne.

La copiosa comida duró hasta entrada la tarde. Cuando finalmente se levantaron de la mesa, eran casi las cuatro. Olivia se ofreció a fregar los platos pero su madre se negó en redondo y en lugar de ello se pusieron los abrigos y salieron al jardín a tomar un poco de aire fresco. Pasearon contemplándolo todo, Hank ayudó a Penélope a sujetar una rama de clemátide que se había caído y Olivia encontró una planta de acónitos bajo uno de los manzanos recogiendo un pequeño ramo para llevarlo a Londres.

Cuando llegó el momento de las despedidas, Hank dio un beso a Penélope.

—Nunca se lo agradeceré bastante. Ha sido un día maravilloso.

—Tiene que volver.

—Quizá. Algún día.

—¿Cuándo regresa a Estados Unidos?

—Mañana por la mañana.

—Una visita muy corta. Qué pena. Pero me ha gustado mucho conocerle.

1. En inglés, jardín es *garden. (N. del T.)*

—A mí también.

Se dirigió al coche y mantuvo la puerta abierta para que entrase Olivia.

—Adiós, mamá.

—Adiós, cariño. —Se abrazaron—. Y siento lo de Cosmo. Pero no debes estar triste. Debes pensar sólo en los días que pasaste a su lado. No mires atrás. Nada de nostalgia.

—No. Nada de nostalgia. —Olivia le dedicó una sonrisa algo forzada.

—Y a menos que haya algún cambio te espero el fin de semana que viene. Con Antonia.

—Te llamaré.

—Adiós, hija.

Se fueron. Olivia con su precioso abrigo castaño oscuro con el cuello de visón subido hasta las orejas y el ramillete de acónitos en la mano. Como una niña. Penélope se sintió invadida de una inmensa tristeza hacia ella. Los hijos de uno nunca dejan de ser niños. Aunque tengan treinta y ocho años y sean triunfadoras mujeres profesionales. Uno puede soportar cualquier cosa que le suceda, pero ver sufrir a los hijos es insoportable. Su corazón se fue con Olivia, camino de Londres; pero su cuerpo, ahora cansado y fatigado por toda la actividad del día, se retiró lentamente hacia el interior de la casa.

A la mañana siguiente, el cansancio y la lasitud no la habían abandonado. Se despertó deprimida, sin poder pensar en el motivo, cuando se acordó de Cosmo. Llovía y, como por una vez no esperaba invitados para la comida del domingo, se quedó en la cama hasta las diez y media, momento en que se levantó, se vistió y se encaminó al pueblo para comprar el periódico dominical. Las campanas de la iglesia estaban sonando y un grupo nutrido de gente se dirigía hacia la puerta del cementerio para asistir a la misa de la mañana. Como en otras ocasiones, Penélope deseó ser religiosa de verdad. Por supuesto creía e iba a la iglesia por Navidad y Pascua, porque sin creer en algo la vida sería intolerable. Pero ahora, viendo la pequeña procesión de la gente del pueblo que llenaba el sendero de grava entre las antiguas lápidas inclinadas, pensó que sería bueno reunirse con ellos en la certeza de encontrar consuelo. Pero no lo hizo. No había funcionado antes y probablemente no funcionaría ahora. No era culpa de Dios; simplemente algo que tenía que ver con su forma de ser.

De nuevo en casa, encendió la chimenea y se puso a leer *The Observer;* seguidamente se preparó una comida sencilla compuesta de rosbif frío, una manzana y un vaso de vino. Comió en la mesa de la cocina y a continuación regresó a la sala de estar donde durmió una pequeña siesta. Al despertarse, vio que había parado de llover, por lo que se levantó del sofá, se puso las botas y su vieja chaqueta y salió al jardín. Había podado las rosas en otoño y las había alimentado con abono pero ya había algunas ramas muertas a su alrededor, así que se metió entre la espesura de espinas y empezó a trabajar.

Como siempre en estos casos, había perdido la noción del tiempo y su mente estaba ocupada solamente por las rosas cuando, al enderezarse para aliviar su espalda dolorida, se asombró al ver dos figuras dirigiéndose hacia ella a través del césped; no había oído llegar ningún coche ni esperaba visitas. Una muchacha y un hombre. Un hombre joven excepcionalmente guapo, con cabello oscuro y ojos azules, y las manos en los bolsillos. Ambrose. El corazón le dio un vuelco, pero se dijo que no debía ser tan estúpida porque no era Ambrose regresando desde el pasado, sino Noel. Se parecía tanto a su padre que su inesperada aparición a menudo le jugaba estas malas pasadas.

Noel. Y, naturalmente, con una muchacha.

Se sobrepuso, pintó una sonrisa en su rostro, deslizó las tijeras de podar en el bolsillo, se quitó los guantes y salió del parterre de rosas.

—Hola, ma —dijo él llegando junto a ella y, con las manos todavía en los bolsillos, se inclinó para darle un leve beso en la mejilla.

—¡Qué sorpresa! ¿De dónde sales?

—Hemos estado en Wiltshire y hemos pensado que podíamos pasar a ver cómo estabas.

«¿*Pasar* desde Wiltshire? Se han desviado kilómetros de su camino», se dijo Penélope.

—Te presento a Amabel.

—¿Cómo estás?

—Hola —dijo Amabel sin hacer ningún movimiento para tender la mano. Era diminuta como una niña, con un pelo como algas marinas y unos ojos verdes y redondos como grosellas. Llevaba un enorme abrigo de *tweed* largo hasta los tobillos que le pareció familiar al primer golpe de vista y que, en una segunda mirada, Penélope reconoció como uno de los viejos abrigos de Lawrence Stern que había desaparecido misteriosamente con ocasión de la mudanza de la casa de la calle Oakley.

Se volvió hacia Noel.

—¿En Wiltshire? ¿En casa de quién habéis estado?

—De una gente que se llama Early, amigos de Amabel. Pero nos hemos marchado después de comer y he pensado que, como no te había visto desde que estuviste en el hospital, sería una buena idea pasar por aquí y ver cómo andabas —dijo dedicándole la más deliciosa de sus sonrisas—. Debo decir que tienes un aspecto estupendo. Pensaba que iba a encontrarte pálida y achacosa, derrumbada sobre el sofá.

La mención del hospital irritó a Penélope.

—Sólo fue un estúpido susto. No me pasa nada malo. Por regla general, Nancy hace una montaña de un grano de arena y odio que esté tan pendiente de mí. —A continuación se sintió llena de remordimiento, al fin y al cabo había sido realmente amable por su parte hacer todo ese camino sólo para verla—. Te agradezco que te preocupes por mí; yo estoy estupendamente bien y me alegro mucho de veros a ambos. ¿Qué hora es? Cielos, casi las cuatro y media. ¿Os apetecería un poco de té? Vamos dentro a tomarlo. Noel, acompaña a Amabel. Hay un buen fuego en la sala de estar. Yo me reuniré con vosotros en un momento, apenas me haya quitado las botas.

Él obedeció, dirigiéndose despacio desde allí y a través del césped hacia la puerta del invernadero. Ella les miró alejarse. Entró a su vez pero por la puerta del jardín, donde se cambió de calzado y colgó la chaqueta; seguidamente subió al piso superior y, pasando por delante de los dormitorios vacíos, entró en su habitación, donde se lavó las manos y se peinó un poco. Bajó por la otra escalera, se dirigió a la cocina, puso agua a hervir y preparó una bandeja. Sacó un bizcocho de frutas de una caja metálica. A Noel le encantaba el bizcocho de frutas y la chica, Amabel, tenía aspecto de precisar un poco de nutrición. Penélope se preguntó si no sería anoréxica. No le sorprendería. Noel se buscaba las amigas más increíbles. Preparó el té y llevó la bandeja a la sala de estar donde Amabel, que se había despojado del abrigo de Lawrence, estaba acurrucada como un gatito en una esquina del sofá, mientras Noel colocaba unos troncos sobre las brasas moribundas de la chimenea. Penélope posó la bandeja.

—Qué casa tan bonita —dijo Amabel.

Penélope intentó ser amable con ella.

—Cierto, es acogedora, ¿verdad?

Los ojos de grosella estaban puestos en *Los buscadores de conchas*.

—Es un cuadro precioso.

—Llama la atención a todo el mundo.

—Es Cornualles.

—Sí, Porthkerris.

—Me lo había imaginado. Estuve allí durante unas vacaciones de verano pero llovió todo el tiempo.

—Pobre. —No se le ocurrió nada más que añadir y llenó la pausa ocupándose de servir el té. Una vez hecho esto, repartidas las tazas y cortado el bizcocho, reanudó la conversación:

—Ahora, contadme un poco vuestro fin de semana. ¿Os habéis divertido?

—Sí —le dijeron, era un grupo de unas diez personas, el sábado hubo una carrera de caballos a campo traviesa, luego una cena en casa de otra gente, baile y no se habían acostado hasta las cuatro de la madrugada.

A Penélope le pareció falto de interés, pero dijo:

—Oh, qué divertido.

Esto parecía haber sido el fin de sus novedades, por lo que ella empezó con las suyas y les habló de la visita de Olivia con un norteamericano. Amabel ahogó un bostezo y Noel, sentado en un taburete junto a la chimenea con la taza de té a su lado en el suelo y sus largas piernas dobladas como navajas, escuchaba educadamente, pero Penélope se dio cuenta que sin mucho interés. Se preguntó si debía hablarle de Cosmo, pero finalmente decidió no hacerlo. Pensó asimismo en contarle que Antonia iba a ir a Podmore's Thatch, pero desistió también. Él no había llegado a conocer a Cosmo y no se interesaba demasiado por los problemas de la familia. A decir verdad, no estaba interesado en nadie que no fuese él mismo, por eso se parecía a su padre no sólo en el aspecto físico sino además en el carácter.

Estaba a punto de preguntarle por su trabajo y había abierto la boca para hacerlo cuando él se anticipó.

—Ma, hablando de Cornualles... —(¿habrían estado?)—, ¿sabes que uno de los cuadros de tu padre va a ser subastado en Boothby's esta semana? *Las portadoras de agua.* Se rumorea que saldrá por algo así como doscientas mil libras. Sería interesante ver en qué queda.

—Sí. Lo sabía. Olivia lo mencionó ayer durante la comida.

—Deberías ir a Londres para estar presente en la subasta. Puede ser divertido.

—¿Tú vas a ir?

—Si puedo escaparme del despacho.

—Es extraordinario cómo se han puesto de moda estas viejas obras. Y los precios que paga la gente. El pobre papá se levantaría de la tumba si supiese los precios por los que se venden.

—Boothby's debe de haber pagado una fortuna por él. ¿Has visto su anuncio en *The Sunday Times*?

—Todavía no he leído *The Times.*

Éste yacía sobre el asiento de un sillón; Noel lo cogió, lo abrió y fue pasando las páginas hasta que encontró lo que buscaba, pasándolo luego a su madre. Vio en la parte inferior de la página uno de los habituales anuncios insertados por Boothby's, Expertos en Arte. «¿Obra menor o descubrimiento mayor?»

Sus ojos recorrieron la letra impresa. Aparentemente habían salido al mercado dos pequeños cuadros al óleo, de apariencia y tema muy similares. Uno se había vendido por trescientas cuarenta libras, el otro por más de dieciséis mil.

Consciente de la mirada de Noel sobre ella, siguió leyendo:

«Las ventas de Boothby's han contribuido mucho a la reciente revalorización de este desatendido período victoriano. Nuestra experiencia y nuestro asesoramiento está a disposición de los clientes. Si usted tiene alguna obra de este período que quisiera valorar, no dude en telefonear a nuestro experto, señor Roy Brookner, quien amablemente se desplazará y le aconsejará, sin cargo alguno.»

Seguía la dirección y el número de teléfono y eso era todo.

Penélope dobló el periódico y lo dejó de nuevo. Noel esperaba. Ella levantó la cabeza y le miró.

—¿Por qué querías que lo leyese?

—Sólo por si podía interesarte.

—¿Valorar mis cuadros?

—No todos. Sólo los Lawrence Stern.

—¿En vistas de asegurarlos? —preguntó Penélope sin alterarse.

—Si quieres. No sé lo que estás pagando actualmente de seguro. Pero no olvides, el mercado está ahora en su momento más alto. Un Millais salió el otro día por ochocientas mil.

—Yo no tengo ningún Millais.

—¿No... no quieres pensar en vender?

—*¿Vender?* ¿Los cuadros de mi padre?

—No *Los buscadores de conchas,* por supuesto. Pero ¿y los paneles?

—No están acabados. Probablemente no valen nada.

—Eso es lo que tú piensas. Por ello deberías hacerlos tasar. Ahora. Una vez conozcas su valor, siempre puedes cambiar de opinión. Después de todo, allá arriba en el pasillo nadie los ve y tú probablemente ni siquiera los miras. Nunca los echarías de menos.

—¿Cómo es posible que sepas si los echaría de menos o no?

Él se encogió de hombros.

—Simplemente lo imagino. Al fin y al cabo no son muy buenos y el tema es nauseabundo.

—Si eso es lo que piensas de ellos, ha sido realmente una suerte que no tengas que seguir viviendo con ellos. —Se volvió—: Amabel, querida, ¿querrás otra taza de té?

Noel sabía que cuando su madre se ponía glacial y solemne su mal genio estaba a punto de hacer su aparición. Seguir presionando sobre esta cuestión sería más perjudicial que beneficioso y no haría otra cosa que reforzar su obstinación. Por lo menos había sacado el tema a la luz y había sembrado la semilla de su idea. Una vez sola, sin duda le daría vueltas a lo que él le había dicho. Y de ese modo, con su más deliciosa sonrisa y uno de sus cambios desconcertantes de actitud, aceptó la derrota.

—De acuerdo. Tú ganas. No volveré a hablarte del tema nunca más. —Dejó la taza, volvió el puño y miró el reloj.

—¿Tenéis prisa? —le preguntó su madre.

—No deberíamos quedarnos mucho tiempo. Tenemos un largo camino de regreso a Londres y el tráfico estará horrible. Ma, ¿sabes si mi raqueta de squash está en mi habitación? He quedado para jugar y no la encuentro por ninguna parte en el apartamento.

—No lo sé —dijo Penélope bastante aliviada por el cambio de tema.

Su pequeña habitación allí en Podmore's Thatch estaba repleta de cajas, maletas y artículos de deporte, pero como ella entraba allí lo menos posible no tenía idea de lo que había entre toda aquella confusión.

—¿Por qué no vas y lo miras?

—Ya voy. —Desenroscó sus largas piernas y se puso de pie—. Será un momento. —Y se marchó.

Ellas oyeron sus pasos subiendo la escalera. Amabel seguía sentada, ahogando otro bostezo y con el aspecto desconsolado de una sirena.

—¿Hace mucho tiempo que conoces a Noel? —preguntó Penélope, despreciándose a sí misma por su tono tan afectado y formal.

—Unos tres meses.

—¿Vives en Londres?

—Mis padres viven en Leicestershire pero yo tengo un apartamento en Londres.

—¿Trabajas?

—Sólo cuando tengo que hacerlo.

—¿Quieres otra taza de té?

—No, pero tomaría otro trozo de bizcocho.

Penélope le dio uno. Amabel se lo comió. Penélope se dijo que si cogiera un periódico y se pusiera a leerlo ella ni siquiera se daría cuenta de ello. Pensó lo encantadora que podía ser la juventud y lo desagradable que podía también mostrarse, ya que parecía que a Amabel no le hubieran dicho nunca que se debía comer con la boca cerrada.

Al final, cansada de hacer esfuerzos, recogió el servicio de té y se lo llevó a la cocina, abandonando a Amabel casi dormida. Cuando hubo fregado las tazas y los platos, Noel no había vuelto. Presumiblemente seguía buscando la esquiva raqueta de squash. Pensando en echarle una mano, subió por la escalera de la cocina y se dirigió al otro extremo de la casa atravesando los dormitorios. La puerta de la habitación de él estaba abierta, pero él no estaba dentro. Asombrada, titubeó oyendo a continuación unos pasos cautelosos crujiendo sobre ella. ¿El desván? ¿Qué estaba haciendo en el desván?

Miró hacia arriba. La vieja escalera de mano de madera estaba colocada en la abertura cuadrada del techo.

—¿Noel?

Apareció un momento después, primero las largas piernas y luego el resto de su cuerpo emergió del desván y bajó por la escalera.

—¿Qué demonios estabas haciendo allí arriba?

Él llegó junto a ella. Había pelusa en su chaqueta y un poco de telarañas en su pelo.

—No encontraba la raqueta de squash —le dijo él—. Pensé que podría estar en el desván.

—Por supuesto que no está en el desván. En el desván sólo hay vieja basura de la casa de la calle Oakley.

Él se rió, sacudiéndose el polvo.

—La expresión adecuada.

—No habrás buscado bien —dijo ella entrando en la reducida habitación, apartó alguna ropa y un par de mazos de criquet y allí apareció la raqueta de squash—. Está aquí, bobo. Siempre has sido un desastre buscando cosas.

—Oh, qué bien. Lo siento. Gracias de todas formas —dijo cogiendo la raqueta de sus manos. Ella le miró, pero no había nada taimado en su expresión.

—Amabel lleva el abrigo de mi padre —dijo—. ¿Desde cuándo lo tienes?

Tampoco esto le descorazonó.

—Lo encontré durante la mudanza. Tú nunca te lo ponías y es tan imponente...

—Debías habérmelo pedido.

—Lo sé. ¿Quieres que te lo devuelva?

—Claro que no. Guárdalo. —Pensó en Amabel, envuelta en ese artículo de lujo raído. En Amabel y, sin duda, otras innumerables muchachas—. Estoy segura de que tú le darás un uso mejor que yo.

Encontraron a Amabel dormida. Noel la despertó, ella se puso de pie, bostezando y mirando con ojos saltones. Él la ayudó a ponerse el abrigo, se despidió de su madre con un beso y se pusieron en camino. Cuando se hubieron marchado, ella entró de nuevo. Cerró la puerta y permaneció de pie en la cocina, presa de malestar. ¿Qué esperaba encontrar en el desván? Sabía perfectamente que la raqueta de squash no estaba allí. ¿Qué estaba entonces buscando?

Volvió a la sala de estar y puso un tronco en el fuego. *The Sunday Times* yacía en el suelo donde ella lo había dejado. Se detuvo, lo recogió y leyó una vez más el anuncio de Boothby's. Se dirigió seguidamente al escritorio, buscó unas tijeras, con cuidado recortó el anuncio y lo metió en uno de los pequeños cajones de la mesa.

Se despertó con un terrible sobresalto en medio de la noche. Se había levantado viento; estaba muy oscuro y seguía lloviendo. Las ventanas golpeaban y las gotas salpicaban los cristales. «Estuve en Cornualles pero llovió todo el tiempo», había dicho Amabel. Porthkerris. Recordó la lluvia que llegaba del Atlántico con ráfagas de viento. Se acordó de su dormitorio en Carn Cottage, echada en la oscuridad como estaba ahora, con el sonido de las olas rompiendo allí abajo en la playa, las cortinas agitándose en las ventanas abiertas y la luz del faro balanceándose a través de las paredes blancas. Recordó el jardín, perfumado de escalonias, el sendero que conducía al muelle, la vista desde arriba, la envergadura de la bahía, el azul brillante del mar. El mar era una de las razones por las cuales deseaba volver. Gloucestershire era hermoso, pero no tenía mar, y ella se sentía sedienta de mar. El pasado estaba en otro lugar, pero podía hacer el viaje. No había nada que le impidiese ir. Sola o acompañada, daba igual. Antes de que fuese demasiado tarde, tomaría la carretera oeste hacia ese garfio escabroso de Inglaterra donde, en otra época, había vivido, había amado, había sido joven.

VI

LAWRENCE

Tenía diecinueve años. Entre nuevos partes, ansiosamente escuchados, la radio emitía melodías como *Color púrpura* y *Aquellas tonterías* y música de las últimas películas de Fred Astaire y Ginger Rogers. Durante todo el verano el pueblo había estado atestado de veraneantes. Las tiendas rebosaban de cubos, palas y pelotas de playa que desprendían olor a goma bajo el sol caliente. Las elegantes damas que estaban de vacaciones y se hospedaban en el hotel Castillo conmocionaban a la gente del lugar paseándose por las calles en trajes de playa y tomando el sol en atrevidos bañadores de dos piezas. La mayoría de los veraneantes ya se había marchado, pero en la arena todavía quedaba alguno y los toldos y las casetas de baño todavía no habían sido desmantelados y retirados. Penélope, caminando por la orilla del mar, veía a los niños atendidos por uniformadas niñeras que permanecían sentadas en tumbonas y tricotaban mientras echaban una ojeada a sus pequeños, que construían castillos de arena o correteaban gritando entre las olas bajas.

Era una cálida y soleada mañana de domingo, demasiado bonita para estar en casa. Había pedido a Sophie que le acompañase, pero ésta había preferido quedarse en la cocina haciendo la comida y Penélope la había dejado cortando hortalizas para un guiso de pollo. Papá, por su parte, después del desayuno se había puesto su sombrero de ala ancha y se había dirigido a su estudio. Penélope pasaría más tarde a recogerlo. Juntos ascenderían la colina hacia Carn Cottage y la tradicional comida que les esperaba.

—No le dejes ir a la taberna, querida. Hoy no. Tráelo directamente a casa.

Así lo prometió. Cuando se sentasen ante el guiso de Sophie todo estaría decidido. Entonces sabrían.

Había llegado al final de la playa, a las rocas y la zona escarpada. Subió un tramo de escaleras de hormigón y llegó a un camino vecinal estrecho y con guijarros que serpenteaba cuesta abajo entre las irregulares casas blanqueadas. Había un montón de gatos por los alrededores que andaban buscando desperdicios de pescado por el arroyo, y las gaviotas se elevaban sobre el suelo o se posaban en los tejados y chimeneas a fin de supervisar el mundo con ojos fríos y amarillos y un desafío vociferante hacia nada en particular.

La iglesia estaba al pie de la colina. Las campanas repicaban anunciando la misa matutina y un número de gente superior al habitual se congregaba recorriendo con paso firme el sendero de grava para desaparecer detrás de las puertas de roble. Con ropas oscuras, la cabeza piadosamente cubierta, rostros serios y andares solemnes, acudían desde todas las partes del pueblo. Las sonrisas eran escasas y nadie se saludaba.

Faltaban cinco minutos para las once de la mañana. En el puerto la marea era menguante y las barcas de pesca, amarradas en el muelle, oscilaban sujetas a puntales de madera. Todo estaba extrañamente desierto. Sólo se veía un grupo de niños jugando con una vieja lata de sardinas y, en el otro extremo del puerto, un hombre trabajando en una barca. Los martillazos resonaban a lo largo de la playa.

Las campanas de la iglesia empezaron a dar la hora y las gaviotas, encaramadas en lo alto de la torre, echaron al vuelo en una nube de alas blancas y sus voces se elevaron en un clamor de furia como si hubiesen sido molestadas por el retumbar de las campanas. Ella siguió adelante, caminando despacio, con las manos en los bolsillos de su rebeca; de vez en cuando una repentina y leve ráfaga de viento lanzaba algunos mechones de su largo y oscuro pelo sobre sus mejillas. De pronto, fue consciente de su soledad. No había nadie a su alrededor y, cuando abandonó el puerto para subir por una calle abrupta, oyó a través de las ventanas abiertas el final del repique del Big Ben. Escuchó la voz que empezaba a hablar. Imaginó a las familias en sus casas, agrupadas alrededor de las radios, permaneciendo cerca unos de otros, dándose consuelo mutuamente.

Ahora, se encontraba en medio de Downalong, la parte antigua del pueblo, y caminaba a través del intrincado laberinto de callejuelas aguijarradas e inesperadas plazoletas para dirigirse hacia la zona abierta de la Playa Norte. Podía oír el sonido de las olas rompiendo en la orilla y sentir el viento. Éste levantaba la falda de su vestido de algodón y desordenaba su cabello. Volvió la esquina y apareció la playa ante ella. Vio la pequeña tienda de la señora Thomas abierta por unas horas para la venta de periódicos. Éstos se amontonaban en las estanterías del exterior de la puerta, con grandes y graves titulares como lápidas sepulcrales. Tenía algunas monedas en el bolsillo y como sentía, a causa de la aprensión, un hueco en el estómago, entró y se compró, por dos peniques, una barra Cadbury de chocolate a la menta.

—¿Has salido a dar un paseo, querida? —le preguntó la señora Thomas.

—Sí. Voy a buscar a papá. Está en el estudio.

—El mejor sitio donde estar en una mañana como ésta. Al aire libre.

—Sí.

—Parece que van a empezar los bombardeos —le extendió la barra de chocolate a través del mostrador—. Dice el señor Chamberlain que estamos en guerra con esos malditos alemanes.

La señora Thomas tenía sesenta años. Ya había vivido una guerra devastadora, al igual que el padre de Penélope y millones de personas inocentes en toda Europa. Al marido de la señora Thomas lo habían matado en 1916 y su hijo Stephen ya había sido reclutado como soldado raso en la Infantería Ligera de la división Duque de Cornualles.

—Tenía que pasar. Supongo. No se podía hacer nada. Nada con esos pobres polacos muriendo como moscas.

—No. —Penélope cogió el chocolate.

—Recuerdos a tu padre, querida. ¿Está bien?

—Sí, está bien.

—Adiós entonces.

—Adiós.

De nuevo en la calle, sintió frío. El viento era más fuerte ahora y el delgado vestido y la rebeca resultaban insuficientes. Desenvolvió el chocolate y empezó a comerlo. Guerra. Miró hacia el cielo, esperando ver aparecer hordas de bombarderos por aquí y por allá, como las formaciones que había visto en los noticiarios del cine, ola tras ola, devastando Polonia. Pero sólo vio nubes que se desplazaban empujadas por el viento.

Guerra. Era una extraña palabra. Como Muerte. Cuanto más la pronuncias, cuanto más piensas en ella, más incomprensible se vuelve. Mordisqueando el chocolate, siguió su camino bajando por la estrecha calle aguijarrada que conducía al estudio de Lawrence Stern; iba a reunirse con él, a decirle que ya era la hora de la comida, que no debía pararse en la taberna para tomarse una cerveza y que, finalmente, la guerra había empezado.

Su estudio era una antigua y luminosa buhardilla, de techo alto y llena de corrientes de aire, con una enorme ventana en el lado norte que daba a la playa y al mar. Tiempo atrás había instalado una estufa panzuda con una chimenea cilíndrica que atravesaba el techo, pero ni siquiera cuando ésta estaba funcionando hacía calor en la estancia.

Ahora tampoco hacía calor.

Lawrence Stern no había trabajado desde hacía más de diez años, pero los utensilios de su oficio seguían estando allí como si, en cualquier momento, él los fuese a coger para pintar de nuevo. El caballete y las telas, los tubos de color medio usados, las paletas con pintura seca incrustada. La silla de los modelos estaba sobre el estrado adornado con colgaduras y sobre una mesa desvencijada había un molde de yeso de una cabeza de hombre y una pila de ejemplares atrasados de *The Studio.* El olor era profundamente nostálgico, de pintura al óleo y trementina mezcladas con el viento salobre que penetraba a través de la ventana abierta.

Vio la tabla deslizadora de madera abandonada en un rincón, así como una toalla de baño a rayas, olvidada sobre una silla. Se preguntó si habría otro verano; si ambos artículos volverían a ser usados.

La puerta, empujada por el viento, se cerró de golpe detrás de ella. Él volvió la cabeza. Estaba sentado de lado en el asiento junto a la ventana, con las largas piernas cruzadas y un codo apoyado en el alféizar. Había estado mirando las aves marinas, las nubes, el mar azul turquesa, las interminables olas rompientes.

—Papá.

Tenía setenta y cuatro años. Alto y distinguido, con un rostro profundamente arrugado y bronceado y un par de ojos brillantes y de un azul imperecedero. Su ropa era elegante y juvenil a la vez. Unos pantalones de algodón de un rojo vela descolorido, una vieja chaqueta de pana verde y, en lugar de corbata, un pañuelo moteado anudado a su cuello. Sólo su cabello traicionaba su edad, era de un blanco nieve y lo llevaba anticuadamente largo. Su cabello y sus manos, deformadas e inutilizadas por la artritis que, tan trágicamente, había puesto fin a su carrera.

—Papá.

Su mirada era sombría, como si no la reconociese, como si fuese un extraño, un mensajero portador de malas noticias, lo que de hecho era así. Luego, de pronto, sonrió y levantó un brazo en un familiar gesto de gentil bienvenida.

—Mi cielo.

Ella fue junto a él. Bajo sus pies el desigual suelo de madera crujía lleno de arena, como si alguien hubiese esparcido una bolsa de azúcar. Él la estrechó contra sí.

—¿Qué estás comiendo?

—Chocolate a la menta.

—Te va a quitar el apetito.

—Siempre dices lo mismo. —Se apartó de él—. ¿Quieres un trozo?

—No —dijo él moviendo la cabeza.

Ella metió el resto de la tableta en el bolsillo de la rebeca.

—Ha empezado la guerra —dijo.

Él asintió con la cabeza.

—Me lo ha dicho la señora Thomas.

—Lo sé. Lo sabía.

—Sophie está haciendo un guiso. Me ha dicho que no te dejase ir a The Sliding Tackle para tomar una copa, que te lleve directamente a casa.

—En ese caso, será mejor que vayamos.

Pero no se movió. Penélope cerró las ventanas sujetando los picaportes. Después de haber hecho esto, el sonido de las olas no se oía tan cerca. El sombrero de su padre yacía en el suelo. Ella lo recogió y se lo dio, él se lo puso y se levantó. Penélope le cogió del brazo e iniciaron el largo paseo hasta casa.

Carn Cottage estaba en lo alto de una colina que dominaba el pueblo, era una casa pequeña, blanca y cuadrada situada en un jardín rodeado de muros. Atravesar la verja del muro y dejar éste atrás era como entrar en un lugar secreto. Ahora, al final del verano, la hierba estaba todavía muy verde y los arriates de Sophie resplandecían con sus flores multicolores, margaritas de otoño, bocas de dragón y dalias. En la fachada frontal de la casa trepaban geranios rojos en forma de hiedra y una clemátide que cada mayo producía una cascada de flores de color lila pálido. Había también un cuadro de vegetales escondido detrás de un seto vivo de escalonias y, detrás de la casa, un pequeño campo donde Sophie tenía sus gallinas y una charca con patos.

Ella les esperaba en el jardín cogiendo unas dalias para hacer un ramo. Cuando oyó cerrarse la verja, se enderezó y fue a su encuentro; con pantalones, alpargatas y un jersey a rayas azules y blancas parecía un chico pequeño. Llevaba el pelo oscuro muy corto, lo cual acentuaba el esbelto y bronceado cuello y la forma nítida de la cabeza. Sus ojos eran oscuros, grandes y luminosos. Hasta que sonreía, todo el mundo decía que eran su mayor atractivo, después de ello ya no estaba tan claro.

Sophie, la mujer de Lawrence y la madre de Penélope, era francesa. Su padre, Philippe Charlroux, y Lawrence habían sido contemporáneos y habían compartido un estudio en París en aquellos días felices de antes de la guerra de 1914; Lawrence había conocido a Sophie siendo ésta una niña muy pequeña, jugando en los jardines de las Tullerías y acompañando a veces a su padre y a sus amigos a los cafés donde se reunían para beber y bromear alegremente con las muchachas más bonitas de la ciudad. Todos estaban estrechamente unidos, sin imaginar que aquella agradable existencia iba a tener un fin, pero la guerra llegó, haciendo trizas no sólo a ellos y a sus familias, sino a sus países, a toda Europa, a todo su mundo.

Se perdieron mutuamente de vista. En 1918 Lawrence había superado los cincuenta años. Demasiado mayor para ser soldado, pasó los cuatro terribles años que duró la guerra conduciendo una ambulancia en Francia. Finalmente, fue herido en una pierna siendo enviado a casa por invalidez. Pero estaba vivo. Otros no habían sido tan afortunados. Supo que Philippe había muerto. Pero no supo lo que había sido de su mujer e hija. Una vez hubo terminado todo, regresó a París para buscarlas, pero sin éxito. Y París estaba triste, fría y hambrienta. Todo el mundo parecía haberse puesto de luto y las calles de la ciudad habían perdido su encanto. Volvió a Londres, a la vieja casa familiar de la calle Oakley. Sus padres ya habían muerto y la casa le pertenecía, pero era demasiado grande y laberíntica para un hombre solo. Resolvió el problema ocupando sólo el sótano y la planta baja y dejando las habitaciones superiores para cualquier alma que necesitase una casa y estuviese en condiciones de pagar algún alquiler. En el gran jardín en la parte posterior de la casa estaba su estudio. Lo abrió, lo limpió de algunos trastos que se habían acumulado y, una vez hubo dejado atrás los recuerdos de la guerra, cogió los pinceles y, con ellos, dibujó los hilos de su vida.

Le resultó difícil empezar de nuevo. Un día, mientras bregaba con una composición difícil, uno de sus huéspedes fue a decirle que tenía visita. Lawrence se puso furioso, no sólo por frustración ante ese difícil lienzo, sino porque odiaba que le molestasen en su trabajo. Con una expresión de disgusto arrojó los pinceles, se frotó las manos con un trapo y fue a ver quién podía ser. Entró en la cocina a través de la puerta del jardín. Junto a la estufa había una joven, con las manos extendidas hacia su calor como si tuviese frío en los huesos. No la reconoció.

—¿Qué desea?

Era increíblemente delgada, su oscuro pelo estaba recogido en un sencillo moño detrás de la cabeza y llevaba un viejo y raído abrigo bajo el cual el dobladillo de su falda colgaba desigual. Sus zapatos estaban rotos y en conjunto tenía pinta de niña abandonada, de pobre vagabunda.

—Lawrence —dijo.

Algo en su voz avivó su memoria. Se acercó a ella, tomó su barbilla con la mano y le volvió la cara hacia la ventana y la luz.

—Sophie.

Apenas podía creerlo, pero sí.

—Sí, soy yo —dijo ella.

Había ido a Inglaterra a buscarle. Estaba sola. Él había sido el mejor amigo de su padre. «Si algo me ocurriese —le había dicho Philippe—, busca a Lawrence Stern y acude a él. Él te ayudará.» Y ahora Philippe y su mujer habían muerto a causa de la gripe epidémica que había causado estragos en Europa.

—Fui a París a buscaros —le explicó Lawrence—. ¿Dónde estabais?

—En Lyon, viviendo con la hermana de mi madre.

—¿Por qué no te has quedado con ella?

—Porque quería venir en tu busca.

Se quedó. Él tuvo que admitir que había llegado en un momento oportuno; cuando se debatía entre dos amantes, ya que, siendo un hombre sensual y muy atractivo, ya desde sus primeros días de estudiante en París una serie de mujeres hermosas había pasado, entrado y salido de su vida como una organizada cola delante de una panadería. Pero Sophie era diferente. Una niña. Además llevaba la casa con la eficiencia de toda muchacha francesa bien educada: cocinaba, hacía las compras, remendaba, lavaba cortinas y fregaba suelos. Nunca anteriormente había estado la casa tan bien atendida. En cuanto a ella, no tardó en perder la apariencia de niña abandonada y, aunque nunca llegó a engordar un solo kilo, el color apareció en sus mejillas, su pelo adquirió brillo y él empezó a utilizarla de modelo al poco tiempo. Le dio suerte. Pintaba bien y vendía bien. Él le dio algún dinero para que se comprase algo de ropa y ella volvió jactanciosa y orgullosa con un vestidito barato. Estaba guapa y fue entonces cuando él dejó de verla como una niña. Era ya una mujer, y una noche se metió serenamente en la cama junto a él. Tenía un cuerpo encantador y él no la rechazó pues, quizá por primera vez en su vida, sentía que se había enamorado. Se convirtió en su amante. Al cabo de un tiempo, se quedó embarazada. Con gran placer, Lawrence se casó con ella.

Fue durante su embarazo cuando viajaron por primera vez a Cornualles. Acabaron en Porthkerris que había sido ya descubierto por los pintores de todo el país y donde muchos coetáneos de Lawrence se habían instalado. Lo primero que hicieron fue alquilar la luminosa buhardilla que se convertiría en su estudio y allí vivieron acampando en medio de una pavorosa falta de comodidades y una total felicidad por espacio de dos largos meses de invierno. Carn Cottage fue puesto a la venta y Lawrence, que acababa de vender una de sus obras, hizo una oferta y compró el lugar. Penélope nació en Carn Cottage, pasaban todos los veranos allí, pero cuando los vendavales del equinoccio de otoño empezaban a soplar o bien cerraban Carn Cottage, o lo alquilaban para el invierno y volvían a Londres, a la planta baja de la casa de la calle Oakley, siempre caliente, acogedora y llena de gente. Estos viajes se hacían en coche, pues en aquella época Lawrence era el orgulloso propietario de un enorme turismo Bentley con una cilindrada de 4,5 litros, con una capota de lona que se bajaba y unos inmensos faros Lucas. Tenía un estribo ancho que iba muy bien para las excursiones y unas correas anchas de cuero para sujetar el capó. Algunos años, en primavera, pasaban a recoger a Ethel, la hermana de Lawrence, a ella y un montón de cajas y bolsas, y tomaban el transbordador para Francia. Viajaban después hacia el Sur, hacia los árboles de mimosas, las rocas rojas y el mar azul del Mediterráneo; se hospedaban en casa de

Charles y Chantal Rainer, viejos amigos de la preguerra en París, que tenían una villa destartalada y abandonada cuyo jardín estaba lleno de cigarras y lagartijas. En estas ocasiones, sólo hablaban francés, incluyendo a tía Ethel, la cual apenas pisaba el puerto de Calais se volvía totalmente gala, se ponía una boina vasca que llevaba ladeada gallardamente y fumaba innumerables Gauloises. Allí donde iban los mayores, allí iba también Penélope, la hija de una madre joven como una hermana y un padre con edad para ser su abuelo.

Penélope veía perfectos a sus padres. En ocasiones, invitada a casa de otros niños, sentada alrededor de remilgadas y formales mesas con niñeras severas pendientes sólo de los buenos modales, u obligada a juegos de equipo con fornidos padres, se preguntaba cómo podían soportar estas vidas disciplinadas y llenas de limitaciones, no viendo el momento de volver a casa.

Sophie no dijo nada sobre la nueva guerra que había empezado. Se limitó a dar un beso a su marido, pasó un brazo alrededor de su hija y les enseñó las flores que había cogido. Dalias. Una gran explosión de colores, naranja, púrpura, escarlata y amarillo.

—Me recuerdan el Ballet Ruso —les dijo; nunca había perdido su encantador acento—. Pero no tienen perfume —sonrió—. No importa. Pensaba que llegaríais tarde. Me alegra que no haya sido así. Vamos a abrir una botella de vino y luego comeremos.

Dos días más tarde, su guerra empezó de verdad. Sonó el timbre de la puerta principal y Penélope fue a abrir topándose con la señorita Pawson en el umbral. La señorita Pawson era una de esas damas de aire masculino y aparecía por Porthkerris de vez en cuando. Las «inadaptadas de los treinta», como las llamaba Lawrence, las cuales, no deseosas de los placeres de un marido, una casa e hijos, llenaban sus existencias con infinidad de aficiones, normalmente relacionadas con animales, enseñaban equitación, dirigían residencias caninas o fotografiaban los perros de los demás. La señorita Pawson criaba perros de agua Rey Carlos y era frecuente verla entrenando a estas criaturas en la playa, o siendo arrastrada por ellos a través del pueblo tirando de sus múltiples correas.

La señorita Pawson vivía con la señorita Preedy, dama recatada que enseñaba baile. Nada de bailes populares o baile clásico, sino una extraña nueva concepción de este arte, basada en frisos griegos, respiración profunda y euritmia. De vez en cuando, organizaba una exhibición en el teatro del pueblo y en una ocasión Sophie había comprado entradas y habían ido todos sumisamente. Fue una revelación. La señorita Preedy y cinco de sus alumnos (algunos muy jóvenes, otros más mayores que sabían más) aparecieron en el escenario descalzos y vestidos con unas túnicas de color naranja hasta la rodilla y una cinta en la frente que rodeaba la cabeza. Formaron un semicírculo y la señorita Preedy dio un paso hacia adelante. Hablando con una voz alta y clara para poder ser oída por los que se encontraban en el fondo de la sala, indicó que quizá era necesaria una pequeña explicación, y empezó a darla. Según parecía, aquel método no era *baile* en el sentido propio de la palabra, sino una serie de ejercicios y movimientos que eran en sí mismos una extensión de las funciones naturales del cuerpo.

—Dios bendito —gruñó Lawrence, y Penélope tuvo que darle un codazo en las costillas para que se callase.

La señorita Preedy parloteó todavía un poco, seguidamente dio un paso atrás para colocarse en su lugar y empezó el espectáculo. Palmeó las manos, dio la orden «Uno» y todos, ella y los alumnos, se echaron en el suelo sobre sus espaldas como si estuviesen desvanecidos o muertos. La audiencia hipnotizada tuvo que alargar el cuello para verles. Luego «Dos», y todos levantaron muy despacio las piernas en el aire, con las puntas apuntando al techo. Las túnicas de color naranja se deslizaron poniendo al descubierto seis pares de bombachos voluminosos a juego y sujetos a las rodillas con un elástico. Lawrence empezó a bostezar, se puso de pie y desapareció por el pasillo lateral para salir por la puerta posterior. No regresó y Sophie y Penélope se vieron obligadas a permanecer allí sentadas las siguientes dos horas, convulsionadas por risas que reprimían poniéndose las manos en la boca.

Cuando tenía dieciséis años, Penélope leyó *El manantial de soledad.* Después de su lectura veía a la señorita Pawson y a la señorita Preedy con otros ojos, pero seguía desconcertada por la relación que mantenían.

Y ahora allí estaba la señorita Pawson en la puerta, con unos macizos zapatos, pantalones, chaqueta con cremallera, cuello y corbata, y sobre el pelo gris cortado a lo *garçon* una boina que, colocada de lado, formaba un ángulo abultado. Llevaba una carpeta con papeles y de uno de sus hombros colgaba una máscara de gas. Iba evidentemente vestida para una batalla y, dado el rifle y el cinturón con balas, sería bienvenida en cualquier banda de guerrilleros que se respetase.

—Buenos días, señorita Pawson.

—¿Está tu madre en casa, querida? He venido para hablarle del acantonamiento de los evacuados.

Sophie apareció e hicieron pasar a la señorita Pawson a la sala de estar. Como no era una ocasión oficial, las tres se sentaron alrededor de la mesa que estaba en el centro de la estancia; la señorita Pawson desenroscó su estilográfica.

—Bien —dijo sin andarse por las ramas—. ¿Cuántas habitaciones tienen?

La mirada de Sophie era de cierta sorpresa. La señorita Pawson y la señorita Preedy habían estado varias veces en Carn Cottage y sabían perfectamente cuántas habitaciones había allí. Pero se la veía tan contenta de sí misma que hubiese sido una grosería estropearle la escena.

—Cuatro. Esta sala, el comedor, el estudio de Lawrence y la cocina —le dijo.

La señorita Pawson escribió «Cuatro» en la casilla correspondiente de su formulario.

—¿Y arriba?

—Nuestro dormitorio, el de Penélope, la habitación de invitados y el cuarto de baño.

—¿Habitación de invitados?

—No quiero que nadie ocupe este dormitorio porque la hermana de Lawrence, Ethel, tiene ya cierta edad y vive sola en Londres, y si empiezan los bombardeos sin duda querrá venir a vivir con nosotros.

—Ya veo. Ahora, dígame los excusados.

—Oh, sí —aseguró Sophie—. Tenemos un excusado. En el cuarto de baño.

—¿Sólo un excusado?

—Hay uno fuera, en el patio detrás de la cocina, pero lo usamos como leñera.

La señorita Pawson escribió «Un excusado, un retrete».

—Y ahora, ¿qué me dicen de la buhardilla?

—¿La buhardilla?

—¿Cuántos individuos podrían dormir allí?

—Yo no metería a nadie en la buhardilla. Está oscura y llena de arañas —y añadió—: Imagino que en otros tiempos debía de dormir allí el servicio. Pobre gente.

Esto era suficiente para la señorita Pawson.

—En este caso, anotaré espacio para tres en la buhardilla. No se puede ser muy melindroso en estos días, ya saben. No debemos olvidar que estamos en guerra.

—¿Debemos tener evacuados?

—Oh, claro, todo el mundo debe hacerlo. Cada uno de nosotros debe poner su granito de arena.

—¿Quiénes serán?

—Probablemente gente de la zona del este de Londres. Voy a intentar traerle una madre y dos niños —guardó sus papeles y se puso en pie—. Tengo que seguir mi camino. Debo hacer más de una docena de visitas.

Salió de la sala, siempre severa y hermética. Cuando se despidió, Penélope casi esperó que fuese a hacer un saludo militar, pero no lo hizo, limitándose a alejarse por el jardín. Sophie cerró la puerta y se volvió hacia su hija con una expresión entre divertida y consternada. Tres personas viviendo en la buhardilla. Subieron para inspeccionar ese lóbrego desván, encontrándolo peor de lo que lo recordaban. Era oscuro, sucio y polvoriento, estaba lleno de telarañas y olía a ratón y zapatos mojados. Sophie arrugó la nariz e intentó abrir una de las ventanas, pero estaba fuertemente atrancada. El viejo papel de la pared, con un dibujo horrible, se despegaba desde el techo. Penélope se estiró, alcanzó una punta que pendía y tiró de ella; una tira de papel cayó al suelo enrollado, llevándose consigo una nube de yeso polvoriento.

—Si lo pintamos todo de blanco no estará tan mal —dijo dirigiéndose hacia otra ventana. Limpió un poco el cristal y miró hacia fuera—. Y la vista es maravillosa...

—No creo que a los evacuados les interese la vista.

—¿Cómo lo sabes? Oh, vamos, Sophie, no seas tan pesimista. Si vienen, tienen que dormir en algún lado. Es esto o nada.

Era su primera pequeña participación en la guerra. Desgarró el papel de la pared, blanqueó las paredes y el techo, lavó los cristales, pintó las molduras y fregó el suelo. Mientras, Sophie se dirigió a una subasta y compró una alfombra, tres camas turcas, un armario, una cómoda, cuatro pares de cortinas, un aguafuerte que llevaba el nombre de *Off Valparaíso* y una estatuita de una niña con un balón de playa. Por todo ello pagó ocho libras, catorce chelines y ocho peniques. Los muebles fueron transportados y subidos por la escalera por un hombre muy amable que llevaba una gorra y un largo delantal blanco. Sophie le ofreció media corona y él se fue contento; seguidamente ella y Penélope hicieron las camas y colgaron las cortinas. Después de eso, sólo quedaba aguardar a los evacuados, con la esperanza sin esperanza de que no llegasen.

Llegaron. Una madre joven y dos niños pequeños. Doris Potter, Ronald y Clark. Doris era rubia, con un peinado estilo Ginger Rogers y una falda tubo negra. El marido se llamaba Bert, ya había sido llamado a filas y se encontraba en Francia con el Cuerpo Expedicionario. Sus hijos, de siete y seis años, respectivamente, habían recibido el nombre de Ronald y Clark por Ronald Colman y Clark Gable. Eran bajos para su edad, escuálidos y pálidos, con rodillas huesudas y un pelo rojizo y reseco que se erizaba en su punta como cerdas de un cepillo. Habían hecho el viaje en tren, desde Hackney. Nunca habían ido más allá de la zona sur de Londres anteriormente y los niños llevaban unas etiquetas colgadas de sus cochambrosas chaquetas por si se perdían en el trayecto.

La pacífica forma de vida de Carn Cottage se vio quebrantada con la llegada de los Potter. Al cabo de dos días, Ronald y Clark habían roto el cristal de una ventana, mojado sus camas, destrozado las flores del arriate de Sophie, comido manzanas verdes poniéndose enfermos y prendido fuego al cobertizo de las herramientas que ardió por completo.

Lawrence se mostró filosófico con respecto a este último, limitándose a decir que era una pena que los niños no hubiesen estado dentro.

Al mismo tiempo, resultaron patéticamente negativos. No les gustaba el campo, el mar era demasiado grande y tenían miedo de las vacas, las gallinas, los patos y las cochinillas. También tenían miedo de dormir en la buhardilla, pero ello era solamente porque se turnaban a asustarse uno al otro con terribles historias de fantasmas.

Las horas de las comidas se convirtieron en una pesadilla, no por la falta de oportunidad de conversar, sino porque Ronald y Clark nunca habían aprendido la más mínima noción de educación. Comían con la boca abierta, bebían con la boca llena, se apropiaban del plato de la mantequilla, tiraban la jarra del agua, se peleaban y pegaban mutuamente y se negaban en redondo a comer las saludables hortalizas y los pasteles de Sophie. Además, eran de lo más ruidoso. La acción más simple iba acompañada de gritos de alegría, furia, indignación e insultos. Doris no era mejor. A sus hijos se les dirigía siempre chillando.

«¿Qué estáis haciendo, sucios tunantes? ¡Como lo hagáis otra vez vais a recibir! ¡Mirad vuestras manos y vuestras rodillas! Están asquerosas. ¿Cuándo fue la última vez que las lavasteis? ¡Niños feos!»

Penélope, aunque fuera de sus casillas, se daba cuenta de dos cosas. Una era que Doris, a su inculta e inconsciente manera, era una buena madre y quería mucho a sus niños revoltosos. La otra era que les vociferaba porque les había vociferado toda su vida, arriba y abajo a lo largo de la calle Hackney donde habían nacido y se habían criado, de la misma forma que, con toda probabilidad, la madre de Doris le había vociferado a ella. Simplemente no sabía que había otro camino para hacer las cosas. Por ello no era sorprendente que cuando Doris llamaba a Ronald y a Clark, éstos no respondiesen a su llamada. Después de lo cual, en lugar de ir en busca de ellos, se limitaba a levantar la voz unos cuantos decibelios más y les gritaba.

Al final, Lawrence no pudo soportarlo más y le dijo a Sophie que si los Potter no se tranquilizaban un poco, él se vería obligado a hacer una maleta, marcharse de casa e irse a vivir al estudio. No era sólo una amenaza y Sophie, furiosa por verse en una situación así, entró rabiando en la cocina y la emprendió con Doris.

—¿Por qué les grita todo el tiempo? —empezó con acentuado acento francés; cuando estaba excitada su acento se volvía más pronunciado que de costumbre, pero ahora estaba tan enfadada que parecía la mujer de un pescador marsellés—. Sus hijos están ahí mismo. No necesita vociferarles, *Mon Dieu,* ésta es una casa pequeña y nos está volviendo locos a todos.

Doris se quedó desconcertada, pero tuvo el buen sentido de no ofenderse. Era una muchacha sin afectación y también era astuta. Sabía que con los Stern ella y sus hijos habían encontrado un buen alojamiento. Había oído algunas historias aterradoras de otras familias evacuadas y no quería que los mandasen a casa de alguna vieja bruja engreída que la tratara como a una sirvienta y le hiciera vivir en la cocina.

—Lo siento —dijo de forma negligente. Sonrió bonachonamente—. Supongo que es mi manera de hablar.

—Y sus hijos... —Sophie empezaba a calmarse pero decidió seguir bregando ahora que las brasas estaban todavía calientes—. Sus hijos tienen que aprender modales en la mesa. Si usted no puede enseñarles, lo haré yo. Y deben aprender a hacer lo que se les dice. Lo harán si usted les habla bajo. No están sordos, pero si les sigue gritando acabarán siéndolo.

Doris se encogió de hombros.

—De acuerdo —aceptó con afabilidad—. Lo intentaremos. Y ahora, dígame, ¿qué hacemos con estas patatas? ¿Quiere que las pele para la cena?

Después de eso, las cosas fueron mejor. El ruido disminuyó y los hijos, acosados por turnos por Sophie y Penélope, aprendieron a decir «por favor» y «gracias», a comer con la boca cerrada y a pedir la sal y la pimienta. Algo de ello influyó también en Doris, la cual se volvió más fina, doblando el dedo meñique y limpiándose la comisura de los labios con la servilleta. Penélope se llevó a los niños a la playa, consiguió que hiciesen un castillo de arena y llegaron a chapotear en el agua. Luego empezó la escuela y estaban ausentes de casa la mayor parte del día. Doris, quien hasta entonces creía que las sopas sólo podían salir de una lata, empezó a aprender algunos platos rudimentarios y a ayudar en las faenas domésticas. Las cosas se fueron arreglando. Nunca sería lo de antes, pero por lo menos era soportable.

Peter y Elizabeth Clifford ocupaban las habitaciones del segundo piso de la casa de la calle Oakley. Otros inquilinos habían llegado y se habían marchado, pero ellos hacía quince años que vivían allí, llegando a convertirse en los amigos íntimos de los Stern. Peter tenía sesenta años. Doctor en psicoanálisis, había estudiado en Viena con Freud, terminando su prestigiosa carrera como profesor en uno de los más influyentes hospitales utilizados para la enseñanza de la medicina en Londres. Aunque jubilado, no había dejado de trabajar e iba cada año a Viena para dar clases en la universidad.

No tenían hijos y en estas ocasiones le acompañaba invariablemente su mujer. Elizabeth, unos años más joven que Peter, era muy brillante en su campo. Antes de casarse, había viajado intensamente, había estudiado en Alemania y en Francia y había escrito una serie de clarividentes novelas semipolíticas, artículos y ensayos, de gran erudición y perspicacia que le habían valido una reputación internacional bien merecida.

Lawrence y Sophie fueron conscientes por primera vez de los siniestros sucesos que estaban ocurriendo en Alemania a través de los Clifford. Éstos, por la noche, sentados con tazas de café y copas de coñac y las cortinas echadas, les hablaban largamente traspasándoles con voces turbadas su ansiedad y su aprensión. Pero sólo a ellos. En lo que concernía al mundo exterior, permanecían muy discretos reservándose sus opiniones, porque muchos de sus amigos en Austria y Alemania eran judíos y sus visitas oficiales a Viena proporcionaban una buena tapadera a sus propias operaciones clandestinas.

Ante las narices de las autoridades y corriendo grandes riesgos, establecían contactos, obtenían pasaportes, organizaban viajes y prestaban dinero. Gracias a su iniciativa y a su valor, un gran número de familias judías salieron del país, escapándose a través de las fronteras vigiladas para ponerse a salvo en Inglaterra o navegar hasta Estados Unidos. Todos llegaban pobres, habiéndose visto obligados a abandonar casas, posesiones y riquezas pero, por fin, eran libres. Este peligroso trabajo continuó hasta principios de 1938, cuando el nuevo régimen les dio a entender que su presencia ya no era grata. Alguien había hablado. Eran sospechosos y estaban en la lista negra.

En enero de 1940, al principio de la Segunda Guerra Mundial, Lawrence, Sophie y Penélope celebraron un cónclave familiar. Con Doris y los niños instalados en Carn Cottage y dado que era previsible que permaneciesen allí mientras durase la guerra, decidieron que no había que pensar en volver a la casa de la calle Oakley. Pero Sophie no quería dejar así de buenas a primeras su casa de Londres. No había estado allí desde hacía seis meses y debía controlar a los inquilinos, instalar cortinas gruesas y oscuras en la planta baja, hacer un inventario y buscar alguna persona dispuesta a atender el jardín en su ausencia. Quería además recoger la ropa de invierno pues el tiempo se había vuelto muy frío y en Carn Cottage no había calefacción central, y quería ver a los Clifford.

Lawrence consideró que era una idea estupenda. Antes que cualquier otra cosa estaba preocupado por *Los buscadores de conchas*. Temía por el cuadro cuando empezasen los bombardeos, cosa que ocurriría sin duda alguna.

Sophie le dijo que se ocuparía de que *Los buscadores de conchas* fuese debidamente embalado y transportado a la relativa seguridad de Porthkerris. Telefoneó a Elizabeth Clifford para informarle de que iba a ir. Tres días después, se dirigieron todos a la estación, y Penélope y Sophie tomaron el tren, Lawrence se quedó. Él había preferido quedarse allí, para vigilar a la familia de evacuados; había sido dejado al tierno cuidado de Doris, la cual parecía bastante feliz ante esta responsabilidad. Era la primera vez que él y Sophie se separaban desde que se habían casado y Sophie tenía lágrimas en los ojos cuando el tren partió, como si temiese no volver a verle nunca más.

El viaje se hizo interminable. En el tren un frío glacial, no había vagón restaurante y en Plymouth subió un destacamento de marinos en avalancha que invadió todos los vagones, llenándose los pasillos de bolsas de viaje y marinos que fumaban y jugaban a las cartas. Penélope se encontró aprisionada en el rincón de su asiento por un joven que, tieso e incómodo en su uniforme recién estrenado, se quedó dormido con la cabeza en su hombro apenas el tren se puso en movimiento. No tardó en hacerse de noche y no se podía ni siquiera leer con aquellas luces débiles y escasas. Para empeorar las cosas, permanecieron detenidos largo rato en Reading llegando finalmente a Paddington con tres horas de retraso.

Londres, con las luces apagadas, resultaba una ciudad misteriosa. Consiguieron con muy buena suerte encontrar un taxi que compartieron con una pareja de extranjeros que iban en la misma dirección. El taxi circulaba en medio de la oscuridad, de las calles semidesiertas, de la lluvia que caía a cántaros y del frío penetrante. El corazón de Penélope se acongojó. Nunca habían vuelto a casa en esas circunstancias.

Pero Elizabeth, advertida por Sophie, les estaba aguardando, pendiente de la llegada del taxi. Cuando hubieron pagado y bajaban la escalera oscura que conducía a la puerta del sótano, ésta fue abierta de golpe y fueron literalmente arrastradas al interior antes de que cualquier rayo de luz ilegal destacara en la oscuridad.

—Oh, pobrecitas, pensaba que no ibais a llegar nunca. Habéis llegado con mucho retraso.

Fue un gran encuentro, con abrazos y besos, explicaciones, descripciones del viaje horrible y finalmente mucha alegría, porque suponía un gran alivio estar por fin al resguardo del frío, de la oscuridad y del tren.

La cocina-comedor de la acogedora casa daba a la calle mientras que la sala de estar lo hacía al jardín. Ahora había mucha luz, pues Elizabeth había colgado sábanas en las ventanas en lugar de cortinas para los apagones exteriores, y había encendido la cocina; una sopa de pollo hervía a fuego lento y la olla silbaba. Sophie y Penélope se quitaron los abrigos y se calentaron las manos. Elizabeth preparó té y unas tostadas con canela caliente. Estuvieron sentadas alrededor de la mesa largo rato, como siempre solían hacer, tomando el piscolabis preparado de antemano y hablando todos a la vez, intercambiando noticias de hacía meses. El tedioso y desagradable viaje en tren se convirtió en algo del pasado y fue olvidado.

—¿Y cómo está mi querido Lawrence?

—Maravillosamente bien, pero preocupado por su cuadro, pues teme la eventualidad de que la casa sea bombardeada y el cuadro destruido. Ésta es una de las razones por la que estamos aquí, queremos hacerlo embalar y llevárnoslo a Cornualles con nosotras. —Sophie se rió—. No parece estar inquieto por el resto de sus posesiones.

—¿Y quién le está atendiendo ahora? —se le explicó la situación a Elizabeth—. ¿Evacuados? Oh, pobres. Qué invasión —siguió charlando, explicándoles todo lo que había sucedido en los últimos meses—: Tengo que haceros una confesión. El joven de la buhardilla fue llamado a filas y se marchó; y yo he permitido que una pareja joven tome su sitio. Son refugiados de Munich. Llevan en este país un año pero han tenido que dejar su alojamiento en St. John's Wood y no encontraban dónde vivir. Estaban desesperados, así que les sugerí que viniesen aquí. Debéis perdonar mi atrevimiento, pero su situación era apremiante y sé que serán unos buenos inquilinos.

—Naturalmente. Me alegro. Ha sido muy atento por tu parte. —Sophie sonrió cariñosamente. Elizabeth nunca se amilanaría en su valeroso trabajo—. ¿Cómo se llaman?

—Friedmann. Willi y Lalla. Quiero presentároslos. Bajarán esta noche para tomar café; ¿por qué no subes con Penélope después de cenar para estar con nosotros? Peter está deseando veros a ambas. Será bueno hablar, como en los viejos tiempos.

Mientras hablaba, irradiaba entusiasmo; ésa era su característica más entrañable. No cambiaría nunca. Su hermoso rostro lleno de arrugas tenía los ojos vivos y la inteligencia de siempre; su pelo gris, áspero y grueso, estaba recogido en un moño detrás de la cabeza, donde éste se balanceaba inseguro, sujeto con algunas horquillas negras. Su ropa estaba pasada de moda y sus manos hinchadas en los nudillos se adornaban con muchos anillos.

—Claro que iremos.

—¿Hacia las nueve os va bien? Qué alegría.

Cuando llegaron, los Friedmann ya estaban allí, sentados alrededor de una incandescente estufa de gas en la salita de los Clifford, decorada con muebles antiguos. Eran muy jóvenes y se les veía muy bien educados, se levantaron inmediatamente para ser presentados. «Pero —pensó Penélope— son también muy viejos.» Se desprendía de ellos una severa dignidad que estaba más allá de la edad y, cuando sonrieron, sus sonrisas no se extendieron a los ojos.

Al principio todo transcurrió tranquilamente. Se inició una charla convencional. Supieron que Willi Friedmann había estudiado leyes en Munich pero ahora se ganaba la vida haciendo traducciones para un editor de Londres. Lalla sabía música y daba lecciones de piano. Lalla era guapa, aunque con una belleza extraña y pálida, y permanecía sentada en actitud sosegada. En cambio, las manos de Willi se movían nerviosas; encendía un cigarrillo tras otro y parecía resultarle difícil estar quieto.

Hacía un año que estaba en Inglaterra pero, observándole a hurtadillas, Penélope pensó que tenía la apariencia de un recién llegado. Se sintió llena de compasión hacia él, intentando imaginar su vida, teniendo que enfrentarse a la perspectiva amedrentadora de hacerse un futuro en un país extraño, alejado de sus amigos y familiares y teniendo que ganarse la vida con un trabajo por debajo de su capacidad y con el que no se sentía realizado. Además, era como si estuviese constantemente atormentado por una insoportable ansiedad pensando en la familia que todavía vivía en Alemania. Imaginó un padre, una madre, hermanos y hermanas cuyo destino podría todavía estar decidido por una llamada a medianoche. El timbre que suena, unos golpes en la puerta en mitad de la noche y la confirmación del más terrible de los temores.

Luego, Elizabeth se dirigió a la pequeña cocina y preparó una bandeja con tazas, café caliente y galletas. Peter sacó una botella de coñac Cordon Bleu y unos diminutos vasos coloreados. Sophie se volvió hacia Willi con una encantadora sonrisa.

—Estoy muy contenta de que hayan venido a vivir aquí. Espero que sean muy felices. Lo único que siento es que no podamos estar con ustedes, pues debemos volver a Cornualles y atender a todos los que están allí. Pero no dejaremos la planta baja. Si queremos venir a Londres y verles a todos, es preferible que tengamos nuestras propias habitaciones. Pero si empiezan los bombardeos, no duden en utilizarlas como refugio antiaéreo.

Era una sugerencia oportuna. Hasta ese momento, sólo había habido alarmas antiaéreas seguidas casi inmediatamente por el cese de la alarma. Pero todo el mundo estaba preparado. Londres estaba totalmente protegido con sacos de arena, en los parques se habían excavado trincheras y refugios antiaéreos y los depósitos de agua habían sido llenados en vistas a una emergencia. Barreras antiaéreas volaban en el cielo y a lo largo de toda la ciudad se había dispuesto artillería antiaérea camuflada con redes y servida por tropas que esperaban, minuto tras minuto, hora tras hora, semana tras semana, que empezasen los ataques.

Las palabras de Sophie tuvieron un efecto impresionante sobre Willi Friedmann.

—Sí —dijo éste, bebiéndose todo el coñac de un trago.

No objetó cuando seguidamente Peter, sin decir una palabra, volvió a llenarle el vaso. Willi empezó a hablar. Estaba agradecido a Sophie. Estaba agradecido a Elizabeth por todas sus amabilidades. Sin Elizabeth estaría sin casa. Sin personas como Elizabeth y Peter, él y Lalla estarían probablemente muertos. O peor...

—Anda, Willi, déjalo —dijo Peter.

Pero Willi había empezado y no parecía saber cómo parar. Había terminado su segundo coñac y no dudó en alcanzar la botella y servirse un tercero. Lalla seguía sentada sin moverse, mirando fijamente a su marido con sus ojos oscuros y redondos llenos de horror, pero no intentó detenerle.

Habló. El chorro de palabras se convirtió en un torrente, que pasó por encima de las cinco personas que le escuchaban hipnotizadas. Penélope miró a Peter pero Peter, alerta y grave, sólo tenía ojos para el joven demente. Quizá Peter sabía que él necesitaba hablar. Que, en algún momento, debía desbordarse, y ¿por qué no ahora, cuando él y su mujer estaban calientes y a salvo y con amigos?

Él siguió y siguió y les contó más y más, cosas que había visto, cosas que había oído, cosas que habían ocurrido a sus amigos. Al cabo de un rato, Penélope no quería escuchar, hubiera deseado taparse los oídos con las manos, cerrar los ojos y ahuyentar esas imágenes negras. Pero siguió escuchando, y lentamente fue consumida por un horror y una repugnancia que no tenían nada que ver con las noticias que leía en los periódicos o con los partes que oía en la radio. De pronto, se convirtió en algo personal y el terror descendió por su espina dorsal. La inhumanidad del hombre contra el hombre, desencadenada, era una obscenidad. Éste era el significado de la palabra GUERRA. No era sólo tener que llevar la máscara de gas, oscurecer las ventanas, burlarse de la señorita Pawson y pintar la buhardilla para los evacuados; era una pesadilla infinitamente más terrible, de la cual no era agradable despertarse. Debía ser soportada, y ello no se podía hacer huyendo o metiendo la cabeza debajo de las sábanas, sino enfrentándose a ella.

Ella no tenía una espada pero a la mañana siguiente, temprano, salió de casa diciéndole a Sophie que iba de compras. Cuando regresó, justo antes de la hora de comer y con las manos vacías, Sophie se mostró sorprendida.

—Yo pensaba que habías ido de compras.

Penélope apartó una silla, se sentó, miró a su madre a través de la mesa de la cocina y le dijo que había caminado hasta encontrar una oficina de reclutamiento, había entrado y había firmado para colaborar mientras durase la guerra en el Servicio Femenino de la Marina Real.

VII

ANTONIA

El alba había llegado con sigilo, a regañadientes. Finalmente se había vuelto a quedar dormida pero se había despertado con la claridad creciente sabiendo que la mañana estaba en camino. Todo estaba muy tranquilo. El aire frío penetraba por la ventana y, enmarcado en ésta, el castaño elevaba sus ramas desnudas en el cielo gris y sin estrellas.

Cornualles seguía llenando su mente como un brillante sueño y a pesar de estar allí echada, el sueño desplegó sus alas y se alejó hacia el pasado donde, quizá, pertenecía. Ronald y Clark ya no eran unos niños, sino hombres adultos que andaban solos por el mundo. La madre de ellos ya no era Doris Potter sino Doris Penberth, estaba cerca de los setenta años y seguía viviendo en la pequeña casa blanca situada en la profundidad de las calles viejas y angostas de Porthkerris. Lawrence y Sophie habían muerto hacía mucho tiempo, y los Clifford también; y Carn Cottage había desaparecido, y finalmente la casa de la calle Oakley también, dejándola allí, en Gloucestershire, en su cama, en su casa, Podmore's Thatch. No tenía diecinueve años, sino sesenta y cuatro, y fue una de las veces en que el hecho la cogió por sorpresa, como si los años se hubiesen confabulado y le hubiesen hecho una mala pasada. Ni siquiera de mediana edad, sino mayor. Una mujer mayor con un corazoncito conmocionado que le había hecho aterrizar en el hospital. Una mujer mayor con tres hijos adultos con su propio temperamento y sus problemas intrínsecos que ahora poblaban su vida. Nancy, Olivia y Noel. Y, naturalmente, Antonia Hamilton, que iba a quedarse con ella una temporada..., ¿cuándo llegaba? ¿Al final de la próxima semana? No, al final de esta semana. Era lunes. Lunes por la mañana. La señora Plackett venía los lunes por la mañana, pedaleando desde Pudley, fuerte como una roca en su bicicleta mírame-y-no-metoques. Y el jardinero. El jardinero nuevo empezaba hoy, a las ocho y media.

Esto, más que otra cosa, estimuló a Penélope. Encendió la luz que tenía junto a ella y miró el reloj. Las siete y media. Era importante estar levantada, vestida y a punto antes de que llegase el jardinero, en caso contrario éste se imaginaría que iba a trabajar para una vieja holgazana. *Amo holgazán, sirviente holgazán.* ¿Quién había salido con este proverbio arcaico? Su suegra, naturalmente. Dolly Keeling. ¿Qué otra persona podía haber sido? Podía oírla diciéndolo, mientras pasaba los dedos por la esquina de la repisa de la chimenea para comprobar si había polvo, o levantaba las sábanas de su cama a fin de estar segura de que la sufrida interina la había hecho adecuadamente. Pobre Dolly. Ella también se había ido, manteniendo las apariencias hasta el último momento pero sin dejar ningún sentimiento de pérdida detrás de ella. Lo cual era muy triste.

Las siete y media. No podía perder tiempo recordando a Dolly Keeling, a quien nunca había querido. Penélope se levantó de la cama.

Una hora después, se había bañado, vestido, abierto todas las puertas y desayunado. Café negro, un huevo pasado por agua y una tostada con miel. Sentada ante la segunda taza de café, escuchó el sonido de un coche acercándose. Nunca había utilizado los servicios de la empresa Horticultura Contractors, pero sabía que enviaban a sus hombres a trabajar con unas pequeñas furgonetas verdes con AUTOGARDEN escrito en letras mayúsculas blancas en los lados. Los había visto circulando por el pueblo y parecían muy pulcros y eficientes. Sintió cierto reparo. No había tenido un jardinero en toda su vida y esperaba que no fuese ni maleducado ni sabelotodo. Debía decirle firme y claramente que no podase nada, que no cortase nada sin su permiso. Le haría empezar con algo simple en el terreno de abajo. El seto de espino en el fondo del huerto. Podría cortarlo. Suponía que sería capaz de utilizar su pequeña sierra de cadena. ¿Había suficiente gasolina para el motor en el garaje? ¿Debería ir y comprobarlo, y ver si todavía había tiempo para ir a buscar más?

No había tiempo, pues en ese momento sus ansiosas especulaciones fueron abruptamente interrumpidas por el sonido inesperado de unos pasos en la grava, acercándose a la casa. Penélope dejó la taza de café y se levantó, asomándose a la ventana. Le vio dirigiéndose hacia ella en la mañana tranquila y fría. Un joven alto con una chaqueta de hule color caqui y unos tejanos metidos por dentro de unas botas de goma. Llevaba barba y su pelo era castaño. Mientras ella le miraba, él se detuvo un instante, mirando a su alrededor, desorientado quizá por el entorno. Ella vio la cuadratura de su hombro, su barbilla alzada, el ángulo de su mandíbula. Ayer, al ver a su hijo Noel acercarse cruzando el césped, el corazón de Penélope empezó a latir deprisa y ahora le sucedía la misma extraña cosa. Apoyó una mano sobre la mesa, cerró los ojos. Respiró hondamente. Su galopante corazón se fue calmando. Abrió de nuevo los ojos. Sonó el timbre.

Atravesó el porche para abrir la puerta. Allí estaba. Alto. Más alto que ella.

—Buenos días —dijo él.

—Buenos días.

—¿La señora Keeling?

—Yo misma.

—Soy de Autogarden.

No sonreía. Sus ojos permanecían imperturbables; azules como trozos de cristal, su rostro era delgado y moreno y estaba enrojecido por el frío de la mañana, con la piel tirante en la parte alta de los pómulos. Llevaba una bufanda de lana roja enrollada a su cuello, pero sus manos estaban desnudas.

Ella miró detrás de él, por encima de su hombro.

—No he oído ningún coche.

—He venido con mi bicicleta. La he dejado en la verja. No estaba seguro si ésta era la casa.

—Yo pensaba que Autogarden enviaba siempre a sus hombres con esas furgonetas verdes.

—No. Yo voy en bicicleta.

Penélope frunció el entrecejo. Él se metió una mano en el bolsillo.

—Tengo una carta de mi jefe.

La sacó y la desplegó.

Ella miró el membrete, la confirmación de su identidad. Se sintió turbada al instante.

—No he pensado ni por un momento que no fuese usted sincero. Sólo imaginaba...

—¿Esto es Podmore's Thatch? —preguntó volviendo a introducir la carta en el bolsillo.

—Sí, por supuesto. Será... será mejor que entre.

—No. No quiero molestarla. Si me dice lo que quiere usted que haga... me enseña dónde tiene los útiles de jardinería. Al venir en bicicleta no he podido traer nada.

—Oh, no se preocupe, tengo de todo. —Sabía que su voz sonaba aturdida, pero era porque realmente estaba aturdida—. Si... puede usted esperar un momento. Voy a coger un abrigo.

—De acuerdo.

Se alejó, cogió el abrigo, las botas y la llave del garaje que estaba en su correspondiente gancho. Una vez fuera de nuevo, vio que él había ido a buscar la bicicleta a la entrada y la había dejado apoyada en el muro de la casa.

—Aquí no molesta, ¿verdad?

—No, claro que no.

Tomó el camino de grava, abrió las puertas del garaje. Él la ayudó a abrirlas y Penélope encendió las luces, encontrándose con el desorden habitual; su viejo Volvo, las bicicletas de los tres hijos que no había tenido el valor de tirar, un cochecito de niño desvencijado, el cortacésped a motor y una selección de rastrillos, azadas, palas y horcas.

Se abrió camino a través de esta colección, dirigiéndose hacia una cómoda decrépita, reliquia de la casa de la calle Oakley, donde guardaba martillos, destornilladores, oxidados postes con clavos y un montón de bramante para el jardín. Encima de todo ello estaba la sierra de cadena.

—¿Sabe utilizarla?

—Claro.

—Bien, ahora sería conveniente ver si hay gasolina.

Afortunadamente había. No mucha, pero suficiente.

—Lo que quisiera es que cortase el seto de espino.

—Muy bien. —Cogió la sierra, se la puso sobre el hombro y con la otra mano levantó la lata de gasolina—. Me basta con que me indique el camino.

Pero ella le acompañó hasta allí, a fin de estar segura de que no cometía errores, le condujo alrededor de la casa, a través del césped cubierto de escarcha, pasando por la abertura en el seto de ligustro y atravesando el huerto. El matorral de espino, una maraña de ramas puntiagudas, apareció ante él. Detrás, fluía tranquilo y frío el pequeño río Windrush.

—Es un lugar precioso —observó él.

—Sí. Sí, es precioso. Ahora quiero que lo corte hasta *esta* altura. No más bajo.

—¿Quiere guardar algo de lo que cortemos como leña?

—¿Vale la pena guardarlo? —Penélope no había pensado en ello.

—Quema estupendamente.

—De acuerdo. Conserve la parte que crea que se pueda usar. Y haga una hoguera con el resto.

—Bien —dijo él desembarazándose de la sierra de cadena y de la lata de gasolina—. Esto es todo, entonces.

El tono de su voz era de despedida, pero ella se negó a marcharse.

—¿Se va a quedar todo el día?

—Hasta las cuatro y media, si usted está de acuerdo. En verano empiezo a las ocho y termino a las cuatro.

—¿Y la pausa para comer?

—Me tomo una hora. De doce a una.

—Bien... —le estaba hablando a la parte posterior de la cabeza de él—. Si necesita algo, estoy en casa.

Él se había puesto en cuclillas y destornillaba el tapón de la sierra de cadena con manos hábiles de largos dedos. No replicó a la observación de ella, se limitó a asentir con la cabeza. Ella sintió que estaba de más por lo que se giró y emprendió el camino de vuelta por el jardín, algo molesta, aunque también divertida consigo misma por ser tan desafiante. En la cocina le esperaba su taza de café, medio vacía, sobre la mesa. Tomó un sorbo pero se había enfriado, por lo que lo tiró al fregadero.

Cuando llegó la señora Plackett, hacía ya media hora que la sierra silbaba y del fondo del huerto emergía una espiral de humo de la hoguera, llenando el jardín del olor delicioso de madera ardiendo.

—Entonces ya le tenemos aquí —dijo la señora Plackett cuando apareció en la puerta, exactamente como un barco en plena navegación.

Llevaba, como si hiciese un frío glacial, una capucha de piel, así como una bolsa de plástico conteniendo unos zapatos para trabajar y un delantal blanco. Estaba enterada de la decisión de Penélope de contratar un jardinero, de la misma forma que lo sabía casi todo sobre la vida de su patrona. Eran muy buenas amigas y no se ocultaban nada una a la otra. Cuando el chico que trabajaba en el garaje de Pudley dejó embarazada a la hija de la señora Plackett, Linda, la señora Keeling fue la primera en saberlo. Y se había mostrado fuerte como una roca, oponiéndose ferozmente a la idea de que Linda debiera casarse con ese sujeto casquivano y para pasarse la vida tejiendo un encantador abriguito de lana blanco. Y el tiempo le había dado la razón, porque poco después del nacimiento del bebé, Linda conoció a Charlie Wheelwright, un tipo estupendo como la señora Plackett no había conocido jamás, que se casó con Linda, adoptó al pequeño bastardo y ahora había otro bebé en camino. Las cosas no podían haber salido mejor. De ello no había duda. Y la señora Plackett seguía estando agradecida a la señora Keeling por sus amables y prácticos consejos en un momento de verdadero conflicto.

—¿Se refiere al jardinero? Sí, ha venido.

—He visto el humo de la fogata mientras me dirigía hacia aquí en bicicleta. —Se quitó la capucha de piel y se desabrochó el abrigo—. Pero ¿dónde está la furgoneta?

—Ha venido en bicicleta.

—¿Cómo se llama?

—No se lo he preguntado.

—¿Cómo es?

—Es joven, guapo y educado.

—Espero que no le hayan mandado a una persona de poca confianza.

—No lo parece.

—Bueno. —La señora Plackett se ató el delantal—. Ya veremos.

—Se frotó las rojas e hinchadas manos—. Qué mañana tan horrible. Más húmeda que fría.

—Tómese una taza de café —sugirió Penélope.

La actividad había empezado en la casa.

La señora Plackett, después de haber pasado el aspirador por toda la casa, sacó brillo a las barras de latón de la escalera, fregó el suelo de la cocina, planchó una pila de ropa y finalmente utilizó medio frasco de pulimento para los muebles; se marchó a las doce menos cuarto a fin de estar de nuevo en su casa, en Pudley, a tiempo para preparar la comida de su marido. Dejó detrás de sí una casa brillantemente limpia y fresca. Penélope miró el reloj y se dispuso a preparar comida para dos. Puso a calentar una sopa de verduras hecha en casa. De la despensa sacó medio pollo frío y una barra de crujiente pan moreno. Quedaba todavía un plato de compota de manzana y una jarra de crema de leche. Puso la mesa de la cocina con un mantel de algodón a cuadros. Si hubiese hecho sol, habría preparado la mesa en el invernadero, pero las nubes se veían oscuras y bajas y el día no acababa de arreglarse. Colocó un vaso y una lata de cerveza en el lado dispuesto para él. Claro que, después de todo, quizá preferiría una taza de té. El oloroso caldo empezaba a hervir. Pronto llegaría. Esperó.

A las doce y diez, como él no había aparecido, fue en su busca. Un seto primorosamente cortado, un fuego que ardía lentamente y un haz de troncos pequeños, pero ni rastro del jardinero. Le hubiese llamado, pero como no sabía su nombre, le fue imposible hacerlo. Volvió hacia la casa, empezando a preguntarse si después de una mañana de trabajo en solitario no habría decidido abandonar y marcharse a casa para no volver más. Pero en la parte posterior de la casa encontró su bicicleta, lo cual indicaba que andaba todavía por los alrededores. Se dirigió al garaje por el camino de grava, donde se topó con él, sentado sobre un balde puesto al revés, comiendo un bocadillo de pan blanco aparentemente insípido y absorbido en lo que sólo podía ser el crucigrama de *The Times*.

Penélope se indignó al descubrirle por fin en esa situación tan incómoda y fría.

—¿Qué demonios está usted haciendo?

Él se puso en pie de un salto, sobrecogido por su inesperada aparición y el tono de su voz, soltando el periódico que cayó al suelo y volcando el balde, lo que provocó un terrible ruido. Su boca estaba todavía llena de comida, que tuvo que masticar y tragar antes de poder decir algo. Estaba evidentemente turbado, lo que le hizo sonrojarse.

—Yo... estoy comiendo.

—*¿Comiendo?*

—De doce a una. Usted dijo que no había problema.

—Pero no *aquí*. No sentado sobre un balde en el garaje. Tiene que entrar en casa y comer conmigo. Pensé que lo había entendido.
—¿Comer con *usted*?
—¿Le parece extraño? ¿Acaso sus otros patronos no le dan de comer?
—No.
—En mi vida había oído una cosa tan vergonzosa. ¿Cómo es posible trabajar todo el día con un bocadillo?
—Voy tirando.
—Bien, pues conmigo se ha acabado ir tirando. Arroje este horrible trozo de pan y entre en la casa.
Él la miró perplejo, pero obedeció aunque sin tirar el bocadillo, como medida de seguridad. Lo envolvió en un trozo de papel y lo metió en la bolsa de la bicicleta. Luego recogió el periódico y lo guardó, dio la vuelta al balde y lo dejó en su rincón. Una vez hecho todo esto, la siguió al interior. Se quitó la chaqueta, dejando al descubierto un jersey azul marino zurcido. Seguidamente se lavó las manos, se las secó y tomó asiento. Ella colocó ante él una gran escudilla de sopa humeante y le dijo que cortase pan y se sirviese mantequilla. Penélope se sirvió a su vez una pequeña escudilla y se instaló frente a él.
—Es realmente muy amable por su parte —dijo él.
—De amabilidad nada. Me limito simplemente a hacer lo que siempre he hecho. No. Esto no es cierto. Nunca había tenido un jardinero antes. Pero cuando mis padres tenían a alguien ajeno a la familia trabajando para ellos, siempre compartía nuestra mesa. Jamás pensé que las cosas se hiciesen de otra forma. Lo siento. Quizá el pequeño malentendido ha sido culpa mía. Debería haber sido más explícita.
—Yo no he caído en la cuenta.
—No, ya lo he visto. Y ahora, cuénteme algo sobre usted. ¿Cómo se llama?
—Danus Muirfield.
—Es un nombre perfecto.
—Yo creía que era bastante corriente.
—Perfecto para un jardinero, quiero decir. Algunas personas tienen nombres que encajan exactamente con su profesión. ¿Qué otra cosa podía haber sido Charles de Gaulle sino el salvador de Francia? ¿Y el pobre Alger Hiss? Habiendo nacido con un nombre así, sencillamente *debía* ser espía.
—Cuando yo era pequeño, había un párroco en nuestra iglesia que se llamaba Paternóster.
—¿Lo ve? Eso prueba lo que yo digo. ¿Dónde estaba usted cuando era pequeño? ¿Dónde nació?
—En Edimburgo.

—Edimburgo. Es usted escocés.

—Sí. Eso creo.

—¿En qué trabaja su padre?

—Es notario.

—Qué interesante. ¿Usted no quiere ser también notario?

—Durante una época pensé que me gustaría, pero luego...

—Se encogió de hombros—. Luego cambié de opinión y fui a la Escuela de Horticultura.

—¿Cuántos años tiene?

—Veinticuatro.

Ella se quedó sorprendida. Parecía mayor.

—¿Le gusta trabajar para Autogarden?

—Sí, está bien. Es variado.

—¿Cuánto tiempo lleva trabajando para ellos?

—Unos seis meses.

—¿Está usted casado?

—No.

—¿Dónde vive?

—En una casa dentro de la granja de los Sawcombes. Justo a la salida de Pudley.

—Ah, conozco a los Sawcombes. ¿Es una casa bonita?

—No está mal.

—¿Quién la atiende?

—Yo mismo.

Ella pensó en el horrible bocadillo de pan blanco. Imaginó la inhóspita casa, con una cama deshecha y la colada colgando alrededor de la estufa para secarse. Se preguntó si se habría siquiera hecho alguna vez una comida decente.

—¿Fue al colegio en Edimburgo? —le preguntó, súbitamente interesada por este joven, deseando saber lo que le había ocurrido, las circunstancias y la motivación que le habían llevado a aquella vida humilde.

—Sí.

—¿Luego ingresó en la Escuela de Horticultura?

—No. Estuve en Estados Unidos un par de años. Trabajé en un rancho de ganado vacuno en Arkansas.

—Yo no he estado nunca en Norteamérica.

—Es un gran país.

—¿No pensó nunca en quedarse allí, para siempre, quiero decir?

—Lo pensé, pero no lo hice.

—¿Estuvo en Arkansas todo el tiempo?

—No. Viajé. Visité gran parte del país. Me quedé seis meses en las islas Vírgenes.

—Qué experiencia.

Había terminado la sopa. Penélope le preguntó si quería más, él contestó que con mucho gusto y ella le llenó la escudilla de nuevo. Mientras cogía la cuchara, dijo:

—Me ha explicado que nunca tuvo un jardinero antes. ¿Se ha ocupado usted sola de este lugar?

—Sí —le contestó ella con cierto orgullo—. Cuando llegué aquí esto era un yermo.

—Evidentemente es usted una experta.

—No lo sé.

—¿Siempre ha vivido aquí?

—No. He vivido la mayor parte de mi vida en Londres. Pero allí también tenía un gran jardín y antes de esto, cuando era niña, vivía en Cornualles y allí había jardín. Soy afortunada. Siempre he tenido jardín. No puedo imaginar vivir sin tener uno.

—¿Tiene usted familia?

—Sí. Tres hijos. Todos mayores. Una casada. También tengo dos nietos.

—Mi hermana tiene dos niños —dijo él—. Está casada con un granjero de Perthshire.

—¿Va de vez en cuando a Escocia?

—Sí. Dos o tres veces al año.

—Debe de ser muy bonito.

—Sí —dijo él—. Lo es.

Después de la sopa, se comió todo el pollo y toda la compota de manzana. No quiso beberse la cerveza pero aceptó agradecido una taza de té. Cuando hubo tomado el té, miró el reloj y se levantó. Era la una menos cinco.

—He terminado con el seto —indicó—. Si me dice dónde guardar la leña, la traeré a casa. Y le ruego me diga lo que quiere que haga después, y cuántos días por semana necesita que venga.

—Sugerí a Autogarden tres días, pero si trabaja usted a esta velocidad, con dos bastará.

—De acuerdo. Usted decide.

—¿Cómo debo pagarle?

—Usted paga a Autogarden y ellos me pagan a mí.

—Espero que le paguen bien.

—No está mal.

Cogió su chaqueta y se la puso.

—¿Por qué no le proporcionan una furgoneta para ir a trabajar? —preguntó ella.

—No conduzco.

—Pero actualmente todos los jóvenes conducen. Podría aprender fácilmente.

—No he dicho que no sepa conducir —dijo Danus Muirfield—, he dicho que no conduzco.

Después de haberle mostrado dónde poner los troncos e indicarle lo que debía hacer a continuación, Penélope regresó a la cocina para fregar los platos de la comida. «No he dicho que no sepa conducir. He dicho que no conduzco.» No había aceptado la lata de cerveza. Se preguntó si no habría sido cogido conduciendo borracho y le habían retirado el permiso de conducir. Quizá había matado a alguien, había hecho acto de acatamiento y se había jurado que el alcohol no volvería a cruzar sus labios. La eventualidad de semejante horror le produjo un escalofrío. Además, una tragedia de estas proporciones estaba dentro de los límites de la posibilidad. Y explicaría mucho con respecto a él..., la tensión de su rostro, su rictus serio, los ojos fríos e imperturbables. Allí había algo enmascarado. Algo misterioso. Pero le gustaba. Ah, sí, el joven le gustaba mucho.

A las nueve de la noche del día siguiente, que era martes, Noel Keeling introducía su Jaguar en la calle Ranfurly, que estaba oscura y lluviosa, deteniéndose delante de la casa de su hermana Olivia. No le esperaba y estaba preparado para encontrarse con que ella había salido, como solía ocurrir. Era la mujer más sociable que había conocido. Pero, sorprendentemente, había luz detrás de las cortinas corridas de la ventana de la sala de estar; salió del coche, lo cerró y se introdujo en el pequeño sendero para tocar el timbre. Un momento después, la puerta fue abierta por Olivia quien iba vestida con una bata de lana rojo intenso, no estaba maquillada y llevaba las gafas puestas. Evidentemente, no estaba arreglada como si estuviese acompañada.

—Hola —dijo él.

—¡Noel! —Parecía sorprendida, como de hecho estaba, pues él no solía aparecer de improviso a pesar de que vivía sólo a un par de kilómetros.

—¿Qué haces aquí?

—Pasaba por aquí. ¿Estás ocupada?

—Sí, lo estoy. Estaba preparando una reunión que tengo mañana por la mañana. Pero no importa. Pasa.

—He estado tomando una copa con unos amigos en Putney —dijo él alisándose el pelo, y siguiéndola a la sala de estar.

Como de costumbre, la casa estaba maravillosamente caldeada, con la chimenea encendida y el salón lleno de flores... él la envidió. Siempre la había envidiado. No sólo por su éxito, sino por la capacidad con la que parecía enfrentarse a todas las facetas de su ocupada vida. Sobre la mesa baja junto al fuego estaba su maletín, fajos de papeles y hojas de pruebas de grabado, pero ella se inclinó para reunir todo ello en un cierto orden y ponerlo sobre el escritorio. Noel se dirigió hacia el fuego como para calentarse las manos, pero en realidad quería echar una ojeada a las invitaciones que había sobre la repisa de la chimenea y enterarse de sus compromisos sociales. Vio que había sido invitada a una boda a la que él no había sido invitado, así como a una exposición privada en una galería nueva en la calle Walton.

—¿Has cenado algo?

—Unos canapés —contestó él volviéndose hacia ella. Pronunció estas palabras de forma gutural. Ésa era una de las pocas bromas familiares que todavía compartían.

—¿Quieres tomar algo?

—¿Qué me ofreces?

—Queda un poco de *quiche* que he tomado para cenar. Puedes comértela si quieres. Y galletas y queso.

—Me parece estupendo.

—Pues voy a buscarlo. Sírvete una copa.

Él aceptó su amable ofrecimiento, sirviéndose un buen vaso de whisky con soda, mientras Olivia desaparecía en la pequeña cocina detrás del comedor, donde encendió las luces. Noel se reunió con ella, apartando uno de los taburetes altos de la pequeña barra que separaba las dos habitaciones, como si estuviera en un bar charlando con el camarero.

—El domingo fui a ver a mamá —dijo.

—¿Fuiste? Yo estuve el sábado.

—Me contó que habías ido. Acompañada de un estupendo norteamericano. ¿Cómo la encontraste?

—Maravillosamente, dentro de lo que cabe.

—¿Tú crees que fue en efecto un ataque cardíaco?

—Bien, en cualquier caso fue un aviso. —Le miró haciendo una mueca—. Ya sabes que Nancy siempre exagera. —Noel se rió y asintió con la cabeza. Nancy era una de los pocos temas en los que él y Olivia siempre estaban de acuerdo—. Es verdad que mamá tiene demasiado trabajo. No para. Pero por fin se ha decidido a buscar una ayuda para el jardín. Es el principio.

—Intenté convencerla para que mañana viniese a Londres.

—¿Por qué razón?

—Para ir a Boothby's. Para ver cómo se subasta el Lawrence Stern y ver por cuánto sale.

—Ah, sí, *Las portadoras de agua.* Había olvidado que es mañana. ¿Dijo que vendría?

—No.

—Bueno, ¿para qué tendría que hacerlo? Al fin y al cabo no representa ningún interés económico para ella.

—No. —Noel miró hacia el interior de su vaso—. Pero lo tendría si vendiese su cuadro.

—Si te refieres a *Los buscadores de conchas,* olvídate. Se moriría antes de desprenderse de ese cuadro.

—¿Y los paneles?

—¿Has hablado de ello con mamá? —La expresión de Olivia era profundamente suspicaz.

—¿Por qué no? Son unos cuadros estupendos, reconócelo. Allá arriba en el pasillo sólo se llenan de polvo. Ni siquiera los echaría en falta.

—Están inacabados.

—Me gustaría que dejaseis todos de decirme que están inacabados. Apuesto a que no tienen precio.

—Suponiendo que ella aceptase venderlos —dijo Olivia al cabo de un momento, mientras cogía una bandeja y ponía sobre ella platos, un tenedor, un cuchillo, un plato de mantequilla y una tabla de madera con queso—. ¿Le sugerirías lo que debería hacer con el importe resultante o lo dejarías a su elección?

—El dinero que uno cede en vida tiene el doble de valor que el que se deja cuando se muere.

—Lo que significa que cuentas sólo con una parte.

—No sólo para mí. Para los tres. Eh, no me mires tan severamente, no hay nada de qué avergonzarse. En estos días, todos andamos escasos de dinero; y no me digas que Nancy no estaría como loca de contar con un poco de liquidez. Siempre se está quejando de lo caro que está todo.

—Tú y Nancy, quizá. Pero a mí dejadme al margen.

—¿Dirías que no, entonces? —dijo él dando vueltas al vaso en sus manos.

—Yo no quiero nada de mamá. Nos ha dado ya bastante. Yo sólo quiero que esté ahí, bien y tranquila, sin preocupaciones económicas que le impidan ser feliz.

—Vive holgadamente. Todos lo sabemos.

—¿Estás seguro? ¿Has pensado en el día de mañana? Puede vivir muchos años.

—Razón de más para vender esas lúgubres ninfas. Podría invertir el capital para disponer de él en sus años de vejez.

—No quiero discutir este tema.

—¿Así que no te parece una buena idea?

Olivia no contestó, limitándose a coger la bandeja y llevarla junto a la chimenea. Mientras la seguía, él pensaba que ninguna mujer podría tener una actitud tan severa y tajante como Olivia cuando alguien intentaba hacer algo que ella no aprobaba.

Olivia posó con ruido la bandeja sobre la mesa baja. Seguidamente, se enderezó y le miró.

—No —dijo.

—No qué.

—Creo que debes dejar a mamá tranquila.

—De acuerdo. —Aceptó él de buen talante, sabiendo que, a largo plazo, era el mejor camino para conseguir lo que quería. Se instaló en una de las butacas hondas y se inclinó hacia delante para poder llegar a la improvisada cena. Olivia fue a apoyarse contra la repisa de la chimenea, con las manos metidas en los bolsillos de la bata. Él sintió su mirada mientras cogía el tenedor y pinchaba la *quiche*—. Olvidemos lo de la venta de los paneles. Hablemos de otra cosa.

—¿Por ejemplo?

—Por ejemplo, ¿has visto, o has oído mencionar a ma, o conoces la existencia de algún boceto preliminar al óleo que Lawrence Stern hubiese hecho para alguna de sus obras más importantes?

Se había pasado el día considerando si debía o no confiar a Olivia su descubrimiento de la vieja carta. Al final, había decidido correr el riesgo. Olivia era un importante aliado. Sólo ella, de entre los tres, tenía alguna influencia sobre su madre. Mientras hacía la pregunta, había mantenido la mirada clavada en el rostro de ella, viendo que su expresión era primero de cautela para volverse después alerta y desconfiada. Eso era de esperar.

—No —contestó ella al cabo de un momento y también eso era de esperar, pero él sabía que estaba diciendo la verdad porque siempre la decía—. Nunca.

—Pues debe de haber existido alguno.

—¿Por qué te empeñas en esta inútil búsqueda?

Él le contó lo de la carta que había encontrado.

—*¿La terraza?* Está en el Museo Metropolitano de Nueva York.

—Exactamente. Y si fue hecho un boceto para *La terraza,* ¿por qué no para *Las portadoras de agua* y *El noviazgo del pescador* y todos los demás cuadros que se encuentran ahora en los aburridos museos de cualquier capital del mundo que se respete?

Olivia consideró la cuestión.

—Probablemente fueron destruidos —dijo a continuación.

—Bah, bobadas. El viejo nunca destruía nada. Tú lo sabes tan bien como yo. Ninguna casa ha estado nunca tan llena de trastos como la de la calle Oakley. Como lo está Podmore's Thatch. El desván de ma es un riesgo continuo de incendio. Si un agente de seguros viese lo que hay amontonado allí, debajo del tejado, le daría un ataque.

—¿Has estado allí arriba últimamente?

—Subí el domingo, para buscar mi raqueta de squash.

—¿Era todo lo que buscabas?

—Bueno, fui a echar un vistazo.

—En busca de unos bocetos.

—Algo parecido.

—Pero no los encontraste.

—Claro que no. No se encontraría ni un elefante en medio de todo aquel follón.

—¿Sabía mamá lo que andabas buscando?

—No.

—Eres un ser despreciable, Noel. ¿Por qué siempre tienes que andar con rodeos?

—Porque ella no tiene idea de lo que hay en el desván, de la misma forma que no sabía lo que contenía la buhardilla de la casa de la calle Oakley.

—¿Qué hay allí?

—De todo. Cajas viejas, baúles de ropa y legajos de cartas. Maniquíes de modista, cochecitos de niño de juguete, banquillos, bolsas de lana para tapices, máquinas de coser, cajas con tarugos de madera, pilas de revistas atadas con cuerdas, muestras de labores de punto, marcos viejos... Todo lo que se te ocurra está allí. Y como he dicho antes, el riesgo de un incendio es muy elevado. El techo no ayudaría mucho. Una chispa en un día de viento y toda la casa se convertiría en una hoguera. Espero solamente que tenga tiempo de salir por una ventana antes de verse incinerada. Oye, está buenísima esta *quiche,* ¿la has hecho tú?

—Yo nunca hago nada. Lo compro todo preparado en el supermercado. —Se apartó de la chimenea y se dirigió a la mesa que estaba detrás de él.

Noel oyó cómo ella se servía una copa y esbozó una sonrisa, porque sabía que había despertado su ansiedad y con ello atraído su atención, quizá incluso su simpatía. Olivia volvió junto al fuego y se sentó en el sofá frente a él, con el vaso entre las manos.

—Noel, ¿piensas *realmente* que es peligroso?

—Sí. Honestamente. De verdad lo creo.

—¿Qué piensas que debemos hacer?

—Hacer una limpieza de ese sitio.

—Mamá nunca lo permitiría.

—Bien, en ese caso, tú misma. Pero la mitad de los trastos que hay allí sólo sirve para ser quemada, como los montones de revistas, las muestras de labor de punto, las tapicerías de lana...

—¿Por qué las tapicerías de lana?

—Porque están llenas de polilla.

Ella no hizo ningún comentario al respecto. Él había terminado la *quiche* y ahora empezaba con el queso, un pedazo realmente delicioso de Brie.

—Noel, espero que no estés sacando todo esto a la luz sólo para tener una buena excusa para fisgonear. Si encuentras estos bocetos preliminares o cualquier otra cosa de valor, recuerda que todo lo que hay en aquella casa pertenece a mamá.

Él la miró, adoptando una expresión de intachable inocencia.

—¿No estarás pensando que los voy a *robar*?

—No me extrañaría en ti.

Él prefirió ignorar este comentario.

—Si encontramos bocetos, ¿sabes cuánto pueden valer? Como mínimo cinco mil libras cada uno.

—¿Por qué hablas de ellos como si *supieses* que están allí?

—¡Yo no *sé* si están allí! Sólo lo supongo. Pero lo más importante es que el desván es un peligro potencial de incendio y creo que hay que hacer algo al respecto.

—¿Piensas que deberíamos tasar de nuevo todo el contenido de la casa para hacer un seguro mientras no lo hayamos solucionado?

—George Chamberlain se ocupó de todo cuando compró la casa para ma. Quizá deberías hablar con él. Yo este fin de semana no tengo nada que hacer. Podría ir el viernes por la tarde y emprender este trabajo hercúleo. Telefonearé a ma para decirle que voy a ir.

—¿Vas a hablarle de los bocetos?

—¿Crees que debo hacerlo?

Olivia no contestó inmediatamente.

—No, no lo hagas —dijo a continuación. Él la miró con cierta sorpresa—. Creo que le inquietaría y no quiero preocuparla. Si aparecen, siempre estamos a tiempo de contárselo y, si no están allí, no cambia nada. Pero Noel, no vuelvas a decirle una sola palabra acerca de vender sus cuadros. No es asunto tuyo.

Él se puso la mano sobre el corazón.

—Palabra de honor. —Sonrió—. Mi forma de pensar te ha convencido.

—Eres un taimado villano y nunca me convencerá tu forma de pensar.

Él lo aceptó con ecuanimidad, terminó de cenar en silencio y luego se levantó para ir a servirse otra copa.

—¿Vas a ir de verdad? —preguntó ella detrás de él—. A Podmore's Thatch quiero decir.

—No hay ninguna razón para que no vaya —dijo él volviendo a su sillón—. ¿Por qué?

—Podrías hacerme un favor.

—¿Un favor?

—¿Te dice algo el nombre de Cosmo Hamilton?

—¿Cosmo Hamilton? Pues claro. El amante de la España soleada. ¿No me digas que ha vuelto a entrar en tu vida?

—No, no ha vuelto a entrar en mi vida. Ha salido de ella. Ha muerto.

—Muerto. —Por una vez, Noel estaba asombrado e impresionado de verdad. El rostro de Olivia estaba sereno, pero pálido y callado, y él lamentó sentirse tan contento—. Oh, lo siento. Pero ¿qué ha pasado?

—No lo sé. Murió en un hospital.

—¿Cuándo te enteraste?

—El viernes.
—Pero era un hombre joven.
—Tenía sesenta años.
—Qué cosa más horrible.
—Sí. Lo sé. Pero el caso es que su joven hija, Antonia, llega mañana a Heathrow desde Ibiza. Se quedará aquí unos días y luego irá a Podmore's Thatch a hacer compañía a mamá durante una temporada.
—¿Lo sabe ma?
—Naturalmente. Quedamos así el sábado.
—No me dijo nada.
—Ya me lo imagino.
—¿Cuántos años tiene la chica..., Antonia?
—Dieciocho. Tenía la intención de llevarla yo misma y quedarme el fin de semana, pero tengo que verme con cierta persona.
Noel, de nuevo el de siempre, levantó una ceja.
—¿Trabajo o placer? ¿Hombre o mujer?
—Sólo trabajo. Un modisto francés, muy excéntrico; estará en el Ritz y me interesa reunirme con él un rato.
—¿Y?
—Pues que si tú vas a ir a Gloucestershire el viernes por la tarde, me harías un favor llevándotela contigo.
—¿Es guapa?
—¿Tu respuesta depende de ello?
—No, pero me gustaría saberlo.
—A los trece años era encantadora.
—No será gorda y llena de granos.
—En absoluto. Cuando mamá estuvo con nosotros en Ibiza, Antonia también estaba. Se hicieron muy amigas. Y desde que mamá estuvo enferma Nancy no para de decir que no debe vivir sola. Si Antonia va a vivir con ella, ya no estará sola. Pensé que era una idea bastante buena.
—Lo tienes todo calculado, ¿no es así?
Olivia ignoró esta pulla.
—¿La llevarás?
—Claro, no me cuesta nada.
—¿A qué hora pasarás a recogerla?
Viernes por la tarde..., reflexionó un instante.
—A las seis.
—Procuraré haber vuelto del despacho. Noel... —De pronto sonrió. No había sonreído en toda la velada, pero ahora sonreía y por un instante hubo complicidad entre ambos. Podían haber sido un hermano y una hermana afectuosos que acabasen de pasar una agradable velada juntos—. Te lo agradezco mucho.

A la mañana siguiente, desde el despacho, Olivia teiefoneó a Penélope.

—¿Mamá?

—¡Hola, Olivia!

—Mamá, escucha, he tenido que cambiar mis planes. Al final no puedo ir este fin de semana, tengo que verme con un francés y el sábado y el domingo son los únicos días en que parece que está libre. Lo siento muchísimo.

—Pero ¿qué pasa con Antonia?

—Noel la acompañará. ¿No te ha telefoneado?

—No, no sabía nada.

—Te llamará. Irá el viernes y se quedará un par de días. Ayer por la noche tuvimos una larga reunión de familia y decidimos que debíamos limpiar ese desván tuyo antes de que se convierta todo en humo. Yo no había caído en la cuenta de que había semejante nido de cosas. Eres como una niña desobediente.

—¿Una reunión de familia? —Penélope parecía sorprendida, como de hecho lo estaba—. ¿Tú y Noel?

—Sí, se presentó en casa ayer por la noche y le di de cenar. Me contó que había estado en el desván para buscar algo y que hay tantos trastos que existe un peligro real de incendio. Por lo que acordamos que él iría y haría una limpieza. No te preocupes, no pretendemos ser drásticos, sólo estamos preocupados y ha prometido que no tirará o quemará nada sin tu consentimiento. Creo que es bastante amable por su parte. En realidad se ha ofrecido voluntariamente a hacer este trabajo, así que no seas quisquillosa ni pienses que te estamos tratando como a una idiota.

—No soy quisquillosa y creo también que es muy amable por parte de Noel. Desde hace cinco años, cada invierno me he propuesto ordenarlo yo misma, pero es un trabajo tan arduo que siempre he encontrado una excusa para no hacerlo. ¿Tú crees que Noel podrá arreglárselas solo?

—Antonia estará ahí. Probablemente hasta le divertirá. Pero a ti no se te ocurra acarrear peso.

A Penélope se le ocurrió una idea luminosa.

—Podría decirle a Danus que viniese un día. Otro par de brazos fuertes no vendrán mal y podría hacerse cargo de la hoguera.

—¿Quién es Danus?

—Mi nuevo jardinero.

—Me había olvidado de él. ¿Qué tal es?

—Un hombre encantador. ¿Ya ha llegado Antonia?

—No. La iré a buscar al aeropuerto esta tarde.

—Dale un abrazo de mi parte y dile que estoy impaciente por verla.

—Lo haré. Ella y Noel llegarán a tu casa el viernes por la noche, a la hora de cenar. Lo único que siento es no poder ir yo también.

—Te echaré de menos. Pero otra vez será.

—Entonces, adiós, mamá.

—Adiós, cariño.

Por la tarde, telefoneó Noel.

—¿Ma?

—¡Hola, Noel!

—¿Cómo estás?

—Estoy estupendamente. Me han dicho que vas a venir este fin de semana.

—¿Has hablado con Olivia?

—Esta mañana.

—Ha dicho que debo ir y vaciar el desván. Dice que tiene pesadillas pensando que puedes acabar ardiendo.

—Lo sé, me lo ha contado. Pienso que es una buena idea y muy amable por tu parte.

—Bien, ha sido realmente una sorpresa agradable; pensábamos que te pondrías furiosa al decírtelo.

—Os habéis equivocado —replicó Penélope un poco preocupada por esa nueva imagen de sí misma, de una señora testaruda y poco colaboradora—. Y debo convencer a Danus para que venga a ayudarte. Se trata de mi nuevo jardinero. Además es un experto encendiendo fogatas.

—Estupendo —dijo Noel después de haber titubeado un poco.

—Y vendrás con Antonia. Os espero pues el viernes por la noche. Y no conduzcas demasiado deprisa.

Ella estaba a punto de colgar cortando la conversación, pero él se dio cuenta de ello y gritó «ma», con lo que ella volvió a escuchar.

—Pensé que habíamos terminado.

—Quería contarte lo de la subasta. He estado en Boothby's esta tarde. ¿Por cuánto crees que ha salido *Las portadoras de agua*?

—No tengo ni idea.

—Doscientas cuarenta y cinco mil ochocientas libras.

—Cielo santo. ¿Quién se lo ha llevado?

—Una galería de arte norteamericana. De Denver, Colorado, creo.

Ella meneó la cabeza con asombro, como si él pudiese verla.

—Una buena cantidad de dinero.

—¿Marea, verdad?

—Sí, cierto —dijo ella—. Te hace dar vueltas la cabeza.

Jueves. Antes de que Penélope se hubiese levantado, el jardinero ya estaba trabajando. Ella le había dado una llave del garaje a fin de que tuviese acceso a las herramientas de trabajo y desde la ventana de su dormitorio podía observarle afanándose en el huerto. No le molestó porque durante el primer día se había dado cuenta de que, además de un gran trabajador, era un tipo muy reservado y no le gustaría tenerla a ella constantemente para organizarle las horas de trabajo, controlar sus actividades y molestarle. Si necesitase algo, se lo pediría. En caso contrario, se limitaría a ir haciendo las tareas encomendadas.

Pero ya a las doce menos cuarto, después de haber arreglado la casa y haber comprobado la hornada de pan en el horno, se desabrochó el delantal, bajó al jardín para hablar con él y recordarle que le esperaba en casa para comer. Era un día soleado y el cielo estaba bastante azul. El sol no calentaba mucho, pero sí lo suficiente, por lo que prepararía la mesa en el invernadero y comerían allí.

—Buenos días.

Él miró hacia arriba y al verla enderezó la espalda apoyándose en la pala. El tranquilo aire de la mañana estaba lleno de olores fuertes y prometedores; de tierra recién removida y de abono descompuesto mezclado con estiércol de caballo que él había transportado cuidadosamente con la carretilla.

—Buenos días, señora Keeling.

Se había despojado de la chaqueta y el jersey y trabajaba en mangas de camisa. Sus antebrazos estaban morenos y tenían los músculos muy marcados. Mientras ella le miraba, él levantó una mano y se limpió una mancha de barro de la barbilla con la muñeca. Ese gesto le causó una penetrante sensación de *déjà vu,* lo que le llenó de placer.

—Parece que tiene calor —le dijo ella.

—Es el trabajo —contestó él asintiendo con la cabeza.

—La comida estará lista a las doce.

—Gracias. Allí estaré.

Volvió a su excavación. Había un petirrojo rondando por allí más por tener compañía que por los gusanos, pensó Penélope. Los petirrojos era deliciosamente gregarios. Se dio la vuelta dejándole con su labor y se dirigió hacia la casa, cogiendo un ramillete de prímulas tempranas en el camino. Las flores eran aterciopeladas y su olor era fuerte, haciéndole pensar en las suaves primaveras de Cornualles, que adornaban los setos vivos protegidos del viento en una época en que en el resto del país era pleno invierno.

«Tengo que ir pronto —se dijo—. La primavera en Cornualles es una época mágica. Debo ir pronto, en caso contrario será demasiado tarde.»

—Danus, ¿qué suele usted hacer los fines de semana? —le preguntó.

Ese día tenían para comer jamón frío, patatas horneadas y coliflor con queso. Como postre, había una tarta de mermelada y natillas. No era un tentempié, sino una comida de verdad, y ella se sentó y comió con él, preguntándose si, a este ritmo, no se pondría gordísima.

—No mucho.

—Quiero decir si trabaja para alguien los fines de semana.

—A veces trabajo alguna mañana del sábado para el director del Banco Pudley. Él prefiere jugar a golf que ocuparse del jardín y su mujer se queja de las malas hierbas.

—Pobre —Penélope sonrió—. ¿Y el domingo?

—Los domingos estoy libre.

—¿Quisiera venir aquí a pasar el día?..., como trabajo, quiero decir. Le pagaré. No pagaré a Autogarden y es bastante justo porque lo que quisiera que hiciese no tiene nada que ver con la jardinería.

Él la miró algo sorprendido, y con razón.

—¿Qué es lo que quiere que haga?

Ella le contó con respecto a Noel y el desván.

—Hay un montón de basura allí arriba, lo sé, y habría que bajarlo todo y hacer una selección. Es imposible que lo haga solo. He pensado que si viniese usted a echarle una mano, sería una gran ayuda.

—Por supuesto que vendré. Pero como un favor. No tiene que pagarme.

—Pero...

—No —dijo él con firmeza—. No quiero que me pague. ¿A qué hora debo estar aquí?

—Hacia las nueve de la mañana.

—De acuerdo.

—Luego haremos una pausa para la comida. Estará también una joven amiga que viene a quedarse unas semanas. Noel la traerá con él mañana por la noche. Se llama Antonia.

—Será agradable para usted —dijo Danus.

—Sí.

—Un poco de compañía.

Nancy no era una gran aficionada a leer periódicos. Si tenía que ir al pueblo a comprar, lo que ocurría la mayoría de las mañanas pues existía una singular falta de comunicación entre ella y la señora Croftway y siempre se les agotaba la mantequilla o el café instantáneo, solía pararse en la librería para comprarse un *Daily Mail* o un ejemplar de *Woman's Own* para hojearlos mientras se tomaba el bocadillo y la galleta de chocolate que eran su comida, pero *The Times* no entraba en la casa hasta la tarde, en el maletín de George.

El jueves era el día libre de la señora Croftway, razón por la cual Nancy estaba en la cocina cuando George regresó del trabajo. Tenían pastel de pescado para cenar, que la señora Croftway ya había dejado preparado, pero Croftway había llevado un cesto de sus horribles y enormes coles de Bruselas y Nancy se encontraba junto al fregadero, preparándolas. Odiaba este trabajo y sabía que los niños se negarían a comerlas. De repente oyó el sonido del coche por el sendero.

Al cabo de un rato, la puerta posterior se abrió y se cerró, su marido apareció junto a ella; envejecido e insustancial dentro de su sobria ropa.

Ella esperó que no hubiese tenido un día muy cansado. Cuando había pasado un día duro tendía a sacarla de sus casillas.

Ella le miró y sonrió firmemente. Era tan raro que George se mostrase de buen humor, que no había que dejarse deprimir por su melancolía y mantener la ilusión —aunque se engañase a sí misma— de una relación afectuosa y simpática entre ellos.

—Hola, cariño. ¿Cómo te ha ido?

—Bien.

Seguidamente colocó el maletín sobre la mesa y sacó de él *The Times.*

—Echa un vistazo a esto.

Nancy estaba estupefacta ante tanta comunicación. La mayoría de las tardes se limitaba a gruñir y encerrarse en la biblioteca durante una hora más o menos antes de la cena.

Algo increíble debía de haber pasado. Esperó que no se tratase de una bomba atómica. Abandonó las coles, se secó las manos y acudió junto a él.

Desplegó el periódico sobre la mesa, buscó las páginas dedicadas al arte y señaló, con un índice pálido, una columna específica.

Ella miró con sus ojos de miope las letras desenfocadas.

—No llevo las gafas —dijo.

Él asintió, resignado ante su incapacidad.

—Las noticias sobre las salas de subastas, Nancy. El cuadro de tu abuelo fue vendido ayer en Boothby's.

—¿Fue ayer? —No se había olvidado de *Las portadoras de agua.* Por el contrario, la conversación mantenida con Olivia durante la comida en L'Escargot había ocupado sus pensamientos desde entonces, pero había estado tan obsesionada por el probable valor de la pintura que todavía colgaba en Podmore's Thatch que había perdido la noción de los días. Nunca había sido muy buena recordando fechas.

—¿Sabes por cuánto se ha vendido? —Nancy, con la boca abierta, negó con la cabeza—. Doscientas cuarenta y cinco mil ochocientas libras.

Pronunció las mágicas palabras en tonos acompasados, con lo que no había posibilidad de entenderle mal. Nancy se puso pálida. Colocó una mano sobre la mesa de la cocina para apoyarse y siguió mirándole con ojos desorbitados.

—Comprado por un norteamericano. Como siempre, todo lo de valor tiene que salir del país.

Ella recuperó por fin el habla.

—Además era un cuadro espantoso —le dijo.

George esbozó una sonrisa glacial y sin un toque de humor.

—Afortunadamente para Boothby's y para el anterior propietario, no todo el mundo comparte tu opinión.

Nancy se dio cuenta de este comentario irónico.

—Así pues, Olivia no andaba muy equivocada —dijo.

—¿Qué quieres decir?

—Estuvimos hablando de ello, aquel día que comimos en L'Escargot. Imaginó que saldría por una cantidad similar. —Miró a George—. Y suponía que *Los buscadores de conchas* y los otros dos cuadros que tiene madre todavía valdrían medio millón. Quizá también tenía razón con respecto a esto.

—No lo dudes —dijo George—. Nuestra Olivia pocas veces se equivoca en algo. En el tipo de círculos que se mueve puede enterarse de muchas cosas.

Nancy cogió una silla y se sentó para aliviar el peso de sus piernas.

—George, ¿crees que madre es consciente del valor que tienen?

—No creo. —Apretó los labios—. Sería preferible que lo supiese. Subirían las primas del seguro. Pero cualquiera puede entrar en la casa y descolgarlos de las paredes. Según tengo entendido, tu madre nunca ha cerrado las puertas.

Nancy empezó a excitarse. No le había contado anteriormente su conversación con Olivia porque a George no le gustaba su hermana y no tenía ningún interés en lo que ella pudiese haber dicho. Pero ahora que George había sacado el tema, resultaría todo más fácil.

—Quizá deberíamos ir a ver a madre —dijo aprovechando que la cuestión estaba caliente—. Decirle cómo están las cosas.

—¿Por el seguro quieres decir?

—Si las primas aumentasen demasiado, a lo mejor ella... —la voz de Nancy se volvió ronca. Se aclaró la garganta—. A lo mejor decidiría que sería más simple venderlos. Olivia dijo que para este tipo de obras victorianas el mercado está ahora en su punto álgido... —(sonaba maravillosamente sofisticado y experto y Nancy se sintió bastante orgullosa de sí misma)—... y sería una pena desperdiciar esta oportunidad.

Por una vez, George pareció considerar su punto de vista. Frunció los labios, leyó el párrafo una vez más y luego, de forma precisa y concienzuda, dobló el periódico.

—Tú misma —dijo.
—Oh, George. Medio millón. Me cuesta imaginar tanto dinero.
—Habría que pagar impuestos, por supuesto.
—¡Incluso así! Tenemos que ir. En cualquier caso, no he ido a verla desde hace mucho tiempo. Ya es hora de que compruebe cómo le van las cosas. Y, entonces, puedo sacar el tema. Con tacto. —George la miró dubitativo. Ambos sabían que el tacto no era una de las mejores cualidades de Nancy—. Voy a telefonearla enseguida.

—¿Madre?
—¡Hola, Nancy!
—¿Cómo estás?
—Muy bien. ¿Y tú?
—¿Mucho trabajo?
—¿Te estás refiriendo a ti o a mí?
—A ti, naturalmente. ¿Ha empezado a trabajar el jardinero?
—Sí, vino el lunes y hoy otra vez.
—Espero que estés contenta con él.
—Sí, estoy muy contenta.
—¿Y no has vuelto a pensar en tener a alguien viviendo contigo? Yo he puesto un anuncio en el periódico local, pero no he recibido respuesta alguna. Lo siento. Ni siquiera una llamada telefónica.
—Oh, ya no tendrás que preocuparte por esto. Antonia llega mañana por la noche, se va a quedar conmigo toda la temporada.
—¿Antonia? ¿Quién es Antonia?
—Antonia Hamilton. Ay, querida, me temo que nos hemos olvidado todos de contártelo. Yo pensaba que Olivia te había informado de las últimas noticias.
—No —dijo Nancy fríamente—. Nadie me ha contado nada.
—Bien, se trata de aquel encantador amigo de Olivia, con el cual vivió cuando estuvo en Ibiza. Ha sido terriblemente triste; ha muerto. Por eso su hija va a quedarse aquí una temporada, sólo para reponerse y darse tiempo para decidir lo que va a hacer después.
Nancy estaba furiosa.
—Bien, debo decir que alguien hubiese podido decírmelo. No me hubiese tomado la molestia de poner el anuncio de haberlo sabido.
—Lo siento, querida, pero entre una cosa y otra, he estado tan ocupada que lo olvidé. Pero en cualquier caso significa que ya no necesitas seguir preocupándote por mí.
—Pero, madre, ¿qué tipo de chica es?
—Muy simpática.
—¿Cuántos años tiene?
—Sólo dieciocho. Será una compañía espléndida para mí.

—¿Cuándo llega?

—Ya te lo he dicho. Mañana por la noche. Noel la acompaña desde Londres. Él va a pasar aquí el fin de semana y poner orden en el desván. Él y Olivia han decidido que hay peligro de incendio. —Hubo una pausa en la conversación y luego siguió—. ¿Por qué no venís y coméis con nosotros el domingo? Tráete a los niños. Así podrás ver a Noel y conocerás a Antonia.

Y sacar la cuestión de los cuadros.

—Oh... —Nancy titubeó—. Creo que estaría muy bien. Pero espera un segundo que se lo consulte a George...

Dejó el auricular descolgado y fue en busca de su marido. No tuvo que buscar mucho. Lo encontró, como ella ya sabía, hundido en su sillón, escondido detrás de *The Times.*

—George. —Él bajó el periódico—. Dice que vayamos el domingo todos a comer. —Siseó esto en un susurro, como si su madre pudiese oírla, a pesar de que el teléfono estaba bastante lejos.

—Yo no puedo ir —dijo George al instante—. Tengo una comida de la Diócesis y es una reunión a la que tengo que asistir.

—En ese caso, voy con los niños.

—Me parece que los niños tenían previsto pasar el día con los Wainwrights...

—Es cierto. Lo había olvidado. Bien, será mejor que vaya yo sola.

—Creo que no tendrás más remedio —dijo George.

Nancy volvió al teléfono.

—¿Madre?

—Sí, todavía estoy aquí.

—George y los niños parecen estar ya comprometidos para el domingo, pero a mí me gustaría ir si a ti te va bien.

—Como tú quieras —(¿parecía su madre algo aliviada? Nancy rechazó esta idea)—. Estupendo. Ven hacia las doce y así podremos charlar un poco. Hasta entonces.

Nancy colgó el auricular y fue a contarle a George cómo habían quedado. También le habló, explayándose, de la falta de consideración y del despotismo de Olivia, que había encontrado una compañía para su madre y ni siquiera se había molestado en poner al corriente a Nancy de la situación.

—... Y sólo tiene dieciocho años. Sin duda alguna es una frívola que se pasa todo el día en la cama y espera que le sirvan. Dándole más trabajo a madre. Estarás de acuerdo, George, en que Olivia *debería* haberme consultado. Por lo menos, contármelo. Al fin y al cabo, he tomado la responsabilidad de ir a echar un vistazo a madre de vez en cuando, y ahora ninguno de ellos me toma siquiera en consideración. ¿No te parece increíblemente desconsiderado... George?

Pero George había desconectado; había dejado de escuchar.

Nancy se dio cuenta y le dejó, volviendo a la cocina para descargar su rencor en lo que quedaba de las coles de Bruselas.

Noel y Antonia no llegaron de Londres hasta casi las nueve y cuarto de la noche. Para entonces Penélope ya los había imaginado muertos en medio de una masa de metal (el Jaguar) retorcido a un lado de la autopista. Llovía a cántaros y ella no dejaba de ir a la ventana de la cocina para mirar con dificultad y con esperanza en dirección de la verja y estaba empezando a contemplar la idea de llamar a la policía cuando oyó el ruido del motor de un coche bajando la carretera desde el pueblo, aminorando la marcha, cambiando de velocidad y girando —gracias a Dios— a través de la verja para detenerse delante de la puerta posterior.

En un segundo se sobrepuso. Nada ponía de peor humor a Noel que sentirse mimado en exceso y, después de todo, si no habían salido de Londres hasta las seis o más tarde, había sido estúpido ponerse en ese estado. Se desprendió de sus ansiedades, adoptó una expresión tranquila y sonriente en su rostro y se dirigió a encender la luz exterior y abrir la puerta.

Vio la silueta larga, suntuosa y ligeramente abollada del coche de Noel. Éste ya había bajado y se dirigía a abrir la otra puerta. De ésta salió Antonia, arrastrando una especie de mochila detrás de ella. Oyó que Noel decía «será mejor que corras a protegerte», y así hizo Antonia bajando la cabeza huyendo de la lluvia y precipitándose hacia el refugio del porche para arrojarse en los brazos de Penélope, que la estaba esperando.

Soltó la mochila sobre el felpudo y se abrazaron, en un estrecho abrazo; Penélope confortadora y afectuosa y Antonia simplemente agradecida de estar allí por fin, protegida y en los brazos de la única persona con quien, en aquel momento, deseaba estar.

—Antonia. —Se separaron, pero Penélope todavía la cogía por el brazo, llevándola hacia el interior, cobijándola de la noche oscura, fría y húmeda, para entrar en el calor de la cocina—. Ay, pensaba que no llegarías nunca.

—Lo mismo me pasaba a mí.

Estaba igual, como cuando tenía trece años. Más alta, por supuesto, pero seguía estando delgada..., tenía una bonita figura de largas piernas..., y el rostro se le había agrandado alrededor de la boca, pero aparte de esto no parecía haber cambiado mucho más. Seguía teniendo pecas en la nariz, los ojos grises y sesgados, y largas y espesas pestañas. Su pelo seguía siendo de un rojo dorado, grueso y lacio, y lo llevaba largo hasta los hombros. Incluso su estilo en el vestir seguía siendo el mismo: tejanos azules, camiseta blanca y un grueso jersey de pico, de estilo masculino.

—Estoy contenta de tenerte aquí. ¿Habéis hecho un buen viaje? Hace una noche horrible, ¿verdad?

—Bastante mala.

Antonia se volvió cuando Noel traspasó la puerta para reunirse con ellas; llevaba, no solamente la maleta de Antonia y su propia bolsa, sino además la abandonada mochila.

—Oh, Noel. —Él dejó los bultos en el suelo—. Qué noche tan espantosa.

—Esperemos que no llueva todo el fin de semana, en caso contrario no podremos hacer nada. —Olfateó—. Hay algo que huele muy bien.

—Es una tarta pastor.

—Me comería un toro.

—Me lo imagino. Voy a acompañar a Antonia arriba para enseñarle su dormitorio, luego cenaremos. Sírvete una copa. Estoy segura de que la necesitas. Bajaremos dentro de un momento. Ven, Antonia...

Ella cogió la mochila y Antonia acarreó la maleta; Penélope se dirigió escaleras arriba y, atravesando el pequeño rellano y el primer dormitorio, entró en el segundo.

—Es una casa maravillosa —dijo Antonia detrás de ella.

—No es muy buena para la intimidad. Todas las habitaciones se comunican.

—Como en Can D'alt.

—Antiguamente habían sido dos casas. Todavía hay dos escaleras y dos puertas. —Dejó la mochila y echó una ojeada a la habitación preparada con esmero, a fin de comprobar que no había olvidado nada. La moqueta blanca era nueva, pero todo lo demás era de la época de la casa de la calle Oakley. Las camas gemelas con los cabezales pulidos y con ruedas; las cortinas con un estampado de flores rosas que no hacían juego con las colchas. El pequeño tocador de caoba y las sillas de respaldo redondo. Había llenado un lustroso jarrón con prímulas y una de las camas estaba abierta, mostrando las sábanas blancas y sedosas y las mantas rosas—. Aquí tienes el armario y esta puerta da al cuarto de baño. La habitación de Noel está al otro lado de éste y tendrás que compartirlo con él, pero cuando él lo esté utilizando puedes ir al otro lado de la casa y usar el mío. —Una vez todo explicado, se volvió hacia Antonia—: Ahora..., ¿qué te gustaría hacer? ¿Darte un baño? Tenemos todo el tiempo.

—No. Sólo me lavaré las manos. Y luego bajaré.

Tenía ojeras oscuras debajo de los ojos.

—Debes de estar cansada —dijo Penélope.

—Lo estoy, un poco. Es como una especie de desfase horario. Todavía no me he puesto al día.

—No te preocupes, ahora estás aquí. No tienes que ir a ninguna parte, por lo menos hasta que tú quieras. Baja cuando estés lista y Noel te servirá una copa.

Volvió a la cocina donde encontró a Noel con un generoso y oscuro whisky con soda, sentado a la mesa y leyendo el periódico. Ella cerró la puerta detrás de sí y él la miró.

—¿Todo bien?

—Pobre muchacha, parece agotada.

—Sí. No ha hablado mucho en el camino. Pensé que dormía, pero estaba despierta.

—No ha cambiado en absoluto. Creo que era la niña más atractiva que jamás he conocido.

—No deberías darme ideas.

—Pórtate bien este fin de semana, Noel —dijo ella lanzándole una mirada de aviso.

—¿Qué quieres decir con eso? —replicó él con una expresión que era la imagen de la inocencia.

—Sabes perfectamente a lo que me refiero.

Él sonrió burlón, con descaro.

—Cuando haya terminado de limpiar toda la basura del desván, estaré tan hecho polvo que sólo podré caer redondo en mi cama.

—Así lo espero.

—Oh, déjalo, ma, deberías saber que no es mi tipo..., las pestañas blancas no me atraen. Me recuerdan a los conejos. Estoy hambriento. ¿Cuándo vamos a cenar?

—Cuando baje Antonia —dijo ella abriendo la puerta del horno y asegurándose de que la tarta del pastor no estaba ni quemada ni incomible. Estaba bien. Cerró la puerta.

—¿Qué opinas de la venta del miércoles? *Las portadoras de agua.*

—Te lo dije. Casi increíble.

—¿Has decidido lo que vas a hacer?

—¿Tengo que hacer algo?

—Eres un poco dura de mollera. ¡Salió por casi un cuarto de millón! Tú tienes tres Lawrence Stern. Haz lo que te sugerí la última vez que estuve aquí. Tásalos profesionalmente. Si todavía no los quieres vender, ¡por Dios bendito, vuélvelos a asegurar! Cualquier desaprensivo podría entrar un día en la casa mientras tú estás con tus rosas y simplemente marcharse con ellos. No seas estúpida con todo este asunto.

A través de la mesa, ella le miró, dividida entre una especie de gratitud materna por su interés y la repugnante sospecha de que su hijo —siguiendo el camino de su padre— estaba tramando algo. Él se enfrentó a sus ojos con una clara y abierta mirada azul, pero ella siguió indecisa.

—De acuerdo. Pensaré en ello —dijo ella por fin—. Pero nunca venderé mi querido cuadro *Los buscadores de conchas* y seguiré disfrutando con gran placer de su visión. Es todo lo que tengo de los viejos tiempos, de cuando era niña, de Cornualles y de Porthkerris.

—No es propio de ti ponerte sensiblera —dijo él, ligeramente alarmado.

—No me voy a poner sensiblera. Ocurre simplemente que en los últimos tiempos he sentido muchas ganas de volver allí. Tiene algo que ver con el mar. Quiero ver el mar otra vez. ¿Y por qué no hacerlo? No hay nada que me impida ir. Sólo unos días.

—¿Tú crees que es conveniente? ¿No es preferible recordarlo como era? Todo cambia y nunca para mejor.

—El mar no cambia —dijo Penélope tenazmente.

—No conoces a nadie allí.

—Conozco a Doris. Podría ir a su casa.

—¿Doris?

—Fue nuestra huésped evacuada al principio de la guerra. Vivía con nosotros en Carn Cottage. Nunca regresó a Hackney. Se quedó en Porthkerris. Seguimos escribiéndonos y siempre me dice que vaya a visitarla... —vaciló, luego—: ¿Quieres venir conmigo? —preguntó a su hijo.

—¿Ir *contigo*? —la sugerencia le había cogido tan de sorpresa que no consiguió disimular su asombro.

—Me harías compañía —su voz sonó patética, como si estuviese sola. Probó otro camino—: Y sería muy divertido para ambos. No he lamentado muchas cosas en mi vida, excepto no haberos llevado nunca a Porthkerris cuando erais pequeños. Pero, no sé, nunca se presentó la ocasión.

Una turbación apenas perceptible flotó entre ellos. Noel decidió tomar el asunto a broma.

—Ya soy un poco mayorcito para hacer castillos de arena en la playa.

A su madre no pareció divertirle particularmente su comentario.

—Hay otras distracciones.

—¿Por ejemplo?

—Podría enseñarte Carn Cottage, donde vivíamos. El estudio de tu abuelo. La galería de arte a cuya inauguración él contribuyó. Pareces tan interesado de pronto en sus cuadros que pensé que te gustaría ver dónde empezó todo.

Hacía esto a veces; con mano izquierda intentaba un golpe directo. Noel tomó un sorbo de whisky, tranquilizándose.

—¿Cuándo pensabas ir?

—Oh. Pronto. Antes de que termine la primavera. Antes de que llegue el verano.

Él se sintió aliviado, por tener una excusa ineludible.

—No puedo en esa época.

—¿Ni siquiera un fin de semana largo?

—Ma, estamos hasta la coronilla de trabajo en la oficina y no puedo ausentarme hasta julio como muy pronto.

—Oh, bien, en ese caso es imposible. —Para respiro de Noel ella abandonó la cuestión—. Noel, ¿serías tan amable de abrir una botella de vino?

Él se puso en pie. Se sentía un poco culpable.

—Lo siento. Me hubiera gustado ir contigo.

Cuando apareció Antonia eran las diez menos cuarto. Noel sirvió el vino y todos se sentaron para comer la tarta pastor, una macedonia de frutas frescas, galletas y queso. Luego Noel se preparó café y, anunciando que iba a subir al desván a echar un vistazo preliminar antes de empezar a trabajar al día siguiente, salió hacia la escalera llevándose la taza de café.

Cuando se hubo marchado, Antonia se levantó a su vez y empezó a recoger platos y vasos, pero Penélope la detuvo.

—No es necesario. Lo meteré todo en el lavavajillas. Son casi las once y debes irte a la cama. Quizá te apetecería darte un baño ahora.

—Sí, me gustaría. No sé por qué, pero me siento terriblemente sucia. Creo que tiene algo que ver con Londres.

—A mí siempre me ocurre lo mismo. Ponte mucha agua caliente y remójate a gusto.

—Ha sido una cena buenísima. Gracias.

—Oh, querida... —Penélope se sintió emocionada y de pronto no encontró palabras con que expresarse. A pesar de que había mucho que decir—. Si quieres, cuando estés en la cama, subiré a decirte buenas noches.

—Oh, ¿de verdad?

—Claro.

Cuando se hubo marchado, Penélope retiró despacio la mesa, llenó el lavavajillas, sacó las botellas de leche y preparó la mesa para el desayuno. Arriba, en esa casa donde los sonidos hacían eco a través de las puertas abiertas y los techos de madera, oyó cómo Antonia abría los grifos del baño; oyó, arriba del todo, los pasos apagados de Noel abriéndose paso en medio del piso desordenado. Pobre chico, se ha metido en un trabajo gigantesco. Esperó que él no perdiese el ánimo a mitad de camino y la dejase con un jaleo todavía mayor que el actual. El agua del baño, gorgoteando, bajó por la cañería. Colgó el trapo de cocina, apagó las luces y subió.

Encontró a Antonia en la cama, despierta y hojeando una revista que Penélope había puesto en su mesilla de noche. Sus brazos desnudos eran delgados y estaban bronceados y su pelo sedoso se diseminaba por la blanca almohada.

Ella cerró la puerta detrás de sí.

—¿Te has bañado a gusto?

—Muy a gusto. —Antonia sonrió—. He metido un puñado de esas sales de baño deliciosas que había allí. Supongo que podía.

—Eso es lo que tenías que hacer. —Se sentó en el borde de la cama—. Te ha hecho bien. No pareces tan fatigada.

—No. Me ha despertado. Me siento despejada y locuaz. Posiblemente no podría dormir.

Sobre sus cabezas, a través de los travesaños del techo, llegaba el sonido de algo que estaba siendo arrastrado por el suelo.

—No me extraña, con el estruendo que está provocando Noel —dijo Penélope.

En aquel momento, se produjo un golpe sordo, como si un objeto pesado se hubiese caído de forma inadvertida y la voz de Noel: «Oh, maldita sea».

Penélope empezó a reírse y Antonia se rió también pero, de pronto, dejó de reírse y sus ojos se llenaron de lágrimas.

—Oh, mi querida niña.

—Qué tonta soy... —Sorbió por la nariz, cogió un pañuelo y se sonó—. Es sólo porque es estupendo estar aquí, contigo, y ser capaz de reírme por cosas tontas de nuevo. ¿Te acuerdas cómo nos reíamos? Cuando tú estuviste con nosotros, pasaban cosas divertidas todo el tiempo. Nunca fue lo mismo después de marcharte.

Estaba bien. No iba a llorar. Las lágrimas, apenas derramadas, desaparecieron.

—¿Quieres hablar? —dijo Penélope con gentileza.

—Sí. Creo que sí.

—¿Quieres hablarme de Cosmo?

—Sí.

—Lo sentí tanto. Cuando Olivia me lo contó..., me impresionó mucho..., estaba tan triste.

—Murió de cáncer.

—No lo sabía.

—Cáncer de pulmón.

—Pero él no fumaba.

—Había fumado. Antes de que le conocieses. Antes de que le conociese Olivia. Cincuenta al día, o más. Dejó el hábito, pero le mató igualmente.

—¿Tú estabas con él?

—Sí. He vivido con él los dos últimos años. Desde que mi madre se volvió a casar.

—¿Te afectó mucho?

—No. Estaba muy contenta por ella. No me gusta mucho el hombre que ha escogido, pero esto es al margen. A ella le gusta. Se fue de Weybridge para vivir en el Norte, porque él es de allí.

—¿A qué se dedica?

—Tiene un negocio de lanas..., estambres, tejeduría, este tipo de cosas.

—¿Has estado allí?

—Sí. Estuve allí la primera Navidad en que estaban casados. Pero fue espantoso. Tiene dos hijos que son de lo más pesado y sólo esperaba salir de aquella casa antes de que me violasen. Bueno, quizá es un poco exagerado, pero ésta es la razón por la cual no podía ir a casa de mi madre después de haber muerto papá. Y la única persona que se me ocurrió que me podía ayudar era Olivia.

—Sí, ya veo; pero cuéntame más cosas de Cosmo.

—Bien, él estaba bien. Quiero decir que no parecía tener nada malo. Y entonces, hace aproximadamente seis meses, empezó con aquella horrible tos. Le mantenía despierto por las noches, yo estaba allí echada, le oía e intentaba convencerme de que no era nada grave. Pero al final le persuadí para que fuese al médico y fue al hospital local para hacerse radiografías y un chequeo. De hecho, nunca salió de allí. Le abrieron, le sacaron medio pulmón, le cerraron y dijeron que pronto podría volver a casa, pero luego tuvo un colapso postoperatorio, y murió. Murió en el hospital. Nunca recobró el conocimiento.

—¿Y tú estabas sola?

—Sí. Estaba sola, pero María y Tomeu siempre andaban por allí y yo nunca imaginé que iba a ocurrir una cosa así, por lo que no estaba realmente preocupada ni asustada. Además, todo sucedió tan rápido. Fue como si un día estuviésemos en Can D'alt juntos, como siempre hacíamos, y al día siguiente estuviese muerto. Naturalmente no fue al día siguiente. Sólo que a mí me lo pareció.

—¿Qué hiciste?

—Bueno..., suena terrible, pero había que hacer un funeral. Sabes, en Ibiza entre la muerte y el entierro debe pasar el menor tiempo posible. Tiene que tener lugar al día siguiente. Parece increíble, en un día, en una isla donde prácticamente nadie tiene teléfono, la noticia tenía que ser comunicada. Pero se difundió rápidamente. Como por señales de humo. Tenía muchos amigos. No sólo gente como nosotros, sino también toda la gente de allí, los hombres con los que tomaba copas en el bar de Pedro, el pescador del puerto y los payeses que vivían cerca de nosotros. Todos estaban allí.

—¿Dónde fue enterrado?

—En el cementerio de la pequeña iglesia del pueblo.

—Pero... es una iglesia católica.

—Claro. Pero era correcto. Papá no era practicante, pero de niño había sido bautizado en la Iglesia católica. Asimismo, siempre había tenido una relación muy amistosa con el párroco del pueblo. Un hombre muy amable..., muy reconfortante. Fue él quien ofició la misa, no en la iglesia, sino junto a la sepultura, a la luz del sol.

Cuando nos fuimos, la tumba no se podía ver de las flores que había. Quedaba muy bonito. Y luego todo el mundo volvió a Can D'alt y María y Tomeu prepararon algo para comer, todo el mundo bebió vino y después se fue. Y eso es todo.

—Ya veo. Todo suena muy triste, pero bastante correcto. Dime, ¿le has contado a Olivia todo esto?

—Sólo un poco. A decir verdad no quería saber mucho.

—Es propio de su carácter. Cuando Olivia está profundamente afectada, o afligida, esconde sus sentimientos, como si quisiera convencerse de que nada había pasado.

—Sí. Lo sé. Me he dado cuenta de ello. Y no tiene importancia.

—¿Qué has hecho mientras has estado con ella en Londres?

—No mucho. Fui a Marks and Spencers y me compré alguna ropa de invierno. Y fui a visitar al agente de papá. Fue una entrevista bastante deprimente.

A Penélope se le encogía el corazón escuchándola.

—¿No te ha dejado nada?

—Prácticamente nada. No tenía nada que dejar, pobre hombre.

—¿Y la casa de Ibiza?

—Nunca fue de su propiedad. Pertenece a un hombre llamado Carlos Barcello. Además, no quiero quedarme allí. Incluso aunque quisiera, no podría pagar el alquiler.

—El barco. ¿Qué ha pasado con él?

—Lo vendió poco después de marcharse Olivia. Nunca se compró otro.

—Pero las otras cosas... ¿Los libros, los muebles y los cuadros?

—Tomeu ha conseguido que un amigo los guarde hasta el momento en que los necesite o pueda soportar volver y recogerlos.

—Es difícil de creer, Antonia, lo sé, pero ese momento llegará.

Antonia puso los brazos detrás de la cabeza y miró el techo.

—Ahora estoy bien —dijo—. Estoy triste, pero no porque no haya seguido con vida. Hubiese estado enfermo y débil y no hubiese durado más de doce meses más. Me lo dijo el médico. Por eso ha sido mejor que muriese de la forma que lo hizo. Mi única tristeza real son los años que pasó después de haberse marchado Olivia. Nunca tuvo otra mujer. Quería mucho a Olivia. Pienso que, con toda probabilidad, ella fue el amor de su vida.

Ahora había tranquilidad. Los ruidos y pasos procedentes del desván habían cesado y Penélope imaginó que Noel había decidido abandonar la tarea y había bajado.

—Olivia también le quería, más de lo que ha sido nunca capaz —dijo Penélope al cabo de un rato escogiendo las palabras con cuidado.

—Él se quería casar con ella. Pero ella no quiso.

—¿Le echas la culpa por ello?

—No. La admiro. Fue honesta y muy fuerte.
—Es una persona muy especial.
—Lo sé.
—Simplemente nunca ha querido casarse. Tiene horror a la dependencia, al compromiso, a echar raíces.
—Tiene su carrera.
—Sí. Su carrera. Ésta le importa más que cualquier otra cosa en el mundo.
Antonia reflexionó sobre ello.
—Es curioso —dijo—. Se podría comprender mejor si hubiese tenido una infancia miserable o si hubiera sufrido algún trauma terrible. Pero teniéndote a ti como madre, no puedo imaginar que le haya sucedido nada por el estilo. ¿Es muy diferente de tus otros hijos?
—Totalmente. —Penélope sonrió—. Nancy es completamente opuesta. Desde siempre había soñado con ser una mujer casada con una casa propia. Un poco como la señora de su feudo, quizá, pero ¿qué importa? No se puede quejar. Es feliz. Por lo menos, imagino que es feliz. Ha conseguido exactamente lo que siempre ha deseado.
—¿Y tú? —preguntó Antonia—. ¿Tú te querías casar?
—¿Yo? Cielos, hace tanto tiempo... Apenas puedo recordarlo. No creo que pensase mucho en ello. Tenía sólo diecinueve años y era tiempo de guerra. En tiempo de guerra, uno no piensa en un futuro muy lejano. Se limita a vivir día a día.
—¿Qué le pasó a tu marido?
—¿Ambrose? Oh, murió, algunos años después de haberse casado Nancy.
—¿Te sentiste muy sola?
—Estaba sola. Pero eso no es lo mismo que sentirse sola.
—Nunca se murió nadie que yo conociese antes. Antes de Cosmo.
—La primera experiencia de perder a alguien allegado a ti es siempre la más dramática. Pero el tiempo pasa y uno aprende a conformarse.
—Supongo que sí. Él solía decir que «toda la vida es una contemporización».
—Una gran verdad. Para algunos, tiene que serlo. Para ti me hubiese gustado pensar que había algo mejor.
Antonia sonrió. Hacía rato que la revista había caído al suelo y sus ojos habían perdido el febril brillo anterior. Como un niño, se había ido adormilando.
—Estás cansada —le dijo Penélope.
—Sí. Voy a dormir.
—No te despiertes muy temprano. —Se levantó de la cama y fue a correr las cortinas. Había dejado de llover y fuera en la oscuridad ululó un búho—. Buenas noches. —Se dirigió hacia la puerta, la abrió y apagó la luz.

—Penélope.

—¿Qué pasa?

—Estoy tan feliz de estar aquí... Contigo.

—Que duermas bien —dijo cerrando la puerta.

La casa estaba silenciosa. Abajo, todas las luces estaban apagadas. Obviamente, Noel había decidido dar por terminado el día e irse a la cama. No había nada más que hacer.

Una vez en su habitación, se ocupó en fruslerías, tomándose tiempo; se lavó los dientes, se cepilló el pelo, se puso crema de noche en el rostro. En camisón, fue a descorrer las gruesas cortinas. Soplaba una brisa fría y húmeda a través de la ventana, pero con un suave olor a tierra, como si su jardín, a la vuelta de la primavera, estuviese agitándose, despertándose del largo sueño invernal. El búho ululó de nuevo y había tanta tranquilidad que podía oír el suave rumor del Windrush recorriendo su camino detrás del huerto.

Se apartó de la ventana, se metió en la cama y apagó la luz. Su cuerpo se desmoronó cansado, agradecido por el bienestar de las sábanas frías y la suave almohada, pero su mente permanecía muy despierta porque la curiosidad inocente de Antonia había removido un pasado que no era en absoluto bienvenido, provocando desconcierto; y Penélope había contestado a sus preguntas con cautela, sin mentir pero tampoco contándole toda la verdad. La verdad era demasiado confusa para ser contada, tortuosa y muy lejana. Demasiado lejana para empezar a desenmarañar los hilos de los acontecimientos. Por el espacio de tiempo que ella podía recordar, no había hablado de Ambrose, no había mencionado su nombre, no había pensado en él. Pero ahora estaba ahí echada, con los ojos abiertos y mirando hacia la floreciente oscuridad que todavía no era completamente negra, y supo que no le quedaba otra opción que volver atrás. Y fue una experiencia extraordinaria; como mirar una vieja película o descubrir un álbum de fotos muy manoseado, pasando las hojas y asombrándose de encontrar que las instantáneas amarillentas no se habían desteñido en absoluto, sino que seguían siendo evocadoras, claras y con los cantos angulosos, como siempre.

VIII

AMBROSE

La oficial de la Sección Femenina de la Marina británica acomodó sus papeles y desenroscó su estilográfica.

—Ahora, Stern, lo que tenemos que decidir es en qué categoría la vamos a poner.

Penélope estaba sentada al otro lado del escritorio mirándola. La oficial llevaba dos galones azules en su manga y un pulcro peinado a lo *garçon*. El cuello de su camisa y la corbata eran tan duros y le apretaban tanto que parecía que iban a estrangularla; su reloj era de hombre y junto a ella, sobre el escritorio, tenía una pitillera de piel y un pesado encendedor de oro. Penélope reconoció a otra señorita Pawson sintiendo cierta ternura hacia ella.

—¿Tiene alguna especialización?

—No.

—¿Taquigrafía? ¿Mecanografía?

—No.

—¿Algún título universitario?

—No.

—Debe llamarme «señora».

—Señora.

La oficial se aclaró la garganta, sintiéndose desconcertada por la expresión candorosa y los ojos marrones y soñadores de la nueva marinera. Iba de uniforme, pero por alguna razón no encajaba con ella; era demasiado alta y sus piernas eran demasiado largas; y su pelo un desastre, suave y oscuro, y recogido en una cola floja que no parecía ni bien peinada ni bien sujeta.

—Fue al colegio, imagino —preguntó esperando a medias que la recluta Stern hubiese sido educada en casa, por una institutriz cursi. Parecía ese tipo de muchacha. Un poco de francés, un poco de pintura al agua, no mucho más.

—Sí —contestó sin embargo Stern, la nueva miembro de la Sección Femenina de la Marina británica.

—¿Internado?

—No. Externa. En el colegio de la señorita Pritchett cuando vivíamos en Londres y en el instituto local cuando vivíamos en Porthkerris. Está en Cornualles —añadió amablemente.

La oficial sintió que necesitaba un cigarrillo.

—¿Es la primera vez que está fuera de su casa?

—Sí.

—Debe llamarme «señora».

—Señora.

La oficial suspiró. La recluta Stern iba a resultar ser una de aquellas muchachas educadas, con poca cultura y completamente inútiles.

—¿Sabe cocinar? —preguntó sin mucha esperanza.

—No muy bien.

No había alternativa.

—En este caso, me temo que deberemos ponerla de camarera.

La marinera Stern sonrió agradablemente, pareciendo feliz de que al final se hubiese llegado a alguna decisión.

—De acuerdo.

La oficial escribió algunas notas en el formulario y volvió a enroscar el tapón de su estilográfica. Penélope esperó el siguiente paso.

—Creo que eso es todo.

Penélope se puso de pie pero parecía que la oficial no había terminado.

—Stern. Su pelo. Debería hacer algo al respecto.

—¿El qué? —preguntó Penélope.

—No debería tocar el cuello de la camisa, ya lo sabe. El reglamento de la Marina. ¿Por qué no va a la peluquería y se lo corta?

—No quiero cortármelo.

—Bien..., haga algún esfuerzo. Intente recogérselo en un pequeño moño bien peinado.

—Ah. Sí. De acuerdo.

—Puede marcharse entonces.

—Adiós. —Se fue, pero una vez la puerta estuvo medio cerrada a su espalda, la volvió a abrir—: Señora.

Fue destinada al buque de guerra *Excellent,* Escuela de Artillería de la Marina Real, en la isla Whale. Era camarera, pero quizá porque «hablaba correctamente» fue nombrada camarera de oficiales, lo que significaba que debía trabajar en la cámara de oficiales: poniendo mesas, sirviendo bebidas, informando a la gente si era requerida al teléfono, abrillantando plata y sirviendo comidas. Asimismo, antes de que cayese la noche, debía recorrer todos los camarotes para «el oscurecimiento», llamando a las puertas y, si había alguien dentro, anunciando «permiso para oscurecer el barco, señor». Era de hecho una camarera de categoría y le pagaban el sueldo de camarera, treinta chelines la quincena. Cada dos semanas, tenía que formar en parada para el cobro, haciendo cola hasta que le llegaba el turno de saludar al comandante tesorero de cara agria —quien parecía odiar a las mujeres y probablemente así era—, decir su nombre y hacerse entregar el magro sobre del color del ante.

Pedir permiso para «oscurecer» el barco era sólo una parte de todo el lenguaje nuevo que había tenido que aprender, por lo que se había pasado una semana en un centro de instrucción. Un dormitorio era un camarote; el suelo, el puente; cuando iba a trabajar, iba a bordo; un «hacer y deshacer» era media jornada; si tenías una pelea con un amigo se llamaba «broma pesada», pero como ella no tenía amigos con quien pelearse, nunca surgió la ocasión de utilizar esta expresión marinera.

La isla Whale *era* una isla de verdad y había que atravesar un puente hasta llegar allí, lo cual era bastante emocionante y daba la sensación de estar a bordo de un barco. Mucho tiempo atrás había sido un banco de arena en medio del puerto de Portsmouth pero en aquel momento era un importante y gran centro de instrucción naval, con una plaza de armas, una nave de instrucción, una iglesia, embarcaderos y enormes baterías donde los hombres se entrenaban. Las oficinas y los alojamientos se encontraban en una serie ordenada de bloques y edificios de ladrillos rojos. Los cuarteles eran cuadrados, de techo bajo y sencillos, como viviendas de protección oficial, pero el alojamiento de los oficiales era bastante imponente, una finca rústica con un campo de fútbol de su propiedad.

El ruido era incesante. Soplaban las cornetas, se oían los toques y las órdenes diarias llegaban crepitantes por el sistema de altavoces. Hombres en instrucción andaban por todas partes a paso ligero, con sus botas resonando sobre el asfalto. En la plaza de armas, los suboficiales aullaban hasta la apoplejía a las escuadras de jóvenes marinos aterrorizados, los cuales hacían lo posible para dominar la complejidad de la instrucción en filas apretadas. Cada mañana, tenía lugar la ceremonia de la División del Capitán y de las Banderas, con la banda de la Marina tocando *Braganza* y *Corazones de roble*. Si uno se encontraba fuera mientras la enseña blanca ascendía por el asta, debía situarse de frente al alcázar en posición de firmes y saludando hasta que el acto hubiese terminado.

Los alojamientos de los miembros de la Sección Femenina de la Marina británica, donde Penélope fue enviada a vivir, se encontraban en un hotel requisado al norte de la ciudad. Allí, compartía el camarote con otras cinco muchachas, durmiendo todas en literas. Una de las chicas olía a sudor de una forma espantosa, pero dado que nunca se lavaba, no era en absoluto sorprendente. Los alojamientos estaban a tres kilómetros de la isla Whale y, como no se suministraba ningún transporte naval y no había autobuses, Penélope puso una conferencia telefónica a Sophie para pedirle que le mandase su vieja bicicleta de cuando iba al colegio. Sophie le prometió que lo haría. La metería en el tren y Penélope debería recogerla a su debido tiempo en la estación de Portsmouth.

—¿Y cómo estás, cariño?

—Bien. —Era horrible oír la voz de Sophie y no estar con ella—. ¿Cómo estás tú? ¿Cómo está papá?

—La señorita Pawson le ha enseñado a usar una bomba de mano.

—¿Y Doris y los niños?

—Ronald ha entrado en el equipo de fútbol. Y pensamos que Clark tiene el sarampión. Y yo tengo campanillas de febrero en el jardín.

—¿Ya? —Deseaba verlas. Deseaba estar allí. Era horrible pensar en todos ellos y en Carn Cottage y no estar allí. Pensar en su querido dormitorio para ella sola, con las cortinas agitándose en la brisa marina y los rayos de luz del faro atravesando las paredes.

—¿Eres feliz, cariño?

Pero antes de que Penélope pudiera contestar, el teléfono hizo pip-pip-pip y se cortó la comunicación. Volvió a colgar el auricular en el aparato y se alegró de que se hubiese cortado antes de haber tenido tiempo para contestar, porque no se sentía feliz. Se sentía sola, añoraba su casa y se aburría. No se adaptaba a este nuevo y extraño mundo y temía que no lo conseguiría nunca. Habría tenido que hacerse enfermera, escoger algún servicio de tierra o ir a hacer municiones, cualquier cosa antes que haber tomado esa impulsiva decisión que le había hecho aterrizar en esta triste situación, que además parecía que fuera a ser permanente.

El día siguiente era jueves. Era febrero, todavía hacía frío pero el sol había brillado todo el día, y a las cinco de la tarde Penélope, por fin libre de servicio, abandonó la isla, saludó al oficial de guardia y atravesó el estrecho puente. La marea estaba alta y Portsdown, bajo la luz decreciente, tenía un aire dramáticamente rural. Cuando llegase la bicicleta, podría hacer solitarios paseos y encontrar un poco de hierba donde sentarse. Pero, por el momento, las horas vacías del atardecer se extendían ante ella y se preguntaba si tendría suficiente dinero para ir al cine.

Un coche se acercaba por el puente detrás de ella. Siguió caminando. Aminoró la marcha y se paró a su altura, un pequeño MG deportivo con la capota bajada.

—¿Hacia dónde te diriges?

Por un momento, le costó creer que le estaba hablando a ella. Era la primera vez que un hombre le dirigía la palabra, excepto para decir que quería guisantes y zanahorias, o para pedir ginebra con angostura. Pero no había nadie más alrededor, así que debía de haberle hablado a ella. Penélope le reconoció. El alto, moreno y de ojos azules alférez de fragata cuyo nombre era Keeling. Sabía que estaba haciendo su curso en Artillería, porque le había visto en la sala de oficiales con las polainas, los pantalones y la bufanda de franela blanca que era la indumentaria reglamentaria para los oficiales en instrucción. Pero ahora iba con el uniforme de paseo y parecía un hombre alegre y despreocupado dispuesto a divertirse.

—A los cuarteles de la Sección Femenina —dijo ella.

Él se inclinó y abrió la puerta.

—Sube, pues; te llevo.

—¿Vas en esa dirección?

—No. Pero puedo hacerlo.

Ella se sentó junto a él y cerró la puerta. El pequeño coche arrancó disparado y ella tuvo que sujetarse el sombrero.

—Te he visto por aquí, ¿verdad? Trabajas en la cámara de oficiales.

—Así es.

—¿Te gusta?

—No mucho.

—¿Por qué cogiste el trabajo siendo así?

—No podía hacer otra cosa.

—¿Es tu primer destino?

—Sí. Hace sólo un mes que he llegado.

—¿Te gusta la Marina?

Parecía tan contento y entusiasta que no quiso decirle que la odiaba.

—Está bien. Me estoy acostumbrando a ella.

—Un poco como en el internado, ¿verdad?

—No fui a un internado. Así que no lo sé.

—¿Cómo te llamas?

—Penélope Stern.

—Mi nombre es Ambrose Keeling.

No hubo tiempo para mucho más. Al cabo de cinco minutos habían llegado, atravesando las verjas del cuartel de la Sección Femenina y deteniéndose con un crujido de grava delante de las puertas, lo que provocó que la suboficial de servicio mirase por la ventana con ceño desaprobador.

Él paró el motor.

—Muchas gracias —dijo Penélope disponiéndose a abrir la puerta.

—¿Qué vas a hacer el resto de la tarde?

—En realidad, nada.

—Yo tampoco. Vamos a tomar una copa al Club de Oficiales Jóvenes.

—¿Cómo? ¿Ahora?

—Sí. Ahora. —Sus ojos azules bailaron divertidos—. ¿Tan nefasta es la idea?

—No..., en absoluto. Es sólo que... —Las marineras no estaban autorizadas a entrar en los clubes de oficiales de uniforme—. Tengo que ir a ponerme ropa de paisano. —Era otra de las cosas que había aprendido en el curso de instrucción: a llamar a la ropa de calle «ropa de paisano». Se sintió bastante orgullosa de sí misma por recordar todas estas reglas y reglamentos.

—De acuerdo. Te espero.

Le dejó allí, en su pequeño coche, cogiendo un cigarrillo para pasar el rato mientras ella estaba fuera. Penélope entró y se precipitó escaleras arriba, subiendo los peldaños de dos en dos para no perder un momento, aterrorizada ante la idea de que si tardaba demasiado él perdiese la paciencia, se marchase y no le volviese a hablar.

En el camarote, se quitó el uniforme y lo arrojó a su litera; se lavó la cara y las manos, se desprendió de las horquillas del pelo y lo dejó suelto. Mientras lo cepillaba, se deleitó con el peso reconfortante y familiar sobre sus hombros. Era como estar libre de nuevo, ser ella misma otra vez y sintió que recuperaba la confianza en sí misma. Abrió el armario común y sacó el vestido que Sophie le había regalado para Navidad y la vieja chaqueta de piel de rata almizclera que tía Ethel había querido dar a una venta benéfica, pero que Penélope había rescatado para ella. Encontró un par de medias sin carreras y sacó sus mejores zapatos. No necesitaba bolso, porque no tenía dinero y nunca se maquillaba. Corrió abajo de nuevo, firmó en el libro de control y salió por la puerta.

Era casi oscuro, pero él estaba todavía allí, sentado en su pequeño coche y fumando el mismo cigarrillo.

—Siento haber tardado tanto. —Sin aliento, se sentó junto a él.

—¿*Tanto*? —Se rió, apagó el cigarrillo y lo tiró—. Nunca he conocido una mujer tan rápida. Estaba preparado para esperar como mínimo media hora.

El hecho de que estuviese dispuesto a esperar tanto tiempo por ella era sorprendente y gratificante a la vez. Ella le sonrió. Había olvidado ponerse perfume y esperaba que él no se diese cuenta del olor a bolas de naftalina del chaquetón de tía Ethel.

—Es la primera vez que voy sin uniforme desde que me he alistado.

Él puso el motor en marcha.

—¿Y cómo se siente uno? —preguntó.

—Divinamente.

Se dirigieron al Club de Oficiales Jóvenes, en Southsea. Allí él la condujo arriba, se sentaron en el bar y le preguntó qué quería beber. Ella no estaba muy segura de lo que quería tomar, por lo que él pidió dos ginebras con naranja, y ella le contó que no había tomado ginebra en su vida.

Cuando las bebidas llegaron, charlaron, y ella le explicó que vivía en Porthkerris y que su padre había ido allí porque era artista, pero que ahora ya no pintaba; le contó que su madre era francesa.

—Eso lo explica todo —dijo él.

—¿Qué explica?

—No lo sé con exactitud. Algo con respecto a ti. Me fijé en ti inmediatamente. Ojos oscuros. Cabello oscuro. Pareces diferente a todas las demás reclutas.

—Soy cinco centímetros más alta que las demás.

—No es esto, a pesar de que me gustan las mujeres altas. Una especie de... —Se encogió de hombros, volviéndose algo galo—. Una especie de... *je ne sais quoi.* ¿Has vivido en Francia?

—No. He estado allí una temporada. Un invierno cogimos un apartamento en París.

—¿Hablas francés?

—Claro.

—¿Tienes hermanos y hermanas?

—No.

—Yo tampoco.

Él le habló de sí mismo. Tenía veintiún años. Su padre, que había dirigido el negocio familiar, que tenía algo que ver con la edición de libros, había muerto cuando Ambrose tenía diez años. Cuando salió del internado, hubiese podido entrar en esta empresa editorial, pero no quería pasarse la vida en una oficina... Además, había una guerra en ciernes... Así pues, se alistó en la Marina Real. Su madre, viuda, vivía en un piso en Knightsbridge, en la plaza Wilbraham, pero cuando empezó la guerra había abandonado éste para ir a un hotel en el campo, en un rincón remoto de Devon.

—Está mejor allí, fuera de Londres. No es muy fuerte y si comienzan los bombardeos, sería un estorbo más que una ayuda.

—¿Cuánto tiempo hace que estás en la isla Whale?

—Un mes. Afortunadamente, sólo tengo para dos semanas más. Depende de los exámenes. Artillería es mi último curso. Navegación, torpedos y señales los tengo ya en el bolsillo, gracias a Dios.

—¿Adónde irás?

—A la Escuela de División para una semana final, luego al mar.

Habían terminado sus copas y él pidió una segunda ronda. Seguidamente fueron al restaurante y cenaron. Después de cenar, pasearon un rato en coche por Southsea y luego, dado que ella tenía que presentarse en el cuartel a las diez y media, la acompañó a casa.

—Muchas gracias —dijo ella, pero estas palabras formales no llegaron a expresar la gratitud que sentía, no sólo por la velada que habían pasado juntos, sino porque él había aparecido justo cuando más lo necesitaba, ahora tenía un amigo y ya no se sentiría sola.

—¿Estás libre el sábado? —preguntó él.

—Sí.

—Tengo unas entradas para un concierto. ¿Te gustaría acompañarme?

—Oh... —Pudo sentir cómo una sonrisa irrefrenable iluminaba su propia cara—. Me encantaría.

—Te pasaré a buscar. Hacia las siete. Ah, Penélope..., y consigue un pase nocturno.

El concierto era en Southsea. Anne Zeigler y Webster Booth cantando canciones como *Sólo una rosa* y *Si tú fueses la única chica del mundo.*

Pase lo que pase
Siempre recordaré
Esta vertiente de la montaña iluminada por el sol.

Ambrose le cogió la mano. Aquella noche, cuando la acompañó de vuelta, aparcó el coche un poco lejos del cuartel, en una callejuela tranquila, la tomó en sus brazos, abrigo oliendo a naftalina incluido, y la besó. Era la primera vez que un hombre la besaba y tardó un poco en hacerse a la idea, pero después de un rato le cogió el tino y no lo encontró en absoluto desagradable. Por el contrario, su proximidad, su clara masculinidad y el fresco olor de su piel provocaron en ella una respuesta física que llegó como una experiencia totalmente nueva. Una agitación profunda en su interior. Un sufrimiento que no era un sufrimiento.

—Querida Penélope, eres la más deliciosa de las criaturas.

Pero, por encima de su hombro, ella vio por casualidad el reloj situado en el salpicadero, dándose cuenta de que eran las diez y veinticinco. A regañadientes, se enderezó, liberándose de su abrazo y levantando automáticamente una mano para arreglarse el desordenado cabello.

—Tengo que marcharme —dijo—. No puedo llegar tarde.

Él suspiró, dejándola ir de mala gana.

—Maldito reloj. Maldito tiempo.

—Lo siento.

—No es culpa tuya. Pero vamos a tener que hacer otros planes.

—¿Qué tipo de planes?

—He conseguido un fin de semana corto. ¿Y tú? ¿Puedes conseguir que te lo den?

—¿El fin de semana que viene?

—Sí.

—Puedo intentarlo.

—Podríamos ir a Londres. Ver algún espectáculo. Pasar la noche allí.

—Oh, qué idea tan estupenda. Todavía no he utilizado ninguno de mis fines de semana. Estoy segura de que lo lograré.

—La única cosa es... —Parecía preocupado—. Mi madre ha dejado su piso a un militar que es un plomo, así pues no podemos ir allí. Podría ir a mi club, pero...

Ella estaba encantada de ser capaz de resolver sus problemas.

—Iremos a mi casa.

—¿*Tu* casa?

Penélope empezó a reírse.

—No me refiero a mi casa de Porthkerris, tonto. Mi casa de Londres.

—¿Tienes una casa en Londres?

—Sí. En la calle Oakley. No hay problema. Tengo las llaves y todo.

Era demasiado fácil.

—¿Es tu *propia* casa?

Ella todavía se reía.

—No es la mía propia. De mi padre.

—¿Pero no les importará? A tus padres, quiero decir.

—¿*Importarles*? ¿Por qué demonios debería importarles?

Él pensó en explicarle por qué, pero decidió no hacerlo. Una madre francesa y un padre que era artista. Bohemios. Nunca había conocido a una bohemia, pero empezó a considerar que acababa de encontrarse con una.

—No, por nada —aseguró él con precipitación. Apenas podía creer en su buena suerte.

—Pareces tan sorprendido...

—Puede que lo esté —admitió él, sonriendo a continuación con su más encantadora sonrisa—. Pero quizá debo dejar de sorprenderme contigo. Quizá debería aceptar el hecho de que nada de lo que tú hagas puede sorprenderme.

—¿Eso es bueno?

—No puede ser malo.

Él la acompañó al cuartel, se dieron un beso de despedida, ella le dejó y entró, pero estaba tan confundida e imposibilitada que se olvidó de firmar en el libro por lo que la recluta de servicio, que estaba de mal humor porque el galán marinero que le gustaba se había llevado a otra chica al cine, hubo de llamarle la atención.

Ella obtuvo el permiso y Ambrose preparó el terreno. Un amigo..., un teniente de la Reserva de Voluntarios de la Marina Real con envidiables conexiones en el mundo del teatro..., se las arregló para conseguir dos entradas para *Los días de baile* en el teatro Drury Lane. Se hizo con un poco de gasolina y otro tipo simplón le prestó cinco libras. El mediodía del siguiente sábado le sorprendió atravesando las verjas del cuartel de la Sección Femenina, para detenerse delante del portal en medio de un revoloteo de grava levantada. Pasaba por allí una recluta y le pidió que fuese tan amable de ir a buscar a la marinera Stern y decirle que el alférez Keeling la estaba esperando. Ella miró con ojos un poco desorbitados el pequeño coche deportivo y al joven y guapo oficial, pero Ambrose estaba acostumbrado a que le observasen así y rechazó su patente envidia y admiración como algo que le era debido.

«Nada de lo que tú hagas puede sorprenderme», le había dicho a Penélope quizá con demasiada ligereza, porque cuando ella apareció resultó un poco difícil no quedarse atónito. Iba de uniforme, llevaba en el brazo su vieja chaqueta de piel y un bolso de cuero colgaba de su hombro, eso era todo.

—¿Dónde está tu equipaje? —le preguntó mientras ella entraba en el coche, colocando la chaqueta entre sus pies.

—Aquí. —Penélope levantó el bolso.

—¿*Esto* es todo tu equipaje? Pero nos vamos para el fin de semana. Vamos a ir al teatro. No pretenderás llevar este maldito uniforme todo el tiempo, ¿verdad?

—No, claro que no. Pero voy a mi casa. Allí tengo ropa. Encontraré algo para ponerme.

Ambrose pensó en su madre, a quien le gustaba comprarse un conjunto para cada ocasión y luego pasarse dos horas probándoselo.

—¿Y el cepillo de dientes?

—Llevo el cepillo de dientes y el del pelo en el bolso. Es todo lo que necesito. Y bien, ¿nos vamos a Londres o no?

Hacía un día estupendo; era un día para escaparse, para estar de vacaciones, para ir de fin de semana con la persona adecuada. Ambrose tomó la carretera que pasaba por la colina de Portsmouth y, cuando llegaron arriba, Penélope se volvió hacia Portsmouth y le dijo adiós alegremente. Atravesaron Purbrook y las Downs hasta Petersfield, donde decidieron que estaban hambrientos por lo que pararon en un mesón. Ambrose pidió cerveza y una mujer muy amable les hizo unos bocadillos de carne de cerdo en conserva, que sirvió finamente acompañados de un ramito de coliflor de un amarillo brillante que colgaba de un tarro de encurtidos picantes.

Se pusieron de nuevo en camino y, pasando por Haslemere, Farnham y Guilford, llegaron a Londres por Hammersmith, siguiendo por King's Road para girar en la calle Oakley, felizmente familiar, con el puente Alberto al final de ella, así como las gaviotas, el olor salado y fangoso del río y el sonido de los remolcadores haciendo sonar las sirenas.

—Es aquí.

Él aparcó el MG, apagó el motor y se quedó sentado mirando, con cierto temor reverencial, la fachada alta de la imponente y vieja casa que formaba hilera junto a otras.

—¿Es ésta?

—Sí. Sé que la verja necesita una mano de pintura, pero no hemos tenido tiempo. Y, naturalmente, es con mucho demasiado grande, pero no la ocupamos toda. Ven, te la enseñaré.

Ella cogió el bolso y el chaquetón y le ayudó a poner la capota al coche por si llovía. Una vez hecho esto, él cogió su maletín y se quedó allí, lleno de feliz expectación, esperando que Penélope subiese la impresionante escalinata con columnas hasta la enorme puerta principal, sacase la llave y le hiciese entrar, sintiéndose un poco defraudado cuando, por el contrario, ella caminó por la acera, abrió la verja de hierro forjado y bajó las escaleras que conducían al sótano. La siguió, cerrando la verja detrás de él y viendo que no se trataba de una zona triste, sino bastante alegre, con paredes blanqueadas, un cubo de basura color escarlata y un cierto número de tiestos de barro que, sin duda en verano, florecerían con geranios, madreselvas y pelargonios.

La puerta, al igual que el cubo de basura, era escarlata. El esperó mientras ella abría aquélla y luego, con cautela, la siguió al interior, para encontrarse en una cocina tan luminosa y aireada como no había visto jamás anteriormente. Tampoco había visto muchas. Su madre sólo entraba en la cocina para decirle a Lily, la cocinera, el número de personas que iría a comer al día siguiente. Dado que no pasaba mucho tiempo en la cocina, y ciertamente nunca trabajó allí, su decoración no tenía importancia para ella y Ambrose la recordaba como un lugar desangelado, incómodo y triste, pintado de verde botella y oliendo a escurreplatos húmedo de madera. Cuando no estaba transportando carbón, cocinando, quitando el polvo a los muebles o sirviendo la mesa, Lily ocupaba un dormitorio junto a esta cocina, el cual estaba decorado con una cama de hierro y una cómoda pintada de amarillo. Tenía que colgar su ropa en unos ganchos detrás de la puerta y, cuando quería bañarse, tenía que hacerlo a media tarde cuando nadie necesitaba el cuarto de baño y antes de ponerse su mejor uniforme que consistía en una bata negra y un delantal de muselina. Cuando empezó la guerra, Lily trastornó la vida de la señora Keeling despidiéndose y marchándose a hacer municiones.

La señora Keeling no pudo encontrar a nadie que la reemplazase y la deserción de Lily fue una de las razones por las cuales arrojó la toalla y se retiró a soportar la guerra en la zona más tenebrosa de Devon.

Pero esta cocina... Dejó su maletín en el suelo y miró a su alrededor. Vio la larga y pulida mesa, la abigarrada variedad de sillas, el aparador de pino cargado de platos de loza decorados, jarrones y escudillas. Cacerolas de cobre, estéticamente ordenadas una junto a otra colgaban de una viga sobre la estufa, junto con ramilletes de hierbas y flores secas del jardín. Había una silla de mimbre, una nevera luminosamente blanca y un fregadero de loza blanca bajo la ventana, de forma que cualquier persona obligada a fregar podía divertirse mientras tanto mirando los pies de los transeúntes que pasaban por la acera. El suelo estaba enlosado y sobre él se diseminaban esteras, el olor era de ajo y hierbas, como en una *épicerie* rural francesa.

Le costaba dar crédito a sus ojos.

—¿Esto es la *cocina*?

—Es nuestra habitación para todo. Vivimos aquí abajo.

Él se dio cuenta entonces de que el sótano ocupaba todo el ancho de la casa y que en el extremo unas puertaventanas daban al jardín. Sin embargo, estaba dividido en dos estancias separadas por medio de un amplio arço del que colgaban gruesas cortinas, cuyo dibujo Ambrose no reconoció como la obra de William Morris.

Penélope entró, dejando el chaquetón y el bolso sobre la mesa de la cocina.

—Por supuesto, cuando la casa fue construida, todo este espacio estaba destinado a despensa y almacén, pero el padre de mi padre lo abrió todo e hizo lo que él llamaba un jardín de invierno. Lo usamos como sala de estar. Ven a verlo.

Él abandonó su maletín, se quitó el sombrero y la siguió.

Pasando bajo el arco, vio la chimenea decorada con luminosos azulejos italianos, el piano vertical, el gramófono anticuado. Anchos y raídos sofás y sillones, cubiertos con gran variedad de cretonas descoloridas, drapeados con chales de seda y, sobre ellos, dispersos, bonitos cojines de tapicería. Las paredes estaban pintadas de blanco, con un telón de fondo para libros, objetos de adorno, fotografías..., reliquias de años, pensó él. El espacio que todo ello dejaba libre estaba lleno de cuadros, tan vibrantes por la inundación de color que Ambrose casi podía sentir el calor surgiendo de esas terrazas de losa, de esos cálidos jardines y con sombras oscuras.

—¿Han sido pintados por tu padre estos cuadros?

—No. Sólo tenemos tres cuadros suyos y están todos en Cornualles. Tiene artritis en las manos, ya ves. Hace años que no trabaja. Estos fueron pintados por su gran amigo Charles Rainer. Trabajaban juntos en París, antes de la última guerra, y son amigos desde entonces. Los Rainer viven en una casa maravillosa en el sur de Francia. Solíamos ir a verlos y quedarnos allí bastante a menudo..., íbamos en coche..., mira... —Cogió una fotografía de la estantería y se la enseñó—. Aquí estamos todos, en camino...

Vio el típico grupito familiar, posando para la foto, Penélope con trenzas y un vestido corto de algodón azul. Y sus padres, supuso, y alguna pariente femenina. Pero lo que realmente le llamó la atención fue el coche.

—¡Es un viejo Bentley cuatro litros y medio! —exclamó sin poder evitar un deje de respeto en su voz.

—Lo sé. A papá le encanta. Como el señor Toad en *Viento en los sauces.* Cuando lo conduce, se quita su sombrero negro y se pone un casco de piel de automovilista y se niega a subir la capota. Si llueve nos quedamos todos empapados.

—¿Lo tenéis todavía?

—Cielos, sí. Nunca se desprenderá de él.

Ella fue a poner de nuevo la fotografía en su sitio y los ojos de Ambrose, instintivamente, se posaron otra vez en los seductores cuadros de Charles Rainer. No podía pensar en otra cosa más hechizante que en conducir, libre de preocupaciones en los días que precedieron a la guerra, hacia el sur de Francia en un Bentley 4.5 litros, dirigiéndose hacia el sol, los pinos oliendo a resma, las comidas frescas y los baños en el Mediterráneo. Pensó en el vino, bebido bajo los enrejados de parras. En siestas largas y perezosas, con los postigos cerrados para estar fresco, en hacer el amor por la tarde y besos dulces como la uva.

—Ambrose.

Sacado de su ensueño, la miró. Ella sonrió inocentemente, se quitó la gorra de uniforme y la arrojó sobre un sillón; y él, todavía perdido y aturdido en su propia fantasía, la imaginó quitándose también todo lo demás, podría entonces hacerle el amor, allí y en ese momento, sobre unos de esos sofás anchos y provocativos.

Dio un paso hacia ella, pero ya era demasiado tarde pues Penélope le había dado la espalda para ir a forcejear con el picaporte de las contraventanas. El hechizo se había roto. El aire fresco entró en la habitación y él, suspirando, la siguió sumisamente hasta el frío día londinense para que le enseñase el jardín.

—Ven a ver... Es grande, porque hace años la gente que vivía en la casa de al lado vendió a papá su trozo de jardín. Lo siento por las personas que ahora viven ahí, sólo tienen un pequeño patio horrible. La pared del fondo del jardín es muy antigua, Tudor, creo; supongo que en otro tiempo debió de ser un huerto real, un jardín de placer o algo parecido.

Era en efecto un jardín muy amplio, con hierba, con arriates y cuadros de flores y una pérgola que estaba hundida.

—¿Es un cobertizo? —preguntó él.

—No es un cobertizo. Es el estudio de mi padre cuando está en Londres. Pero no puedo enseñártelo porque no tengo la llave. En cualquier caso, sólo hay un montón de telas y pinturas, muebles de jardín y camas plegables. Lo guarda todo. Todos lo hacemos. Ninguno de nosotros tira nada. Cada vez que venimos a Londres papá dice que va a hacer una limpieza del estudio, pero nunca lo hace. Por razones sentimentales, me imagino. O por pura vagancia. —Tiritó—. Hace frío, ¿verdad? Volvamos adentro y te enseñaré el resto.

La siguió en silencio, sin que su expresión de educado interés dejase vislumbrar sus pensamientos, que trabajaban atareadamente, como una máquina de sumar, calculando los bienes muebles. Pues, a pesar del mal estado y de la disposición poco convencional de esta vieja casa londinense, estaba profundamente impresionado por su tamaño, decidiendo que era con mucho preferible al piso perfectamente bien amueblado de su madre.

Asimismo, andaba rumiando sobre los otros fragmentos de información que Penélope había ido lanzando, a la ligera, como si careciesen de importancia, sobre su familia y su estilo de vida maravillosamente romántico y bohemio. Él, en comparación, se encontraba aburrido en exceso y estereotipado. Había crecido en Londres, pasado las vacaciones anuales en Torquay o Frinton, el colegio y luego la Marina. La cual, hasta el momento, había sido simplemente una extensión del colegio, si se excluía un poco de instrucción. Ni siquiera había estado todavía en el mar y no le enviarían hasta que terminase el curso.

En cambio, Penélope era cosmopolita. Había vivido en París; su familia no sólo era propietaria de esta casa de Londres, sino que además tenía una en Cornualles. Pensó en ese lugar. No hacía mucho, había leído *Rebeca,* de Daphne du Maurier, e imaginó una casa como Manderley; algo vagamente isabelino, quizá, con un camino de entrada de más de un kilómetro, bordeado de hortensias. Además su padre era un artista famoso, su madre era francesa y ella no parecía darle importancia a viajar hasta el sur de Francia, a casa de unos amigos, en un Bentley 4.5 litros. El Bentley 4.5 litros era lo que más envidia le provocaba. Siempre había deseado precisamente este tipo de coche, como un símbolo de prestigio que haría que las cabezas se volviesen admiradas, además ese toque de excentricidad.

A continuación, reflexionando sobre todo esto y ansioso por enterarse de más, fue detrás de ella, atravesando el sótano y subiendo una escalera oscura y estrecha. Cruzaron una puerta y se encontraron en el vestíbulo principal de la casa, espacioso y elegante, con un montante de abanico sobre la puerta de entrada y una amplia escalera de escalones bajos que se curvaba hacia el piso superior. Atónito ante tal esplendor inesperado, miró atentamente a su alrededor.

—Me temo que se ve muy abandonado —admitió ella a modo de disculpa. Ambrose no pensaba que estuviese abandonado en lo más mínimo—. En este trozo grande y horrible de papel que se ve de otro color es donde solía estar colgado *Los buscadores de conchas.* Es el cuadro favorito de papá y no quería que fuese bombardeado, así pues Sophie lo hizo embalar y enviar a Cornualles. La casa no parece la misma sin él.

Ambrose se dirigió hacia la escalera, ansioso por subir y ver más.

—De aquí no pasamos —le dijo Penélope. Abrió una puerta—. Éste es el dormitorio de mis padres. Antes había sido el comedor, creo, y tiene vista sobre el jardín. Es agradable por las mañanas porque entra el sol. Y ésta es mi habitación, que da a la calle. Y el cuarto de baño. Y aquí es donde mi madre guarda el aspirador. Y esto es todo.

La gira de inspección había terminado. Ambrose volvió al pie de la escalera y permaneció allí, mirando hacia arriba.

—¿Quién vive en el resto de la casa?

—Mucha gente. Los Hardcastles y los Clifford, y en la buhardilla los Friedmann.

—Inquilinos —dijo Ambrose. La palabra golpeó en su garganta porque era una palabra que su madre siempre había pronunciado con el mayor de los desdenes.

—Sí. Supongo que son eso. Es agradable. Es como tener amigos alrededor todo el tiempo. Y esto me recuerda que debo ir a decir a Elizabeth Clifford que estamos aquí. Intenté telefonearla, pero la línea estaba ocupada y luego me olvidé de intentarlo.

—¿Le vas a decir que yo también estoy aquí?

—Por supuesto. ¿Vienes conmigo? Es encantadora, te gustará.

—No. Mejor que no.

—En ese caso, ¿por qué no vuelves a la cocina y pones agua a hervir sobre el hornillo? Así podremos tomar una taza de té o algo así. Yo voy a ver si Elizabeth nos da un poco de bizcocho o alguna otra cosa; y después del té tendremos que salir a comprar huevos, pan y algo más; en caso contrario no tendremos nada para desayunar.

Parecía como una niña pequeña jugando a casa de muñecas.

—Muy bien.

—Volveré en un momento.

La dejó subiendo la escalera con sus largas piernas y Ambrose se quedó en el vestíbulo viéndola marchar. Tan seguro de sí mismo habitualmente, sintió una gran inseguridad y la intranquila sospecha de que al haber ido allí, a casa de Penélope, había perdido en cierta forma el control de la situación. Le disgustaba, porque nunca le había pasado antes y tuvo la desagradable premonición de que su extraordinaria mezcla de candidez y de sofisticación podrían tener en él el mismo efecto que un martini seco tremendamente fuerte, dejándole borracho e incapacitado.

La cocina no estaba en marcha, pero había una tetera eléctrica que llenó y enchufó. La oscuridad de la tarde de febrero se iba acercando y en la gran estancia en penumbra hacía frío, pero la chimenea de la sala de estar estaba preparada con astillas y papel; prendió éstos con su encendedor y miró cómo empezaban a arder las astillas, seguidamente añadió un poco de carbón que encontró en un tonel y un par de troncos. Cuando Penélope bajó corriendo las escaleras había un buen fuego y la tetera sonaba.

—Ah, eres un hombre inteligente, has encendido el fuego. Este lo hace todo siempre más acogedor. No tenían bizcochos pero me han dado un poco de pan y algo de margarina. Creo que falta algo. —Se quedó ceñuda, intentado descubrir de qué se trataba y dándose cuenta al cabo de un momento—. El reloj. Claro, nadie le ha dado cuerda. Dale cuerda al reloj, Ambrose. Hace un tictac muy agradable.

Era un reloj antiguo, colgado de la pared. El se subió a una silla, abrió el cristal, metió las manos y dio vueltas a la enorme llave. Mientras él estaba ocupado en esto, Penélope abrió armarios, sacó platos y tazas y encontró una tetera.

—¿Has visto a tus amigos? —Una vez el reloj en marcha, saltó de la silla.

—No, no estaban; pero he subido arriba y he encontrado a Lalla Friedmann. Estoy contenta de haberla visto porque estaba un poco preocupada por ellos. Son refugiados, sabes, una joven pareja judía de Munich y lo han pasado muy mal. La última vez que vi a Willi pensé que quizá iba a sufrir una crisis nerviosa. —Pensó en explicarle a Ambrose que había sido a causa de Willi que se había alistado en la Sección Femenina de la Marina británica, pero luego decidió no hacerlo. No estaba segura de que él la entendiese—. En cualquier caso, me ha dicho que él estaba mucho mejor, que ha conseguido un nuevo trabajo y que ella está esperando un bebé. Es una muchacha encantadora. Da clases de música, por lo que debe de ser enormemente inteligente. ¿Te importa tomar el té sin leche?

Después del té, caminaron por King's Road, encontraron una tienda de ultramarinos e hicieron algunas compras, seguidamente regresaron a la calle Oakley. Era bastante oscuro y echaron las cortinas; luego ella hizo las camas con sábanas limpias, mientras él estaba sentado y la miraba.

—Puedes dormir en mi habitación y yo dormiré en la cama de mis padres. ¿Te gustaría darte un baño antes de cambiarte? Siempre hay cantidad de agua caliente. ¿O quieres una copa?

Ambrose dijo que sí a ambas propuestas y fueron abajo, donde ella abrió un armario y sacó una botella de Gordon's y otra de Dewar's, así como una botella de una cosa extraña y sin etiqueta que olía a almendras.

—¿De quién es todo esto? —preguntó él.

—De papá.

—¿No te importará si bebo de sus botellas?

—Está ahí para eso. Para ofrecer a los amigos —dijo ella mirándole atónita.

Un nuevo punto a su favor. Su madre repartía el jerez en vasos diminutos y si quería ginebra tenía que conseguírsela él. A pesar de ello, no hizo ninguna observación, se limitó a servirse una buena dosis de whisky y, tomando éste en una mano y su maletín en la otra, se dirigió arriba, al dormitorio que le había sido asignado. Cuando sacaba la ropa, se sintió raro en este entorno extraño y femenino y, mientras se desnudaba, husmeó un poco, como un gato tomando posesión del medio ambiente: miró los cuadros, se sentó en la cama, inspeccionó los títulos de los libros de la estantería. Esperaba encontrarse con Georgette Heyer y Ethel M. Dell, pero halló a Virginia Woolf y Rebeca West. No sólo bohemia, sino también intelectual. Hizo que se sintiese sofisticado. Con su batín Noel Coward puesto y llevando una toalla de baño, el neceser y el whisky atravesó el vestíbulo. En el estrecho cuarto de baño se afeitó, hizo correr el agua del grifo y estuvo a remojo un rato. La bañera era demasiado corta para sus largas piernas, pero el agua estaba muy caliente. De nuevo en su habitación, volvió a vestirse, embelleciendo su uniforme con una camisa almidonada, una corbata negra de raso de Gieves y sus mejores botas negras Wellington de media caña, abrillantadas con un trapo. Se cepilló el cabello, volvió la cabeza a uno y otro lado para admirar su perfil y a continuación, satisfecho, cogió el vaso vacío y se dispuso a bajar.

Penélope había desaparecido, presumiblemente para buscar en el armario de su madre algo para ponerse. Esperó no tener que sentir vergüenza de ella. Con el fuego de la chimenea, la sala de estar parecía agradablemente romántica. Se sirvió otro whisky y fue a mirar las pilas de discos del gramófono. La mayoría era música clásica, pero encontró Cole Porter intercalado entre Beethoven y Mahler. Puso el disco en el viejo gramófono e hizo girar la manivela.

Tú eres lo máximo,
Tú eres el Coliseo,
Tú eres lo máximo,
Tú eres el museo del Louvre.

Empezó a bailar con los ojos semicerrados llevando a una chica imaginaria en sus brazos. A lo mejor después del teatro y de un lugar para cenar, podrían ir a una sala de fiestas. Al Embassy o al Bag of Nails. Si se quedaba corto de dinero, probablemente aceptarían un cheque. Con un poco de suerte, lo cobrarían.

—Ambrose.

No la había oído llegar. Un poco azorado de haber sido sorprendido en su pequeña representación, se volvió. Ella cruzó la habitación hacia él, insegura de su aspecto, ansiosa de su aprobación, a la espera de que él hiciese algún comentario. Pero Ambrose se encontró de pronto sin palabras pues, a la suave luz de la lámpara y del fuego de la chimenea, estaba muy hermosa. El vestido que había finalmente desenterrado había estado quizá de moda cinco años atrás. Era de gasa color crema, salpicado de flores carmesí y escarlata y de vaporosa falda caída por sus esbeltas caderas acampanándose seguidamente en pliegues. El cuerpo tenía unos botones en su parte delantera y se completaba con una ancha capa que la seguía al moverse, revoloteando como alas de mariposa. Se había recogido el pelo, dejando al descubierto la larga y perfecta línea del cuello y los hombros, así como unos largos pendientes de plata y coral. Se había pintado los labios de color coral y olía deliciosamente.

—Hueles de maravilla —dijo él.

—Chanel Número 5. He encontrado un poco en el fondo de una botella. Creo que me he pasado un poco...

—De eso nada.

—¿No...? ¿Estoy bien? He probado con seis vestidos, pero he pensado que éste era el mejor. Es muy viejo y un poco corto porque soy más alta que Sophie, pero...

Ambrose dejó su bebida y alargó una mano.

—Ven aquí.

Ella se acercó y puso su mano sobre la suya. El la arrastró a sus brazos y la besó, tierna y dulcemente porque no quería hacer nada que pudiese estropear su elegante peinado y su sencillo maquillaje. Su carmín sabía dulce. Se separó de ella, sonriendo a sus cálidos y oscuros ojos.

—Casi me gustaría que no tuviésemos que salir —dijo él.

—Volveremos —contestó ella y su corazón latió de ilusión.

Los *Días de baile* era muy romántico, triste y bastante irreal. Muchas faldas acampanadas, pantalones de cuero, bonitas canciones, todos los actores se enamoraban entre ellos para luego renunciar valerosamente el uno al otro y decirse adiós y de cada dos canciones una era un vals. Cuando se acabó, salieron a las calles oscuras como boca de lobo, subieron por Piccadilly y fueron a Quaglino a cenar. Una orquesta tocaba y algunas parejas bailaban en la minúscula pista, todos los hombres con uniforme y una buena parte de las mujeres también.

Bum.
Porque mi corazón hace bum,
Yo y mi corazón hacemos bum-bar abum-bumbum,
Todo el tiempo.

Entre plato y plato, Ambrose y Penélope también bailaron, aunque de hecho no era realmente bailar porque sólo había espacio para estar de pie y balancearse. Pero a ellos no les importaba, pues tenían sus brazos alrededor del otro, sus mejillas se tocaban y de vez en cuando Ambrose podía besar su oreja o murmurar algo atrevido.

Eran casi las dos de la madrugada cuando regresaron a casa. Cogidos de la mano, sofocando risas, caminaron en la profunda oscuridad, atravesaron la verja de hierro y bajaron la escalera de piedra.

—¿A quién le importan las bombas? —dijo Ambrose—. Uno se puede matar muy fácilmente tropezando en la oscuridad.

Penélope se separó de él, cogió la llave, encontró la cerradura y logró por fin abrir la puerta. El la precedió en la cálida y aterciopelada oscuridad. Oyó cómo ella cerraba la puerta detrás de ellos y seguidamente, cuando ya no había peligro de hacerlo, encendía la luz.

Estaba muy tranquilo. Sobre ellos, los otros ocupantes de la casa dormían en silencio. Sólo el tictac del reloj perturbaba el silencio, o algún coche que pasara por la calle. El fuego que él había encendido estaba casi apagado, pero Penélope se dirigió al otro extremo de la habitación para remover los rescoldos y encender una luz. Detrás del arco, la sala de estar estaba bañada de luz, como un escenario al levantarse el telón. Acto Primero, Escena Primera. Sólo faltaban los actores.

Él no se reunió inmediatamente con ella. Se sentía agradablemente achispado pero había alcanzado aquel punto en que necesitaba otra copa. Se dirigió a la botella de whisky y se sirvió un vaso, llenándolo con soda del sifón. A continuación, apagó la luz de la cocina y se dirigió, a través de la luz vacilante de las llamas, hacia la joven a la que había estado deseando toda la noche.

Ella estaba arrodillada sobre la alfombrilla, cerca del calor del fuego. Se había quitado los zapatos. Cuando él apareció, volvió la cabeza y sonrió. Era tarde y lógicamente debería estar cansada, pero sus oscuros ojos brillaban y su cara estaba encendida.

—¿Te das cuenta qué cosa más simpática es el fuego? Es como tener a otra persona en la habitación —dijo ella.

—Estoy contento de que no sea así. Otra persona, quiero decir.

—Ha sido una bonita velada. Ha sido divertido —comentó ella, que estaba relajada, tranquila.

—Todavía no se ha acabado.

Él se sentó deslizándose en un sillón bajo de regazo envolvente. Dejó su bebida.

—Llevas el pelo mal —dijo a continuación.

—¿Por qué mal?

—Demasiado arreglado para el amor.

Ella se rió para seguidamente levantar las manos y empezar a quitarse con lentitud las horquillas del elegante moño. Él la miraba en silencio; la clásica postura femenina de los brazos en alto, y la ligera capa de su vestido cayendo sobre su largo cuello como una bufanda. Fue quitada la última horquilla, ella sacudió la cabeza y la larga y oscura mata de pelo cayó sobre sus hombros al igual que una bola de seda.

—Ahora vuelvo a ser yo —dijo.

Desde la cocina, el viejo reloj tocó dos simpáticas y resonantes notas.

—Las dos de la madrugada —comentó ella.

—Una buena hora. El momento justo.

Ella se rió de nuevo, como si cualquier comentario pudiera sólo producirle alegría. Así, tan cerca del fuego abrasador, hacía un calor tremendo. El dejó el vaso, se quitó la chaqueta, aflojó el nudo de la corbata dejando ésta floja y se desabrochó el cerrado cuello de la camisa almidonada. A continuación, se levantó y, sin moverse, hizo que ella se pusiese de pie a su vez. Besándola, hundiendo su rostro en la limpia y perfumada mata de pelo, sus manos sintieron, bajo la ligera seda de su vestido, la esbeltez de su joven cuerpo, su pecho, el latido regular de su corazón. La levantó en sus brazos —y para ser una chica tan alta pesaba poquísimo—, dio un par de zancadas y la colocó en el sofá; y ella seguía riéndose, allí echada con aquel cabello mágico esparcido sobre los cojines raídos. El corazón de él se había puesto a latir como un tambor y cada nervio de su cuerpo se estremecía por el deseo. En alguna ocasión, durante la breve relación que habían mantenido, se había sorprendido a sí mismo preguntándose si sería virgen o no, pero ya no se preocupaba por eso. Sentado junto a ella empezó, muy cariñosamente, a desabrochar los pequeños botones de su vestido. Ella yacía allí, complaciente, sin intentar detenerle y cuando él empezó a besarla de nuevo, su boca, su cuello, sus pechos redondos y sonrosados, su respuesta en suma era a la vez dulce y aceptante.

—Eres tan hermosa... —Después de haber dicho esto se dio cuenta, para su propia sorpresa, de que había hablado instintivamente, desde su corazón.

—Tú también eres hermoso —le dijo Penélope poniendo sus fuertes y jóvenes brazos alrededor de su cuello y atrayéndole hacia ella. Su boca estaba abierta y esperándole, y él supo que toda ella estaba deseándole.

El fuego ardía, calentándoles, iluminando su amor. En el profundo subconsciente de él se despertaron recuerdos de un cuarto de niño por la noche, con las cortinas echadas, imágenes de una infancia perdida hacía mucho tiempo. Nada que temer, nada perturbador. Seguridad y júbilo. Pero, también, en algún lugar muy profundo de esta exaltación, la vocecita del sentido común.

—Querida.
—Sí. —Un susurro—. Sí.
—¿Está todo bien?
—¿Todo bien? Oh, sí, bien.
—Te quiero.
—Oh. —Sólo un suspiro—. Amor.

A mediados de abril, y para su gran sorpresa, pues no tenía ni idea de estas cosas, Penélope fue informada por las autoridades de que tenía una semana de permiso. Compareció debidamente, junto con una cola de otras reclutas, en el despacho de la suboficial de servicio y, cuando llegó su turno, pidió un pase de ferrocarril para Porthkerris.

La suboficial de servicio era una dama encantadora de Irlanda del Norte. Tenía un rostro lleno de pecas y un pelo rojo y crespo; pareció bastante interesada cuando Penélope le indicó el lugar adonde quería ir.

—Está en Cornualles, ¿verdad, Stern?
—Sí.
—¿Vive allí?
—Sí.
—Una muchacha afortunada —le dijo tendiéndole el pase.

Penélope le dio las gracias y salió de la habitación asiendo el billete a la libertad.

El viaje en tren fue interminable. De Portsmouth a Bath. De Bath a Bristol. De Bristol a Exeter. En Exeter tuvo que esperar una hora para luego coger un tren, que se paraba en todas las estaciones, que la llevaría a Cornualles. No le importó. Se sentó en una esquina del compartimiento del sucio tren mientras miraba a través de la ventanilla manchada de hollín. Dawlish, y vislumbró el mar por primera vez; sólo el canal de la Mancha, pero aun así, mejor que nada. Plymouth y el puente Saltash, y lo que parecía ser la mitad de la flota británica amarrada en el brazo de mar. Y seguidamente Cornualles con todas las pequeñas estaciones de nombres santos y románticos. Después de Redruth, dejó la ventanilla medio abierta y sujeta con las correas de cuero; no quería perderse la primera ojeada al Atlántico, las dunas y las olas rompiendo a lo lejos. A continuación, el tren pasó por el viaducto de Hayle y pudo ver el estuario lleno a causa de la marea. Bajó la maleta de la rejilla y se dirigió al pasillo cuando tomaban la última curva y entraban en el empalme.

Eran en ese momento las ocho y media de la noche. Ella abrió la pesada puerta y bajó feliz arrastrando la maleta y con la gorra de uniforme metida dentro del bolsillo de la chaqueta. El aire era caliente y dulce, el sol bajo lanzaba largos rayos sobre el andén y fuera de su brillo aparecieron papá y Sophie, yendo a su encuentro.

Resultaba increíblemente maravilloso estar en casa. La primera cosa que hizo fue correr arriba, quitarse el uniforme y ponerse ropa cómoda: una vieja falda de algodón, una blusa Aertex de la época del colegio y un jersey remendado. Nada había cambiado; la habitación estaba exactamente como ella la había dejado, sólo algo más arreglada y muy limpia. Cuando corrió abajo de nuevo fue para ir de habitación en habitación, inspeccionándolo todo sólo para estar segura de que allí, también, todo estaba exactamente igual. Como así era.

El retrato de Sophie de Charles Rainer, que anteriormente había ocupado el lugar de honor sobre la chimenea de la sala de estar, había sido trasladado a una posición menos importante y su lugar tomado por *Los buscadores de conchas,* el cual, después de un número inevitable de retrasos, había llegado por fin de Londres. Era demasiado grande para la estancia y la luz era insuficiente para hacer justicia a su despliegue de color, pero a pesar de ello quedaba muy bien.

Y los Potter habían cambiado para mejor. Doris había perdido sus curvas gordinflonas y estaba bastante delgada, había dejado de teñirse el pelo con lo cual ahora, medio rojizo y medio castaño, parecía el de un caballo pío. Ronald y Clark habían crecido y habían perdido la delgadez y la palidez urbana. Su cabello también había crecido y su acento de los barrios populares de Londres tenía un tono más claro. Los patos y las gallinas habían doblado su número y una vieja gallina, cuando nadie la veía, había incubado una nidada de polluelos en medio de unas espesas zarzas.

Penélope quería ponerse al día sobre todo lo que había pasado desde el día —que ahora le parecía enormemente lejano— en que había cogido el tren y se había marchado hacia Portsmouth. Lawrence y Sophie no la defraudaron. El coroñel Turbshot controlaba las Precauciones contra Ataques Aéreos y era un fastidio para todos. El hotel Sands había sido requisado y estaba lleno de soldados. La vieja señora Treganton —la viuda de un título del pueblo y una dama temible que llevaba siempre pendientes colgantes— se había puesto el delantal alrededor de su cintura y se encargaba del Servicio de Cantina. En la playa había alambres de púas y a lo largo de la costa se habían construido fortines de hormigón atravesados con siniestros cañones. La señorita Preedy había dejado de dar clases de baile y ahora enseñaba formación física en una escuela de muchachas que había sido evacuada de Kent; y la señorita Pawson había tropezado con su bomba de mano, se había caído y se había roto una pierna.

Cuando por fin acabaron con todas las cosas que tenían que contarle, esperaban, con toda lógica, escuchar las noticias de su hija; todos los detalles de su nueva —y para ellos inimaginable— vida. Pero ella no quería contarles nada. No quería hablar de ello. No quería pensar en la isla Whale y Portsmouth. Ni siquiera quería pensar en Ambrose. Por supuesto, tarde o temprano tendría que hacerlo. Pero ahora no. Tenía una semana por delante.

Desde la cima de la colina se veía la tierra, adormeciéndose bajo la luz de una cálida tarde de primavera. La gran bahía al norte relucía azul, deslumbrada con un sol metálico. La punta Trevose estaba brumosa, lo que era un signo seguro de que el buen tiempo iba a continuar. Hacia el sur se curvaba la otra bahía, con su castillo y su montaña y en medio las tierras de labranza, con veredas de altos setos vivos contra el viento, campos de color esmeralda donde el ganado pastaba en medio de afloramientos de granito. El viento era ligero y olía a tomillo, y los únicos sonidos eran el ocasional ladrido de un perro o el agradable murmullo de un tractor lejano.

Ella y Sophie habían caminado los ocho kilómetros que las separaban de Carn Cottage. Habían cogido los estrechos senderos que conducían al páramo, donde los setos vivos estaban cubiertos de primaveras salvajes y cuclillos; y de los arroyos, surgían las celidonias en una profusión de rosa y amarillo. Finalmente, habían subido la escalera para pasar una cerca y se habían dirigido al camino de hierba, serpenteado de zarzas y helechos, que conducía a lo alto de la colina; a las cuevas de rocas musgosas, altas y apiladas como riscos donde una vez, miles de años antes, el hombrecillo que habitaba esa vieja tierra se había apostado para mirar cómo los barcos de vela cuadrada de los fenicios entraban en la bahía, echaban anclas y canjeaban sus tesoros del este por el precioso estaño.

Ahora, cansadas por la larga caminata, descansaban. Sophie echada boca arriba sobre un pedazo de hierba, con un brazo colocado encima de sus ojos para protegerse de la reverberación del sol. Penélope estaba sentada junto a ella, con los codos descansando sobre sus rodillas y la barbilla sobre su mano.

Muy arriba, en el cielo, pasó un avión. Ambas levantaron la vista para mirarlo.

—No me gustan los aviones. Me recuerdan la guerra —comentó Sophie.

—¿Acaso puedes olvidarla?

—A veces, me lo permito. Me imagino que no existe. Es fácil imaginárselo en un día como éste.

Penélope extendió una mano y arrancó un manojo de hierba.

—Todavía no ha pasado mucho, ¿verdad?

—No.

—¿Crees que acabará?

—Claro.
—¿Estás preocupada por ello?
—Estoy preocupada por tu padre. Él está preocupado. Ya ha pasado por todo esto antes.
—Tú también...
—No como él. De ninguna manera como él.
Penélope arrojó la hierba y alargó la mano para coger otro manojo.
—Sophie.
—Dime.
—Estoy embarazada.
El sonido del artefacto aéreo había desaparecido, absorbido por la inmensidad del cielo. Sophie se movió sentándose lentamente. Penélope volvió la cabeza y se encontró con la mirada de su madre, viendo en ese rostro juvenil y bronceado una impresión que sólo podía ser descrita como de profundo alivio.
—¿Era esto lo que te callabas?
—¿Lo sabías?
—Claro que lo sabíamos. Tan reticente, tan silenciosa. Algo debía de andar mal. ¿Por qué no nos lo has dicho antes?
—No ha sido ni por vergüenza ni por miedo. Sólo quería que llegase el momento oportuno. Quería tener tiempo para hablar de ello.
—He estado tan preocupada. Pensaba que eras desgraciada y que te habías arrepentido de lo que habías hecho, o que estabas metida en algún lío.
Penélope quiso reírse.
—¿Acaso no lo estoy?
—¡Pues claro que no estás metida en ningún lío!
—¿Sabes? Nunca dejarás de sorprenderme.
Sophie ignoró el comentario. Había entrado en acción su sentido práctico.
—¿Estás segura de que estás embarazada?
—Segura.
—¿Has ido al médico?
—No me hace falta ir al médico. Además, el único médico al que podía ir en Portsmouth era el oficial médico y no quería acudir a él.
—¿Para cuándo lo esperas?
—Para noviembre.
—¿Quién es el padre?
—Un alférez de fragata. De la isla Whale. Está haciendo el curso de artillería. Se llama Ambrose Keeling.
—¿Dónde está ahora?
—Todavía está allí. No pasó los exámenes y tiene que quedarse y repetir el curso. Es un «refregado».
—¿Cuántos años tiene?

—Veintiuno.

—¿Sabe que estás embarazada?

—No. Quería decíroslo a ti y a papá antes que a cualquier otra persona.

—¿Se lo vas a decir?

—Naturalmente. Cuando vuelva.

—¿Cómo reaccionará?

—No tengo idea.

—No parece que le conozcas muy bien.

—Le conozco lo suficientemente bien.

Abajo, en el valle, un hombre con un perro pisándole los talones atravesó el patio de una granja, abrió una verja y empezó a subir la colina hacia donde pastaban sus vacas lecheras. Penélope se apoyó en los codos y observó cómo se alejaba el hombre. Llevaba una camisa roja y el perro corría haciendo círculos a su alrededor.

—¿Sabes? Tenías razón sobre lo de que era desgraciada. Al principio, cuando me enviaron a la isla Whale fui infeliz como creo que no lo había sido en mi vida. Era como un pez fuera del agua. Sentía mucha añoranza y me encontraba muy sola. El día en que me alisté, pensaba que iba a coger una espada y que iba a ir a luchar, junto a todos los demás, pero me encontré pelando verduras, «oscureciendo» camarotes y viviendo con un montón de hembras con las que no tenía nada en común. Y no podía hacer nada. No había salida. Entonces conocí a Ambrose y después de ello todo empezó a ir mejor.

—No pensaba que fuese tan malo.

—No te lo dije. ¿Qué hubiese ganado con ello?

—¿Si tienes un niño tendrás que dejar la Sección Femenina?

—Sí. Seré licenciada. Probablemente licenciada con deshonor.

—¿Te importa?

—¿Importarme? No veo el momento de marcharme.

—Penélope..., no te habrás quedado embarazada a propósito.

—Cielos, no. No estaba tan desesperada como para eso. No. Simplemente ha ocurrido. Cosas que pasan.

—Sabes..., sin duda sabes..., que se pueden tomar precauciones.

—Por supuesto, pero creía que era el hombre el que las tomaba.

—Oh, cariño, no tenía ni idea de que fueras tan ingenua. He sido un desastre de madre.

—Nunca te he visto como una madre. Siempre he pensado en ti como en una hermana.

—Bien, pues he sido un desastre de hermana. —Suspiró—. ¿Qué vamos a hacer ahora?

—Pues supongo que volver y explicárselo a papá. Y luego regresar a Portsmouth y contárselo a Ambrose.

—¿Quieres casarte con él?

—Si me lo pide, sí.

Sophie reflexionó sobre ello.

—Sé que tus sentimientos por ese joven deben de ser muy fuertes, pues en caso contrario no querrías tener un hijo suyo. Te conozco lo suficiente como para saberlo. Pero no tienes que casarte con él sólo a causa del niño.

—Tú te casaste con papá cuando yo ya estaba en camino.

—Pero yo le quería. Le quise siempre. No podía imaginar una existencia sin él. Aunque no se hubiese casado conmigo, no le habría abandonado jamás.

—¿Si me caso con Ambrose, vendréis a mi boda?

—Nada nos lo impedirá.

—Me gustaría que asistieseis. Y luego..., cuando termine en la isla de Whale, le enviarán al mar. ¿Podré venir a casa y vivir contigo y con papá? ¿Tener el niño en Carn Cottage?

—¡Qué cosas de preguntar! ¿Qué otra cosa quieres hacer?

—Supongo que podría convertirme en una perdida profesional, pero preferiría que no fuese así.

—En cualquier caso, no servirías para ello.

Penélope se sintió invadida de amor agradecido.

—Sabía que reaccionarías así. Qué horrible sería tener una madre como las de los demás.

—Quizá si lo fuese sería una persona mejor. Pero no soy buena. Soy egoísta. Sólo pienso en mí misma. Ha empezado esta horrible guerra y las cosas van a ir muy mal antes de que todo termine. Morirán hijos, y también hijas, y padres y hermanos y todo lo que puedo sentir es agradecimiento porque estás en casa. Te he echado mucho de menos. Pero ahora podremos estar juntas de nuevo. Por muy mal que vayan las cosas, por lo menos estaremos juntas.

Ambrose, con una copa generosa en la mano, telefoneó a su madre.

—Hotel Coombe. —La voz era femenina y muy gentil.

—¿Puedo hablar con la señora Keeling?

—Si espera usted un momento, iré a buscarla. Creo que está en el salón.

—Gracias.

—¿Quién debo decirle que llama?

—Su hijo. El alférez Keeling.

—Gracias.

Esperó.

—¿Sí?

—Mamá.

—Querido hijo. Qué alegría oírte. ¿Desde dónde llamas?

—Desde Whale. Escucha. Tengo algo que decirte.

—Buenas noticias. Espero.

—Sí. Noticias espléndidas. —Se aclaró la garganta—. Estoy prometido.

Silencio total.

—¿Mamá?

—Sí, todavía estoy aquí.

—¿Estás bien?

—Sí. Sí, claro. ¿Quieres decir que vas a casarte?

—Sí. El primer sábado de mayo. En el juzgado municipal de Chelsea. ¿Podrás venir?

Parecía como si la estuviese invitando a una fiesta.

—Pero... ¿cuándo? ¿Quién...? Oh, querido, me has dejado atónita.

—No te inquietes. Se llama Penélope Stern. Te gustará —añadió sin mucha convicción.

—Pero... ¿cuándo ha ocurrido todo?

—Acaba de ocurrir. Por eso te llamo. Para que lo sepas enseguida.

—Pero... ¿quién es ella?

—Es una recluta de la Sección Femenina de la Marina británica. —Intentó pensar en decir algo que tranquilizase a su madre—. Su padre es artista. En Cornualles. —Silencio de nuevo—. Tienen una casa en la calle Oakley. —Pensó en mencionar el Bentley 4.5 litros pero su madre nunca había sido muy aficionada a los coches.

—Cariño, siento parecer tan poco entusiasmada, pero eres muy joven..., y tu carrera...

—Estamos en guerra, mamá.

—Lo sé. Yo más que nadie lo sé.

—¿Vendrás a nuestra boda?

—Sí. Sí, claro..., iré a la ciudad para pasar el fin de semana. Iré al Basil.

—Estupendo. Entonces la conocerás.

—Oh, Ambrose...

Parecía algo llorosa.

—Siento haberte cogido desprevenida. Pero no te preocupes. —Pip-pip-pip, hizo el teléfono—. Te gustará —repitió colgando apresuradamente antes de que ella tuviese tiempo de pedirle que pusiese más monedas en el aparato.

Dolly Keeling se encontró con el zumbante auricular en la mano y, lentamente, lo volvió a colgar.

Desde detrás del pequeño escritorio situado debajo de la escalera, donde había hecho ver que hacía unas cuentas pero sin perderse de hecho ni una palabra, la señora Musspratt levantó la mirada y sonrió interrogadora, con la cabeza inclinada hacia un lado como un pájaro de ojos pequeños y brillantes.

—Espero sean buenas noticias, señora Keeling.

Dolly recobró la calma, irguió la cabeza y adoptó una expresión de feliz entusiasmo.

—Maravillosas. Mi hijo se va a casar.

—Oh, espléndido. Qué romántico. Estos jóvenes tan valientes. ¿Cuándo?

—¿Cómo?

—¿Cuándo tendrá lugar el feliz acontecimiento?

—Dentro de dos semanas. El primer sábado de mayo. En Londres.

—¿Y quién es la afortunada?

Se estaba poniendo un poco demasiado preguntona. Olvidándose de sí misma, Dolly puso a la mujer en su sitio.

—Todavía no he tenido el placer de conocerla —dijo con dignidad—. Gracias por haber ido a buscarme, señora Musspratt —y diciendo esto dejó a la mujer con sus sumas para volver al salón de los huéspedes.

El hotel Coombe había sido años antes una casa privada y el salón actual la sala de estar. Contaba con una repisa de mármol alta y blanca con una pequeña chimenea debajo de ella, así como con un cierto número de sofás de respaldo bombeado y sillones tapizados con una tela de rayas blancas y rosas rosas. Sobre las paredes, colgadas demasiado altas, había algunas acuarelas y desde un mirador se podía ver el jardín. Éste había ido a menos desde que la guerra había empezado. El señor Musspratt hacía lo que podía con el cortacésped, pero el jardinero se había ido a la guerra y los márgenes estaban llenos de malas hierbas.

Había ocho huéspedes permanentes viviendo en el hotel, pero cuatro de ellos habían cerrado filas y se habían erigido a sí mismos como el elitista núcleo de la comunidad. Dolly era uno de ellos. Los otros eran el coronel Fawcett Smythe y su esposa y lady Beamish. Jugaban juntos al bridge por las tardes, reivindicaban los mejores sillones, junto al fuego, en el salón, y las mejores mesas, junto a la ventana, en el comedor. Los otros tenían que conformarse con los rincones fríos donde la luz apenas era suficiente para leer y con las mesas situadas junto a la puerta de la despensa. Sin embargo, eran tan tristes y opacos que nadie pensaba en sentir pena por ellos. El coronel y la señora Fawcett Smythe se habían trasladado a Devon desde Kent. Ambos pasaban de los setenta. El coronel había pasado la mayor parte de su vida en el ejército, por lo que era muy bueno contando a todo el mundo lo que ese cruel Hitler iba a hacer a continuación y dando su propia interpretación a los retazos de noticias que aparecían en los periódicos diarios acerca de armas secretas y el movimiento de los buques de guerra. Era un hombre bajo, de tez color café avellana y con un bigote de púas, pero compensaba su falta de centímetros con unos ademanes altivos y un porte militar, como si estuviese en una plaza de armas. Su mujer llevaba el pelo encrespado y su tez era muy pálida. Tricotaba mucho, decía «sí, querido; sí, querida», y estaba de acuerdo con todo lo que decía su marido, lo cual era lo mejor para todo el mundo pues cuando el coronel Fawcett Smythe era contradicho, su rostro se ponía colorado y parecía como si fuese a sufrir un ataque.

Lady Beamish era incluso mejor. De todos ellos, ella era la única que no tenía miedo ni de las bombas, ni de los tanques, ni de nada que los nazis pudiesen desencadenar contra ella. Tenía más de ochenta años, alta y robusta, con el cabello gris recogido en un moño detrás de la cabeza y un par de ojos grises, fríos e implacables. Asimismo, cojeaba mucho (consecuencia, había explicado a una audiencia impresionada, de un accidente de caza) y tenía que caminar con un bastón pesado. Cuando no estaba en movimiento, apoyaba este objeto en su sillón desde donde invariablemente caía al paso de alguien, bien haciéndole tropezar o bien golpeándole dolorosamente en la espinilla. Había ido a regañadientes al hotel Coombe para mantenerse alejada de la guerra, pero su casa en Hampshire había sido requisada por el ejército y su muy presionada familia había acabado intimidándose y la había persuadido para que ella se retirase a Devon.

—Quitada de en medio —se quejaba constantemente—. Como un viejo caballo de guerra.

El marido de lady Beamish había sido un oficial veterano en el Servicio Civil de la India y ella había vivido gran parte de su vida en este gran subcontinente, la joya de la corona del Imperio británico y que ella siempre llamaba Inja. «Debe de haber sido —pensaba Dolly a menudo— una torre de fuerza para su esposo, pavoneándose en las fiestas y, en los momentos difíciles, dando el do de pecho.» No resultaba difícil imaginársela, armada sólo con un quitasol de seda, dominando una turba de nativos amotinados con esos ojos de acero o, si los amotinados se negaban a ser dominados, reuniendo a las damas y haciendo que se quitasen sus enaguas para hacer vendas.

Estaban esperando a Dolly allí donde ella les había dejado, agrupados junto a la pequeña chimenea. La señora Fawcett Smythe con su labor de punto, lady Beamish haciendo solitarios sobre su mesa portátil y el coronel de pie con la espalda hacia las llamas, calentando su trasero y doblando y estirando sus reumáticas rodillas como un policía de teatro.

—Bien. —Dolly se sentó en su sillón.

—¿Qué ha pasado? —preguntó lady Beamish, colocando un valet negro sobre una reina roja.

—Era Ambrose. Se va a casar.

Esta noticia cogió al coronel desprevenido, con las piernas dobladas. Pareció necesitar cierta concentración para volver a ponerlas rectas.

—Caramba —dijo.

—Oh, qué emocionante —dijo la señora Fawcett Smythe con voz temblorosa.

—¿Quién es ella? —preguntó lady Beamish.

—Es..., es hija de un artista.

Lady Beamish torció la comisura de su boca.

—¿Hija de un artista? —Su tono de voz estaba lleno de desaprobación.

—Estoy segura de que es muy famoso —comentó la señora Fawcett Smythe consoladora.

—¿Cómo se llama?

—Hum... Penélope Stern.

—¿Penélope *Stein*? —El oído del coronel no siempre era muy fidedigno.

—Oh, cielos, no. —Todos sentían mucha pena por los pobres judíos, por supuesto, pero era impensable que un hijo suyo se casase con una de ellos—. Stern.

—Nunca he oído hablar de un artista llamado Stern —dijo el coronel, como si Dolly le estuviese jugando una mala pasada.

—Tienen una casa en la calle Oakley. Y Ambrose dice que me va a gustar.

—¿Cuándo van a casarse?

—A principios de mayo.

—¿Vas a ir?

—Sin lugar a dudas tengo que estar allí. Debo telefonear al Basil para reservar una habitación. Quizá podría ir un poco antes, ver tiendas y encontrar algo para ponerme.

—¿Será una gran ceremonia? —preguntó la señora Fawcett Smythe.

—No. En el juzgado municipal de Chelsea.

—Oh, querida.

Dolly se sintió llevada a imponerse, a salir en defensa de su hijo. No podía soportar la idea de que cualquiera de ellos sintiese compasión por ella.

—Bueno, tiempos de guerra, ya sabéis, además Ambrose puede ser enviado al mar en cualquier momento..., a lo mejor es lo más práctico..., después de todo. Debo decir que siempre he soñado con una boda verdaderamente bonita en una iglesia con un arco de espadas. Pero así está la cosa. —Se encogió de hombros—. *C'est la guerre.*

Lady Beamish volvió a su solitario.

—¿Dónde la conoció?

—No me lo ha dicho. Pero es una recluta de la Sección Femenina de la Marina británica.

—Bien, eso ya es algo —observó lady Beamish.

Mientras decía esto, dirigió a Dolly una mirada penetrante y significativa, que ésta tuvo buen cuidado de no interceptar. Lady Beamish sabía que Dolly sólo tenía cuarenta y cuatro años. Dolly le había contado con detalle sus propias dolencias; los horribles dolores de cabeza (que ella llamaba jaquecas), capaces de atacarla profundamente en los momentos menos oportunos; y estaba su dolor de espalda, que provocaba que se agotase ante la tarea doméstica más simple como hacer una cama o una sesión de planchado. Por ello, estaba fuera de cuestión trabajar haciendo bombas de mano o conduciendo ambulancias. Pero, a pesar de ello, lady Beamish no se mostraba muy compasiva y, de vez en cuando, hacía observaciones despiadadas sobre los que esquivaban las bombas y sobre la gente que no cumplía con su deber.

—Si Ambrose la ha escogido, debe de ser un cielo —dijo Dolly a todos con firmeza, añadiendo—: Además siempre he deseado tener una hija.

No era cierto. Arriba en su dormitorio, sola y sin ser observada, pudo ser ella misma, dejar de lado todo fingimiento. Invadida por un sentimiento de autocompasión y soledad, aquejada por los celos de un amor desdeñado, buscó consuelo en su caja de los tesoros, en su armario, lleno de cara ropa femenina. Las suaves gasas y las finas lanas se deslizaron por sus manos. Sacó un vestido transparente y se dirigió al espejo de cuerpo entero, colocando aquél delante de ella. Uno de sus preferidos. Siempre se había encontrado guapa con él. Encontró sus propios ojos en el espejo. Estaban llenos de lágrimas. Ambrose. Amaba a otra mujer que no era ella y se casaba. Arrojó el vestido sobre la silla de respaldo abombado, se echó a su vez sobre la cama y lloró.

Había llegado el verano. Londres se mostraba fresco con flores y lilas. La luz del sol, como una cálida bendición, caldeaba las aceras y los tejados, reflejándose en las curvas plateadas de las altas y flotantes barreras de bombas. Era mayo; un viernes a mediodía. Dolly Keeling, instalada en el hotel Basil, estaba sentada en un sofá junto a la ventana abierta del salón superior y esperaba la llegada de su hijo y su novia. Cuando él llegó, subiendo los escalones de dos en dos, con el sombrero en la mano y guapísimo en su uniforme, ella se sintió feliz, no solamente por verle, sino también porque parecía estar solo. A lo mejor había ido a decirle que había decidido dejarlo correr todo y que no iba a casarse. Ilusionada, se puso en pie y fue a su encuentro.

—Hola, mamá... —Se paró para darle un beso. Su altura le complacía porque hacía que se sintiese vulnerable y desvalida.

—Cariño mío..., ¿dónde está Penélope? Pensaba que ibais a venir juntos.

—Así es. Hemos venido de Pompeyo esta mañana. Pero se quería quitar el uniforme, así que la he dejado en la calle Oakley y he venido hacia aquí. No tardará.

La diminuta esperanza había muerto, casi en su nacimiento, pero por lo menos podría tener a Ambrose para ella sola todavía por un rato. Y resultaba más fácil hablar estando los dos a solas.

—Bien, pues vamos a esperarla. Ven, siéntate y cuéntame todo lo que va a pasar. —Ella atrajo la atención del camarero y pidió un jerez para ella y una ginebra con angostura para Ambrose—. ¿Están sus padres en la casa de la calle Oakley?

—No. Ésta es la mala noticia. Su padre tiene una bronquitis. Ella no lo ha sabido hasta ayer por la noche. No podrán asistir a la boda.

—¿Pero seguramente su madre podrá venir?

—Dice que tiene que quedarse en Cornualles para atender al viejo. Además es realmente viejo. Setenta y cinco años. Imagino que no quieren correr ningún riesgo.

—Pero es una pena..., pobre de mí, yo sola en la boda.

—Penélope tiene una tía que vive en Putney. Y unos amigos que se llaman Clifford. Irán. Es suficiente.

Llegaron sus bebidas que fueron anotadas en la cuenta de Dolly. Cogieron los vasos.

—Brindo por ti —dijo Ambrose y Dolly sonrió encantada, segura de que los otros huéspedes del salón del hotel estaban mirándoles, con la mirada cautivada por el joven y guapo oficial de la Marina y la bonita mujer que parecía demasiado joven para ser su madre.

—¿Y qué pasa con tus proyectos?

Él se lo explicó. Había aprobado por fin los exámenes de artillería, tenía que asistir por espacio de una semana a la Escuela Divisional y luego sería enviado al mar.

—¿Y la luna de miel?

—No hay luna de miel. Nos casamos mañana, una noche en la calle Oakley y seguidamente de vuelta el domingo a Portsmouth.

—¿Y Penélope?

—La dejaré en el tren para Porthkerris el domingo por la mañana.

—¿Porthkerris? ¿No vuelve a Portsmouth contigo?

—No, de hecho no. —Mordiéndose la uña del pulgar miró por la ventana como si algo fascinante estuviese a punto de suceder abajo en la calle. Lo que no fue así—. Ella ha conseguido un permiso.

—Oh, cariño. Vais a tener muy poco tiempo.

—No se puede hacer otra cosa.

—No, supongo que no.

Ella se volvió para dejar el vaso de jerez y vio a la muchacha que había llegado a lo alto de la escalera y estaba allí, titubeando, mirando a su alrededor, buscando a alguien. Una joven muy alta, con un pelo largo y oscuro que sin embargo le dejaba la frente despejada, un cabello de colegiala, liso y sin sombrero. Su rostro, de tez color crema y ojos oscuros y hundidos, llamaba la atención por su completa falta de maquillaje; el brillo de la piel sin polvos, la pálida boca, las oscuras cejas, naturales, sin depilar y muy marcadas. Iba vestida, en ese día caluroso, con una ropa más adecuada para unas vacaciones en el campo que para una comida formal en un hotel de Londres. Un vestido de algodón rojo oscuro con rayas blancas y un cinturón blanco alrededor de su cintura delgada. Sandalias blancas en los pies y..., Dolly tuvo que mirar dos veces para estar segura..., las piernas desnudas. ¿Quién demonios podía ser esa muchacha? ¿Y por qué estaba mirando en esta dirección? ¿Y dirigiéndose hacia ellos? ¿Y sonriendo...?

Oh, Dios bendito.

Ambrose se había puesto de pie.

—Mamá —estaba diciendo—. Ésta es Penélope.

—Hola —dijo Penélope.

Dolly hizo un esfuerzo para no quedarse boquiabierta. Pudo notar cómo su mandíbula se inclinaba hacia abajo, pero tiró de ella hacia arriba y transformó la mueca en una sonrisa brillante. Sin medias. Sin guantes. Sin bolso. Sin sombrero. Esperaba que el camarero les dejase entrar en el restaurante.

—Querida.

Se dieron la mano respectivamente. Ambrose se ocupó de acercar otra silla y llamar al camarero. Penélope se sentó bajo la plena luz de la ventana y fijó en Dolly una mirada desconcertante por su imperturbable franqueza. «Me está observando —se dijo Dolly, notando la agitación del resentimiento—. No tiene derecho a observar a su futura suegra», y empezó aquella agotadora conmoción de su corazón. Dolly había esperado juventud, vergüenza, timidez incluso. Ciertamente esto no.

—Es un placer conocerte..., ya sé que habéis tenido un buen viaje desde Portsmouth. Sí, Ambrose me lo ha contado...

—Penélope, ¿qué te apetece beber?

—Una naranjada o algo así. Con hielo, si hay.

—¿No tomas un jerez? ¿Un vaso de vino? —Dolly intentaba tentarla, sonriendo todavía para enmascarar su desconcierto.

—No. Tengo calor y sed. Sólo naranjada.

—Bien, he encargado una botella de vino para la comida. Podremos hacer nuestro pequeño brindis entonces.

—Gracias.

—Siento que tus padres no puedan estar aquí mañana.

—Sí. Lo sé. Pero papá cogió la gripe, no se metió en la cama y acabó con una bronquitis. El médico le ha mandado que se quede en la cama durante una semana.

—¿No había nadie más que pudiese cuidarle?

—¿Aparte de Sophie, quiere usted decir?

—¿Sophie?

—Mi madre. La llamo Sophie.

—Ah, ya veo. Sí. ¿No hay nadie más que pudiese ocuparse de tu padre?

—Sólo Doris, nuestra evacuada. Y ya tiene sus dos hijos de quien ocuparse. Además, papá es un enfermo horrible; Doris no hubiese tenido ni un momento de respiro.

Dolly hizo un pequeño ademán con las manos.

—Supongo que al igual que todos nosotros ahora estáis sin servicio.

—Siempre lo hemos estado —le dijo Penélope—. Oh, gracias, Ambrose, es perfecto. —Tomó el vaso de su mano, se bebió la mitad de su contenido en lo que parecía un solo trago y lo posó sobre la mesa.

—¿Siempre habéis estado sin servicio? ¿Nunca habéis tenido ayuda en casa?

—No. Criados, no. Personas que están y echan una mano, pero nunca criados.

—Pero ¿quién hace la comida?

—Sophie. Le gusta. Es francesa. Es una cocinera estupenda.

—¿Y los trabajos domésticos?

Penélope pareció bastante sorprendida, como si nunca hubiese tenido en consideración el trabajo doméstico.

—No lo sé. Parece que se hace. Tarde o temprano.

—Está bien. —Dolly se permitió una risita, abierta y *mondaine*—. Suena realmente encantador. Y bohemio. Espero tener el placer de conocer a tus padres muy pronto. Ahora, hablemos de mañana. ¿Qué te vas a poner para la boda?

—No lo sé.

—¿No lo *sabes*?

—No he pensado en ello. Algo me pondré, imagino.

—¿Tienes que ir a comprar algo!

—Oh, cielos, no. No quiero comprar nada. Hay montones de cosas en la calle Oakley. Encontraré algo.

—*Encontrarás* algo...

Penélope se rió.

—Temo que no soy una persona de trapos. Ninguno de nosotros lo es. Y ninguno de nosotros tira nunca nada. Sophie tiene algunas cosas bonitas guardadas en la casa de aquí. Esta tarde Elizabeth Clifford y yo haremos una sesión de inspección. —Miró a Ambrose—: No pongas esa cara de preocupación. No voy a defraudarte.

Él sonrió desoladamente. Dolly sintió una pena sincera por el pobre muchacho. Ni una mirada cariñosa, ni una caricia tierna, ni un ligero beso había tenido lugar entre él y esa muchacha extraordinaria que había encontrado y con la que había decidido casarse. ¿Estaban enamorados? ¿Era posible que estuviesen enamorados y se comportasen de esa forma tan indiferente? ¿Por qué se casaba si no estaba loco por ella? ¿Por qué se casaba...?

Sondeando sus pensamientos, llegó a una conclusión tan espantosa que dio un giro rápido a éstos y los rechazó.

Pero luego, tímidamente, surgieron de nuevo.

—Ambrose me ha dicho que el domingo te vas a casa.

—Sí.

—De permiso.

Ambrose miraba fijamente a Penélope, intentando captar su atención. Dolly fue consciente de ello pero Penélope, aparentemente, no. Simplemente seguía allí sentada, pareciendo tranquila e imperturbable.

—Sí. Por un mes.

—¿Volverás a la isla Whale?

Ambrose empezó a agitar una mano y, finalmente, como si no supiese qué otra cosa hacer con ella, se la puso sobre la boca.

—No, me han licenciado.

Ambrose dejó escapar un ruidoso y profundo suspiro.

—¿Definitivamente?

—Sí.

—¿Es esto normal? —Se sentía orgullosa de sí misma, todavía sonriendo, pero con una voz glacial.

Penélope también sonreía.

—No —le dijo a Dolly.

Ambrose, decidiendo quizá que la situación no podía ponerse peor, se puso de pie.

—Vamos a comer. Estoy hambriento.

Sosegada, lentamente, Dolly se sobrepuso y cogió su bolso y sus guantes blancos. De pie, bajó la mirada para observar a la futura esposa de Ambrose, sus ojos oscuros, su mata de pelo y su falta de elegancia.

—No estoy segura si dejarán a Penélope entrar en el restaurante. No lleva medias.

—Oh, por Dios..., ni siquiera lo notarán —dijo Ambrose y su voz sonaba enfadada e impaciente, pero Dolly sonrió para sí porque sabía que su enfado no iba dirigido a ella, sino a Penélope por haber descubierto el pastel.

«Está embarazada —se dijo dirigiéndose a través del salón hacia el comedor—. Le ha atrapado, le ha cazado. Él no la quiere. Ella le ha obligado a casarse con ella.»

Después de la comida, Dolly se excusó. Iba arriba, a echarse un rato. Un dolor de cabeza estúpido, explicó a Penélope, pudiéndose percibir en la voz sólo una insinuación de acusación. Tengo que tener cuidado. La más mínima excitación... Penélope parecía un poco desconcertada, porque la comida no había sido excitante en absoluto, pero dijo que lo entendía muy bien; que vería a Dolly en el juzgado municipal al día siguiente; que había sido una comida deliciosa y que muchas gracias. Dolly entró en el ascensor arcaico y ascendió como un pájaro enjaulado.

Ellos observaron cómo ella se marchaba. Cuando estuvo seguro de que ella ya no les podía escuchar Ambrose se volvió hacia Penélope.

—¿Por qué demonios tenías que decírselo?

—¿El qué? ¿Que estoy embarazada? No se lo he dicho. Lo ha deducido.

—No tenía ni que haberlo deducido.

—Lo sabrá tarde o temprano. ¿Por qué no ahora?

—Porque..., bien, este tipo de cosas la trastornan.

—¿Por eso le ha dado el dolor de cabeza?

—Sí, claro que ha sido por eso... —Empezaron a bajar la escalera—. Todo ha empezado con mal pie.

—En ese caso lo siento. Pero honestamente no veo dónde está la diferencia. ¿Por qué le tiene que importar? Nos vamos a casar. Además, es un asunto que sólo nos concierne a nosotros.

Él no pudo salir con ninguna réplica al respecto. Si ella podía llegar a ser tan obtusa, era preferible no dar explicaciones. En silencio, salieron al calor del sol y caminaron calle abajo hasta donde él había aparcado el coche. Ella puso una mano en su brazo. Sonreía.

—Oh, Ambrose, ¿no estarás realmente preocupado? Lo superará. Además, cuando llegue el bebé, estará encantada. Todas las mujeres piensan con mucha ilusión en su primer nieto y lo adoran.

Pero Ambrose no estaba tan seguro. Circularon a cierta velocidad por la calle Pavillon, seguidamente bajaron por King's Road para girar por la calle Oakley. Él se paró delante de la casa.

—¿Entras? —le preguntó ella—. Ven y conocerás a Elizabeth; te gustará.

Él declinó la invitación. Tenía otras cosas que hacer. La vería mañana.

—De acuerdo. —Penélope estaba tranquila y no objetó nada. Le dio un beso, bajó del coche y cerró la puerta de golpe—. Me voy a rebuscar a ver si encuentro un traje de novia.

Él esbozó una sonrisa forzada. Vio cómo ella subía los escalones y se dirigía a través de la puerta. Saludó con la mano y desapareció.

Él puso el coche en marcha, hizo un giro en forma de U y tomó la dirección por la que había llegado. Cruzó Knightsbridge y pasó a través de las verjas del parque. Hacía mucho calor, pero fresco bajo los árboles. Aparcó el coche, caminó un poco y se fue a sentar en un banco. Los árboles susurraban con la brisa y el parque estaba lleno de agradables sonidos veraniegos..., voces de niños y canciones de pájaros, con el continuo murmullo del tráfico de Londres como música de fondo.

Se sentía malhumorado y deprimido. Penélope diciendo que no importaba, que su madre se haría a la idea de una boda forzada —pues ¿qué otra cosa era realmente?— pero él sabía perfectamente que ella nunca lo olvidaría y que probablemente nunca lo perdonaría. Era una verdadera mala suerte que los Stern no asistiesen a la boda. Ellos, con sus ideas liberales y su comportamiento bohemio, habrían podido seguramente equilibrar la balanza y aunque Dolly se habría negado a compartir su forma de pensar, por lo menos habría tenido que aceptar que existían otras opiniones.

Pues, según había dicho Penélope, no estaban en absoluto preocupados por el niño que estaba en camino; todo lo contrario —estaban emocionados y habían dejado bien claro, a través de su hija, que no esperaban de ninguna manera que Ambrose se casara con ella por la fuerza.

Cuando se le informó que iba a ser padre, le pareció que la tierra se abría a sus pies. El corazón le dio un vuelco, se sintió aterrorizado y se puso furioso —consigo mismo por haber caído en la clásica y terrible trampa y con Penélope por haberle metido en ella. «¿Está todo bien?», le había preguntado y «oh, sí, todo bien» había contestado ella y, en el calor del momento y entre una cosa y otra, simplemente no habían tenido tiempo para verificarlo.

Luego, había sido muy dulce. «No es necesario que nos casemos, Ambrose —le había asegurado—. Por favor, no pienses que tienes la obligación de hacerlo.» Y parecía tan tranquila y despreocupada con respecto a todo ese lamentable asunto que él se encontró cambiando radicalmente de postura y considerando la posibilidad de casarse.

Quizá, después de todo, no estaba en un aprieto tan grave. Las cosas podían ser peor. Ella, aunque a su extraña manera, era una muchacha guapa. Y culta. No era una chica corriente, encontrada en un bar cualquiera de Portsmouth, sino la hija de unos padres que, aunque poco convencionales, eran acomodados. Unos padres, además, con propiedades. La envidiable casa de la calle Oakley no era como para hacer remilgos y un lugar en Cornualles era indudablemente un punto a añadir. Se vio a sí mismo navegando en el pasaje de Helford. Y estaba siempre, al final del camino, la posibilidad de heredar el Bentley 4.5 litros.

No. Había hecho lo adecuado. Una vez su madre hubiese superado el pequeño sobresalto de descubrir que Penélope estaba embarazada, las cosas irían bien. Además, estaban en guerra. Iba a estallar en cualquier momento y duraría mucho, no pudiendo verse a menudo o incluso vivir juntos hasta que acabase. Ambrose no tenía duda de que él iba a sobrevivir. Su imaginación no era viva y no era perturbado por pesadillas de explosiones en la sala de máquinas, pereciendo ahogado o muriendo congelado en los mares invernales del Atlántico. Y, cuando todo ello hubiese terminado, sin duda se sentiría más predispuesto a sentar la cabeza y asumir el papel de padre de familia que ahora.

Se removió en su asiento, que era duro y muy incómodo. Se dio cuenta por primera vez de la presencia de una pareja que estaba sólo a algunos metros de él, abrazada sobre la hierba. Lo cual le dio una idea estupenda. Se levantó y se dirigió caminando hasta el coche, salió del parque, cruzó Marble Arch y penetró en las tranquilas calles de Bayswater. Iba silbando a media voz.

No me achispo con el champán,
Sólo el alcohol no me excita en absoluto,
Entonces dime, por qué es verdad...

Aparcó el coche al borde de la acera frente a una casa alta y que parecía tener conciencia de su dignidad personal y bajó unas escaleras hacia una zona llena de flores. Llamó al timbre de la puerta frontal amarilla. Podía salirle mal, por supuesto, pero a las cuatro de la tarde ella solía estar por allí, haciendo la siesta, ocupándose en fruslerías en su cocina diminuta o simplemente no haciendo nada. Tuvo suerte. Ella se dirigió a la puerta con su cabello rubio despeinado y un salto de cama transparente pudorosamente sujeto a su redondo y abundante pecho. Angie. ¿Quién, cuando Ambrose tenía diecisiete años, le había librado amablemente de su virginidad? ¿Y desde entonces, a quién había acudido él en los momentos malos?

—Oh. —Su cara se iluminó, llena de placer—. ¡Ambrose!

Ningún hombre podía haber tenido una mejor bienvenida.

—Hola, Angie.

—Hace siglos que no te veía. Pensaba que en estos momentos andarías navegando por el océano. —Levantó un brazo rollizo y rechoncho—. No te quedes ahí. Entra.

Así lo hizo él.

Cuando Penélope abrió la puerta principal de la casa, Elizabeth Clifford se inclinó sobre la barandilla y la llamó por su nombre. Penélope subió.

—¿Cómo ha ido?

—No muy bien —dijo Penélope con una sonrisa forzada—. Es de lo peor. Todo sombrero y guantes y furiosa porque yo no llevaba medias. Ha dicho que no nos dejarían entrar en el restaurante porque iba sin ellas, pero claro que nos han dejado entrar.

—¿Sabe que estás esperando un niño?

—Sí. En realidad no se lo he dicho, pero ha desaparecido de pronto la sombra de la duda. Había que decírselo. De hecho, mucho mejor. Ambrose estaba furioso, pero ella también debía saberlo.

—Supongo que sí —dijo Elizabeth, pero en su corazón sintió pena por la pobre mujer. La gente joven, incluso Penélope, podía ser terriblemente insensible y poco perspicaz—. ¿Quieres una taza de café u otra cosa?

—Más tarde, con mucho gusto. Mira, tengo que encontrar algo para ponerme mañana. Ayúdame.

—He estado husmeando en un viejo baúl... —Elizabeth se encaminó hacia su dormitorio, donde sobre la enorme cama que compartía con Peter se amontonaba una variedad de vestidos aplastados y arrugados—. ¿No es precioso éste? Lo compré para ir a Hurlingham... Creo que fue en mil novecientos veintiuno. Cuando Peter era jugador de criquet —dijo cogiendo un vestido de lo alto de la pila; de lino color crema, muy fino; de talle alto, recto, con vainica—. Se ve un poco mugriento, pero podría lavarlo y plancharlo y tenerlo listo para mañana. Y mira, están incluso los zapatos a juego, ¿no te gustan las hebillas *diamante*...?, ¿y las medias de seda color crema?

Penélope cogió el vestido y se dirigió al espejo, se lo colocó delante, mirando con ojos semicerrados, inclinando la cabeza para juzgar el efecto.

—El color es precioso, Elizabeth. Parece trigo. ¿De verdad me lo dejas?

—Naturalmente.

—¿Y el sombrero? Me imagino que debo llevar un sombrero. O recogerme el pelo, o algo parecido.

—Y tenemos que encontrar una combinación. Es muy fino y transparente y se te verían las piernas.

—No puedo dejar que se me vean las piernas. A Dolly Keeling podría darle un ataque...

Empezaron a reírse. Dolly Keeling le daba cien patadas, pero ella iba a casarse con Ambrose, no con su madre, por lo tanto qué le importaba lo que la señora pudiese pensar de ella.

El sol brillaba. El cielo estaba azul. Dolly Keeling, desayunó en la cama y se levantó a las once. El dolor de cabeza, aunque de hecho no había desaparecido, había remitido. Se bañó, se arregló el pelo y se maquilló el rostro. Le tomó mucho tiempo, pues era importante que su aspecto fuese joven e impecable a la vez y a ser posible dejar en la sombra a todas las demás, novia incluida. Una vez se hubo rizado la última pestaña, se levantó, se despojó de su fino camisón y se puso sus galas. Un vestido de seda lila con un abrigo del mismo material suelto y vaporoso. Un fino sombrero de paja con halo, que ocultaba su rostro, y sujeto con una cinta lila de groguén. Zapatos abiertos de tacones muy altos, largos y blancos guantes, bolso blanco de cabritilla. La última ojeada al espejo reaseguró su moral y le dio aliento. Ambrose estaría orgulloso de ella. Se tomó un par de aspirinas finales, se perfumó con Houbigant y bajó al salón. Ambrose la estaba esperando, irresistible en su mejor uniforme y oliendo como si acabase de salir de un barbero caro, como así era. Había un vaso vacío sobre la mesa junto a él y, cuando le dio un beso, ella olió el coñac en su aliento y sintió una gran compasión por su querido hijo porque, al fin y al cabo, sólo tenía veintiún años y no le faltaban motivos para estar nervioso.

Bajaron a la calle y cogieron un taxi en dirección a King's Road. Durante el trayecto, Dolly mantenía la mano de Ambrose entre sus dedos enguantados. No hablaron. Era mejor así. Había sido una buena madre para él... Ninguna mujer hubiese hecho más. Y en cuanto a Penélope... algunas cosas era preferible que quedasen en el aire.

El vehículo se acercó al imponente edificio del ayuntamiento de Chelsea. Descendieron, encontrándose en el calor y la brisa de la acerca y Ambrose pagó al taxista. Mientras él estaba ocupado en esto, ella retocó de nuevo su aspecto, se alisó la falda, se tocó el sombrero para estar segura de que estaba bien sujeto y seguidamente miró a su alrededor. Unos metros más allá, había otra persona esperando. Se trataba de una pequeña y extraña figura, incluso más diminuta que ella misma y con las piernas, cubiertas de seda negra, más delgadas que Dolly había visto jamás. Sus ojos se encontraron. Dolly, aturdida, miró hacia otro lado rápidamente, pero era demasiado tarde, pues la otra mujer ya se había puesto en movimiento hacia ella, con la cara iluminada por una impaciente expectación, para precipitarse sobre Dolly y, sujetando su muñeca con la presión de un tornillo de banco, exclamar:

—¡Ustedes deben de ser los Keeling! Lo he sabido. Lo he sabido dentro de mí en el momento en que les he visto.

Dolly se quedó boquiabierta, convencida de estar siendo atacada por una lunática; y Ambrose, volviéndose cuando el taxi se hubo marchado, fue cogido tan desprevenido como su madre.

—Lo siento. Yo...

—Soy Ethel Stern. La hermana de Lawrence Stern. —Llevaba una chaqueta roja con botones y otros adornos de la talla de un niño y, en la cabeza, una enorme y abombada boina escocesa de terciopelo negro—. Tía Ethel para usted, joven. —Soltó el brazo de Dolly, y alargó la mano en dirección a Ambrose. Como él no la tomó enseguida, una terrible duda cruzó por los rasgos de tía Ethel.

—¿No me digan que me he equivocado de familia?

—No. No, por supuesto que no —reaccionó él enrojeciendo ligeramente, turbado por el encuentro y por su extravagante apariencia—. ¿Cómo está usted? Yo soy Ambrose y ésta es mi madre, Dolly Keeling.

—Sabía que no me había equivocado. Hace horas que espero —dijo locuaz. Su cabello estaba teñido de color rojo oscuro y parecía que se había maquillado apresuradamente y a la buena de Dios, como si lo hubiese hecho con los ojos cerrados. Sus cejas pintadas de negro no estaban a la misma altura y el carmín oscuro estaba empezando ya a escurrirse dentro de las arrugas de la piel alrededor de la boca—. Normalmente llego tarde a todas partes, por eso hoy he hecho un gran esfuerzo y he llegado demasiado temprano. —Súbitamente su expresión se transformó en una profunda tragedia. Parecía un pequeño payaso; un mono de organillero—. Querida, ¿no es absolutamente estúpido lo del pobre Lawrence? Pobre muchacho, debe de estar tan disgustado.

—Sí —dijo Dolly débilmente—. Nos hacía tanta ilusión conocerle...

—Siempre le ha gustado venir a Londres. Cualquier excusa es válida... —En ese momento lanzó un chillido, haciendo que Dolly se pegase un susto, y empezó a agitar los brazos en el aire.

Dolly vio un taxi que había llegado en la otra dirección y de él emergieron Penélope y presumiblemente los Clifford. Todos estaban sonrientes y Penélope parecía totalmente relajada y nada nerviosa.

—Hola. Estamos todos. Una coordinación perfecta. Tía Ethel. Qué magnífico verte..., Ambrose, hola —le dio un beso rápido—. ¿No conocéis a los Clifford, verdad? El profesor Clifford y su esposa, Peter y Elizabeth. La madre de Ambrose...

Todo el mundo parecía encantado, se dieron mutuamente la mano y se dijeron «¿Cómo está usted?». Dolly sonreía y asentía con la cabeza y era muy amable, mientras sus ojos trabajaban, yendo de una cara a otra, sin perderse nada y haciendo su habitual e instantáneo enjuiciamiento.

Penélope llevaba un vestido precioso y además estaba muy guapa —asombrosa y distinguida. Era muy alta y delgada y el largo vestido color crema y suelto, una reliquia de familia, pensó Dolly, acentuaba esta envidiable elegancia. Se había recogido el pelo en una trenza floja en la nuca y llevaba un enorme sombrero de paja verde ácido adornado con margaritas.

La señora Clifford, por su parte, parecía una institutriz jubilada, probablemente muy inteligente y talentuda, pero muy poco atractiva. El profesor iba ligeramente más elegante (claro que siempre era más fácil para un hombre ir bien vestido) con un traje de franela gris oscuro a rayas y una camisa azul. Era alto y delgado, de mejillas hundidas, ascético. Tenía un aspecto erudito, atractivo. Dolly no era la única que pensaba así. Por el rabillo del ojo había espiado cómo tía Ethel le saludaba con un abrazo, colgándose de su cuello y levantando sus pequeñas y viejas piernas detrás de ella como en una comedia musical. Se preguntó si quizá tía Ethel no estaría un poco loca y esperó que eso no fuese hereditario. Finalmente, Ambrose los organizó a todos diciéndoles que si no entraban pronto, él y Penélope perderían su turno. Tía Ethel se arregló la boina y penetraron en el interior para la ceremonia. Ésta no duró mucho y terminó antes que Dolly tuviese ocasión de llevarse su pañuelo de puntilla a los ojos. A continuación salieron todos de nuevo y se dirigieron al Ritz, donde Peter Clifford, siguiendo instrucciones de Cornualles, había reservado una mesa para comer.

No hay nada como una deliciosa comida y una cierta cantidad de champán, todo servido por un exquisito camarero, para mejorar cualquier situación. Todos, incluso Dolly, empezaron a relajarse, a pesar del hecho de que tía Ethel no paró de fumar en toda la comida y contó innumerables y dudosas anécdotas, estallando en carcajadas mucho antes de llegar al punto clave. El profesor estuvo encantador y atento y le dijo a Dolly que le gustaba su sombrero; y la señora Clifford parecía realmente interesada en la vida del hotel Coombe y deseaba saberlo todo acerca de las personas que vivían allí. Dolly le contó cosas, pronunciando el nombre de lady Beamish continuamente. Penélope se quitó su sombrero verde ácido y lo colgó de su silla y el querido Ambrose se puso de pie e hizo un cariñoso discurso, hablando de Penélope como su esposa, después de lo cual todos aplaudieron brevemente. En definitiva, fue una bonita fiesta y cuando se acabó Dolly tuvo la sensación de que había hecho unos amigos para toda la vida. Pero todo lo bueno tiene un final y llegó la hora de, a regañadientes, recoger sus cosas, empujar hacia atrás las pequeñas sillas doradas, levantarse y dirigirse a sus diferentes destinos —Dolly al Basil y los Clifford a un concierto de tarde en el Albert Hall. Tía Ethel se fue a Puthney y la joven pareja a la calle Oakley.

Fue cuando estaban en el vestíbulo, ligeramente achispados, a la espera de los diferentes taxis que les dispersarían finalmente, cuando tuvo lugar el incidente que malograría para siempre la relación de Penélope con su suegra. Dolly, aturdida por el champán y sintiéndose sentimental y magnánima, tomó las manos de Penélope en las suyas y mirándola le dijo:

—Querida, ahora que eres la mujer de Ambrose, me gustaría que me llamases Marjorie.

Penélope parpadeó algo atónita. Resultaba un poco extraño llamar a la suegra Marjorie, cuando uno sabía perfectamente que su nombre era Dolly. No obstante, si eso era lo que ella quería...

—Gracias. Claro que lo haré. —Se inclinó y besó la suave y perfumada mejilla tan amablemente ofrecida.

Y durante un año, la llamó Marjorie. Cuando le escribía para agradecerle un regalo de cumpleaños, «Querida Marjorie...» encabezaba la carta. Cuando telefoneaba al hotel Coombe para darle noticias de Ambrose, decía «Ah, Marjorie, soy Penélope». No fue hasta después de muchos meses, demasiado tarde para rectificar la situación, cuando ella se dio cuenta de que Dolly en realidad, en el vestíbulo del Ritz, le había dicho: «Querida, me gustaría que me llamases Madre.»

El domingo por la mañana, Ambrose acompañó a Penélope a la estación de Paddington para dejarla en el *Riviera* dirección a Cornualles. El tren, como de costumbre, estaba lleno hasta la bandera de escuadrones, marineros y soldados, mochilas, máscaras de gas y cascos de estaño. Había sido imposible reservar un asiento pero Ambrose había encontrado un rincón vacío donde colocó el equipaje para que nadie pudiese quitárselo.

Regresaron al andén para despedirse. Era difícil encontrar las palabras adecuadas pues de pronto todo era extraño y nuevo; eran marido y mujer y ninguno sabía lo que se esperaba de ellos. Ambrose encendió un cigarrillo y permaneció de pie fumando y mirando arriba y abajo el andén, sin dejar de observar su reloj. Penélope anhelaba que el jefe de estación tocase el silbato, que el tren empezase a moverse, que todo se acabase.

—Odio las despedidas —dijo con cierta violencia.

—Tendrás que ir acostumbrándote a ellas.

—No sé cuándo voy a volver a verte. ¿Te habrás marchado dentro de un mes cuando vuelva a Portsmouth para mi licenciatura?

—Lo más probable.

—¿Dónde te enviarán?

—Nadie lo sabe. El Atlántico. El Mediterráneo.

—El Mediterráneo estaría bien. Allí hace sol.

—Sí.

Otra pausa.

—Me hubiese gustado que papá y Sophie hubiesen estado ayer

con nosotros. También me hubiese gustado que los hubieras conocido.

—Cuando obtenga un permiso decente, quizá vaya a Cornualles.

—Oh, sí, hazlo.

—Espero que todo vaya bien. El niño, quiero decir.

Ella se ruborizó un poco.

—Estoy segura de que todo irá bien.

Él volvió a mirar su reloj.

—Te escribiré. Debes... —empezó, pero en ese momento el silbido del jefe de estación atravesó el aire.

Al instante, se desencadenó el habitual pánico. Se cerraron puertas, las voces se elevaron, llegó un hombre corriendo, cogiendo el tren en el último segundo posible. Ambrose arrojó el cigarrillo, lo aplastó con la suela del zapato, besó a su mujer, la empujó a bordo y cerró la puerta detrás de ella. Ella bajó la ventanilla y se asomó. El tren empezó a ponerse en movimiento.

—¿Me escribirás indicándome tu nueva dirección, Ambrose?

Una extraordinaria idea pasó por su mente.

—No sé tu dirección.

Ella empezó a reírse. Ahora él estaba corriendo, junto al tren.

—Es Carn Cottage —gritó ella por encima del estruendo de las ruedas—. Carn Cottage, Porthkerris.

El tren iba ya demasiado deprisa para él y aminoró el paso hasta pararse, quedándose allí, viéndolo marchar. El tren tomó la curva del andén y, arrojando vapor, se perdió de vista. Se había ido. Se volvió e inició el largo camino de vuelta por el andén desierto.

Carn Cottage. La mansión isabelina que había soñado para sus adentros, el barco de vela en el río Helford —descolorido y evaporado—, se había ido para siempre. Carn Cottage. Sonaba desagradablemente ordinario y no podía ayudarle el hecho de sentir que, en cierta manera, le habían embaucado.

Pero la cosa estaba así. Ella se había ido. Su madre había regresado a Devon y todo había acabado felizmente. Ahora, todo lo que tenía que hacer era volver a Portsmouth y presentarse debidamente. En cierta extraña manera, fue consciente, mientras tomaba la dirección del aparcamiento, de que estaba deseando volver a la rutina, a la vida de servicio y a sus camaradas de a bordo. En definitiva, resultaba más fácil vivir con hombres que con mujeres.

Unos días más tarde, el 10 de mayo, los alemanes invadieron Francia y la guerra empezó de verdad.

IX

SOPHIE

No fue hasta principios de noviembre cuando se volvieron a ver. Después de los largos meses de separación, llegó una llamada telefónica como llovida del cielo. Ambrose desde Liverpool. Tenía unos días de permiso, cogería el primer tren e iría a Carn Cottage a pasar el fin de semana.

Llegó, se quedó y volvió a marcharse. Debido a un número adverso de circunstancias, la visita fue un desastre incalificable. Uno de ellos fue el hecho de que llovió, en un ininterrumpido aguacero, los tres días enteros. Otro fue que tía Ethel, la cual nunca había sido un invitado ni diplomático ni convencional, estaba también allí en ese momento. Las otras razones fueron demasiado numerosas y demasiado desalentadoras para ser analizadas o enumeradas.

Cuando terminó y él regresó a la marina, Penélope decidió que todo había sido demasiado deprimente para siquiera pensar en ello y así, con la resolución de la juventud, unido al embarazo, apartó de su mente el desgraciado episodio. Había otras cosas mucho más importantes de qué ocuparse.

La niña nació justo en el momento previsto, al final de noviembre. No nació, al igual que su madre, en Carn Cottage, sino en el pequeño hospital local de Porthkerris. Su aparición fue tan repentina que el médico no llegó hasta que todo había acabado y Penélope y la hermana Rogers tuvieron que arreglárselas solas. Lo cual hicieron de forma eficiente y hábil. Una vez Penélope estuvo más o menos repuesta, la hermana Rogers, como era costumbre, llevó al bebé para lavarlo, arreglarlo y vestirlo con la camisita, el faldón y el chal shetland que Sophie —no hace falta decirlo— había desenterrado de algún cajón, con un fuerte olor a naftalina.

Penélope siempre había tenido su propia teoría privada sobre los niños. Nunca había tenido nada que ver con ellos; ni siquiera había sostenido uno en sus brazos, pero había creído implícitamente que apenas viera a su propio hijo por primera vez, lo reconocería instantáneamente.

Pero eso no ocurrió. Cuando la hermana Rogers volvió por fin, llevando a la niña con tanto orgullo como si hubiese sido ella misma quien acabase de darle vida, y la colocó tiernamente en los brazos expectantes de Penélope, ésta se quedó mirando fijamente al bebé con honda incredulidad. Gorda, rubia, con unos ojos color azul aciano, semicerrados, unas mejillas enormes y mofletudas y un aspecto general de repollo colorado, no se parecía a ninguna persona que Penélope hubiera conocido antes. Ciertamente no se parecía ni a ella ni a Ambrose; ni a Dolly Keeling; y en cuanto a los Stern, nada indicaba que por sus venas de una hora de vida corriese una gota de su sangre.

—¿No es preciosa? —arrulló la enfermera Rogers, contemplando la escena por encima de la cama.

—Sí —admitió Penélope débilmente.

Si hubiese habido otras madres en el hospital, hubiera insistido en que había habido un cambio y que le habían presentado el bebé de otra madre, pero dado que ella era el único caso de maternidad en el lugar, suponía una probabilidad muy remota.

—¡Mira estos ojos azules! Es como una florecilla. La dejo contigo un momento, mientras voy a telefonear a tu madre.

Pero Penélope no quería que la dejase con la niña.

—No, llévesela, hermana. Se me puede caer o puedo hacer algo erróneo. —No se le ocurrió otra cosa que decir.

La hermana, diplomáticamente, no discutió. Algunas madres jóvenes eran muy raras y, el cielo lo sabía, había conocido a muchas.

—De acuerdo —dijo tomando de nuevo en sus brazos el bulto envuelto en lana—. ¿Quién es la cosa más bonita? —preguntó—. ¿Quién es el cachorrín de la hermana? —Y, con el crujido de su delantal, salió de la habitación.

Penélope, aliviada por haberse librado de ambas, se recostó en las almohadas. Permaneció echada, mirando fijamente el techo. Tenía una niña. Era madre. Era la madre de la hija de Ambrose Keeling.

Ambrose.

Descubrió, consternada, que ya no era posible ignorar y apartar de la mente todo lo que había ocurrido durante aquel terrible fin de semana condenado incluso antes de que hubiese empezado porque la proyectada visita de Ambrose había sido la causa de la única pelea verdadera que jamás había tenido con su madre. Penélope y tía Ethel habían salido por la tarde para tomar el té con cierto viejo y decrépito conocido de esta última que vivía en Penzance. De regreso a Carn Cottage, una radiante Sophie informó a Penélope de que había una agradable sorpresa esperándola arriba. Había seguido a su madre obedientemente hasta su habitación donde, en lugar de su propia y querida cama, vio una monstruosa cama de matrimonio que ocupaba todo el cuarto. Nunca se habían peleado antes, pero en un arranque de rabia poco característico en ella, Penélope perdió su presencia de ánimo y le dijo a Sophie que no tenía ningún derecho, que era *su* habitación y que era *su* cama. Y que no había sido una sorpresa agradable en absoluto, sino una sorpresa odiosa. Ella no quería una cama de matrimonio, era horrible y no dormiría en ella.

El vivo temperamento galo de Sophie estalló a su vez. No se podía esperar de ningún hombre que hubiese estado luchando valerosamente en una guerra que hiciese el amor a su mujer en una cama sencilla. ¿Qué esperaba Penélope? Ahora era una mujer casada, ya no era una niña pequeña. Ya no era *sólo su* habitación, sino la habitación de *ambos*. ¿Cómo podía ser tan infantil? Y Penélope había estallado en furiosas lágrimas gritando que estaba *embarazada,* que no quería hacer el amor y al final acabaron chillándose una a la otra como un par de verduleras.

Nunca habían tenido una pelea así anteriormente. Trastornó a todo el mundo. Papá estaba furioso con ambas y las otras personas de la casa andaban de puntillas como si hubiese tenido lugar una explosión. Por supuesto, al final, hicieron las paces, se disculparon y se abrazaron, no volviendo a ser mencionado el tema. Pero no había sido un buen augurio en vistas a la visita de Ambrose. Por el contrario, mirando retrospectivamente, había contribuido en gran manera al consiguiente desastre.

Ambrose. Era la esposa de Ambrose.

Sus labios temblaron. Notó una opresión creciente en su pecho. Las lágrimas se agolpaban, brotaban de sus ojos, caían desenfrenadas, corrían por sus mejillas mojando la funda de la almohada. Una vez habían empezado a salir, era imposible detenerlas. Era como si todas las no vertidas lágrimas de años hubiesen decidido aparecer de golpe. Todavía estaba llorando cuando llegó su madre, irrumpiendo feliz a través de la puerta. Sophie llevaba los pantalones de lona rojo óxido y de pescador de Guernesey que vestía cuando la hermana Rogers había telefoneado y, asimismo, llevaba en sus brazos un enorme ramo de margaritas de otoño que, apresuradamente, había cogido del arriate cuando salía del jardín.

—Oh, cariño, eres estupenda, no has tardado nada... —Dejó caer las flores sobre una silla y fue a abrazar a su hija—. La hermana Rogers ha dicho que... —Se detuvo; la alegría se desvaneció de su rostro para ser reemplazada por una expresión de profundo interés—. Penélope. —Se sentó en el borde de la cama y tomó la mano de Penélope—: Querida, ¿qué pasa? ¿Por qué lloras? ¿Tan difícil ha sido, tan malo?

Sin poder hablar en medio de las lágrimas, Penélope negó con la cabeza. Su nariz goteaba, tenía la cara manchada e hinchada.

—Toma. —Siempre práctica, Sophie sacó un pañuelo limpio, perfumado y fresco—. Suénate la nariz y sécate las lágrimas.

Penélope tomó el pañuelo y obedeció. Se sintió inmediatamente mucho mejor. Sólo el hecho de que Sophie estuviese allí, sentada junto a ella, mejoraba la situación. Después de haberse sonado, haberse secado las lágrimas y sorbido un poco por las narices, se sintió suficientemente fuerte para incorporarse y quedarse sentada, y Sophie ahuecó las almohadas y les dio la vuelta de forma que los lados mojados de lágrimas se quedaron en la parte inferior.

—Ahora, dime qué pasa. ¿Algo malo con la niña?

—No, no es por la niña.

—¿Entonces qué ocurre?

—Oh, Sophie, se trata de Ambrose. No quiero a Ambrose. Nunca debí casarme con él.

Estaba fuera. Estaba dicho. El alivio que suponía haberlo admitido realmente, en voz alta, era enorme. Encontró los ojos de su madre y los vio grandes, pero Sophie como siempre no estaba ni sorprendida ni impresionada. Simplemente estaba allí sentada, en silencio por un instante para luego pronunciar el nombre de él, «Ambrose», como si ello fuese la respuesta a algún problema sin solución.

—Sí. Ahora lo sé. Ha sido el más terrible de los errores —dijo Penélope.

—¿Cuándo lo supiste?

—Aquel fin de semana. Apenas bajó del tren y se encaminó hacia mí por el andén, sentí un gran recelo. Era como estar viendo llegar a un extraño, a alguien a quien no desease ver en particular. No pensaba que iba a ser así. Me sentía un poco azorada de verlo de nuevo después de tantos meses, pero nunca imaginé que iba a ser así. Regresando en el coche hacia Carn Cottage con él junto a mí y con la lluvia cayendo, intenté convencerme de que no era nada, que nos sentíamos sólo un poco violentos. Pero cuando él entró en Carn Cottage supe que no había esperanza. Él no encajaba. Nada encajaba. La casa le rechazaba y él no pegaba allí. Después de ello, todo fue de mal en peor.

—Espero que ello no tuviese nada que ver con papá y conmigo —dijo Sophie.

—Oh, en absoluto, en absoluto —se apresuró a decir Penélope para tranquilizarla—. Fuisteis unos ángeles con él, ambos. Era yo quien me mostraba detestable con él. Pero no podía hacer otra cosa. Me aburría. Me sentía como si tuviese que soportar al más imposible de los extraños. Ya sabes, la gente te dice, fulanito de tal estará por allí, tan agradable, sé que serás amable con él. Y una es amable y le invita para pasar el fin de semana y todo se convierte en una pesadilla y un aburrimiento sofocante. Y sé que llovió todo el tiempo, pero no tenía por qué haberme importado. Era él. Se mostró tan poco interesante, tan inútil. ¿Sabes que ni siquiera sabe limpiarse los zapatos? Nunca se ha limpiado los zapatos. Además, fue brusco con Doris y Ernie y trató a los niños como si fuesen un par de golfillos. Es un esnob. No comprendía por qué comíamos todos juntos. No podía entender por qué Dons, Clark y Ronald no habían sido desterrados a vivir en la cocina. Creo que esto fue lo que me molestó más que otra cosa. Nunca hubiera imaginado que él —él más que nadie— pudiese pensar de esa forma; pudiese decir esas cosas; pudiese ser tan odioso.

—Honradamente, cariño, no creo que debas criticarle por su forma de pensar. Ha sido educado de esa forma. Quizá somos nosotros los que estamos fuera de órbita. Siempre hemos llevado una vida doméstica diferente del resto de la gente.

Pero Penélope no parecía reconfortada.

—No era sólo él. Como ya te he dicho, también era yo. Me comporté fatal con él. No sabía que podía ser tan horrible. No quiero que venga aquí. No quería que estuviese aquí. No quería que me tocase. No le dejé que hiciese el amor conmigo.

—En las condiciones en que te encontrabas en ese momento, no es muy sorprendente.

—A él no le pareció ni sorprendente. Estaba simplemente enfadado y resentido. —Miró a Sophie con desolación—. Todo es culpa mía. Tú me dijiste que no debía casarme con él hasta que le quisiera de verdad y yo no te escuché. Pero sé que si hubiese tenido ocasión de llevarle a Carn Cottage, de que os conociese a los dos, antes siquiera de comprometerme, jamás, ni en mil años, me hubiese casado con él.

—Sí —asintió Sophie—. Es una pena que no hubiese tiempo para ello. Y asimismo, fue una pena que papá y yo no pudiésemos ir a tu boda. Incluso en el último momento, hubiese sido posible que cambiases de idea. Pero no es bueno mirar atrás. Es demasiado tarde.

—¿No te gustó, verdad, Sophie? ¿Pensáis papá y tú que he hecho una locura?

—No, no lo pensamos.

—¿Qué voy a hacer?

—Querida, por el momento no hay nada que puedas hacer. A excepción, creo, de madurar un poco. Ya no eres una niña. Ahora tienes responsabilidades, un hijo propio. Estamos en medio de esta endemoniada guerra y tu marido está en el mar con el Convoy del Atlántico. No se puede hacer nada, sino aceptar la situación y asumirla. Además —sonrió, recordando—, vino a vernos en un mal momento. Toda aquella lluvia y tía Ethel también aquí, fumando cigarrillos, bebiendo ginebra, saliendo al paso con sus odiosas y ultrajantes observaciones. Y en lo que a ti respecta, ninguna mujer embarazada es ella misma. A lo mejor, la próxima vez que veas a Ambrose, las cosas serán diferentes. Es posible que sientas de forma distinta.

—Pero, Sophie, me he puesto muy en ridículo.

—No. Eres simplemente muy joven y te has visto en unas circunstancias que eran superiores a tus fuerzas. Ahora, en consideración a mí, anímate. Sonríe, llama al timbre y la hermana Rogers traerá a la habitación a mi primer nieto para que lo vea. Y vamos a olvidar esta conversación.

—¿Se lo contarás a papá?

—No. Le trastornaría. No quiero preocuparle.

—Pero tú nunca has tenido secretos para él.

—Éste me lo voy a guardar.

No fue sólo Penélope quien se quedó perpleja ante el aspecto de la niña. Lawrence, quien acudió al día siguiente para verla por primera vez, se quedó igualmente confundido.

—Cariño, ¿a quién diablos se parece?

—Ni idea.

—Es muy mona, peno no parece tener nada que ver ni contigo ni con su padre. ¿Tiene algún parecido con la madre de Ambrose?

—No, en lo más mínimo. He pensado que debe de ser un salto atrás hacia generaciones anteriores. Probablemente el vivo retrato de algún antepasado muerto hace mucho tiempo. Sea lo que sea, para mí es un misterio.

—No importa. Parece estar entera y sana, que es lo que realmente cuenta.

—¿Habéis informado a los Keeling?

—Sí, he mandado un telegrama al barco de Ambrose y Sophie ha telefoneado a su madre al hotel.

Penélope hizo una mueca.

—Bien por Sophie. ¿Y qué ha dicho Dolly Keeling?

—Aparentemente parecía encantada. Siempre había deseado que fuese una niña.

—Pero les estará contando a los viejos y a lady Beamish que es sietemesina.

—Ah, bien, si las apariencias importan tanto, ¿qué más da? —Lawrence dudó por un momento para luego seguir—: También ha dicho que le gustaría mucho si la niña pudiese llamarse Nancy.

—¿*Nancy*? ¿De dónde demonios lo ha sacado?

—Era el nombre de su madre. Podría sen una buena idea, ya sabes —dijo él haciendo un pequeño gesto expresivo con la mano—, para ayudar a allanar las cosas un poco.

—Está bien, la llamaremos Nancy. —Penélope se sentó para mirar la cara del bebé—. Nancy, de hecho le pega mucho.

Lawrence, sin embargo, estaba menos preocupado por el nombre de la niña que por su conducta.

—¿No irá a llorar todo el rato, verdad? No puedo soportar a los niños chillones.

—Oh, papá, por supuesto que no. Es muy tranquila. Sólo se come a su madre, luego se duerme y seguidamente se despierta para volver a comerse a su madre.

—Una pequeña caníbal.

—¿Crees que será guapa, papá? Tú siempre has tenido buen ojo para una cara bonita.

—Estará bien. Será un Renoir. Hermosa y floreciente como una rosa.

Y entonces, Doris. La mayoría de los evacuados, incapaces de soportar su exilio por más tiempo, había regresado a Londres en pequeños grupos clandestinos, pero Doris, Ronald y Clark se habían quedado convirtiéndose en residentes permanentes de Carn Cottage y en parte de la familia. En junio, durante la retirada de la fuerza expedicionaria inglesa de Francia, había muerto Bent, el marido de Doris. La noticia se la había llevado el chico de telégrafos, pedaleando colina arriba desde la oficina de correos de Porthkerris. Había abierto la verja en la valla y había entrado silbando en el jardín, donde Sophie y Penélope se encontraban trabajando duro arrancando las malas hierbas del arriate.

—Un telegrama para la señora Potter.

Sophie se puso de rodillas, con las manos cubiertas de tierra, el cabello en desorden y una expresión en su cara que Penélope nunca le había visto anteriormente.

—Oh, *mon Dieu.*

Cogió el sobre color naranja y el muchacho se marchó. La puerta en el muro golpeó al cerrarse detrás de él.

—¿Sophie?

—Debe de tratarse de su marido.

—¿Qué vamos a hacer? —preguntó Penélope al cabo de un momento en un susurro.

Sophie no contestó. Se limitó a limpiarse las manos en la parte posterior de sus pantalones de algodón y abrió el sobre desgarrándolo con un pulgar con una uña negra. Sacó el mensaje y lo leyó, seguidamente volvió a doblarlo y a reponerlo en el sobre.

—Sí —dijo—. Ha muerto. —Se puso de pie—. ¿Dónde está Doris?

—Arriba en el prado. Tendiendo la colada.

—¿Y los chicos?
—Volverán del colegio de un momento a otro.
—Hay que decírselo antes que lleguen. Si no he vuelto, entreténlos. Ella necesitará tiempo. Antes de decírselo a ellos, necesitará tiempo.
—Pobre Doris. —Sonaba dolorosamente inadecuado, trivial hasta el punto de ser idiota, pero qué otra cosa se podía decir.
—Sí. Pobre Doris.
—¿Qué va a hacer?
Lo que Doris hizo fue ser inmensamente valiente. Lloró, naturalmente, descargando su dolor y su rabia en una especie de invectiva contra su joven marido quien había sido tan malditamente estúpido como para que le matasen. Pero apenas esto hubo pasado y ella se sobrepuso, tomando con Sophie una reconfortante taza de té fuerte sentadas a la mesa de la cocina, todos sus pensamientos se dirigieron hacia los niños.
—Pobres criaturas. ¿Cómo va a ser su vida sin un padre?
—Los niños son muy resistentes.
—¿Cómo diablos me las voy a arreglar?
—Lo harás.
—Supongo que debería volver a Hackney. La mamá de Bent..., bueno, me necesitará, a lo mejor. Querrá ver a los niños.
—Creo que deberías ir. Asegurarte de que está bien. Y si es así, pienso que deberías volver aquí con nosotros. Los chicos están felices aquí, se han hecho amigos y sería cruel alejarles ahora de sus raíces. Deja que conserven la seguridad que tienen.
Doris miró fijamente a Sophie. Sorbió un poco por la nariz. Acababa de dejar de llorar y su rostro estaba hinchado y lleno de manchas.
—Pero yo no puedo quedarme aquí indefinidamente.
—¿Por qué no? Eres feliz con nosotros.
—¿No estarás intentando ser simplemente amable?
—Oh, mi querida Doris, no sé qué haríamos sin ti. Y los chicos son como nuestros propios hijos. Os echaríamos mucho de menos si os marchaseis.
Doris pensó en ello.
—Lo mejor que podría hacer es quedarme. Nunca he sido tan feliz como aquí. Y ahora que Bert se ha ido... —Sus ojos se volvieron a llenar de lágrimas.
—No llores, Doris. Los chicos no deben verte llorar. Tienes que enseñarles a ser valientes. Decirles que deben estar orgullosos de su padre, que ha muerto por una gran causa, por liberar a esa pobre gente de Europa. Enséñales a ser hombres buenos, como él.
—No era tan bueno, en absoluto. En ocasiones, era terriblemente pesado. —Las lágrimas desaparecieron y la sombra de una sonrisa

apareció en la cara de Doris—. Cuando llegaba a casa borracho después del fútbol o cuando caía en la cama con las botas puestas.

—No olvides estas cosas —le dijo Sophie—. Todas forman parte de la persona que él era. Es bueno recordar tanto los malos como los buenos momentos. Al fin y al cabo, eso es la vida.

Y así fue como Doris se quedó. Y cuando nació la niña de Penélope apenas pudo esperar para verla. Una niña. Doris siempre había anhelado una hija, pero ahora, con Bert muerto, no parecía que fuese a tener una. Pero esa niña... Ella fue la única entre todos ellos que se sintió inmediatamente seducida por el bebé.

—Oh, qué monada.

—¿Tú crees?

—Penélope, es maravillosa. ¿Puedo cogerla?

—Por supuesto.

Doris se inclinó y cogió a la niña en sus expertos y capaces brazos; permaneció mirándola fijamente con una expresión de adoración materna en su rostro que hizo avengonzarse a Penélope, porque sabía que ella era incapaz de semejante devoción.

—Ninguno de nosotros sabe a quién se parece.

Doris sí lo sabía. Doris sabía perfectamente a quién se parecía.

—Es el vivo retrato de Betty Grable.

Apenas madre e hija regresaron a Carn Cottage, Doris tomó posesión de Nancy; Penélope, calmando un cierto sentimiento de culpabilidad diciéndose a sí misma que estaba haciendo un favor a Doris, fue feliz de dejársela. Era Doris quien bañaba a Nancy y quien lavaba sus pañales y, cuando Penélope se cansó de darle el pecho, era ella quien preparaba los biberones y alimentaba a la niña, sentándose en una silla baja en la cálida cocina o junto al fuego en la sala de estar. Ronald y Clark sentían la misma devoción y llevaban a sus amigos del colegio a casa para que admirasen a la recién nacida.

A medida que transcurría lentamente el invierno, Nancy se iba desarrollando, le creció el pelo, los dientes, engordó. Sophie rescató del cobertizo el viejo cochecito de Penélope, de ruedas altas y sujeto con correas. Doris lo limpió y lo empujaba, con cierto orgullo, arriba y abajo de las pendientes de Porthkerris, parándose a menudo para mostrar a Nancy a cualquier transeúnte que pareciese interesado, y a muchos que no lo estaban.

El carácter de Nancy seguía siendo dulce y plácido. Permanecía echada en su cochecito en el jardín, bien durmiendo, bien observando tranquilamente el paso de las nubes o el movimiento de las ramas del cerezo blanco. Cuando llegó la primavera y salieron las flores, no tardaron en dejarla acostada sobre una alfombrilla, donde manejaba un sonajero que campanilleaba. Luego se sentaba, golpeando dos pinzas de la ropa una contra la otra.

Era una fuente de diversión para Sophie y Lawrence y una fuente de consuelo y de alegría para Doris. Pero Penélope, quien jugaba debidamente con la niña haciendo construcciones con ladrillos o volviendo las páginas de un magullado libro de dibujos, llegó a la conclusión privada de que era terriblemente torpe.

Mientras tanto, más allá de las fronteras de este pequeño mundo doméstico, se precipitaba el huracán de la guerra, retumbando en medio de oscuras nubes. Europa estaba ocupada, la querida Francia de Lawrence invadida y no pasaba un día en que no se atormentase por este país y temiese por sus viejos amigos. En el Atlántico acechaban los submarinos alemanes, persiguiendo a los convoyes lentos de los destructores navales y a los desamparados barcos mercantes. La batalla de Bretaña había sido ganada, pero a costa de grandes pérdidas de aviones, pilotos y campos de aviación, y el ejército, formado de nuevo después de Francia y Dunquerque, estaba tomando posiciones en Gibraltar y Alejandría, en previsión del próximo ataque violento de la fuerza militar alemana.

Por supuesto, había empezado el bombardeo. Interminables ataques aéreos en Londres. Noche tras noche sonaban las sirenas de alarma, y noche tras noche las masivas formaciones de Heinkels, siniestros con sus cruces negras, llegaban en oleadas a través del Canal surgiendo de la oscuridad de Francia.

En Carn Cottage, escuchaban cada mañana las noticias y sus corazones se desangraban por Londres. En un plano más personal, la preocupación de Sophie era por la casa de la calle Oakley y por las personas que allí vivían. Los Friedmann, siguiendo sus instrucciones, se habían mudado de la buhardilla al sótano pero los Clifford permanecían donde siempre habían estado, en el segundo piso, y cada vez que había noticias de ataques aéreos (lo cual tenía lugar la mayoría de las mañanas), Sophie los imaginaba muertos, heridos, sepultados bajo los escombros o enterrados entre cascotes.

—Son demasiado mayores para soportar esta terrible experiencia —le dijo a su marido—. ¿Por qué no les decimos que vengan a vivir aquí con nosotros?

—Mi querida niña, no tenemos sitio. Además, incluso en el supuesto de que lo tuviésemos, no vendrían. Tú lo sabes. Son londinenses. Nunca se marcharían de allí.

—Me sentiría más feliz si pudiese verles. Hablar con ellos. Asegurarme de que están bien...

Lawrence observaba en secreto a su joven esposa, percibiendo su inquietud. Hacía dos años que estaba allí clavada, en Porthkerris, su Sophie, quien no había vivido más de tres meses en el mismo lugar desde que se habían casado. Y Porthkerris en época de guerra era gris, sombrío y estaba vacío, muy diferente del pueblo lleno de vida al que escapaban con alivio cada verano antes de la guerra. No estaba aburrida, ella nunca se aburría, pero día a día la dificultad de la vida se incrementaba, pues la comida escaseaba, las raciones eran cada vez más diminutas y constantemente se producía una nueva y molesta falta de los pequeños lujos —champú, cigarrillos, cerillas, películas para cámaras de fotografiar, whisky, ginebra— que ayudaban a aliviar la esclavitud de la vida. Había que hacer cola para todo y luego transportarlo colina arriba desde el pueblo, porque ninguno de los comerciantes contaba ya con gasolina para hacer las entregas. La gasolina era quizá una de las mayores privaciones. Tenían todavía el viejo Bentley, pero éste se pasaba gran parte de su vida en el fondo del garaje de Grabney, porque sólo les era permitido disponer de suficiente gasolina para recorrer unos pocos kilómetros.

Por todo ello, él entendía el desasosiego. Sensible a la forma de ser de las mujeres, comprendía y se solidarizaba con ella. Sabía que Sophie necesitaba alejarse de todos ellos algunos días. Buscó el momento, a la espera de una pequeña oportunidad para sacar el tema, pero parecía que ahora no estaban nunca solos; la pequeña casa rezumaba de actividad y voces. Doris y los chicos, Penélope y ahora el bebé llenaban cada habitación, cada hora del día, y cuando finalmente Sophie se iba a la cama estaba tan exhausta que casi siempre dormía cuando Lawrence se acostaba junto a ella.

Finalmente, un día la cogió a solas. Él había estado excavando patatas, a duras penas, pues sus lisiadas manos tenían dificultad en manejar la pala y buscar a tientas en la tierra húmeda, pero al final había conseguido llenar un cesto llevándolo al interior a través de la puerta posterior y encontrando a su mujer sentada junto a la mesa de la cocina desmenuzando con tristeza una col.

—Patatas —dijo él dejándolas en el suelo cerca de la cocina de gas.

Sophie sonrió. Aunque estuviese murria, siempre podía dedicarle aquella sonrisa. Él apartó una silla, se sentó y la miró. Estaba demasiado delgada. Tenía arrugas alrededor de la boca, alrededor de sus hermosos ojos oscuros.

—Sola por fin. ¿Dónde están los demás? —dijo él.

—Penélope y Doris se han llevado a la niña a la playa. Estarán de vuelta dentro de poco, para comer —dijo ella arrancando un par de hojas a la col—. Les voy a dar esto para comer y los chicos dirán que lo detestan.

—¿Sólo col? ¿Nada más?

—Macarrones al queso.

—Haces lo que puedes.

—Es aburrido. Aburrido de cocinar y aburrido de comer. No les critico por quejarse.

—Tienes demasiado trabajo.

—No.

—Sí. Estás cansada y harta.

Ella le miró encontrando sus ojos.

—¿Tanto se nota? —preguntó al cabo de un momento.

—Sólo yo, que te conozco muy bien.

—Estoy avergonzada. Me detesto. ¿Por qué debo estar tan descontenta? Pero me siento tan inútil. ¿Qué hago? Coser y cocinar. Pienso en las mujeres de toda Europa, y me odio, pero no puedo hacer nada. Y cuando tengo que ir y hacer una cola de una hora para comprar un rabo de buey que otra persona acaba de llevarse, me siento a punto de sufrir un ataque de histeria.

—Deberías marcharte un par de días.

—¿Marcharme?

—Irte a Londres. Ver tu casa. Estar con los Clifford. Te quedarías más tranquila. —Alargó una mano que puso sobre las de ella, cubriéndolas de manchas de patata—. Escuchamos las noticias de los bombardeos y nos horrorizamos, sin embargo a menudo los desastres retransmitidos son más alarmantes que el propio horror. La imaginación se dispara, el corazón se sumerge en el terror. Pero, en realidad, nada es nunca tan malo como pensamos que está siendo. ¿Por qué no vas a Londres para descubrir todo esto por ti misma?

Pareciendo ya más feliz, Sophie lo consideró.

—¿Vendrías tú también?

—No, querida —dijo él negando con la cabeza—. Soy demasiado viejo para ir de fiesta, y distraerte es exactamente lo que tú necesitas. Reúnete con los Clifford, ríete con Elizabeth. Vete de compras con ella. Dile a Peter que te lleve a comer al Berkeley o a L'Ecu de France. Creo que la comida allí sigue siendo excelente, a pesar del racionamiento. Llama a tus amigos. Ve a escuchar algún concierto, al teatro, la vida sigue. Incluso en Londres en tiempo de guerra. Especialmente, quizá, en Londres en tiempo de guerra.

—¿No te importará entonces si me voy sin ti?

—Me importará más de lo que pueda expresarlo. No pasará un momento sin que te eche de menos.

—¿Por tres días? ¿Podrás soportarlo por tres días?

—Podré soportarlo. Y cuando vuelvas podrás pasarte tres semanas contándome todo lo que has hecho.

—Lawrence, te quiero mucho.

Él negó con la cabeza, no para negarlo sino simplemente para hacerle comprender a ella que no necesitaba decírselo. Se inclinó hacia adelante y le dio un beso en la boca, luego se levantó y se dirigió al fregadero para limpiarse el barro de las manos.

La víspera del día en que debía tomar el tren para Londres, Sophie se fue a la cama temprano. Doris había salido, a algún baile en el ayuntamiento, y los niños estaban ya durmiendo. Penélope y Lawrence permanecieron levantados todavía un rato escuchando un concierto en la radio, pero Penélope empezó entonces a bostezar, dejó de lado su labor de punto, dio el beso de buenas noches a su padre y se dirigió al piso superior.

La puerta de la habitación de Sophie estaba abierta y la luz todavía encendida. Penélope metió la cabeza a través de la puerta. Sophie estaba en la cama, leyendo.

—Pensaba que habías subido temprano para tener un buen primer sueño.

—Estoy demasiado nerviosa para dormir —dijo dejando el libro sobre las rodillas. Penélope fue a sentarse junto a ella—. Me hubiese gustado que me acompañaras.

—No. Papá tiene razón. Te divertirás más sola.

—¿Qué quieres que te traiga?

—No se me ocurre nada.

—Encontraré algo especial. Algo que nunca has pensado en tener.

—Me encantará. ¿Qué estás leyendo? —preguntó cogiendo el libro. *Elizabeth* y *el jardín alemán*—. Sophie, debes de haberlo leído cientos de veces.

—Por lo menos. Pero siempre vuelvo a él. Me reconforta. Me apacigua. Me recuerda un mundo que existía antes y que volverá a existir cuando termine la guerra.

Penélope lo abrió al azar y leyó en alta voz.

—«Soy una mujer muy feliz, viviendo en un jardín, con libros, niños, pájaros y flores y cantidad de tiempo libre para disfrutarlos.»

Se rió y volvió a dejar el libro.

—Tú tienes todas esas cosas. Sólo te falta el tiempo libre. Buenas noches.

Se dieron un beso.

—Buenas noches.

Telefoneó desde Londres, su voz era alegre a través de la línea llena de ruidos.

—Lawrence. Soy yo. Sophie. ¿Cómo estás, querido? Sí, lo estoy pasando estupendamente. Sí, por supuesto, las bombas han causado daños, enormes agujeros en las casas en hilera, como dientes golpeados, pero todo el mundo es valiente y alegre y está llevando la situación como si nada pasara. Y, sin embargo, es *tanto* lo que pasa. Hemos ido a dos conciertos, escuchamos a Myrna Hess durante la cena, estupendo, te habría encantado. Y he visto a los Ellington y aquel chico encantador, Ralph, que estudiaba en Slade, ahora está en la RAF. La casa está bien, resistiéndose a todos los golpes; y es tan bonito estar de nuevo aquí; Willi Friedmann está cultivando hortalizas en el jardín...

—¿Qué vas a hacer esta noche? —preguntó Lawrence cuando pudo meter baza.

—Vamos a cenar a casa de los Dickinses; Peter, Elizabeth y yo. ¿Te acuerdas de ellos? Él es médico, había trabajado con Peter... Viven cerca de Hurlingham.

—¿Cómo vais a ir allí?

—En taxi, o en metro. Los metros son extraordinarios, las estaciones están llenas de gente que duerme allí. Cantan, organizan fiestas encantadoras y luego se duermen. Oh, querido, se corta la línea. Tengo que colgar. Besos a todos, estaré en casa pasado mañana.

Aquella noche Penélope se despertó con un terrible sobresalto. Algo, algún sonido, alguna alarma. La niña, quizá. ¿Nancy estaba llorando? Permaneció acostada escuchando, pero todo lo que podía oír era el zumbido sordo de su propio corazón. Se fue calmando gradualmente. A continuación, escuchó unos pasos que cruzaban el pasillo, el crujido de las planchas de madera de la escalera, el golpecito seco de una luz al ser encendida. Se levantó de la cama, salió del dormitorio y se inclinó sobre la barandilla. La luz del vestíbulo estaba encendida.

—¿Papá?

No hubo respuesta. Cruzó el pasillo y miró en la habitación de él. La cama estaba deshecha, pero vacía. Volvió al pasillo, titubeó. ¿Qué estaba haciendo? ¿Estaría enfermo? Prestando atención, le oyó moverse en la sala de estar. En ese momento todo estaba tranquilo. Estaba despierto, era sólo eso. En ocasiones, cuando estaba despierto, hacía eso; bajaba, encendía el fuego, buscaba un libro para leer.

Volvió a la cama. Pero no podía volver a conciliar el sueño. Estaba acostada en medio de la oscuridad mirando el cielo oscuro más allá de la ventana abierta. Abajo en la playa, murmuraba el flujo de la marea y las olas imponían su silencio en la arena. Escuchando cómo el océano se agitaba, esperó con los ojos abiertos la llegada del alba.

A las siete, se levantó y bajó. Él había encendido la radio. Daban música. Esperaba las primeras noticias de la mañana.

—Papá.

Él levantó una mano indicándole que guardase silencio. La música se desvaneció. Sonó la señal horaria. «Aquí Alvar Liddell desde Londres, para ofrecerles las noticias de las siete.» La voz tranquila, desapasionada, objetiva, les contó lo que había ocurrido. Les explicó el bombardeo de la noche anterior en Londres... incendiarias, minas, explosivos de largo alcance habían llovido sobre la ciudad. Todavía ardían incendios, pero estaban bajo control..., los muelles se habían visto afectados...

Penélope alargó la mano y apagó la radio. Lawrence levantó la mirada hacia ella. Llevaba su vieja bata Jaeger y la blanca barba de tres días centelleaba en su rostro.

—No he podido dormir —dijo él.

—Lo sé. Te he oído aquí abajo.

—He estado sentado aquí, esperando la llegada de la mañana.

—Ha habido otros ataques aéreos. No habrá pasado nada. Voy a hacer té. No te preocupes. Tomaremos una taza de té y luego telefonearemos a la calle Oakley. Todo estará bien, papá.

Intentaron poner una conferencia, pero la operadora les dijo que, después de la incursión de la noche anterior, las líneas con Londres estaban cortadas. Toda la mañana, horas tras hora, intentaron comunicar. Sin éxito.

—Sophie estará intentando llamarnos, papá, al igual que nosotros estamos intentando llamarla a ella. Debe de estar tan frustrada como nosotros, e igualmente ansiosa porque sabe que estamos preocupados.

Pero no fue hasta mediodía cuando por fin sonó el teléfono. Penélope, que se encontraba en la cocina cortando a trozos las verduras para la sopa, oyó el timbre, soltó el cuchillo y corrió a la sala de estar, secándose mientras tanto las manos en el delantal. Pero Lawrence, sentado junto al aparato, ya había cogido el auricular. Ella se puso de rodillas junto a él, muy cerca, para no perderse una palabra.

—¡Diga! Aquí Carn Cottage. ¿Diga?

Un rumor, un chirrido, un sonido zumbante y entonces, al final, «oiga». Pero no era la voz de Sophie.

—Lawrence Stern al habla.

—Oh, Lawrence, soy Lalla Friedmann. Sí, Lalla de la casa de la calle Oakley. Me ha sido imposible comunicar antes. Hace más de dos horas que lo estoy intentando. Yo... —su voz se quebró de pronto y se calló.

—¿Qué pasa, Lalla?

—¿Estás solo?

—Penélope está conmigo. ¿Se trata de..., Sophie, verdad?

—Sí. Ay, Lawrence, sí. Y los Clifford. Todos ellos. Todos han muerto. Una mina cayó directamente sobre la casa de los Dickinses. No ha quedado nada. Willi y yo hemos ido a verlo. Esta mañana, al comprobar que no habían vuelto, Willi ha intentado telefonear a los Dickinses, pero naturalmente era imposible. Así que hemos decidido ir personalmente para ver lo que había pasado. Habíamos estado allí antes, una Navidad, por lo que conocíamos el camino. Hemos cogido un taxi, pero luego hemos tenido que caminar... No ha quedado nada... Y cuando hemos llegado al final de la calle, estaba acordonado; no se permitía pasar a nadie y los bomberos estaban todavía trabajando. Pero hemos podido ver algo. La casa había desaparecido. Sólo un enorme cráter. Había un policía y he hablado con él. Ha sido muy amable, pero nos ha dicho que no había ninguna esperanza. Ninguna esperanza, Lawrence —empezó a llorar—, todos ellos. Muertos. Lo siento muchísimo. Y siento tanto haber tenido que decírtelo. No ha quedado nada.

—Ha sido muy amable de tu parte ir a ver lo que había pasado. Y te agradezco que me hayas llamado —dijo Lawrence.

—Es la peor cosa que he tenido que hacer en mi vida.

—Sí —dijo Lawrence—. Sí —repitió allí sentado.

Al cabo de un instante, colgó, aflojándose sus dedos torcidos al intentar colocar el auricular en su lugar. Penélope inclinó la cabeza dejándola caer sobre su grueso jersey de lana. El silencio que siguió estaba vacío de todo. Un vacío.

—Papá.

Él alargó una mano y le acarició el pelo.

—Papá.

Ella levantó la mirada hacia él y éste sacudió la cabeza. Ella comprendió que lo único que él quería era quedarse a solas. Vio entonces que él era viejo. Nunca se lo había parecido antes, pero ahora se dio cuenta de que nunca sería otra cosa. Se puso de pie, salió de la habitación y cerró la puerta.

«No ha quedado nada.»

Subió a la habitación de sus padres. La cama, esa espantosa mañana, no había sido hecha. Las sábanas estaban todavía en desorden, la almohada abollada por la cabeza insomne de su padre. Él lo había presentido. Ambos lo habían presentido. Esperando, dándose valor, pero llenos de una certidumbre mortal. Ambos lo sabían.

«No ha quedado nada.»

Sobre la mesilla de noche de Sophie yacía el libro que había estado leyendo la víspera de su viaje a Londres. Penélope se acercó, se sentó y cogió el libro. Cayó abierto en sus manos en aquella manoseada página.

«Soy una mujer muy feliz, viviendo en un jardín, con libros, niños y flores y cantidad de tiempo libre para disfrutarlo. A veces me siento como si estuviese bendecida por encima de mi prójimo por haber podido encontrar la felicidad tan fácilmente.»

Las palabras se difuminaron y se fueron perdiendo, como imágenes vistas a través de una ventana mojada por la lluvia. Por encontrar la felicidad tan fácilmente. Sophie no solamente había encontrado la felicidad, sino que la había irradiado. Y ahora, no había quedado nada. El libro resbaló entre sus dedos. Se echó sobre la cama, enterrando su rostro inundado de lágrimas en la almohada de Sophie, tejido fresco como la piel de su madre y perfumado suavemente con su aroma, como si hubiese salido de la habitación un momento antes.

X

ROY BROOKNER

A pesar de ser un jugador competente y un mago de la velocidad en las canchas de squash, Noel Keeling no era un hombre adicto al ejercicio físico. Si durante los fines de semana los huéspedes se veían obligados por sus anfitriones a dedicar una tarde a la poda de árboles o a un trabajo comunitario de jardinería, invariablemente él se hacía cargo de las tareas menos arduas, como recoger ramitas para el fuego o cortar las cabezas muertas de las rosas. Cortaba el césped de buen grado, siempre y cuando contase con una máquina que supiera manejar y le encantaba ver cómo otra persona —normalmente alguna muchacha atontolinada por él— arrastraba la carretilla de hierba cortada hasta el montón de abono. Si las tareas resultaban ser realmente pesadas, como clavar estacas para la cerca con almádenas en un suelo rocoso o excavar un enorme agujero para un arbusto recién adquirido, dominaba perfectamente el arte de desaparecer en el interior de la casa, donde algún otro huésped, indignado, lo descubría instalado delante de la televisión viendo criquet o golf y con las páginas del periódico dominical esparcidas a su alrededor.

De acuerdo con este planteamiento, preparó el plan a seguir en casa de su madre. Todo el sábado lo pasaría simplemente husmeando, escudriñando el contenido de todos los baúles, de todas las cajas, de todas las viejas cómodas desmembradas. (El verdadero trabajo duro, de empujar y cargar, de bajar la basura por los dos estrechos tramos de escalera, podía ser dejado tranquilamente para que al día siguiente lo hiciera el nuevo jardinero.) Si tenía éxito y encontraba lo que estaba buscando..., uno, dos o incluso más de los bocetos preliminares al óleo de Lawrence Stern, actuaría muy fríamente. Podrían ser de *interés,* se lo diría a su madre y, dependiendo de su reacción, se los llevaría diciendo: «Sería preferible que un experto les echase una ojeada; conozco a la persona, Edwin Mundy...»

Al día siguiente, se levantó temprano y se preparó un copioso desayuno, tocino ahumado, huevo, salchichas, cuatro tostadas y una cafetera de café negro. Mientras tomaba todo ello en la mesa de la cocina, vio cómo la lluvia se deslizaba por el cristal de la ventana, sintiéndose muy contento, pues de esta forma no había posibilidad alguna de que le intentasen convencer para ir al jardín a fin de realizar alguna tarea para su madre. Cuando andaba por su segunda taza de café, apareció Penélope en bata y mostrándose algo sorprendida por la actitud de él, levantado tan temprano un sábado por la mañana.

—No harás mucho ruido, ¿verdad, cariño? Me gustaría que Antonia duerma tanto como pueda. Pobre muchacha, debía de estar agotada.

—Os oí hablar hasta muy avanzada la noche. ¿De qué estabais hablando?

—Oh, nada, de cosas. —Se sirvió café—. Noel, no tires nada sin haberme consultado antes, ¿de acuerdo?

—No voy a hacer otra cosa que sacar lo que tienes amontonado. Quemar y destruir puede esperar a mañana. Pero tienes que ser sensata. Todas las labores de punto y las fotografías de boda de los años mil novecientos diez deben ir a parar a la hoguera.

—Me horroriza pensar en lo que vas a encontrar.

—Nunca se sabe —le dijo Noel, sonriéndole con los ojos muy abiertos—. Así de fácil, nunca se sabe.

A continuación dejó el café que estaba bebiendo y se encaminó arriba. Pero antes de poder empezar a trabajar, debía resolver un par de dificultades prácticas. El desván contaba sólo con una ventana diminuta, situada en el propio tejado, en la parte este, y la única bombilla, suspendida de la viga central del tejado de paja, era tan tenue y débil que apenas conseguía ofrecer una iluminación suplementaria a la gris luz diurna. Volvió a bajar y le pidió a su madre una bombilla fuerte y adecuada. Ella desenterró una de una caja debajo de la escalera y él se la llevó al desván donde, tambaleándose sobre una silla renqueante, desenroscó la vieja bombilla enroscando la nueva. Pero, al girar el interruptor, se dio cuenta de que tampoco ésta proporcionaba la luz suficiente para llevar a cabo la cuidadosa investigación que tenía en mente. Una lámpara, eso era lo que necesitaba. Había una justo allí, una vieja lámpara estándar con una pantalla roja y un largo y colgante cordón, pero no había enchufe, lo cual provocó un nuevo viaje. Cogió otra bombilla potente de la caja de madera y le preguntó a su madre si tenía algún enchufe disponible. Ella le dijo que no y, ante la insistencia de Noel, le sugirió que cogiese uno de algún aparato. El dijo que necesitaría un destornillador. Ella le dijo que había uno en el cajón de costumbre y, un poco nerviosa, se lo señaló.

—Aquí, Noel, en el aparador.

Él abrió el cajón encontrándose con una maraña de alambres para cuadros, fusibles, martillos, cajas de clavos y tubos de cola abollados. Rebuscando, encontró un pequeño destornillador y con él extrajo el enchufe de la plancha. De nuevo arriba, montó el enchufe, con cierta dificultad, en el cordón de la vieja lámpara y, rogando para que fuese suficientemente largo, lo arrastró escaleras abajo y lo enchufó en la toma del pasillo. Volvió arriba, con la sensación de que era la centésima vez que lo hacía, giró el interruptor de la lámpara y lanzó un suspiro de alivio cuando la luz se encendió. Exhausto por las pequeñas dificultades, se sintió aliviado al ver que podía por fin empezar a trabajar con esa iluminación.

A mediodía había trabajado recorriendo la mitad de la extensión del repleto y sucio desván. Había registrado tres baúles, un escritorio apolillado, una caja para té y dos maletas. Había encontrado cortinas y cojines, una serie de vasos de vino envueltos en papel de periódico, álbumes de fotos, abultados y de color sepia deslustrado, un juego de té de muñecas y una pila de fundas de almohada que se habían vuelto amarillas por los años y que habían sido apartadas para ser remendadas. Había hallado libros de contabilidad encuadernados en piel, con las entradas en una letra caligrafiada a mano ya difuminada; montones de cartas, atadas con cintas; labores de punto medio acabadas con agujas oxidadas clavadas en ellas, unas instrucciones para usar el último invento, una máquina para limpiar cuchillos. De pronto, al dar con una carpeta ancha sujeta con cintas, la esperanza aumentó. Con manos temblando de excitación, deshizo las cintas, sólo para encontrarse con una serie de acuarelas representando las Dolomitas y realizadas por Dios sabía quién. El desencanto fue enorme, pero volvió a hacer acopio de energía y continuó con la tarea. Había plumas de avestruz y chales de seda con largos y enredados flecos; manteles bordados con los pliegues amarillos; rompecabezas, tapicerías medio acabadas. Encontró un tablero de ajedrez, sin piezas; naipes, un ejemplar de 1912 de *Burke's Landed Gentry.*

No encontró nada que se pareciese remotamente a una obra de Lawrence Stern.

Sonaron unos pasos en la escalera. Sucio y ceñudo, estaba encaramado en un escabel leyendo desconsoladamente un consejo doméstico sobre cómo lavar unos calcetines negros de lana y, cuando levantó la vista, vio a Antonia en el quicio de la puerta. Iba vestida con pantalones tejanos, zapatos deportivos y un jersey blanco y le pasó por la mente que era una lástima que tuviera esas pestañas pálidas porque tenía una figura sensacional.

—Hola —dijo ella y su voz sonó tímida e indecisa, como si temiese molestarle.

—Hola —dijo él cerrando el maltrecho libro de un golpe y arrojándolo al suelo a sus pies—. ¿A qué hora has amanecido?

—Hacia las once.

—¿No te habré despertado, no?

—No. No he oído nada —dijo ella dirigiéndose hacia él sorteando y pisando el doloroso montón de trastos viejos—. ¿Cómo te va?

—Lento. La idea general es la de separar el trigo de la paja. Intentar eliminar todo aquello que supone un riesgo de un eventual incendio.

—No me imaginaba que estuviese tan mal. —Se detuvo para mirar a su alrededor—. ¿De dónde ha salido todo esto?

—Buena pregunta. De la buhardilla de la casa de la calle Oakley. Y de otras buhardillas de otras casas, remontándonos a siglos atrás a juzgar por lo que estamos viendo. Esta total incapacidad de tirar debe de ser una debilidad hereditaria.

Antonia se agachó y cogió un chal escarlata.

—Es bonito —dijo poniéndoselo alrededor de los hombros y arreglando el fleco enredado—. ¿Cómo queda?

—Extraño.

Se quitó el chal y lo dobló con cuidado.

—Penélope me ha enviado aquí arriba para saber si querías comer algo.

Noel miró su reloj y vio, con cierta sorpresa, que eran las doce y media. El día no se había aclarado y había estado tan concentrado en su trabajo que había perdido la noción del tiempo. Bajó del escabel poniéndose en pie.

—Lo que necesito más que otra cosa es un gin-tonic.

—¿Vas a volver aquí esta tarde?

—Tengo que hacerlo. En caso contrario no acabaré nunca.

—Si quieres, vendré a ayudarte.

Pero él no quería que ella anduviese por allí..., no quería a nadie mirando.

—Es muy amable por tu parte, pero prefiero estar solo para trabajar en paz. Anda... —dijo empujándola suavemente hacia la puerta—. Ve a ver lo que está haciendo ma para comer.

A las seis y media de aquella tarde, la larga búsqueda había llegado a su fin y Noel sabía que su esfuerzo había sido inútil. El desván de Podmore's Thatch no contenía tesoro alguno. Ni un simple bosquejo de Lawrence Stern había aparecido y la búsqueda había sido una pérdida total de tiempo. Enfrentándose a la amarga verdad, permaneció de pie, con las manos en los bolsillos, observando el rastro de confusión en que se había convertido su trabajo. Cansado y sucio, con las esperanzas perdidas, su melancolía se transformó en resentimiento. Éste estaba sobre todo dirigido a su madre, que tenía la culpa de todo. Probablemente, en un momento u otro, había destruido los bosquejos, o los había regalado. Su generosidad, así como su obsesión por acumular, como si de una ardilla se tratara, le había enfurecido siempre y ahora dejaba aflorar la rabia contenida.

Su tiempo era precioso y había perdido un día entero rebuscando entre los restos de Dios sabía cuántas generaciones, simplemente porque a ella no le había dado la gana de hacerlo sola.

De pésimo humor, consideró seriamente por un instante la idea de abandonar y optar por la alternativa de escape reservada a los fines de semana «Una estrella», que consistía en recordar de pronto un compromiso ineludible en Londres, despedirse y marcharse a casa.

Pero no era posible, porque había llegado demasiado lejos y había hablado demasiado. Había sido él quien había sembrado la idea (casa insegura, peligro de incendio, seguro inadecuado, etcétera), contándole asimismo a Olivia la posible existencia de los bosquejos. Ahora, a pesar de que estaba totalmente convencido de que no existían, podía imaginar las observaciones cáusticas de Olivia, diciéndole que había dejado el trabajo sin acabar, que era un cínico, que no había terminado lo acordado y, en fin, tratado como un trapo por su inteligente hermana.

No tenía salida. Tendría que quedarse. Con cierta virulencia, apartó de una patada una cuna de muñecas y, apagando las luces, se dirigió hacia abajo.

Había dejado de llover durante la noche y un suave viento del sudeste había dispersado las nubes bajas. El domingo por la mañana amanecía con un cielo claro y tranquilo, su silencio roto solamente por un coro de pájaros. Fue esto lo que despertó a Antonia. Los primeros rayos del sol entraban oblicuamente en su habitación a través de la ventana abierta; yacían cálidos sobre la alfombra, destacando el rosa profundo de las rosas que adornaban las cortinas. Se levantó de la cama y fue a inspeccionar el día, inclinándose con los antebrazos desnudos sobre el alféizar y oliendo el aire húmedo y con aroma de musgo. El tejado era tan bajo que lo rozaba con su cabeza; vio el rocío reluciente en la hierba y a dos tordos cantando alegremente en el castaño en una perfecta mañana de primavera.

Eran las siete y media. La víspera había llovido todo el día y no había salido fuera. Antonia, todavía no recuperada del trauma y los viajes, no podía haber pedido nada mejor que un día entero sin salir de casa. La habían dejado sola, al abrigo del fuego de la chimenea, con las gotas de lluvia deslizándose por los cristales de las ventanas y las luces encendidas porque estaba demasiado gris y oscuro. Había encontrado un libro de Elizabeth Jane Howard que no había leído nunca y, después de comer, se había arrellanado en el sofá para recrearse en él. De vez en cuando, había aparecido Penélope para añadir un tronco en el fuego o buscar sus gafas; más tarde se había reunido con ella, no para charlar, sino para leer el periódico y, más tarde todavía, le había llevado el té. Noel se había pasado todo el largo día solo arriba en el desván, para aparecer al final de un pésimo humor.

Eso hizo sentirse a Antonia algo incómoda. Ella y Penélope estaban en ese momento en la cocina preparando la cena amigablemente, pero una mirada de éstas a la expresión de Noel les bastó para saber con certeza que su malhumor iba a destruir la agradable paz del día.

Si tenía que ser franca, todo con respecto a Noel le hacía sentir un poco incómoda. Tenía toda la energía y la ironía viva de Olivia, pero carecía de su calor. Hacía que Antonia se sintiese insegura y torpe y encontraba difícil pensar en cosas para decirle que no fuesen ni triviales ni aburridas. Cuando apareció en la puerta de la cocina, con una cara negra como el carbón y una raya de polvo en la parte inferior de una de sus mejillas, para servirse un whisky fuerte y preguntarle a su madre por qué demonios se había llevado toda aquella porquería de la casa de la calle Oakley a Gloucestershire, a Antonia le habían flaqueado las piernas ante la perspectiva de una escena o, peor, de una velada presidida por silenciosas caras largas, pero Penélope estuvo a la altura de las circunstancias, no se sintió provocada por el ataque y evidentemente no estaba dispuesta a dejarse intimidar por su hijo.

—Pereza, supongo —le dijo a Noel muy a la ligera—. Era más sencillo meterlo todo en el camión de la mudanza que empezar a decidir qué hacer con cada cosa. Estaba demasiado ocupada para preocuparme de todos esos viejos libros y cartas.

—¿Pero quién los guardó en un principio?

—No tengo ni idea.

Derrotado por el buen humor de Penélope, ingirió el whisky y, de pronto, se tranquilizó un poco. Esbozó incluso una débil sonrisa—. Eres la más imposible de las mujeres —le dijo a su madre.

Ella encajó también este comentario.

—Sí, lo sé, pero no podemos ser perfectos. Limítate a pensar en lo buena que soy en otras cosas: haciéndote comidas y teniendo siempre el tipo de bebida adecuada en el aparador. La madre de tu padre, si lo recuerdas, sólo tenía en su aparador botellas de jerez que sabían a uva.

Él arrugó la cara recordándolo con repugnancia.

—¿Qué tenemos para cenar?

—Truchas con almendras al horno, patatas nuevas, frambuesas y crema. Nada menos de lo que tú mereces. Escoge una botella de vino y luego vete arriba a darte un baño. —Sonrió a su hijo, pero su mirada era penetrante—. Estoy segura de que lo necesitarás, después de toda esa ardua labor.

Y así, a pesar de todo, había sido una velada agradable. Cansados, se habían ido todos a la cama temprano y Antonia había dormido de un tirón toda la noche. Ahora, con la capacidad de recuperación de la juventud y por primera vez desde hacía días y días, se sintió ella misma de nuevo. Deseaba salir al exterior, correr por la hierba, llenar sus pulmones de aire fresco y frío. La mañana primaveral la esperaba y supo que debía participar en ella.

Se vistió, bajó, cogió una manzana del frutero de la cocina y salió al jardín pasando por el invernadero. Cruzó el césped comiendo la manzana. El rocío empapaba sus zapatos deportivos de lona dejando un rastro de pisadas en la hierba húmeda. Después de haber pasado por delante del castaño y a través de la abertura del seto vivo, se encontró en el huerto. Un sendero desigual bajaba por la hierba descuidada que estaba ya llena de retoños de narciso, pasaba junto a los restos de una hoguera y circundaba un seto de espino recientemente arreglado. Más allá, llegó al río, que fluía abundante y estrecho entre altas riberas. Siguió su curso hacia abajo, entre un arco de sauces; luego éstos se aclararon y el río serpenteaba hacia adelante a través de amplias vegas, llenas de ganado que pastaba. Había ovejas en los pastos de la meseta y en la distancia un hombre con un perro pisándole los talones ascendía la pendiente en su dirección.

Ahora estaba cerca del pueblo. La vieja iglesia con su torre cuadrada y unas casas de piedra dorada aparecieron en la curva del camino. De las chimeneas surgía un humo rosa de fuegos recién encendidos que se apelotonaba en el aire inmóvil. El sol subía en el cielo cristalino y su fino calor hacía que el puente oliese a creosota. Era un buen olor. Se sentó en el puente, con las piernas mojadas colgando, y terminó de comer la manzana. Arrojó el corazón en el agua clara y deslizante y miró cómo se marchaba, desapareciendo para siempre.

Decidió que Gloucestershire era bellísimo y superaba cualquier cosa que hubiese podido imaginar. Y Podmore's Thatch era perfecto al igual que Penélope. El simple hecho de estar con ella le hacía sentir a uno tranquilo, a salvo, como si la vida —en los últimos tiempos terriblemente triste— fuese de por sí algo excitante y llena de gozosas perspectivas. «Te puedes quedar —le había dicho Penélope— el tiempo que quieras», y aunque era una tentación en sí misma, ella sabía que no podía. Por otra parte, ¿qué iba a hacer?

Tenía dieciocho años. No tenía familia, ni casa, ni dinero y no estaba cualificada para nada. Durante los pocos días que había pasado en Londres, se había confiado a Olivia.

—Ni siquiera sé lo que *quiero* hacer. Quiero decir que nunca he tenido una vocación hacia algo. Sería mucho más fácil si la tuviese.

Además, incluso si de pronto decidiese ser secretaria, o médico, o censora jurado, estudiar cualquier cosa cuesta mucho dinero.

—Yo podría ayudarte —dijo Olivia.

Antonia se rebeló inmediatamente.

—No, no debes ni siquiera pensar en ello. No soy responsabilidad tuya.

—En cierta forma, lo eres. Eres la hija de Cosmo. Además no estaba pensando en extender grandes cheques. Estaba pensando que podría ayudarte de otras formas. Presentándote a gente. ¿Has pensado alguna vez en ser modelo?

Modelo. La boca de Antonia se abrió atónita.

—¿Yo? No podría ser modelo. No soy guapa en absoluto.

—No es necesario ser guapa. Hay que tener simplemente el tipo adecuado y tú lo tienes.

—No podría ser modelo. Me cohíbo apenas alguien dirige una cámara fotográfica en mi dirección.

Olivia se rió.

—Lo superarías. Todo lo que precisas es un buen fotógrafo, alguien que te dé confianza. Conozco muchos casos en los que los patitos feos se han convertido en cisnes.

—Yo no.

—No seas tímida. No hay nada malo en tu cara a excepción de esas pestañas blancas. Aparte de esto son extraordinariamente largas y espesas. No entiendo por qué no te pones rímel.

Para Antonia, sus pestañas eran la mayor fuente de vergüenza y su mención la incomodó, ruborizándose.

—Lo he intentado, Olivia, pero es imposible. Soy alérgica, o algo parecido. Mis párpados empiezan a hincharse, luego los carrillos, la cara se me pone como un nabo y los ojos me empiezan a llorar y todo el rímel me chorrea por la cara. Un desastre, pero no puedo hacer nada.

—¿Por qué no te las tiñes?

—*¿Teñir?*

—Sí. Teñirlas de negro. En un salón de belleza. De esta forma se acabarían todos tus problemas.

—¿Y si soy alérgica al tinte?

—No lo creo. Tienes que averiguarlo. En cualquier caso, estábamos hablando de que trabajases como modelo fotográfico. Sólo durante un par de años. Ganarías bastante dinero y podrías ahorrar un poco, así, cuando hubieses decidido lo que quieres hacer, tendrías un pequeño capital detrás de ti; serías independiente. Piénsalo mientras estés en Podmore's Thatch. Luego me dices lo que has decidido y yo te proporcionaré una sesión.

—Eres un sol.

—En absoluto. Sólo soy práctica.

Considerándolo de forma objetiva, no era una mala idea. El pensamiento de realizar ese trabajo atemorizaba a Antonia, pero si podía ganar algo de dinero de esa forma valía la pena pasar angustias e incomodidades y que la embadurnasen a una la cara con maquillaje. Además, aunque fuese tan duro como ella imaginaba, no podía hacer ninguna otra cosa que desease de verdad. Le gustaba bastante cocinar y cultivar el huerto, plantar cosas y recolectar frutos —durante los dos años que había pasado con Cosmo en Ibiza no había hecho mucho más—, pero no era posible hacerse una profesión recolectando fruta. Y no quería trabajar en una oficina, ni en una tienda, o en un banco o en un hospital; estando así las cosas, ¿qué alternativa tenía?

Al otro lado del valle, empezó a tañer una campana desde la torre de una iglesia, aportando una especie de tranquilidad melancólica a la escena pacífica. Antonia pensó en otros tipos de campanas: los cencerros de las cabras de Ibiza, sonando sin parar en la distancia por la mañana temprano a través de los campos áridos y rocosos que rodeaban la casa de Cosmo. Esto y el canto de los gallos, y los grillos en la oscuridad..., todos los sonidos de Ibiza, que habían desaparecido en el pasado. Pensó en Cosmo y por primera vez fue capaz de hacerlo sin tener los ojos llenos de lágrimas. El dolor era como una terrible carga, pero por lo menos había que intentar dejarlo a un lado del camino y alejarse de él. Antonia había recorrido sólo unos cuantos pasos, pero ya podía volverse y mirar atrás sin llorar. No tenía nada que ver con olvidar. Se trataba sólo de aceptar. Las cosas nunca eran tan malas una vez que se habían aceptado.

La campana de la iglesia sonó más o menos durante diez minutos, para cesar abruptamente. El silencio que siguió fue llenándose lentamente con los tenues sonidos de la mañana. El agua fluyendo, el mugido de una vaca, el lejano balido de una oveja. Un perro ladró. Un coche se puso en marcha. Se dio cuenta de que tenía un hambre canina. Se puso de pie y volvió sobre sus pasos en dirección a Podmore's Thatch y al desayuno. Huevos pasados por agua, quizá, y pan moreno con mantequilla y un té fuerte. La idea de estos alimentos la llenó de satisfacción. Espontáneamente feliz por primera vez en semanas, empezó a correr, agachando la cabeza al pasar bajo las colgantes ramas de los sauces, con el corazón ligero y sintiéndose libre como una niña a quien algo maravilloso estuviese a punto de ocurrir.

Cuando llegó al seto de espino y a la puerta que daba al huerto de Penélope, estaba sin aliento y el esfuerzo le había hecho entrar en calor. Jadeando, se detuvo en la puerta por un momento, para abrirla seguidamente y atravesarla. Mientras hacía esto, un movimiento llamó su atención; levantó la vista y vio a un hombre arrastrando una carretilla hacia abajo por el retorcido sendero que salía del jardín, para luego pasar junto a la colada de Penélope entre el manzano nudoso y los perales. Un joven, alto y de largas piernas. No era Noel. Alguien nuevo.

Cerró la puerta. El sonido producido llamó la atención del joven, que levantó la vista y la miró.

—Buenos días —gritó dirigiéndose hacia ella, con la carretilla rodando sobre los montoncillos de hierba y las ruedas chirriando, necesitadas de aceite. Antonia se detuvo donde estaba, observando cómo se acercaba. Él se paró a la altura del fuego apagado, soltó la carretilla y, enderezándose, la observó. Llevaba unos tejanos remendados y desteñidos, metidos en unas botas de goma, y un jersey raído y que se había dado de sí sobre una camisa de un azul luminoso. El cuello de ésta estaba doblado hacia arriba alrededor de su cuello y sus ojos eran del mismo tono azul luminoso hundidos e imperturbables en un rostro bronceado por la vida al aire libre.

—Un día precioso —dijo él.

—Sí.

—¿Dando un paseo?

—Sólo hasta el puente.

—Tú debes de ser Antonia.

—Sí, lo soy.

—La señora Keeling me contó que vendrías.

—Pues yo no sé quién eres tú.

—El jardinero. Danus Muirfield. He venido para echar una mano. Ayudar a limpiar el desván y quemar basura.

La carretilla contenía algunas cajas de cartón, periódicos viejos y una horca larga. Él cogió la horca y con ella empezó a remover las cenizas mojadas del fuego anterior, poniéndolas de lado para dejar al descubierto un trozo de hierba seca.

—Hay una montaña de porquería para quemar —le dijo Antonia—. Ayer subí al desván y pude verlo.

—Así es; y necesitaremos por fuerza todo el día para hacerlo.

A ella le gustó que dijera «necesitaremos». Parecía como si la estuviese incluyendo, al revés del frío rechazo de Noel ante su ofrecimiento de ayuda. Hizo que se sintiese no solamente parte de todo el proyecto, sino también bienvenida.

—Todavía no he desayunado, pero apenas lo haya hecho vendré a echarte una mano.

—La señora Keeling está en la cocina, me parece que poniendo huevos a hervir.

—Eso es exactamente lo que venía pensando, huevos pasados por agua —dijo Antonia sonriendo.

Él no le devolvió la sonrisa.

—Ve a tomarlos entonces —se limitó a decirle. Clavó las puntas de la horca en la tierra negra y se volvió para coger un fajo de periódicos—. Uno no puede enfrentarse a un duro día de trabajo con el estómago vacío.

Nancy Chamberlain, con unas manos enguantadas en piel de cerdo firmemente agarradas al volante de su coche, se dirigía a través de las alegres Costwolds iluminadas por el sol a Podmore's Thatch para la comida dominical con su madre.

Estaba de buen humor, pudiéndose atribuir su optimismo a diversos factores. El día inesperadamente luminoso era uno de ellos, pues el cielo azul no sólo le había afectado a ella, sino también a su vida doméstica, los niños no se habían peleado durante el desayuno, George había hecho un par de chistes agudos sobre las salchichas del domingo por la mañana y la señora Croftway se había ofrecido para sacar a los perros a dar su habitual paseo de la tarde.

Sin el trabajo rutinario de preparar la copiosa comida de los domingos, por una vez habían tenido tiempo para todo. Nancy había podido ocuparse de su aspecto (había cogido su mejor abrigo y se había puesto su mejor falda y la blusa de *crépe* de China con el lazo en el cuello); tiempo para acompañar a Melanie y Rupert a casa de los Wainwrights, tiempo para llevar a George a su reunión diocesana; tiempo incluso para ir a la iglesia. Asistir a la iglesia siempre volvía a Nancy piadosa y buena, de la misma forma que cuando participaba en las reuniones de comité se sentía importante. Así pues, por una vez, su propia imagen estaba a la altura de sus ambiciones. Era una señora que tenía una vida bien organizada, en el campo, con unos hijos invitados a pasar el día en casa de unos amigos convenientes, un marido involucrado en obligaciones importantes y un servicio fiel a la familia.

Todo ello le daba una confianza desacostumbrada y fuerte y, mientras conducía, planeó exactamente lo que iba a hacer y decir durante el transcurso de la tarde. En el momento adecuado, a solas con su madre, quizá después del café, sacaría a colación el tema de los cuadros de Lawrence Stern. Mencionaría el elevado precio que había alcanzado *Las portadoras de agua* y señalaría la inconsciencia que supondría no sacar provecho del mercado mientras estaba en su punto más alto. Se veía haciéndolo, argumentando de forma sosegada, aclarando que estaba pensando sólo en el bien de su madre.

Vender. Únicamente los paneles, por supuesto, que colgaban en el pasillo fuera del dormitorio de Penélope sin que nadie los mirase y los apreciase. No *Los buscadores de conchas*. No había ni que pensar en disponer de este cuadro, tan querido y que era una parte importante de la vida de su madre; pero aquí, Nancy citaría a George, volviéndose muy práctica. Sugeriría una nueva tasación y un eventual seguro nuevo. ¿Acaso Penélope, celosa como era de sus cosas, pondría alguna objeción a semejante sensibilidad y preocupación filial?

La tortuosa carretera alcanzó la cresta de la colina y abajo, en el valle, apareció el pueblo de Temple Pudley, brillando como sílex a la luz del sol. Había poco signo de actividad a excepción del penacho de humo negro que salía del jardín de su madre. Nancy había estado tan absorta en sus proyectos de venta de los paneles y deleitándose ante los cientos de miles de adorables libras que había olvidado el objetivo real del fin de semana, que era limpiar el desván de Podmore's Thatch y eliminar la basura. Esperaba que no la arrastrasen a hacer algún trabajo de ese tipo. No iba vestida para hacer hogueras.

Momentos más tarde, cuando la campana de la iglesia daba la media, giraba a la altura a la verja de la casa de su madre para atravesar la puerta abierta. Vio el Jaguar de Noel aparcado junto al garaje, una bicicleta desconocida apoyada contra la pared de la casa, así como un grupo de objetos no destinados a la hoguera que habían sido evidentemente apartados a la espera de decidir lo que se hacía con ellos. Una balanza para pesar bebés, un cochecito de muñecas al que le faltaba una rueda, algunos armazones de hierro de camas y algunos orinales desconchados. Se alejó de todo ello y entró.

—¡Madre!

La cocina, como siempre, estaba llena de olores deliciosos, cordero asado, hierbabuena, limón recién cortado. Nancy se remontó a su infancia y a las abundantes comidas que se hacían entonces, en la enorme cocina del sótano de la casa de la calle Oakley. El desayuno parecía ya muy lejos y la boca se le hizo agua.

—¡Madre!

—Estoy aquí.

Nancy la encontró en el invernadero, sin hacer nada, sólo sumergida en profundos pensamientos. Observó que su madre no se había vestido bien, como ella, sino que llevaba su ropa más vieja. Una falda de algodón desgastada y desteñida, una blusa zurcida con las mangas arremangadas hasta los codos. Nancy dejó su bolso de lagarto, se quitó los guantes y fue a dar un beso a su madre.

—¿Qué estás haciendo? —le preguntó.

—Estoy intentando decidir dónde vamos a comer. Estaba a punto de poner la mesa en el comedor cuando he pensado que con un día tan bonito podíamos comer aquí. No hace nada de frío, incluso con la puerta del jardín abierta. ¡Admira mis fucsias! ¿No son preciosas? Estoy muy contenta de verte y estás muy elegante. Ahora dime, ¿qué opinas? ¿Comemos aquí? Noel podría trinchar la carne en la cocina y cada uno traerse su plato. Creo que sería divertido. El primer picnic del año; además todo el mundo está tan sucio que sería preferible.

Nancy dirigió su vista de miope hacia el huerto y el humo ondeante que sobresalía del seto de espino hacia el cielo despejado.

—¿Cómo va todo?

—Como una bomba. Todo el mundo está trabajando duro.

—Tú no, espero.

—¿Yo? No he hecho nada a excepción de la comida.

—¿Y la muchacha..., Antonia? —Nancy pronunció el nombre con poco entusiasmo. Todavía no había perdonado a Olivia y a Penélope por la presencia de Antonia y sólo esperaba que el arreglo se demostrase un completo fracaso.

Pero sus esperanzas se vieron defraudadas.

—Lleva en pie desde el alba y se ha puesto manos a la obra con los otros apenas ha desayunado. Noel está arriba en el desván, dando órdenes a derecha e izquierda y Danus y Antonia sacan la basura y alimentan la hoguera.

—Espero que no sea un estorbo para ti, madre.

—Oh, cielos, no, es un encanto.

—¿Qué piensa Noel de ella?

—Al principio, dijo que no era su tipo porque sus pestañas son pálidas. ¿Te das cuenta? Nunca va a encontrar esposa si se niega a mirar más allá de las pestañas.

—¿Al principio? ¿Ha cambiado de opinión?

—Sólo porque hay otro joven por en medio y Antonia parece haber hecho buenas migas con él. Noel siempre ha sido el peor de los perros del hortelano y se ha quedado con un palmo de narices.

—¿Otro joven? ¿Te refieres a tu jardinero?

—Danus. Sí. Un muchacho encantador.

Nancy se escandalizó.

—¿Quieres decir que Antonia está alternando con el *jardinero*?

—Oh, Nancy, si pudieses ver tu cara —dijo su madre riéndose—. No debes ser tan esnob ni emitir tu propio juicio hasta que no hayas conocido al joven.

Pero Nancy no pareció convencida. ¿Qué tenía que juzgar?

—Espero que no te quemen nada que quieras conservar.

—No. Noel lo está haciendo realmente bien. A cada momento, envía a Antonia a buscarme y tengo que ir y dar mi opinión sobre eso y lo otro. Ha habido una pequeña discusión sobre un escritorio carcomido. Noel ha dicho que debía quemarse, pero Danus ha replicado que era demasiado bueno para la hoguera y que se podría arreglar lo de la polilla. Así que le he dicho que si estaba dispuesto a tratar la polilla..., podía llevarse el escritorio. A Noel no le ha gustado la idea en absoluto. Se ha quedado arriba de malhumor, pero eso no viene al caso. Ahora ven, tenemos que poner en práctica nuestra idea. Vamos a comer aquí. Puedes ayudarme a poner la mesa.

Lo cual hicieron muy a gusto las dos juntas. Abrieron las hojas de la vieja mesa de pino y ésta fue cubierta con un mantel de hilo azul marino. Nancy llevó los cubiertos de plata y vasos del comedor, su madre dobló *en inglete* unas servilletas blancas de hilo. El toque final fue una maceta con geranios rosas metida en un macetero y colocada en el centro de la mesa. El resultado era delicioso, bonito e informal a la vez, y Nancy, apartándose un poco, se maravilló, como siempre hacía, ante el natural talento de su madre para crear no solamente un ambiente, sino un placer visual real con los objetos más raros. Nancy imaginaba que tenía algo que ver con el hecho de haber tenido un padre artista y pensó de forma nada satisfactoria en su propio comedor el cual, por mucho que lo intentase, siempre estaba sombrío y aburrido.

—Ahora —dijo Penélope—, no nos queda otra cosa que hacer que esperar a que los trabajadores vengan a comer. Siéntate aquí al sol mientras yo voy a arreglarme un poco, luego te traeré una copa. ¿Qué te gustaría? ¿Un vaso de vino? ¿Un gin-tonic?

Nancy contestó que le gustaría un gin-tonic y, una vez sola, se quitó el abrigo y examinó el entorno. Cuando su madre había anunciado su intención de construir un invernadero, ella y George se habían opuesto firmemente a esta idea. Era un lujo estúpido, había sido su opinión, un despilfarro insensato que posiblemente Penélope no podía permitirse. Su advertencia había sido ignorada y a su debido tiempo fue levantado el espacioso anexo. Sin embargo, Nancy tuvo que admitir que ahora, frondoso y lleno de flores, era un lugar envidiable, pero nunca había logrado enterarse de cuánto había costado. Lo cual le condujo de nuevo, inevitablemente, a la molesta cuestión del dinero. Cuando regresó su madre, peinada, con la cara empolvada y oliendo a su mejor perfume, Nancy, instalada en la más cómoda de las sillas de mimbre, se preguntó si éste no sería el momento adecuado para sacar el tema de la venta de los paneles, probando incluso con alguna frase diplomática de apertura; pero el hecho de que Penélope dirigiese la conversación hacia unos derroteros diferentes e inesperados le impidió seguir adelante.

—Aquí estoy. Gin-tonic... Espero que esté bastante fuerte. —Para ella se había servido un vaso de vino. Apartó otra silla y se sentó en ella con las piernas estiradas y la cara vuelta hacia el calor del sol—. Oh, ¿no es maravilloso? ¿Dónde está tu familia hoy?

Nancy se lo explicó.

—Pobre George. No debe ser divertido estar encerrado todo el día con unos obispos con cara de alce. ¿Quienes son los Wainwrights? ¿He llegado a conocerlos? Es tan bueno que los niños salgan por su propia cuenta... De hecho, es bueno para todos salir por nuestra cuenta. ¿*Te* gustaría ir a Cornualles conmigo?

Nancy, atónita, volvió un rostro asombrado e incrédulo hacia su madre.

—¿*Cornualles*?

—Sí. Quiero volver a Porthkerris. Bastante pronto. He sido poseída de pronto por esta tremenda necesidad. Y sería mucho más divertido si pudiese ir acompañada por alguien.

—Pero...

—Lo sé. Hace cuarenta años que no he estado allí, todo estará cambiado y no conoceré a nadie. Pero aun así quiero ir. Para ver todo aquello de nuevo. ¿Por qué no vienes tú también? Podríamos ir a casa de Doris.

—¿A casa de Doris?

—Sí, a casa de Doris. Oh, Nancy, no te habrás olvidado de Doris. No puedes haberte olvidado. Prácticamente te crió hasta que tuviste cuatro años y nos fuimos de Porthkerris para siempre.

Claro que Nancy recordaba a Doris. No tenía un recuerdo claro de su abuelo, pero se acordaba de Doris, con su dulce olor a polvos de talco, sus fuertes brazos y el suave consuelo de su pecho. El primer recuerdo nítido de la vida de Nancy incluía a Doris. Se encontraba sentada en algún tipo de cochecito en el pequeño campo detrás de Carn Cottage, rodeada de ruidosos patos y gallinas, mientras Doris tendía una colada de ropa para que se secase con el fuerte viento marino. La escena se había quedado grabada en su mente para siempre, luminosa y llena de colores como una ilustración en un libro de imágenes. Podía ver a Doris, con su pelo despeinado por el viento y los brazos estirados; podía ver las sábanas y las fundas de almohada tendidas al sol; podía ver al cielo azul que parecía almidonado.

—Doris sigue viviendo en Porthkerris —prosiguió Penélope—. Tiene una casa pequeña, en Downalong, la parte vieja del pueblo, junto al puerto. Y ahora que los chicos se han ido, tiene una habitación disponible. Siempre me está diciendo que vaya. Y le encantaría verte. Eras su niña. Lloró cuando nos marchamos. Tú también lloraste, aunque imagino que no comprendías qué significaba todo aquello.

Nancy se mordió el labio. Pasar unos días con una antigua criada en una casa diminuta de un pueblo de Cornualles no era precisamente su idea de unas vacaciones. Además...

—¿Y los niños? —preguntó—. ¿Hay sitio para los niños?

—¿Qué niños?

—Melanie y Rupert, naturalmente. No puedo ir de vacaciones sin ellos.

—Por todos los cielos, Nancy, no se lo he pedido a los niños, te lo he pedido a ti. ¿Y por qué no puedes ir de vacaciones sin ellos? Son suficientemente mayores como para quedarse con su padre y la señora Croftway. Date ese lujo. Vete por tu cuenta. No será por mucho tiempo. Sólo unos días, como máximo una semana.

—¿Cuándo tienes pensado ir?

—Pronto. Tan pronto como pueda.

—Ay, madre, es tan complicado... Estoy muy ocupada..., tengo que organizar la fiesta de la iglesia, está la Conferencia de los Conservadores... Tendré una comida ese día. Luego están los campamentos de Melanie organizados por el Pony Club...

Su voz se iba desvaneciendo poco a poco a medida que desgranaba sus excusas. Penélope no decía nada. Nancy tomó otro largo e ininterrumpido sorbo de gin-tonic helado y miró de soslayo a su madre. Vio el marcado perfil, los ojos cerrados.

—¿Madre?

—¿Sí?

—Quizá más adelante..., cuando no esté tan ocupada. En septiembre a lo mejor.

—No. —Se mostró inflexible—. Tiene que ser antes. —Extendió una mano—. No te preocupes. Sé que estás muy ocupada. Era sólo una idea.

Se hizo el silencio entre ellas. Nancy se sentía incómoda, agobiada por reproches no expresados. ¿Pero por qué debería sentirse culpable? Posiblemente no hubiese podido marcharse a Cornualles, siendo avisada con tan poco tiempo para organizar las cosas.

A Nancy nunca le había gustado permanecer en silencio. Le gustaba mantener constantemente una charla. Intentó sacar a colación otra animada fuente de conversación, pero se encontró con la mente en blanco. A decir verdad, madre podía ser condenadamente irritante a veces. No era la culpa de Nancy. Lo que ocurría es que estaba muy ocupada, muy comprometida con la casa, el marido y los hijos. No era justo hacerle sentir culpable así, de pronto.

Fue así como las encontró Noel. Si Nancy había tenido una buena mañana, la de Noel había sido horripilante. Andar con toda aquella porquería del desván el día anterior había sido una cosa muy diferente, porque no había dejado de tener la convicción, en el fondo de su mente, de que sería capaz de encontrar algo inmensamente valioso. El hecho de que no hubiese sido así, no había ayudado a facilitar el trabajo matutino. Además, le había disgustado ligeramente el aspecto de Danus. Habiendo esperado encontrarse con un muchacho de campo, lerdo y todo músculos, por el contrario ante él había aparecido un joven imperturbable y silencioso, sintiéndose desconcertado por aquellos ojos azules, que no parpadeaban y miraban directamente a los suyos. El hecho de que Antonia hubiese simpatizado al instante con Danus no había ayudado a mejorar la disposición de ánimo de Noel y el sonido de su alegre charla mientras subían y bajaban la estrecha escalera con cajas de cartón y muebles rotos se había convertido, durante el transcurso de la mañana, en una irritación creciente. La discusión sobre el escritorio apolillado había supuesto la gota que rebosaba el vaso y a la una menos cuarto, con más o menos todo limpio y lo que quedaba colocado junto a la pared, dio por terminado el trabajo. Se sentía muy sucio. Necesitaba una ducha pero necesitaba todavía más una copa, así que se limitó a lavarse la cara y las manos, bajó y se sirvió un martini seco, fuerte como para tumbar al más pintado. Con el vaso en la mano, atravesó la cocina para entrar en el invernadero calentado por el sol; su humor no mejoró a la vista de su madre y su hermana, relajadas sobre las sillas de mimbre y con aspecto de no haber dado golpe en todo el día.

Ante el sonido de sus pasos, Nancy levantó la mirada. Le lanzó una sonrisa luminosa, como si por una vez estuviese realmente contenta de verle.

—¡Hola, Noel!

Él no le devolvió la sonrisa, limitándose a apoyar un hombro contra la jamba de la puerta abierta y observar a las dos mujeres. Su madre parecía haberse quedado dormida.

—¿Os parece bonito, ahí las dos repantigadas al sol mientras los demás trabajan como esclavos?

Penélope siguió sin moverse. La sonrisa de Nancy perdió algo de su espontaneidad pero permaneció allí, firme en su cara. Noel de hecho contestó a la misma por medio de un movimiento de cabeza.

—Buenas —dijo, para luego apartar una silla de la mesa y descansar, por fin, sus fatigadas piernas.

Su madre abrió los ojos. No estaba dormida.

—¿Acabado?

—Sí, acabado. Roto. Una ruina física.

—No me refiero a ti, sino al desván.

—Prácticamente. Ahora lo que hace falta es una empleada de hogar activa que friegue el suelo; luego el trabajo se habrá acabado.

—Noel, eres una maravilla. ¿Qué hubiese hecho sin ti?

Pero su sonrisa agradecida no fue apreciada por él.

—Estoy hambriento —dijo él—. ¿Cuándo comemos?

—Cuando queráis. —Dejó el vaso de vino y se levantó para mirar por encima de las plantas hacia el jardín. El humo seguía ondeando en el cielo pero no había rastro de los otros—. Si alguien va a buscar a Danus y Antonia, yo iré preparando la salsa.

Hubo una pausa. Noel esperaba que Nancy se ofreciese voluntaria para esta tarea no muy ardua, pero ella estaba ocupada en sacar una pelusa de su falda y en definitiva haciendo ver que no había escuchado.

—Yo no tengo fuerzas —dijo Noel, echándose hacia atrás en su silla—. Ve tú, Nancy, un poco de ejercicio te sentará bien.

Nancy, tomándolo como una indirecta a su amplia figura, se ofendió instantáneamente, como él sabía que ocurriría.

—Muchas gracias.

—Tienes el aspecto de no haber levantado un dedo en toda la mañana.

—Claro, porque he tenido que adecentarme para venir a comer —replicó ella mirándole directamente—. Lo que no se puede decir que hayas hecho tú.

—¿Qué se pone George para la comida de los domingos? ¿Una levita?

Nancy, furiosa, se levantó.

—Si eso significa ser gracioso...

Siguieron molestándose el uno al otro, como siempre habían hecho. Con exasperación e impaciencia crecientes, Penélope notó que no podía escucharles un momento más. Se levantó violentamente de su silla.

—Yo iré a buscarles —anunció y su descendencia dejó que se marchase a través del césped iluminado por el sol, a través de la hierba invernal todavía sin cortar y por lo tanto desigual; mientras ellos se quedaban donde estaban, sin apreciar el dulce y aromático calor del invernadero, sin hablar, sin mirarse el uno al otro. Alimentándose con sus respectivas bebidas y recíproca animadversión.

Penélope estaba furiosa. Había permitido que le pusieran furiosa. Podía notar cómo la sangre fluía a sus mejillas, cómo su corazón se sacudía en un baile irregular. Empezó a respirar lenta y profundamente, tomándose su tiempo, diciéndose que no debía ser estúpida. Nada importaba, ni esos hijos suyos que todavía se comportaban como los niños que ya no eran, ni que Noel pensase sólo en sí mismo o que Nancy se hubiera vuelto tan pagada de sí misma, tan formal y madura. No importaba que ninguno de ellos, ni siquiera Olivia, quisiera acompañarla a Cornualles.

¿En qué se había equivocado? ¿En qué se habían convertido los bebés que había traído al mundo, que había querido, criado, educado y de los cuales en definitiva se había ocupado? Quizá la respuesta estaba en que no había esperado suficiente de ellos. Pero en los años de Londres después de la guerra había aprendido la dura lección de no esperar nada de nadie excepto de sí misma. Sin padres o viejos amigos que la respaldasen, sólo podía contar con Ambrose y la madre de éste y, al cabo de algunos meses, se dio cuenta de la inutilidad de hacerlo. Sola, estaba, en más de un nivel, abandonada a sus propios recursos.

Independencia. Ésta era la palabra clave, la única cosa susceptible de hacer que superes cualquier crisis que el destino te depare. Ser autosuficiente. Independiente. Ser todavía capaz de tomar tus propias decisiones y trazar el rumbo de lo que te queda de vida. No necesito a mis hijos. Consciente de sus defectos, reconociendo sus limitaciones, les quiero a todos, pero no los necesito.

Rezó para que nunca tuviera que necesitarlos.

Ahora estaba serena, era capaz incluso de sonreír a sí misma. Cruzó la puerta del seto y vio el huerto que se extendía inclinado, moteado de luz y sombra. En el extremo de éste, la enorme hoguera todavía crepitaba y ardía arrojando humo. Danus y Antonia estaban allí, Danus hurgando en las llamas rojas y ardientes, Antonia sentada en el borde de la carretilla mirándole. Se habían quitado los respectivos jerseys y estaban en mangas de camisa, hablando por los codos y sus voces resonaban claramente en medio del aire tranquilo.

Parecían tan absortos y contentos, que era una pena molestarles, incluso para anunciarles que era hora de volver y comer cordero asado, suflé de limón y tarta de fresas. Así que Penélope permaneció donde estaba, dándose el simple placer de contemplar la encantadora escena pastoril. En ese momento, Danus había hecho una pausa para apoyarse en la horca y hacer una observación que ella no pudo oír, pero que provocó la risa de Antonia. Y el sonido de su risa le devolvió, con una claridad aguda, el recuerdo de otra risa, de éxtasis inesperados y de goces físicos que quizá sólo tienen lugar una vez en la vida de una persona.

«Era bueno. Y todo lo bueno no se pierde nunca. Permanece parte de la persona, se convierte en parte del carácter de uno.»

Otras voces, otros mundos. Recordando este éxtasis no experimentó una sensación de pérdida, sino de extensión y redescubrimiento. Nancy y Noel y las tediosas irritaciones que habían desencadenado estaban olvidados. No tenían importancia. Nada tenía importancia aparte de este instante, este momento de verdad.

Hubiese podido quedarse allí soñando despierta, en la parte alta del huerto el resto del día, pero Danus descubrió de pronto su presencia y agitó un brazo; ella hizo una trompeta con sus manos para llamarles y decirles que era hora de comer. Él acusó recibo del mensaje con un gesto de la mano, clavó seguidamente la horca en la tierra y se agachó para recoger sus jerseys abandonados. Antonia se levantó de la carretilla y él le puso el jersey de ella alrededor de sus hombros haciendo un nudo con las mangas debajo de su barbilla. A continuación empezaron a subir el sendero del huerto, a ascender entre los árboles, caminando uno junto al otro; ambos altos y delgados, bronceados y jóvenes; y, a los ojos de Penélope, muy guapos.

Experimentó una gran gratitud. No simplemente *hacia* ellos por todo el duro trabajo que habían realizado durante el transcurso de la mañana, sino también por ellos. Sin decir una palabra, habían restaurado su tranquilidad mental, su sentido de los valores y envió un cordial y sincero agradecimiento al azar del destino (¿o había sido la mano de Dios? —deseó poder estar segura...—) que les había introducido en su vida como una segunda oportunidad.

Una cosa que se podía decir con justicia en favor de Noel era que sus malos humores duraban poco rato. Para cuando el pequeño grupo se reunió finalmente él andaba por su segundo martini seco (habiendo rellenado asimismo el vaso de su hermana) y Penélope se quitó un peso de encima al encontrarlos charlando amigablemente.

—Ya estamos todos. Nancy, no conoces ni a Danus ni a Antonia. Ésta es mi hija, Nancy Chamberlain. Noel, tú hazte cargo del bar... Dales a ambos algo para beber, luego podrías venir a trinchar el cordero, si no te importa...

Noel dejó su vaso y se levantó con exagerado esfuerzo.

—¿Qué quieres tomar, Antonia?

—Una cerveza ligera me sentaría de maravilla —contestó apoyándose en la mesa, con sus largas piernas enfundadas en sus tejanos desteñidos.

Cuando la hija de Nancy, Melanie, se ponía tejanos, le sentaban fatal porque su trasero era enorme. En cambio a Antonia le quedaban fantásticos. Nancy pensó que realmente la vida era injusta. Se preguntó si no debería poner a Melanie a régimen, pero inmediatamente se quitó la idea de la cabeza, porque Melanie siempre, por inercia, hacía lo contrario de lo que sugería su madre.

—¿Y tú, Danus?

—Algo ligero estaría bien —contestó el joven moviendo la cabeza—. Un zumo. Un vaso de agua.

Noel insistió un poco, pero Danus se mostró firme, así que desistió y desapareció en el interior. Nancy se volvió hacia Danus.

—¿No bebes nunca?

—Alcohol, no.

Era muy guapo. Hablaba bien. Un caballero. Extraordinario. ¿Qué demonios estaba haciendo como jardinero de su madre?

—¿Nunca has bebido alcohol?

—No. —La situación no parecía ponerle nervioso.

—¿Acaso no te gusta el sabor? —Nancy insistió en el tema, porque era extraordinario encontrarse con un hombre que ni siquiera hubiese bebido una pequeña caña de cerveza ligera.

Él pareció reflexionar sobre ello.

—Sí, quizá ésta sea la razón —dijo a continuación. Su rostro estaba muy serio pero incluso así Nancy no podía estar segura de si se estaba riendo de ella o no.

El tierno cordero, las patatas asadas, los guisantes y el brécol fueron saboreados por todos; los vasos de vino llenados más de una vez y la tarta servida. Una vez todo el mundo estuvo satisfecho y de buen humor, la conversación giró hacia cómo pasarían el resto del día.

—Para mí—anunció Noel echándose crema de una jarra rosa y blanca sobre su tarta de fresa— se ha acabado el día, recogeré mis cosas y me pondré en camino. Volveré a Londres y así, con un poco de suerte, evitaré lo peor del tráfico del fin de semana.

—Sí, creo que es lo mejor que puedes hacer —aprobó su madre—. Has hecho bastante. Debes de estar agotado.

—¿Qué más hay que hacer? —quiso saber Nancy.

—Hay que coger los últimos trastos y quemarlos, y fregar el suelo del desván.

—Eso lo haré yo —dijo Antonia prestamente.

Nancy pensó en otra cosa.

—¿Qué pasa con todas esas cosas que han sido amontonadas frente a la puerta principal de madre? Los armazones de cama y el cochecito roto. No se pueden quedar allí. Hace que Podmore's Thatch parezca un campamento de gitanos.

Hubo una pausa durante la cual cada uno esperaba que algún otro hiciese alguna sugerencia. Fue Danus quien habló.

—Podríamos llevarlo al vertedero de Pudley.

—Si a la señora Keeling no le importa, podríamos llevar todo eso en el maletero de su coche.

—No, claro que no me importa.

—¿Cuándo? —quiso saber Noel.

—Esta tarde.

—¿Está abierto el vertedero los domingos?

—Cielos, sí —le aseguró Penélope—. Está siempre abierto. Hay un hombrecillo encantador que vive allí, en una especie de cobertizo. Las verjas nunca se cierran.

—¿Quieres decir que vive allí todo el tiempo? —dijo Nancy horrorizada—. ¿En un cobertizo junto a la basura? ¿En qué está pensando el Consejo local? Debe de ser terriblemente antihigiénico.

—No creo que sea un tipo de persona melindrosa con la higiene —dijo Penélope riéndose—. Va muy sucio y sin afeitar, pero es encantador. En una ocasión tuvimos una huelga de basureros y tuvimos que cargar todos con nuestra basura, y él no pudo mostrarse más servicial.

—Pero...

Fue no obstante interrumpida por Danus, el cual estaba sorprendido consigo mismo, pues apenas había hablado durante la comida.

—En Escocia, hay un vertedero fuera de la pequeña ciudad donde vive mi abuela y un viejo vagabundo lleva viviendo allí más de treinta años. —Y añadió para dar más detalles—: En un armario.

—¿Vive en un *armario*? —Nancy parecía más horrorizada que nunca.

—Sí. Aunque es grande. Victoriano.

—Pero qué incómodo.

—Usted lo cree así, ¿verdad? Pues él parece bastante feliz. Es un personaje muy conocido, muy respetado. Se pasea por los alrededores con unas botas de goma y un viejo impermeable. La gente le ofrece tazas de café y bocadillos de jamón.

—¿Pero qué hace cuando anochece?

—No tengo idea —contestó Danus acompañando sus palabras con un gesto negativo de la cabeza.

—¿Por qué te preocupan tanto sus noches? —quiso saber Noel—. Pienso que toda su existencia debe de ser tan espantosa que la forma en que pasa sus veladas es un pequeño detalle que no me preocupa.

—Bien, tiene que ser muy triste. Quiero decir que obviamente no tiene televisión, ni teléfono... —La voz de Nancy se fue desvaneciendo, como si le costase imaginar semejantes privaciones.

Noel agitó la cabeza, con la expresión exasperada que Nancy recordaba del pasado, cuando era un niño listo intentando que Nancy entendiese las reglas de algún simple juego de cartas.

—No tienes remedio —le dijo, y ella recayó en un silencio ofendido.

Noel se volvió hacia Danus.

—¿Eres de Escocia?

—Mis padres viven en Edimburgo.

—¿A qué se dedica tu padre?

—Es notario.

Nancy, picada por la curiosidad, olvidó su pequeño resentimiento.

—¿Nunca has querido ser también notario?

—Cuando estaba todavía en el colegio, pensaba que seguiría sus pasos. Pero posteriormente cambié de opinión.

Noel se reclinó en su silla.

—Siempre me imagino a los hombres escoceses como muy deportistas. Tras las huellas de los ciervos, matando lagópodos escoceses y pescando. ¿Tu padre hace estas cosas?

—Pesca y juega a golf.

—¿Es también un Anciano de la Iglesia Presbiteriana de Escocia? —Noel salió con éstas con un fingido acento escocés que produjo dentera a Penélope—. ¿No es así como se llama?

Danus, impasible, no se inmutó.

—Sí, es un Anciano. También es Arquero.

—No sé de qué va. Explícamelo.

—Un miembro de la Honorable Compañía de Arqueros. Los Guardias de Corps de la Reina cuando va a Holyroodhouse. En estas ocasiones, se pone un uniforme muy antiguo y está elegantísimo.

—¿Con qué protege el cuerpo de la reina? ¿Con arcos y flechas?

—Exactamente.

Por un momento, los dos hombres se miraron el uno al otro.

—Fascinante —dijo Noel seguidamente y cogió otro trozo de la tarta de fresa de su madre.

La monumental comida, por fin, se había terminado, completada por café recién hecho y chocolate oscuro. Noel echó su silla hacia atrás, bostezó con enorme satisfacción y dijo que se iba arriba a preparar la bolsa para marcharse. Nancy, de forma metódica, empezó a apilar las tazas y los platos vacíos.

—¿Qué vas a hacer? —preguntó Penélope a Danus—. ¿Volver a la hoguera?

—No, está quemando bien. ¿Por qué no llevamos primero los trastos al vertedero? Los meteré en su coche.

Se produjo una pausa momentánea.

—Si puedes esperar hasta que haya arreglado la cocina, yo te llevaré.

Noel interrumpió un bostezo, con los brazos detrás de la cabeza.

—Oh, no te pases, ma, no necesita un chófer.

—De hecho, sí lo necesito —dijo Danus—. No conduzco.

Hubo otra pausa, en esta ocasión más larga, durante la cual Noel y Nancy le miraron fijamente, boquiabiertos e incrédulos.

—¿No conduces? ¿Quieres decir que no sabes? ¿Cómo demonios te mueves por ahí?

—En bicicleta.

—Eres un tipo extraordinario... ¿Tienes elevados principios con respecto a la contaminación, o alguna cosa así?

—No.

—Pero...

Antonia intervino en la conversación.

—Yo sé conducir —dijo rápidamente—. Si me dejas, Penélope, yo puedo llevar el coche y Danus me enseñará el camino.

Miró a Penélope por encima de la mesa y sonrieron simultáneamente, como dos mujeres que compartiesen un secreto.

—Me parece una idea estupenda. ¿Por qué no vais ahora, mientras Nancy y yo arreglamos todo esto y así, cuando volváis, podemos bajar todos al huerto a terminar con lo de la hoguera?

—De hecho, yo tendré que volver a casa —dijo Nancy—. No podré quedarme toda la tarde.

—Oh, quédate, sólo un rato. Apenas hemos podido charlar. No debes de tener nada importante que hacer...

Se levantó y fue en busca de una bandeja. Antonia y Danus se pusieron de pie a su vez, se despidieron de Noel y se marcharon, saliendo a través de la cocina. Mientras su madre colocaba las tazas de café en la bandeja, Noel y Nancy permanecieron sentados en silencio, pero apenas oyeron cómo se cerraba la puerta principal y supieron que estaban fuera del alcance del oído de los otros, ambos empezaron a hablar a la vez.

—Qué tío tan increíble.

—Muy solemne. Nunca sonríe...

—¿De dónde lo has sacado, ma?

—¿Sabes algo acerca de su pasado? Evidentemente se trata de una persona culta. Me huele mal que sea jardinero...

—Y todo ese lío de que no bebe y no conduce. ¿Por qué demonios no conduce?

—En mi opinión —sentenció Nancy en tono rimbombante—, probablemente ha matado a alguien estando borracho y le han quitado su permiso de conducir.

Esto se acercaba tanto a las propias y ansiosas especulaciones de Penélope que de pronto fue consciente de que no podía seguir escuchando una sola palabra más, saliendo en defensa de Danus.

—Por Dios bendito, por lo menos dadle tiempo al pobre hombre para que atraviese la verja antes de hacerle pedazos.

—Vamos, ma, es un tipo extraño y tú lo sabes tan bien como nosotros. Si dice la verdad, procede de una familia muy respetable y probablemente acomodada. ¿Qué está haciendo trabajando como un negro por un salario de obrero agrícola?

—No lo sé.

—¿Se lo has preguntado?

—Por supuesto que no lo he hecho. Su vida privada no es de mi incumbencia.

—¿Llegó con algún tipo de referencias, madre?

—Naturalmente. Le contraté a través de una compañía de jardinería.

—¿Saben si es honrado?

—¿*Honrado*? ¿Por qué razón no debería ser honrado?

—Eres tan inocente, madre, confías en cualquier persona que tenga un aspecto vagamente presentable. Al fin y al cabo, trabaja en el jardín, alrededor de la casa, y tú estás sola.

—No estoy sola. Tengo a Antonia.

—Antonia, a juzgar por lo que se ve, está tan seducida por él como tú...

—Nancy, ¿qué derecho tienes a decir esas cosas?

—Si no estuviese preocupada por ti, no necesitaría decirlas.

—¿Y qué imaginas que pueda hacer Danus? Violar a Antonia y a la señora Plackett, supongo. Matarme, despojar la casa de sus pertenencias y huir al continente. No ganaría mucho. En cualquier caso, aquí no hay nada de valor.

Había hablado de forma vehemente y, apenas las palabras habían salido de su boca, se arrepintió, pues Noel saltó con la velocidad de un gato a la caza de un ratón.

—¡Nada de valor! ¿Qué me dices de los cuadros de tu padre? ¿Nada de lo que yo diga te convencerá de que estás indefensa aquí? No cuentas con ningún tipo de sistema de alarma, nunca cierras las puertas y sin duda alguna estás pagando un seguro inferior a lo que deberías. No sabemos nada acerca de ese bicho raro que has cogido como jardinero, e incluso si supiéramos algo, es una locura, bajo cualquier circunstancia, no tomar algún tipo de medida. Vende, o haz un nuevo seguro, o haz algo, puñetas.

—Tengo la extraña sensación de que quieres que venda.

—Ahora no empieces a acalorarte. Piensa con la cabeza. No *Los buscadores de conchas,* por supuesto, sino ciertamente los paneles. En este momento, mientras el mercado esté en alza. Entérate del valor de esas horribles cosas y entonces ponlos a la venta.

Penélope, quien durante todo este rato había estado de pie, se sentó de nuevo. Puso un codo sobre la mesa y apoyó la frente en la palma de una mano. Alcanzó el cuchillo de la mantequilla con la otra y empezó a dibujar unas profundas marcas en el burdo tejido del mantel azul marino.

—¿Qué piensas tú, Nancy? —preguntó al cabo de unos momentos.

—¿Yo?

—Sí, tú. ¿Tienes algo que decir sobre mis cuadros, mi seguro y mi vida privada en general?

Nancy apretó los labios, suspiró hondamente y habló con una voz que salió clara y aflautada, adoptando un tono como si estuviese haciendo un discurso en el Instituto de las Mujeres.

—Creo..., creo que Noel tiene razón. George es de la opinión de que deberías rehacer el seguro. Me lo dijo después de haber leído lo de la venta de *Las portadoras de agua.* Pero naturalmente las primas serían muy elevadas. Y la compañía de seguros sin duda insistirá en una seguridad más estricta. Al fin y al cabo, debe tener en consideración la inversión de su cliente.

—Tengo la sensación —dijo su madre— de estar oyendo a George palabra por palabra, o de que estés recitando algún manual incomprensible. ¿No tienes ideas propias?

—Sí —contestó Nancy, y su voz sonaba normal de nuevo—. Las tengo. Creo que deberías vender los paneles.

—¿Y obtener, quizá, un cuarto de millón?

Pronunció estas palabras de manera despreocupada. La discusión estaba yendo mejor de lo que Nancy se había atrevido a esperar y sintió que la excitación le hacía entrar en calor.

—¿Por qué no?

—Y una vez hecho esto, ¿qué se supone que debo hacer con el dinero?

Miró a Noel. Éste se encogió de hombros de forma estudiada.

—El dinero que uno cede en vida vale el doble del dinero que uno deja cuando ha muerto.

—En otras palabras, lo queréis ahora.

—Ma, yo no he dicho eso. Estoy simplemente generalizando. Pero reconócelo, irte a la cama con una hucha como ésta equivale en definitiva a entregársela al gobierno.

—Así que piensas que debería entregártelo a ti.

—Bien, tienes tres hijos. Podrías deshacerte de cierta cantidad para ellos, repartirlo en tres. Guardarte un poco para ti, para disfrutar de la vida. Nunca has podido hacerlo. Siempre has estado batiendo el yunque. Solías viajar mucho con tus padres. Podrías volver a viajar. Vete a Florencia. Vuelve al sur de Francia.

—¿Y qué haríais vosotros dos con todo ese estupendo dinero?

—Supongo que Nancy lo gastaría con sus hijos. Yo, haría cosas.

—¿Como por ejemplo?

—Nuevos horizontes, más verdes. Me montaría por mi cuenta..., corredor de bienes de consumo, quizá...

Era la imagen de su padre. Perpetuamente insatisfecho con su suerte, envidioso de los otros, materialista y ambicioso, inquebrantable en su creencia de que el mundo le tenía que estar agradecido por su existencia. Podía haber sido Ambrose quien estuviese hablándole y esto, más que cualquier otra cosa, provocó que Penélope perdiese la paciencia.

—Corredor de bienes de consumo —dijo sin hacer esfuerzo alguno para evitar el desdén de su voz—. Debes de estar fuera de tus cabales. Serías capaz de apostar todo tu capital a un solo caballo o a una vuelta de ruleta. Además, eres bastante cínico y a veces me llenas de desesperación y disgusto. —Noel abrió la boca para defenderse, pero lo calló levantando la voz—: ¿Sabes qué pienso? No creo que te importe mucho lo que me pueda ocurrir a mí, a mi casa, o a los cuadros de mi padre. Sólo te preocupa lo que te pasa a ti y la forma más rápida y fácil de ganar dinero. —Noel cerró la boca, con el rostro tenso a causa de la cólera y sin color en sus mejillas—. No he vendido los paneles y puede que nunca los venda, pero si llegase a hacerlo me lo quedaría todo para mí, porque es mío, mío para hacer lo que yo quiera; además, el mejor regalo que los padres pueden dejar a los hijos es su propia independencia. En cuanto a ti, Nancy, y a tus hijos, fuisteis George y tú quienes tomasteis la decisión de enviarlos a esos ridículos y caros colegios. Quizá si hubieses sido un poco menos ambiciosa con respecto a ellos y hubieras dedicado más tiempo a enseñarles buenos modales, hubiesen salido mucho más encantadores de lo que son en estos momentos.

Nancy, con una rapidez que sorprendió incluso a ella misma, salió en defensa de sus vástagos.

—Te agradecería que no criticases a mis hijos.

—Iba siendo hora de que alguien lo hiciese.

—¿Qué derecho tienes a decir una sola palabra contra ellos? No te interesas nada por ellos. Muestras más interés por tus numerosos amigos excéntricos y tu condenado jardinero. Ni siquiera vas nunca a verlos. Nunca vas a vernos, a pesar de lo muy a menudo que te invitamos...

Fue Noel quien perdió la paciencia ahora.

—Por Dios bendito, Nancy, cállate. Tus condenados hijos no vienen al caso. No estábamos hablando de tus hijos. Estábamos intentado sostener una discusión inteligente...

—Claro que vienen al caso. Son la futura generación...

—Que Dios nos ayude...

—... Y un proyecto financiero más rentable que cualquiera de tus planes para hacer más dinero. Madre tiene razón. Derrocharías el dinero, lo echarías por la ventana...

—Viniendo de ti, es irrisorio. No tienes ninguna opinión propia y no tienes idea de nada de nada...

Nancy se puso de pie de un salto.

—He tenido bastante. No me voy a quedar aquí para ser insultada. Me voy a casa.

—Sí —dijo su madre—. Creo que es hora de que os marchéis los dos. Pienso, asimismo, que es una suerte que Olivia no esté aquí. De haber escuchado esta conversación detestable, hubiese acabado con ambos. Sólo por esta razón, si ella hubiese estado aquí, estoy absolutamente segura de que ninguno de vosotros habría tenido el valor siquiera de iniciar esta desgraciada discusión. —También ella se levantó, cogiendo la bandeja—. Y ahora, dado que ambos, como nunca dejáis de repetirme, sois unas personas ocupadas, no hay razón para que perdáis el resto de la tarde en debates infructuosos. Yo, por mi parte, debo empezar a fregar los platos.

Mientras ella se encaminaba hacia la cocina, Noel lanzó su maliciosa puntilla final.

—Estoy seguro de que Nancy estará encantada de ayudarte. No hay nada que le guste más que sumergirse en un fregadero lleno de platos.

—Ya lo he dicho, he tenido bastante. Me voy a casa. Y por lo que respecta a los platos, madre no necesita martirizarse. Antonia puede hacerlo cuando vuelva. Después de todo, ¿no se supone que es la empleada de hogar?

Penélope, en la puerta abierta, se detuvo en seco. Volvió la cabeza y miró a Nancy; había una expresión de disgusto en sus ojos oscuros que hizo sospechar a Nancy que esta vez había ido demasiado lejos. Pero su madre no le arrojó la bandeja con las tazas de café.

—No, Nancy. No se supone que sea una empleada de hogar —se limitó a decir con mucha calma—. Es mi amiga. Mi invitada.

Desapareció. Pocos segundos después podían oír el sonido del agua corriendo, el ruido de platos y cubiertos. Entre ellos se hizo el silencio, perturbado sólo por una gran mosca azul que, bajo la errónea ilusión de que había llegado de pronto el verano, decidió que había llegado el momento de salir al campo y surgir de su escondite invernal. Nancy alcanzó su abrigo y se lo puso. Mientras se lo abrochaba, levantó la cabeza y miró a Noel. Sus ojos se encontraron por encima de la mesa. Él se puso en pie a su vez.

—Bien —dijo él con calma—. Estarás contenta del estúpido lío que has armado.

—Habla por ti mismo —replicó bruscamente Nancy.

Él la dejó para subir a recoger sus cosas. Nancy se quedó donde estaba esperando su regreso, resuelta a conservar su dignidad, a reponerse de sus sentimientos dolidos, a no perder la calma. Ocupó el tiempo recomponiendo su aspecto; se ahuecó el pelo, se empolvó la sofocada y moteada cara, se aplicó una capa de lápiz labial. Estaba hondamente disgustada y anhelaba marcharse, pero no tenía el valor para hacerlo sola; madre siempre hacía lo mismo con ella y Nancy decidió que abandonaría esa casa sin presentar ningún tipo de disculpa. En definitiva, ¿por qué tendría que disculparse? Era madre quien había estado imposible, madre quien había dicho todas aquellas cosas imposibles de olvidar.

Cuando oyó que Noel volvía, cerró la polvera, la deslizó en el bolso y penetró en la cocina. El lavavajillas zumbaba y Penélope, de espaldas a ella, limpiaba unas cacerolas en el fregadero.

—Bien, nos marchamos —anunció Noel.

Su madre abandonó las cacerolas, se sacudió las manos de agua y se volvió hacia ellos. Su delantal y sus manos enrojecidas no restaban nada de su dignidad y Nancy recordó que sus raras explosiones de cólera nunca duraban más que unos pocos minutos. En su vida había alimentado su rencor, se había mostrado mohína. En esos momentos, incluso sonreía, aunque era una extraña clase de sonrisa. Como si sintiese pena por ellos, como si, en cierta forma, les hubiera derrotado.

—Gracias por haber venido —dijo y sonó como si realmente lo sintiese—. Y gracias, Noel, por todo el duro trabajo que has hecho.

—No tiene importancia.

Penélope cogió un trapo y se secó las manos. Salieron todos de la cocina y, a través de la puerta principal, se dirigieron hacia los coches, en la explanada de grava. Noel metió su bolsa en el maletero del Jaguar, se instaló delante del volante y, después de hacer un rápido movimiento con la mano, arrancó para atravesar la verja y desaparecer en dirección a Londres. No se había despedido de ninguna de ellas, pero ni madre ni hija hicieron comentario alguno al respecto.

En cambio, en silencio, Nancy se metió en su coche, abrochó el cinturón de seguridad, se puso los guantes de piel de cerdo. Penélope permaneció allí mirando estas preparaciones para el viaje. Nancy podía sentir la mirada oscura de su madre en su rostro, podía sentir que aparecía el rubor, que ascendía lentamente desde el cuello hacia sus mejillas.

—Sé prudente, Nancy. Conduce con cuidado —dijo Penélope.

—Siempre lo hago.

—Pero ahora estás alterada.

Nancy, con la vista fija en el volante, sintió que las lágrimas acudían a sus ojos. Se mordió el labio.

—Claro que estoy alterada. No hay nada que altere más que las peleas familiares.

—Las peleas familiares son como los accidentes de coche. Todas las familias piensan «eso no nos puede ocurrir a nosotros», pero puede pasar a todo el mundo. La mejor manera de evitarlos es tener el mejor coche y tener mucha consideración para con los demás.

—No querrás decir que no tenemos consideración contigo. Pensamos sólo en tu propio bien.

—No, Nancy, no es así. Queréis que haga lo que *vosotros* queréis que haga, que es vender los cuadros de mi padre y entregaros el dinero antes de que muera. Pero yo venderé los cuadros de mi padre cuando yo quiera. Y no me voy a morir. Hasta dentro de mucho tiempo. —Dio un paso hacia atrás—. Anda, ahora, vete. —Nancy se secó las lágrimas y dio vuelta a la llave de contacto, puso el coche en marcha y quitó el freno de mano—. Y no te olvides de dar a George un abrazo de mi parte.

Se fue. Penélope permaneció allí, en la grava fuera de la puerta abierta, hasta mucho después de que el sonido del coche de Nancy se hubiese perdido en el tranquilo calor de la tarde de primavera. Mirando hacia abajo, vio una hierba abriéndose camino entre las lascas de piedra. Se agachó, la arrancó arrojándola lejos y se volvió para entrar en la casa.

Estaba sola. Bendita soledad. Las cacerolas podían esperar. Atravesó la cocina para dirigirse a la sala de estar. Al anochecer haría frío, así que encendió una cerilla y con ella el fuego. Cuando éste hubo prendido a su satisfacción, se levantó, se dirigió al escritorio y buscó el recorte de periódico con el anuncio de Boothby's que Noel, una semana antes, le había enseñado. *Telefonee al señor Roy Brookner.* Lo colocó en el centro del secante, lo aseguró con el pisapapeles y a continuación volvió a la cocina. Abriendo un cajón, sacó de él un pequeño y afilado cuchillo para vegetales y se dirigió arriba a su dormitorio. Éste estaba alumbrado ahora por la luz dorada de la tarde que entraba por la ventana que daba al oeste, titilando en plata al reflejarse en el espejo y el cristal. Dejó el cuchillo sobre la cómoda y fue a abrir la puerta del enorme armario victoriano, el cual cabía justo bajo el techo inclinado. El armario estaba lleno de su ropa. La sacó toda y la dejó, en brazadas, sobre su cama. Esto supuso un cierto número de idas y venidas, pero poco a poco la gran cama, con su colcha de ganchillo, se vio cubierta de todo tipo de prendas, recordando las casetas de ropa usada en las fiestas de la iglesia o también el guardarropa femenino de alguna fiesta loca.

Una vez el armario estuvo vacío, la pared del fondo quedó al descubierto. Hacía muchos años, ésta había sido forrada con un papel oscuro y estampado en relieve, pero debajo de estas variaciones podían discernirse otras irregularidades: los paneles y correas que formaban la estructura de la vieja y sólida pieza del mueble. Penélope cogió el cuchillo, se metió en su espacioso interior y pasó los dedos por la superficie desigual del papel sintiendo el recorrido. Encontrando lo que buscaba, insertó la hoja del cuchillo muy abajo, en el ángulo formado por el fondo y el suelo y lo deslizó hacia arriba, rasgando el papel como si estuviese abriendo un sobre. Juzgó las medidas con atención. Sesenta centímetros en vertical, noventa centímetros a lo largo y luego sesenta centímetros hacia abajo de nuevo. Sin sujeción, el colgajo de papel se combó, se enrolló y finalmente cayó para dejar al descubierto el objeto que había estado ocultando detrás de sí durante los pasados veinticinco años. Una magullada carpeta de cartón, atada con cuerda y sujeta al panel de caoba con tiras de cinta adhesiva.

Esa noche, en Londres, Olivia telefoneó a Noel.

—¿Cómo te ha ido?

—Todo ha quedado hecho.

—¿Has encontrado algo interesante?

—Ni una puñetera cosa.

—Oh, querido. —Él pudo oír diversión en su voz, maldiciéndola en silencio—. Todo ese trabajo para nada. No te preocupes. La próxima vez tendrás más suerte. ¿Cómo está Antonia?

—Está bien. Creo que se ha prendado del jardinero —dijo esperando escandalizarla.

—Ah, eso está muy bien —se limitó a observar Olivia—. ¿Qué tal es?

—Raro.

—¿Raro? ¿Quieres decir mariquita?

—No. Quiero decir que es raro. Como un pez fuera del agua. No cuadra donde está. Clase alta, internado, entonces dime, ¿cómo está haciendo de jardinero? Otra cosa, no conduce y no bebe alcohol. Y nunca sonríe. Nancy está convencida de que oculta un oscuro secreto y, por una vez, me siento inclinado a darle la razón.

—¿Le gusta a mamá?

—Oh, le gusta mucho. Lo trata como un sobrino desaparecido por largo tiempo.

—En ese caso, no me inquieto. Mamá no es ninguna estúpida. ¿Cómo está ella?

—Como siempre.

—¿No está demasiado cansada?

—No, al menos por lo que he podido ver.

—¿No le has dicho nada de los bocetos? ¿Los has mencionado? ¿Le has preguntado por ellos?

—Ni una palabra. Si han existido alguna vez, probablemente se ha olvidado de ellos. Ya sabes lo despistada que es. —Titubeó, pero luego siguió en tono indiferente—: Nancy ha ido a comer. Ha empezado a recitar a George con lo de un nuevo seguro. Ha habido un poco de jaleo.

—Ay, Noel.

—Ya sabes cómo es Nancy. No sabe lo que es el tacto, una estúpida.

—¿Mamá se ha enfadado?

—Un poco. Yo he suavizado las cosas. Pero ahora se muestra más testaruda que nunca.

—Bien, supongo que es asunto suyo. En cualquier caso, gracias por haber acompañado a Antonia.

—De nada.

Lunes por la mañana otra vez. Cuando Penélope bajó Danus había llegado y estaba ya trabajando duro en el huerto. La siguiente visita fue el cartero con su pequeña furgoneta verde, luego la señora Plackett, majestuosa en su bicicleta, con su delantal en la bolsa y la noticia de que el ferretero de Pudley estaba de rebajas y preguntando por qué la señora Keeling no aprovechaba para comprar una nueva pala para el carbón. Estaban discutiendo este importante proyecto cuando apareció Antonia, la cual fue debidamente presentada a la señora Plackett. Fueron intercambiadas bromas y retransmitidas sus respectivas actividades del fin de semana. A continuación, la señora Plackett se hizo con el aspirador y trapos y subió la escalera. Los lunes los dedicaba a los dormitorios. Antonia empezó a freír tocino entreverado para su desayuno y Penélope se dirigió a la sala de estar donde, después de cerrar la puerta, se sentó a su escritorio para telefonear.

Eran las diez. Marcó el número.

—«Boothby's, expertos en arte.» ¿En qué puedo ayudarle?

—¿Sería posible hablar con el señor Roy Brookner?

—Un momento, por favor.

Penélope esperó. Estaba nerviosa.

—Roy Brookner al aparato. —Una voz profunda, culta, muy agradable.

—Buenos días, señor Brookner. Soy la señora Keeling, Penélope Keeling. Le llamo desde mi casa en Gloucestershire. En *The Sunday Times* de la semana pasada apareció un anuncio haciendo referencia a cuadros victorianos. Indicaba su nombre y el número de teléfono donde llamar.

—En efecto.

—Me preguntaba si no tendría que venir por esta zona en un futuro próximo.

—¿Tiene usted algo que quiere que examine?

—Sí. Algunas obras de Lawrence Stern.

Se produjo una apenas perceptible vacilación.

—¿Lawrence Stern? —repitió él.

—Sí.

—¿Está usted segura de que son Lawrence Stern?

Ella sonrió.

—Sí, bastante segura. Lawrence Stern era mi padre.

Otra ligera pausa. Ella le imaginó cogiendo un bloc de notas, desenroscando su estilográfica.

—¿Puede darme su dirección? —Así lo hizo Penélope—. ¿Y su número de teléfono? —Ella lo hizo también—. Estoy consultando mi agenda. ¿Esta semana sería demasiado pronto?

—Cuanto antes mejor.

—¿Miércoles? ¿O jueves?

Penélope calculó, hizo rápidos planes.

—El jueves me iría mejor.

—¿A qué hora el jueves?

—¿Por la tarde? ¿Hacia las dos?

—Espléndido. Tengo que hacer otra visita en Oxford; podría hacerla por la mañana y luego ir a su casa.

—Si viene por Pudley, es más fácil. El pueblo está señalizado.

—Encontraré el camino —le aseguró él—. A las dos el jueves. Y gracias por su llamada, señora Keeling.

Mientras esperaba su llegada, Penélope se ocupó en pequeñeces en el invernadero; regó un ciclamen, recortó las cabezuelas muertas de unos geranios y arrancó hojas secas. El tiempo se había vuelto borrascoso, el viento del este había traído con él unas enormes nubes deslizantes y la luz del sol parpadeaba. Pero el primer calor ya estaba haciendo su trabajo, pues ya había brotes de narcisos amarillos meneándose en el huerto, las primeras primaveras mostraban sus pálidas caras y las viscosas yemas del castaño se abrían parcelándose para dejar al descubierto los volantes y el delicado verde de las jóvenes hojas.

Se había puesto su mejor ropa, como correspondía a la importancia y la formalidad de la ocasión, y distraía su mente imaginando qué aspecto tendría el señor Brookner. Teniendo como únicas pistas su nombre y su voz a través del teléfono, no podía llegar muy lejos y cada vez imaginaba una nueva estampa. Sería muy joven, un estudiante talentudo, con una frente prominente y una pajarita roja. Sería de edad avanzada, catedrático, inmensamente erudito. Sería práctico y enérgico, con una gran cultura y una mente como un máquina de calcular.

No era, naturalmente, de ninguna de estas maneras. Cuando poco después de las dos oyó el ruido de una puerta de coche cerrándose, seguido por el timbre de la puerta principal, dejó la regadera y atravesó la cocina para hacerle entrar. Al abrir la puerta, se encontró con la vista de su espalda, pues estaba en la grava mirando a su alrededor, como si estuviese apreciando la tranquilidad del campo y del entorno rural. Se volvió inmediatamente. Un caballero muy alto y distinguido, con un cabello oscuro que se retiraba hacia atrás desde una frente alta y bronceada y unos ojos profundamente castaños que la observaban cortésmente a través de unas pesadas gafas de concha. Llevaba un traje de *tweed* de dibujo discreto y bien cortado, una camisa con cuadraditos y una fina corbata a rayas. De añadirle un bombín y un par de prismáticos, podría honrar con su presencia la más elegante de las carreras de caballos.

—¿Las señora Keeling?

—Sí, señor Brookner. Buenas tardes. —Se estrecharon la mano.

—Estaba admirando el panorama. Es un lugar precioso y la casa es encantadora.

—Me temo que tendrá usted que entrar por la cocina. No tengo recibidor —dijo ella encaminándose hacia el interior y él se sintió inmediatamente atraído por la original idea de la puerta posterior que daba al invernadero, en ese momento lleno de sol e invadido de plantas.

—A mí no me importaría no tener un recibidor si tuviese una cocina tan bonita como ésta..., así como un invernadero.

—El invernadero lo hice construir yo, pero el resto de la casa está prácticamente como la encontré.

—¿Hace mucho que vive aquí?

—Seis años.

—¿Vive sola?

—La mayor parte del tiempo. En estos momentos está conmigo una joven amiga, pero esta tarde se ha ido. Ha acompañado a mi jardinero a Oxford... Se han llevado la segadora en el maletero de mi coche para hacerla afilar.

El señor Brookner pareció un poco sorprendido.

—¿Tienen que ir hasta Oxford para hacerla afilar?

—No, pero quería que estuviesen fuera mientras usted estaba aquí —le explicó Penélope con franqueza—. De paso comprarán semillas de patatas y algunas cosas para el jardín, así que el viaje no será en balde. Ahora, dígame, ¿le gustaría una taza de café?

—No, gracias.

—De acuerdo —dijo Penélope mientras él permanecía allí sin mostrar impaciencia, como si estuviese preparado para quedarse sin hacer nada para siempre—. Bien, en ese caso, supongo que será preferible que no perdamos más tiempo. ¿Qué le parece si primero subimos a ver los paneles?

—Lo que usted diga —contestó el señor Brookner.

Le condujo fuera de la cocina para subir la estrecha escalera hasta el también estrecho pasillo.

—... Aquí están, colgando de cada lado de mi dormitorio. Estos fueron los últimos cuadros que hizo mi padre. No sé si usted lo sabía, pero sufría terriblemente de artritis. En la época en que fueron realizados apenas podía sostener los pinceles y por eso, como puede usted ver, nunca fueron acabados. —Se hizo a un lado, dejando espacio para que el señor Brookner se moviese hacia adelante, inspeccionase, volviese hacia atrás (sólo un par de pasos, pues en caso contrario se hubiese caído por la escalera), volviese a ponerse en movimiento. No decía nada. Quizá no le gustaba. A fin de encubrir su repentino nerviosismo, empezó a hablar de nuevo—: Su historia empezó un poco en broma. Teníamos una pequeña casa en Porthkerris, ya ve, arriba en la punta de la colina, y nunca disponíamos de dinero para gastarnos en ella así que estaba en muy mal estado. El vestíbulo estaba decorado con un viejo papel Morris que estaba gastado y raído y mi madre no podía permitirse reemplazarlo; por ello sugirió que papá pintase los largos paneles decorativos que taparían la mayor parte del desastroso papel. Quería algo en su viejo estilo, alegórico, fabuloso, que pudiese conservar para siempre. Así lo hizo él y aquí tiene el resultado. Pero no pudo terminarlos. Sin embargo a Sophie..., mi madre..., no le importó. Decía que le gustaban incluso más así como estaban.

Él siguió sin hacer comentario alguno. Ella se estaba preguntando si no estaría reuniendo valor para decirle que no valían nada, cuando de pronto él se volvió y sonrió.

—Usted dice inacabados, señora Keeling, y sin embargo están ya maravillosamente consumados. Por supuesto, el detalle no es fino o meticuloso como en esas grandes obras que ejecutó a finales del siglo pasado, pero siguen siendo perfectos a su propia manera. Era un gran maestro con los colores. Mire el azul de este cielo.

Penélope se sintió llena de gratitud hacia él.

—Estoy tan contenta de que le gusten. Mis hijos siempre los han ignorado o los han criticado, pero a mí siempre me ha proporcionado un enorme placer.

—Como tiene que ser. —Se volvió de su atento examen—. ¿Hay algo más que quiere que vea o esto es todo?

—No. Tengo más abajo.

—¿Podemos ir a verlo?

—Naturalmente.

Abajo de nuevo, en la sala de estar. Su mirada fue atraída al instante por *Los buscadores de conchas.* Antes de su llegada, ella había encendido el pequeño aplique alargado que iluminaba el cuadro, el cual estaba ahora a la espera de su consideración. En ese momento, en ese día en particular, a Penélope le parecía más entrañable que nunca, nuevo, luminoso y fresco como el día en que había sido pintado.

—No sabía —dijo el señor Brookner después de un largo rato— que existía esta obra.

—Nunca fue exhibida.

—¿Cuándo fue realizada?

—En mil novecientos veintisiete. Su último gran cuadro. La playa norte de Porthkerris, pintada desde la ventana de su estudio. Uno de los niños soy yo. Se llama *Los buscadores de conchas.* Cuando me casé me lo dio como regalo de boda. Eso fue hace cuarenta y cuatro años.

—Vaya regalo. Vaya propiedad, si vamos a eso. ¿Está segura de que no quiere venderlo?

—No. No lo voy a vender. Pero quería que lo viese.

—Estoy encantado de haber podido hacerlo.

Sus ojos volvieron a posarse en el cuadro. Al cabo de un momento, ella se dio cuenta de que él estaba simplemente llenando el tiempo hasta que ella decidiese iniciar el siguiente movimiento.

—Me temo que esto es todo, señor Brookner. A excepción de algunos bocetos.

Él se volvió hacia ella con el rostro impasible.

—¿Algunos bocetos?

—De mi padre.

Él esperó que se pronunciase sobre ello y viendo que no lo hacía, preguntó:

—¿Permitirá que los vea?

—No sé si tienen algún valor o incluso si le pueden interesar.

—No lo puedo decir hasta que no los haya visto.

—Claro que no —dijo ella sacando de detrás del sofá la magullada carpeta de cartón atada con una cuerda—. Aquí están.

El señor Brookner, tomándolos en su mano, se instaló en el amplio asiento de un sillón victoriano. Dejó la carpeta en la alfombra a sus pies y, con unos dedos largos y delicados, desató el nudo de la cuerda.

Roy Brookner era un hombre de considerable experiencia en su trabajo y a lo largo de los años se había vuelto inmune tanto a la impresión como a la desilusión. Había incluso aprendido a enfrentarse a la peor de las pesadillas, que era la típica de la anciana señora que, encontrándose probablemente por primera vez en su vida corta de dinero, decidía valorar, y luego vender, sus posesiones más preciadas. Boothby's era informado de esta intención y Roy Brookner organizaba debidamente la cita y el, normalmente largo, viaje para verla. Al final del día, él se veía ante la tarea desgarradora de informarle que el cuadro no era un Landseer; que el jarrón chino, tomado por un Ming, no era nada de eso; y que la foca de marfil de Catalina de Médicis no databa, de hecho, del período de esta dama, sino de finales del siglo XIX; por lo tanto, no tenían valor.

La señora Keeling no era una anciana y era la hija de Lawrence Stern, pero incluso así, abrió las tapas de la carpeta sin mucha esperanza. No sabía en realidad lo que esperaba descubrir. Lo que encontró era de una importancia tan asombrosa que, por un momento, apenas pudo dar crédito a lo que veían sus ojos.

Bocetos, había dicho Penélope Keeling, pero no le había explicado qué bocetos. Estaban pintados al óleo, sobre lienzo, con los bordes mellados y mostrando todavía la huella oxidada de las marcas de las tachuelas que en su momento fueron clavadas a sus bastidores. Uno a uno, tomándose tiempo, los fue cogiendo, mirándolos atentamente con increíble asombro, dejándolos de lado. Los colores estaban intactos y podía reconocerse al instante el tema. Con creciente excitación, empezó un catálogo mental. *El espíritu de la primavera, El acercamiento de los amantes, Las portadoras de agua, El dios del mar, La terraza...*

Era demasiado. Como una persona en medio de una enorme fiesta gastronómica, se encontró lleno, incapaz de continuar. Hizo una pausa, con las manos inmóviles colgando inerte entre sus rodillas. Penélope Keeling, de pie junto a la chimenea apagada, esperaba su juicio. Él miró hacia arriba y a través de la corta distancia que les separaba. Ninguno de ellos habló por espacio de un largo rato. Pero la expresión de su rostro le dijo a ella todo lo que quería saber. Sonrió y la sonrisa iluminó sus ojos oscuros, fue como si todos los años que había vivido nunca hubiesen transcurrido y por un instante él la vio como la hermosa joven que debió de haber sido en otro tiempo. Se le ocurrió que si él hubiese sido joven a la vez que Penélope, probablemente se habría enamorado de ella.

—¿De dónde han salido? —preguntó él.

—Hace veinticinco años que los tengo, escondidos en la parte trasera de mi armario.

—¿Pero dónde los encontró? —dijo él frunciendo el entrecejo.

—Estaban en el estudio de mi padre, en el jardín de nuestra casa de la calle Oakley.

—¿Conoce alguien su existencia?

—No creo. Pero tengo la sensación de que Noel, mi hijo, ha empezado a sospechar que existen, aunque no tengo idea de cómo. Pero no puedo asegurarlo.

—¿Qué le hace pensar así?

—Ha estado buscando por ahí, registrando el desván. Y se puso de muy mal humor cuando no encontró nada. Estoy segura de que estaba buscando algo específico; y mucho me parece que eran los bocetos.

—Suena un poco como si supiese que son valiosos. —Se inclinó para coger otro lienzo. *El jardín de Amoretta*—. ¿Cuántos hay en total?

—Catorce.

—¿Están asegurados?

—No.

—¿Los escondió por esta razón?

—No. Los escondí porque no quería que Ambrose los encontrase.

—¿Ambrose?

—Mi marido —aclaró ella. Su sonrisa murió, llevándose con ella aquel vibrante destello de juventud. Volvía a tener su edad, una mujer de pelo gris, de cierta edad, alrededor de los sesenta y cansada de estar de pie. Se alejó de la chimenea y fue a sentarse en un extremo del sofá, descansando un brazo en su respaldo—. ¿Sabe? Nunca tuvimos dinero. Esto era el punto capital, la raíz de todos los problemas.

—¿Vivió usted con su marido en la casa de la calle Oakley?

—Sí. Después de la guerra. Pasé toda la guerra en Cornualles porque tenía que ocuparme de una niña. Luego mi madre murió en un bombardeo alemán, así que me quedé para cuidar también de papá. Después me cedió la casa de la calle Oakley..., y... —De pronto se puso a reír, renunciando y moviendo la cabeza—. Es tan confuso... No tiene sentido. ¿Cómo es posible que usted lo entienda?

—Podría usted intentarlo empezando por el principio y siguiendo hasta el final.

—Eso nos tomaría todo el día.

—Tengo todo el día.

—Oh, señor Brookner, le aburriría a muerte.

—Usted es la hija de Lawrence Stern —le dijo él—. Podría usted leerme el listín telefónico de principio a fin y yo quedaría fascinado.

—Es usted un hombre encantador. En ese caso...

En 1945 mi padre tenía ochenta años. Yo tenía veinticinco, estaba casada con un teniente de la Marina y era madre de una niña de cuatro años. Durante un tiempo estuve en la Sección Femenina de la Marina británica —allí fue donde conocí a Ambrose—, pero cuando me quedé embarazada me licenciaron y volví a casa a Porthkerris. Me quedé allí el resto de la guerra. Apenas vi a Ambrose durante aquellos años. Él estaba en el mar la mayor parte del tiempo, en el Atlántico, luego en el Mediterráneo y finalmente en el Lejano Oriente. Me temo que no me importaba demasiado. Lo nuestro fue un asunto inconsciente de tiempos de guerra, una relación que nunca habría prosperado en tiempo de paz.

Asimismo, estaba papá. Siempre había sido un hombre enormemente juvenil y enérgico, pero después de la muerte de Sophie se volvió de pronto viejo ante mis propios ojos y no había ni que plantearse la cuestión de dejarlo. Pero entonces la guerra terminó y todo cambió. Todos los hombres volvieron a sus casas y papá dijo que era hora de que regresase con mi marido. Me avergüenza decir que yo no quería y fue cuando me dijo que me había traspasado la propiedad de su casa de la calle Oakley, así yo siempre tendría una base, una seguridad para mis hijos y una independencia económica. Después de esto, no tenía excusa para quedarme. Nancy y yo abandonamos Porthkerris para siempre. Papá fue a despedirnos a la estación y también fue para siempre, pues murió al año siguiente y no volví a verle nunca más.

La casa de la calle Oakley era enorme. Tan grande que papá, Sophie y yo siempre habíamos vivido en la parte inferior alquilando los pisos superiores a unos inquilinos. De esta forma, podíamos mantenerla, tenerla más o menos en condiciones. Yo seguía con este arreglo. Una pareja llamada Willi y Lalla Friedmann habían vivido allí durante toda la guerra y continuaron allí. Tenían una niña pequeña que era una compañía para Nancy y se convirtieron en mis inquilinos permanentes. En cuanto al resto de la casa, había un población bastante flotante, que iba y venía. Artistas en su mayoría, escritores y jóvenes intentando poner un pie en televisión. Mi tipo de gente. No el tipo de gente de Ambrose.

Entonces Ambrose volvió a casa. No sólo volvió a casa, sino que dejó la Marina y aceptó un trabajo en la vieja empresa de su padre, los editores Keeling and Philips, en St. James. Me quedé bastante sorprendida cuando Ambrose me lo comunicó, pero pensé que en definitiva había hecho lo correcto. Me enteré posteriormente de que en el Lejano Oriente había manchado su historial, enemistándose con su capitán y obteniendo un informe personal malo. Así que, si se hubiese quedado en el servicio, no creo que hubiese llegado muy lejos.

Así estaban las cosas. No teníamos mucho, pero teníamos más que la mayoría de las parejas de nuestra generación. Éramos jóvenes, estábamos sanos, Ambrose tenía un trabajo y teníamos una casa donde vivir. Pero aparte de esto, no teníamos nada, ninguna base común sobre la cual construir algún tipo de relación. Ambrose era muy convencional y algo esnob socialmente... Tenía arraigadas ideas en cuanto a hacer siempre amistad con la gente conveniente. Yo era excéntrica e irreflexiva y, supongo, informal hasta lo imposible. Pero las cosas que eran importantes para Ambrose a mí me parecían triviales y no podía compartir sus entusiasmos. Luego estaba el molesto tema del dinero. Ambrose nunca me dio nada. Imagino que consideraba que yo tenía mis propios y privados recursos como en cierta forma era cierto, pero siempre andaba corta de liquidez. Además, en mi familia el dinero era una cosa que uno, en el mejor de los casos, tenía, pero del cual no se hablaba nunca. Durante la guerra yo recibía mi subsidio de Marina y papá solía ingresarme un poco de dinero cada mes en mi cuenta para pagar las facturas de la casa, pero como no había lujos en que gastárselo y de todas formas todo el mundo era pobre, no parecía importar mucho.

Pero, casada con Ambrose y viviendo en Londres, las cosas adquirieron otra complejidad. Por entonces había nacido mi segunda hija, Olivia, y por consiguiente había otra boca que alimentar. Por otra parte, la vieja casa estaba terriblemente necesitaba de reparaciones. No había sido bombardeada, afortunadamente, pero estaba agrietada y se desmoronaba. En definitiva, se caía a pedazos. Las cañerías funcionaban mal y, por supuesto, toda ella necesitaba una mano de pintura. Cuando hablé de ello con Ambrose, me dijo que era mi casa y por lo tanto mi responsabilidad, así que al final vendí cuatro preciosos cuadros de Charles Rainer que habían pertenecido a papá; este dinero me alcanzó para llevar a cabo las reparaciones más imperiosas, pero por lo menos el techo dejó de gotear y pude dejar de sufrir pensando si las niñas se iban a electrocutar metiendo los dedos en los anticuados enchufes.

Luego, la gota final, la madre de Ambrose, Dolly Keeling —que había pasado la guerra entera en Denver evitando las bombas—, regresó a vivir a Londres. Adquirió una casita en la calle Lincoln y, desde el momento en que llegó, empezó a crear problemas. Yo nunca le había gustado. De hecho no la censuro. Nunca me perdonó que me hubiese quedado embarazada, que «hiciese caer en la trampa» a Ambrose para que se casase conmigo. Él era su único hijo y ella era intensamente posesiva. Entonces volvió a apoderarse de él. De pronto estar casada con Ambrose fue como estar cuidando al perro de otro. Cada vez que uno abre la puerta corre a su casa. Ambrose corría hacia la casa de su madre. Tenía la costumbre de pasar por allí para tomar una copa cuando volvía a casa del despacho..., el síndrome té-y-simpatía, supongo. Solía acompañarla a la iglesia los domingos. Era suficiente para quitarle a una las ganas de ir a la iglesia para siempre.

Pobre hombre. Las lealtades divididas no son una buena compañía para vivir. Y él necesitaba profundamente la adulación y la atención que recibía de Dolly y que yo era incapaz de darle. Además, la casa de la calle Oakley no era el lugar más tranquilo del mundo. Me gustaba tener a mis amigos a mi alrededor; Lalla Friedmann y yo siempre hemos estado muy unidas. Y me gustaban los niños. Muchos niños. No sólo Nancy, sino también todos sus amiguitos del colegio. Cuando hacía buen tiempo, llenaban el jardín, colgándose de cuerdas o sentados sobre las cajas de cartón del colmado. Los amiguitos del colegio tenían todos madres, que entraban y salían y se sentaban en la cocina, bebiendo café y charlando. La actividad era constante —se hacía mermelada, o alguien cosía vestidos o hacía bollos para el té— y el suelo estaba siempre lleno de juguetes.

Ambrose no podía soportarlo. Decía que le atacaba los nervios volver del trabajo y encontrarse semejante confusión. Empezó a protestar por el poco espacio en el que vivíamos, especialmente dado que éramos propietarios de toda la espaciosa casa. Empezó a hablar de poner a los inquilinos de patitas en la calle, lo que nos permitiría lugar suficiente para nosotros. Hablaba de un comedor para cenas y de un salón para fiestas, y de un dormitorio, un vestidor y un cuarto de baño juntos para nosotros solos. Yo perdí la paciencia y le pregunté con qué íbamos a vivir si no contábamos con el dinero de los alquileres. Estuvo con cara larga durante tres semanas y pasó más tiempo que nunca con su madre.

El día a día se convirtió en una contienda difícil. El dinero era algo sobre lo que discutíamos todo el tiempo. Yo ni siquiera sabía cuánto ganaba él, así que no tenía ningún tipo de fuerza sobre él en este tema. Pero sabía que debía ganar algo. ¿Qué hacía con ello? ¿Invitar a copas a sus amigos? ¿Comprar gasolina para el coche que le había regalado su madre? ¿Comprarse ropa? Siempre iba muy bien vestido. Encontré y leí los extractos de su cuenta bancaria y vi que estaba en descubierto por más de mil libras. Yo era muy inocente, muy simple, llegando finalmente a la conclusión de que tenía una amiguita y que se gastaba todo su sueldo comprándole abrigos de visón y manteniéndole un piso en Mayfair.

Al final, me lo contó él mismo. No tuvo más remedio. Debía quinientas libras a un corredor de apuestas y tenía que pagarle en el plazo de una semana. Recuerdo que yo estaba haciendo una sopa, agitando una gran olla a fin de que los guisantes no se pegasen en su fondo. Le pregunté cuánto tiempo hacía que apostaba a los caballos y él me contestó que desde hacía tres o cuatro años. Yo aproveché para preguntarle sobre otras cosas y entonces todo salió a la luz. Creo que era lo que actualmente llamaríamos un jugador compulsivo. Solía jugar en clubes privados. Se había arriesgado un par de veces en Bolsa y le había salido mal. Y, durante todo ese tiempo, yo no había tenido la más mínima sospecha. Sin embargo, cuando hubo confesado no estaba ni siquiera algo avergonzado, sólo desesperado. Tenía que conseguir el dinero.

Le dije que yo no lo tenía. Le indiqué que acudiese a su madre, pero él dijo que ya lo había hecho anteriormente y que ella le había ayudado, ahora no tenía el valor de recurrir de nuevo a ella. Entonces él dijo que por qué no vendíamos los cuadros, los tres Lawrence Stern, que era todo lo que yo tenía de la obra de mi padre. Cuando él dijo esto, me asusté casi tanto como lo estaba él, porque sabía que era bastante capaz de esperar hasta que estuviese solo en la casa para coger los cuadros y llevarlos a una sala de subastas. *Los buscadores de conchas,* además de ser mi posesión más valiosa, era también mi consuelo y mi solaz. No habría podido vivir sin este cuadro y él lo sabía, así que le dije que conseguiría las quinientas libras; y lo hice, vendiendo mi anillo de boda, así como el anillo de boda de mi madre. Después de esto, volvió a estar bastante alegre y reapareció su viejo buen humor. Dejó de jugar durante una temporada. Se había pegado un buen susto. Pero no tardó en empezar de nuevo, con lo cual volvimos a nuestra antigua existencia de vivir al día.

Luego, en 1955, nació Noel y al mismo tiempo nos enfrentamos a las primeras y grandes facturas de los colegios. Tenía todavía la casa de Cornualles, Carn Cottage. Después de morir papá, me pertenecía y me aferré a ella durante años, alquilándola a quien me lo pidiese y diciéndome que algún día podría llevar a mis hijos allí a pasar un verano. Pero nunca lo hice. Entonces recibí una oferta maravillosa por la casa, demasiado buena para rechazarla, y la vendí. Una vez lo hube hecho, sentí que Porthkerris se había ido para siempre y se había roto el último eslabón. Cuando vendí la casa de la calle Oakley, hice planes con vistas a volver a Cornualles y comprar una casita de granito con una palmera en el jardín. Pero mis hijos intervinieron y me disuadieron; finalmente mi yerno encontró Podmore's Thatch, con lo cual, después de todo, pasaré los últimos años de mi vida en Gloucestershire, sin la vista y el sonido del mar.

—Le he contado todo esto y todavía no he llegado al punto que interesaba, ¿verdad? Todavía no le he hablado del hallazgo de los bocetos.

—¿No estaban en el estudio de su padre?

—Sí, escondidos detrás de un montón de cosas de mi padre acumuladas durante años.

—¿Cuándo ocurrió? ¿Cuándo los encontró?

Noel tendría unos cuatro años. Para acomodar a nuestra familia que crecía, habíamos cogido un par de habitaciones más. Pero los inquilinos llenaban el resto de la casa. Entonces, un día, apareció un joven en la puerta. Era un estudiante de arte, muy alto y delgado, de aspecto bastante pobre y encantador. Alguien le había dicho que yo podría ayudarle, había conseguido una plaza en Slade, pero no encontraba dónde vivir. No tenía un rincón donde instalarlo, pero me gustaba su aspecto y le dije que entrase y le di algo de comer y un vaso de cerveza ligera y empezamos a hablar. Cuando llegó el momento de marcharse, estaba tan fascinada con él que no podía soportar el hecho de ser incapaz de ayudarle. El estudio me vino entonces a la memoria. Un cobertizo de madera en el jardín, pero sólidamente construido e impermeabilizado. Podría dormir y trabajar allí; le daría el desayuno y podría ir a la casa para utilizar el cuarto de baño y hacer su colada. Se lo sugerí y él se aferró a la idea encantado. Sin pensarlo dos veces, fui a buscar la llave y salimos a examinar el estudio. Estaba sucio, polvoriento y repleto de viejas camas y cómodas, también estaban allí los caballetes, las paletas y las telas de mi padre; pero la construcción era sólida, hermética y estaba orientado a la luz del norte, lo cual fue de lo más satisfactorio para el joven.

Nos pusimos de acuerdo sobre el precio y el día en que acudiría. Él se marchó y yo empecé a trabajar. Hicieron falta días y tuve que pedir a mi amigo el trapero que me ayudara; poco a poco, fue cargando todos los viejos trastos en su pequeño carretón y se los llevó. Tuvo que hacer varios viajes, pero llegamos al final a la última carga. Y fue entonces, en la parte más profunda del estudio, perdida detrás de una vieja arca, cuando encontré la carpeta con los bocetos. Reconocí inmediatamente lo que eran pero no tenía ni idea de su valor. En aquella época Lawrence Stern no estaba de moda y si se vendía alguna de sus obras era por quinientas o seiscientas libras. Pero el hecho de encontrar esos bocetos fue como un regalo del pasado. Tenía tan pocas obras suyas. Pensé asimismo que si Ambrose conocía su existencia pediría inmediatamente que fuesen vendidos. Así pues, los cogí, los llevé a casa y a mi dormitorio. Los pegué en la pared posterior de mi armario y, encontrando un rollo de papel de paredes, empapelé ese panel. Y allí es donde han estado desde entonces. Hasta el pasado domingo por la tarde. Supe en ese momento, de pronto, que había llegado la hora de que volviesen a ver la luz del día y de enseñárselos a usted.

—Bien, ahora ya lo sabe todo —dijo ella mirando su reloj—. He tardado mucho en contárselo. Lo siento. ¿Le gustaría una taza de té? ¿Tiene tiempo para una taza de té?

—Sí, tengo tiempo. Pero todavía estoy ávido de más. —Ella alzó unos ojos interrogadores—. Por favor, no piense que soy un curioso o un impertinente, ¿pero qué ocurrió con su matrimonio? ¿Qué fue de Ambrose?

—¿Mi marido? Oh, me abandonó...

—¿La abandonó?

—Sí. —Con gran asombro, él vio cómo la cara de ella se iluminaba divertida—. Por su secretaria.

Poco después de haber encontrado y escondido los bocetos, se jubiló la antigua secretaria de Ambrose, la señorita Wilson, la cual había estado con Keeling and Philips toda la vida, y una chica nueva tomó su puesto. Era joven y supongo que debía de ser bastante guapa. Se llamaba Delphine Hardacre. La señorita Wilson siempre había sido llamada señorita Wilson, pero a Delphine siempre la llamaron simplemente Delphine. Un día Ambrose me dijo que se iba a Glasgow por asuntos de trabajo; la imprenta de la compañía estaba establecida allí y estuvo fuera una semana. Posteriormente me enteré de que no había estado en Glasgow en absoluto, sino en Huddersfield con Delphine para conocer a sus padres. El padre era inmensamente rico, tenía algo que ver con ingeniería pesada y si pensó que Ambrose era un poco mayor para su hija, ello fue compensado por el hecho de que ella había encontrado un hombre con clase y además estaba encaprichada con él. Poco después de esto, Ambrose volvió a casa y me dijo que se marchaba. Estábamos en el dormitorio. Yo me había lavado la cabeza y me estaba secando el pelo sentada en mi tocador; Ambrose se sentó en la cama detrás de mí y toda la conversación tuvo lugar a través de mi espejo. Dijo que estaba enamorado de ella. Que le daba todo aquello que yo nunca le había dado. Que quería el divorcio. Una vez divorciado, se casaría con ella y, en el intervalo, iba a dejar Keeling and Philips, al igual que Delphine; se trasladarían al norte para hacerse una casa en Yorkshire, donde el padre de ella le había ofrecido un puesto en su compañía.

Debo decir en favor de Ambrose que cuando se trató de organizarse él mismo, hizo un buen trabajo. Estaba todo tan bien dispuesto, tan claro y madurado, que a mí no me quedaba nada por decir. No había nada que yo pudiera añadir. Sabía que no me importaría que él se fuese, estaría mejor sola. Me quedaría con los niños y tendría mi casa. Lo acepté todo y él se levantó de la cama y se fue; yo seguí cepillándome el pelo y sentí una inmensa paz.

Unos días más tarde fue a verme su madre; no para compadecerse, tampoco para echar culpas a nadie, debo decir en su favor, sino para estar segura de que la marcha de Ambrose no sería motivo para que yo alejase a los niños de él o de ella. Yo le dije que no consideraba que los niños fuesen una propiedad mía, que se daba o se quitaba, sino que eran personas con sus propios derechos. Debían hacer lo que quisieran, ver a quien quisieran ver, yo nunca se lo impediría. Dolly se quedó muy aliviada porque, si bien nunca tenía mucho tiempo para Olivia y Noel, adoraba a Nancy, y Nancy la quería mucho a ella. Ambas pensaban igual, lo tenían todo en común. Cuando Nancy se casó, fue Dolly quien organizó su gran boda en Londres y, para este acontecimiento, Ambrose hizo el viaje desde Huddersfield para llevarla al altar. Ésta fue la única ocasión en que nos volvimos a ver después del divorcio. Había cambiado, su aspecto era de hombre próspero. Había engordado bastante, su cabello se había vuelto gris y su cutis era muy rojo. Recuerdo que ese día, por alguna razón, llevaba un reloj de oro con cadena y su imagen era la de un hombre que ha vivido en el norte toda su vida, sin hacer otra cosa que ganar dinero.

Después de la boda, regresó a Huddersfield y yo nunca volví a verlo. Murió unos cinco años después. Era un hombre todavía relativamente joven y fue un golpe terrible. Pobre Dolly Keeling, le sobrevivió muchos años pero nunca se sobrepuso de la pérdida de su hijo. Yo también lo sentí. Creo que con Delphine encontró por fin la vida que buscaba. Le escribí, pero ella nunca contestó a mi carta. Quizá pensó que yo era una presuntuosa al haberle escrito. O a lo mejor simplemente no sabía qué contestar.

—Ahora voy de verdad a hacer el té —dijo Penélope poniéndose de pie y alargando una mano para asegurarse la peineta de carey que sujetaba su moño—. ¿No le importa quedarse solo un momento? ¿No tiene frío? ¿Quiere que encienda el fuego?

Él le aseguró que estaría bien, que no tenía frío, que no era necesario que encendiese el fuego; así pues ella le dejó, absorto una vez más en los bocetos, dirigiéndose a la cocina donde cogió la tetera y puso agua a hervir. Se sentía muy tranquila, al igual que aquella tarde de verano, mientras se cepillaba y secaba el pelo y escuchaba cómo Ambrose le decía que iba a abandonarla para siempre. Así, se dijo, debe de ser como se sienten los católicos después de haberse confesado, limpios, libres y finalmente exculpados. Agradecida a Roy Brookner por el hecho de haberla escuchado; sentía asimismo agradecimiento hacia Boothby's por haberle mandado un hombre que no era simplemente un profesional, sino además un ser humano y comprensivo.

Después del té y del pan de jengibre, volvieron a lo práctico. Los paneles se pondrían a la venta. Los bocetos se catalogarían y serían llevados a Londres para su tasación. ¿Y *Los buscadores de conchas?* Por el momento se quedaría donde estaba, sobre la chimenea de la sala de estar de Podmore's Thatch.

—El único problema con respecto a la venta de los paneles —le dijo Roy Brookner—, es el factor tiempo. Como usted sabe, Boothby's acaba de organizar una gran subasta de cuadros victorianos y no tendrá lugar otra hasta dentro de por lo menos seis meses. No será en Londres. Quizá sería posible venderlos en nuestra galería de Nueva York, pero debo enterarme de cuándo está programada la próxima subasta.

—Seis meses. No quiero esperar seis meses. Quiero venderlos *ahora.*

Él sonrió ante su impaciencia.

—¿Qué le parece la idea de un comprador privado? Sin la competencia de una subasta podría conseguir un buen precio, pero debe usted estar preparada para asumir el riesgo.

—¿Podría encontrarme un comprador privado?

—Hay un coleccionista norteamericano, en Filadelfia. Fue a Londres con la expresa intención de pujar por *Las portadoras de agua,* pero se lo llevó el representante del Denver Museum of Fine Arts. Estaba muy disgustado. No tiene ningún Lawrence Stern y salen al mercado muy raramente.

—¿Está todavía en Londres?

—No estoy seguro. Puedo enterarme. Se alojaba en el Connaught.

—¿Cree usted que querrá los paneles?

—Estoy seguro. Claro que la venta dependerá de cuánto esté dispuesto a ofrecer.

—¿Se pondrá usted en contacto con él?

—Desde luego.

—¿Y los bocetos?

—Depende de usted. Sería preferible esperar unos meses para venderlos..., a fin de que tengamos tiempo de darles publicidad y provocar interés.

—Sí, ya veo. Puede que en este caso fuese mejor esperar.

Así quedó acordado. Inmediatamente, Roy Brookner empezó a catalogar los bocetos. Le tomó cierto tiempo; cuando hubo acabado le entregó a ella un recibo firmado, volvió a meterlos cuidadosamente en la carpeta y ató la cuerda. Una vez hecho esto, ella le acompañó fuera de la estancia y arriba al pasillo, donde él descolgó con delicadeza los paneles de la pared, dejando detrás algunas telarañas y dos largas bandas de papel pintado que había çonservado todo su color.

Fuera, él lo colocó todo en el coche, los bocetos en el maletero y los paneles, envueltos con cuidado en una manta de tartán, sobre el asiento trasero. Una vez todo dispuesto a su satisfacción, bajó y cerró la puerta del coche. Se volvió hacia Penélope.

—Ha sido un placer, señora Keeling. Y gracias.

Se estrecharon la mano.

—Me ha gustado mucho conocerle, señor Brookner. Espero no haberle aburrido.

—En mi vida me he aburrido menos. Apenas tenga alguna noticia, me pondré en contacto con usted.

—Gracias. Adiós. Buen viaje.

—Adiós, señora Keeling.

Al día siguiente telefoneó.

—Señora Keeling, soy Roy Brookner.

—Dígame, señor Brookner.

—El caballero norteamericano de quien le hablé, el señor Lowell Ardway, ya no está en Londres. He llamado al Connaught y me han dicho que se ha marchado a Ginebra. Su intención es la de volver directamente a Estados Unidos desde Suiza. Pero tengo su dirección en Ginebra y voy a escribirle hoy mismo para informarle acerca de los paneles. Estoy seguro de que cuando sepa que están disponibles volverá a Londres para verlos, pero tendremos que esperar un par de semanas.

—Puedo esperar un par de semanas. Lo que no quiero es esperar seis meses.

—Puedo asegurarle que no será necesario. Y por lo que respecta a los bocetos, se los he enseñado al señor Boothby y se ha mostrado muy interesado. Hace años que no sale al mercado algo tan importante.

—¿Tiene usted... —parecía casi indecoroso preguntarlo—, tiene usted alguna idea de lo que pueden valer?

—A mi juicio, como mínimo cinco mil libras cada uno.

Cinco mil libras. Cada uno. Después de colgar el auricular, ella permaneció allí, en la cocina, intentando asimilar la enormidad de la cantidad. Cinco mil libras multiplicado por catorce era..., imposible hacerlo en su mente. Cogió un lápiz e hizo la operación en la hoja de su lista de compras. El resultado fue setenta mil libras. Alcanzó una silla y se sentó pues, de pronto, las rodillas habían empezado a flaquearle.

Pensando en ello, no era tanto la idea de riqueza lo que la dejaba estupefacta, sino su propia reacción ante el hecho. Su decisión de convocar al señor Brookner, de enseñarle los bocetos y de vender los paneles iba a cambiar su vida. Era tan simple como esto, pero a pesar de ello le costó un poco hacerse a la idea. Dos cuadros insignificantes e inacabados de Lawrence Stern, que siempre le habían gustado, pero que nunca había considerado valiosos, estaban ahora en Boothby's a la espera de una oferta de un norteamericano millonario. Y el montón de bocetos, escondidos y olvidados durante años, de pronto se habían convertido en algo que valía setenta mil libras. Una fortuna. Era como ganar a las quinielas. Consciente de su estado alterado, recordó a aquella joven a quien le había ocurrido esto y a quien Penélope, perpleja, vio en televisión arrojándose champán sobre la cabeza y gritando «¡he ganado!, ¡he ganado!, ¡he ganado!».

Una escena asombrosa, como sacada de una historia de locos. Y ahora ella se encontraba más o menos en la misma situación, comprobando —de ahí su estupefacción— que ello ni le repugnaba ni le abrumaba. Por el contrario, sentía la gratitud de una persona colmada con una espléndida dádiva inesperada. «El mejor regalo que los padres pueden dejar a sus hijos es su propia independencia.» Esto es lo que dijo a Noel y a Nancy, sabiendo que era verdad y que la libertad no tenía precio. Sin embargo, también había que tener en cuenta la posibilidad de disfrutar de los placeres egoístas.

Pero, ¿qué placeres? No tenía experiencia en derroches, después de haber tenido que escatimar, ingeniárselas y ser tacaña durante toda su vida de casada. No había sentido rencor o envidia de los lujos de los demás, simplemente se había sentido satisfecha por haber sido capaz de criar y educar a sus hijos saliendo siempre a flote. Hasta que vendió la casa de la calle Oakley no tuvo acceso a ningún capital, el cual fue inmediatamente invertido con prudencia para que produjese unos modestos ingresos que fue gastando en lo que más le gustaba: en comida, en vino, agasajando a los amigos. Luego estaban los regalos, con los cuales era muy generosa, y, por supuesto, el jardín.

Ahora, si así lo deseaba, podía rehacer la casa desde el suelo hasta el techo. Todo lo que tenía estaba gastado y raído hasta lo indecible, pero a ella le gustaban las cosas así. El destartalado Volvo tenía ocho años y ya era de segunda mano cuando lo compró. Podría derrochar el dinero en un Rolls-Royce, pero al Volvo no le pasaba nada malo —todavía— y además sería como un sacrilegio llenar la parte posterior de un Rolls con bolsas de turba y tiestos con tierra y plantas para el jardín. O ropa, en ese caso. Sin embargo, nunca se había sentido atraída por la ropa, una actitud mental heredada para siempre de los largos años de guerra y de la privación de los años de la posguerra. Mucha de su ropa favorita había sido entregada a la venta benéfica de la iglesia de Temple Pudley y su capa de oficial de navío le había dado calor durante cuarenta años. Siempre podía regalarse un abrigo de visón, pero nunca había soportado la idea de llevar una prenda hecha con unos peludos animalitos muertos; además tendría pinta de loca errante paseándose por la calle del pueblo el domingo por la mañana para comprar los periódicos hecha un brazo de mar con su visón. La gente pensaría que había perdido el juicio.

Podría viajar. Pero de alguna manera sabía que, a los sesenta y cuatro años y, tenía que reconocerlo, sin estar en las mejores condiciones de salud, era demasiado mayor para empezar a cruzar el mundo sola. Los días de los placenteros viajes en coche, del Train Bleu y de los vapores correo se habían quedado atrás. Por otra parte, nunca le había atraído particularmente la idea de aeropuertos extranjeros y de surcar el espacio en aviones supersónicos.

No. Ninguna de estas cosas. Por el momento no haría nada, no diría nada, no lo contaría a nadie. El señor Brookner había llegado y se había marchado sin que nadie conociese su visita. Hasta que él volviese a ponerse en contacto con ella otra vez, era preferible continuar como si nada hubiese ocurrido. Se dijo que lo apartaría de su mente, pero le resultó imposible. Cada día esperaba saber noticias de él. Cada vez que sonaba el teléfono anhelaba que fuese él. Como una muchacha ilusionada a la espera de la llamada de su amor. Sin embargo, a diferencia de una muchacha ilusionada, a medida que pasaban los días y nada ocurría, no perdía la calma, no se perturbaba. Siempre quedaba el mañana. No había prisa. Tarde o temprano habría noticias para ella.

En el intervalo, la vida seguía adelante y la primavera se manifestaba en el aire de varias maneras. El huerto brillaba con cantidad de narcisos, con sus trompetas amarillas bailando en la brisa. Los árboles, con el nuevo follaje, se velaban de un verde delicado y en los arriates protegidos que se encontraban junto a la casa, los alhelíes y las primaveras abrían sus aterciopeladas caras, llenando el aire de un aroma nostálgico. Danus Muirfield tras plantar las verduras, había dado a la hierba su primer corte de la temporada y ahora estaba ocupado azadonando, rastrillando y puliendo todos los arriates. La señora Plackett iba y venía, habiendo dado ya comienzo a su explosiva limpieza de primavera y lavando las cortinas de los dormitorios. A igual que banderas, éstas fueron tendidas por Antonia en las cuerdas. La energía de ésta era enorme y se hacía gustosamente cargo de cualquier tarea que Penélope no pudiese realizar por sí misma, como ir a Pudley con el coche a hacer la gran compra semanal, o limpiar el armario de la despensa y fregar todas las estanterías. Cuando no estaba ocupada en la casa normalmente se la podía encontrar en el jardín, construyendo un enrejado para los guisantes dulces o limpiando los terraplenes de sus narcisos tempranos y llenándolos con geranios, fucsias y capuchinas. Si Danus estaba allí, nunca estaba lejos de él y sus voces se propagaban a través del jardín, mientras trabajaban juntos. Penélope, al verlos asomada a una de las ventanas de arriba, experimentaba gran satisfacción. Antonia era una persona diferente de la muchacha tensa y exhausta que Noel había llevado desde Londres; había perdido la pálida tristeza con que se había marchado de Ibiza, habían desaparecido las ojeras oscuras bajo sus ojos. Su pelo brillaba, su piel resplandecía y había un halo a su alrededor, indefinible, pero que a los ojos expertos de Penélope era inequívoco.

Antonia, creía Penélope, estaba enamorada.

—Pienso que la cosa más bonita del mundo es hacer algo constructivo en un jardín en una hermosa mañana. Es una combinación de lo mejor de todo. En Ibiza el sol era siempre muy caliente y uno estaba siempre terriblemente sudoroso y pegajoso, por lo cual había que ir y tirarse a la piscina.

—Aquí no tenemos una piscina —observó Danus—. Supongo que siempre podríamos tirarnos al Windrush.

—Debe de estar helado. El otro día metí un pie y fue terrible. Danus, ¿piensas ser siempre jardinero?

—¿Por qué me lo preguntas así de pronto?

—No lo sé. Sólo estaba pensando en ello. Tienes una gran formación. El colegio, Estados Unidos y luego el título de horticultura. Parece un esfuerzo inútil si en tu vida no vas a hacer otra cosa que plantar coles para otros y arrancar las malas hierbas de los demás.

—No voy a hacer siempre esto, ¿sabes?

—¿No vas a hacerlo siempre? ¿Entonces qué piensas hacer?

—Ahorrar hasta que tenga suficiente para comprar un trozo de tierra, tener mi propio lugar, cultivar hortalizas, vender plantas, bulbos, gnomos, cualquier cosa que la gente quiera comprar.

—¿Un centro de jardinería?

—Me especializaré en algo..., rosas o fucsias, para diferenciarme un poco de los demás.

—¿Costará mucho dinero? Para empezar, quiero decir.

—Sí. El precio de la tierra es elevado y tendrá que ser suficientemente grande para que el proyecto sea viable.

—¿Tu padre no podría ayudarte? ¿Sólo para empezar?

—Sí, podría si yo se lo pidiese. Pero preferiría hacerlo por mí mismo. Tengo veinticuatro años. Es posible que cuando tenga treinta pueda establecerme por mi cuenta.

—Seis años de espera parece una eternidad. Yo lo querría enseguida.

—He aprendido a ser paciente.

—¿En qué lugar? ¿Dónde tendrías, quiero decir, este centro de jardinería?

—Eso no me importa. Donde se necesite. Yo preferiría, sin embargo, quedarme en esta parte del país. Gloucestershire, Somerset.

—Creo que Gloucestershire sería lo mejor. Es tan bonito. Y piensa en el mercado. Piensa en todos esos ricos hombres que van y vienen cada día de Londres, que compran esas maravillosas casas de piedra dorada y desean que sus jardines estén llenos de lo mejor. Harías una fortuna. En tu lugar, yo me quedaría aquí. Buscaría una pequeña casa y una hectárea de terreno. Eso es lo que yo haría.

—Pero tú no vas a abrir un centro de jardinería. Vas a ser modelo.

—Sólo si no se me ocurre otra cosa que hacer.

—Eres una criatura extraña. La mayoría de las muchachas darían sus ojos por tener una oportunidad semejante.

—¿No crees que esto disminuiría bastante las posibilidades de éxito?

—Bromas aparte, ¿no querrás pasar tu vida cultivando nabos?

—No cultivaría nabos. Cultivaría cosas deliciosas como mazorcas, espárragos y guisantes. Y no me mires tan escéptico. Soy muy competente. En Ibiza nunca se compraba una sola verdura. Las cultivaba todas, también fruta. Teníamos naranjos y limoneros. Papá solía decir que no había nada más delicioso que un gin-tonic con una rodaja de limón recién cogido. Saben muy diferentes de los insípidos limones comprados en las tiendas.

—Supongo que podrías dejar crecer limones en un invernadero.

—Lo bonito de los limoneros es que hacen el fruto y florecen al mismo tiempo. Por eso siempre son hermosos. Danus, ¿nunca has pensado en ser notario como tu padre?

—Sí, lo pensé en un momento dado. Pensaba que debía seguir sus pasos. Pero entonces me fui a Estados Unidos y, después de ello, las cosas cambiaron. Decidí pasar mi vida utilizando las manos en lugar de la cabeza.

—Pero la cabeza tienes que usarla. La jardinería precisa de muchos conocimientos y planificación. Y si tienes tu centro de jardinería, tendrás que llevar la administración, las facturas y los impuestos... Yo no llamaría a esto no usar la cabeza. ¿Se llevó tu padre una desilusión al saber que no querías ser notario?

—Al principio sí. Pero hablamos sobre el asunto y aceptó mi punto de vista.

—¿No debe de ser horrible tener un padre con el que no puedas hablar? El mío era perfecto. Se podía hablar con él de cualquier cosa. Desearía que lo hubieses conocido. Y ni siquiera puedo enseñarte mi querida Can D'alt pues alguna otra familia está viviendo ahora allí. Danus, ¿pasó algo especial para que cambiases de planes? ¿Ocurrió algo en Estados Unidos?

—Puede ser.

—¿Lo que ocurrió tiene algo que ver con el hecho de que no conduzcas y de que no tomes nunca una copa?

—¿Por qué me preguntas eso?

—Simplemente pienso en ello a veces. Sólo me lo pregunto.

—¿Te importa? ¿Te gustaría que fuese como Noel Keeling, corriendo arriba y abajo de la autopista con un modelo E y bebiendo copas cada vez que las cosas se ponen mal?

—No, no me gustaría que fueses como Noel. Si tú fueses como Noel, no estaría aquí ayudándote. Estaría echada en una tumbona hojeando una revista.

—Entonces ¿por qué no prestas más atención a lo que estás haciendo? Aquí estás plantando semillas, no clavando un clavo. Hazlo con delicadeza, como si metieses un niño en la cama. Introdúcelo, nada más. Tiene que tener espacio para crecer. Sitio para respirar.

Iba en bicicleta. Bajando la colina sin frenar entre setos de fucsias donde se posaban bailarinas rojas y púrpuras. El camino delante de ella se curvaba blanco y polvoriento y en la distancia estaba el mar azul como el zafiro. Había una sensación de domingo por la mañana. Llevaba unas playeras. Llegó a una casa y era Carn Cottage, pero no era «Carn Cottage» porque su techo era plano. Papá estaba allí, con su sombrero de ala ancha, sentado en un taburete plegable y con el caballete colocado delante de él. No tenía artritis y estaba pintando largas pinceladas de color en la tela; y cuando ella llegó junto a él para mirar él no levantó la vista, pero dijo «un día vendrán, para pintar el calor del sol y el color del viento». Ella miró por encima de la esquina del tejado y había un jardín como Ibiza, con una piscina. Sophie estaba nadando en la piscina, de un lado a otro. Estaba desnuda; su pelo estaba mojado y liso como la piel de una foca. Había una vista desde el tejado, pero no era la bahía, sino la playa Norte, sin marea, y ella estaba buscando algo, con un cubo escarlata lleno de enormes conchas. Vieiras, mejillones y cauríes brillantes. Pero no iba buscando conchas, estaba buscando algo, a alguien; él estaba en alguna parte por allí. El cielo se volvió oscuro. Caminó a través de la arena profunda, avanzando contra el viento. El cubo se volvió imposiblemente pesado, así que lo dejó en el suelo abandonándolo. El viento llevaba mezclada con él agua de mar, encrespándose sobre la playa como humo; ella le vio salir de este humo hacia ella. Iba vestido de uniforme, pero su cabeza estaba desnuda. Él dijo «te estaba buscando», la cogió de la mano y juntos llegaron a una casa. Atravesaron la puerta, pero no era una casa, era la galería de arte de las calles interiores de Porthkerris. Y papá estaba también allí, sentado en un sofá maltrecho en medio del suelo vacío. Volvió la cabeza. «Me gustaría ser joven otra vez —les dijo—. Ser capaz de ver todo lo que va a pasar.»

Ella experimentó una gran felicidad. Abrió los ojos y la felicidad permaneció, el sueño era más real que la realidad. Podía sentir la sonrisa en su propio rostro, como si alguien la hubiese puesto allí. El sueño se desvaneció, pero la sensación de tranquila satisfacción se quedó. Sus ojos acogieron con alegría los detalles vagos de su dormitorio. El brillo cobrizo del pie de cama; la forma amenazante del enorme armario, las ventanas abiertas con las cortinas moviéndose ligeramente en el flujo del dulce aire nocturno.

«Me gustaría ser joven otra vez. Ser capaz de ver lo que va a pasar.»

Estaba de pronto completamente despierta y supo que no volvería a conciliar el sueño. Apartó las sábanas y se levantó de la cama, buscando a tientas sus zapatillas, alcanzando su bata. En la oscuridad abrió la puerta y bajó a la cocina. Encendió la luz. Estaba caliente y ordenada. Puso leche en un cazo y la calentó al fuego. A continuación, cogió una taza del aparador, puso una charadita de miel en su interior, la llenó de leche caliente y removió. Con la taza en la mano, atravesó el comedor para entrar en la sala de estar. Encendió la lámpara que iluminaba *Los buscadores de conchas* y, a su luz difusa, dio vida al fuego. Cuando éste prendió, llevó la taza al sofá, ahuecó los cojines y se hizo un ovillo en una esquina con los pies doblados junto a ella. Sobre ella el cuadro se mostraba, en la media luz, brillante como una ventana con vidrio de color con el sol detrás de él. Era su propio y personal *mantra,* emanando una fascinación hipnótica. Miró fijamente, concentrándose, sin parpadear, a la espera de que el hechizo funcionase, se produjese la magia. Llenó sus ojos con el azul del mar y del cielo, luego sintió el viento salobre; olió las algas marinas y la arena mojada; oyó el grito de las gaviotas, el zumbido de la brisa en sus oídos.

Allí se sentía a salvo, y podía permitirse recordar las diferentes y repetidas ocasiones en su vida en que había hecho justo esto, apartarse, sola, encerrarse con *Los buscadores de conchas.* Se sentaba, a veces, durante aquellos desoladores días de Londres, después de la guerra, acosada, en ocasiones al borde de la derrota, por el racionamiento, la falta de dinero y la insuficiencia de afecto; por la soledad sin esperanza y espantosa que le había dejado Ambrose que, por alguna razón, no podía ser llenada por la compañía de los niños. Así se había sentido la noche en que Ambrose había hecho sus maletas y abandonado a su familia, dirigiéndose a Yorkshire, a la prosperidad y al joven y cálido cuerpo de Delphine Hardacre; de nuevo cuando Olivia, la más querida de sus hijos, había abandonado para siempre la casa de Oakley, para instalarse sola e iniciar su brillante carrera.

Nunca debes volver atrás, le decían todos. Todo habrá cambiado. Pero ella sabía que estaban equivocados porque aquellas cosas que ella echaba de menos eran elementales y afortunadamente, a menos que el mundo explotase, permanecerían inmutables.

Los buscadores de conchas. Como un viejo amigo de confianza, la fidelidad del cuadro provocaba en ella gratitud. Y, como alguien que se vuelve posesivo con los amigos, ella se había adherido a él, vivía con él y se negaba siquiera a hablar de separarse de él. Pero ahora, súbitamente, las cosas eran diferentes. No había sólo un pasado, sino también un futuro. Proyectos por hacer, placeres en reserva y muchas perspectivas ante ella. Además, tenía sesenta y cuatro años. No era cuestión de desperdiciar los años que le quedaban, de mirar nostálgicamente el pasado sobre su hombro. Dijo en voz alta: «es posible que ya no te necesite más». El cuadro no hizo comentario alguno. «Quizá ha llegado el momento de que te vayas.»

Terminó su bebida. Posó la taza vacía y cogió la manta que yacía sobre el respaldo del sofá, se acostó sobre los suaves cojines con la manta para calentarse, extendida a lo largo de su cuerpo. *Los buscadores de conchas* le harían compañía, mirarían y sonreirían a su figura dormida. Pensó en el sueño y en su padre diciendo «vendrán, para pintar el calor del sol y el color del cielo». Cerró los ojos. Me gustaría ser joven otra vez.

XI

RICHARD

En el verano de 1943, Penélope Keeling, al igual que mucha otra gente, tenía la sensación de que la guerra había existido siempre, más aún, que continuaría siempre. Era una rutina fastidiosa —racionamiento y oscurecimiento, reemplazados por relámpagos ocasionales de horror, terror o decisiones, pues los buques de guerra británicos desaparecían en el mar, el desastre estaba implantado en las tropas aliadas, o el señor Churchill hablaba por la radio para decir a todo el mundo lo espléndidamente que lo estaban haciendo.

Era como las dos últimas semanas antes de tener un niño, cuando una piensa que este niño nunca va a llegar y que se va a quedar imponente como el Albert Hall para el resto de sus días. O como estar en medio de un túnel muy largo y curvilíneo en un tren, con el brillo del día atrás y sin que sea todavía evidente el fino destello de luz al final del túnel. Sobre ello nadie tiene la más ligera duda. Pero el intervalo está oscuro. Uno se limita a andar dando un paso cada vez, enfrentándose a los problemas diarios de alimentar a la gente, tenerla caliente, ver que los niños tengan zapatos e intentar que la estructura de Carn Cottage no caiga en el abandono y se desmorone.

Tenía veintitrés años y a veces pensaba que, a excepción de la película de los fines de semana en el pequeño cine abajo en el pueblo, no había nada de lo que alegrarse de antemano. Ir al cine se había convertido casi en un culto para Doris y ella. Nunca se perdían una sola sesión. Nada selectivas, se sentaban ante cualquier cosa que les pusiesen delante, simplemente para evadirse, aunque sólo fuera por un par de horas, del tedio de su existencia. Al final de la sesión, después de haberse puesto en pie para escuchar debidamente el estropeado disco *Dios salve al rey,* salían a la completa oscuridad de la calle dando traspiés, aturdidas por la excitación o inundadas de sensaciones, y se encaminaban hacia casa, cogidas del brazo y riéndose tontamente; tropezando en los bordillos y subiendo, bajo la luz de las estrellas, las empinadas calles que conducían a casa.

Como Doris decía invariablemente, suponía un pequeño cambio.

Así era. Penélope imaginaba que algún día este limbo gris de la guerra terminaría, pero resultaba difícil de creer. Poder comprar bistecs y mermelada de naranja; no tener miedo de escuchar las noticias; dejar las luces encendidas sin peligro de un bombardeo fortuito o el torrente de injurias del coronel Trubshot. Pensaba en la posibilidad de volver a Francia, en coche hacia el sur, hacia las mimosas y el tórrido sol. Y en campanas, tocando desde campanarios hasta entonces enmudecidos, no para advertir de una invasión sino para celebrar la victoria.

Victoria. Los nazis derrotados, Europa liberada. Los prisioneros de guerra, amontonados en campos de toda Alemania, volverían a casa. Los militares serían desmovilizados, las familias se reunirían de nuevo. Esto último era su propia y personal piedra de choque. Otras esposas rezaban y vivían para que sus maridos volviesen sanos y salvos, pero Penélope sabía que no le importaría mucho si nunca volvía a ver a Ambrose de nuevo. No se trataba de falta de corazón, era sólo que a medida que pasaban los meses sus recuerdos de él se habían difuminado y de alguna manera eran cada vez menos precisos. Quería que la guerra terminase —sólo un lunático podría desear otra cosa— pero no le encantaba la perspectiva de empezar todo de nuevo con Ambrose —su apenas conocido y casi olvidado marido— y adaptarse a su irreflexivo matrimonio.

En ocasiones, cuando se sentía baja de moral, una esperanza vergonzosa se filtraba en su subconsciente para merodear dentro de su mente. La esperanza de que algo le sucediese a Ambrose. No que muriese, por supuesto. Eso era impensable. No deseaba la muerte a nadie y menos a un hombre joven, guapo y amante de la vida como él. Sólo deseaba que, entre las batallas del Mediterráneo, las patrullas nocturnas y la caza de los submarinos alemanes, pudiese llegar a algún puerto y allí conocer a alguna joven —una enfermera, quizá, o una oficial de la Sección Femenina— mucho más atractiva que su mujer, de la cual se enamorase violentamente y que, a su debido tiempo, tomase el puesto de Penélope junto a él para llenar todos los sueños fantásticos de felicidad de Ambrose. Y claro, en ese caso, él le escribiría para explicarle esta aventura amorosa.

> Querida Penélope:
>
> Odio hacer esto, pero sólo hay una forma de decírtelo. He conocido a otra. Lo que ha ocurrido entre ambos es demasiado fuerte para poder luchar contra ello. Nuestro mutuo amor..., etcétera, etcétera...

Cada vez que recibía alguna de sus poco frecuentes misivas —normalmente aerogramas impersonales, una página reducida al tamaño y la forma de una foto instantánea— su corazón le daba un vuelco con la débil esperanza de que por fin fuera esa carta, pero invariablemente se veía abocada a la desilusión. Al leer las pocas líneas garabateadas dándole noticias sobre amigos de la sala de oficiales que ella nunca había conocido o describiéndole una fiesta en un barco sin nombre, sabía que nada había cambiado. Estaba todavía casada con él. Seguía siendo su marido. Y ella reponía el aerograma en su sobre para luego —quizá días más tarde— sentarse y contestarle, escribiendo una carta incluso más aburrida que la que Ambrose le había escrito a ella. «Hemos tomado el té con la señora Penberth. Ronald forma parte de los Exploradores Marinos. Nancy ha dibujado una casa.»

Nancy. Nancy ya no era un bebé y a medida que crecía y se desarrollaba Penélope sentía una inmensa fascinación hacia esa niña, a la vez que en su interior se desarrollaba ese sentido maternal del que tanto había oído hablar. Verla transformarse de bebé en niña era como mirar un capullo convirtiéndose en flor, un proceso lento pero delicioso. La niña era, como papá había pronosticado, un Renoir, rosa y oro, con unas pestañas oscuras y parpadeantes y unos dientecillos perlados; seguía siendo el juguete preferido de Doris y de la mayoría de las amigas de Dons. A veces Doris arrastraba el cochecito hasta casa procedente de alguna reunión, llevando triunfal alguna batita o algún vestidito de fiesta que alguna otra madre le había regalado. Éstos se lavaban y se planchaban inmaculadamente; y Nancy era ataviada con su nueva ropa. A Nancy le gustaban los vestidos nuevos. «¿No está preciosa?», decía Doris dirigiéndose a Nancy más que a ninguna otra persona, y Nancy sonreía más que satisfecha y alisaba la falda de su nuevo vestido con dedos gordinflones y apreciativos.

En estos momentos, era el vivo retrato de Dolly Keeling, pero ni siquiera esto podía malograr el placer y la diversión de Penélope. «Eres una señorita —le decía a Nancy cogiendo a la niña en brazos para levantarla—. Eres de lo más divertido.»

Vestir a Nancy y a los chicos y ocuparse de la alimentación de la familia ocupaba todos los momentos de su tiempo y del de Dons. Las raciones habían disminuido hasta proporciones ridículas. Cada semana bajaba las empinadas calles hasta el pueblo para dirigirse al colmado del señor Ridley. Éste la «inscribía» y luego ella entregaba su cartilla familiar de racionamiento recibiendo a cambio minúsculas cantidades de azúcar, mantequilla, margarina, manteca de cerdo, queso y tocino entreverado. La ración de carne era todavía peor porque había que hacer cola en la acera durante horas, sin tener idea de para qué, cuando se compraban verduras o frutas en la verdulería, había que amontonarlas todas en la bolsa de redecilla, tal como estaban, tierra incluida, pues no había bolsas de papel y era considerado una falta de patriotismo pedir una.

Creadas por el Ministerio de Alimentación, aparecían en los periódicos extrañas recetas, poniendo de relieve que no sólo eran económicas, sino además nutritivas y deliciosas. Empanada de salchichas Mr. Woolton, hecha con masa casi sin grasa y un pedazo de carne de vaca. Cierto pastel que se volvía blando con la ayuda de zanahorias ralladas y un plato a la cazuela que consistía en patatas casi en su totalidad. PRESCINDE DEL PAN, COME PATATAS EN SU LUGAR, se advertía por medio de carteles, de la misma forma que se exhortaba a TRABAJAR POR LA VICTORIA y se conminaba al SILENCIO, EL ENEMIGO TE ESCUCHA. El pan era de trigo, se importaba, con inmenso riesgo, del otro lado del Atlántico.

El pan blanco hacía tiempo que había desaparecido de las estanterías de las panaderías, siendo reemplazado por algo llamado «pan nacional», el cual era de un color marrón grisáceo y contenía trozos de cascabillo. Pan de *tweed,* lo llamaba Penélope afirmando que le gustaba, pero papá subrayaba que tenía el mismo color y la misma textura que el nuevo papel higiénico, llegando a la conclusión de que el ministro de Alimentación y el ministro de Abastecimiento —los dos señores presumiblemente responsables de estas necesidades de la vida— debían de estar cruzándose las especialidades.

Todo resultaba muy difícil, a pesar de que en Carn Cottage estaban mejor que la mayoría de los demás. Tenían todavía los patos y las gallinas de Sophie, así como los numerosos huevos que estas serviciales criaturas producían; además tenían a Ernie Penberth.

Ernie era un hombre de Porthkerris que había vivido toda su vida en el barrio de Downalong. Su padre era el verdulero del pueblo, el cual recogía y hacía las entregas en un carro tirado por un caballo; su madre, la señora Penberth, de temible carácter, era un pilar de la Cofradía de Mujeres y una asidua al templo. Siendo niño, Ernie había contraído tuberculosis pasando dos años en el sanatorio de Tehidy; una vez recuperado Sophie lo empleó de forma eventual, presentándose cuando era necesario para realizar tareas sueltas y para ayudar en los trabajos pesados del jardín, como excavar. Su aspecto no era de los más impresionantes, pues era pequeño de estatura y de piel cetrina; y dada su enfermedad no había superado la revisión médica para el ejército. Por ello, en lugar de ir a la guerra como soldado Ernie trabajaba en la tierra, ayudando a los campesinos muy sobrecargados de trabajo cuyos propios hijos habían sido reclutados. Sin embargo, dedicaba cualquier momento libre que podía arrebatar a su ardua labor a ayudar a la pequeña familia de Carn Cottage y a medida que transcurrían los años Ernie se iba volviendo más y más indispensable, pues demostró ser un hombre hábil para cualquier cosa; no sólo cultivando magníficas verduras, sino también reparando la valla y el cortacésped, descongelando cañerías y arreglando fusibles.

También podía retorcer el cuello de una gallina cuando ninguno de ellos podía contemplar la idea de matar a una de estas fieles aves que les había suministrado huevos durante años pero que ahora sólo servía para la olla.

Cuando la comida resultó realmente escasa y la ración de carne se redujo a un trozo de rabo de buey para seis personas, Ernie, por medio de alguna magia, siempre acudía en su socorro, apareciendo en la puerta de atrás llevando un conejo o un par de caballas o un par de palomas torcaces que había cazado él mismo.

Mientras tanto, Penélope y Doris hacían lo que podían para introducir un poco de variedad entre las comidas. Fue en este período cuando Penélope inició un hábito que duraría toda la vida, que consistía en llevar una mochila, un cubo o un cesto allí donde fuese a dar un paseo. Nada era demasiado humilde que no mereciese ser descubierto, recogido y llevado a casa. Un nabo o una col caídos de un carro, y llevados triunfalmente a Carn Cottage, podían ser la base de algún nutritivo plato de verdura o de un caldo. De los setos recogían moras, escaramujos y saujos; apenas los prados se humedecían buscaban setas. Arrastraban a casa leña menuda y piñas para encender el fuego, ramas caídas y maderas a la deriva de la playa a guisa de troncos, cualquier cosa susceptible de ser quemada para mantener en marcha el calentador del agua y el fuego de la sala encendido. El agua caliente era especialmente preciada. La bañera no podía llenarse por encima de diez centímetros —papá había pintado una especie de línea de máxima carga y nadie podía sobrepasarla— y habían adquirido la costumbre economizadora de hacer cola para bañarse en la misma agua, los niños primero y luego los adultos, teniendo el último que enjabonarse rápidamente antes de que se enfriase.

La ropa era otro problema molesto. La mayor parte del cupo de cada uno destinado a ropa se iba en mantener a los niños calzados y en reemplazar las viejas y gastadas sábanas y mantas, sin que sobrase nada para las necesidades personales. Doris, gran aficionada a la ropa, encontraba esta situación muy frustrante y estaba siempre transformando viejos vestidos para modernizarlos, bajando un dobladillo o cortando algún vestido de algodón para hacer una blusa. En una ocasión convirtió una bolsa azul para la colada en una falda acampanada.

—Tiene marcado ROPA en la parte delantera —observó Penélope cuando Doris se la probó para conocer su opinión.

—Puede ser que la gente se piense que se trata de mi nombre.

A Penélope no le preocupaba su aspecto. Llevaba sus viejas ropas y cuando se caían a pedazos, acudía a los armarios de Sophie y se apropiaba de cualquier cosa que todavía estuviese allí colgada.

—¿Cómo puedes hacerlo? —le preguntaba Doris, que consideraba que la ropa de Sophie era sagrada. Pero Penélope tenía frío. Se abrigaba con una rebeca de lana shetland que había pertenecido a su madre y no se permitía ninguna punzada de remordimiento.

La mayor parte del tiempo iba con las piernas desnudas, pero cuando empezaron a soplar los fríos vientos del este de enero, volvió a ponerse las gruesas medias negras de los tiempos de la Sección Femenina de la Marina y cuando finalmente su raído abrigo se desintegró, hizo un agujero en medio de una vieja manta de coche (un tartán Black Watch con flecos de lana) usándolo como poncho.

Papá dijo que parecía una gitana mexicana con él, pero sonreía divertido, al decirlo. En esos días no sonreía muy a menudo. Desde la muerte de Sophie se había vuelto inmensamente viejo y frágil. Su vieja herida en la pierna, recuerdo de la Primera Guerra Mundial, había empezado a causarle molestias. El tiempo invernal frío y húmedo le producía un considerable dolor y molestias y había adquirido la costumbre de caminar con bastón. Se había encorvado, había adelgazado mucho, sus inútiles manos tenían el color de la cera y parecían sin vida, como las manos de un hombre ya muerto. Incapaz ya de hacer muchas cosas ni en la casa ni el jardín, pasaba la mayor parte de su tiempo acurrucado y envuelto en mantas junto al fuego de la sala de estar, leyendo el periódico o libros entrañables, escuchando la radio o escribiendo cartas a viejos amigos que vivían en otros lugares del país con una mano dolorida e incierta. En ocasiones, cuando el sol brillaba y el mar estaba azul y bailando encrespado, anunciaba que sentía deseos de tomar un poco de aire fresco; entonces Penélope cogía su capa, su gran sombrero y su bastón y salían juntos, cogidos del brazo, para caminar hacia abajo por las empinadas calles y callejuelas hasta llegar al pueblecito, donde se paseaban a lo largo del muro del puerto, contemplando las barcas de pesca y las gaviotas, entrando a veces en The Sliding Tackle para tomar una copa o cualquier cosa que el dueño pudiese darles desde detrás del mostrador; y si él no tenía otra cosa que ofrecer, tomaban entonces de un trago una cerveza caliente y ligera. En otras ocasiones, si Lawrence se sentía suficientemente fuerte, llegaban hasta la playa Norte y el viejo estudio, ahora inactivo y raramente visitado; o bien tomaban el callejón en pendiente que conducía a la galería de arte, donde a él le encantaba sentarse a contemplar la colección de cuadros que él y sus colegas habían conseguido reunir de una manera u otra, perdiéndose en sus solitarios recuerdos.

En agosto, cuando Penélope ya se había resignado al hecho de que nada excitante iba a volver a ocurrir, ocurrió.

Fueron los chicos, Ronald y Clark, quienes levantaron el aluvión de especulaciones. Llegaron del colegio enojadísimos porque no había podido tener lugar su partido de fútbol de las tardes, ya que, según parecía, no estaban autorizados a usar el campo de rugby del pueblo, situado en lo alto de la colina. Éste, junto con dos de los mejores campos de pasto de Willie Pendervis, había sido requisado, rodeado de kilómetros de cercado de alambre de espino y prohibido el acceso a todo el mundo. La razón era motivo de numerosas discusiones. Algunos decían que iba a ser un arsenal en vistas al segundo frente. Otros, un campo para prisioneros de guerra; o, incluso, una potente emisora para enviar mensajes secretos en clave al señor Roosevelt.

En definitiva, Porthkerris abundaba en rumores.

Doris fue la portadora de la siguiente misteriosa manifestación de actividad belicosa. Tras haber salido de paseo con Nancy, regresó a casa por la carretera principal llevando noticias a Carn Cottage.

—El viejo hotel White Caps, que ha estado vacío durante meses..., bueno, pues lo están reformando todo. Pintando y restregando, brilla como un penique, y el aparcamiento está lleno de camiones y de esos jeeps americanos, y hay un imponente comandante de la Marina Real de guardia en la verja. Es verdad. Infante de la Marina Real. He visto su distintivo en la gorra. Es curioso esto. Será divertido tener soldados por aquí...

—¿Infantes de Marina? ¿Qué demonios están haciendo aquí?

—Puede ser que vayan a invadir Europa. ¿Crees que se trata del comienzo del segundo frente?

Penélope no lo consideró probable.

—¿Invadir Europa desde Porthkerris? Oh, Doris, se ahogarían intentando rodear el cabo Land's End.

—De acuerdo, pero va a pasar algo.

Luego, durante la noche, Porthkerris perdió su malecón norte. Aparecieron más alambradas de espino, cruzando limpiamente la calle del puerto justo después de The Sliding Tackle, y todo lo que se encontraba más allá, incluyendo el mercado de pescado y el Ejército de Salvación, fue declarado propiedad del Ministerio de Marina. Fueron retiradas las barcas de pesca amarradas en las aguas profundas del extremo del muelle, siendo ocupado su lugar por docenas de lanchas de desembarco. Todo ello era discretamente custodiado por un puñado de comandos de la Infantería de Marina, los cuales iban vestidos con trajes de campaña y boinas verdes. Su presencia provocó gran interés en el pueblo, pero todavía nadie podía proporcionar una explicación razonable sobre los motivos de todo ello.

No fue hasta mediados de mes cuando se enteraron de los pormenores. Tenían una temporada de tiempo estupendo, caliente y con viento y aquella mañana Penélope y Lawrence habían salido al jardín, ella para sentarse en la escalera de la puerta principal y desenvainar guisantes para la comida, él para descansar en una tumbona sobre el césped, con el sombrero abatido sobre los ojos a fin de proteger éstos de la reverberación. Estando allí sentados en agradable silencio, llegó hasta sus oídos un sonido, la verja del fondo abriéndose y cerrándose. Ambos levantaron la vista pudiendo observar al cabo de poco al general Watson-Grant subiendo por la escalera de piedra entre los setos de fucsias.

Mientras que el coronel Trubshot estaba al cargo de los Servicios de Defensa contra ataques aéreos, el general Watson-Grant mandaba el Cuerpo de Voluntarios para la defensa nacional. Lawrence detestaba al coronel Trubshot, pero siempre tenía tiempo para el general quien, si bien se había pasado la mayor parte de su vida militar estacionado en Quetta y en escaramuzas con los afganos, una vez llegado el retiro había dejado estas actividades belicosas detrás de él para, por el contrario, ocuparse y realizar cosas más pacíficas, siendo jardinero competente y propietario de una considerable colección de sellos. Aquel día no iba vestido con el uniforme del Cuerpo de Voluntarios sino con un traje de hilo color crema, probablemente confeccionado en Delhi, y un panamá magullado con una cinta de seda negra y descolorida. Llevaba un bastón y, al ver a Penélope y a Lawrence esperándole, lo levantó a modo de saludo.

—Buenos días. Otro día espléndido.

Era un hombre bajo y enjuto como un látigo, tenía un espeso bigote y su tez era del color del ante, herencia de los años en la frontera noroeste. Lawrence acogió su llegada con placer. El general aparecía muy de vez en cuando, pero sus visitas siempre eran bienvenidas.

—¿No les habré interrumpido?

—En absoluto. No estamos haciendo otra cosa que disfrutar del sol. Dispénseme si no me levanto. Penélope, acércale otra silla al general.

Penélope, que llevaba puesto su delantal de cocina e iba descalza, dejó a un lado el escurridor con los guisantes y se puso en pie.

—Buenos días, general Watson-Grant.

—Ah, Penélope. Me alegra verte, querida. ¿Ocupada con la comida? Yo he dejado a Dorothy cortando habichuelas.

—¿Le apetece una taza de café?

El general reflexionó sobre el ofrecimiento. Había caminado mucho y no era un hombre de café, prefería ginebra. Lawrence lo sabía, iniciando un gesto para mirar su reloj de pulsera.

—Las doce. Seguramente preferirá algo más fuerte. ¿Qué tenemos, Penélope?

Ella se rió.

—No creo que tengamos gran cosa, pero voy a mirar.

Entró en la casa, oscura después del resplandor exterior. En el aparador del comedor encontró un par de botellas de Guinness, vasos y un abridor. Lo colocó todo en una bandeja, llevándola fuera y dejándola sobre la escalera de la puerta principal, a continuación volvió a entrar para buscar una tumbona para el general. Éste se sentó en ella agradecido y se inclinó hacia adelante, sus huesudas rodillas sobresalían y, al subirse sus estrechos pantalones sobre las pantorrillas, quedaron al descubierto unos tobillos protuberantes dentro de unos calcetines amarillos y unas abarcas de piel relucientes como castañas.

—Esto es vida —observó.

Penélope abrió una botella y le sirvió.

—Es Guinness, lo siento. Hace meses que no tenemos ginebra.

—Es exactamente lo que me apetecía. Y en cuanto a la ginebra nosotros terminamos nuestra ración hace un mes. El señor Ridley me ha prometido una botella cuando le llegue el próximo cupo, pero cualquiera sabe cuándo será eso. Bien. Salud.

Se bebió la mitad del vaso con lo que parecía ser un solo trago. Penélope volvió a sus guisantes escuchando mientras cómo los dos ancianos se interesaban por su respectiva salud, intercambiaban algún que otro chisme y comentaban el estado del tiempo y la situación general de la guerra. Sin embargo, ella estaba casi segura de que ésta no era la razón de la visita del general, así que cuando surgió una pausa en la conversación intervino.

—General Watson-Grant, tengo la certeza de que usted es la única persona que nos puede contar lo que está ocurriendo en Porthkerris. El campo de rugby requisado, el puerto cerrado y la Infantería de Marina por ahí. Todo el mundo especula pero nadie sabe. Ernie Penberth es nuestra habitual fuente de información pero está con la cosecha y hace tres semanas que no lo hemos visto.

—A decir verdad —dijo el general—, yo lo sé.

—No nos diga que es un secreto —dijo Lawrence prestamente.

—Yo lo he sabido hace algunas semanas pero todo ha sido guardado en secreto. No obstante, ahora puedo contárselo. Se trata de un ejercicio de instrucción. Escalada de acantilados. Los infantes de Marina se están preparando para instruir.

—Pero ¿a quién van a instruir?

—A una compañía de *rangers* norteamericanos.

—¿Rangers norteamericanos? ¿Quiere usted decir que estamos a punto de ser invadidos por los *norteamericanos*?

El general parecía divertirse.

—Mejor los norteamericanos que los alemanes.

—¿El campamento es para los norteamericanos?

—Exactamente.

—¿Han llegado ya los *rangers*?

—No, todavía no. Supongo que nos enteraremos de su llegada. Pobres muchachos. Probablemente se han pasado la vida en la pradera de la plana llanura de Kansas, en su vida deben de haber visto el mar. Imagínenlos siendo descargados en Porthkerris para seguidamente ser invitados a escalar los acantilados de Boscarben.

—¿Los acantilados de Boscarben? —dijo Penélope mareada sólo ante la idea—. No puedo imaginar nada peor que verse obligado a escalar el Boscarben. Los acantilados son perpendiculares y deben de tener unos trescientos metros.

—Imagino que la idea es ésa —dijo el general—. Aunque debo decir que estoy de acuerdo contigo, Penélope. La sola idea me da vértigo, más por ellos que por mí, pobres puñeteros yanquis.

Penélope sonrió. El general nunca había sido remilgado con sus palabras y esto era una de las cosas que más le gustaban de él.

—¿Y las lanchas de desembarco? —preguntó Lawrence.

—Transporte. Servirán para llevarles a los acantilados por mar. Esperemos que no se vayan a morir de mareo incluso antes de que desembarquen con las lanchas en las playas guijarrosas al pie de los acantilados.

Penélope sentía más compasión por los pobres jóvenes americanos.

—Se preguntarán lo que les espera. ¿Y qué van a hacer en su tiempo libre? Porthkerris no es lo que podríamos llamar un semillero de frenética actividad social. Además, aquí no hay nadie. Toda la gente joven se ha ido. Aquí sólo han quedado mujeres cuyos maridos están ausentes, niños y viejos. Como nosotros.

—Doris va a estar encantada —observó Lawrence—. Soldados americanos, todos hablando como artistas de película, un cambio divertido.

El general se rió.

—Siempre es un problema saber qué hacer con un montón de soldados cachondos. Pero después de haber subido y bajado los acantilados de Boscarben un par de veces, no creo que les quede mucha energía para... —hizo una pausa buscando una palabra aceptable— ...callejear —fue todo lo que se le ocurrió.

Fue Lawrence quien se rió esta vez.

—Creo que todo esto es muy emocionante —dijo ocurriéndosele una brillante idea—: Vayamos a curiosear, Penélope. Ahora que sabemos lo que está pasando, vayamos a verlo con nuestros propios ojos. Iremos esta tarde.

—Oh, papá. No hay nada que ver.

—Está lleno de cosas para ver. Un montón de nuevos galanes rondando por ahí. Podríamos encontrarnos con que pasa algo, mientras no sea una bomba perdida. General, su vaso está vacío..., tome un poco más.

Mientras el general consideraba la propuesta, Penélope dijo rápidamente:

—No hay más. Eran las dos últimas botellas.

—En cualquier caso —dijo el general dejando su vaso vacío en la hierba junto a sus pies—, debo marcharme. Veré cómo anda Dorothy con la comida. —Se levantó con dificultad de la tumbona hundida y los demás siguieron su ejemplo—. Ha sido espléndido. De lo más refrescante.

—Gracias por haber venido. Y manténganos informados.

—He pensado que les gustaría saber. Que probablemente se preguntarían qué estaba pasando. Parece todo más esperanzador, ¿no es así? Como si estuviésemos caminando hacia la conclusión de esta condenada guerra. —Se puso el sombrero—. Adiós, Penélope.

—Adiós. Y recuerdos a su esposa.

—Se los daré.

—Le acompaño hasta la verja —dijo Lawrence y ambos se pusieron en movimiento.

A Penélope, viéndoles caminar jardín abajo, le recordaron dos viejos perros. Un digno San Bernardo y un pequeño y nervioso Jack Russell. Llegaron a la escalera y empezaron, con cierto cuidado, a bajarla. Ella se agachó para recoger la cazuela con los guisantes pelados y el escurridor con las vainas y entró para buscar a Doris y explicarle todo lo que el general Watson-Grant les había contado a ella y a Lawrence.

—Norteamericanos. —Doris apenas podía dar crédito a su buena suerte—. Norteamericanos en Porthkerris. Oh, gracias a Dios, por fin un poco de vida. Norteamericanos —repetía la mágica palabra—. Bien, habíamos pensado en un montón de cosas extrañas, ¿verdad?, pero nunca se nos ocurrió lo de los *americanos*.

La visita del general Watson-Grant tuvo en Lawrence el efecto de un proyectil. Durante la comida no hablaron de otra cosa y cuando Penélope salió de la cocina, después de haber quitado la mesa y fregado los platos, le encontró esperándola, ya vestido para salir, con una raída chaqueta de pana para proteger sus viejos huesos de la fuerte brisa y una bufanda roja enrollada alrededor del cuello. Llevaba el sombrero y los mitones puestos y se apoyaba en la cómoda del recibidor con las manos descansando sobre el puño de asta de su bastón.

—Papá.

—Vámonos, pues.

Ella tenía muchísimas cosas que hacer. Recoger verduras, cortar el césped y planchar una pila de ropa.

—¿De verdad quieres ir?

—¿Acaso no lo he dicho? He dicho que quería ir a curiosear.

—De acuerdo, pero tendrás que esperar un momento, mientras me cambio de zapatos.

—Ven con éstos. No tenemos todo el día.

Era exactamente todo lo contrario, pensó ella, aunque no lo dijo. Volvió a la cocina para explicarle a Doris que se iba y darle un rápido beso a Nancy; a continuación corrió arriba a ponerse unos zapatos deportivos, lavarse la cara, cepillarse el pelo y sujetarse éste con un viejo pañuelo de seda. Sacó una rebeca de la cómoda, se la echó sobre los hombros y volvió a bajar.

Él seguía esperando tal y como lo había dejado y, al verla aparecer, se incorporó.

—Estás guapísima, querida.

—Oh, papá, gracias.

—En marcha entonces, a pasar revista a los militares.

Apenas estuvieron fuera, ella se alegró de que él la hubiese hecho ir, pues hacía una tarde estupenda, despejada y azul, con la marea alta y la bahía coronada de espuma blanca y deslizante. La punta de Trevose estaba envuelta en neblina, pero la brisa era fría y olía a sal. Al llegar a la carretera principal la cruzaron para permanecer un momento observando por encima de la pared que a modo de contrafuerte formaba parte del acantilado. Abajo vieron las azoteas, los jardines abruptos y las sendas escarpadas que conducían a una pequeña estación de ferrocarril y más allá a la playa. Antes de la guerra, en agosto, la playa habría estado repleta pero ahora estaba casi desierta. Las alambradas de espinos que habían sido levantadas en 1940 seguían estando allí entre el campo de golf en miniatura y la arena, pero había un boquete en medio, a través del cual cantidad de familias habían pasado, con niños corriendo, chillando al chapotear y perros persiguiendo a las gaviotas a lo largo de la orilla. Lejos, abajo y protegido del viento, podía verse un jardín rodeado de una tapia, donde las rosas trepaban por un viejo manzano y las hojas de una palmera se agitaban al viento.

Al cabo de un rato siguieron su tranquilo paseo descendiendo la falda de la colina. La carretera se curvó apareciendo el hotel White Caps, una edificación aislada formando una hilera de casas iguales, con pesadas ventanas de marcos corredizos que daban sobre la bahía. Había estado inactivo y en ruinas durante un tiempo, pero pudieron observar en ese momento que había sido pintado de blanco y que su aspecto era asombrosamente impecable. Las altas verjas frente al aparcamiento también habían sido pintadas y aquél estaba lleno de camiones y jeeps color caqui. Junto a la puerta abierta montaba guardia un joven infante de marina.

—Vaya, nunca lo hubiera imaginado —observó Lawrence—. Por una vez Doris tenía razón.

Se acercaron. Vieron la blanca asta y la bandera ondeando al viento. Unos escalones recién refregados conducían a la puerta principal que relucía a la luz del sol. Se pararon a mirar. El joven infante de marina, de guardia a un lado de la vereda, los miró a su vez, impasible.

—Será mejor que nos apartemos —dijo Lawrence al cabo de un momento—. En caso contrario nos van a echar como a un par de vagabundos.

Sin embargo, antes de que pudiesen hacerlo, tuvo lugar un frenesí de actividad procedente del interior del edificio. La puerta interior de cristal se abrió apareciendo dos figuras uniformadas. Un comandante y un sargento. Bajaron corriendo la escalera acompañados de un claro sonido militar de pies calzados con botas, cruzaron la grava y se introdujeron en uno de los jeeps. El sargento al volante. Puso el vehículo en marcha, hizo marcha atrás y dio la vuelta. Al pasar por la puerta el joven infante de marina saludó y el oficial le devolvió el saludo. Al salir a la carretera se detuvieron un segundo pero como no había tráfico el jeep giro inmediatamente colina abajo en dirección al pueblo; a cierta velocidad y provocando bastante estruendo.

Penélope y su padre lo vieron desaparecer detrás de la hilera de casas.

—Anda —dijo Lawrence cuando dejó de oírse el estruendo del jeep—. Vámonos.

—¿Dónde vamos?

—A ver las lanchas de desembarco, naturalmente. Y luego a la galería. Hace semanas que no hemos ido.

La galería. Ello significaba despedirse de cualquier plan para el resto de la tarde. Dispuesta a poner objeciones, Penélope se volvió hacia él, pero al ver sus oscuros ojos brillando ante la perspectiva de este placer, no tuvo el valor de estropearle esta diversión.

Sonrió asintiendo y deslizó su mano bajo el brazo de él.

—De acuerdo. Las lanchas de desembarco y luego la galería. Pero con calma. No se trata de agotamos.

La galería siempre estaba fría, incluso en agosto. Las gruesas paredes de granito no dejaban entrar el calor del sol y las ventanas altas dejaban pasar todas las corrientes de aire. Por otra parte, el suelo estaba enlosado de pizarra y no había ningún tipo de calefacción, y aquel día el viento que soplaba racheado de la playa norte golpeaba de vez en cuando el edificio provocando que la estructura de la claraboya se sacudiese y estremeciese. La señora Trewey se encontraba apostada junto a la puerta, sentada a una mesa cargada de catálogos y postales, con una manta de viaje sobre los hombros y una estufa eléctrica que chamuscaba sus pantorrillas.

Penélope y Lawrence eran los únicos visitantes. Se sentaron uno junto al otro en el largo y desvencijado sofá de cuero que se encontraba en medio de la sala. Permanecían en silencio. Era la tradición. Lawrence no deseaba hablar. Le gustaba que le dejasen a solas con sus pensamientos; se inclinaba hacia adelante con la barbilla descansando en sus manos y éstas apoyadas en el bastón, absorto en las obras familiares, recordando, comunicándose con deleite con sus viejos amigos, la mayoría de los cuales ya habían muerto.

Penélope, aceptando la situación, se sentó cómodamente apretando la rebeca contra su cuerpo y estirando sus largas piernas bronceadas frente a ella. Sus deportivos tenían agujeros en la suela. Pensó en zapatos. Nancy necesitaba zapatos, pero también iba a necesitar un nuevo jersey grueso con la llegada del invierno y el cupo de ropa resultaba insuficiente para ambas cosas. Tendría que optar por los zapatos. En cuanto al jersey, quizá Penélope pudiese deshacer algún viejo suéter hecho a mano, desenmarañar la lana y volver a tricotar uno para Nancy. Esto ya había sido hecho antes, sin embargo resultaba un trabajo tedioso y complicado y la perspectiva no la volvía loca de alegría. Qué estupendo sería ir y comprar lana nueva, rosa o amarillo pálido, gruesa y suave, y hacer para Nancy algo realmente bonito.

La puerta se abrió y cerró detrás de ellos, penetrando una ráfaga de viento frío. Otro visitante. Ni Penélope ni su padre hicieron movimiento alguno. Pasos. Un hombre. Algunas palabras intercambiadas con la señora Trewey. Luego los lentos y vacilantes pasos de unas botas, a medida que el recién llegado iba caminando por la sala. Al cabo de aproximadamente diez minutos, penetró en el ángulo de visión de Penélope. Todavía pensando en el jersey de Nancy, ésta volvió la cabeza para mirarle y vio la parte posterior de quien sólo podía ser el comandante de marina que tan gallardamente había sido llevado en jeep. Traje de campaña color caqui, boina verde, una corona sobre la dragona. Inequívoco. Ella observaba su lenta marcha hacia donde ellos se encontraban, caminando con las manos asidas a su espalda. Entonces, cuando él llegó a sólo unos metros de ellos se volvió consciente de su presencia, quizá temiendo molestarles. Era alto y delgado, pero fuerte, con una cara corriente a no ser por unos ojos azules increíblemente luminosos y claros.

Penélope tropezó con su mirada, sintiéndose turbada por haber sido descubierta observándole. Volvió la cabeza. Fue Lawrence quien rompió el silencio. Advirtiendo de pronto la presencia del visitante, levantó la cabeza a fin de ver de quién se trataba.

Se produjo otra ráfaga de viento, otra sacudida de cristales.

—Buenas tardes —dijo Lawrence una vez el rumor hubo pasado.

—Buenas tardes, señor.

Por debajo del ala de su gran sombrero, los ojos de Lawrence se fruncieron perplejos.

—¿No es usted el hombre que hemos visto partir en el jeep?

—En efecto. Y ustedes estaban al otro lado de la carretera. Le había reconocido. —Su voz era tranquila, ligeramente pausada.

—¿Dónde está su sargento?

—En el puerto.

—¿Le ha costado mucho encontrar este lugar?

—Hace tres días que he llegado aquí y ésta es la primera oportunidad que he tenido de venir.

—¿Quiere usted decir que ya conocía la galería?

—Por supuesto, ¿quién no la conoce?

—Demasiada gente. —Otra pausa mientras los ojos de Lawrence recorrían al extraño. En estas ocasiones, tenía una mirada aguda y brillante que mucha gente encontraba desconcertante. No obstante, el comandante de marina no parecía estar desconcertado. Se limitaba a esperar y Lawrence, consciente de su calma, se relajó visiblemente—. Soy Lawrence Stern —dijo abruptamente.

—Sabía que era usted. Esperaba que fuese usted. Es un honor conocerle.

—Y mi hija, Penélope Keeling.

—¿Cómo está usted? —dijo él, pero sin hacer movimiento alguno para acercarse y estrecharle la mano.

—Hola —contestó Penélope.

—¿Y cuál es su nombre?

—Lomax, señor. Richard Lomax.

—Bueno, comandante Lomax —puntualizó Lawrence palmeando el cuero gastado junto a él—. Siéntese. Me hace sentir incómodo ahí de pie. No es necesario estar de pie.

El comandante Lomax, siempre imperturbable, aceptó la sugerencia yendo a sentarse al otro lado de Lawrence. Se echó un poco hacia adelante con las manos ante las rodillas, relajado.

—Fue usted quien fundó la galería, ¿verdad?

—Yo y muchos otros. Fue a principios de los años veinte. Había sido una capilla. Estuvo vacía durante años. La conseguimos por nada pero luego vino el problema de llenarla sólo con los mejores cuadros. A fin de crear el núcleo de una colección poco común, todos donamos una de nuestras obras preferidas. Vea. —Se echó hacia atrás y señaló ayudándose de su bastón—: Stanhope. Fobes. Laura Knight. Qué belleza tan particular tiene, ¿verdad?

—Y original. A ella siempre la he asociado con glorietas.

—Éste fue realizado en Porthcurno —continuó a la vez que el bastón se movía—. Lamorna Birch. Munnings. Montague Dawson. Thomas Millie, Dow Russell, Flint...

—Debo decirle, señor, que mi padre tenía un cuadro suyo. Desgraciadamente cuando murió su casa fue vendida y el cuadro se quedó en ella...

—¿Cuál era?

Hablaron al respecto. Penélope dejó de escuchar. Dejó de meditar sobre el triste tema del guardarropa de Nancy para empezar a pensar en comida. La cena de esa noche. ¿Qué les podría dar? ¿Macarrones al queso? Quedaba una punta de cheddar de la ración de la semana que podría rallar en la salsa. O coliflor al queso. Pero habían comido coliflor dos noches antes y los niños se quejarían.

—¿...No tienen obras modernas aquí?

—No, como usted puede ver. ¿Le importa?

—No.

—¿Pero le gustan?

—Me gustan Miró y Picasso. Chagall y Braque me alegran la vista. Odio Dalí.

—Surrealismo —dijo Lawrence soltando una risita—. Un culto. Pero, en breve, después de esta guerra, va a ocurrir algo espléndido. Yo y mi generación y la generación siguiente hemos llegado todo lo lejos que podemos llegar. La perspectiva de la revolución que va a tener lugar en el mundo del arte es algo que me llena de enorme excitación. Me gustaría ser de nuevo un hombre joven sólo por esta razón. Poder ver todo lo que va a pasar. Porque un día llegarán. Al igual que llegamos nosotros. Jóvenes con brillantes sueños, profunda percepción y con enorme talento. Llegarán, no para pintar la bahía, el mar, las barcas y los malecones, sino el calor del sol y el color del viento. Un concepto completamente nuevo. Gran estímulo. Gran vitalidad. Maravilloso. —Suspiró—. Y yo habré muerto antes incluso de que empiece. ¿Le extraña que me sienta pesaroso? De perderme todo esto.

—Es mucho lo que una persona puede hacer en el curso de su vida.

—Cierto. Pero resulta difícil no ser codicioso. Está dentro de la naturaleza humana querer siempre más.

Se hizo un nuevo silencio. Penélope, pensando en la cena, miró el reloj. Eran las cuatro y cuarto. El tiempo de llegar a Carn Cottage y serían casi las cinco.

—Papá, debemos irnos —dijo.

Él apenas la oyó.

—¿Hum?

—Decía que es hora de que nos vayamos poniendo en camino.

—Sí. Sí, claro —dijo él sosegándose y disponiéndose a levantarse, pero antes de que pudiese incorporarse el comandante estaba ya en pie y listo para ayudarle.

—Gracias..., muy amable. Los años no perdonan —dijo irguiéndose por fin—. La artritis es lo peor. Hace años que no pinto.

—Lo siento.

Cuando finalmente estuvieron preparados para ponerse en movimiento, el comandante Lomax se dirigió con ellos hacia la puerta. Fuera, en la ventosa plaza adoquinada, estaba aparcado el jeep. Él se deshizo en disculpas.

—Me habría gustado acompañarles a casa en coche pero el reglamento no permite llevar civiles en los vehículos del Servicio.

—Preferimos caminar —le aseguró Lawrence—. Vamos a nuestro ritmo. Ha sido agradable charlar con usted.

—Espero volver a verles.

—Pues claro. Tiene usted que venir a comer a casa. —Se quedó reflexionando sobre esta brillante idea. Penélope sabía exactamente lo que iba a decir a continuación. Le dio un codazo en las costillas pero él ignoró el aviso o fue demasiado tarde—. Venga a cenar esta noche.

—Papá, no hay nada para cenar —le susurró furiosa—. Ni siquiera sé lo que vamos a comer nosotros.

—Oh. —Él parecía ofendido, desilusionado, pero el comandante Lomax lo arregló.

—Es muy amable por su parte, pero me temo que esta noche me es imposible.

—En otra ocasión, entonces.

—Sí, señor. Gracias. En otra ocasión iré encantado.

—Siempre estamos por aquí.

—Vamos, papá.

—*Au revoir,* pues, comandante Lomax. —Levantó el bastón a modo de despedida, tuvo por fin en cuenta la prisa de Penélope y se puso en movimiento. Pero seguía enojado.

—Ha sido una grosería —le reprochó a ella—. Sophie jamás rechazó a un invitado, aunque no hubiese otra cosa que ofrecerle que pan y queso.

—Bien, en cualquier caso no hubiese podido venir.

Cogidos del brazo, bajaron la cuesta adoquinada hasta la calle del puerto y la primera etapa de su largo paseo hacia casa. Ella no miró atrás pero a pesar de ello tuvo la sensación de que el comandante Lomax seguía donde lo habían dejado, de pie junto al jeep, observando su marcha hasta que finalmente torcieron la esquina en The Sliding Tackle y se perdieron de vista.

La excitación y el estímulo de la tarde, sumados a la larga caminata y a la abundante ración de aire libre, cansaron mucho al anciano. Con cierto alivio Penélope lo condujo por fin a través del jardín y de la puerta principal de Carn Cottage, donde él al momento se derrumbó sobre un sillón recuperando lentamente el aliento. Ella le quitó el sombrero y lo colgó, y le retiró también la bufanda de su cuello. Tomó a continuación una de sus manos entre las suyas y le retiró con mimo los mitones, como si esta pequeña atención pudiese devolver la vida a sus inutilizados dedos del color de la cera.

—La próxima vez que vayamos a la galería, papá, cogeremos un taxi para volver.

—Hubiéramos podido coger el Bentley. ¿Por qué no hemos cogido el Bentley?

—Porque no tenemos gasolina.

—No sirve de mucho sin gasolina.

Al cabo de un rato se había repuesto lo suficiente como para dirigirse a la sala de estar, donde se acomodó entre los familiares cojines de su sillón.

—Voy a hacerte una taza de té.

—No te molestes. Voy a echar una cabezadita.

Se reclinó y cerró los ojos. Ella se arrodilló ante la chimenea y prendió el papel con una cerilla, esperando hasta que las astillas y el carbón ardiesen. Él abrió los ojos.

—¿Fuego en agosto?

—No quiero que cojas frío —dijo ella poniéndose en pie—. ¿Estás bien?

—Claro que sí —contestó él sonriendo, con una sonrisa de agradecido amor—. Gracias por haberme acompañado. Ha sido una tarde estupenda.

—Me alegro de que te haya gustado.

—Me ha gustado conocer a ese joven. Me ha gustado charlar con él. Hacía mucho tiempo que no hablaba así. Mucho tiempo. Le invitaremos a comer, ¿verdad? Me gustaría volver a verle.

—Sí, por supuesto.

—Le diremos a Ernie que cace alguna paloma. Le gustará el pichón... —Sus ojos se cerraron de nuevo.

Ella lo dejó.

Al final de agosto, la cosecha había sido recogida, los *rangers* de Estados Unidos habían tomado posesión del nuevo campamento en la cima de la colina y el tiempo había cambiado.

La cosecha había sido buena y los campesinos estaban bastante satisfechos. Sin duda, a su debido tiempo, recibirían las felicitaciones del Ministerio de Agricultura. En cuanto a las tropas norteamericanas, causaron menos impacto en Porthkerris de lo que se había temido. Los oscuros presagios de los incondicionales asiduos a la iglesia se demostraron infundados, no teniendo lugar ni borracheras, ni peleas, ni violaciones. Por el contrario, parecían excepcionalmente correctos y bien educados. Jóvenes, esbeltos y con el pelo al rape, chaquetones de camuflaje y boinas verdes, recorrían las calles con sus botas de suela de goma y, a excepción de algún silbido de admiraci6n totalmente legal y acercamientos amistosos con los niños, cuyos bolsillos no tardaron en rebosar de chocolate y chicles, su presencia apenas alteró la vida cotidiana del pequeño pueblo. Según órdenes recibidas, y posiblemente por razones de seguridad, trataban de pasar inadvertidos y hacían el viaje entre el campamento y el puerto amontonados como sardinas enlatadas en la parte posterior de camiones o conduciendo jeeps con remolques cargados de cuerdas y garfios. En estas ocasiones, hubiesen silbado como estaba mandado a cualquier dama que tuviese la ocurrencia de pasar por allí, ansiosa de estar a la altura de la fama que les había precedido. Pero a medida que pasaban los días y se iba desarrollando su entrenamiento, se hizo evidente que el general Watson-Grant había estado en lo cierto, pues estos hombres que se pasaban todas las horas del día enfrentándose a tormentosos viajes por el mar y a las escalofriantes paredes de los acantilados de Boscarben, no pensaban en otra cosa, al final de la jornada, que en una ducha caliente, comida y cama.

Por si todo esto no fuera suficiente, el tiempo, después de semanas de sol, se había vuelto pésimo. El viento hizo un viraje brusco hacia el noroeste, el termómetro bajó y la lluvia llegó en forma de chubascos y nubes bajas y grises, entrando a raudales desde el océano. Abajo en el pueblo, los mojados adoquines de las estrechas calles brillaban como escamas de pescado y en las cunetas corría libremente el agua arrastrando desperdicios de basura empapados. En Carn Cottage, los arriates de flores estaban hechos trizas a causa del agua, un viejo árbol perdió una rama y la cocina estaba engalanada con la colada porque no había otro lugar donde secarla.

Como observaba Lawrence, era suficiente mirar por la ventana para que el ardor de una persona se enfriase.

El mar estaba gris y bravo. Grandes y tempestuosas olas tronaban en la playa Norte depositando limpios y frescos desechos más allá de la línea habitual de pleamar. Además de desechos, fueron arrojados a la playa otros y más interesantes objetos. Los tristes restos de un barco mercante torpedeado y hundido en el Atlántico meses o semanas antes y que habían sido arrastrados a tierra por las mareas y el viento imperante: cosas como algunos cinturones salvavidas, trozos magullados de cubierta y cierto número de cajas de madera.

El padre de Ernie Penberth, habiendo salido por la mañana temprano con su caballo y su carro de verduras, fue el primero en descubrirlo. A las once de la mañana de ese mismo día, Ernie apareció en la puerta posterior de Carn Cottage. Penélope estaba mondando manzanas y levantó la vista de su tarea para mirarle; su piel olivácea chorreaba agua y llevaba el sombrero empapado y calado hasta la nariz. Pero sonreía bonachonamente.

—¿Le gustarían algunas latas de melocotón?

—¿Latas de melocotón? Me estás tomando el pelo.

—Mi padre tiene dos cajas abajo en la tienda. Cogidas en la playa Norte. Las ha cargado y las ha abierto. Melocotones enlatados de California. Tan buenos como si fuesen frescos.

—¿Qué suerte! ¿Podría de verdad obtener algunas?

—Ha apartado seis para usted. Pensando que a los niños les gustaría. Dice que si quiere, puede bajar; puede ir cuando quiera.

—¡Es un santo! Oh, Ernie, gracias. Iré esta misma tarde, antes de que cambie de opinión.

—No lo hará.

—¿Quieres comer con nosotros?

—No, es mejor que vuelva. Gracias de todas formas.

Apenas hubieron terminado de comer, Penélope se arregló debidamente, con botas, un chubasquero viejo amarillo y un gorro de lana calado por encima de las orejas. Cogió dos bolsas de la compra bastante fuertes y una vez se hubo acostumbrado a la fuerza del viento —que de un momento a otro amenazaba con tirarla al suelo— y a las ráfagas de lluvia que se clavaban en su rostro, el clima salvaje se volvió tonificador y empezó a disfrutar. Al entrar en el pueblo lo encontró extrañamente desierto. La tormenta mantenía a todo el mundo en el interior, pero la sensación de aislamiento, de tener el lugar para ella sola, no hacía más que aumentar su satisfacción. Se sentía intrépida, como un explorador.

La verdulería del señor Penberth estaba en el barrio de Downalong, a medio camino de la carretera del puerto. Era posible llegar pasando por un laberinto de callejuelas interiores, pero ella por el contrario escogió el camino que costeaba el mar y, girando en la esquina de la casa de las lanchas de socorro, desembocó en las fauces de la tempestad. La marea estaba alta y el puerto rebosante de agua gris y embravecida. Había gaviotas gritando que volaban en todas direcciones, barcas de pesca sacudidas y balanceadas junto al anda y al final del dique norte, vio las lanchas de desembarco fluctuando y bailando en sus amarres. Evidentemente, el tiempo era también demasiado malo incluso para que los comandos se aventurasen a salir.

Con cierto alivio llegó por fin a la verdulería, una diminuta construcción triangular en el cruce de dos callejuelas. Al abrir y entrar, una campanilla sonó sobre su cabeza. La tienda estaba vacía y olía a chirivías, manzanas y tierra; cuando la puerta se cerró, una cortina en la pared del fondo se levantó apareciendo el señor Penberth, el cual llevaba su habitual traje de trabajo azul marino típico de la región de Guernesey y un sombrero en forma de hongo.

—Soy yo —dijo ella innecesariamente, chorreando agua y manchando el suelo.

—Ya me lo imaginaba —dijo él. Tenía los ojos oscuros de su hijo y la misma sonrisa bonachona, aunque con algunos dientes menos—. Has bajado andando, ¿verdad? Vaya asco de día. Pero la tempestad se está alejando, se despejará más tarde. Acabo de escuchar en la radio la previsión meteorológica del mar. Te han dado mi mensaje, ¿no? ¿Te ha hablado Ernie de los melocotones en lata?

—¿Por qué cree usted que he venido? Nancy no ha probado un melocotón en toda su vida.

—Es mejor que pases ahí detrás. Las tengo escondidas. La gente se entera de que tengo latas de melocotón y mi vida no tendría valor —dijo él apartando de lado la cortina para que ella entrase con sus cestos en la estrecha y desordenada trastienda, que hacía las veces de almacén y despacho. Había una estufa negra encendida a fuego lento que nunca podía ser apagada. El señor Penberth hacía sus llamadas telefónicas desde ahí, y se hacía tazas de té cuando el negocio estaba tranquilo. Aquel día olía fuertemente a pescado, pero Penélope apenas se dio cuenta, pues su atención estaba del todo acaparada por las pilas de latas que estaban ordenadas en las superficies horizontales disponibles..., el botín del señor Penberth de la mañana.

—¡Qué descubrimiento! Ernie me ha dicho que estaban en la playa Norte. ¿Cómo ha traído usted las cajas hasta aquí?

—He ido a buscar a mi vecino. Me ha echado una mano. Las hemos traído en el carro. ¿Tendrás bastante con seis?

—Más que suficiente.

Él cargó tres en cada una de sus bolsas.

—¿Te gusta el pescado?

—¿Por qué?

El señor Penberth desapareció bajo el hueéo de su escritorio volviendo a surgir con la fuente del olor a pescado. Penélope, al mirar dentro del cubo, vio que estaba casi lleno de caballas azules y plateadas.

—Uno de los chicos ha salido esta mañana, me las ha cambiado por algunas latas de melocotón. La señora Penberth no come caballas, dice que es un pescado sucio. Espero que tú los utilices. Fresco, lo es.

—Si me diese media docena, nos irían bien para cenar.

—Estupendo —dijo el señor Penberth. Revolviéndolo todo, desenterró un viejo periódico, envolvió el pescado en paquetes mal hechos y los colocó sobre las latas de melocotón—. Aquí está —Penélope cogió los cestos. Eran muy pesados. El señor Penberth frunció el ceño—. ¿Podrás? ¿No es demasiado pesado para ti? Puedo subirlo, quiero decir la próxima vez que vaya por tu casa con el carro, pero no se mantendrán frescas otro día.

—Podré.

—Bueno, espero que os gusten... —dijo acompañándola hasta la puerta—. ¿Cómo está Nancy?

—Cada día más crecida.

—Diles a ella y a Doris que vengan por aquí a vernos. Hace un mes o más que no las he visto.

—Se lo diré. Y gracias, señor Penberth, muchas gracias.

Él abrió la puerta oyéndose el repiqueteo de la campanilla.

—Es un placer, querida.

Cargada con los melocotones y el pescado, Penélope se puso en camino hacia casa. Ahora, entrada la tarde, había algo más de gente por la calle, que había salido para ir de compras o a hacer sus tareas. Y el señor Penberth había tenido razón con la previsión del tiempo. La marea había cambiado, el viento ya estaba empezando a amainar y la lluvia decrecía. Miró hacia arriba y vio un trozo despejado de cielo azul, más allá de las negras nubes. Caminaba con energía, sintiéndose relativamente feliz pues por una vez no tenía que preocuparse de lo que les iba a dar a todos para cenar. Pero al cabo de un rato los cargados cestos empezaron a hacer su efecto, le dolían las manos y parecía como si los brazos se le estuviesen desencajando. Le pasó por la mente que quizá se había equivocado rechazando la oferta de ayuda del señor Penberth, pero casi inmediatamente este pensamiento fue apartado de su mente por el sonido de un vehículo acercándose velozmente por detrás de ella, procedente de la playa Norte.

La calle era estrecha y los charcos profundos. No deseando verse envuelta en una ola de agua sucia, se echó a un lado para esperar hasta que el coche que venía hubiese pasado debidamente. Pasó disparado, pero unos pocos metros después, y en medio de un chirrido de frenos, se paró casi inmediatamente. Vio el jeep descapotado y a sus dos familiares ocupantes uniformados. El comandante Lomax y su sargento. El jeep permaneció donde se había detenido con el motor en marcha, pero de él salió el comandante Lomax precedido de sus largas piernas para caminar hasta donde ella se encontraba.

—Parece usted ir demasiado cargada —dijo él sin preliminares.

Agradecida por tener una excusa para liberarse de los cestos, Penélope los dejó sobre el pavimento y se incorporó para mirarle.

—En efecto.

—Nos conocimos el otro día.

—Lo recuerdo.

—¿Ha estado usted de compras?

—No. He ido a buscar un regalo. Seis latas de melocotones. Han aparecido esta mañana en la playa Norte. Y algunas caballas.

—¿Hasta dónde tiene que ir?

—Hasta casa.

—¿Dónde está?

—En la cima de la colina.

—¿No se las podían llevar?

—No.

—¿Por qué no?

—Porque quiero comerlo esta noche.

Divertido, él sonrió. La sonrisa hizo algo extraordinario en su cara y provocó que ella le mirase, y realmente le viese, por primera vez. «Corriente» había sido su propio veredicto aquel día en que él se había acercado a ellos en la galería, pero en aquel momento se dio cuenta de que, por el contrario, no era corriente en absoluto, pues sus rasgos bien marcados, sus ojos azules extrañamente brillantes y aquella sonrisa inesperada se congregaban en una composición de extraordinario encanto.

—Quizá podamos ayudarla —dijo él.

—¿Cómo?

—No podemos llevarla a usted, pero no veo razón alguna por la cual el sargento Burton no pueda llevar sus melocotones a casa.

—Nunca encontrará el camino.

—Lo subestima —diciendo esto se inclinó y cogió las bolsas—. No debe usted llevarlas. Podría lastimarse —dijo bastante bruscamente.

—Siempre llevo la compra. Todo el mundo debe...

Era ignorada, pues el comandante Lomax ya estaba volviendo hacia el jeep. Penélope, todavía protestando débilmente, le siguió.

—Puedo arreglármelas...

—Sargento Burton.

El sargento apagó el motor.

—¿Señor?

—Hay que llevar estos cestos —dijo el comandante colocándolos en el asiento posterior del jeep—. La señorita le indicará el camino.

El sargento se volvió hacia ella, esperando cortésmente. Aparentemente sin alternativa, Penélope hizo lo que le habían dicho.

—...colina arriba y luego a la derecha a la altura del garaje Grabney's, después siga la carretera hasta llegar a lo alto. Allí encontrará un muro alto, se llama Carn Cottage. Tendrá que dejar el jeep en la carretera y caminar a través del jardín.

—¿Hay alguien en casa, señorita?

—Sí. Mi padre.

—¿Cómo se llama, señorita?

—Señor Stern. Si no le oye..., si nadie contesta al timbre, puede dejar los cestos en el rellano.

—De acuerdo, señorita —dijo el muchacho y esperó.

—Arreglado pues —dijo el comandante Lomax—. Llévelo, sargento. Yo haré a pie el resto del camino. Nos veremos en el cuartel general.

—Señor.

Saludó, puso el vehículo en marcha y se fue; su carga parecía extrañamente doméstica en el asiento posterior del jeep. Giró en la esquina de la casa de las lanchas de socorro y desapareció. Penélope se quedó a solas con el comandante. Se sentía molesta y desconcertada ante el inesperado giro de los acontecimientos. También se sentía descontenta de su aspecto, cosa que normalmente no le importaba en absoluto. Sin embargo, nada se podía hacer al respecto, a excepción de quitarse aquel vulgar gorro de lana y dejar la melena en libertad. Cosa que hizo, metiéndolo deprisa en el bolsillo de su chubasquero.

—¿Vamos? —dijo él.

Ella tenía frío en las manos y las metió también en los bolsillos.

—¿De verdad quiere usted caminar? —preguntó ella nada convencida.

—No estaría aquí de no ser así.

—¿Está seguro de no tener nada más que hacer?

—¿Por ejemplo?

—Planificar un entrenamiento, escribir un informe.

—No. El resto del día es para mí.

Empezaron a caminar. Un pensamiento acudió de pronto a la mente de Penélope.

—Espero que su sargento no tenga problemas. Estoy segura de que no le está permitido llevar la compra de la gente en el jeep.

—Si alguien le pega una bronca, éste seré yo. ¿Y cómo está tan segura?

—Estuve en la Sección Femenina de la Marina unos dos meses, por eso conozco todos los reglamentos y las reglas. No me permitían llevar ni un bolso ni un sombrero. No facilitaba la vida.

—¿Cuánto estuvo usted en la Sección Femenina? —preguntó él interesado.

—Oh, hace siglos. En el cuarenta. Estaba en Portsmouth.

—¿Por qué lo dejó?

—Tuve una niña. Me casé y tuve una niña.

—Ya veo.

—Tiene casi tres años. Se llama Nancy.

—¿Su marido está en la Marina?

—Sí. Está en el Mediterráneo, creo. Nunca estoy muy segura.

—¿Cuánto tiempo hace que no lo ha visto?

—Oh... —Ella no podía recordarlo y de hecho tampoco quería hacerlo—. Siglos. —En el momento de decirlo muy arriba las nubes se separaron por un instante y un débil rayo de sol apareció a través de ellas. Las calles mojadas devolvieron el reflejo de esta luz y las piedras y la pizarra parecían querer lavarse en la luz dorada. Sorprendida, Penélope levantó la cabeza hacia esta luminosidad momentánea—. Es cierto que se está despejando. El señor Penberth ya lo había dicho. Había escuchado la previsión del tiempo y ha dicho que la tempestad iba a alejarse. Es posible que tengamos una hermosa tarde.

—Sí, posiblemente lo sea.

La luz del sol desapareció tan rápidamente como había surgido y todo volvió a ser gris. Sin embargo, por fin había dejado de llover.

—No pasemos por el pueblo. Vayamos por el camino junto al mar y luego por la estación de ferrocarril —dijo ella—. Hay un tramo de escaleras que va a parar justo enfrente del hotel White Caps.

—Me gustaría. A decir verdad todavía no conozco muy bien todo esto, pero supongo que usted lo conoce como la palma de su mano. ¿Siempre ha vivido aquí?

—En verano. En invierno vivíamos en Londres. Y entre ambos íbamos a Francia. Mi madre era francesa. Teníamos amigos allí. Pero hemos estado en Porthkerris desde el inicio de la guerra. Imagino que nos quedaremos todos hasta que termine.

—¿Qué pasa con su marido? ¿No quiere que esté usted cerca cuando desembarca?

Habían entrado en un pequeño sendero que corría a lo largo de la playa. Los guijarros habían sido arrastrados hasta allí por la marea alta, así como trozos de algas y de cabos enredados cubiertos de alquitrán. Ella se agachó y cogió un guijarro para arrojarlo seguidamente al mar.

—Ya se lo he dicho —le dijo ella—. Está en el Mediterráneo. Además, aunque fuese posible estar con él, no podría porque tengo que cuidar de papá. Mi madre murió en el bombardeo alemán del cuarenta y uno. Así que tengo que quedarme con él.

Él no dijo lo siento, sino que repitió:

—Ya veo —y sonó como si realmente fuese así.

—No se trata sólo de él, de mí y de Nancy. Tenemos a Doris y a sus dos hijos viviendo con nosotros. Son evacuados. Ella es viuda. Nunca ha vuelto a Londres. —Le miró—. Papá estuvo encantado de hablar con usted el otro día en la galería. Estaba furioso conmigo porque no pude invitarle a usted a cenar..., dijo que había sido muy grosera. No quise serlo. Ocurría simplemente que no había nada para darle de comer.

—Yo me alegré mucho de conocerlo. Cuando supe que iba a ser

enviado aquí pensé que a lo mejor podría conocer al famoso Lawrence Stern, pero nunca me imaginé que iba a ocurrir de verdad. Pensé que era demasiado mayor y estaba demasiado delicado para andar por ahí. Cuando les vi a ustedes por primera vez, allí en la carretera fuera del cuartel general, supe inmediatamente que tenía que ser él. Y luego, cuando entré en la galería y estaban realmente allí, apenas podía dar crédito a mi suerte. Ha sido un gran pintor —dirigió la vista hacia ella—: ¿Ha heredado usted su talento?

—No. Es muy frustrante. A menudo veo cosas hermosísimas, como una vieja granja, o dedaleras arraigadas en un seto, flotando al viento contra el cielo azul. Entonces desearía tanto poder retenerlas, plasmarlas sobre el papel, conservarlas para siempre. Y, naturalmente, no puedo.

—No es fácil vivir con las propias incapacidades.

Se le ocurrió a ella que no parecía un hombre que conociese el significado de «incapacidad».

—¿Usted pinta?

—No. ¿Por qué lo pregunta?

—Cuando hablaba con papá parecía usted muy entendido.

—Si entiendo algo es porque he crecido junto a una madre inmensamente creativa. Apenas pude andar, me hacía recorrer todas las galerías y los museos de Londres, y me hacía ir a escuchar conciertos.

—Lo dice usted como si hubiese tenido suficiente cultura para toda la vida.

—No. Actuaba con mucha diplomacia y hacía que todo resultase muy interesante. Lo volvía divertido.

—¿Y su padre?

—Mi padre era agente de bolsa, en la City.

Ella pensó sobre ello. La vida de las otras personas siempre resultaba fascinante.

—¿Dónde vivía?

—En Cadogan Gardens. Pero cuando él murió mi madre vendió la casa y nos mudamos a una más pequeña en la plaza Pembroke. Ella está allí ahora. Se ha quedado a pesar de los bombardeos. Dice que preferiría estar muerta que vivir en otro lugar que no sea Londres.

Penélope pensó en Dolly Keeling, cómoda y caliente en su refugio en el hotel Coombe, jugando al bridge con lady «puñetas» Beamish y escribiendo largas cartas amorosas a Ambrose. Suspiró, pues siempre que pensaba en Dolly se deprimía un poco. Tenía siempre la culpable sensación de que debería invitar a Dolly a pasar unos días en Carn Cottage, aunque sólo fuese para conocer a su nieta. O que debería ir a visitarla al hotel Coombe llevando a Nancy con ella.

Pero ambas perspectivas eran tan detestables que nunca encontraba dificultad para apartarlas rápidamente de su mente y empezar a pensar en otra cosa.

El estrecho sendero se dirigía cuesta arriba. Habían dejado el mar detrás de ellos y ahora caminaban entre hileras de blancas casas de pescadores. Se abrió una puerta y surgió un gato seguido por una mujer con un cesto de ropa, que procedió a colgar en una cuerda colocada a lo largo de la parte frontal de la casa. Mientras hacía esto, el sol volvió a salir, ahora algo más fuerte, y ella volvió un rostro sonriente hacia ellos.

—Hace bien, ¿verdad? Jamás había visto una lluvia como la de esta mañana.

El gato se enrolló alrededor de los tobillos de Penélope. Ella se agachó para acariciarlo. Se alejaron. Penélope sacó las manos de los bolsillos y se desabrochó el chubasquero.

—¿Se ha alistado usted en la marina porque no quería ser agente de bolsa o a causa de la guerra?

—A causa de la guerra. Soy lo que se llama un oficial sólo para hostilidades. Siempre he creído que suena un poco despectivo. Pero tampoco quiero ser agente de bolsa. Estuve en la Universidad estudiando a los clásicos y la literatura inglesa, luego trabajé enseñando en una escuela privada a muchachos de 8 a 12 años.

—¿Ha aprendido a escalar en la marina?

—No —contestó él sonriendo—. Hacía montañismo mucho antes. Estuve en un internado en Lancashire y el director solía montar grupos entre nosotros para escalar en el País de los Lagos. Ya tenía el gusanillo a los catorce años. Así que seguí practicándolo.

—¿Ha hecho montañismo en el extranjero?

—Sí. Suiza. Austria. Quería ir a Nepal, pero eso suponía meses de preparación y viaje y nunca encontré el momento.

—Después de Matterhorn, los Boscarben deben de parecer fáciles.

—No —le aseguró él con su humorismo peculiar—. No, no son fáciles.

Siguieron caminando, ascendiendo, tomando senderos escondidos y retorcidos que los visitantes nunca encontraban y subiendo tramos de escaleras de granito tan empinadas que a Penélope no le quedaba aliento para la conversación. El último tramo zigzagueaba por la cara del acantilado entre la estación y la carretera principal, para salir directamente enfrente del viejo hotel White Caps.

Acalorada por el esfuerzo, Penélope descansó apoyándose contra la pared, a la espera de recobrar el aliento y que su corazón dejase de palpitar. Al comandante Lomax, que llegaba detrás de ella, no parecía haberle afectado el esfuerzo. Ella vio al infante de marina de guardia que les miraba desapasionadamente a través de la carretera, pero su expresión nada dejaba entrever.

—Me siento un poco hecha polvo —dijo ella cuando pudo hablar.

—No me extraña.

—No había venido por este camino desde hace años. Cuando era pequeña, solía subir corriendo desde la playa. Era una especie de prueba de resistencia autoimpuesta.

Se volvió, apoyando los brazos en el borde del muro, y miró hacia abajo el camino por el que habían llegado. El mar, cuya marea había bajado, estaba tranquilo en esos momentos y reflejaba el azul del cielo despejándose. Abajo, lejos en la playa un hombre paseaba a su perro. El viento se había transformado en una brisa fresca y olía al aroma húmedo y musgoso de los jardines empapados por la lluvia. Era un olor cargado de nostalgia y de pronto Penélope se encontró, cogida por sorpresa, inmersa en un éxtasis que no había sentido desde que era niña.

Pensó en los últimos años: el aburrimiento, la estrechez de la existencia, el sentimiento de nada por lo que ilusionarse. Sin embargo, ahora, en un solo instante, las cortinas se hicieron a un lado y detrás las ventanas abiertas mostraron un brillante panorama que había estado allí esperándola todo el tiempo. Un panorama por otra parte cargado de las más maravillosas posibilidades y oportunidades.

Felicidad, recordada de los días antes de la guerra, antes de Ambrose, antes de la terrible muerte de Sophie. Era como volver a ser joven.

«Sin embargo, soy todavía joven, sólo tengo veintitrés años.» Se volvió para mirar al hombre que se encontraba junto a ella y se sintió llena de gratitud, porque en cierta forma había sido él quien había hecho posible este milagro de redescubrimiento.

Lo encontró mirándola y se preguntó hasta qué punto percibía, hasta qué punto sabía. Pero su quietud, su silencio no dejaban entrever nada.

—Tengo que ir a casa —dijo ella—. Papá ya se estará preguntando qué me ha pasado.

Él asintió, aceptándolo. Se despedirían, se marcharían. Ella seguiría su camino. Él cruzaría la carretera, saludaría al hombre debidamente en guardia, subiría la escalera y desaparecería a través de la puerta de cristal, para quizá no volverlo a ver nunca más.

—¿Le gustaría venir a cenar? —preguntó.

Él no respondió inmediatamente a esta sugerencia y por un terrible momento ella pensó que iba a rechazarla.

—Es muy amable —dijo seguidamente sonriendo.

Alivio.

—¿Esta noche?

—¿Está usted segura?

—Completamente. Papá estará encantado de volver a verle. Podrán continuar su conversación.

—Gracias. Será delicioso.

—Hacia las siete y media, entonces. —Parecía horriblemente formal—. He podido..., he podido invitarle porque por una vez tenemos algo para comer.

—Déjeme adivinar. ¿Caballas y melocotón?

Las formalidades habían sido hechas a un lado. Se desvanecieron en sus carcajadas y ella supo que nunca olvidaría ese sonido, pues era su primera broma compartida.

Encontró a Doris ansiosa de curiosidad.

—Vaya, ¿qué ha pasado? Ahí estaba yo, abstraída en mis propios asuntos cuando ese imponente sargento aparece en la puerta, con tus cestos. Le he dicho si quería una taza de té, pero ha contestado que no se podía quedar. ¿De dónde lo has sacado?

Penélope se sentó a la mesa de la cocina y le explicó toda la historia del encuentro inesperado. Doris escuchaba con unos ojos que se le iban saliendo de las órbitas. Cuando Penélope hubo terminado, lanzó un gritito de alegre coqueteo.

—Si quieres saber mi opinión, tienes un admirador...

—Oh, Doris, le he invitado a cenar.

—¿Cuándo?

—Esta noche.

—¿Va a venir?

—Sí, va a venir.

El rostro de Doris se demudó.

—¡Maldita sea! —exclamó echándose atrás en la silla, viva imagen del abatimiento.

—¿Por qué maldita sea?

—No estaré aquí. Tengo que salir. A llevar a Clark y a Ronald a Penzance a ver la compañía de ópera de *El Mikado.*

—Oh, Doris. Contaba con que estuvieses aquí. Necesito alguien que me ayude. ¿No puedes dejarlo?

—No. No puedo. Han organizado un autobús para ir y de todas formas sólo actuarán un par de noches. Los chicos llevan semanas esperándolo, pobres. —Su expresión se volvió resignada—. En cualquier caso, puedo serte de ayuda. Te echaré una mano con la cocina antes de marcharme y meteré a Nancy en la cama. Pero estoy más que molesta por perderme la diversión. Hace años que no ha habido un hombre de verdad en esta casa.

Penélope no hizo mención de Ambrose.

—¿Qué me dices de Ernie? —preguntó en cambio—. Es un hombre de verdad.

—Sí. Sí lo es. —Pero el pobre Ernie era ignorado—. No cuenta, quiero decir.

Como una pareja de jovencitas encendidas con inocente excitación, pusieron manos a la obra: pelaron verduras, hicieron una ensalada, dispusieron la vieja mesa del comedor, limpiaron superficialmente la plata poco usada, abrillantaron las copas de vino. Lawrence, advertido, se levantó de su sillón y se encaminó cautelosamente a la bodega donde, en los días felices, almacenaba su considerable surtido de vino francés. Quedaba ahora un pequeño resto, pero regresó llevando una botella de lo que él llamaba peleón argelino y asimismo una polvorienta botella de oporto que procedió a descorchar con el mayor de los cuidados. Penélope sabía que no se podía pagar un tributo mayor a un huésped.

A las siete y veinte, con Nancy durmiendo en su cama, Doris y los niños fuera y todo preparado como nunca lo había estado, Penélope voló arriba a su habitación a fin de hacer algo con su propio aspecto. Se puso una blusa limpia, unos escarpines granates y se cepilló el cabello haciendo una trenza que enrolló sujetándola con horquillas. No tenía polvos, ni barra de labios y había ya gastado lo que le quedaba de perfume. Una larga y crítica mirada en el espejo le proporcionó poca satisfacción. Parecía una institutriz. Encontró un collar de cuentas escarlatas y se lo puso alrededor del cuello y, mientras lo hacía, oyó como la verja del jardín se abría y cerraba. Se acercó a la ventana y vio a Richard Lomax subiendo el sendero escalonado en dirección a la casa. Observó que también él se había cambiado, el traje de campaña había sido reemplazado por uno de dril color caqui de semietiqueta y correaje de brillante marrón. Llevaba con discreción un paquete que sólo podía contener una botella.

Desde que se habían despedido, había estado rebosante de ilusión ante la perspectiva de volver a verlo. Sin embargo, viendo ahora cómo se acercaba, consciente de que en un instante sonaría el timbre de la puerta, fue asaltada por el pánico. Pies helados, era como siempre Sophie llamaba a este vuelco del corazón causado por una acción impetuosa de pronto lamentada. ¿Qué pasaría si la velada no fuese bien, si todo se torcía, y sin la ayuda de Doris para mantener la alegría todo el tiempo? Era perfectamente posible que se hubiese equivocado con respecto a Richard Lomax. Que esta ráfaga de éxtasis, la felicidad inexplicable y la extraordinaria sensación de intimidad y familiaridad hubiesen simplemente formado parte de una ilusión, que había surgido de un optimismo creciente y del hecho que el sol se había decidido por fin a brillar después de días de lluvia.

Se apartó de la ventana, echó una última ojeada a su reflejo, dispuso mejor el collar rojo y salió de la habitación para bajar la escalera. Estaba en ello cuando sonó el timbre. Cruzó el vestíbulo y abrió la puerta. Él sonrió.

—Espero no haber llegado demasiado tarde, o demasiado pronto —dijo.

—Ni una cosa ni otra. Veo que ha encontrado el camino.

—No era difícil. Tienen un jardín precioso.

—La tormenta no le ha hecho ningún bien —dijo ella apartándose para dejarle paso—. Entre.

Él entró retirándose su boina verde con la insignia plateada y roja. Penélope cerró la puerta. Él dejó su boina sobre la cómoda y se volvió hacia ella tendiéndole el paquete.

—Es para su padre —dijo.

—Qué amable.

—¿Le gusta el whisky?

—Sí...

Todo iba a salir bien y no se había equivocado con respecto a él. No era ordinario. Le resultaba inmensamente especial porque había llevado con él a Carn Cottage no sólo cierto encanto sino también naturalidad. Recordó lo agudamente desdichada que se sintió con la presencia de Ambrose. Las tensiones y los silencios y la forma en que todos, afectados por el ambiente poco afable, se volvieron irritables y ariscos. Sin embargo, este extraño era sólo la más agradable de las compañías. Podía haberse tratado de un viejo amigo de años atrás habiendo acudido para reanudar el trato e intercambiar las mutuas novedades. Volvió la sensación de *déjà vu,* más fuerte que nunca. Era tan fuerte que casi esperaba que se abriese la puerta de la sala de estar y surgiese Sophie, riendo y hablando por los codos para luego echar los brazos alrededor del cuello del joven y besarle en ambas mejillas. *Oh, querido, tenía tantas ganas de volver a verte.*

—...pero hace meses que no hemos tenido una botella en casa. Estará encantado. Está en la sala, esperándole... —dijo yendo a abrir la puerta—. Papá, nuestro invitado ha llegado..., y te ha traído un regalo...

—¿Y dígame, este destino suyo, para cuánto tiempo es? —preguntó Lawrence.

—No tengo idea, señor.

—Y no me lo diría aunque lo supiese. ¿Cree usted que el año que viene estaremos preparados para invadir Europa?

Richard Lomax sonrió, pero eso no revelaba nada.

—Debería esperar que así fuese.

—Estos norteamericanos..., parece como si evitasen tener contacto con los demás. Nosotros habíamos imaginado todo tipo de jolgorios.

—No han venido aquí precisamente de vacaciones. Además, son unos soldados muy profesionales y una unidad que cuenta con sus propios recursos. Tienen sus propios oficiales, sus propias cantinas, sus propias diversiones.

—¿Cómo se lleva usted con ellos?

—Por regla general, muy bien. Son bastante locos..., quizá no son tan disciplinados como nuestras tropas, pero individualmente son muy valientes.

—¿Está usted al cargo de toda la operación?

—No. El coronel Mellaby es el jefe comandante. Yo sólo soy el oficial de instrucción.

—¿Le gusta trabajar con ellos?

—Es ciertamente diferente —contestó Lomax encogiéndose de hombros.

—¿Y Porthkerris? ¿Había estado usted aquí antes?

—No. Nunca. Normalmente pasaba las vacaciones en el norte, escalando montañas. Pero siempre había sabido de Porthkerris, debido a los artistas que habían venido aquí. Había visto cuadros del puerto en las distintas galerías que mi madre insistía para que yo visitase y es realmente un lugar extraordinario, muy particular. Y la luz. La deslumbradora luz del mar. Apenas podía darle crédito hasta que la vi por mí mismo.

—Sí. Tiene magia. Uno nunca se cansa de ella, por mucho tiempo que viva aquí.

—¿Hace mucho que está en Porthkerris?

—Desde principios de los años veinte. Traje a mi mujer aquí justo después de habernos casado. No teníamos casa, así que acampamos en mi estudio. Como una pareja de gitanos.

—¿El retrato que hay en la sala es de su esposa?

—Sí. Es Sophie. Debía de tener unos diecinueve años cuando fue pintado. Lo hizo Charles Rainier. Una primavera alquilamos todos una casa en Varengeville. Se suponía que debían ser unas vacaciones pero él se ponía inquieto si no trabajaba, así que Sophie accedió a posar para él. Le tomó más de un día pero fue una de las mejores obras que hizo jamás. Claro que la conocía de toda la vida, al igual que yo. Desde que era una niña. Uno puede trabajar más concienzudamente cuando se siente cerca de su modelo.

El comedor estaba oscuro. Sólo las velas suministraban una iluminación mortecina, y los últimos rayos del sol poniente penetraban a través de las ventanas en forma de haces que devolvían un reflejo brillante procedente del cristal, de la playa y de la superficie pulida de la mesa circular de caoba. El oscuro papel de la pared envolvía la estancia como el forro de un joyero y más allá de los pliegues del pesado y descolorido terciopelo, sujeto con cordones de seda deshilachados y borlas, los visillos de ligero encaje se agitaban en la corriente de la ventana abierta.

Se iba haciendo tarde. Pronto deberían cerrar las ventanas para esconder las luces. La cena había terminado. Habían tomado la sopa, el pescado a la plancha y el delicioso manjar que suponían los melocotones; los platos habían sido retirados. Penélope cogió del aparador un plato de manzanas reinetas Cox, fruta caída del árbol situado en la parte alta del huerto, y lo colocó en el centro de la mesa. Richard Lomax cogió una y la peló con un cuchillo de fruta con el mango de nácar. Sus manos eran grandes, con largos y robustos dedos. Penélope miraba lo bien que manejaba el cuchillo, dejando caer en el plato la espiral de piel entera y cortando seguidamente la manzana en cuatro partes iguales.

—¿Tiene usted todavía el estudio?

—Sí, pero ahora está desierto. Rara vez voy por allí. No puedo trabajar y está demasiado lejos para mí.

—Me gustaría verlo.

—Cuando quiera. Tengo la llave. —Sonriendo a su hija añadió—: Penélope le acompañará.

Richard Lomax siguió cortando la manzana en más trozos.

—¿Charles Rainier... vive todavía?

—Según mis noticias, sí. A menos que haya abierto demasiado la boca y haya sido matado por la Gestapo. Espero que no. Su casa está en el sur de Francia. Si se porta bien, sobrevivirá...

Penélope pensó en la casa de Rainier, con el tejado cubierto de buganvillas, las rocas rojas bajando hasta el mar color genciana, la mimosa amarilla ligera como la pluma. Pensó en Sophie, llamando desde la terraza para decir que era hora de salir del agua porque la comida estaba lista. Ante estas claras imágenes resultaba difícil asumir que Sophie estuviese muerta. Aquella noche —desde la llegada de Richard Lomax— ella había estado con ellos; no muerta, sino viva; incluso ahora, sentada en la silla vacía a la cabecera de la mesa. Sin embargo, a decir verdad, todo había cambiado. El destino había sido cruel; llevándoles la guerra, haciendo trizas la vida de su familia; dejando que Sophie y los Clifford muriesen en el bombardeo alemán. El destino, quizá, había arrastrado a Penélope hasta Ambrose. Pero había sido ella quien había dejado que él le hiciese el amor, quien había querido conservar a Nancy, quien se había casado con él. Mirando hacia atrás, no se arrepentía de haber hecho el amor, pues ella había disfrutado tanto como él; menos todavía de la llegada de Nancy y de hecho, ahora, no podía imaginar la vida sin su deliciosa y simpática niña. De lo que se arrepentía, y muy amargamente, era de aquella boda idiota. «No debes casarte con él hasta que le quieras», había dicho Sophie, pero por una vez en su vida Penélope no había seguido su consejo. Ambrose había sido su primera relación y por lo tanto no tenía a nadie con quien compararlo. La boda relámpago de sus padres no ayudó mucho. Imaginaba que las bodas debían ser así de rápidas, que casarse era una buena idea. Además, cuando Ambrose se enfrentó a la situación, y una vez pasado el susto inicial, también parecía pensar que era una buena idea. Así que siguieron hacia adelante y lo hicieron.

Un error terrible y fatal. Ella no le quería. Nunca le había querido. No tenía nada en común con él y ni siquiera el más mínimo deseo de volver a verle. Miró a Richard Lomax, que tenía su tranquilo rostro vuelto hacia Lawrence. Sus ojos tropezaron con las manos de él, ahora cruzadas sobre la mesa delante de él. Pensó en tomar esas manos entre las suyas, en subirlas y presionarlas contra sus propias mejillas.

Se preguntó si él también estaría casado.

—Nunca conocí a este hombre —estaba diciendo Lawrence—. Pero siempre me pareció que debía de ser un tipo muy insulso. —Seguían con el tema de los pintores de retratos—. Quizá uno podría haberse esperado inimaginables faltas e indiscreciones..., ciertamente tuvo muchas oportunidades..., pero de hecho no creo que nunca hubiese dado un paso en falso. Beerbohm hizo una imagen de sí mismo, ya sabe, saliendo a la ventana para encontrarse con una larga cola de damas de la alta sociedad, todas esperando ser inmortalizadas por él.

—Me gustaban más sus bocetos que sus retratos —dijo Richard Lomax.

—Estoy de acuerdo. Todas esas damas estiradas y esos caballeros con ropa de caza. Tres metros de altura y de una arrogancia imposible —dijo Lawrence cogiendo la jarra de oporto para servirse y luego pasársela a su invitado—. Dígame, ¿sabe usted jugar al backgamon?

—Sí, sé jugar.

—¿Le apetecería una partida?

—Me encantaría.

Era casi oscuro. Penélope se levantó de la mesa, cerró las ventanas y corrió todas las cortinas, las horribles cortinas negras y las preciosas de terciopelo. Diciendo algo relativo al café, salió de la estancia y se dirigió a la cocina. Encendió la luz, y apareció el esperado desorden de cazuelas, platos y cubiertos sucios. Puso agua a hervir. Oyó cómo los hombres se movían en la sala de estar, oyó cómo era echado más carbón en el fuego, y el continuo y simpático murmullo de la conversación.

Papá estaba en su elemento, pasando el mejor momento de su vida. Si disfrutaba jugando al backgamon, era posible que volviese a invitar a Richard Lomax a otra partida. Mientras buscaba una bandeja limpia y cogía las tazas de café del aparador, ella sonrió.

La partida terminó justo cuando el reloj daba las once. Lawrence había ganado. Richard Lomax, considerándose vencido con una sonrisa, se puso en pie.

—Creo que es hora de que me vaya.

—No me había dado cuenta de que era tan tarde. Me lo he pasado muy bien. Debemos repetirlo. —Lawrence reflexionó sobre lo que había dicho y añadió—: Si usted está de acuerdo.

—Por supuesto, señor. Me temo que no puedo hacer planes específicos porque no soy dueño de mi tiempo...

—Está bien. Cualquier noche. Pásese por aquí. Siempre nos encontrará. —Empezó a hacer esfuerzos para levantarse del sillón, pero Richard Lomax lo detuvo poniéndole una mano sobre el hombro.

—No se levante...

—Bien... —Agradecido, el anciano volvió a reclinarse en los cojines—. Gracias, no me levantaré. Penélope le acompañará hasta la puerta.

Mientras ellos jugaban, ella había estado sentada junto al fuego haciendo punto. Ahora clavó las agujas en la madeja de lana y se puso en pie. Lomax se volvió y le sonrió. Ella fue a abrir la puerta y le oyó decir:

—Buenas noches, señor, y gracias de nuevo...

—De nada.

Ella pasó delante a través del vestíbulo y abrió la puerta principal. Fuera, el jardín estaba envuelto con una luz azul, cargado de aroma de alhelíes. Una pestaña de luna colgaba del cielo. Muy abajo, en la playa, susurraba el mar. Él surgió a un lado en el umbral de la puerta, con la boina en la mano. Ambos miraron hacia arriba, hacia los hilos de nubes y el pálido resplandor de la luna. No había viento, pero un frío húmedo ascendía del césped y Penélope, estrechándose los brazos, se estremeció.

—Apenas he hablado con usted en toda la velada. Espero que no piense que he sido un mal educado.

—Ha venido para charlar con papá.

—No exactamente, pero me temo que esto es lo que ha sucedido.

—Habrá otra ocasión.

—Eso espero. Como ya he dicho, mi tiempo no me pertenece..., no puedo hacer planes o adquirir compromisos...

—Comprendo.

—Pero vendré cuando pueda.

—Hágalo.

Él se puso la boina ajustándosela en la cabeza. La luz de la luna reverberó en la insignia de plata.

—La cena ha sido deliciosa. Nunca me habían sabido tan bien unas caballas —dijo y ella sonrió—. Buenas noches, Penélope.

—Buenas noches, Richard.

Él se volvió y se puso en marcha, siendo engullido por la oscuridad del jardín y desapareció. Ella esperó hasta escuchar cómo la verja se cerraba detrás de él. Permaneció allí con su fina blusa y empezó a tener piel de gallina. Se estremeció de nuevo y entró en casa, cerrando la puerta detrás de ella.

Pasaron dos semanas antes de que volviesen a verlo. Por alguna extraordinaria razón, ello no inquietó a Penélope. Había dicho que iría cuando pudiese y ella sabía que así lo haría. Podía esperar. Pensaba en él la mayor parte del tiempo, y durante los atareados días, él nunca salía de su mente y por la noche invadía sus sueños, haciendo que se despertase con una felicidad adormecida, sonriendo, aferrándose al recuerdo del sueño antes de que se desvaneciese y muriese.

Lawrence estaba más preocupado que ella.

—No sabemos nada de ese buen muchacho de Lomax —refunfuñaba de vez en cuando—. Me gustaría hacer otra partida de backgamon.

—Oh, papá, vendrá —le tranquilizaba ella, serena porque sabía que era cierto.

Era noviembre. El veranillo de San Martín. Tardes y noches frías y días de cielos sin nubes y de un sol dorado e incandescente. Las hojas empezaban a cambiar de color, a caerse flotando en el aire tranquilo hasta llegar a la hierba del césped. El arriate situado frente a la casa estaba resplandeciente de dalias y las últimas rosas del verano abrían sus caras de terciopelo, llenando el aire con una fragancia que, al ser más preciada, parecía dos veces más fuerte que el aroma de junio.

Sábado. Después de comer, Clark y Ronald anunciaron que se iban a la playa con unos amigos del colegio para nadar. Doris, Penélope y Nancy no fueron invitadas a ir con ellos. Se fueron corriendo bajando el sendero del jardín como si no hubiese un momento que perder, cargados con toallas y palas, un paquete con bocadillos de jamón y una botella de limonada.

Sin los chicos por en medio, la cálida tarde quedó silenciosa y vacía. Lawrence se retiró a la sala de estar para hacer una siestecita junto a la ventana abierta. Doris sacó a Nancy al jardín. Penélope por su parte, una vez fregados los platos y ordenada la cocina, se dirigió al prado para recoger la colada del día. De vuelta a la cocina, dobló el montón de ropa fragante e hizo a un lado las camisas y fundas de almohada para planchar. Más tarde. Esto podía esperar. El aire libre la llamaba. Salió de la cocina y cruzó el vestíbulo donde sólo se oía el viejo reloj del pueblo, así como una abeja perezosa que recorría un cristal. La puerta de entrada estaba abierta y una luz dorada fluía al interior sobre la gastada alfombra. En el otro extremo del césped estaba sentada Doris sobre una vieja silla de jardín con un cesto de ropa para remendar sobre sus rodillas. Y Nancy jugaba feliz en su arenal. El arenal había sido construido por Ernie, que había llevado la arena desde la playa en el carro de verduras del señor Penberth. Cuando hacía buen tiempo era una fuente inagotable de diversión para Nancy. Allí estaba ella ahora, vestida con una batita remendada y nada más, y construyendo pasteles de arena con la ayuda de un viejo cubo de hojalata y una cuchara de madera. Penélope se reunió con ellas. Doris había extendido una vieja manta sobre la hierba y se sentó en ella mirando a Nancy, divertida por la concentración del rostro de la niña y hechizada por las largas y oscuras pestañas sobre las mofletudas mejillas y las manitas con hoyuelos que golpeaban la arena.

—¿No has planchado, verdad? —preguntó Doris.

—No. Hace demasiado calor.

Doris levantó una camisa apergaminada y con el cuello hecho pedazos.

—Supongo que no vale la pena remendarla, ¿no?

—No. Haz trapos con ella.

—En esta casa tenemos más trapos que ropa. ¿Sabes? Cuando esta maldita guerra se haya acabado, me dedicaré a comprar ropa. Vestidos nuevos. Docenas. Estoy enferma y cansada de transformarlos. Mira este jersey de Clark, lo zurcí la semana pasada y ya tiene otro enorme agujero en el codo. ¿Cómo demonios se las arreglan?

—Los chicos están creciendo —comentó Penélope que, perezosa, se había echado sobre la espalda, desabrochándose la blusa y subiendo la falda por encima de sus rodillas desnudas—. Poco pueden hacer si no caben en sus ropas. —Cerró los ojos contra la luz del sol—. ¿Te acuerdas lo escuálidos y pálidos que estaban cuando llegasteis aquí? Apenas se les reconoce ahora, tan fornidos y morenos, tienen el aire de haber nacido aquí.

—Me alegro de que no sean más mayores —dijo Doris rasgando una hebra de hilo de zurcir y enhebrando la aguja—. No quisiera que fuesen soldados. No podría soportar...

Se detuvo. Penélope esperaba.

—¿Qué es lo que no podrías soportar? —apuntó.

La contestación de Doris llegó en forma de agitado susurro.

—Tenemos visita.

El sol desapareció. Una sombra atravesó su cuerpo echado. Ella abrió los ojos y vio, a sus pies, la oscura silueta de un hombre. Presa del pánico se sentó, tapando sus desnudas piernas, intentando abrocharse la blusa...

—Lo siento —dijo Richard—. No pretendía asustarlas.

—¿De dónde sales? —preguntó ella poniéndose de pie, abrochándose el último botón y retirándose el pelo del rostro.

—He entrado por la verja, luego he atravesado el jardín.

El corazón de ella estaba acelerado. Esperaba no haberse ruborizado.

—No te he oído.

—¿Es un mal momento?

—En absoluto. No estábamos haciendo nada.

—He estado encerrado en un despacho todo el día y de pronto no he podido soportarlo más. Así que he pensado que, con un poco de suerte, os encontraría aquí. —Sus ojos se desplazaron de Penélope a Doris, la cual seguía sentada en su silla como hipnotizada, con el resto de los remiendos todavía en su regazo y la aguja enhebrada en alto, como una especie de símbolo—. Creo que no nos conocemos. Richard Lomax. Usted debe de ser Doris.

—En efecto. —Se estrecharon las manos. Doris, ligeramente aturullada, añadió—: Es un placer conocerlo, se lo aseguro.

—Penélope me ha hablado de usted, y de sus dos hijos. ¿No están por aquí?

—No, se han ido a nadar con sus amiguitos.

—Unos chicos discretos. No estaba usted la otra noche cuando vine a cenar.

—No. Había llevado a los chicos a ver *El Mikado*.

—¿Les gustó?

—Oh, les encantó. Esas melodías maravillosas. Y también muy divertido. Se partieron de risa.

—Me alegro —dijo él y su atención se dirigió hacia Nancy, la cual permanecía sentada mirándole, anonadada por la llegada de ese extraño alto en su vida—. ¿Es ésta tu hijita?

—Sí —dijo Penélope asintiendo con la cabeza—. Es Nancy.

Él se agachó hasta ponerse a su altura.

—Hola —le dijo y Nancy le seguía mirando fijamente—: ¿Cuántos años tiene?

—Pronto cumplirá tres.

Había arena en el rostro de Nancy y el borde de su bata estaba empapado.

—¿Qué estás haciendo? —le preguntó Richard—. ¿Flanes de arena? Anda, déjame hacer uno —dijo cogiendo el pequeño cubo y quitando la cuchara de madera de la mano sumisa de Nancy. Llenó el cubo, presionó la arena hacia abajo y volcó aquél dejando al descubierto un perfecto flan de arena. Nancy lo destruyó instantáneamente. Él se rió y le devolvió los juguetes—. Sus instintos son correctos. —Observó sentándose sobre la hierba, quitándose la gorra y desabrochándose el estrecho cuello del traje de campaña caqui.

—Pareces tener calor —dijo Penélope.

—Así es. Hace demasiado calor para ir vestido así. —Desabrochó el resto de los botones y se quitó la prenda que le molestaba, arremangándose las mangas de su camisa de algodón y adquiriendo un aspecto casi humano y acogedor. Quizá animada por ello, Nancy salió del arenal y fue a sentarse sobre las rodillas de Penélope, desde donde tenía un buen campo de visión sobre el recién llegado y podía observarlo, sin pestañear.

—Nunca puedo adivinar la edad de los niños de los demás —dijo él.

—¿Tiene usted hijos? —preguntó Doris inocentemente.

—No, que yo sepa.

—¿Cómo dice?

—No estoy casado.

Penélope inclinó la cabeza apoyando su mejilla contra los rizos sedosos del pelo de Nancy. Richard se echó hacia atrás sobre sus codos y volvió el rostro hacia el sol.

—Hace tanto calor como en pleno verano, ¿verdad? ¿Dónde se puede estar mejor que sentado en un jardín? ¿Dónde está tu padre?

—Durmiendo la siesta. Probablemente ya se habrá despertado. Dentro de un momento iré a decirle que estás aquí. Está deseando verte y jugar otra partida de backgamon.

Doris miró su reloj, clavó la aguja en el ovillo y dejó el cesto de ropa para remendar sobre la hierba.

—Son casi las cuatro —dijo—. ¿Qué les parece si hago un poco de té para todos? ¿Le apetece una taza, Richard?

—No se me ocurre nada que pueda apetecerme más.

—Avisaré a tu padre, Penélope. Le gusta tomar el té en el jardín.

Los dejó. Ellos miraron cómo se marchaba.

—Qué chica tan encantadora...

—Sí.

Penélope empezó a coger margaritas para hacer con ellas un collar para Nancy.

—¿Qué has estado haciendo todo este tiempo?

—He escalado acantilados. He estado pegando botes aquí y allá dentro de esas lanchas de desembarco dejadas de la mano de Dios. Me he mojado. He dado órdenes, he planificado ejercicios, he escrito largos informes.

Siguió un silencio. Ella añadió otra margarita al collar.

—¿Conoces al general Watson-Grant? —preguntó él de pronto.

—Sí, por supuesto. ¿Por qué me lo preguntas?

—El coronel Mellaby y yo hemos sido invitados a tomar una copa en su casa el lunes.

—Papá y yo también —dijo ella sonriendo—. La señora Watson-Grant nos ha telefoneado esta mañana para invitarnos. El señor Ridley, el tendero, le ha vendido algunas botellas de ginebra y han decidido que era una buena excusa para organizar una pequeña fiesta.

—¿Dónde viven?

—A aproximadamente un kilómetro y medio; en la montaña, fuera del pueblo.

—¿Cómo pensáis ir?

—El general nos enviará su coche. Su viejo jardinero sabe conducir. Él tiene gasolina, ya sabes, porque es del Cuerpo de Voluntarios. Estoy segura de que es completamente ilegal, pero es muy amable por su parte pues en caso contrario no hubiésemos podido ir.

—Esperaba que estuvieseis allí.

—¿Por qué?

—Así conocería a alguien. Y porque pensaba que, después, podríamos ir a cenar juntos.

El collar de margaritas ya era bastante largo. Ella lo tomó entre sus manos como una guirnalda.

—¿Estás invitando a papá y a mí o sólo a mí? —dijo.

—Sólo a ti. Pero si tu padre quiere venir...

—No querrá. No le gusta salir hasta tarde.

—¿Querrás?

—Sí.

—¿Dónde podemos ir?

—No lo sé.

—¿El hotel Sands...?

—Está requisado desde el principio de la guerra. Ahora está lleno de heridos convalecientes.

—¿Y el Castillo?

El Castillo. Su estado de ánimo se hundió de golpe. Durante la primera y desafortunada visita de Ambrose a Carn Cottage, Penélope, al borde de la desesperación y buscando alguna forma de distraer a su marido, sugirió que fuesen al Castillo para la cena-baile del sábado por la noche. La velada no había sido mejor que el resto del fin de semana. El frío y formal comedor estaba medio vacío, la comida era insípida y los demás clientes viejos. De vez en cuando una orquesta sin alma tocaba una selección de melodías pasadas de moda, pero ni siquiera pudieron bailar porque Penélope por aquella época estaba tan enorme que Ambrose no podía rodearla con sus brazos.

—No, no vayamos allí —dijo prestamente—. Los camareros son viejos como tortugas y la mayoría de la gente que va allí está en silla de ruedas. Es terriblemente deprimente. —Consideró el asunto saliendo al paso con una sugerencia bastante más atractiva—: Podemos ir al Gaston's Bistro.

—¿Dónde está esto?

—Justo encima de la playa Norte. Es pequeño pero no se come mal. En ocasiones, para cumpleaños o cosas así, papá nos suele llevar a Doris y a mí.

—Gaston's Bistro. Suena muy original. ¿Está en el listín?

—Sí.

—Telefonearé para reservar una mesa.

—Doris, me ha invitado a cenar.

—¡Vas a salir! ¿Cuándo?

—El lunes. Después del aperitivo en casa de los Watson-Grant.

—¿Le has dicho que sí?

—Sí. ¿Por qué? ¿Crees que debería haberme negado?

—¿Negado? Habrías estado loca. Creo que es encantador. Qué sé yo, en cierta forma me recuerda a Gregory Peck.

—Oh, Doris, no se parece en absoluto a Gregory Peck.

—No es el físico, pero tiene las mismas maneras serenas. Ya sabes lo que quiero decir. ¿Qué te vas a poner?

—No lo he pensado todavía. Algo encontraré.

—¿Sabes? —replicó Doris exasperada—. A veces me sacas de quicio. Vete y cómprate algo nuevo. Nunca te gastas nada para ti misma. Vete al pueblo, a Madame Jolie, y mira lo que tiene.

—No tengo ningún cupón para ropa. He gastado los últimos en unos horribles trapos de cocina y en un batín caliente para Nancy.

—Por todos los diablos, sólo necesitarías siete. Seguro que entre los seis podremos reunir siete cupones de ropa. Además, si no podemos, sé cómo conseguirlos en el mercado negro.

—Esto va en contra de la ley.

—Oh, al cuerno con la ley. Es una gran ocasión. Tu primera cita desde hace años. El lunes por la mañana, bajas al pueblo y te compras algo bonito.

No podía recordar cuándo había estado por última vez en una tienda de ropa, pero dado que Madame Jolie era en realidad la señora Coles, la mujer del guardacostas, gorda y familiar como una abuelita cualquiera, no había razón para sentirse intimidada.

—Vida mía, hace años que no te veía por aquí —observó cuando Penélope entró por la puerta.

—Quisiera un vestido nuevo —le dijo Penélope sin perder tiempo.

—No tengo nada que sea muy especial, querida, casi todo lo que tengo son cosas prácticas. No puedo obtener nada más. Pero hay uno rojo muy bonito que te irá bien. El rojo siempre ha sido tu color. Éste tiene unas margaritas estampadas. Es rayón, por supuesto, pero tiene un agradable tacto sedoso.

Fue a buscarlo. Penélope, encerrada en un minúsculo cubículo tapado con una cortina, se quitó su ropa y deslizó por su cabeza el vestido rojo. Era suave y tenía un emocionante olor a nuevo. Saliendo de detrás de la modesta cortina, se abrochó los botones así como la hebilla roja del cinturón.

—Oh, es perfecto —dijo Madame Jolie.

Se dirigió al largo espejo y miró su imagen intentando verse con los ojos de Richard. El vestido tenía un escote cuadrado y llevaba hombreras, y la falda formaba pliegues acampanados. El ancho cinturón hacía que su talle pareciese finísimo y cuando se volvió para inspeccionar la parte de atrás, la falda se desparramó al moverse, siendo el efecto tan femenino, tan favorecedor que su apariencia le llenó de satisfacción. Ninguna prenda le había proporcionado esa confianza en sí misma. Era un poco como enamorarse; y supo que tenía que comprárselo.

—¿Cuánto cuesta?

Madame Jolie buscó con las manos detrás de su cuello, a fin de encontrar la etiqueta con el precio.

—Siete libras y diez chelines. Y siete cupones, lo siento.

—Los tengo.

—Has escogido correctamente. Es curioso, el primer vestido que te pruebas. Lo he pensado en el momento en que has entrado. Parece hecho para ti. Qué golpe de suerte.

—¿Papá, te gusta mi nuevo vestido? —dijo sacándolo de la bolsa de papel, sacudiéndolo para desplegarlo y poniéndoselo delante de ella.

En su sillón, él se quitó las gafas y se reclinó en los cojines con los ojos semicerrados, lo mejor para obtener un buen efecto.

—Es un buen color para ti..., sí, me gusta. ¿Pero por qué te has comprado de pronto un vestido nuevo?

—Porque esta noche vamos a tomar el aperitivo a casa de los Watson-Grant. ¿Lo habías olvidado?

—No, pero he olvidado cómo vamos a ir.

—El general nos va a mandar su coche.

—Qué amable.

—Y alguien te traerá de vuelta. Porque yo salgo a cenar.

Él se volvió a poner las gafas y, durante un largo momento, observó a su hija por encima de ellas.

—Con Richard Lomax —dijo a continuación, y no era una pregunta.

—Sí.

—Bien —dijo él cogiendo el periódico.

—Papá, dime, ¿crees que debo ir?

—¿Por qué no deberías ir?

—Soy una mujer casada.

—Pero no una burguesa imbécil.
—¿Y si nos liamos? —dijo ella después de dudar un instante.
—¿Es eso probable?
—Es posible.
—Entonces, líate.
—¿Sabes una cosa, papá? Realmente me encantas.
—Me siento honrado. Pero ¿por qué?
—Hay cientos de razones. Pero sobre todo porque siempre hemos podido hablar.
—Sería un desastre si no pudiésemos hacerlo. En cuanto a Richard Lomax, ya no eres una niña. No quisiera que sufrieses, pero es tu propia vida. Tú tomas tus propias decisiones.
—Lo sé —dijo ella. No dijo «lo he hecho».

Fueron los últimos en llegar a la reunión de los Watson-Grant. Cuando John Tonkins, el viejo jardinero del general, llegó para recogerlos, Penélope estaba todavía sentada a su tocador casi agonizando por no saber qué hacer con su pelo. Finalmente había decidido recogérselo, pero luego, en el último momento y casi con exasperación, se quitó todas las horquillas y se lo dejó suelto. Después de esto, tuvo que encontrar algún tipo de abrigo para no tener frío, pues el nuevo vestido era ligero y las noches de septiembre frías. No tenía abrigo, sólo el poncho de tartán y le quedaba tan horrible que perdió tiempo buscando un viejo chal de cachemira de Sophie. Sujetándolo con una mano, corrió abajo en busca de su padre, a quien encontró en la cocina habiendo decidido en el último momento limpiarse los zapatos.
—Papá. El coche está aquí. John está esperando.
—No puedo hacer nada. Son mis zapatos buenos y no han sido limpiados desde hace cuatro meses.
—¿Cómo sabes que son cuatro meses?
—Porque fue la última vez que fuimos a casa de los Watson-Grant.
—Oh, papá. —Sus manos artríticas luchaban con la caja de betún—. Dámelo. Lo haré yo.
Así lo hizo, lo más rápidamente que pudo, cepillando y llenándose de betún marrón las manos. Se las lavó mientras él se ponía los zapatos y a continuación ella se arrodilló para atarle los cordones. Por fin, al paso de Lawrence, salieron de casa y cruzaron el jardín hasta la verja, donde John Tonkins y el viejo Rover los esperaban.
—Siento haberle hecho esperar, John.
—No importa, señor Stern —dijo John manteniendo la puerta abierta mientras Lawrence se introducía con trabajo en el asiento

delantero. Penélope se instaló detrás. John se colocó en su puesto ante el volante y se pusieron en marcha. Pero no muy deprisa, pues John Tonkins era muy cauteloso con el coche de su jefe y conducía como si hubiese una bomba de relojería susceptible de estallar si superaba los setenta kilómetros por hora. Finalmente, a las siete, ascendían por el sendero del envidiable jardín del general, el cual resplandecía de rododendros, azaleas, camelias y fucsias para ir a detenerse en medio de un crujido de grava ante la puerta principal de la casa. Había ya otros tres o cuatro coches aparcados en la grava. Penélope reconoció el viejo Morris de los Trubshot, pero no el coche caqui para los oficiales con la insignia de la Marina Real. El chófer, un joven infante de marina, estaba sentado detrás del volante, matando el tiempo leyendo *Picture Post.* Al bajar del Rover, se sorprendió a sí misma sonriendo.

Entraron. Antes de la guerra, habrían encontrado un mayordomo debidamente uniformado esperándoles, pero ahora no había nadie. El vestíbulo estaba vacío y un rumor de conversación les condujo a través del salón hacia donde la pequeña fiesta estaba en su apogeo, el invernadero del general.

—¡Ay, por fin han llegado! —exclamó la señora WatsonGrant quien había estado atisbando su llegada y se acercó a saludarles. Era una mujer delgada y enjuta, con el pelo cortado a lo *garçon,* la piel curtida como cuero por el sol de la India, fumadora empedernida e inveterada jugadora de bridge. De dar crédito a los rumores, en Quetta se había pasado la mayor parte del tiempo a lomos de un caballo y en una ocasión permaneció de pie frente a un tigre que la atacaba y con sangre fría le dio muerte. En la actualidad, se dedicaba a dirigir la Cruz Roja local y a excavar para la victoria desde su huerto, pero echaba de menos la actividad social de los viejos días y era típico que, apenas echaba mano de un par de botellas de ginebra, organizase instantáneamente una fiestecilla—. Tarde como de costumbre. —Añadió, pues siempre había sido de las que llamaban al pan pan y al vino vino—. ¿Qué quieren beber? ¿Ginebra con naranjada o ginebra con lima? Y supongo que, por supuesto, conocen a todo el mundo. Excepto quizá al coronel Mellaby y al comandante Lomax...

Penélope miró por encima de ella. Vio a los Springburn de San Enedoc y a la señora Trubshot, alta y fantasmagórica, vestida en gasa lila y con un enorme sombrero con un lazo de terciopelo y un broche. Con la señora Trubshot se encontraba la señorita Pawson, que estaba allí de pie dentro de unos zapatos con cordones y suelas de goma espesas como pisadas de tanque. Vio al coronel Trubshot, el cual había acaparado al desconocido coronel Mellaby y disertaba pomposamente como de costumbre, aireando sin duda sus opiniones sobre el giro de la guerra. El coronel de la Marina Real era un buen pedazo más alto que el coronel Trubshot, así como un hombre atractivo con un bigote erizado y un cabello ralo, y tenía que inclinarse ligeramente para escuchar lo que se le estaba diciendo. Por el cortés y atento aburrimiento que se reflejaba en su cara, Penélope imaginó que eso no era nada fascinante. Vio a Richard en el otro extremo de la estancia, vuelto hacia el jardín. La señorita Preedy estaba con él. La señorita Preedy, que llevaba una blusa húngara bordada y una falda de una tela folclórica, parecía como si estuviese a punto de saltar a un escenario. Él le estaba diciendo algo y ella lanzó una serie de risitas, inclinando la cabeza coquetamente hacia un lado; él levantó la vista, captó la mirada de Penélope y le envió lo que podía ser la sombra de un guiño.

—Penélope. —El general Watson-Grant se materializó junto a ella—. ¿Quieres una copa? Gracias a Dios que habéis llegado. Tenía miedo de que no vinieseis.

—Lo sé. Nos hemos retrasado. Hemos hecho esperar al pobre John Tonkins.

—No importa. Sólo estaba un poco nervioso a causa de estos marinos. Pobres muchachos, invitados a una fiesta y se encuentran con una reunión de viejos carcamales. Hubiese tenido que buscar una compañía más agradable para ellos, pero sólo se me ocurrió invitarte a ti.

—Yo no me preocuparía. Parecen bastante felices.

—Te los voy a presentar.

—Ya conocemos al comandante Lomax.

—¿Lo conocéis? ¿Desde cuándo?

—Papá estuvo charlando con él en la galería.

—Parecen buenos chicos —dijo el general mientras su mirada vagaba por la estancia—. Voy a rescatar a Mellaby. Ya ha tenido diez minutos de Trubshot y ello es suficiente para cualquiera.

La dejó tan bruscamente como había aparecido y, abandonada, Penélope se acercó a la señorita Pawson para escucharle hablar de sus bombas de mano. La fiesta seguía. Durante un rato Richard ni la buscó ni la reclamó, pero ello no tenía importancia pues así aumentaba la expectación de encontrarse finalmente a su lado y estar de nuevo con él. Como en una danza ritual, daban vueltas, sin estar nunca al alcance del otro; sonriendo a otras caras, escuchando otras conversaciones. Al final, junto a la puerta abierta que daba al jardín, Penélope se volvió para posar su vaso vacío, pero se entretuvo en el panorama del jardín. El césped en declive estaba inundado de luz dorada, nubes de mosquitos bailaban en la oscura sombra de los árboles. El aire tranquilo se reavivaba con el arrullo de las palomas torcaces y se endulzaba con los aromas del cálido atardecer de septiembre.

—Hola. —Él estaba junto a ella.

—Hola.

—¿Quieres otra copa? —le preguntó cogiéndole el vaso vacío de la mano.

—No —dijo Penélope sacudiendo la cabeza.

Él encontró sitio sobre una mesa donde había un tiesto con una palma y dejó el vaso.

—He pasado media hora de ansiedad pensando que quizá no ibas a venir.

—Llegamos siempre tarde a todo.

—Me siento cautivado por este maravilloso ambiente —dijo él mirando a su alrededor—. Podríamos estar en Poona.

—Hubiese tenido que ponerte en antecedentes.

—¿Por qué? Es delicioso.

—En mi opinión un invernadero es una de las estancias más envidiables. Algún día, si llego a tener mi propia casa, construiré uno. Tan grande, espacioso y luminoso como éste.

—¿Y lo llenarás de pieles de tigre y gongs de latón?

—Papá dice que sólo falta aquí un servidor punkah —dijo ella sonriendo.

—O puede ser una horda de derviches, irrumpiendo de los arbustos y resueltos a la muerte y a la destrucción. ¿Crees que es nuestro anfitrión quien ha matado estas alfombras?

—Es más probable que haya sido la señora Watson-Grant. El salón está lleno de fotografías suyas con casco colonial, con los despojos de la caza desparramados a sus pies.

—¿Conoces al coronel Mellaby?

—Todavía no. Lo acaparan como a una celebridad. Y no he podido acercarme a él.

—Ven, te lo presentaré. Y luego, supongo, dirá que es hora de marcharnos. Nos llevará hasta el cuartel general en el coche oficial y luego tendremos que andar. ¿Te importa?

—En absoluto.

—¿Y tu padre...?

—John Tonkins lo llevará a casa.

—Vamos, pues... —dijo él cogiéndola por debajo del codo.

Ocurrió exactamente como él había dicho. Presentado a Penélope, el coronel Mellaby charló cortésmente todavía un poco y seguidamente miró su reloj, anunciando que ya era hora de marcharse. Tuvieron lugar las despedidas. Penélope confirmó que Lawrence iba a ser acompañado a Carn Cottage y le dio un beso de buenas noches. El general los acompañó a los tres hasta la puerta y Penélope cogió el chal de la silla donde lo había dejado. Fuera, el chófer infante de marina apartó prestamente su *Picture Post,* saltó del coche y mantuvo abierta la puerta. El coronel se sentó en la parte delantera y Penélope y Richard se instalaron en los asientos posteriores. Se pusieron en marcha de forma majestuosa, pero este conductor no se mostró tan tímido conduciendo como el pobre John Tonkins había sido, así que en un instante llegaron al viejo hotel White Caps y bajaron de nuevo del coche.

—¿Ustedes dos se van a cenar? Llévense mi coche y mi chófer, si quieren.

—Gracias, señor, pero preferimos caminar. Hace una noche preciosa.

—Ciertamente lo es. Bien, que se diviertan —dijo saludándoles con una inclinación de cabeza para luego despedir al chófer, girar sobre sus talones, subir las escaleras y desaparecer detrás de la puerta.

—¿Vamos? —dijo Richard.

De hecho era una noche hermosa y tranquila; el mar en calma relucía como el interior de una concha. El sol se había puesto pero la enorme bóveda del cielo seguía rayada con el rosa de su resplandor crepuscular. Entraron caminando en el pueblo, sobre aceras vacías y delante de tiendas cerradas.

Había poca gente por los alrededores pero, mezclados con los nativos, aparecían grupos errantes de *rangers* norteamericanos, con un pase debajo de sus cinturones y sin ninguna apariencia evidente de divertirse. Algunos habían encontrado chicas, dieciseisañeras de risa tonta que se colgaban de sus brazos. Otros hacían cola delante del cine a la espera de que éste fuese abierto o deambulaban por las calles con sus botas de suela blanda, en busca de bares prometedores. Cuando se daban cuenta de la proximidad de Richard, estos grupos parecían desvanecerse fuera de su vista.

—Lo siento por ellos —dijo Penélope.

—Están bien.

—Sería agradable si la gente pudiese invitarles también a ellos a las reuniones.

—No creo que tengan mucho en común con los invitados del general Watson-Grant.

—Estaba un poco turbado por haberles invitado a ustedes con un montón de viejos carcamales.

—¿Ha dicho eso? Pues se equivoca. Les he encontrado a todos fascinantes.

Parecía un poco exagerado.

—Me gustan los Springburn —comentó ella—. Él cultiva la tierra en San Enedoc. Y me encantan los Watson-Grant.

—¿Y qué me dices de la señorita Pawson y la señorita Preedy?

—Oh, son lesbianas.

—Lo sospechaba. ¿Y los Trubshot?

—Los Trubshot son una cruz que todos soportamos con resignación. Ella no es tan mala, pero él es más pesado que el plomo;

es jefe de los Servicios de Defensa contra los Ataques Aéreos, siempre está deteniendo a la gente por mostrar resquicios de luz y tienen que ir a juicio y pagar multas.

—Admito que no es el mejor camino para ganar amigos e influir sobre las personas, pero supongo que se limita a cumplir con su trabajo.

—Tú eres más tolerante con él de lo que somos papá y yo. Y otra cosa que nunca hemos podido entender es cómo un renacuajo como ése se ha podido casar con una mujer tan alta. Apenas le llega a la cintura.

—Mi padre tenía un amigo bajito que hizo exactamente lo mismo —dijo Richard después de pensar en ello—. Y cuando mi padre le preguntó por qué no había escogido una mujer de su misma altura, él le contestó que si lo hubiese hecho así siempre habrían sido conocidos como esa divertida parejita. Es posible que sea ésta la razón por la cual el coronel Trubshot propuso en matrimonio a la señora Trubshot.

—Sí, quizá sea por eso. Nunca me había detenido a pensar en ello.

Lo condujo hacia la playa Norte por el camino más corto, a través de las callejuelas interiores y las plazas adoquinadas, y de una colina enormemente escarpada para luego bajar por un callejón retorcido y escalonado. Saliendo de éste, desembocaron en la carretera curvada que seguía el borde de la orilla norte. Una hilera de casas de piedra, larga y blanca, daba a la bahía, a la pleamar y a las grandes olas.

—He visto esta bahía demasiado a menudo desde el mar, pero de hecho nunca la había visto desde aquí... —dijo él.

—Me gusta más que la otra playa. Siempre está vacía y es más salvaje, en cierta forma más bonita. Ya estamos cerca. Es esa pequeña casa con el letrero colgando fuera y las jardineras en la ventana.

—¿Quién es Gaston?

—Es un francés auténtico, de Bretaña. Solía pescar en aguas de Newlyn, en un barco cangrejero. Se casó con una muchacha de Cornualles y luego perdió una pierna en un terrible accidente en el mar. Después de ello, y no pudiendo pescar más, él y Grace, su mujer, abrieron ese sitio. Hace casi cinco años que lo tienen —dijo esperando que él no lo encontrase todo un poco humilde—. Como ya te he dicho no es un lugar muy distinguido.

—No me gustan los sitios distinguidos —replicó él sonriendo y se adelantó para abrir la puerta.

Sobre ellos sonó una campana. Penetraron en un pasillo enlosado para ser al punto asaltados por el aroma de comida deliciosamente apetitosa, condimentada con ajo y hierbas, y el sonido de música en sordina. Un alegre acordeón. París, y nostalgia. Un arco abierto daba al pequeño comedor, con vigas y pintado de blanco y las mesas cubiertas con manteles rojos de guingán y con servilletas blancas dobladas. Sobre cada mesa había velas y jarrones con flores frescas y dentro de una enorme chimenea ardía y chisporroteaba madera de deriva.

Dos de las mesas estaban ya ocupadas. Un pálido y joven teniente de aviación y su amiguita..., o quizá su mujer..., y una pareja de edad avanzada que parecía como haber ido a parar al Gaston para huir del tedio del hotel del Castillo. Sin embargo, la mejor mesa, junto a la ventana, estaba vacía.

Allí estaban titubeando cuando Grace, la cual había escuchado la campana, apareció, no sin cierto ademán triunfal, a través de la puerta oscilante situada en la parte posterior de la estancia.

—Buenas noches. El comandante Lomax, ¿verdad? Ha reservado una mesa. Les he puesto junto a la ventana. He pensado que les gustaría la vista y... —Estudiaba a Penélope. Su rostro bronceado por el sol y lleno de pecas bajo un techo de paja formado por el pelo teñido esbozó una sonrisa asombrada—: Hola. ¿Qué haces por aquí? No sabía que ibas a venir.

—No. Me lo imagino. ¿Cómo estás, Grace?

—Muy bien. Trabajando duro como siempre, por supuesto, pero no hablemos de esas cosas. ¿Has venido con tu padre?

—No, esta noche no.

—Oh, estupendo, es agradable salir sin la familia para cambiar de aires. —Su mirada se dirigió, con cierto interés, hacia Richard.

—¿Conocías al comandante Lomax?

—Encantada de conocerle. Y ahora, díganme, ¿dónde quieren sentarse? ¿De cara al panorama? En cualquier caso no lo aprovecharán mucho porque dentro de un momento deberemos correr las cortinas. ¿Les sirvo algo de beber? Luego traeré la carta y podrán escoger.

—¿Qué hay para beber?

—No gran cosa... —contestó ella arrugando la nariz—. Hay algo de jerez, pero es sudafricano y sabe a uvas. —Se inclinó hacia Richard haciendo ver que arreglaba los cubiertos—. ¿Le gustaría un poco de vino? —susurró a su oído—. Siempre tenemos reservadas un par de botellas para cuando viene el señor Stern. Estoy segura de que no pondrá ninguna objeción si son ustedes quienes se lo toman.

—Espléndido.

—No hablen de ello a bombo y platillo, por favor. Hay otras personas. Le voy a decir a Gaston que lo decante y así no verán la etiqueta. —Lanzó un exagerado guiño, les dejó la carta y se alejó.

Cuando se hubo marchado, Richard se reclinó en la silla.

—Vaya trato. ¿Siempre es así?

—Normalmente sí. Gaston y papá son muy amigos. Nunca sale de la cocina, pero cuando papá está aquí y los otros clientes se han marchado, él aparece con una botella de coñac y él y papá se pasan horas arreglando el mundo. La música es idea de Grace. Dice que la sala es muy pequeña y así se evita que la gente escuche las conversaciones de los otros. Entiendo lo que quiere decir. En el comedor del Castillo no se oyen más que cuchicheos y cuchillos y tenedores golpeando los platos. Yo prefiero la música. Da un poco la sensación de estar en una película.

—¿Y esto te gusta?

—Crea una ilusión.

—¿Te gusta el cine?

—Me encanta. A veces Doris y yo vamos dos veces por semana en la época de invierno. Nunca nos perdemos una sesión. No hay mucho más para hacer en Porthkerris en estos tiempos.

—¿Era diferente antes de la guerra?

—Oh, claro, todo era diferente. Además nunca estábamos aquí durante el invierno porque siempre lo pasábamos en Londres. Teníamos una casa en la calle Oakley. La tenemos todavía, pero no vamos. —Suspiró—. ¿Sabes? Una de las cosas que más odio de esta guerra es tener que estar clavada en un sitio. No resulta muy fácil salir de Porthkerris con un autobús al día y sin gasolina para el coche. Supongo que éste es el precio que se paga por haber estado acostumbrado a una existencia nómada. Papá y Sophie nunca se quedaban mucho tiempo en un sitio. Ante cualquier excusa, sin previo aviso, solíamos hacer las maletas y dirigirnos a Francia o Italia. Hacía que la vida resultase maravillosamente excitante.

—¿Eres hija única?

—Sí. Y muy mimada.

—No me lo creo.

—Es verdad. Siempre estaba con adultos y era tratada como ellos. Mis mejores amigos eran los amigos de mis padres. Pero eso no suena tan extraño si tenemos en cuenta lo joven que era mi madre. De hecho, era más como una hermana.

—Y muy guapa.

—Estás pensando en su retrato. Sí, era bonita. Pero más que eso, era cálida, divertida y adorable. Irascible en un momento dado, riéndose al cabo de un instante. Además era capaz de crear hogar en cualquier parte. No se me ocurre ni una sola persona que no la quisiera. Sigo pensando en ella cada día de mi vida. En ocasiones parece estar muy muerta. Pero a veces no puedo creer que no esté en algún lugar de la casa y que no vaya a aparecer por alguna puerta. Éramos terriblemente autosuficientes; egoístas supongo. Nunca queríamos ni necesitábamos otras personas. Sin embargo, nuestras casas estaban constantemente rebosantes de visitas, la mayoría de las veces extraños conocidos que simplemente no tenían otro sitio adonde ir. Pero amigos también. Y familiares. Tía Ethel y los Clifford solían venir cada verano.

—¿Tía Ethel?

—La hermana de papá. Es todo un carácter, loca de atar. Pero hace años que no ha estado en Carn Cottage, en parte porque Doris y Nancy le han quitado su habitación y en parte porque se fue de Londres para vivir en el salvaje Gales con unos amigos chiflados que crían cabras y tejen a mano. Te puedes reír pero es verdad. Siempre anda con la gente más rara.

—¿Y los Clifford? —se apresuró a preguntar él, anhelando escuchar más.

—Esto ya no es tan divertido. Los Clifford no vienen porque han muerto. Murieron a causa de la misma bomba que mató a Sophie.

—Lo siento. No lo sabía.

—¿Por qué deberías saberlo? Eran los amigos más queridos de papá. Compartían la casa de la calle Oakley con nosotros. Cuando ocurrió, cuando lo oyó por teléfono, cambió. Se volvió muy viejo. Casi de pronto. Ante mis ojos.

—Es un hombre fantástico.

—Es muy fuerte.

—¿Se siente solo?

—Sí. Pero eso le ocurre a la mayoría de las personas.

—Es afortunado de tenerte.

—Nunca podré dejarle, Richard.

Fueron interrumpidos por la llegada de Grace, la cual había aparecido por la puerta batiente con dos jarras de vino blanco.

—Aquí está —dijo dejándolas sobre la mesa, con otro significativo guiño cuidadosamente disimulado a las miradas de los otros clientes—. Ahora, lo siento, pero se está haciendo oscuro y voy a tener que correr las cortinas —indicó manipulando con destreza las capas de cortina y remetiendo la tela en los lados a fin de que no pudiese pasar ni un rayo de luz—. ¿Han decidido lo que van a tomar?

—Ni siquiera hemos mirado la carta. ¿Qué nos recomienda?

—Pues la sopa de mejillones y el pastel de pescado están muy bien. La carne está detestable esta semana. Huesos viejos y sólo cartílagos.

—Bien, en ese caso vamos a por el pescado.

—¿Y un poco de coliflor fresca y guisantes verdes? Estupendo. Será un momento.

Se alejó recogiendo platos vacíos de las otras mesas al pasar.

Richard sirvió el vino.

—Salud —dijo levantando su vaso.

—*Santé.*

Era un vino nuevo y ligero y estaba fresco. Sabía a Francia, a otros veranos, a otros tiempos. Penélope posó su vaso.

—Papá daría su aprobación.

—Anda, cuéntame más cosas.

—¿Sobre qué, sobre tía Ethel y sus cabras?

—No, sobre ti.

—Eso es aburrido.

—A mí no me lo parece. Cuéntame de cuando estuviste en la Sección Femenina de la Marina.

—Esto es de lo último que quiero hablar.

—¿No te gustó?

—Odiaba cada momento.

—Entonces, ¿por qué te alistaste?

—Oh, un impulso estúpido. Estábamos en Londres y... ocurrió algo...

Él esperó.

—¿Qué ocurrió?

—Pensarás que estoy loca —dijo mirándolo.

—Lo dudo.

—Es una larga historia.

—Tenemos tiempo.

Y así fue cómo ella, después de dar un profundo suspiro, empezó a contarle; empezando con Peter y Elizabeth Clifford y continuando hasta la noche en que ella y Sophie habían subido a su piso para tomar café y conocer a los Friedmann.

—Los Friedmann eran jóvenes. Eran refugiados de Munich. Eran judíos. —Se dio cuenta mientras hablaba de que estaba diciendo cosas que nunca había sido capaz de explicárselas a Ambrose—. Y Willi Friedmann empezó a contar lo que estaba ocurriendo con los judíos en la Alemania nazi. Lo que personas como los Clifford habían intentado explicar al mundo desde hacía tiempo, pero que nadie quería escuchar. Convirtió la guerra en algo personal ante mis ojos. Horroroso; terrorífico; pero personal. Así que al día siguiente salí y caminé hasta la primera oficina de reclutamiento que encontré, enrolándome en la Sección Femenina. Fin de la historia. Realmente patética.

—No es patética en absoluto.

—No lo sería si no me hubiese arrepentido casi inmediatamente. Sentía nostalgia, no hice amistades y odiaba tener que vivir con un montón de extraños.

—No eres la única persona que experimenta eso —dijo Richard comprensivo—. ¿Dónde te enviaron?

—A la isla Whale. La Real Escuela Naval de Artillería.

—¿Y es allí donde conociste a tu marido?

—Sí —dijo ella mirando hacia abajo; cogió el tenedor y dibujó con sus púas un entrecruzado sobre el mantel a cuadros—. Era alférez de fragata, en instrucción.

—¿Cómo se llama?

—Ambrose Keeling. ¿Por qué lo preguntas?

—Pensaba que podía haberme tropezado con él, pero al parecer no es así.

—No creo que sea probable... —le dijo ella con poco entusiasmo—. Es mucho más joven que tú. Oh, cielos... —su voz se alzó con alivio—, aquí está Grace con nuestra sopa. —Y añadió rápidamente—: Acabo de darme cuenta de lo hambrienta que estoy. —Deseó que Richard pensase que su alivio era fruto de la llegada de la sopa y no que tuviera una buena razón para dejar de hablar de Ambrose.

Eran las once de la noche cuando finalmente se dirigieron hacia casa, caminando a través de las oscuras callejuelas de casas cerradas y subiendo la colina. Hacía más frío y Penélope se envolvía en el chal de Sophie, agradeciendo su perfumado calor. Arriba en lo alto, las nubes navegaban cruzando un cielo plagado de estrellas y mientras ascendían, dejando las tortuosas calles del barrio de Downalong detrás de ellos, el viento se hizo sentir, fresco y fuerte, soplando desde el Atlántico.

Llegaron por fin al garaje de Grabney. Penélope se detuvo para retirarse el pelo del rostro y sujetarse mejor el chal alrededor de sus hombros.

—Lo siento —dijo él.

—¿El qué?

—Esta caminata. Hubiese debido pedir un taxi.

—No estoy cansada. Estoy acostumbrada. Hago este camino dos o tres veces por día.

Él le cogió del brazo, entrelazando sus dedos con los suyos, y se pusieron una vez más en camino.

—Voy a estar bastante ocupado durante los próximos diez días —dijo él—, pero cuando se presente la ocasión, podría subir a veros a todos y jugar otra partida de backgamon.

—Cuando quieras —le dijo ella—. Basta con que aparezcas. A papá le encantará verte. Y siempre hay algo de comida en la mesa, aunque sólo sea sopa y pan.

—Es muy amable por tu parte.

—Amable en absoluto. Tú eres el amable. Hacía años que no pasaba una velada tan encantadora..., había olvidado cómo se siente una al ser invitada a cenar.

—Después de cuatro años de vida de servicio, yo había olvidado lo que se sentía estando en otro lugar que no fuese una sala de rancho, con un montón de hombres que sólo saben hablar del propio trabajo. Así que estamos en paz.

Llegaron al muro, a la alta verja. Ella se detuvo y se volvió hacia él.

—¿Quieres entrar a tomar una taza de café u otra cosa?

—No. Voy a volver. Esta mañana he empezado temprano.

—Ya te lo he dicho, Richard, ven cuando quieras.

—Lo haré —dijo él, poniendo sus manos sobre los hombros de ella y agachándose para besarla en la mejilla—. Buenas noches.

Ella atravesó la verja, el jardín y entró en la casa dormida. Una vez en su dormitorio, se detuvo ante el tocador, observando a la muchacha de oscuros ojos que estaba allí reflejada en el largo espejo. Deshizo el nudo del chal, dejando caer éste a sus pies. Despacio, uno a uno, empezó a desabrochar los botones del vestido rojo estampado con margaritas, pero entonces abandonó los botones y en su lugar se inclinó hacia adelante para estudiar su rostro, levantando una mano y tocando, con dedos trémulos, la mejilla que él había besado. Se sorprendió ruborizándose, y vio cómo el rojo vivo bañaba su rostro. Riéndose de sí misma se desnudó, apagó las luces, descorrió las cortinas y se metió en la cama; para permanecer echada con los ojos abiertos, observando el oscuro cielo más allá de la ventana abierta, escuchando el murmullo del mar, oyendo los latidos de su corazón; para recorrer mentalmente todas y cada una de las palabras que él había pronunciado durante el transcurso de la velada.

Richard Lomax cumplió lo prometido. A lo largo de las siguientes semanas iba y venía, y los habitantes de Carn Cottage no tardaron en habituarse a estas fortuitas apariciones, inesperadas, sin ningún aviso. Lawrence, inclinado a deprimirse al comienzo de otro largo invierno durante el cual tampoco podrían moverse de casa, anhelaba el momento de oír la voz de Richard. Doris ya había decidido que era encantador y el hecho de que siempre estuviese dispuesto a jugar al fútbol con sus hijos o a ayudarles a reparar sus bicicletas, aumentaba su entusiasmo. Ronald y Clark por su parte, si bien al principio estaban un poco en guardia ante aquel espléndido personaje, no tardaron en perder sus inhibiciones, llamándole por su nombre de pila y haciéndole interminables preguntas sobre el número de batallas en las que había participado, si se había arrojado alguna vez en paracaídas desde un avión y cuántos alemanes había matado. A Ernie le gustaba porque no era pretencioso, siempre dispuesto a ensuciarse las manos y, sin que nadie se lo pidiese, cortar con la sierra, partir y amontonar una pila monumental de troncos. Hasta Nancy sucumbió finalmente y una tarde en que Doris estaba fuera y Penélope se encontraba ocupada en la cocina, permitió que Richard la llevase arriba y le diese un baño.

Para Penélope fue una época extraordinaria, un tiempo como de volver a despertar pues, hasta donde podía alcanzar a recordar, había estado viviendo sólo a medias. Ahora, día a día, su visión interior se despejaba y sus percepciones se agudizaban a causa de nuevas sensaciones.

Una manifestación de esto era la repentina trascendencia de las canciones populares. En la cocina de Carn Cottage había una radio que Doris encendía de vez en cuando. Situada en un rincón del aparador retransmitía «Worker's Playtime», leía los nuevos partes, hablaba y cantaba para todo el mundo como una especie de relación lunática, escuchada pero no tenida en cuenta. Sin embargo una mañana, cuando Penélope pelaba zanahorias junto al fregadero, sonó la voz de Judy Garland.

Parece como si hubiésemos estado y hablando así antes.
Entonces nos mirábamos uno al otro de la misma forma,
Pero no puedo recordar dónde o cuándo.
La ropa que llevas es la ropa que llevabas,
Tu sonrisa es como la sonrisa de entonces...

—¿Qué te pasa? —exclamó Doris al entrar de golpe en la cocina.

—¿Cómo?

—De pie ahí en la fregadera con un cuchillo en una mano y una zanahoria en la otra; mirando por la ventana. ¿Te encuentras bien?

Había otras pruebas, menos triviales, de esta sensibilidad agudizada. La más ordinaria de las circunstancias provocaba que dejase lo que tenía entre manos y se quedase mirando al vacío. Las últimas hojas se habían caído de los árboles y las ramas desnudas formaban galones contra el cielo pálido. Poco después de llover las calles adoquinadas se volvían azules como escamas de pescado, y resplandecían ante los ojos. Los vientos otoñales, que barrían la bahía provocando un revuelo de espuma, no llevaron con ellos el frío, sino una oleada de vitalidad. Estaba llena de energía física, y realizaba tareas que había ido dejando atrasadas desde hacía meses; limpió la plata, trabajaba en el jardín y los fines de semana cogía a los niños y se los llevaba a hacer largas caminatas, arriba hasta el páramo, abajo hasta los acantilados más allá de la playa Norte. Lo mejor de todo, quizá lo más extraño de todo, era que a medida que los días transcurrían y Richard no daba señales de vida ella no se torturaba con ansiosas especulaciones. Sabía que, tarde o temprano, aparecería, llevando consigo el mismo halo de tranquilidad y familiaridad que tanto le había impresionado con ocasión de su primera visita. Y cuando aparecía, era como un premio maravilloso, un regalo de felicidad.

Intentó analizar, encontrar una razón para esta aceptación serena de la situación, y descubrió que no había nada casual ni con respecto a su relación con Richard Lomax ni con la extraña y nueva calidad de sus días. Por el contrario, sólo era consciente de una especie de atemporalidad, como si todo formase parte de un plan, de un proyecto predestinado, concebido el día en que ella nació. Lo que le estaba ocurriendo tenía que ocurrir, iba a seguir ocurriendo. Sin un principio claro, no parecía posible que fuese a acabarse nunca.

—... A mediados de cada verano había un día, llamado *De puertas abiertas*. Todos los artistas se situaban ordenadamente en sus respectivos estudios..., y más de uno necesitaba un buen orden..., y exponía su trabajo y sus telas acabadas, y el público se paseaba, de un estudio a otro, mirando y en ocasiones comprando. Por supuesto, alguno de los visitantes sólo se paseaba por curiosidad..., como para meter las narices en las casas de los otros..., pero también acudían muchos compradores de buena fe. Como te decía, algunos estudios estaban bastante sucios y eran muy primitivos, incluso en aquellos días, pero Sophie hacía una limpieza general del de papá y lo llenaba de flores y ofrecía a los visitantes pastas dulces y quebradizas y vasos de vino. Decía que un pequeño refresco ayudaba a vender...

Estaban a finales de octubre, era la primera hora de la tarde de un domingo. Durante sus esporádicas visitas a Carn Cottage, Richard había reiterado más de una vez su deseo de ver el estudio de Lawrence Stern, pero por alguna razón nunca había surgido la ocasión. Sin embargo, ese día él estaba libre y Penélope, abandonando impulsivamente otros proyectos, se había ofrecido para acompañarle. En esos momentos estaban en camino, andando como de costumbre y con la vieja y gran llave en el bolsillo de su rebeca.

El tiempo era fresco y puro, un viento del este soplaba ráfagas de luces y sombras a través del mar, las nubes bajas se formaban y se dispersaban para dejar al descubierto una cáscara de cielo azul. La carretera del puerto estaba casi desierta, pues ya habían partido los pocos turistas veraniegos. Todas las tiendas estaban cerradas y los nativos, metodistas que respetaban el descanso semanal, no se dejaban ver, dormían la siesta dominical o quizá trabajaban en escondidos jardines.

—¿Hay todavía cuadros de tu padre en el estudio?

—Cielos, no. Bien, a lo mejor algún boceto o tela sueltos medio acabados. Nada más. Cuando trabajaba se sentía muy satisfecho de poder vender todo lo que realizaba, en ocasiones entregando la obra incluso antes de que la pintura se secase. Vivíamos de esto, ya ves. Todos a excepción de *Los buscadores de conchas*. Nunca fue expuesto. Por alguna razón se trataba de un cuadro muy personal. Nunca hubiese pensado en venderlo. —Habían dejado atrás la carretera del puerto y en ese momento ascendían por el complicado laberinto de estrechas calles y callejuelas que estaban más allá—. Hice este camino el día en que fue declarada la guerra para recoger a papá y llevarlo a casa a comer. Cuando el reloj de la iglesia dio las once, todas las gaviotas posadas en la torre se alejaron para volar en el cielo.

Giraron la última esquina y se reveló ante ellos la playa Norte y, como siempre, fueron sacudidos por la fuerza del viento que hizo que titubeasen por un segundo y tuviesen que coger aliento antes de seguir bajando por la calle retorcida que conducía al estudio. Penélope introdujo la llave en la pesada puerta y la hizo girar. La puerta se abrió y ella entró abriendo camino y siendo inmediatamente asaltada por la vergüenza, pues hacía meses que no había estado allí y la enorme estancia presentaba una primera impresión de desorden y abandono. Hacía frío y el aire estaba cargado. Todo olía a trementina, humo de leña, brea y humedad. La fría y clara luz del norte, que atravesaba las altas ventanas, ponía cruelmente de relieve la ruina y confusión general.

Detrás de ella, Richard cerró la puerta.

—Está espantoso. Y está húmedo —dijo ella con franqueza para luego cruzar la estancia, alzar el pestillo de la ventana y, con cierta dificultad, abrirla.

Como un flujo de agua helada, el viento penetró. Vio la playa desierta, el límite de la marea a lo lejos, la blanca línea de las olas rompientes veladas de espuma. Él fue a situarse a su lado.

—*Los buscadores de conchas* —dijo con satisfacción.

—Claro. Fue pintado desde esta ventana —dijo ella volviéndose para observar el estudio—. Si Sophie viese el estudio de papá en estas condiciones le daría un ataque.

El suelo, así como toda superficie horizontal, estaba cubierto con una película de arena. Sobre una mesa había una pila de revistas manoseadas, un cenicero lleno y una toalla de playa abandonada. La cortina de terciopelo que cubría la silla del modelo estaba desteñida y polvorienta; y un montón de ceniza yacía en el suelo enfrente de la vieja estufa acampanada. Detrás de ésta, había dos divanes situados en el ángulo de la pared, recubiertos con mantas a rayas y salpicados de cojines, pero éstos habían perdido la forma y un ratón intruso había estado en uno de ellos, haciendo un agujero en una esquina y dejando un rastro de relleno.

Sin saber apenas por dónde empezar, Penélope se dispuso a intentar mejorar la situación. Encontró una vieja bolsa de papel y yació en su interior el cojín raído y el contenido del cenicero, y la dejó de lado para ser luego tirada en el vertedero más cercano.

Arrojó los otros cojines de los divanes al suelo, cogió las mantas y las llevó a la ventana abierta para sacudirlas con fuerza en el aire puro. El viento se llevó los excrementos de ratón y los restos de lana. Una vez repuestos en su sitio las mantas y los cojines arrojados al suelo, las cosas empezaron a adquirir un aspecto bastante mejor.

Mientras tanto Richard, que aparentemente no parecía afectado por el desorden, iba merodeando, observándolo todo, fascinado por las muestras e indicios de un tiempo de vida de otro hombre, los recuerdos y *objets trouvés* que estaban por todas partes. Conchas, guijarros marinos y fragmentos de madera, recogidos y conservados por su color y forma; de las paredes colgaban fotografías; el molde en yeso de una mano; un jarrón de porcelana lleno de plumas de aves marinas y plantas disecadas, frágiles como polvo. Los caballetes de Lawrence y montones de viejas telas y cuadernos de bocetos; bandejas con tubos de pintura seca; las viejas paletas y los jarros de pinceles, manchados del bermellón, del ocre, del cobalto y de la tierra de Siena que tanto le había gustado usar.

—¿Cuánto tiempo hace que tu padre no trabaja?

—Buf, años.

—Y, todavía está todo aquí.

—Él nunca tiraba nada y yo no he tenido el valor de hacerlo.

Él se detuvo delante de la estufa acampanada.

—¿Por qué no encendemos el fuego? ¿No ayudaría a eliminar la humedad del lugar?

—Podría ser. Pero no tengo cerillas.

—Yo tengo —dijo él agachándose para abrir cautelosamente las puertas de la estufa y remover las cenizas con la punta del atizador—. Hay algo de papel de periódico, un poco de astillas y madera de playa.

—¿Y si un grajo ha hecho su nido en la chimenea?

—Si es así, no tardaremos en saberlo. —Volviendo a incorporarse, se quitó la boina verde, la dejó a un lado, se desabrochó la chaqueta de su traje de campaña y, arremangándose las mangas de la camisa, se puso a trabajar.

Mientras Richard limpiaba las cenizas muertas y retorcía trozos de periódico para formas palluelas, Penélope desenterró de detrás de una tabla deslizadora una escoba con la que empezó a barrer la arena de mesas y suelo. Encontró una lámina de cartón, recogió la arena en ella y la vació por la ventana. La playa ya no estaba desierta. En la distancia y desde la nada habían aparecido unas figuras diminutas. Un hombre y una mujer con un perro. El hombre arrojó una estaca para el perro y éste corrió entre las olas para recogerla. Ella se estremeció. El aire era frío. Entornó la ventana y la sujetó y, sin otra cosa que hacer, fue a acurrucarse en una esquina del diván, de la misma forma que, siendo niña y después de un largo y agotador día de sol nadando y jugando, se instalaba junto a Sophie para que ésta le leyese un libro o le contase un cuento.

Ahora miraba a Richard y era la misma sensación de seguridad y paz. De alguna forma había conseguido avivar y engatusar un principio de fuego. Las ramitas chascaban y crujían. Una llama vacilaba. Añadió, con cuidado, un poco de madera. Ella sonrió, pues él le parecía tan absorto como un colegial haciendo una hoguera de campamento. Él levantó la vista y captó su sonrisa.

—¿Has sido *boy scout* alguna vez?

—Sí. Aprendí incluso a hacer nudos y a hacer una camilla con dos palos y un chubasquero.

Apiló un par de maderos y la madera cubierta de alquitrán chisporroteó y llameó. Cerró seguidamente las puertas de la estufa, ajustó el tiro y se enderezó limpiándose las manos en la parte posterior de sus pantalones.

—Ya está.

—Si tuviésemos té y un poco de leche, podríamos hervir agua y hacer una taza de té caliente.

—Esto es tan bueno como decir que si tuviésemos algo de tocino podríamos hacer tocino con huevos, si tuviésemos huevos —dijo cogiendo un taburete y sentándose frente a ella. Tenía una mancha de hollín en la mejilla derecha pero ella no le dijo nada al respecto—. ¿Es esto lo que solíais hacer? ¿Tomar el té aquí?

—Sí, después de hacer surf. Era lo mejor cuando teníamos frío y tiritábamos. Además siempre había pan de jengibre para remojar en el té. Algunos años, si había habido fuertes tormentas durante el invierno, la arena llegaba hasta el borde de la ventana formando enormes bancos. Pero otros años era como ahora, con una caída de seis metros y teníamos que deslizarnos hasta la playa con una escalera de cuerda. —Siguió comentando mientras acomodaba sus piernas para sentarse más confortablemente entre los cojines—. No hay nada peor que la nostalgia. Soy como una persona vieja, ¿verdad? Hablo todo el rato de cómo solían ser las cosas antes. Lo debes de encontrar muy aburrido.

—No lo encuentro aburrido en absoluto. Pero a veces tengo la impresión de que tu vida se acabó el día en que estalló la guerra. Y esto no es bueno porque eres muy joven.

—Tengo veinticuatro años. Acabo de cumplirlos. —Puntualizó ella.

—¿Cuándo fue tu cumpleaños? —preguntó él sonriendo.

—El mes pasado. Tú no estabas aquí.

—Septiembre —dijo él reflexionando por un instante y a continuación asintió con la cabeza, satisfecho—: Sí. Está bien. Encaja.

—¿Qué quieres decir?

—¿Nunca has leído a Luis MacNeice?
—Ni siquiera he oído hablar de él.
—Es un poeta irlandés. El mejor. Vas a conocerlo; te lo voy a recitar de memoria y probablemente te sentirás terriblemente turbada.
—No me turbo fácilmente.
Él se rió. Sin más preámbulos, empezó:

Septiembre ha llegado, le pertenece a ella
Cuya vitalidad salta en otoño,
Cuya naturaleza prefiere
Árboles sin hojas y un fuego en la chimenea.
Por ello le doy este mes y el próximo
A pesar de que todo mi año debería ser para ella quien ya ha [convertido
En intolerables o perplejos muchos de sus días
Pero otros muchos en muy felices.
Quien ha dejado un aroma en mi vida, y ha dejado mis muros
Danzando sin fin con la sombra de ella
Cuyo pelo se asemeja en todo a mis cascadas
Y los besos recordados siembran todo Londres.

Un poema de amor. Inesperadamente, un poema de amor. No estaba turbada pero se sintió profundamente emocionada. Pronunciadas por la voz serena de Richard, las palabras hicieron surgir una ráfaga de emociones, aunque también tristeza. *Y los besos recordados siembran todo Londres.* Pensó en Ambrose y en la noche en que habían ido al teatro, luego a cenar y a continuación de vuelta a la casa de la calle Oakley, pero los recuerdos eran opacos y descoloridos y no pudieron agitar sus sentidos como habían hecho las palabras del poema. Todo aquello, a decir verdad, era más bien deprimente.
—Penélope.
—¿Sí...?
—¿Por qué nunca hablas de tu marido?
Ella levantó la vista bruscamente, pues por un terrible momento temió haber estado pensando en voz alta.
—¿Realmente quieres que hable de él?
—No. Pero sería natural. Os conozco a todos..., cuánto hace..., desde hace casi dos meses y en todo este tiempo nunca has hablado voluntariamente de él o has mencionado su nombre. Tu padre lo mismo. Cada vez que nos acercamos remotamente al tema, la conversación da un giro.
—La razón de ello es muy simple. Ambrose le aburre. Ambrose aburría a Sophie también. No tenían nada en común. Nada que decirse el uno al otro.

—¿Y tú?

Sabía que debía ser honesta no sólo con Richard sino consigo misma.

—No hablo de él porque es algo de lo cual no me siento muy orgullosa. No salgo muy bien parada.

—Sea lo que sea, ¿no imaginarás que yo vaya a subestimarte por ello?

—Oh, Richard, no tengo ni idea de lo que pensarías.

—Ponme a prueba.

Sin encontrar palabras para expresarse, ella se encogió de hombros.

—Me casé con él.

—¿Lo querías?

—No lo sé —dijo ella luchando una vez más por la verdad—. Pero era guapo y simpático, y fue el primer amigo de verdad que me hice después de haberme alistado y ser enviada a la isla de Whale. Nunca había tenido un... —Titubeó buscando la palabra adecuada, ¿pero qué otra cosa podía decir que no fuese amante?—, nunca había tenido un amante antes, nunca había tenido ningún tipo de relación con un hombre de mi edad. Era una buena compañía y me gustaba; además era nuevo y era diferente.

—¿Esto era todo? —Él parecía totalmente perplejo, y con razón, después de esta explicación confusa.

—No. Había otra razón. Estaba embarazada de Nancy. —Su cara se iluminó con una sonrisa radiante—: ¿Te choca?

—Por todos los cielos, por supuesto que no me choca.

—Pues lo parecía...

—Sólo por eso te casaste con ese hombre.

—No lo hice por obligación. —Era importante tranquilizarle, para que no se imaginase a Lawrence con una escopeta y a Sophie bañada en lágrimas de recriminación—. Papá y Sophie nunca fueron de esa forma. Eran realmente espíritus libres. Las normales convenciones sociales no contaban nada para ellos. Yo estaba de permiso cuando les hablé de mi embarazo. En circunstancias normales yo me habría limitado a quedarme en casa y tener a Nancy, y Ambrose nunca se hubiera enterado de nada. Pero yo estaba todavía en la Sección Femenina. Mi permiso se acababa y debía volver a Portsmouth, y por supuesto ver a Ambrose de nuevo. Y tuve que informarle sobre el niño. Era lo justo. Le dije que no tenía que casarse conmigo..., pero... —titubeó pues realmente le resultaba imposible recordar con exactitud lo que había ocurrido— ...una vez se hizo a la idea pareció que su opinión era la de que debíamos casarnos. Y yo me sentí muy conmovida porque no había esperado de él nada parecido. Una vez tomada la decisión, no había tiempo que perder porque Ambrose había terminado sus cursos y estaba a punto de ser enviado al mar. Así fue decidido y así se hizo. En el juzgado municipal de Chelsea una agradable mañana del mes de mayo.

—¿Lo conocían tus padres?

—No. Y no pudieron asistir a la boda porque papá estaba enfermo con bronquitis. Así que no lo conocieron hasta pasados algunos meses, cuando él fue a Carn Cottage un fin de semana de permiso. En el momento en que atravesó el umbral de la casa, supe que todo estaba mal. Había sido el error más terrible de mi vida. No formaba parte de nosotros. No formaba parte de mí. Y estuve insoportable con él. Enormemente embarazada, aburrida e irritable. Ni siquiera hice un esfuerzo para que fuese más distraído para él. Ésta es una de las cosas de las que me avergüenzo. También me avergüenzo porque siempre había creído que era madura e inteligente y al fin y a la postre todo lo que hice fue tomar la decisión más tonta que una mujer pueda tomar.

—¿Te refieres al hecho de casarte?

—Sí. Reconócelo, Richard, tú nunca hubieses hecho una cosa tan estúpida.

—No estés tan segura. He estado muy cerca en tres o cuatro ocasiones, pero en el último momento el sentido común siempre ha hecho que me echase para atrás.

—¿Quieres decir que sabías que no estabas enamorado, que no era bueno para ti?

—Por una parte eso. Y por otra, el hecho de que desde hace diez años sabía que esta guerra iba a llegar. Ahora tengo treinta y dos años. Tenía veintidós años cuando Hitler y el partido nazi entraron por primera vez en escena. En la universidad tenía un gran amigo, Claus von Reindorp. Alumno de Rodas y un estudiante brillante. No era judío, sino miembro de una de las más antiguas familias alemanas. Hablamos mucho de lo que estaba ocurriendo en su patria. Ya entonces él estaba lleno de presentimientos. Un verano fui a Austria para escalar en el Tirol. Pude sentir la temperatura social por mí mismo, ver las pintadas en las paredes. Tus amigos los Clifford no fueron los únicos que pronosticaron que iban a llegar tiempos terribles.

—¿Qué le pasó a tu amigo?

—No lo sé. Volvió a Alemania. Durante un tiempo me escribió y luego las cartas se terminaron. Simplemente desapareció de mi vida. Lo único que deseo es que en estos momentos esté muerto, a salvo.

—Odio esta guerra —dijo ella—. La odio tanto como cualquiera. Quiero que se acabe, para que no haya más muertos, bombardeos y enfrentamientos. Y también temo su fin. Papá se está haciendo viejo. No puede vivir mucho tiempo y sin él de quien cuidar y sin la guerra, no me quedará ninguna excusa para no volver con mi marido. Me veo a mí misma y a Nancy viviendo en alguna espantosa villa de Alverstoke o Keyham y la perspectiva me llena de horror.

La confesión estaba hecha. Ella sospechaba desaprobación y necesitaba, más que ninguna otra cosa, aliento. Se volvió hacia él con cierta angustia.

—¿Me desprecias por ser tan egoísta?

—No —dijo él inclinándose hacia adelante y poniendo su mano sobre la suya, la cual se encontraba con la palma hacia arriba sobre la manta a rayas—. Todo lo contrario. —La mano de ella estaba helada, sin embargo el tacto de él era cálido y ella cerró sus dedos alrededor de su muñeca, necesitada de su calor, deseosa de que se difundiese, que alcanzase todos los rincones de su ser. Instintivamente, ella le levantó la mano y la presionó contra su mejilla. En el mismo y preciso momento, ambos hablaron.

—Te quiero.

Ella levantó la mirada dentro de sus ojos. Estaba dicho. Estaba hecho. Nunca hubiese podido ser silenciado.

—Oh, Richard.

—Te quiero —repitió él—. Creo que estoy enamorado de ti desde el primer momento en que te vi, allí con tu padre al otro lado de la carretera, con tu pelo desordenado por el viento y con el aspecto de una zíngara encantadora.

—No sabía... Yo realmente no lo sabía.

—Desde el principio sabía que estabas casada y ello no cambió las cosas. No te podía apartar de mi mente. Si miro hacia atrás, tampoco creo que lo intentase siquiera. Y cuando me invitaste a Carn Cottage me dije que era por tu padre, porque le gustaba mi compañía y las partidas de backgamon. Así que fui, y volví..., a verle, por supuesto, pero también porque sabía que si estaba con él estaría también cerca de ti. Rodeada de niños y eternamente ocupada, pero allí. Eso era lo único que importaba.

—Era también lo único que me importaba a mí. No intenté analizarlo. Sólo sabía que todo cambiaba de color cuando atravesabas la puerta. Sentía como si te hubiese conocido de siempre. Pero no me atrevía a llamarlo amor...

Ahora él estaba a su lado, ya no sentado a un metro, sino junto a ella, y sus brazos la rodeaban, estrechándola tan cerca que ella podía sentir el latido de su corazón. La cara de ella se apoyaba en su hombro y los dedos de él se encontraban enredados y enroscados en su pelo.

—Oh, mi querida, mi querida pequeña.

Ella se apartó, levantó la cara hacia él y se besaron como unos amantes que hubiesen estado separados durante años. Y fue como volver a casa, oír cerrarse una puerta y saber que se está a salvo.

Ella se recostó un poco, con el pelo oscuro desparramado sobre los viejos y desteñidos cojines.

—Oh, Richard... —Fue un susurro pero no fue capaz de más—. No lo sabía, nunca había pensado que podría sentir así..., que podría ser así.

Él sonrió.

—Puede ser todavía mejor que esto.

Ella miró su rostro y comprendió lo que él estaba diciendo y supo que no deseaba nada más. Empezó a reírse y la boca de él descendió hasta la suya, abierta por la risa, y las palabras, a pesar de lo dulces que habían sido, repentinamente se volvieron innecesarias e insuficientes.

El viejo estudio no era extraño al amor. La estufa acampanada, ardiendo airosamente, confortaba con su calor; el viento, soplando a través de la ventana entornada, había visto todo esto antes. Los divanes cubiertos de mantas, donde en su momento Lawrence y Sophie habían compartido su placer recíproco, recibieron a este nuevo amor como gentiles cómplices. Más tarde, en medio de la profunda paz de la pasión saciada, todo era calma y ellos yacían quietos y entrelazados uno en los brazos del otro, viendo cómo las nubes en el cielo se hacían y deshacían y escuchando el trueno sin fin de las olas rompientes estrellándose contra la playa vacía.

—¿Qué va a pasar? —dijo ella.

—¿Qué quieres decir?

—¿Qué vamos a hacer?

—Seguir amándonos el uno al otro.

—No quiero volver atrás, a la misma situación de antes.

—Eso no se puede hacer nunca.

—Pero nosotros tendremos que hacerlo. No podemos escapar a la realidad. Pero quiero que sea mañana y al otro y al otro y saber que podré pasar todas las horas de todas estas mañanas contigo.

—Yo también deseo lo mismo. —Su tono era triste—. Pero no puede ser.

—Esta guerra. La odio tanto.

—Quizá deberíamos estar agradecidos. Nos ha reunido.

—Oh, no. Nos habríamos encontrado. De alguna forma. En algún lugar. Estaba escrito en las estrellas. El día en que nací algún funcionario celestial puso un sello sobre ti, con mi nombre en él, en grandes letras mayúsculas. Este hombre está reservado para Penélope Stern.

—Con la única salvedad de que yo no era un hombre el día en que tú naciste. Era un colegial de escuela privada que luchaba por comprender la gramática latina.

—No importa. Ya nos pertenecíamos. Siempre has estado ahí.

—Sí. Siempre he estado ahí —dijo él besándola para a continuación, de mala gana, levantar la muñeca y mirar el reloj—. Son casi las cinco...

—Odio la guerra y odio también los relojes.

—Desgraciadamente, querida, no podemos quedarnos aquí para siempre.

—¿Cuándo volveré a verte?

—Tardaremos un poco en vernos de nuevo. Tengo que marcharme.

—¿Por mucho tiempo?

—Tres semanas. No debería habértelo dicho, así que no debes decir una sola palabra.

—Pero ¿adónde vas? —preguntó ella alarmada.

—No lo puedo decir.

—¿Qué vas a hacer? ¿Es peligroso?

—No, boba, claro que no es peligroso —dijo él, riéndose—. Un ejercicio de instrucción..., parte de mi trabajo. Y basta de preguntas.

—Tengo miedo de que te pase algo.

—No me va a pasar nada.

—¿Cuándo estarás de vuelta?

—A mediados de noviembre.

—El cumpleaños de Nancy es a finales de noviembre. Cumplirá tres años.

—Estaré de vuelta para entonces.

Ella reflexionó sobre ello. Suspiró.

—Tres semanas. Parece una eternidad... La ausencia es el viento que apaga la pequeña vela pero reaviva las cenizas de un fuego hasta formar grandes llamas —recitó.

—¿Te ayudará recordar lo mucho que te quiero?

—Sí. Un poco.

El invierno ya estaba ahí. Los penetrantes vientos del este asaltaban los campos y gemían atravesando el páramo. El mar, turbulento y rabioso, se había vuelto color plomo. Las casas, las calles, incluso el cielo aparecían pálidos de frío. En Carn Cottage se encendían los fuegos a primera hora de la mañana y se mantenían vivos todo el día, alimentados con pequeñas raciones de carbón y cualquier otra cosa susceptible de ser quemada. Los días se acortaban y al correr las cortinas a la hora del té, las noches se hacían muy largas. Penélope volvió al poncho y a las gruesas medias negras, y sacar a Nancy para los paseos de la tarde implicaba envolver a la criatura con jerseys de lana, polainas, gorros y guantes.

Lawrence, con sus viejos huesos helados, calentaba sus manos en el fuego y se mostraba inquieto y taciturno. Se aburría.

—¿Dónde se ha metido Richard Lomax? Hace tres semanas o más que no ha venido por aquí.

—Tres semanas y cuatro días, papá —dijo ella que los había contado.

—Antes nunca se ausentaba tanto tiempo.

—Volverá para jugar al backgamon.

—¿Dónde estará metido?

—No lo sé.

Transcurrió otra semana y él seguía sin dar señales de vida. A su pesar, Penélope empezó a preocuparse. Quizá no volviese nunca. A lo mejor algún almirante o general, sentado con gran pompa en Whitehall, había decidido que Richard debía ocuparse de otras cosas y lo había mandado al norte de Escocia, y ella no volvería a verle nunca más. No le había escrito, pero era posible que estuviese prohibido. O quizá..., y esto era casi impensable..., vislumbrándose el segundo frente para el futuro, había sido lanzado en paracaídas en Noruega u Holanda; una avanzadilla enviada para preparar el terreno a las tropas aliadas..., su ansiosa imaginación dio un giro y abandonó esta eventualidad.

El cumpleaños de Nancy era inminente y ello era bueno, pues proporcionaba a Penélope la oportunidad de pensar en otra cosa. Ella y Doris estaban organizando una pequeña fiesta. Se enviaron invitaciones a diez amiguitas para que fueran a merendar con Nancy ese día. Fueron despilfarrados puntos de racionamiento para adquirir galletas de chocolate y Penélope, con unos gramos de mantequilla y margarina que tenía guardados, hizo una tarta.

Nancy tenía entonces suficiente edad como para esperar con ilusión ese día especial y por primera vez en su corta vida fue consciente de todo lo que eran los regalos. Después del desayuno, se sentó sobre la alfombra junto a la chimenea y abrió los paquetes, observada con diversión por su madre y su abuelo y con cierta adoración por Doris. No se vio desilusionada. Penélope le regaló una muñeca nueva y Doris vestidos para la muñeca, amorosamente confeccionados con trozos de tela y restos de lana. Había una resistente carretilla de madera de Ernie Penberth y un rompecabezas de Ronald y Clark. Lawrence, siempre ojo avizor para descubrir talento artístico en su nieta, le había comprado a la niña una caja de lápices de colores, pero el mejor regalo de Nancy procedía de su abuela, Dolly Keeling. Una gran caja que hubo que abrir, estratos de papel que hubo que apartar y, finalmente, un vestido nuevo. Un vestido de fiesta. Capas de organdí blanco, adornado con encaje y degradado en seda rosa. Nada podía haber hecho más feliz a Nancy.

—Quiero ponérmelo ahora. —Anunció apartando los demás regalos y empezando al punto a luchar con su peto para quitárselo.

—No, es un vestido de fiesta. Te lo podrás poner esta tarde para tu fiesta. Mira, aquí está la muñeca, vístela con sus nuevos vestidos. Mira el vestido de fiesta que Doris le ha hecho. Y tiene también una combinación, con encaje...

—Tendrás que salir de la sala de estar, papá —le dijo Penélope más tarde por la mañana—. Tenemos que hacer la fiesta aquí y tener sitio para los juegos —añadió arrastrando la mesa hasta la esquina de la estancia.

—¿Y dónde se supone que me voy a meter? ¿En la carbonera?

—No. Doris ha encendido el fuego en el estudio. Allí podrás estar tranquilo y en paz. Nancy no quiere que haya ningún hombre por aquí. Lo ha dejado muy claro. Hasta Ronald y Clark tienen que desaparecer. Se van a ir a tomar el té con la señora Penberth.

—¿No me estará permitido venir para comer el pastel de cumpleaños?

—Sí, por supuesto. No podemos permitir que Nancy se vuelva demasiado dictatorial.

Las pequeñas invitadas llegaron a las cuatro de la tarde, acompañadas por sus madres o abuelitas y dejadas al cargo de Doris y Penélope para una dura hora y media. La fiesta siguió el curso habitual. Todas habían llevado pequeños regalos para Nancy, que los fue abriendo uno por uno. Una niña empezó a llorar y dijo que se quería ir a casa y otra, una señorita mandona con tirabuzones, preguntó si iba a haber juegos de manos. Penélope le contestó vivamente que no habría.

Se hicieron juegos. «Envío una carta a mi novio y en el camino la echo», cantaron todas al unísono, sentadas con las piernas cruzadas sobre el suelo de la sala de estar. Una pequeña invitada, posiblemente sobreexcitada, se mojó las braguitas y hubo que subir arriba y prestarle otras.

El granjero está en su guarida
El granjero está en su guarida
Ay, ay, mi papaíto,
El granjero está en su guarida.

Penélope, ya agotada, miró el reloj y apenas pudo creer que fuesen sólo las cuatro y media. Todavía faltaba una hora antes de que madres y abuelas apareciesen de nuevo para recoger a sus niñitas y llevárselas.

Jugaron a «Pasar el paquete». Todo fue bien hasta que la niña mandona de tirabuzones dijo que Nancy había *robado* el paquete y que le tocaba a ella abrirlo. Nancy protestó recibiendo un tortazo en la oreja de la niña de tirabuzones y no dudó en devolvérselo al instante. Penélope pronunció palabras tranquilizadoras y las separó con tacto. Doris apareció en la puerta y dijo que el té estaba listo. Ningún anuncio hubiera sido nunca mejor acogido.

Con alivio fueron abandonados los juegos y todas se dirigieron hacia el comedor, donde Lawrence ya estaba sentado en su silla tallada a la cabecera de la mesa. Las cortinas estaban corridas, el fuego encendido y el ambiente era alegre y festivo. Durante un momento las niñas estuvieron silenciosas, bien porque la presencia del anciano les inspiraba respeto, sentado allí como un patriarca, o bien a causa de la perspectiva de la comida. Miraban con interés el almidonado mantel blanco, las anchas tazas y los platos, las pajitas para sorber la limonada y los sobres sorpresa. El festín incluía jalea y bocadillos, helado y tortitas de mermelada; y, por supuesto, el pastel. Tomaron sitio a la mesa y durante un rato todo estuvo en silencio, salvo por el sonido producido por el masticar de la comida al ser ingerida. Naturalmente, hubo accidentes: bocadillos que se cayeron sobre la alfombra y un vaso de limonada que se volcó manchando el mantel, pero todo ello no era más que rutina y quedó solventado en un momento. Abrieron los sobres sorpresa y desplegaron los sombreros de papel poniéndoselos sobre la cabeza y se prendieron los llamativos broches y baratijas en los vestidos. Al final, Penélope encendió las tres velas del pastel y Doris apagó las luces. La habitación oscura se convirtió en un escenario, un lugar mágico, y las llamas de las velas se reflejaban en los ojos abiertos de par en par de las niñas sentadas alrededor de la mesa.

Nancy, en el lugar de honor junto a su abuelo, se puso de pie sobre su silla y él la ayudó a cortar el pastel.

Cumpleaños feliz...
Cumpleaños feliz.
Te deseamos todos...
Cumpleaños feliz.

La puerta se abrió y Richard entró.

—No podía creerlo. Cuando apareciste pensé que estaba viendo visiones. No podía creer que fuese cierto. —Él parecía más delgado, más viejo, abatido por el cansancio. Necesitaba un afeitado y su traje de campaña estaba arrugado y sucio—. ¿Dónde has estado?

—En el quinto infierno.

—¿Cuándo has vuelto?

—Hace aproximadamente una hora.

—Pareces agotado.

—Lo estoy —admitió él—. Pero prometí estar aquí para la fiesta de Nancy.

—Eres bobo, esto no importaba. Deberías estar en la cama.

Estaban solos. Todas las pequeñas invitadas de Nancy se habían marchado, cada una con un globo y un pirulí. Doris se había llevado a Nancy arriba para darle un baño. Lawrence había ofrecido un vaso de whisky y había ido en busca de la botella. La sala de estar estaba todavía en desorden con todos los muebles fuera de su sitio, pero sin importarles se sentaron en medio de todo ello, Richard postrado en un sillón y Penélope en la alfombra, a sus pies.

—El ejercicio completo tomó más tiempo del previsto..., era más complicado..., de lo que habíamos previsto. Ni siquiera he podido escribirte una carta.

—Me lo imaginaba.

Se hizo el silencio. Al calor del fuego los párpados de él se iban cerrando. Luchando contra el sueño se irguió en el sillón, se frotó los ojos y se pasó una mano por la barbilla con barba de tres días.

—Debo de parecer una ruina. No me he afeitado ni he dormido desde hace tres días. Ahora estoy roto. Lo que es una lástima porque había previsto invitarte a cenar y tenerte para mí el resto de la velada y con un poco de suerte también el resto de la noche; pero no creo que pueda hacerlo. No serviría para nada. Me caería dormido en la sopa. ¿Te importa? ¿Podrás esperar?

—Naturalmente. Lo único que me importa es que estás de vuelta sano y salvo. He tenido visiones terroríficas de ti, te veía matado o capturado.

—Tienes un concepto exagerado de mí.

—Sentía que tu ausencia no se iba a acabar nunca, pero ahora estás aquí y puedo verte y tocarte de verdad; es como si nunca te hubieses marchado. Y no era sólo yo quien te echaba de menos. Papá también, quejándose por su backgamon.

—Vendré una noche y haremos una partida —dijo él inclinándose hacia adelante y tomando el rostro de ella entre sus manos—. Eres tan endemoniadamente guapa como recordaba —dijo y sus cansados ojos se arrugaron divertidos—, quizá más ahora.

—¿Qué es eso tan divertido?

—Tú. ¿Has olvidado que llevas un sombrero de papel de lo más indecoroso?

Se quedó sólo un ratito, el tiempo de beberse el whisky que Lawrence le había llevado. Después de ello, le venció el cansancio, y bostezando, se puso de pie, se excusó por ser una compañía tan aburrida y dijo buenas noches. Penélope lo acompañó hasta fuera. En la oscuridad detrás de la puerta abierta se besaron. A continuación él la dejó atravesando el jardín para dirigirse hacia una ducha caliente, la litera y unas buenas horas de sueño.

Ella entró y cerró la puerta. Titubeó un momento, tomándose tiempo para ordenar sus pensamientos dispersos, y finalmente se dirigió al comedor para coger una bandeja y empezar el tedioso trabajo de arreglar los restos de la fiesta de Nancy.

Estaba en la cocina fregando cuando Doris se reunió con ella.

—Nancy ya está durmiendo. Quería meterse en la cama con el vestido nuevo —dijo suspirando—. Estoy hecha polvo. Me creía que la fiesta no se iba a acabar nunca. —Arrancó un trapo del colgador y empezó a secar—. ¿Se ha marchado Richard?

—Sí.

—Pensaba que te iba a sacar a cenar esta noche.

—No. Se ha ido para recuperar el sueño perdido.

Doris secó y apiló un montón de platos.

—En cualquier caso ha sido bonito que haya regresado así. ¿Le esperabas?

—No.

—Ya pensaba yo que no.

—¿Por qué dices eso?

—Te estaba mirando. Te has puesto pálida. Los ojos te brillaban. Como si fueses a desmayarte.

—Sólo estaba sorprendida.

—Oh, anda, Penélope. Que yo no soy tonta. Cuando estáis juntos es como si hubiera relámpagos en zigzag. He podido observar cómo él te miraba. Está chiflado por ti. Y a juzgar por tu aspecto desde que él ha entrado en tu vida, el sentimiento es mutuo.

Penélope estaba fregando una taza con el conejo Peter serigrafiado. La giraba en sus manos dentro del agua jabonosa.

—No sabía que se notaba tanto.

—Bueno, tampoco es como para hacerse la víctima. No hay por qué estar avergonzada de tener una aventura amorosa con un hombre guapo como Richard Lomax.

—No creo que sea sólo una aventura amorosa. Sé que no es eso. Estoy enamorada de él.

—No digas bobadas.

—Y no sé con certeza lo que voy a hacer...

—¿Es tan serio como *esto*?

Penélope volvió la cabeza y miró a Doris. Sus miradas se cruzaron y se dio cuenta, en ese momento, de que a lo largo de los años habían intimado mucho. Compartiendo responsabilidades, tristezas, frustraciones, secretos, bromas y risas, habían construido una relación que estaba más allá de los límites de la mera amistad. De hecho, y como ninguna otra persona hubiese podido hacerlo, Doris..., simpática, práctica e infinitamente cariñosa..., había llenado el doloroso vacío dejado por la muerte de Sophie. Y resultaba muy fácil confiar en ella.

—Sí.

—¿Te has acostado con él? —preguntó Doris después de una pausa y con una maravillosa espontaneidad.

—Sí.
—¿Cómo demonios te las has arreglado?
—Oh, Doris, no fue tan difícil.
—No..., quiero decir..., bueno, *¿dónde?*
—En el estudio.
—Que me jodan —dijo Doris la cual sólo decía tacos cuando se encontraba falta de palabras.
—¿Te ha chocado?
—¿Por qué debería chocarme? No tiene nada que ver conmigo.
—Estoy casada.
—Sí, estás casada, desgraciadamente.
—¿No te gusta Ambrose?
—Ya sabes que no. Nunca lo había dicho, pero una pregunta directa necesita una respuesta directa. Creo que es un marido fatal y un padre fatal. Apenas viene a verte y no me digas que no obtiene permisos. A duras penas escribe. Y nunca ha mandado un regalo de cumpleaños a Nancy. Honestamente, Penélope, no te llega ni a la suela del zapato. Por qué llegaste a casarte con este hombre sigue siendo un misterio para mí.
—Estaba embarazada de Nancy —contestó Penélope con desaliento.
—Ésta es la razón más estúpida que he escuchado en mi vida.
—Nunca creí que pensaras así.
—¿Qué te imaginas que soy? ¿Una especie de santa?
—¿Entonces no desapruebas lo que estoy haciendo?
—No. No lo desapruebo. Richard Lomax es un caballero de verdad, le da cien vueltas a un sujeto como Ambrose Keeling. Además, ¿por qué no puedes divertirte un poco? Sólo tienes veinticuatro años y Dios sabe que la vida ha sido bastante aburrida para ti estos años pasados. Lo que me sorprende es que no lo hayas hecho antes, siendo el tipo de mujer que eres. Claro que, seamos sinceras, antes de que llegase Richard andábamos un poco cortas de maravillas locales.
A pesar suyo, a pesar de todo, Penélope empezó a reírse.
—Doris, no sé lo que haría sin ti.
—Un montón de cosas, espero. Por lo menos ahora sé de dónde soplan los vientos. Y creo que es estupendo.
—¿Pero cómo terminará?
—Estamos en guerra. No sabemos cómo acabará nada. Lo único que podemos hacer es asir cada momento breve de placer cuando pasa por delante. Si él te quiere y tú le quieres a él, pues seguid adelante. Yo estoy con vosotros y haré cualquier cosa que pueda para ayudar. Y ahora, por Dios bendito, acabemos con estos platos antes de que vuelvan los chicos; además ya es hora de empezar a hacer la cena.

Era diciembre. Antes de que pudiesen darse cuenta, llegó Navidad, con todo lo que eso significaba. En las desnudas tiendas de Porthkerris resultaba difícil comprar algo adecuado para cada uno, sin embargo finalmente los regalos pudieron ser comprados y escondidos, igual que cualquier otro año. Doris hizo un pastel de Navidad «Tiempo de Guerra» según una receta del Ministerio de Alimentación y Ernie prometió que en lugar de retorcer el cuello a un ave de corral, lo haría a un pavo. El general Watson-Grant les proporcionó una pequeña picea procedente de su jardín y Penélope desenterró la caja de los adornos del árbol de Navidad, chucherías que aún duraban de cuando ella era pequeña: piñas doradas, estrellas de papel y cintas deslustradas de lamas de oro.

Richard tenía permiso de Navidad, pero se fue a Londres a pasar unos días con su madre. Antes de marcharse fue a Carn Cottage para entregar sus regalos a todos. Estaban envueltos en papel de embalar, atados con cinta roja y etiquetados con vistosas pegatinas con acebos y petirrojos. Penélope se emocionó profundamente. Lo imaginó yendo de compras, comprando las cintas; sentado, quizá sobre su cama del austero dormitorio del cuartel general de la Marina Real, haciendo paquetes laboriosamente y probando lazos. Intentó imaginarse a Ambrose haciendo una cosa tan personal y que exigiera tanto tiempo, pero desistió.

Ella por su parte había comprado para Richard una bufanda de lana color granate. No sólo le había costado dinero sino también preciosos cupones de ropa; y probablemente él pensaría que era poco práctico, pues no podía llevarse con uniforme y él nunca iba vestido de paisano. Pero era tan elegante, tan bonita y navideña, que Penélope no había sido capaz de resistirse. La había envuelto en papel de seda y había encontrado una caja y, una vez Richard hubo colocado sus regalos debajo del árbol, ella le dio el paquete para que se lo llevase con él a Londres.

—¿Por qué no puedo abrirlo ahora? —quiso saber él dando vueltas al paquete entre sus manos.

—Oh, no, no debes —dijo ella horrorizada—. Debes guardarlo hasta el día de Navidad por la mañana.

—De acuerdo. Si tú lo dices.

Ella no quería decirle adiós.

—Que lo pases bien —le dijo sin embargo con una sonrisa.

—Tú también, cariño —dijo él dándole un beso. Era como hacerse trizas—. Feliz Navidad.

La mañana del día de Navidad empezó más temprano que nunca, con el habitual torrente de excitación y los seis reunidos en el dormitorio de Lawrence, los adultos bebiendo té y los niños amontonados en su gran cama para abrir sus calcetines. Sonaron trompetas, hicieron trucos, comieron manzanas y Lawrence se puso la nariz falsa de Hitler y todos se partieron de risa. Luego vino el desayuno y a continuación, como era tradicional, todos se abalanzaron a la sala de estar y empezaron a abrir los regalos apilados bajo el árbol. La excitación aumentó. El suelo no tardó en llenarse de papeles y bramantes dorados y el aire de exclamaciones de júbilo y satisfacción.

—Oh, gracias, mamá, era justo lo que necesitaba. Mira, Clark, un timbre para mi bici.

Penélope había dejado el regalo de Richard aparte para ser abierto el último. Los demás no fueron tan calculadores. Doris desgarró el papel del suyo y sacó del paquete un pañuelo de seda de tamaño y suntuosidad extravagantes y estampado con todos los colores del arco iris.

—¡En mi vida había tenido una cosa así! —Se pavoneó procediendo a doblarlo en triángulo para ponérselo en la cabeza y anudarlo bajo la barbilla—. ¿Cómo estoy?

—Como la princesa Elizabeth en su poney —le dijo Ronald.

—Ooh. —Estaba encantada—. Muy repipi.

Para Lawrence había una botella de whisky; para los chicos, unos tiragomas mortíferos y profesionales. Para Nancy un juego de té de muñecas, de porcelana blanca con borde dorado y decorada con flores diminutas.

—¿Qué te ha regalado a ti, Penélope?

—Todavía no lo he abierto.

—Ábrelo.

Así lo hizo, con todas las miradas puestas sobre ella. Desató la cinta y deshizo el crujiente papel de envolver. En su interior había una caja blanca con un borde negro. «Chanel N.° 5.» Levantó la tapadera de la caja y vio la botella cuadrada en su colchón de raso, así como el tapón de cristal y su precioso contenido líquido y dorado.

Doris se quedó boquiabierta.

—Nunca había visto una botella de semejante tamaño. Nunca fuera de la tienda. Nunca. ¡Y Chanel N.° 5! Vas a oler estupendamente.

En el interior de la tapadera de la caja había un sobre azul doblado. Subrepticiamente, Penélope lo cogió y se lo metió en el bolsillo de la rebeca. Más tarde, mientras los demás recogían los papeles de los regalos, ella subió arriba a su habitación y abrió la carta.

Amor mío,

Feliz Navidad. Esto te ha llegado del otro lado del Atlántico. Un buen amigo mío estuvo en Nueva York donde su barco se estaba reparando y lo trajo cuando volvió a Inglaterra. Para mí, el perfume de «Chanel N.° 5» evoca todo aquello que representa el lujo, la sensualidad, la alegría y la diversión. Cena en el Berkeley; Londres en mayo con las lilas en flor; risas y amor; y tú. Nunca sales de mi mente. Nunca sales de mi corazón.

RICHARD

Era el mismo sueño. Pensaba que tenía lugar en la región de Richard. Siempre el mismo. El campo extenso y con árboles, la casa al final del mismo, de techo plano, una casa mediterránea. La piscina, Sophie nadando en ella, y papá frente a su caballete, con el rostro cubierto por la sombra producida por el ala de su sombrero. Luego la playa vacía y la conciencia de que no estaba buscando conchas sino a una persona. Él llegó, y ella le vio llegar desde muy lejos y se llenó de gozo. Pero antes de que ella pudiese alcanzarlo, la niebla surgió del mar, una niebla oscura que ascendía como la marea, la cual aparecía primero vadeando en ésta, para luego desaparecer.

—Richard.

Ella se despertó, buscándolo. Pero el sueño se había desvanecido y él se había ido. Sus manos sólo sintieron las sábanas frías al otro lado de la cama. Podía oír cómo el mar murmuraba en la playa, pero no había viento. Todo estaba tranquilo y silencioso. ¿Entonces qué era lo que le había trastornado, qué era lo que yacía en un rincón de su conciencia? Abrió los ojos. La oscuridad se estaba desvaneciendo y detrás de la ventana abierta se encontraba el pálido cielo con el alba en camino, la media luz que iluminaba los detalles en su dormitorio familiar. La barra de latón en la cabecera de su cama, el tocador, el espejo inclinado que reflejaba el cielo. Vio la pequeña butaca, la maleta abierta en el suelo junto a ésta, ya medio hecha...

Esto era. La maleta. Hoy. Hoy me voy. De vacaciones; para siete días; y con Richard.

Permaneció echada y pensó un rato en él, luego recordó el sueño enigmático. Sin cambios. Siempre las mismas escenas. Imágenes nostálgicas de contenido perdido; luego la búsqueda. Todo difuminándose hacia la incertidumbre y ese sentimiento final de pérdida. Sin embargo, si lo analizaba, quizá después de todo no era tan enigmático, pues esas imágenes habían invadido su sueño por primera vez poco después de que Richard regresase de Londres a principios de enero y se habían repetido a intervalos irregulares durante los dos meses y medio anteriores.

Lo cual demostraba que tenía lugar en los momentos de más dolorosa frustración; como en esa época en que apenas lo había visto porque él estaba cada vez más ocupado y comprometido con su trabajo. Los ejercicios de instrucción, proporcionalmente al mal tiempo, se habían intensificado de forma visible. Ello se hizo evidente en el número creciente de tropas y de vehículos del ejército que se dejaban ver por el lugar. Ahora los convoyes atascaban frecuentemente las estrechas calles del pueblo y del puerto y el efectivo comando del dique norte hervía de actividad militar.

Era obvio que las cosas se estaban agitando. Los helicópteros sobrevolaban el mar y, después de Año Nuevo, había aparecido de la noche a la mañana una compañía de zapadores, la cual se dirigió al páramo desierto situado detrás de los acantilados de Boscarben y construyó allí un campo de tiro. Resultaba siniestro con sus alambres de púas, rojas banderas de aviso y unas enormes señalizaciones del departamento de guerra que advertían a la población civil que no debía acercarse y que amenazaban con muerte y destrucción a los infractores. Cuando el viento soplaba en la dirección justa, se podían oír desde Porthkerris los sonidos esporádicos de los tiros, día y noche. De noche era particularmente inquietante, pues producían grandes sobresaltos en el silencio y nunca se podía estar completamente seguro de lo que estaba ocurriendo.

De vez en cuando Richard aparecía, como siempre, de improviso. Sus pasos en el vestíbulo, el sonido de su voz nunca dejaba de llenarla de alegría. Por regla general estas visitas tenían lugar después de la cena, cuando podía sentarse con ella y papá, tomar café y, después, jugar al backgamon hasta la madrugada. En una ocasión, después de haber telefoneado y organizado todo en el último momento, la había llevado a cenar a Gaston, donde bebieron una botella del excelente vino y charlaron a sus anchas después de semanas de separación.

—Háblame de la Navidad, Richard. ¿Cómo has pasado las Navidades?

—Tranquilas.

—¿Qué has hecho?

—He ido a varios conciertos. Estuve en la misa del gallo en la abadía de Westminster. He pasado horas charlando con mi madre.

—¿Solos tú y tu madre?

—Aparecieron algunos amigos. Pero la mayoría del tiempo estuvimos solos.

Parecía un plan agradable. Ella sentía curiosidad.

—¿De qué habéis hablado?

—De muchas cosas. De ti.

—¿Le has hablado de mí?

—Sí.

—¿Qué le has dicho?

Él se inclinó sobre la mesa y tomó su mano.

—Que he encontrado a la única persona en el mundo con la cual me gustaría pasar el resto de mi vida.

—¿Le has contado que estoy casada y que tengo una niña?

—Sí.

—¿Cuál fue su reacción ante esta noticia?

—De sorpresa. Luego simpatía y comprensión.

—Parece encantadora.

—A mí me gusta —dijo él sonriendo.

Antes de que pudiesen darse cuenta de lo que estaba pasando, el largo invierno estaba llegando casi a su fin. En Cornualles, la primavera llega temprano. Un perfume en el aire, un calor en el sol lo hace evidente, mientras en el resto del país siguen tiritando de frío. Aquel año no fue diferente. En medio de preparativos bélicos, tiroteos y helicópteros flotantes, los pájaros migradores hicieron su aparición en los valles protegidos. A pesar de los grandes titulares en los periódicos, la especulación y los rumores de la inminente invasión de Europa, el primero de los días primaverales se acercó a ellos sin ruido, en medio de un cielo azul, oliendo dulcemente, feliz. Los brotes crecían en los árboles, el páramo se tornaba verde con jóvenes helechos y las cunetas de la carretera se estrellaban de primaveras salvajes, de color crema.

Precisamente en uno de estos días Richard se encontró libre y sin ningún requerimiento urgente, por lo que pudieron, por fin, volver al estudio. A encender la estufa y dejar que se encendiese su amor; a habitar de nuevo su propio mundo secreto; a satisfacer sus necesidades individuales permitiendo que se convirtiesen en una sola y resplandeciente entidad.

Después.

—¿Cuánto tiempo pasará hasta que volvamos aquí de nuevo? —quiso saber ella.

—Me gustaría saberlo.

—Me siento ávida. Siempre quiero más. Siempre quiero un mañana.

Se sentaron junto a la ventana. Más allá todo estaba iluminado por el sol, la arena era de un blanco deslumbrante, el mar profundamente azul parecía sembrado de monedas doradas. Las gaviotas se dejaban llevar por el viento, revoloteaban y gritaban y justo debajo de ellos, junto a una roca, dos niños pequeños buscaban camarones.

—En estos momentos, los mañanas están muy solicitados.

—¿Te refieres a la guerra?

—Al igual que el nacimiento y la muerte, forma parte de la vida.

—Debo intentar no ser tan egoísta —dijo ella suspirando—. Me repito que millones de mujeres en el mundo darían todo lo que tienen para estar en mi piel, a salvo, caliente, alimentada y con toda mi familia a mi alrededor. Pero no sirve de nada. Y siento rencor porque no puedes estar conmigo todo el tiempo. Y de alguna forma el hecho de que estés efectivamente aquí empeora las cosas. No estás vigilando Gibraltar o luchando en las junglas de Birmania o en algún destructor en el Atlántico. Estás *aquí.* Sin embargo la guerra se interpone entre nosotros y nos mantiene separados. Todo está a punto de estallar y tienen lugar interminables conversaciones sobre la invasión. Tengo la terrible sensación de que el tiempo se me está escapando de las manos. Y todo lo que podemos arrebatarle son unas horas robadas.

—Tengo una semana de permiso a final de mes. ¿Quieres que nos vayamos juntos a alguna parte?

Mientras estaba hablando, ella había estado observando a los dos niños y sus redes para los camarones. Uno de ellos había encontrado algo, en el fondo con las algas. Se sentó en cuclillas, mojándose la parte posterior de sus pantalones. Una semana de permiso. Una semana. Volvió la cabeza y miró a Richard, convencida de que o bien había oído mal o bien él estaba intentando sacarla de su insatisfacción.

—Lo has oído bien —le aseguró él al leer la expresión de su rostro, y sonrió.

—¿Toda una semana?

—Sí.

—¿Por qué no me lo habías dicho antes?

—Me lo reservaba. Lo mejor para el final.

Una semana. Lejos de todo; de todos. Sólo ellos dos.

—¿Dónde iremos? —preguntó con cierta timidez.

—Donde tú quieras. Podríamos ir a Londres. Al Ritz y hacer la ronda de conciertos y salas de fiesta.

Ella consideró la idea. Londres. Pensó en la calle Oakley. Pero Londres era Ambrose y la casa de la calle Oakley estaba embrujada por los fantasmas de Sophie y Peter y Elizabeth Clifford.

—No quiero ir a Londres —dijo—. ¿Hay alguna otra alternativa?

—Sí. Una vieja casa llamada Tresilick, en la costa sur, en la península de Roseland. No es ni grande ni magnífica, pero tiene unos jardines que bajan hasta el agua y una enorme glicina púrpura que cubre toda su fachada.

—¿Conoces esa casa?

—Sí. Estuve allí un verano cuando iba a la universidad.

—¿Quién vive allí?

—Una amiga de mi madre. Helena Bradbury. Está casada con un hombre que se llama Harry Bradbury y que es capitán de la Armada Real al mando de un crucero con la flota de voluntarios. Después de Navidad mi madre le escribió y hace un par de días he recibido una carta de ella, invitándonos a ir.

—¿Invitándonos?

—A ti y a mí.

—¿Sabe de mí?

—Naturalmente.

—¿Pero si vamos a su casa no tendremos que dormir en habitaciones separadas y ser discretos en extremo?

—Nunca he conocido una mujer que supiese plantear dificultades tan bien como tú —dijo él riéndose.

—No estoy planteando dificultades. Estoy siendo práctica.

—No creo que aparezcan problemas de este tipo. Helena es famosa por su mentalidad abierta. Creció en Kenia y por alguna razón las damas que han sido educadas en Kenia rara vez están sujetas a remilgadas convenciones.

—¿Has aceptado su invitación?

—Todavía no. Primero quería hablar contigo. Hay que considerar otros aspectos. Tu padre es uno de ellos.

—¿Papá?

—¿No pondrá objeciones a que nos vayamos juntos?

—Richard, pensaba que lo conocías mejor.

—¿Le has hablado de nosotros?

—No. No con palabras —dijo ella sonriendo—. Pero lo sabe.

—¿Y Doris?

—A Doris se lo he contado. Le parece estupendo. Le pareces encantador y le recuerdas a Gregory Peck.

—En ese caso, no hay nada que nos detenga. Anda... —se puso en pie—, vamos. Date prisa, pongámonos en movimiento. Tenemos trabajo.

Había una cabina telefónica en la esquina de la tienda de la señora Thomas; se metieron dentro juntos, cerraron la puerta y Richard llamó a Tresilick. Al estar tan cerca, Penélope podía oír el tono de llamada al otro lado de la línea.

—Hola. —La voz femenina, resonando fuerte y clara, era nítidamente audible por Penélope y casi ensordeció a Richard—. Helena Bradbury al aparato.

—Helena. Soy Richard Lomax.

—¡Richard, eres el demonio! ¿Por qué me has tenido tanto tiempo sin noticias?

—Lo siento, pero realmente no ha habido oportunidad.

—¿Has recibido mi carta?

—Sí. Yo...

—¿Vais a venir?

—Sí, podemos ir unos días.

—Estupendo, pero estoy furiosa de pensar que has estado todo este tiempo por estos parajes y yo no me he enterado hasta que tu madre me lo ha contado. ¿Cuándo vais a venir?

—Bien, tengo permiso la última semana de marzo. ¿Te va bien?

—¿Final de marzo? Oh, cielos, no estaré aquí. Tengo que ir a Clatham a pasar unos días con el viejo. ¿No puedes arreglarlo para otra fecha? No, claro que no puedes. Qué pregunta tan tonta. Bien, no importa. Venid de todas formas. La casa es vuestra, no tenéis más que tomar posesión de ella. Está la señora Brick, vive en la finca. Tiene la llave. Va y viene. Os dejaré algo de comida en la nevera. Sentiros en vuestra casa...

—Pero es demasiado amable por tu parte.

—Tonterías, ni me va ni me viene. Y si te consideras en la obligación de agradecérmelo de alguna manera, puedes cortar el césped. Lo que me parte el alma es no estar aquí. No importa, en otra ocasión. Dame un golpe de teléfono para decirme cuándo os debe esperar la señora Brick. Ahora tengo que dejarte. Me he alegrado de hablar contigo. Adiós.

Colgó. Richard, con el auricular resonante en la mano, lo colgó lentamente.

—Una mujer de pocas palabras y rápida acción —dijo rodeando a Penélope con sus brazos y besándola. Por primera vez, allí en la cabina maloliente y sofocante, Penélope se permitió creer que iba realmente a suceder. Se iban a ir juntos, no de permiso, esa horrible palabra del servicio, sino de vacaciones.

—Nada podrá detenernos, ¿verdad, Richard? Nada puede salir mal.

—No.

—¿Cómo llegaremos hasta allí?

—Tendremos que decidirlo. En tren hasta Truro, quizá. En taxi.

—¿Pero no sería más divertido ir en coche? —le había asaltado una brillante idea—. Podemos coger el Bentley. Papá nos dejará el Bentley.

—¿Has olvidado algo?

—¿A qué te refieres?

—Al pequeño detalle de la gasolina.

De hecho se había olvidado.

—Hablaré con el señor Grabney —le dijo ella, sin embargo.

—¿Y qué puede hacer él?

—Nos puede conseguir gasolina. En alguna parte. En el mercado negro si es necesario.

—¿Y por qué haría una cosa así?

—Porque es amigo mío y lo conozco de toda la vida. ¿Te negarías a llevarme a Roseland en un Bentley prestado lleno de gasolina del mercado negro?

—No. Siempre y cuando tenga una declaración jurada confirmando que no vamos a acabar en prisión.

Ella sonrió. Su imaginación voló hacia adelante. Se imaginó a los dos juntos habiéndose puesto en camino, rodando por los senderos de altos setos del sur, con Richard al volante y su equipaje en el asiento posterior.

—¿Sabes una cosa? —dijo—. Cuando nos marchemos será primavera. Será realmente primavera.

Era una casa escondida, de difícil localización en un remoto e inaccesible rincón de un lugar que no había cambiado, ni en el fondo ni en la forma, en siglos. Desde la carretera era invisible, estaba protegida de todas las miradas por bosques y un sendero lleno de baches y bordeado por altos terraplenes de hortensias. Cuando finalmente era descubierta, se revelaba como una casa sólida que llevaba allí siglos y reunía a su alrededor dependencias, establos y muros protectores, todo verde con enredaderas, hiedra, musgo y helechos.

Enfrente de la casa, el jardín medio salvaje y medio cultivado, descendía en una serie de prados y terrazas hasta las orillas de una ensenada sinuosa y con árboles donde se introducía la marea. Unos estrechos e invitadores senderos se abrían camino a través de matas de camelias, azaleas y rododendros perlados. Al borde del agua la hierba descuidada se encontraba amarilleada por montones de narcisos salvajes y había un renqueante embarcadero de madera donde un pequeño dingui se bañaba en su amarre.

La glicina que cubría la fachada de la casa todavía no había florecido, pero estaba llena de brotes y junto a la terraza había un cerezo blanco salvaje. Cuando el viento lo agitaba, los pétalos se caían como nieve soplada.

Como había prometido, la señora Brick estaba allí para recibirlos, saliendo por la puerta principal cuando el viejo Bentley daba la vuelta por detrás de la casa para detenerse. La señora Brick tenía un pelo cano y desordenado, un ojo estrábico, llevaba unas medias gruesas y un delantal abrochado a la cintura.

—¿El comandante y la señora Lomax, verdad?

Penélope se quedó muda ante esta forma de dirigirse a ellos, pero Richard reaccionó con tranquilidad a la altura de las circunstancias.

—Así es —dijo bajando del coche—. Y usted debe de ser la señora Brick. —Se acercó a ella, y le alargó la mano.

Ahora fue la señora Brick quien se desconcertó. Se restregó su enrojecida mano en la parte posterior del delantal antes de estrechársela.

—En efecto. —Resultaba difícil saber con exactitud dónde miraba el ojo estrábico—. Me he quedado sólo para recibirles. Me lo dijo la señora Bradbury. Mañana no estaré aquí. ¿Me dan su equipaje?

Ellos la siguieron al interior, a un vestíbulo con suelo de pizarra y una escalera de piedra que se curvaba hacia el piso superior. Los peldaños de la escalera estaban gastados por el uso de años y olía a húmedo, sin embargo no era desagradable, sino que recordaba vagamente a las tiendas antiguas.

—Les enseño un poco por aquí. Comedor y salón..., con guardapolvos. La señora Bradbury no los ha utilizado desde la guerra. Usa la biblioteca, aquí. El fuego encendido, para tener calor. Y si hace sol, pueden abrir las puertaventanas y salir a la terraza. Ahora vengan que les enseñaré la cocina. —Ellos caminaron obedientemente detrás de ella—. Tienen que cribar la cocina económica y llenarla cada noche, en caso contrario no habrá agua caliente... —Para hacer una demostración, empujó el puño de latón y lo sacudió dentro y fuera un par de veces, lo cual provocó siniestros ruidos en las entrañas del viejo fogón—. Hay un jamón frío en la despensa y yo he traído leche, huevos y pan. Me lo ha dicho la señora Bradbury.

—Ha sido usted muy amable.

Pero ella no tenía tiempo que perder en cumplidos.

—Ahora, arriba. —Reunieron maletas y bolsas y la siguieron—. El cuarto de baño y el aseo aquí, en el descansillo. —El baño estaba en las últimas, los grifos eran como de tonel y de la cisterna del retrete colgaba una cadena con un puño donde estaba escrito «TIRAR»—. Es viejo e incómodo. Si no funciona la primera vez, tienen que esperar un poco y volver a intentarlo.

—Gracias por explicárnoslo.

No hubo tiempo, sin embargo, para extenderse con las complejidades de la fontanería, pues ella ya se había adelantado para abrir otra puerta en lo alto de la escalera, dejando entrar en el rellano una ráfaga de brillante luz de sol procedente de la habitación.

—Aquí estamos. El mejor cuarto de invitados, vista desde aquí, la tienen. Espero que la cama esté bien para ustedes. Una bolsa de agua caliente. Y atención cuando salgan al balcón. La madera está podrida. Podrían caerse. Entonces, ya está. —Había cumplido con su deber—. Yo me voy.

—¿La volveremos a ver, señora Brick? —preguntó Penélope habiendo podido por primera vez encajar una palabra.

—Oh, iré y vendré. De vez en cuando. Para ver cómo están. Me lo ha dicho la señora Bradbury.

Y dicho esto, se marchó.

Penélope no podía mirar a Richard. Permanecía de pie con una mano sujetándose la boca e intentando controlar la risa hasta que oyó el ruido de la puerta y supo que la señora Brick ya no podía oírles. Después no se reprimió. Se echó de espaldas sobre la enorme y blanda cama secándose las lágrimas de risa de sus mejillas. Richard fue a sentarse junto a ella.

—Tendremos que ingeniárnoslas para saber qué ojo es el bueno, en caso contrario podemos tener complicaciones insuperables —dijo él.

—«Es viejo e incómodo éste.» Era igual que el *Conejo Blanco* diciendo «Deprisa, deprisa».

—¿Cómo te sientes siendo la señora Lomax?

—Espléndidamente.

—Supongo que lo dijo la señora Bradbury.

—Ahora entiendo lo que querías decir con respecto a las mujeres criadas en Kenia.

—¿Serás feliz aquí?

—Creo que me las podré arreglar.

—¿Cómo puedo ayudar a hacerte más feliz?

Ella empezó a reírse de nuevo. Él se tendió junto a ella y la tomó en sus brazos, con mimo y sin precipitación. Más allá de la ventana abierta se dejaron oír pequeños sonidos. El grito de gaviotas lejanas. Más al alcance de la mano, el suave murmullo de una paloma torcaz. Se levantó una brisa que hizo crujir las ramas del cerezo blanco salvaje. Lentamente, las aguas de la pleamar empezaron a arrastrarse para llenar los bancos de arena de la ensenada.

Más tarde, deshicieron las maletas y se instalaron cómodamente. Richard se puso un viejo pantalón de pana, un jersey blanco de cuello cisne y unos zapatos de ante. Penélope colgó su uniforme en lo más profundo del armario y escondieron las maletas fuera de la vista, debajo de la cama.

—Parece el principio de las vacaciones escolares —comentó Richard—. Vamos a explorar.

En primer lugar inspeccionaron la casa, abriendo puertas, descubriendo inesperadas escaleras y pasillos, orientándose. Abajo, en la biblioteca, abrieron las puertaventanas, echaron un vistazo a los títulos de algunos libros, descubrieron un viejo gramófono y una pila de deliciosos discos. Delius, Brahms, Charles Trenet, Ella Fitzgerald.

—Podemos hacer veladas musicales.

Un fuego ardía lentamente en la gran chimenea. Richard se agachó para coger algún otro tronco del cesto en el suelo cuando, al enderezarse, se encontró cara a cara con un sobre dirigido a él y que estaba apoyado contra el reloj que se encontraba en el centro de la repisa de la chimenea. Lo cogió y abrió; en su interior había un mensaje de su ausente anfitriona.

Richard. El cortacésped está en el garaje, con una lata de gasolina junto a él. La llave de la bodega está colgada de la puerta de ésta. Servíos. Espero lo paséis bien.

HELENA

Salieron y pasaron por la cocina y el laberinto compuesto de la despensa de suelo de piedra, el *office* y los lavaderos para al final abrir una puerta e ir a parar al patio adoquinado de las cuadras atravesado por cuerdas para tender la ropa. Las viejas caballerizas eran ahora utilizadas como garaje, cobertizo y carbonera. Encontraron el cortacésped así como un par de remos y una vela doblada.

—Deben de ser para el dingui —observó Richard con satisfacción—. Cuando la marea suba podremos ir a navegar.

Un poco más allá, dieron con una antigua puerta de madera situada en un muro de granito con líquenes. Richard apoyó su hombro contra ella y la empujó para abrirla; se encontraron en lo que había sido antiguamente el huerto. Vieron el invernadero hundido y un armazón de pepinillos roto, pero las malas hierbas de años habían tomado posesión del lugar y todo lo que se podía discernir del antiguo esplendor del jardín era una mata descuidada de ruibarbos, una alfombra de menta y unos cuantos manzanos muy viejos, retorcidos como ancianos, pero llenos ya de brotes de un rosa pálido. Su aroma perfumaba el aire caliente. Era triste ver todo ese abandono.

—Una pena —dijo Penélope suspirando—. Tuvo que haber sido bonito en su momento. Con los setos recortados y los macizos bien dispuestos.

—Así era cuando estuve aquí antes de la guerra. Pero entonces había dos jardineros. Es imposible conservar un lugar así sin ayuda.

Salieron por otra puerta y encontraron un sendero que conducía a la cala. Penélope cogió un ramillete de narcisos y se sentaron en el embarcadero mirando cómo la marea se filtraba por debajo de él. Cuando sintieron hambre volvieron a la casa donde comieron pan, jamón y algunas manzanas arrugadas que encontraron en la despensa. A última hora de la tarde, cuando la marea subió, tomaron prestados unos chubasqueros del guardarropa de los Bradbury, cogieron los remos y la vela y salieron con el pequeño dingui. Al abrigo de la cala, avanzaron con lentitud, pero una vez en el mar abierto, la brisa los arrastró. Richard hizo bajar la orza de deriva y fue cazando la escota de la mayor. El pequeño dingui se inclinó de forma alarmante, pero mantuvo el equilibrio y, escorados y mojados de espuma, fueron adquiriendo velocidad a través de las aguas profundas y picadas del paisaje.

Era una casa escondida y que parecía dormir en el pasado. Estaba claro que la vida allí no había sido otra cosa más que tranquila y placentera, vivida a paso de tortuga; y como un viejo y voluble reloj, o una persona muy anciana, había perdido todo sentido del tiempo. Ésta ejercía una agradable influencia sobre ellos. Al final del primer día, cansados y relajados por el suave viento de la costa sur, Richard y Penélope no pudieron resistirse a dejarse seducir por el hechizo sosegado de Tresilick, el tiempo, después de ello, dejó de tener importancia o incluso de existir. No leían los periódicos, nunca encendían la radio y si el teléfono sonaba, lo dejaban sonar, conscientes de que la llamada no era para ellos.

Los días y las noches se sucedían lentamente, sin ser interrumpidos por la necesidad de comidas regulares, urgentes compromisos o la tiranía del reloj. Su único contacto con el mundo exterior era la señora Brick quien, fiel a sus palabras, iba y venía. Sus visitas eran irregulares, para no decir más, y nunca tenían idea de cuándo iba a aparecer. A veces se la encontraban a las tres de la tarde, abrillantando, frotando o manejando una barredera anticuada sobre las alfombras gastadas. Una mañana, muy temprano, estando ellos todavía en la cama, irrumpió en su dormitorio llevando una bandeja con el desayuno, pero antes de que hubiesen podido reaccionar y encontrar palabras para agradecérselo, ella ya había descorrido las cortinas haciendo un comentario sobre el tiempo y se había marchado.

Como observó Richard, podía haber sido muy embarazoso.

Asimismo, al igual que un duende benévolo, les procuraba comida. Cuando iban a la cocina en busca de alimentos, podían encontrar en la estantería de pizarra de la despensa un plato con huevos de pato, un pollo deshuesado, un trozo de mantequilla de granja o una hogaza de pan recién sacada del horno. Las patatas estaban peladas y las zanahorias ralladas y en una ocasión les había dejado un par de tartas de Cornualles tan enormes que ni siquiera Richard fue capaz de terminar la suya.

—Ni siquiera le hemos dado nuestras cartillas de racionamiento —indicó Penélope algo maravillada. Había vivido tanto tiempo con cartillas de racionamiento que esta abundancia le parecía poco menos que un milagro—. ¿De dónde demonios viene todo esto?

Nunca lo supieron.

El tiempo, a principios de aquella primavera, era irregular. Cuando llovía, y era con intensidad anegadora, o bien se ponían los chubasqueros e iban a dar largos paseos, o bien se quedaban junto al fuego, leyendo libros o jugando al *piquet.* Algunos días eran calurosos como en verano. Los pasaban fuera, haciendo picnic en la hierba o echados en viejas y malparadas tumbonas. Una mañana en que se sentían llenos de energía, cogieron el Bentley y recorrieron la corta distancia hasta St. Mawes, donde deambularon por el pueblo, miraron los barcos de vela y terminaron tomando el aperitivo en la terraza del hotel Idle Rocks.

Era un día de nubes y sol, éste apareciendo y desapareciendo y con el suave y dulce aire condimentado con la frescura de la brisa salada. Penélope se echó hacia atrás en su silla, con la mirada puesta en un barco de pesca de velas marrones que navegaba hacia el mar abierto.

—Richard, ¿te llama la atención el lujo? —le preguntó.

—No lo anhelo, si te refieres a eso.

—Yo pienso que el lujo es la total satisfacción de los cinco sentidos al mismo tiempo. El lujo es ahora. Siento el calor; y si quiero puedo alargar una mano y tocar tu mano. Huelo el mar y a la vez percibo el olor de alguien que está friendo cebollas. Delicioso. Estoy paladeando una cerveza fría y puedo oír a las gaviotas y el agua yendo y viniendo, y también el barco de pesca que avanza haciendo chuf-chuf lentamente.

—¿Y qué es lo que ves?

Ella volvió la cabeza para mirarlo, allí sentado con su cabello despeinado, el viejo jersey y la chaqueta Harris de *tweed* y piel que olía a turba.

—Te veo a ti —dijo seguidamente, y él sonrió—. Ahora te toca a ti. Dime qué significa para ti el lujo.

Él permaneció en silencio un momento, metiéndose en el espíritu del juego, reflexionando.

—Pienso que quizá el contraste —le dijo por fin—. Montañas, y el frío agudo de la nieve, todo reluciendo bajo un cielo azul y sol violento, O estar echado asándote al sol sobre una roca caliente, pero sabiendo que, apenas no puedas soportar el sofoco un momento más, el mar frío y profundo está sólo a un metro de distancia, esperando que te zambullas.

—¿Qué te parece estar fuera en un día frío y húmedo y volver a casa helado hasta los huesos, pudiendo sumergirte en una bañera rebosante de agua muy caliente?

—Fantástico. O pasar un día en Sirverstone, ensordecido por coches de carreras y luego, en el camino de vuelta, pararte en alguna iglesia grande e increíblemente hermosa, entrar y simplemente escuchar el silencio.

—Qué horrible debe de ser estar obsesionado por martas cibelinas, Rolls Royces y enormes y vulgares esmeraldas. Porque estoy segura de que, una vez lo has conseguido de alguna forma debe de perder su valor, simplemente porque ya es tuyo.

—¿Sería un tipo de lujo equivocado sugerir que comamos aquí?

—No, sería un lujo estupendo. Me estaba preguntando cuándo ibas a sugerirlo. Podríamos comer cebollas fritas. Hace media hora que la boca se me hace agua.

Sin embargo, es posible que las veladas fuesen lo mejor de todo. Con las cortinas corridas y el fuego encendido, escuchaban música después de escoger entre la colección de discos de Helena Bradbury, turnándose para cambiar la aguja y dar vuelta a la manivela del viejo gramófono de madera. Después de haberse bañado y cambiado, cenaban junto al fuego, acercando una mesa baja que disponían con cristal y plata y comían lo que la señora Brick les había dejado; bebían asimismo la botella de vino que Richard, siguiendo las instrucciones, iba a buscar a la bodega. Afuera, el viento nocturno que soplaba desde alta mar, tamborileaba y golpeaba las ventanas, pero eso sólo servía para acentuar su retiro, su apartamiento y su soledad no perturbada.

Una noche, muy tarde, estaban escuchando entera la *Sinfonía del Nuevo Mundo*. Richard estaba echado sobre el sofá y Penélope sentada sobre una pila de cojines en el suelo, con la cabeza apoyada en los muslos de él. El fuego se había reducido a un montículo de cenizas, pero cuando las últimas notas desaparecieron, ellos no se movieron, se limitaron a permanecer donde estaban, con la mano de Richard en su espalda y Penélope perdida en sueños.

Él fue el primero en moverse, rompiendo el hechizo.

—Penélope.

—Sí.

—Tenemos que hablar.

—No hemos hecho otra cosa —replicó sonriendo.

—Sobre el futuro.

—¿Qué futuro?

—Nuestro futuro.

—Oh, Richard...

—No. No te inquietes. Limítate a escuchar. Porque es importante. Mira, un día quiero poder casarme contigo. No logro imaginar un futuro sin ti y esto significa, creo, que deberíamos casarnos.

—Yo ya tengo un marido.

—Lo sé, cariño. Lo sé demasiado bien, pero aun así, debo pedírtelo. ¿Quieres casarte conmigo?

Ella se volvió, cogió su mano y la apretó contra su propia mejilla.

—No debemos tentar a la Divina Providencia.

—Tú no quieres a Ambrose.

—No quiero hablar de ello. No quiero hablar de Ambrose. No

pinta nada aquí. Ni siquiera quiero pronunciar su nombre en voz alta.

—Te quiero más de lo que se pueda expresar con palabras.

—Yo también, Richard. Te quiero. Lo sabes. Y no puedo pensar en nada más sublime que en ser tu esposa y saber que nada podrá separarnos nunca otra vez. Pero ahora no. No hablemos de eso ahora.

Él permaneció en silencio durante un largo momento.

—De acuerdo —dijo suspirando, e inclinándose la besó—. Vamos a dormir.

Su último día fue luminoso y despejado; Richard, cumpliendo su deber y correspondiendo a la hospitalidad de su anfitriona, sacó el cortacésped del garaje y cortó la hierba. Precisó mucho tiempo y Penélope le ayudó llevando carretillas de hierba cortada hasta el montón del abono, detrás de las cuadras, y cortando el seto con un par de podaderas de alto mango. No terminaron hasta las cuatro de la tarde, pero la visión del césped en declive, liso como terciopelo y rayado en dos diferentes tonos de verde, merecía el esfuerzo y era sumamente satisfactoria. Una vez la máquina estuvo limpia, engrasada y repuesta en su lugar, Richard anunció que estaba sediento y que iba a hacer una taza de té para cada uno, así que Penélope se dirigió a la parte frontal de la casa y se sentó en medio del césped recién cortado esperando que él lo llevase.

El olor de la hierba recién cortada era delicioso. Se recostó hacia atrás apoyándose sobre los codos y miró cómo un par de gaviotas había ido a posarse en la punta del embarcadero, maravillándose de lo pequeñas y graciosas que eran comparadas con las grandes y salvajes gaviotas plateadas del norte. Sus manos se movían sobre la hierba, acariciándola suavemente como se hace con el pelo de un gato. Sus dedos tropezaron con un diente de león que el cortacésped había olvidado. Al intentar arrancar las raíces, tiró de las hojas y el retoño. Pero la raíz era tenaz, como siempre lo son los dientes de león, y se rompió quedándose sólo con la planta y la mitad de la raíz en su mano. Ella la miró y olió su aroma amargo y el fresco olor de la tierra húmeda que se adhería y ensuciaba las manos.

Pisadas en la terraza.

—¿Richard?

Llegaba él con el té, dos tazas en una bandeja. Se agachó junto a ella.

—He encontrado un nuevo lujo —dijo ella.

—¿De qué se trata?

—Se trata de sentarse en un césped recién cortado, sola y sin la persona que amas. Estás sola pero sabes que no va a ser por mucho tiempo, porque él sólo se ha ido por un rato y en un momento estará de vuelta. —Sonrió—. Creo que éste es el mejor por ahora.

Su último día. Al día siguiente, pronto, por la mañana, deberían marcharse, volver a Porthkerris. Ella cerró su mente a esta perspectiva negándose a tomarla en consideración. Su última noche. Se instalaron como de costumbre cerca del fuego, Richard en el sofá y Penélope acurrucada en el suelo a su lado. No escuchaban música. En lugar de ello, él le leyó en alta voz *Diario de otoño* de MacNeice; no solamente el poema de amor que le había recitado aquel lejano día en el estudio de papá, sino el libro entero, desde el principio hasta el final. Era muy tarde cuando llegó a las últimas palabras.

Duérmete con el ruido del agua que fluye,
Atravesaremos el mañana, aunque profundo;
No hay río de los muertos o Lete,
Esta noche dormiremos
En la ribera del Rubicón —la muerte está echada
Habrá tiempo para revisar
Más tarde las cuentas, más tarde habrá la luz del sol
Y finalmente la ecuación será resuelta.

Él cerró el libro con lentitud. Ella suspiró y deseó que no se hubiese acabado.

—Tan poco tiempo... —dijo ella—. Él sabía que la guerra era inevitable.

—Creo que en el otoño de mil novecientos treinta y ocho la mayoría de nosotros lo sabía. —El libro resbaló de sus dedos hasta el suelo—. Me voy —dijo.

El fuego se había apagado. Ella volvió la cabeza, se fijó en la cara de Richard y la encontró llena de amargura.

—¿A qué viene esta expresión?

—Porque pienso que te estoy traicionando.

—¿Dónde te vas?

—No lo sé. No puedo decirlo.

—¿Cuándo?

—Tan pronto regresemos a Porthkerris.

—Mañana. —Y el corazón le dio un vuelco.

—O pasado mañana.

—¿Volverás?

—No inmediatamente.

—¿Te han dado otra misión?

—En efecto.

—¿Quién va a tomar tu puesto?

—Nadie. La operación se ha terminado. Acabado. Tom Mellaby y el personal administrativo se quedarán en el cuartel general de la

Marina Real para cancelarlo todo, pero los comandos y los *rangers* se trasladarán dentro de un par de semanas. Así Porthkerris recuperará su malecón norte y, apenas no esté requisado el campo de rugby, los hijos de Doris podrán volver a jugar a fútbol.

—¿Así que todo se ha acabado?

—En lo que respecta a Porthkerris, sí.

—¿Qué pasará a continuación?

—Habrá que esperar y ver.

—¿Desde cuándo estás al corriente de todo esto?

—Desde hace dos o tres semanas.

—¿Por qué no me lo has explicado antes?

—Por dos razones. Una porque todavía es un secreto, información clasificada, aunque no por mucho más tiempo. La otra porque no quería que nada estropease este poco tiempo que hemos tenido para nosotros.

Ella se sintió inundada de amor por él.

—Nada podría haberlo estropeado. —Dijo estas palabras dándose cuenta de que eran ciertas—. No debías habértelo guardado para ti. No debes nunca ocultarme nada.

—Separarme de ti será la cosa más dura que nunca he tenido que hacer.

Ella pensó en su partida y en el vacío consiguiente. Intentó imaginar la vida sin él y no lo consiguió. Sólo una cosa era cierta.

—Lo peor será decirse adiós.

—Entonces no lo digamos.

—No quiero que se acabe.

—No se ha acabado, cariño —dijo él con una sonrisa—, ni siquiera ha empezado.

—¿Se ha marchado?

Ella estaba haciendo punto.

—Sí, papá.

—No se ha despedido.

—Pero vino a verte; te trajo una botella de whisky. No quería despedirse.

—¿Se ha despedido de ti?

—No. Simplemente se alejó por el jardín. Así es como lo habíamos planeado.

—¿Cuándo volverá?

Ella llegó al final de la pasada, cambió las agujas y empezó otra.

—No lo sé.

—¿Te callas algo?

—No.

Él permaneció en silencio. Suspiró.

—Lo echaré de menos. —A través de la habitación sus grandes y oscuros ojos se posaron sobre su hija—. Pero no creo que tanto como tú.

—Estoy enamorada de él, papá. Nos queremos.

—Lo sé. Hace meses que lo sé.

—Somos amantes.

—Esto también lo sabía. Veía cómo florecías, te volvías radiante. Tu cabello brillaba. Deseaba ser capaz de coger un pincel y pintar ese resplandor para fijarlo para siempre. Además... —se volvió prosaico—, una mujer no se va a pasar una semana con un hombre para hablar sólo del tiempo. —Ella sonrió, pero no dijo nada—. ¿Qué será de vosotros?

—No lo sé.

—¿Y Ambrose?

—Tampoco lo sé —contestó ella encogiéndose de hombros.

—Tienes problemas.

—Un maravilloso eufemismo.

—Lo siento por ti. Lo siento por vosotros dos. Ambos os merecéis algo mejor que encontraros el uno al otro en medio de una guerra.

—Lo... lo aprecias, ¿verdad, papá?

—Nunca he apreciado tanto a un hombre. Me gustaría tenerlo como hijo. Pienso en él como en un hijo.

Penélope, que nunca lloraba, sintió de pronto cómo las lágrimas acudían a sus ojos. Pero no era momento para sentimentalismos.

—Eres un malvado —le dijo a su padre—. Ya te lo he dicho muchas veces. —Afortunadamente las lágrimas se retiraron—. No deberías tolerar esto. Deberías fustigar con tu látigo y, rechinando los dientes, dar a Richard Lomax para siempre con la puerta en las narices —dijo ella, siendo recompensada con un brillo de diversión.

—Me estás insultando —repuso él.

Richard se había ido, la vanguardia del éxodo general. A mediados de abril quedó probado a los habitantes de Porthkerris que el Plan de Instrucción de la Marina Real, su pequeña participación en la guerra, había terminado. Los *rangers* norteamericanos y los comandos se marcharon, tan callada e inopinadamente como habían llegado, y las estrechas calles del pueblo quedaron vacías y extrañamente tranquilas, sin resonar más con los pies embotados y el estrépito de los vehículos militares. Las lanchas de desembarco desaparecieron del puerto, remolcadas una noche al amparo de la oscuridad; las alambradas de espino fueron retiradas del malecón norte; los barracones de los comandos quedaron libres y fueron devueltos al Ejército de Salvación. Arriba en la colina, los barracones de la base americana quedaron abandonados y vacíos y desde los desiertos campos de tiro en Boscarben ya no llegaba el sonido de los disparos.

Todo lo que quedaba como evidencia de la larga actividad invernal en el cuartel general de la Marina Real en el viejo hotel White Caps, El Globo y El Laurel eran las banderas que seguían ondeando del tope, los jeeps seguían aparcados en el patio frontal, el centinela hacía debidamente guardia en la entrada y el coronel Mellaby y su equipo iban y venían. Su continua presencia era un recordatorio y daba fe de todo lo que había tenido lugar.

Richard se había ido. Penélope aprendió a vivir sin él porque no había alternativa. No se podía decir «no puedo soportarlo», porque la única alternativa a eso era detener el mundo y marcharse, y ello no parecía una forma práctica de hacer las cosas.

A fin de llenar el vacío y ocupar sus manos y su mente, Penélope hizo lo que las mujeres bajo tensión y en tiempos de ansiedad habían hecho durante siglos: sumergirse en la vida doméstica y familiar. La actividad física, si no era una terapia mundana, se demostró positiva. Limpió la casa desde la buhardilla hasta la bodega, lavó las mantas, excavó en el jardín. Por ello no dejó de desear a Richard pero por lo menos, y al fin y a la postre, tenía una casa reluciente y fragante y en el huerto dos hileras de jóvenes coliflores recién plantadas.

Asimismo pasaba más tiempo con los niños. El mundo de ellos era simple, su conversación básica y sin complicaciones y ella se sentía confortada con su compañía. A los tres años, Nancy se había convertido en una personita; reclamaba dedicación, era resuelta y determinante; sus comentarios y observaciones agudas eran una fuente de constante asombro y diversión. Por su parte, Clark y Ronald estaban creciendo y ella encontraba sus argumentos y opiniones terriblemente maduros. Les prestaba toda su atención, ayudándolos con sus colecciones de conchas, escuchando sus problemas y contestando a sus preguntas. Por primera vez los vio no simplemente como a dos muchachitos ruidosos, sino como a dos bocas hambrientas a quienes había que alimentar pero tratar de igual a igual. Personas con su propia entidad. La futura generación.

Un sábado se llevó a los tres niños a la playa. Al regresar a Carn Cottage se encontró al general Watson-Grant allí, a punto de marcharse. Había ido a ver a Lawrence. Habían tenido una charla agradable. Doris les había dado té y ahora él se marchaba a su casa.

Penélope lo acompañó hasta la verja. Él se detuvo para tocar con su bastón y admirar una mata de hostas, tupida con hojas acolchadas y elevada con espigadas flores blancas.

—Hermoso —observó él—. Qué bonita alfombra para la tierra.

—También me gustan. Son exóticas. —Avanzaron hasta el seto de escalonias el cual ya estaba salpicado de brotes rosa oscuro—. No puedo creer que ya estemos prácticamente en verano. Hoy, cuando los niños y yo estábamos en la playa, hemos visto a un hombre mayor con una cara como un nabo rastrillando todos los desechos de la playa. Y las casetas ya funcionan y el puesto de helados ya está abierto. Supongo que no tardarán en llegar los primeros veraneantes. Como cascadas.

—¿Has tenido noticias de tu marido?

—¿... Ambrose? Está bien, creo. Desde hace un tiempo no sé nada de él.

—¿Sabes dónde está?

—En el Mediterráneo.

—Entonces se perderá el espectáculo.

—¿Cómo dice? —Penélope se estremeció.

—Digo que se perderá el espectáculo. De ir a Europa. La invasión.

—Sí —dijo ella débilmente.

—Puñetera mala suerte para él. Te voy a decir algo, Penélope, daría mi mano derecha para ser joven y estar en el meollo de la cuestión. Ha hecho falta mucho tiempo para llegar hasta aquí. Demasiado tiempo. Pero ahora todo el país está preparado y espera para atacar.

—Sí. Lo sé. De pronto la guerra se ha vuelto terriblemente importante. Cuando uno anda por las calles de Porthkerris puede oír los partes enteros de una casa a la otra. Y la gente compra los periódicos y los lee allí mismo, en la acera fuera de la tienda de periódicos. Es como en la época de Dunquerque, o la batalla de Inglaterra o El Alamein.

Habían llegado a la verja. Se detuvieron una vez más, el general apoyado en su bastón.

—Me ha gustado ver a tu padre. He venido por un impulso. Pensando que le iría bien un poco de charla.

—Necesita compañía estos días —dijo ella sonriendo—. Echa de menos a Richard Lomax y las partidas de backgamon.

—Sí. Me lo ha dicho. —Sus ojos se encontraron. La mirada de él era cariñosa y ella encontró tiempo para preguntarse hasta dónde habría considerado oportuno Lawrence contar a su viejo amigo—. Si he de serte sincero, no había caído en la cuenta de que el joven Lomax se había marchado. ¿Habéis tenido noticias de él?

—Sí.

—¿Cómo le va?

—De hecho no dice nada.

—Es lógico. No creo que la seguridad haya sido nunca tan rigurosa.

—Ni siquiera sé dónde está. La dirección que me ha dado se limita a iniciales y números. Y parece como si el teléfono no hubiera sido inventado todavía.

—Oh, bueno. No dudes que pronto tendrás noticias suyas.

—Abrió la verja—. Ahora tengo que ponerme en camino. Adiós, querida. Cuida de tu padre.

—Gracias por haber venido.

—Ha sido un placer. —Sin previo aviso, se quitó el sombrero y se inclinó hacia adelante para darle un beso rápido en la mejilla. Ella se quedó sin palabras, pues él no había hecho una cosa así antes. Se quedó observando cómo se alejaba, caminando enérgicamente ayudado de su bastón.

Todo el país esperando. Esperar era lo peor. Esperar para la guerra; esperar para noticias; esperar para la muerte. Se estremeció, cerró la verja y subió lentamente por el jardín.

Dos días más tarde llegó una carta de Richard. Al bajar por primera vez por la mañana temprano, Penélope la vio allí donde la había dejado el cartero, sobre la cómoda del recibidor. Vio la negra letra en bastardilla, el grueso sobre. Se la llevó a la sala de estar, se acurrucó en el sillón de papá y la abrió. Había cuatro hojas de fino papel amarillo, cuidadosamente dobladas.

Algún lugar de Inglaterra
20 de mayo de 1944

Mi querida Penélope:

En el curso de las últimas semanas me he sentado para escribirte una docena de veces. En cada ocasión no he podido pasar de las primeras cuatro líneas, siendo interrumpido por alguna llamada telefónica, o a la puerta, o por urgentes requerimientos de un tipo u otro.

Pero por fin ha llegado el momento en que puedo estar casi seguro de contar con una hora de tranquilidad en este lugar ignorado. Tus cartas han llegado bien y han sido una fuente de felicidad. Las llevo siempre conmigo como un colegial amartelado y las leo y releo infinidad de veces. Si no puedo estar contigo, puedo oír tu voz.

Ahora soy yo quien tiene mucho que decir. A decir verdad, resulta difícil saber por dónde empezar, recordar lo que hablamos y lo que silenciamos. Esta carta se referirá a lo que no se dijo.

Nunca me has querido hablar de Ambrose y mientras estuvimos en Tresilick, y vivimos nuestro propio mundo privado, parecía un punto de poca importancia. Últimamente sin embargo pocas veces sale de mi pensamiento y está claro que es el único obstáculo entre nosotros y nuestra eventual felicidad. Esto suena detestablemente egoísta, pero uno no puede quitarle la mujer a otro y ser un santo. Y es así como mi mente, aparentemente de *motu proprio,* salta hacia adelante. A la confrontación, la aceptación, la culpa, los abogados, los juzgados y un posible divorcio.

Siempre existe la posibilidad de que Ambrose sea caballeroso y permita que te divorcies de él. Si he de serte honesto no veo la mínima razón para que no lo acepte y estoy perfectamente preparado para aparecer en los tribunales como el corresponsable culpable y hacer que él se divorcie de ti. Si esto sucede, debe tener acceso a Nancy, pero esto es un puente que debemos cruzar cuando lleguemos a él.

Todo lo que importa es que deberíamos estar juntos y casarnos en su día; mejor pronto que tarde. La guerra se acabará algún día. Yo seré desmovilizado y volveré, con agradecimiento y una pequeña gratificación, a la vida civil. ¿Puedes considerar la perspectiva de ser la esposa de un maestro de escuela? Pues eso es todo lo que quiero ser. A dónde iremos, dónde viviremos y cómo será, no puedo saberlo, pero si pudiese escoger, me gustaría volver al norte, para estar cerca de los lagos y las montañas del distrito de Peak.

Sé que todo esto parece muy lejano. Tenemos ante nosotros un camino complicado, plagado de obstáculos que tendremos que superar uno a uno. Pero un viaje de mil kilómetros empieza con el primer paso y no hay expedición peor que la que no se inicia.

Al releer lo anterior, me suena a la carta de un hombre feliz que espera vivir para siempre. Por alguna razón, no tengo temor de no sobrevivir a la guerra. Muerte, el último enemigo, todavía parece muy lejos, más allá de la vejez y de la enfermedad. Y no me cabe en la cabeza que el destino, después de habernos reunido, no quiera que sigamos así.

Pienso en todos vosotros en Carn Cottage, imagino lo que estáis haciendo y deseo estar con vosotros, compartiendo las risas y los quehaceres domésticos de lo que he llegado a pensar sea mi segundo hogar. Todo fue bueno, en el sentido estricto de la palabra. Y en esta vida nada bueno se pierde realmente. Permanece parte de la persona, se convierte en parte de su carácter. Así una parte de ti va conmigo a todas partes. Y una parte de mí es tuya para siempre. Todo mi amor, querida.

RICHARD

El martes 6 de junio, las Fuerzas Aliadas invadieron Normandía. El segundo frente se había abierto y había empezado la última y larga batalla. La espera había llegado a su fin.

El 11 de junio era domingo.

Doris, invadida por un ataque de celo religioso, había arrastrado a sus hijos a la iglesia y a Nancy a la escuela dominical; Penélope se quedó preparando la comida. Por una vez el carnicero no les había fallado, sacando de debajo del mostrador una pequeña pierna de cordero. Ahora estaba en el horno, asándose y desprendiendo un olor delicioso y rodeado de patatas crujientes. Las zanahorias se cocían a fuego lento y la coliflor estaba desmenuzada. De postre, tomarían ruibarbo y natillas.

Eran casi las doce del mediodía. Se acordó de la menta para la salsa. Sin quitarse el delantal de cocina, salió por la puerta para subir la pendiente hasta el huerto. Soplaba la brisa. Doris había hecho una gran colada, la cual colgaba de las cuerdas y las sábanas y las toallas flotaban y golpeaban en el aire como velas mal cazadas. Los patos y las gallinas, acorralados en su terreno de pasto, vieron cómo se acercaba Penélope y montaron un gran griterío a la espera de comida.

Ella encontró la menta y cogió un puñado de ramitas muy perfumadas; mientras regresaba a través del gran prado hacia la casa, escuchó el sonido de la verja del fondo del jardín abriéndose y cerrándose. Era demasiado temprano para que volviesen los fieles, por lo que bajó los escalones de piedra que daban a la parte frontal del césped y permaneció allí a la espera de ver de quién se trataba.

Apareció el visitante, caminando lentamente. Un hombre alto, con uniforme. Una boina verde. Durante un instante, fracción suficiente para que el corazón le diese un vuelco, pensó que era Richard, pero al punto vio que no era así. El coronel Mellaby alcanzó la parte alta del sendero y se detuvo. Levantó la cabeza y la vio, mirándolo a él.

Todo, de pronto, se inmovilizó. Como una película detenida en una secuencia porque el proyector se ha averiado. Hasta la brisa se paró. Ningún pájaro cantaba. La verde hierba yacía entre ellos como un campo de batalla. Ella permanecía inmóvil, a la espera de que él hiciese el primer movimiento.

Así lo hizo él. Con un golpecito seco y un zumbido, la película se puso en marcha de nuevo. Ella fue a su encuentro. Él parecía cambiado. Ella no se dio cuenta de lo pálido y grave que estaba.

—Coronel Mellaby. —Ella fue la primera en hablar.

—Querida... —Parecía como el general Watson-Grant en sus

mejores momentos de gentileza y desde este segundo ella supo sin lugar a dudas lo que había ido a decirle.

—¿Se trata de Richard? —quiso saber ella.

—Sí. Lo siento.

—¿Qué ha pasado?

—Malas noticias.

—Dígame.

—Richard..., lo han matado. Está muerto.

Ella esperó para sentir algo. No sentía nada. Sólo el puñado de menta fuertemente agarrado en su puño; un mechón de pelo le cruzó la mejilla. Levantó la mano para apartarlo. Su silencio continuo yacía entre ellos como un gran abismo infranqueable. Lo sentía por él, pero no podía hacer nada.

Por fin, con un enorme y visible esfuerzo, él continuó:

—Lo he sabido esta mañana. Antes de marcharse me dijo que... si algo le ocurría debía venir sin pérdida de tiempo y hacérselo saber.

—Ha sido muy amable por su parte —dijo ella recuperando la voz, aunque no parecía fuese la suya—. ¿Cuándo ha ocurrido?

—En el Día D. Desembarcó con los hombres que había entrenado aquí. La segunda compañía de *rangers* de Estados Unidos.

—¿Tenía que ir?

—No. Pero él quiso estar con ellos. Y ellos estaban orgullosos de tenerle allí.

—¿Qué pasó?

—Aterrizaron en el flanco de la playa Omaha con la Primera División de Estados Unidos, en un lugar llamado punta de Hué, cerca del extremo de la península de Cherburgo. —Su voz era ahora más segura, hablaba sin emoción, de temas que conocía—. Por la información que he podido reunir, tuvieron alguna dificultad con su equipamiento. Los arpeos de propulsión por cohete se mojaron durante la travesía y no funcionaron. Sin embargo, escalaron el acantilado y conquistaron la batería de cañones alemana de la cima. Alcanzaron su objetivo.

Ella pensó en los jóvenes norteamericanos que habían pasado el invierno en Porthkerris; a un océano de distancia de sus casas, de sus familias.

—¿Hubo muchas pérdidas?

—Sí. En el curso del asalto murió como mínimo la mitad.

Y Richard con ellos.

—Él no pensaba que le iban a matar. Decía que la muerte, el último enemigo, parecía estar todavía muy lejos. Es bueno que pensase así, ¿verdad?

—Sí —dijo él chascando la lengua—. Mira, querida, no tienes que hacerte la valiente. Si quieres llorar, no te frenes. Soy un hombre casado, tengo hijos. Lo entendería.

—Yo también estoy casada y tengo una niña.

—Lo sé.

—Y hace años que no lloro.

Él desabrochó el botón que cerraba el bolsillo superior de su chaqueta. Y sacó una foto.

—Uno de mis sargentos me dio esto. Estaba al cargo de la cámara e hizo ésta un día en que estaban todos en Boscarben. Él ha pensado..., yo he pensado... que le gustaría tenerla.

Se la tendió. Penélope bajó la vista hacia la fotografía. Vio a Richard, volviendo la cabeza como si quisiera mirar por encima del hombro, cogido desprevenido y sonriendo al fotógrafo. En uniforme, con la cabeza descubierta y con una aduja de cuerda para escalar colgada de su espalda. Debía de haber sido un día ventoso, como aquél, pues su pelo estaba despeinado. Al fondo podía verse el largo horizonte del mar.

—Es muy amable —dijo ella—. Gracias. No tenía ninguna fotografía suya.

Él no hizo comentario alguno. Ambos permanecieron allí, incapaces de pensar en nada más que decir.

—¿Está usted bien? —preguntó él finalmente.

—Sí, claro.

—En ese caso me marcho. A menos que haya algo que yo pueda hacer por usted.

—Sí —dijo ella después de haber reflexionado un momento—, hay algo. Mi padre está dentro en casa. En la sala de estar. Lo encontrará con facilidad. ¿Podría ir a decirle lo de Richard?

—¿Realmente quiere usted que lo haga?

—Alguien tiene que hacerlo. Y no estoy muy segura de tener suficiente fuerza para ello.

—De acuerdo.

—Yo me reuniré con ustedes en un momento. Le daré tiempo para que le comunique la noticia e iré.

Él se alejó. Subió el sendero, subió los escalones de la puerta principal, atravesó la puerta. No era sólo una persona amable, sino también un hombre valeroso.

Ella permaneció donde él la había dejado, con su puñado de menta en una mano y la fotografía de Richard en la otra. Se acordó de la horrible mañana del día en que murió Sophie, de cómo había maldecido y llorado, deseando en esos momentos el mismo flujo de emociones. Pero nada. Se sentía simplemente insensible y fría como el hielo.

Miró el rostro de Richard. Nunca más. Nunca jamás. No ha quedado nada. Vio su sonrisa. Recordó su voz leyendo para ella.

Recordó las palabras. Casi repentinamente estaban allí, llenando su mente como una canción.

... la muerte está echada,
Habrá tiempo para revisar
Más tarde las cuentas, más tarde habrá la luz del sol,
Y finalmente la ecuación será resuelta.

Más tarde habrá la luz del sol. «Debo decírselo a papá», pensó. Y le pareció una manera como otra de empezar el resto de vida que le quedaba por delante.

XII

DORIS

Podmore's Thatch. Un pájaro cantó y su voz atravesó el silencio del alba gris. El fuego se había apagado, pero la luz situada sobre *Los buscadores de conchas* seguía encendida, como había estado toda la noche. Penélope no había dormido; sin embargo ahora se desperezaba al igual que alguien despertándose de un sueño profundo y relajante. Estiró las piernas bajo la gruesa manta de lana, desplegó los brazos y se frotó los ojos. Miró a su alrededor; vio su sala de estar bañada por una tenue luz, la tranquilizadora presencia de sus cosas, las flores, las plantas, el escritorio, los cuadros; la ventana abierta sobre su jardín. Vio las ramas más bajas del castaño, las hojas todavía yemas. No había dormido, pero la falta de sueño no le había dejado cansada. Por el contrario, se sentía empapada de una especie de serena satisfacción, una tranquilidad que posiblemente había surgido de haberse permitido de forma excepcional traer a su memoria el recuerdo completo.

Ahora había llegado al final. El juego había terminado. Permanecía una fuerte ilusión de representación teatral. Las candilejas reducían su intensidad y en la luz mortecina los actores se volvían para salir del escenario. Doris y Ernie, jóvenes como nunca volverían a serlo. Y los ancianos señores Penberth y Trubshot, y los Watson-Grant. Y papá. Muertos. Desde hacía tiempo. El último fue Richard. Ella lo recordó sonriendo, y percibió que el tiempo, ese viejo y gran curandero, había cumplido finalmente con su misión y ahora, a través de los años, el rostro del amor ya no suscitaba agonías de dolor y amarguras. Por el contrario, había dejado simplemente la sensación de agradecimiento. Pues cuán inimaginablemente vacío estaría el pasado sin él para ser recordado. «Mejor haber amado y perdido —se dijo— que nunca haber amado.» Y sabía que era cierto.

Desde la repisa de la chimenea el carillón dorado dio las seis. La noche se había ido. Era mañana. Otro jueves. ¿Qué había ocurrido con los días? En el intento de descifrar este misterio, descubrió que habían transcurrido dos semanas desde la visita de Roy Brookner, cuando se había llevado los paneles y los bocetos. Y seguía sin tener noticias suyas.

Tampoco sabía nada de Noel ni de Nancy. Con la última amarga discusión con ellos, se habían limitado a marcharse y mantenerse alejados de su madre, resueltos a no comunicarse. Esto le importaba a ella mucho menos de lo que sus hijos podían probablemente imaginarse. Sin duda, con el tiempo, se pondrían de nuevo en contacto, no para excusarse, sino actuando como si nada adverso hubiese tenido lugar. Hasta entonces, tenía demasiadas cosas en qué pensar y no le sobraba energía para perder inquietándose por resentimientos infantiles y sentimientos heridos. Había mejores cosas en qué pensar y mucho por hacer. Como siempre, la casa y el jardín reclamaban la mayor parte de su atención. Como era usual, los días abrileños se alteraban continuamente. Cielos grises, hojas de un verde lívido, lluvias torrenciales, y después de nuevo el sol. Las forsitias brillaban de color amarillo mantequilla; el huerto se convirtió en una alfombra de narcisos, violetas y primaveras.

Jueves. Danus iría esa mañana. Y a lo mejor hoy llamaría Roy Brookner, desde Londres. Considerando esta posibilidad, se autoconvenció de que telefonearía. Era algo más que una sensación. Más fuerte que esto. Una premonición.

Para entonces, se habían reunido con el pájaro solitario una docena de voces más y el aire estaba lleno de sus coros. Imposible pensar en dormir en esos momentos. Se levantó del sofá, apagó la luz y subió para prepararse un gran baño caliente.

Su premonición fue cierta y la llamada llegó en medio de la comida.

El dulce amanecer se había convertido en un día gris, tapado y lloviznoso que no animaba a comer fuera o en el invernadero. Así que ella, Antonia y Danus se encontraban alrededor de la mesa de la cocina, comiendo un enorme plato de espaguetis boloñesa y una fuente de verduras y hortalizas aliñadas en crudo. A causa del tiempo, Danus se había pasado la mañana ordenando el garaje. Penélope, al dirigirse a su escritorio en busca de un número de teléfono, se vio retenida por su desorden por lo que permaneció allí, disponiendo el pago de facturas atrasadas, releyendo cartas y tirando una gran cantidad de folletos publicitarios que ni siquiera se había molestado en sacar de sus respectivos sobres. Antonia había hecho la comida.

—No eres sólo muy buena como ayudante de jardinero, sino también una cocinera de primera —le dijo Danus rallando queso parmesano sobre sus espaguetis.

El teléfono sonó.

—¿Lo cojo? —dijo Antonia.

—No —dijo Penélope dejando su tenedor y poniéndose de pie—. En cualquier caso seguro que es para mí. —No contestó a la llamada desde la cocina, sino que se dirigió a la sala de estar y cerró la puerta detrás de ella.

—Dígame.

—¿La señora Keeling?

—Al habla.

—Soy Roy Brookner.

—Dígame, señor Brookner.

—Siento haber tardado tanto en volver a contactarla. El señor Ardway estaba en casa de unos amigos en Gstaad y no volvió hasta hace un par de días a Ginebra, donde encontró mi carta esperándole en su hotel. Ha llegado a Heathrow esta mañana y ha estado en mi despacho. Le he enseñado los paneles y le he dicho que usted estaba dispuesta a venderlos a un particular; está muy agradecido por esta oportunidad. Ha ofrecido cincuenta mil por cada uno de ellos. Es decir cien mil por el par. Libras esterlinas, por supuesto, no dólares. ¿Le parece a usted correcto o prefiere pensárselo un poco? Le gustaría volver a Nueva York mañana pero está perfectamente preparado para, en caso necesario, aplazar el vuelo, si usted piensa que necesita más tiempo para llegar a un acuerdo. Personalmente creo que es una oferta muy buena, pero si... ¿Señora Keeling? ¿Está usted ahí todavía?

—Sí. Estoy todavía aquí.

—Lo siento. Pensaba que quizá se hubiese cortado la línea.

—No. Todavía estoy aquí.

—¿Tiene algún comentario que hacer?

—No.

—¿Le parece aceptable la cantidad que le he mencionado?

—Sí. Perfectamente aceptable.

—¿Así quiere usted que siga adelante y concluya la venta?

—Sí. Por favor.

—No quiero dejar de decirle que el señor Ardway está encantado.

—Me alegro mucho.

—La mantendré al corriente. Y, por supuesto, el pago será hecho apenas tenga lugar la transacción.

—Gracias, señor Brookner.

—Es posible que no sea el momento apropiado para mencionarlo, pero habrá que pagar unos impuestos considerables. ¿Es usted consciente de ello?

—Sí, por supuesto.

—¿Tiene usted un gestor o alguien que se ocupe de sus asuntos?

—Tengo al señor Enderby, de Enderby, Looseby & Thring. Están en Gray's Inn Road. El señor Enderby se ocupó de todo cuando vendí la casa de la calle Oakley y compré ésta.

—En ese caso, sería bueno que se pusiese en contacto con él y le explicase la situación.

—Sí, sí, lo haré...

Una pausa. Ella se preguntó si él no iría a colgar.

—¿Señora Keeling?

—¿Sí, señor Brookner?

—¿Está usted bien?

—¿Por qué?

—Parece usted un poco... fría.

—Es porque me resulta difícil reaccionar de otra forma.

—¿Está contenta con el acuerdo?

—Sí. Bastante contenta.

—En ese caso, adiós, señora Keeling...

—No, señor Brookner, espere. Hay otra cosa.

—Escucho.

—Se trata de *Los buscadores de conchas.*

—¿Sí?

Ella le explicó lo que quería que hiciese.

Muy despacio, colgó el auricular. Estaba sentada al recién ordenado escritorio y permaneció allí por algunos momentos. Estaba muy tranquila. Podía oír los murmullos de voces desde la cocina. Antonia y Danus, los cuales siempre parecían tener cosas que decirse el uno al otro. Volvió y los encontró todavía sentados a la mesa; habían comido los espaguetis y ahora estaban con la fruta, el queso y el café. Su plato había desaparecido.

—He metido tu plato en el horno para que no se enfriara —le dijo Antonia levantándose para cogerlo, pero Penélope la detuvo.

—No. No te molestes. No quiero más.

—¿Una taza de café entonces?

—No. Ni siquiera esto —dijo sentándose con los brazos cruzados sobre la mesa. Sonreía porque no podía dejar de sonreír, porque los quería a ambos y estaba a punto de proponerles lo que ella consideraba como el más precioso regalo del mundo entero. Un regalo que había ofrecido a cada uno de sus tres hijos y que ellos, uno después de otro, habían rechazado.

—Tengo algo que proponeros —dijo—. ¿Os gustaría venir a Cornualles conmigo? ¿A pasar la Semana Santa? Juntos. Sólo nosotros tres.

Podmore's Thatch
Temple Pudley
Gloucestershire

17 de abril de 1984

Mi querida Olivia:

Te escribo para explicarte una serie de cosas que han ocurrido y que van a ocurrir.

El fin de semana pasado, cuando Noel trajo a Antonia, arregló el desván y Nancy vino para comer el domingo, tuvimos una discusión de las buenas, y estoy segura de que no te lo han contado. Fue, inevitablemente, por dinero y por el hecho de que consideran que debería vender los cuadros de mi padre ahora, mientras el mercado esté en alza. Según ellos, sólo desean mi bien, pero los conozco a ambos demasiado. Son ellos quienes necesitan del dinero. Cuando se hubieron marchado, me paré a reflexionar sobre todo ello y al día siguiente telefoneé al señor Roy Brookner de Boothby's. Vino aquí y vio los paneles para luego llevárselos con él. Me ha encontrado un comprador privado, un norteamericano, quien me ha ofrecido cien mil libras por ambos. He aceptado esta oferta.

Existen muchas formas en que podría gastarme este dinero llovido del cielo pero, por el momento, voy a hacer aquello que he estado deseando hacer desde hace tiempo, y es volver a Cornualles. Dado que ni tú, ni Noel, ni Nancy parecéis tener el tiempo o las ganas de acompañarme, he invitado a Antonia y a Danus. En un primer momento Danus dudó en aceptar mi invitación. Cayó casi como una bomba y creo que estaba turbado y quizá consideró que me mostraba demasiado protectora y que lo hacía porque me daba pena. Es un joven muy orgulloso. Pero al final lo convencí de que nos haría una gentileza; necesitábamos un hombre fuerte para habérselas con el equipaje, los conserjes y los camareros. Por fin aceptó hablar con su jefe y ver si podía obtener una semana libre. Nos marchamos mañana por la mañana. Antonia y yo a cargo del volante. No iremos a casa de Doris porque no hay espacio para tres invitados, así que he reservado habitaciones en el hotel Sands y pasaremos allí toda la Semana Santa.

Escogí el Sands porque recuerdo que era sencillo y familiar. Cuando yo era una niña, numerosas familias solían acudir allí desde Londres para pasar las vacaciones de verano. Iban año tras año, con los niños, los chóferes, las niñeras y los perros; y cada verano la dirección organizaba un pequeño torneo de tenis, con una fiesta por la noche, donde los adultos bailaban a ritmo de fox vestidos con esmoquin y los niños danzaban *Sir Roger de Co-*

verley y les regalaban globos. Durante la guerra fue transformado en hospital y se llenó de pobres muchachos heridos arropados en mantas rojas; donde bonitas enfermeras con batas blancas les enseñaban cómo hacer cestos.

Pero cuando le dije a Danus dónde íbamos, pareció un poco asombrado. Aparentemente ahora el Sands está muy de moda y es muy distinguido; creo que está preocupado, lo cual es realmente cariñoso, por el gasto. Pero, por supuesto, no importa lo que vaya a costar. Es la primera vez en mi vida que *escribo* esta frase. Me produce la más extraordinaria de las sensaciones y me siento como si de pronto me hubiese convertido en una persona diferente. No me resisto a ello en absoluto y estoy tan excitada como una niña.

Ayer, Antonia y yo fuimos de compras a Cheltenham. La nueva Penélope tomó el relevo y no habrías reconocido a tu frugal madre, pero creo que lo habrías aprobado. Nos volvimos casi locas. Compré ropa para Antonia, una deliciosa blusa color crema, tejanos, jerseys de algodón, un chubasquero amarillo y cuatro pares de zapatos. Seguidamente ella desapareció en un salón de belleza para arreglarse el flequillo y yo me fui por mi cuenta y me gasté dinero en deliciosos e innecesarios artículos de primera necesidad para mis vacaciones. Un nuevo par de zapatos de lona con cordones, polvos de talco, una enorme botella de perfume. Rollos de película y crema para la cara; un jersey de cachemira color violeta. Compré un termo y una manta de tartán (para las excursiones) y un montón de libros de bolsillo para distraerme (incluyendo *Fiesta*; hace años que no leo a Hemingway). Compré un libro sobre aves inglesas y otro precioso lleno de mapas.

Cuando hube terminado con esta orgía de extravagancias, pasé por el banco, luego me permití una taza de té y fui a buscar a Antonia. La encontré bastante irreconocible y muy guapa. No solamente se había arreglado el pelo, sino que además se había teñido las pestañas. Cambia totalmente su aspecto. Al principio estaba un poco avergonzada pero ahora ya se ha hecho a la idea y se la puede ver, de vez en cuando, lanzándose miradas admirativas en el espejo. Hacía tiempo que no me sentía tan feliz.

La señora Plackett vendrá mañana y limpiará y cerrará la casa cuando nos hayamos marchado. Estaremos de vuelta el miércoles veinticinco.

Hay otra cosa. Ya no tengo *Los buscadores de conchas*. Lo he donado a la memoria de mi padre a la galería de arte de Porthkerris que él había contribuido a fundar. Por alguna extraña razón, ya no lo necesito y me gusta pensar que otros —gente corriente— podrán compartir el placer y satisfacción que siempre me ha proporcionado. El señor Brookner se ocupó de organizar su transporte hacia el oeste y envió una furgoneta que se lo llevó. El espacio vacío sobre la chimenea es muy evidente, pero algún día lo llenaré con alguna otra cosa. En el intervalo, estoy deseando verlo colgado en su nueva casa, para que todo el mundo lo vea. No he escrito a Noel y a Nancy. Se enterarán de todo tarde o temprano y sin duda se disgustarán y quejarán, pero no puedo hacer nada para evitarlo. Les he dado todo lo que he podido y ellos siempre quieren más. Quizá ahora dejen de importunarme y se preocupen de sus propias vidas. Pero tú, creo, lo entenderás.

Con todo mi amor, como siempre.

MAMÁ

Nancy se sentía un poco insatisfecha consigo misma. El motivo de ello era que no había estado en contacto con su madre desde aquel malogrado domingo cuando estalló la terrible discusión sobre los cuadros y Penélope se volvió contra ellos y les mostró esa parte tan desagradable y penosa de su mente.

No era que Nancy se sintiese culpable. Por el contrario, se sentía profundamente ofendida. Madre había salido con unas acusaciones que nunca habría debido proferir y Nancy había dejado que los días transcurriesen en una glacial falta de comunicación porque esperaba que fuese Penélope quien diese el primer paso. Que telefonease, no para excusarse, sino para charlar, preguntar por los niños, quizá para sugerir que se viesen. Probando a Nancy que todo estaba olvidado y que las relaciones entre ellas estaban de nuevo en la normalidad.

Sin embargo, no había pasado nada. No llegó esta llamada. Al principio Nancy se mantuvo resueltamente ofendida y alimentó su resentimiento. Acusaba la sensación de haber sido puesta en desgracia. Al fin y al cabo no había hecho nada malo. Se había limitado a decir las cosas en voz alta, preocupada por el bien de todos.

Pero poco a poco se fue preocupando. No cuadraba con el carácter de su madre permanecer enfadada. ¿Sería posible que se encontrase mal? Se había alterado sobremanera y ello sin duda no podía ser bueno para una mujer mayor que había sufrido un ataque cardíaco. ¿Habría tenido repercusiones? Se amedrentó ante la idea, apartó la punzada de ansiedad de su mente. Seguro que no. Sin duda, en caso afirmativo, Antonia se habría puesto en contacto con ellos. Era joven y probablemente irresponsable, pero no podía serlo tanto.

El asunto se convirtió en una obsesión que Nancy no podía quitarse de la cabeza. Durante los últimos días, se había dirigido al teléfono más de una vez, levantando el auricular para marcar el número de Podmore's Thatch, sólo para volver a colgar porque no se le ocurría lo que iba a decir ni imaginarse la razón por la cual debería decirlo, fuese lo que fuese. Y entonces le vino la inspiración. Se acercaba Semana Santa. Invitaría a su madre y a Antonia a la vieja vicaría para la comida de Pascua. Esto no implicaba perder la dignidad y en medio del cordero asado y las patatas nuevas, se reconciliarían.

Estaba ocupada en la no muy ardua tarea de sacar el polvo al comedor cuando se le ocurrió esta brillante idea. Dejó el trapo y la lata de pulimento y se dirigió directamente a la cocina y al teléfono. Marcó el número y esperó, sonriendo amigablemente preparada para poner esta sonrisa en su voz. Oyó el tono de llamada. No había respuesta. Su sonrisa se desvaneció. Esperó largo rato. Finalmente, sintiéndose hundida del todo, colgó.

Telefoneó de nuevo a las tres de la tarde y luego a las seis. Llamó a averías y pidió al empleado que comprobase la línea.

—Da el tono de llamada —le dijo.

—Ya sé que da la señal. He estado oyendo el tono todo el día. Debe de haber algo estropeado.

—¿Está usted segura de que la persona a quien está llamando está en casa?

—Por supuesto que está en casa. Es mi madre. Está siempre en casa.

—Si me lo permite, lo comprobaré y volveré a llamarla.

—Gracias.

Ella esperó. Él llamó de nuevo. No había ninguna avería en la línea. Parecía simplemente que su madre no se hallaba allí.

Para entonces Nancy no estaba ya tan preocupada, sino profundamente molesta. Telefoneó a Olivia a Londres.

—Olivia.

—Hola.

—Soy Nancy...

—Sí. Lo imaginaba.

—Olivia, estoy intentando contactar con madre pero en Podmore's Thatch no contestan. ¿Tienes idea de lo que puede estar ocurriendo?

—Es normal que no contesten. Se ha marchado a Cornualles.

—¿A *Cornualles*?

—Sí. Se ha ido a pasar allí la Semana Santa. En coche, con Antonia y Danus.

—¿Con Antonia y Danus?

—No te escandalices tanto. —La voz de Olivia sonaba divertida—. ¿Qué tiene de extraño? Hace meses que lo estaba deseando y ninguno de nosotros ha querido ir con ella, así que se los ha llevado como compañía.

—¿Pero no estarán todos en casa de Doris Penberth? No hay sitio.

—Oh, no, no están en casa de Doris. Se alojan en el Sands.

—¿En el *Sands*?

—Oh, Nancy, deja de repetir todo lo que yo digo.

—Pero el Sands es lo mejor. Uno de los mejores hoteles del país. Aparece en todas las guías. Cuesta una fortuna.

—¿Pero no lo sabes? Mamá tiene una fortuna. Ha vendido los paneles a un millonario norteamericano por cien mil libras.

Nancy se preguntó si no se iba a marear, o a desmayarse. Probablemente lo segundo. Podía notar cómo la sangre desaparecía de sus mejillas. Sus rodillas temblaban. Buscó una silla.

—Cien mil libras. No es posible. No podían valer tanto. Nada vale cien mil libras.

—Nada vale nada hasta que alguien lo quiere. También cuenta el valor de lo excepcional. Intenté explicarte todo esto el día que comimos en L'Escargot. Los Lawrence Stern aparecen muy de vez en cuando en el mercado y este norteamericano, quienquiera que sea, probablemente deseaba estos paneles más que cualquier otra cosa en el mundo. Y no le ha importado lo que ha tenido que pagar por ellos. Afortunadamente para mamá. No sabes lo mucho que me alegro por ella.

Pero la mente de Nancy seguía corriendo. Cien mil libras.

—¿Cuándo ha pasado todo esto? —logró decir al final.

—Oh, no lo sé. Hace poco.

—¿Cómo te has enterado?

—Me escribió una larga carta para contármelo todo. Explicarme la pelea que tuvo contigo y con Noel. Sois odiosos. Os he dicho cientos de veces que la dejaseis en paz, pero no habéis querido. No habéis dejado de importunar hasta que ella no ha podido aguantar un momento más. Me pregunto si no habrá sido por esto que ha decidido finalmente vender los paneles. Sin duda se dio cuenta de que era la única manera de acabar con vuestras exigencias interminables.

—Esto no es justo.

—Oh, Nancy, deja de fingir conmigo y para de fingir contigo misma.

—Tienen una gran influencia sobre ella.

—¿Quién?

—Danus y Antonia. Nunca hubieses debido enviar a esta muchacha a vivir con madre. Desconfío de él tanto como me desconcierta.

—Igual que Noel.

—¿Y esto no te preocupa?

—En absoluto. Tengo mucha fe en el juicio de mamá.

—¿Y qué me dices del dinero que está despilfarrando con ellos? En estos momentos. Alojados en el lujoso hotel Sands. Con el jardinero.

—¿Por qué no debería despilfarrar el dinero? Es suyo. ¿Y por qué no puede malgastarlo con ella misma y dos jóvenes a quienes aprecia? Como ya te he dicho, ella nos pidió a todos que la acompañásemos y ninguno ha querido hacerlo. Tuvimos nuestra oportunidad y la desaprovechamos. Sólo podemos quejamos de nosotros mismos.

—Cuando yo fui invitada no se mencionó el hotel Sands. Se trataba de estar a media pensión en la habitación sobrante de Doris Penberth.

—¿Y por eso no aceptaste? ¿La idea de vivir como cerdos con Doris? ¿Habrías ido de haberte colgado el hotel Sands ante tus narices, como una zanahoria ante un conejo?

—No tienes derecho a decir esto.

—Tengo todo el derecho. Soy tu hermana. Dios, ayúdame. Y hay otra cosa que debes saber. Mamá ha ido a Porthkerris porque lo anhelaba desde hacía siglos; pero también a ido a ver *Los buscadores de conchas*. Lo ha donado a la galería de arte de allí, en memoria de su padre y quiere verlo colgado en su nueva casa.

—¿Lo ha donado? —Por un momento Nancy creyó haber oído mal o no haber comprendido a su hermana—. ¿Quieres decir que lo ha dado?

—Eso exactamente.

—Pero probablemente vale miles de libras. Cientos de miles.

—Estoy segura de que cualquiera que entienda ha apreciado este gesto.

Los buscadores de conchas. Ya no estaba. El sentido de injusticia perpetrado con ella y su familia dejó a Nancy fría de rabia.

—Siempre nos decía —comentó amargamente— que no podría vivir sin este cuadro. Que formaba parte de su vida.

—Lo fue. Durante años, lo fue. Pero pienso que ahora se ha dado cuenta de que puede arreglárselas sin él. Quiere compartirlo. Quiere que otras personas disfruten de él.

Era bastante obvio que Olivia estaba de parte de madre.

—¿Y qué pasa con nosotros? ¿Y su familia? Sus nietos. Noel. ¿Estará enterado Noel de todo esto?

—No tengo ni idea. No creo. No le he visto ni sabido nada de él desde que acompañó a Antonia a Podmore's Thatch.

—Debo decírselo —dijo—. Había un trato.

—Hazlo —dijo Olivia, y colgó.

Nancy lo hizo a su vez, aunque ruidosamente. Maldita Olivia. Maldita. Levantó de nuevo el auricular y con manos temblorosas marcó el número de Noel. No podía recordar cuándo había estado tan trastornada.

—Noel Keeling.

—Soy Nancy. —Habló con severidad, sintiéndose importante, una conferencia de familia.

—Hola. —Su tono no sonaba muy entusiasta.

—Acabo de hablar con Olivia. Estaba intentando telefonear a madre pero no contestaba nadie, así que llamé a Olivia para ver si ella sabía lo que estaba ocurriendo. Lo sabía, porque madre le escribió una carta. Escribió a Olivia, pero no se preocupó de ponerse en contacto o contigo o conmigo.

—No sé de qué me estás hablando.

—Madre se ha ido a Cornualles y se ha llevado a Danus y a Antonia con ella.

—Que les vaya bien.

—Y se hospedan en el hotel Sands.

Esto despertó su interés.

—¿En el Sands? Pensaba que iba a ir a casa de Doris. ¿Y cómo puede hacer frente al gasto del Sands? Es uno de los más caros hoteles del país.

—Yo puedo explicarte cómo. Madre ha vendido los paneles. Por cien mil libras. Sin, debo decirlo, comentarlo con ninguno de nosotros. Cien mil libras, Noel. Las cuales, a juzgar por las apariencias, pretende dilapidar. Y esto no es todo. Ha dado *Los buscadores de conchas.* Ha regalado el cuadro a la galería de arte de Porthkerris, qué te parece. Así, lo ha donado, y Dios sabe lo que debe de valer. Creo que se ha vuelto loca. Le he dicho a Olivia lo que pensaba. Que esos dos jóvenes, Antonia y Danus, influyen en ella de forma siniestra. Son cosas que pasan, ya sabes. Lo puedes leer en los periódicos. Es criminal. No debería estar permitido. Tenemos que hacer algo para parar esto. Noel. ¿Noel? ¿Estás ahí?

—Sí.

—¿Qué dices?

—Mierda —dijo, y colgó.

Hotel Sands
Porthkerris,
Cornualles.

Jueves, 19 de abril

Querida Olivia:

Bien, aquí estamos todos. No puedo explicarte lo hermoso que es todo esto. El tiempo es como en pleno verano y hay flores por todas partes. Y palmeras, y callejuelas adoquinadas y el mar es de un azul maravilloso. Un azul más verdoso que el Mediterráneo, que se convierte en un azul muy oscuro fuera en el horizonte. Es como Ibiza, aunque mejor, porque todo es verde y exuberante y al anochecer, cuando el sol se ha puesto, todo está húmedo y huele intensamente.

Hicimos un viaje estupendo. Yo conduje casi todo el camino y Penélope un trecho, no así Danus que no conduce. Una vez que estuvimos en la autopista no tardamos nada y tu madre no podía creer que fuésemos tan deprisa. Cuando llegamos a Devon, tomamos la vieja carretera de Dartmoor, nos comimos el picnic en la punta de una roca, desde donde veíamos un panorama magnífico, y unos pequeños y peludos poneys que corrían por allí y se comieron encantados las cortezas de nuestros bocadillos.

El hotel no parece de este mundo. Yo nunca había estado en un hotel antes y Penélope creo que tampoco, así que todo es una nueva experiencia. No había dejado de contarnos lo cómodo y acogedor que iba a ser todo, pero cuando llegamos al final del viaje (entre terraplenes de hortensias) fue obvio que nos dirigíamos hacia una vida de lujo. Un Rolls y tres Mercedes estaban aparcados en el patio y un portero uniformado acudió a recoger nuestro equipaje. Danus lo llama «nuestro equipaje de asalto» porque cada una de nuestras maletas está más maltrecha y abollada que la otra.

Penélope, sin embargo, le ha cogido el tranquillo a todo. Me refiero a las enormes y gruesas alfombras, las piscinas, los *jacuzzis,* los cuartos de baño privados, las televisiones junto a las camas, enormes fuentes de fruta fresca y flores por todas partes. Nuestras habitaciones están todas en el mismo pasillo y tenemos balcones adyacentes, que dan sobre los jardines y el mar. De vez en cuando salimos a ellos para charlar el uno con el otro. Como en *Vidas privadas* de Noel Coward.

En cuanto al comedor, es como salir a cenar en el restaurante más caro de Londres. Estoy segura de que voy a acabar casi harta de ostras, langostas, fresitas de bosque, espesa crema de Cornualles y solomillos. Es espléndido que Danus esté con nosotras, pues escoge lo que vamos a beber con esa deliciosa comida. Parece saber mucho sobre vinos, pero él nunca bebe. No sé por qué, de la misma forma que no sé por qué no conduce.

Hay muchas cosas para hacer. Esta mañana hemos bajado al pueblo y nuestra primera etapa ha sido Carn Cottage, donde había vivido tu madre. Pero ha sido triste porque, al igual que muchas casas de por aquí, la han convertido en un hotel y han derrumbado el encantador muro de piedra y allanado una buena parte del jardín para hacer el aparcamiento. No obstante, hemos entrado en lo que queda del jardín y la directora del hotel nos ha sacado una taza de café. Y Penélope nos ha contado cómo era antes y cómo su madre había plantado todas las viejas rosas y la glicina; y nos ha explicado su muerte en Londres durante un bombardeo alemán. No sabía nada de esto. Mientras nos lo contaba hubiese querido llorar pero no lo he hecho, me he limitado a abrazarla, porque sus ojos estaban brillantes de lágrimas y no se me ha ocurrido otra cosa.

Después de Carn Cottage hemos seguido nuestro camino introduciéndonos en el corazón profundo del pueblo para ir a la Galería y ver *Los buscadores de conchas.* La Galería no es grande, pero tiene un atractivo muy particular, con paredes blancas y un enorme tragaluz en el lado norte. Han colgado *Los buscadores de conchas* casi en el lugar más importante y es como si estuviese verdaderamente en su casa, bañado en la fría y brillante luz de Porthkerris, donde fue concebido. La encargada de la Galería es una señora de edad avanzada pero no creo que recordase a Penélope, aunque sin duda sabía de quién se trataba y le ha hecho muchas fiestas. Aparte de esto, de la gente que ella conocía o recuerda de los viejos tiempos, no parece que haya mucha todavía con vida. Excepto Doris, por supuesto. Irá a ver a Doris mañana por la tarde y tomará el té con ella. Está muy ilusionada y parece excitada ante la perspectiva. Y el sábado vamos a coger la carretera de Lands End y haremos picnic en los acantilados de Penjizal. El hotel proporciona unos picnics en unas divertidas cajas de cartón, con cuchillos y tenedores de verdad, pero para Penélope esto no son verdaderos picnics, así que nos pararemos por el camino y compraremos pan fresco, mantequilla, paté, tomates, fruta fresca y una botella de vino. Si hace suficiente calor, Danus y yo nos bañaremos.

Luego, el lunes, Danus y yo iremos a la costa sur, a Manaccan, donde un hombre llamado Everard Ashley dirige un plantel de jardinería. Danus estuvo en la Escuela de Horticultura con este hombre y quiere ir a echar un vistazo al semillero y, a ser posible, dejarse aconsejar. Porque, a su debido tiempo, esto es lo que quiere hacer, pero resulta difícil porque se necesita mucho capital para semejante empresa, y él no tiene ninguno. En cualquier caso, siempre es interesante explotar los conocimientos de los demás; y será divertido pasearse y ver la otra parte de esta región mágica.

De todo esto podrás deducir que soy muy feliz. No hubiese podido imaginar que, tan pronto después de la muerte de Cosmo, podría ser feliz de nuevo. Espero que no esté mal. No lo creo porque todo parece correcto.

Gracias por todo. Por ser tan amable y tan paciente y haber organizado que me quedase una temporada en Podmore's Thatch. Porque si tú no lo hubieses hecho, no estaría aquí, viviendo la vida de Riley con las dos personas a quien sin lugar a dudas más quiero en el mundo. Por supuesto, a excepción de ti.

Cariñosamente.

ANTONIA

Sus hijos, Nancy, Olivia y Noel, habían... Penélope estaba obligada a admitirlo..., acertado totalmente. En efecto, Porthkerris había cambiado. Carn Cottage no era la única casa con el jardín allanado, con el letrero de un hotel sobre la verja y parasoles rayados en la recién construida terraza. El viejo hotel White Gaps había sido horriblemente ampliado y convertido en apartamentos de vacaciones, y la carretera del puerto, donde antiguamente habían vivido y trabajado los artistas, se había convertido en un parque con atracciones, discotecas, hamburgueserías y tiendas de recuerdos. En el propio puerto ya no estaba Ja mayoría de las barcas de pesca. Sólo quedaban unas cuantas y los amarraderos vacíos se habían llenado de lanchas de placer que ofrecían, por unas enormes y exageradas sumas de dinero, excursiones para ver las focas, con algunas horas de pesca de caballa que se ofrecían de más como aliciente adicional.

Y, sin embargo, de forma bastante sorprendente, no había cambiado tanto. En aquella época, en primavera, el pueblo estaba todavía relativamente vacío, pues la primera oleada de turistas no llegaría hasta Pentecostés. Había tiempo para perder, espacio para pararse y mirar. Y nada podría nunca alterar ese azul maravilloso, esa extensión sedosa de la bahía, ni la curva del promontorio, ni el desconcertante embrollo de calles y de casas de techo de pizarra que se desparramaban colina abajo hasta el borde del agua. Las gaviotas seguían llenando el cielo con sus gritos, el viento olía todavía a viento salobre, a ligustro y a escalona, y las callejuelas estrechas de la parte vieja del pueblo, al igual que un laberinto, seguían siendo tan enmarañadas como siempre.

Penélope se dirigía a visitar a Doris. Era agradable estar a solas. La compañía de Danus y de Antonia se había demostrado como deliciosa, pero a pesar de ello, la soledad era bienvenida por un rato. Bajo la luz del sol de una cálida tarde, caminó bajando a través de los parterres aromáticos del jardín, por la carretera situada sobre la playa, pasando por terrazas de casas victorianas para llegar al pueblo.

Iba buscando una floristería. La única que recordaba era ahora una tienda de ropa llena de todo tipo de prendas del estilo que los turistas, obsesionados en gastarse el dinero, compraban erróneamente; enormes camisetas ensalzadas con las imágenes de las estrellas de la música pop y tejanos de tiro estrecho que le dañaban a uno sólo con mirarlos. Encontró por fin una floristería, en la curva de una esquina donde, mucho tiempo atrás, un zapatero con delantal de piel les colocaba las suelas nuevas en sus zapatos, cobrándoles por su trabajo un chelín y tres peniques. Entró y compró un enorme ramo para Doris. Nada de anémonas o narcisos, sino flores más exóticas. Claveles, iris, tulipanes y fresias, una brazada de ellos, envuelta en un crujiente papel de seda azul pálido. Un poco más adelante, entró en una tienda de licores y compró una botella de whisky Famous Grouse para Ernie. Cargada con estas compras continuó su camino, adentrándose en el barrio de Downalong, donde las calles eran tan estrechas que no había sitio para aceras y las casas blancas se apretujaban a cada lado, con empinados escalones de granito que subían hasta las puertas pintadas brillantemente.

La casa de los Penberth se encontraba en pleno corazón de este laberinto. Aquí vivía Ernie con su madre y con su padre, y a estos parajes habían bajado Doris, Penélope y Nancy muchas tardes de invierno en tiempos de guerra para visitar a la anciana señora Penberth y tomar tortas de azafrán y té fuerte servido en una tetera roja.

Evocando el pasado, a Penélope le parecía extraordinario cuánto tiempo le había costado darse cuenta de que Ernie, a su manera tímida y silenciosa, estaba cortejando a Doris. Aunque, pensándolo bien, no era tan extraordinario. Era un hombre de pocas palabras y su presencia en Carn Cottage, hablando poco y trabajando como diez hombres, se había convertido en algo natural, algo que todos daban por sentado. «Oh, Ernie lo hará», era el lema cuando algo terrible de verdad debía ser realizado, como matar una gallina o limpiar los desagües. Él siempre lo hacía. Nadie pensó nunca en él como en un candidato; era sólo uno más de la familia, nunca exigía nada y siempre se mostraba afable.

No fue hasta el otoño de 1944 cuando por fin se dio cuenta. Penélope entró una mañana en la cocina de Carn Cottage y se encontró a Doris y a Ernie tomando juntos una taza de té. Estaban sentados a la mesa de la cocina y en medio de aquélla había un jarrón azul y blanco rebosante de dalias.

—Ernie, no sabía que estabas aquí... —dijo contemplando la escena.

—Pasaba por aquí. —Parecía turbado. Apartó la taza y el plato y se puso de pie.

Ella se fijó en las flores. Dalias. Dado el trabajo que suponía cultivarlas, hacía tiempo que ya no crecían en Carn Cottage.

—¿De dónde han salido?

Ernie echó su sombrero hacia atrás y se rascó la cabeza.

—Mi padre las cultiva en su parcela. He traído unas cuantas... para ustedes.

—Nunca había visto unas dalias tan maravillosas. Son enormes.

—Sí. —Ernie volvió a ponerse el sombrero hacia adelante y se balanceó sobre sus pies—. Tengo que ir a cortar un poco de leña menuda.

Se dirigió hacia la puerta.

—Gracias por las flores —dijo Doris.

—Gracias por la taza de té —le dijo él volviéndose y asintiendo con la cabeza.

Se fue. Momentos después, desde el patio interior, podía oírse el ruido del hacha trabajando.

Penélope se sentó a la mesa. Miró las flores. Miró a Doris, pero ésta no quiso encontrar su mirada.

—Tengo la extraña sensación de haber interrumpido algo.

—¿Como qué?

—No lo sé. Tú debes decirlo.

—No hay nada que decir.

—¿No ha traído las flores para *nosotras,* verdad? Las ha traído para ti.

—¿Qué importancia tiene para quién las haya traído? —Doris sacudió la cabeza al decirlo.

Fue entonces cuando Penélope cayó en la cuenta y no podía imaginar cómo no lo había comprendido antes.

—Doris, creo que le gustas a Ernie.

—¿Ernie Penberth? —Su reacción fue mordaz—. ¡Y qué más!

Pero Penélope se negó a dejarse disuadir.

—¿Nunca te ha dicho nada?

—Nunca dice mucho a nadie, ¿verdad?

—¿A ti te gusta?

—No hay ninguna razón para que me disguste.

Su actitud era demasiado brusca para ser convincente. Algo estaba pasando.

—Te está cortejando.

—¿Cortejándome? —Doris se puso de pie de un salto y empezó a recoger tazas y vasos en medio de un gran estruendo—. Este no sabría ni cortejar a una mosca. —Amontonó la loza junto al fregadero y abrió los grifos—. Además —añadió por encima del ruido del agua—, el tipo tiene un aspecto algo cómico.

—Nunca encontrarás uno más amable.

—No tengo intención de acabar mis días con un hombre que ni siquiera tiene mi altura.

—Sólo porque no sea otro Gary Cooper, no es motivo para torcer el morro. Además no creo que sea feo. Me gustan su pelo negro y sus ojos oscuros.

Doris cerró los grifos y se dio la vuelta, apoyándose contra el fregadero y cruzando los brazos.

—Pero nunca dice nada, ¿sabes?

—Contigo hablando sin parar todo el tiempo, apenas debe poder meter baza. En cualquier caso, los hechos dicen más que las palabras. Mírale, trayéndote flores. —Se acordó—. Y no para de hacer cosas por ti. Te repara la cuerda de la colada, te trae pequeños regalos sacados de debajo del mostrador de su padre.

—¿Cómo? —Doris frunció las cejas—. ¿Estás intentando casarme con Ernie Penberth? ¿Intentando deshacerte de mí o algo parecido?

—Estoy simplemente —dijo Penélope en un tono mojigato—, pensando en tu futura felicidad.

—Ni hablar. Ya puedes quitártelo de la cabeza. El día en que me enteré que Sophie había muerto, me prometí a mí misma que no me movería de aquí hasta que esta puñetera guerra terminase. Y cuando Richard..., bueno, eso me hizo estar más segura que nunca de mi determinación. No sé lo que vas a hacer..., volver con ese Ambrose o no volver, pero la guerra se acabará pronto y tú vas a tener que tomar alguna decisión y yo estaré a tu lado para ver lo que pasa, sea lo que sea lo que decidas. Y si tú vuelves con él, ¿quién se va a ocupar de tu padre? Te lo voy a decir enseguida. Yo. Así que no hablemos más de Ernie Penberth, muchas gracias.

Mantuvo su palabra. No quiso casarse con Ernie, porque no quiso dejar a papá. No fue hasta después de la muerte del anciano cuando se encontró finalmente libre para pensar en sí misma, sus hijos y su propio futuro. Se decidió. Al cabo de dos meses, se había convertido en la señora de Ernie Penberth y dejó Carn Cottage para siempre. Hacía poco que se había muerto el padre de Ernie y la anciana señora Penberth se marchó de su casa para irse a vivir con su hermana, de esta forma Doris y Ernie tendrían un sitio para ellos. Ernie se hizo cargo de la verdulería de la familia así como se hizo cargo también de los hijos de Doris, pero él y Doris nunca tuvieron hijos propios.

Y ahora... Penélope se detuvo, mirando a su alrededor y orientándose. Se encontraba cerca de su destino. La playa Norte estaba cerca. Podía sentir la fuerza del viento y notar su sabor salobre. Dio la vuelta a la última esquina y empezó a bajar una cuesta empinada, al final de la cual estaba la blanca casa, separada de la calle por un patio adoquinado. En él ondeaba al viento una hilera de ropa tendida y resplandecía por la presencia de tiestos y recipientes que se llenaban de narcisos, crocus, racimos azules de jacintos y plantas colgantes. La puerta estaba pintada de azul y ella pasó por encima de los adoquines, agachándose bajo la ropa y levantando el puño para llamar. Pero antes de que pudiese hacerlo, fue abierta de par en par y apareció Doris.

Doris. De punta en blanco; como siempre, guapa, con la mirada risueña, ni más gorda, ni más delgada. Su cabello era plateado y lo llevaba corto y rizado; había arrugas en su cara, por supuesto, pero su sonrisa no se había alterado, como tampoco su voz.

—Te estaba esperando. Mirando por la ventana de la cocina.

—Hubiese podido acabar de llegar de Hackney—. ¿Por qué has tardado tanto? Hace cuarenta años que espero este momento —dijo Doris, con los labios pintados, pendientes y una rebeca roja sobre una blusa con volantes—. Oh, por todos los cielos, no te quedes ahí en la puerta, entra.

Penélope entró directamente en la diminuta cocina. Dejó las flores y la bolsa conteniendo el whisky sobre la mesa y Doris cerró la puerta detrás de ella. Se volvió. Se miraron cara a cara una a la otra, sonriendo como idiotas, sin habla. A continuación las sonrisas se convirtieron en risas y se arrojaron la una en brazos de la otra, abrazándose y asiéndose como dos colegialas reconciliadas.

Todavía riéndose, todavía sin hablar, se separaron. Doris fue la primera en hablar.

—Penélope, no puedo creerlo. Pensaba que quizá no iba a reconocerte. Pero sigues tan alta, larga de piernas y maravillosa como siempre. Tenía tanto miedo de encontrarte diferente, pero no es así...

—Claro que estoy diferente. Tengo el pelo blanco y soy una señora mayor.

—Si tú tienes el pelo blanco y eres una señora mayor yo tengo un pie en la tumba. Yo ya estoy abriéndome camino hacia los setenta. Mira, eso es lo que me dice siempre Ernie cuando me salgo un poco de mis casillas.

—¿Dónde está Ernie?

—Ha pensado que nos gustaría estar a solas un rato. Ha dicho que no podría soportarlo. Que se iba a la parcela. Es su tabla de salvación desde que se ha retirado del negocio de las verduras. Siempre le digo que si le apartamos de las zanahorias y los nabos es como un hombre sufriendo de síndrome de abstinencia. —Lanzó su vieja risa ruidosa y familiar.

—Te he traído unas flores.

—Oh, son preciosas. No tenías que haberlo hecho... Escucha, ahora, mientras yo las pongo en un jarrón, tú te vas a la salita y te pones cómoda. He puesto agua a hervir, por lo que podrás tomar una taza de té dentro de un momento...

La salita estaba detrás de la cocina, separada por una puerta ahora abierta. Atravesar ésta era un poco como dar un paso hacia el pasado, pues todo era acogedor y desordenado, más de lo que Penélope recordaba de los días de la anciana señora Penberth, y los viejos tesoros de la dama estaban todavía puestos ahora en evidencia. Vio la brillante porcelana en la vitrina, los perros Stadfordshire a ambos lados de la chimenea, los rígidos sofás y los sillones con fundas de macasar con encaje en los bordes. Pero también había cambios. El enorme aparato de televisión era resplandecientemente nuevo, así como lo eran las cortinas de cretona estampada; y sobre la repisa de la chimenea, allí donde con orgullo ocupaba el lugar la fotografía ampliada y color sepia del hermano soldado de la señora Penberth, muerto en la Primera Guerra Mundial, colgaba el retrato de Sophie, pintado por Charles Rainier, que Penélope había regalado a Doris después del funeral de Lawrence Stern.

—No puedes darme esto —le había dicho Doris.

—¿Por qué no?

—¿El cuadro de tu madre?

—Quiero que lo tengas tú.

—¿Pero por qué yo?

—Porque tú querías a Sophie tanto como cualquiera de nosotros. Y también querías a papá y cuidaste de él por mí. Ni una hija hubiese podido hacer más.

—Es demasiado por tu parte. Es demasiado.

—¡No es suficiente! Pero es todo lo que tengo para darte.

En esos momentos estaba allí, en medio de la habitación, y miraba el retrato, pensando que después de cuarenta años no había perdido nada de su encanto, fascinación y alegría. Sophie a los veinticinco años, con sus ojos almendrados, su sonrisa encantadora, su corte de pelo a lo *garçon* y un pañuelo escarlata con rayas echado de manera despreocupada sobre sus hombros bronceados por el sol.

—¿Contenta de volver a verlo? —preguntó Doris.

Penélope se volvió al traspasar ella la puerta, llevando el jarrón con las flores que colocó con cierto cuidado en el centro de una mesa.

—Sí. Había olvidado lo encantadora que era.

—Apuesto a que desearías no haberte separado nunca de él.

—No. Es sólo que me gusta volver a verlo.

—Le da a esta habitación un toque de clase, ¿verdad? Lo admiran siempre tanto... Me han ofrecido una fortuna por él, pero no lo vendería. No me separaría de este cuadro por todo el té de China. Y ahora ven, sentémonos, pongámonos cómodas y charlemos un poco antes de que vuelva ese viejo de Ernie. Estoy feliz de que estés aquí conmigo. Te lo he pedido montones de veces. ¿De verdad estás en el Sands? ¿Con todos esos millonarios? ¿Qué ha pasado? ¿Has ganado a las quinielas o qué?

Penélope le explicó la nueva situación. Le contó a Doris la gradual y milagrosa reapreciación de la obra de Lawrence Stern en el mercado del mundo del arte; le habló de Roy Brookner y de la oferta de los paneles.

—¡Cien mil por esos dos cuadros inacabados! —exclamó Doris pasmada—. Nunca hubiese imaginado una cosa igual. Ay, Penélope, me alegro por ti.

—Y he donado *Los buscadores de conchas* a la galería de Porthkerris.

—Ya lo sé. Lo leí en el periódico local y luego Ernie y yo fuimos a verlo con nuestros propios ojos. Era curioso ver ese cuadro allí. Traía a la memoria tantos recuerdos. ¿Pero no lo echas de menos?

—Un poco, supongo. Pero la vida tiene que seguir. Todos nos hacemos mayores. Es hora de poner en orden nuestras cosas.

—Ya puedes decirlo. Y hablando de que la vida sigue, ¡qué me dices de Porthkerris! Apuesto que no lo has reconocido. Nunca sabemos lo que van a hacer a continuación, aunque sólo el cielo sabe que los promotores hicieron su agosto un par de años después de la guerra. El viejo cine es ahora un supermercado..., supongo que lo has visto. Y el estudio de tu padre fue derruido y construido en su lugar un bloque de apartamentos de verano, con vistas a la playa Norte. Durante algunos años hemos tenido a los hippies, era muy desagradable, te lo aseguro. Dormían en la playa y se meaban allí donde les apetecía. Fue horrible.

—Y el viejo White Caps es también un bloque de apartamentos —dijo Penélope riéndose—. Y por lo que respecta a Carn Cottage...

—¿No te hace llorar? Aquel maravilloso jardín de tu madre. Debía de haberte escrito para advertirte de cómo estaban las cosas por aquí.

—Me alegro de que no lo hayas hecho. En cualquier caso, no importa. De alguna forma, ya no tiene importancia.

—¡Ya me lo imagino, viviendo en medio del lujo en el Sands! ¿Te acuerdas de cuando era un hospital? No te habrías acercado por allí a menos de haberte roto las piernas.

—Doris, no sólo estoy en el Sands y no en tu casa por ser ahora rica, sino porque ha venido conmigo una pareja de jóvenes amigos y sabía que no tenías bastante sitio para todos.

—Claro. ¿Quiénes son estos amigos?

—La muchacha se llama Antonia. Su padre acaba de morir y ella está viviendo conmigo. Y el joven se llama Danus. Me ayuda en el jardín en Gloucestershire. Los conocerás. Piensan que es demasiado para una vieja subir la colina, así que han dicho que bajarían a recogerme con el coche.

—Qué bien. Pero me habría gustado que hubieses venido con Nancy. Me hubiera encantado volver a ver a mi Nancy. ¿Y por qué no has vuelto a Porthkerris antes? No podemos pretender que cuarenta años quepan en sólo un par de horas...

No obstante, sacaron un buen partido de este tiempo; apenas se dieron un respiro, haciendo preguntas, contestándolas, poniéndose al corriente sobre hijos y nietos.

—Clark se casó con una chica de Bristol y tuvieron dos hijos..., ahí están sobre la chimenea; ésta es Sandra y éste es Kevin. Ella es tan espabilada. Y éstos son los chicos de Ronald..., vive en Plymouth. Su suegro tiene una fábrica de muebles y ha metido a Ron en el negocio..., vienen para las vacaciones de verano, pero deben meterse en una pensión arriba en la carretera porque aquí no hay sitio para ellos. Ahora cuéntame de Nancy. Era un pequeño amor.

Y le llegó el turno a Penélope, quien por supuesto se había olvidado de llevar fotografías. Le contó a Doris sobre Melanie y Rupert y, con alguna dificultad, logró que pareciesen atractivos.

—¿Viven cerca de ti? ¿Los puedes ver?

—Están a unos treinta y cinco kilómetros.

—Oh, es demasiado lejos, ¿no es así? ¿Pero te gusta vivir en el campo? ¿Más que en Londres? Me quedé horrorizada cuando me escribiste contándome la forma en que Ambrose te había dejado. Estas cosas no se hacen. Pero, bueno, siempre fue un tío bastante inútil. ¡Incluso así, dejarte! Maldito egoísta. Los hombres nunca piensan más que en sí mismos. Esto es lo que le digo a Ernie cuando deja los calcetines sucios tirados en el suelo del cuarto de baño.

Luego, una vez puestos en su lugar maridos y familias, empezaron a recordar, rememorando los largos años de la guerra durante los cuales habían vivido juntas, compartiendo no sólo las penas, los miedos y el aburrimiento, sino también los acontecimientos extraños y ridículos que, mirando hacia atrás, sólo podían ser recordados como algo divertido.

El coronel Trubshot, recorriendo el pueblo con su casco de hojalata y su brazalete del Servicio de Defensa contra Ataques Aéreos, equivocándose de camino en la oscuridad y cayéndose por el muro del puerto al mar. La señorita Preedy haciendo una demostración de la Cruz Roja a un montón de señoras indiferentes y haciéndose un lío con el vendaje. El general Watson-Grant adiestrando al Cuerpo de Voluntarios y el viejo Willie Chirgwin hiriéndose el dedo gordo del pie con una bayoneta y teniendo que ser llevado al hospital en una ambulancia.

—Y cuando íbamos al cine —recordó Doris a Penélope, secándose las lágrimas de risa de sus mejillas—. ¿Te acuerdas? Solíamos ir dos veces por semana y nunca nos perdíamos una sesión. ¿Te acuerdas de Charles Boyer en *Hold Back the Dawn*? No había un ojo seco en toda la sala. Yo mojé tres pañuelos y todavía me estaba riendo a carcajadas cuando salí.

—¿Fue bonito, verdad? Además imagino que no había mucho que hacer. Excepto escuchar *Worker's Playtime* en la radio y al señor Churchill inyectándonos dosis de fuerza moral de vez en cuando.

—Lo mejor fue Carmen Miranda. No me perdí ni una sola película suya. —Doris se levantó y colocó una mano con los dedos abiertos sobre la cadera—: Ay-ay-ay-ay-aye, te quiero mucccho. Ay-ay-ay-ay-aye, creo que eres maravilloooso...

La puerta se abrió y apareció Ernie. Doris, a la que esta interrupción le pareció más divertida incluso que su propia actuación, se derrumbó sobre el sofá llorando y paralizada por la risa.

Ernie, turbado, iba mirando de una cara a la otra.

—¿Qué pasa con vosotras? —preguntó y Penélope, dándose cuenta de que su mujer estaba lejos de contestar a esta pregunta, se recompuso, se levantó del sillón y fue a saludarlo.

—Oh, Ernie... —Se secó los ojos, ahogando su risita sin éxito—. Lo siento. Somos un par de estúpidas. Estábamos recordando cosas y riéndonos mucho. Por favor, discúlpanos. —Ernie parecía incluso más delgado que nunca, también más viejo, y su pelo negro se había vuelto blanco como la nieve. Llevaba el típico jersey de Guernesey y se había quitado las botas de trabajo para ponerse las zapatillas. Sentía su mano en la suya áspera y callosa como siempre la había tenido y Penélope estaba tan contenta de verlo que hubiese deseado darle un abrazo, cosa que no hizo sabiendo que ello sólo provocaría en él una mayor turbación—. ¿Cómo estás? Qué estupendo es volver a verte.

—Yo también me alegro de verla. —Se estrecharon la mano solemnemente. La mirada de él volvió hacia su mujer, la cual estaba ahora correctamente sentada, sonándose la nariz y con más o menos dominio de sí misma—. He oído todo ese ruido, he pensado que alguien estaba matando al gato. ¿Habéis tomado el té?

—No, no lo hemos tomado. No hemos tenido tiempo de tomar el té. Hemos hablado tanto.

—El cazo ha estado a punto de quedarse seco. Lo he vuelto a llenar cuando he entrado.

—Oh, cielos, lo siento, lo había olvidado —dijo Doris poniéndose de pie—. Voy ahora mismo a preparar el té. Penélope te ha traído una botella de whisky, Ernie.

—Gracias, muchas gracias. —Levantó el puño de su jersey y miró el reloj, grande y muy práctico—: Las cinco y media. —Levantó la vista con un extraño brillo en sus ojos—. ¿Por qué no nos saltamos el té y pasamos directamente al whisky?

—¡Ernie Penberth! ¡Viejo borrachín! Vaya sugerencia.

—Yo creo —dijo Penélope firmemente— que es una idea muy buena. Al fin y al cabo, no habíamos estado juntos desde hacía cuarenta años. ¿Si no lo celebramos ahora, cuándo lo vamos a hacer?

De esta forma la reunión se convirtió en algo parecido a una fiesta. El whisky soltó incluso la lengua de Ernie y los tres hubiesen continuado la juerga toda la tarde de no haber sido por la llegada de Danus y Antonia. Penélope había perdido el sentido del tiempo y el timbre de la puerta le sorprendió tanto como a Ernie y Doris.

—¿Quién puede ser ahora? —preguntó Doris, quejándose de la interrupción.

—Cielos —exclamó Penélope mirando el reloj—, son las seis. No tenía ni idea de que fuese tan tarde. Deben de ser Danus y Antonia que vienen a buscarme...

—El tiempo pasa deprisa cuando uno se está divirtiendo —observó Doris levantándose de su asiento para ir a abrir la puerta. La oyeron hablar—: Entrad, es toda vuestra. Un poco achispada, como todos, pero bien.

Penélope terminó deprisa su copa y puso el vaso vacío sobre la mesa a fin de que ellos no pudiesen pensar que habían interrumpido algo. A continuación entraron todos en la salita y Ernie se puso de pie para las presentaciones. Ernie se dirigió a la cocina y volvió con otros dos vasos.

Danus se rascó la nuca y miró a su alrededor, con la mirada llena de diversión.

—Yo pensaba que venía a tomar el té.

—Oh, té. —La voz de Doris descartaba la idea de algo tan soso—. Nos hemos olvidado del té. Hemos estado hablando y riendo tanto que nos hemos olvidado del té.

—Qué habitación tan encantadora —dijo Antonia—. Éste es el tipo de casa que me gusta. Con todas esas flores en el patio de delante.

—Yo lo llamo mi jardín. Debe de ser bonito tener un jardín, pero, como yo siempre digo, uno no lo puede tener todo.

—¿Quién es la muchacha del cuadro? —preguntó Antonia después de haber posado sus ojos en el retrato de Sophie.

—¿Éste? ¿Por qué? Es la mamá de Penélope. ¿No ves como se parecen?

—Es preciosa.

—Oh, era encantadora. Nunca hubo nadie como ella. Era francesa..., ¿verdad, Penélope? Sonaba tan sexy su forma de hablar, como Maurice Chevalier. Y cuando se enfadaba, ooh, deberías haberla oído. Igual que una pescadera, sí.

—Parece muy joven.

—Oh, sí, lo era. Muchos años más joven que el padre de Penélope. Erais como hermanas, ¿verdad, Penélope?

Ernie, para atraer la atención, carraspeó.

—¿Quiere una copa? —preguntó a Danus.

—Es muy amable por su parte —dijo Danus sonriendo y negando con la cabeza—. Y espero no parecer descortés, pero no bebo.

Por una vez en su vida, Ernie pareció totalmente atónito.

—¿Está usted enfermo?

—No. Enfermo no. Simplemente no me va.

Ernie estaba obviamente pasmado. Se volvió, sin mucha esperanza, hacia Antonia.

—¿Supongo que usted tampoco quiere un vaso?

—No. Se lo agradezco —contestó ella sonriendo—. Yo tampoco quiero ser descortés, pero tengo que conducir de vuelta colina arriba y sortear todas esas curvas empinadas. Es mejor que no.

Ernie movió la cabeza con tristeza y volvió a tapar la botella. La fiesta se había terminado. Era hora de marcharse. Penélope se puso en pie, alisó las arrugas de su falda y comprobó la posición de las horquillas.

—¿Os marcháis? —Doris daba fin a todo ello a duras penas.

—Tenemos que marcharnos, Doris, a pesar de que no lo deseo en absoluto. Pero he estado aquí mucho rato.

—¿Dónde habéis dejado el coche? —preguntó Ernie a Danus.

—En lo más alto de la cuesta —le dijo Danus—. No hemos podido encontrar un sitio más cerca donde no hubiese la doble línea amarilla.

—¿Horrible, verdad? Reglas y prohibiciones por todas partes. Será mejor que suba con vosotros y os ayude a dar la vuelta. No hay mucho sitio y no querrán enfadarse con un muro de granito.

Danus, agradecido, aceptó su ofrecimiento. Ernie se puso la gorra y las botas. Danus y Antonia se despidieron de Doris y ella les dijo «ha sido un placer conoceros», y los tres salieron juntos para ir a recoger el Volvo. Doris y Penélope volvieron a quedarse solas una vez más, pero por alguna razón ahora las risas habían desaparecido. Un silencio se hizo entre ellas, como si habiendo hablado mucho, se hubiesen encontrado de pronto sin nada para decir. Penélope sintió los ojos de Doris sobre ella y volvió su cabeza para encontrarse con su mirada imperturbable.

—¿De dónde lo has sacado, pues? —dijo Doris.

—¿Danus? —dijo dando ligereza a su voz—. Te lo he contado. Trabaja para mí. Es mi jardinero.

—Un jardinero de clase alta.

—Sí.

—Se parece a Richard.

—Sí. —Su nombre había salido a la luz. Pronunciado—. ¿Te das cuenta de que es la única persona que ninguna de las dos ha mencionado esta tarde? Hemos recordado a todo el mundo, menos a él —añadió.

—No parecía venir a cuento. Yo sólo lo he nombrado ahora, porque este joven se parece muchísimo a él.

—Lo sé. A mí también me impresionó la primera vez que lo vi. Necesité... algo de tiempo para acostumbrarme.

—¿Tiene algo que ver con Richard?

—No. No creo. Procede de Escocia. El parecido es simplemente una extraordinaria coincidencia.

—¿Es por eso que le has tomado tanto afecto?

—Oh, Doris. Me haces sentir como una vieja desesperada con un gigoló a cuestas.

—Te tiene fascinada, ¿verdad?

—Me gusta mucho. Me gusta su apariencia y me gusta su forma de ser. Es amable. Buena compañía. Me hace reír.

—Al traerlo aquí... a Porthkerris... —Doris parecía preocupada por su amiga—. ¿... No estarás intentando revivir viejos recuerdos, verdad?

—No. Les pedí a mis hijos que me acompañasen. Se lo pedí uno a uno, pero ninguno pudo o quiso. Ni siquiera Nancy. No quería decírtelo, pero ahora lo he hecho. Así que Danus y Antonia han venido en su lugar.

Doris no hizo comentarios al respecto. Durante un momento estuvieron en silencio, cada una ocupada en sus propios pensamientos.

—No sé —dijo Doris a continuación—. Richard muerto así... fue cruel. Siempre he tenido dificultad en perdonar a Dios por dejar que este hombre muriese. De haber existido un hombre que debería vivir.., se me ha quedado grabado, el día que lo supimos. Fue una de las peores cosas que ocurrieron durante la guerra. Y no puedo dejar de pensar que cuando él murió se llevó una parte de ti con él.

—Él dejó una parte de sí mismo.

—Pero nada que tú pudieses tocar, sentir o asir. Hubiese sido mucho mejor si hubieses tenido un hijo suyo. De esta forma habrías tenido una buena excusa para no volver con Ambrose. Tú, Nancy y el niño podíais haber vivido felices por vuestra cuenta.

—A menudo pienso en ello. Nunca hice nada para impedir tener un hijo con Richard; simplemente no concebí ninguno. Y Olivia fue mi consuelo. Era el primer bebé que tuve después de la guerra y era hija de Ambrose, pero por alguna razón siempre fue especial. No diferente, sólo especial. —Ella siguió escogiendo con cuidado las palabras, confesando a Doris algo que ella apenas había reconocido, y que por supuesto no había comentado con ningún otro ser viviente—. Era como si alguna parte física de Richard se hubiese quedado conmigo. Preservado, como un alimento delicioso en un congelador. Y cuando Olivia nació, algún átomo, algún corpúsculo, alguna célula de Richard se convirtió en parte de ella a través de mí.

—Pero no era hija suya.

—No. —Penélope sonrió y sacudió la cabeza.

—Pero era como si lo fuera.

—Sí.

—Puedo entenderlo.

—Sabía que podrías. Por eso te lo he contado. Y tú comprenderás cuando te diga que me siento feliz de que el estudio de papá haya sido derruido para dejar espacio a un bloque de apartamentos, y que se haya ido para siempre. Ahora sé que soy suficientemente fuerte para casi todo, pero no creo que hubiese tenido bastante fuerza para volver allí.

—No, claro. También lo entiendo.

—Hay otra cosa. Cuando volví a Londres me puse en contacto con su madre.

—Me preguntaba si lo habrías hecho.

—Necesité mucho tiempo para reunir el valor de hacerlo, pero finalmente lo conseguí y la telefoneé. Comimos juntas. Fue una experiencia penosa para ambas. Estuvo encantadora y cordial pero no teníamos otra cosa de que hablar a excepción de Richard y al final me di cuenta de que era demasiado para ella. Después de ello, la dejé en paz; no volví a verla nunca más. Si hubiese estado casada con Richard, podría haberla confortado y consolado. En aquellas circunstancias, creo que no hice otra cosa que aumentar su propia tragedia.

Doris no dijo nada. Desde fuera, desde más allá de la puerta abierta, oyeron el motor del Volvo, que rodaba con cautela por la empinada y estrecha calle. Penélope se puso de pie y cogió su bolso.

—Ya están aquí. Es hora de que me marche.

Salieron juntas, atravesando la cocina, a la luz del pequeño patio. Se abrazaron y besaron con mucho afecto. Había lágrimas en los ojos de Doris.

—Adiós, Doris querida. Y gracias por todo.

—Vuelve pronto —dijo Doris apartando con la mano las estúpidas lágrimas—. No esperes otros cuarenta años o estaremos todos criando malvas.

—El año que viene. Vendré el año que viene, sola, y vendré a vuestra casa.

—Qué bien lo pasaremos.

Apareció el coche, deteniéndose a un lado de la calle. Ernie bajó de él y permaneció manteniendo la puerta abierta como un lacayo, a la espera de que Penélope entrase.

—Adiós, Doris. —Se volvió para marcharse, pero Doris no había terminado con ella.

—Penélope.

—¿Sí? —volviéndose.

—¿Si él es Richard, quién se supone que es Antonia?

Doris no era estúpida. Penélope sonrió.

—¿Yo?

La primera vez que vine aquí fue cuando tenía siete años. Fue una gran ocasión porque papá había comprado un coche. Nunca habíamos tenido uno antes y ésta fue la primera expedición. Fue la primera de muchas, pero yo siempre recuerdo esta primera, porque no podía comprender el hecho asombroso de que papá supiese realmente poner en marcha el vehículo y conducirlo.

Estaban los tres sentados sobre el acantilado de Penjizal, muy por encima del azul Atlántico, en una hondonada cubierta de hierba y protegida de la brisa por un enorme pilar de granito forrado de líquenes. Alrededor, sembrando la alfombra de hierba, había matas, cojines de primaveras salvajes y azuladas cabezuelas plumosas de escabiosas. El cielo estaba despejado y se llenaba con el trueno de las olas y los gritos de las aves marinas que revoloteaban. Era un mediodía del mes de abril y hacía calor como en pleno verano —tanto calor que habían colocado la nueva manta de tartán de forma que diese un poco de sombra fresca al cesto de la comida.

—¿Qué tipo de coche era? —Danus estaba recostado en la hierba en declive, apoyado sobre un codo. Se había quitado el jersey y se había subido las mangas de la camisa. Sus antebrazos musculosos estaban bronceados por el sol; vuelto hacia ella, su rostro expresaba regocijo e interés.

—Un Bentley cuatro litros y medio —contestó ella—. Era bastante viejo pero no se podía permitir un coche nuevo y se convirtió en su ojito derecho.

—Qué estupendo. ¿Tenía correas de cuero para sujetar el capó, como la tapadera de un baúl?

—En efecto. Y un estribo, y una capota que no se podía cerrar, así que nunca la subíamos, aunque lloviese a cántaros.

—Un coche así valdría una fortuna hoy. ¿Qué fue de él?

—Cuando papá murió se lo regalé al señor Grabney. No se me ocurrió otra cosa. Además siempre había sido tan amable, lo había guardado en su garaje durante toda la guerra y nunca nos cobró un solo penique por el alquiler. Y en otra ocasión..., un momento realmente importante..., se ensució las manos consiguiendo gasolina para mí en el mercado negro. Nunca pude agradecérselo bastante.

—¿Por qué no lo conservó?

—No podía permitirme mantener un coche en Londres y a decir verdad tampoco lo necesitaba. Solía ir andando a todas partes, empujando cochecitos llenos de niños y la compra. Ambrose se puso furioso cuando supo que había regalado el Bentley. Fue lo primero que preguntó cuando volví del funeral de papá. Cuando le expliqué lo que había hecho, estuvo con cara larga toda una semana.

—Yo no le culparía —dijo Danus comprensivo.

—No. Pobre hombre. Debió de llevarse un disgusto de muerte.

Penélope se incorporó para mirar por encima del acantilado e inspeccionar el estado de la marea. Ésta estaba menguante, pero no había bajado del todo. Cuando esto tuviese lugar, había prometido a Danus y a Antonia, la gran charca de roca quedaría por fin al descubierto, como una enorme joya azul, resplandeciente en la luz del sol e idónea para zambullirse y nadar.

—Media hora más —juzgó—, y podréis bañaros.

Se reclinó de nuevo, apoyándose contra el terraplén y cambiando la posición de las piernas. Llevaba su vieja falda de dril, una blusa de algodón, los nuevos zapatos deportivos y un magullado sombrero de paja que utilizaba para trabajar en el jardín. El sol era tan luminoso que ella agradecía la sombra moteada que le proporcionaba. Junto a ella, Antonia, que había estado echada con los ojos cerrados, aparentemente dormida, ahora se volvió rodando sobre su estómago y descansó su mejilla sobre los brazos cruzados.

—Cuéntanos más, Penélope. ¿Venías aquí a menudo?

—No muy a menudo. Era un largo viaje en coche y luego una larga caminata desde la granja donde hemos dejado el vehículo. Y en aquella época no existía el sendero del acantilado. Así que teníamos que luchar para abrirnos camino a través de aulagas, zarzas y helechos antes de llegar a este lugar. Luego debíamos tener la certeza de que la marea estuviese baja para poder meternos en el agua y nadar.

—¿Tu padre no se bañaba?

—No. Decía que era demasiado viejo. Solía sentarse en su taburete de tijera con el sombrero de ala ancha y el caballete y se dedicaba a pintar o dibujar. Por supuesto, después de haber abierto una botella de vino, haberse servido un vaso, encendido un puro y en definitiva ponerse cómodo.

—¿Y en invierno? ¿Nunca veníais en invierno?

—Nunca. Estábamos en Londres. O París. O Florencia. Porthkerris y Carn Cottage formaban parte del verano.

—Qué estupendo.

—Igual de estupendo que la divina casa que tenía tu padre en Ibiza.

—Supongo que sí. Todo es relativo, ¿verdad? —Antonia se puso de lado apoyando la barbilla en una mano—. ¿Y tú, Danus? ¿Dónde ibas a pasar el verano?

—Esperaba que nadie me lo preguntase.

—Oh, vamos. Cuéntanos.

—En Berwick, al norte. Mis padres elegían una casa allí cada verano; jugaban a golf mientras mi hermano, mi hermana y yo íbamos a una playa helada con nuestra señorita de compañía y construíamos castillos de arena en medio de un viento que bramaba.

—¿Tu hermano? —dijo Penélope frunciendo el entrecejo—. No sabía que tenías un hermano. Pensaba que sólo erais tu hermana y tú.

—Sí, tenía un hermano, Ian. Era el mayor de los tres, murió de meningitis cuando tenía catorce años.

—Oh, querido, qué tragedia.

—Sí. Sí lo fue. Mi padre y mi madre nunca lo han llegado a superar realmente. Era el niño bonito, inteligente, guapo y con un talento natural para los deportes, el hijo que todos los padres sueñan con tener. Para mí, era como una especie de dios, porque lo hacía todo bien. Cuando tuvo la edad adecuada empezó a jugar a golf y mi hermana también a su debido tiempo, pero yo siempre fui una nulidad y tampoco estaba particularmente interesado. Tenía la costumbre de salir solo, con la bicicleta, y buscar pájaros. Encontraba esto infinitamente más distraído que luchar con las complejidades del golf.

—El norte de Berwick no parece un sitio muy atractivo para ir —observó Antonia—. ¿Nunca fuiste a otro lugar?

—Sí, por supuesto —dijo Danus riéndose—. Mi mejor amigo del colegio se llamaba Roddy McCrae. Sus padres tenían una granja típica escocesa justo al norte de Sutherland, cerca de Tongue. Asimismo tenían licencia para pescar en el Naver y el padre de Roddy me enseñó a echar la caña. Cuando ya fui demasiado mayor para Berwick, pasaba la mayor parte de mis vacaciones con ellos.

—¿Cómo era esta granja escocesa? —preguntó Antonia.

—Una cabaña. Una casa de piedra con dos habitaciones, totalmente primitiva. Sin agua corriente, sin electricidad, sin teléfono. El final del mundo, en el quinto pino, sin contacto exterior. Era genial.

Se hizo un silencio. A Penélope le pasó por la mente que era sólo la segunda vez que oía a Danus hablar de sí mismo. Sintió pena por él. Perder a un hermano mayor tan querido a tan tierna edad debió de ser una experiencia traumática. Era quizá peor sentir que nunca podría estar a la altura de este hermano. Esperó, pensando que a lo mejor después de haber roto el hielo de su reserva y ya confiado, desearía continuar. Pero él no lo hizo. Por el contrario, se desperezó, se estiró y se puso en pie.

—La marea está baja —le dijo a Antonia—. La charca rocosa nos está esperando. ¿Te sientes bastante valiente como para bañarte?

Se alejaron caminando deprisa por el borde del acantilado para tomar el sendero escarpado que conducía a las rocas. La charca esperaba callada como el cristal, resplandeciente y brillantemente azul. Penélope, mientras esperaba para verlos reaparecer, pensó en su padre. Lo recordó con el sombrero de ala ancha, el caballete, y su copa de vino en concentrada soledad. Una de las frustraciones de su vida consistía en el hecho de no haber heredado el talento de su padre. Ella no era una artista, ni siquiera sabía dibujar, pero su influencia había sido tan fuerte y había vivido con ella tanto tiempo que, de forma casi natural, era capaz de observar cualquier panorama con la mirada de artista de él, aguda y observadora. Todo era exactamente como siempre había sido, a excepción del galón verde y sinuoso del sendero del acantilado hollado por los excursionistas, que escalaba y bajaba a través de los jóvenes helechos verdes, siguiendo las circunvalaciones de la costa.

Ella se fijó en el mar, intentando decidir cómo, si ella fuera papá, trataría de pintarlo. Pues, aunque era azul, era un azul compuesto por mil matices diferentes. Sobre arena, poco profundo y traslúcido, era verde y listado con aguamarina, sobre rocas y algas, se oscurecía hasta el añil. Más lejos, donde una pequeña barca de pesca se abría camino a través de las olas, se volvía de un profundo azul de Prusia. No hacía mucho viento, pero el océano vivía y respiraba; empujaba desde el mar profundo olas ya formadas. La luz del sol brillaba a través de ellas cuando se curvaban para romperse transformándolas en esculturas móviles de un verde botella. Y, al final, todo estaba inundado de luz, este resplandor único y difuso que primero había llevado a los pintores a Cornualles y luego había estimulado en los impresionistas franceses la pasión por la creatividad.

Una composición perfecta. Todo lo que faltaba eran figuras humanas a fin de conferir proporción y vitalidad. Aparecieron. Muy lejos, abajo, y empequeñecidos por la distancia, Antonia y Danus andaban lentamente sobre las rocas hacia la charca. Ella miraba su avance. Danus llevaba las toallas. Cuando finalmente llegaron a la roca llana que dominaba la charca, dejó caer aquéllas y caminó hasta el borde de la roca. Flexionó las rodillas y se zambulló, salpicando apenas cuando hendió el agua. Antonia lo siguió. Nadando, rompieron la superficie de la charca en astillas luminosas. Ella oía sus voces altas, sus risas. Otras voces, otros mundos. «Ha sido bueno y nada bueno se pierde nunca.» La voz de Richard. «Se parece a Richard.»

Nunca había nadado con Richard, pues lo suyo había sido una historia de amor invernal en tiempo de guerra, pero ahora, viendo a Danus y Antonia, sintió de nuevo, con una intensidad física que iba más allá del mero recuerdo, el choque entumecedor del agua fría. Recordó la euforia, el sentido de bienestar tan claramente como si su cuerpo fuese todavía joven, indemne de enfermedades y del paso de los años. Y había otros placeres, otros deleites. El dulce contacto de manos, brazos, labios, cuerpos. La paz de la pasión apagada, el placer de despertarse con besos adormecidos y risas sin razón...

Mucho tiempo atrás, siendo ella muy pequeña, papá le había introducido en los placeres fascinantes de un compás geométrico y un lápiz afilado. Había aprendido a solas a trazar dibujos, cabezas de flores, pétalos y curvas, pero nada le había satisfecho tanto como describir simplemente, en una hoja de papel en blanco, un círculo. Fino, preciso. El lápiz moviéndose, dibujando la línea detrás de él, para terminar exactamente donde había empezado, con maravillosa calidad de acabado.

Un anillo era el signo aceptado del infinito, de la eternidad. Si su propia vida era aquella línea dibujada con tanto esmero por el lápiz, supo de golpe que los dos extremos estaban a punto de juntarse. He completado el círculo, se dijo preguntándose qué había ocurrido con los años vividos. Era una pregunta que, de vez en cuando, le causaba cierta ansiedad y le dejaba inquieta con un terrible sentido de pérdida de tiempo. Sin embargo, parecía como si ahora la pregunta se hubiese vuelto irrelevante; y la respuesta, fuese la que fuese, ya no tuviese importancia alguna.

—¿Olivia?

—¡Mamá! Qué agradable sorpresa.

—Me he dado cuenta de que no te había felicitado la Pascua. Lo siento, pero a lo mejor no es demasiado tarde. Además no sabía si te encontraría; pensaba que estarías todavía fuera.

—No. He vuelto esta tarde. He estado en la isla de Wight.

—¿Con quién has estado?

—Con los Blakisons. ¿Te acuerdas de Carlota? Era la redactora de la sección de alimentación en *Venus,* y luego lo dejó para casarse.

—¿Ha sido divertido?

—Divino. Siempre lo es cuando estoy con ellos. Una casa enorme con mucha gente. Y todo lo hacen sin ningún esfuerzo aparente.

—¿Ha estado contigo aquel simpático norteamericano?

—¿Un simpático norteamericano? Ah, te refieres a Hank. No, volvió a Estados Unidos.

—Pensaba que era una persona especialmente allegada a ti.

—Sí, lo fue. Lo es. Nos volveremos a ver la próxima vez que venga a Londres. Pero, mamá, háblame de ti. ¿Cómo te van las cosas?

—Lo estamos pasando estupendamente. Viviendo en el más puro lujo.

—Me alegro, después de todos esos años. He recibido una larga carta de Antonia. Parece feliz hasta el éxtasis.

—Ella y Danus se han marchado a pasar el día fuera. Se han ido con el coche a la costa sur para ver a un joven que tiene un criadero de jardinería. Seguramente ya están de vuelta.

—¿Cómo se está portando Danus?

—Es todo un éxito.

—¿Todavía lo aprecias tanto?

—Tanto, si no más. Pero nunca he conocido un hombre tan reservado. Puede ser que tenga algo que ver con el hecho de ser escocés.

—¿Te ha contado por qué no bebe ni conduce?

—No.

—Probablemente es un alcohólico reformado.

—De ser así, es asunto suyo.

—Cuéntame lo que habéis hecho. ¿Has visto a Doris?

—Claro. Está resplandeciente. Animada como siempre. El sábado estuvimos todo el día en los acantilados de Penjizal. Y ayer por la mañana nos sentimos todos muy píos y fuimos a la iglesia.

—¿Qué tal el oficio?

—Precioso. La iglesia de Porthkerris es particularmente bonita y estaba como es natural llena de flores y los bancos repletos de gente con sombreros asombrosos; la música y los himnos fueron bastante excepcionales. El obispo nos visitó predicando de forma muy aburrida, pero la música compensó el tedio de este sermón. Y luego al final una procesión completa y todos nos pusimos de pie y cantamos *Por todos los santos que descansan por sus obras*. Mientras volvíamos al hotel, Antonia y yo decidimos que era uno de nuestros himnos favoritos.

—Oh, mamá —dijo Olivia riéndose—. ¡Eso viniendo de ti! No tenía ni idea de que tuvieses un himno favorito.

—Querida, no soy ninguna atea. Simplemente no puedo dejar de ser ligeramente escéptica. Y la Pascua es siempre perturbadora, con la Resurrección y la promesa de otra vida. Nunca he podido llegar a creérmelo. Y aunque me encantaría ver a Sophie y a papá, puedo prescindir muy bien sin volver a ver a otras docenas de personas. ¿Te imaginas el gentío? Como estar invitado a una fiesta monstruosa y aburrida donde uno se pasa el rato buscando a la gente divertida que se desea ver de verdad.

—¿Qué tal *Los buscadores de conchas?* ¿Lo has visto?

—Queda estupendo. Está como en su propia casa. Como si hubiese estado allí toda su vida.

—¿No te has arrepentido de haberlo dado?

—Hasta ahora no.

—¿Qué estabas haciendo ahora?

—He tomado un baño y estoy echada en la cama leyendo *Fiesta,* y hablando contigo. Después telefonearé a Noel y a Nancy y a continuación me vestiré para la cena. Son terriblemente distinguidas y hay un hombre en el restaurante tecleando un piano imponente. Como en el Savoy.

—Cuánta elegancia. ¿Qué te vas a poner?

—El caftán. Está muy raído, pero si entornas los ojos no se ven los agujeros.

—Estarás fantástica. ¿Cuándo volvéis?

—El miércoles. Llegaremos a Podmore's Thatch el miércoles por la noche.

—Te llamaré allí.

—Hazlo, cariño. Que Dios te bendiga.

—Adiós, mamá.

Marcó el número de Noel y esperó un momento, escuchando el tono de llamada, pero no hubo respuesta. Colgó el auricular. Probablemente estaba todavía fuera, en algún lugar en el campo, en uno de sus largos y sociales fines de semana. Cogió de nuevo el auricular y llamó a Nancy.

—Aquí la antigua vicaría.

—¿George?

—Sí.

—Soy Penélope. ¡Feliz Pascua de Resurrección!

—Gracias —dijo George, pero no le devolvió la felicitación.

—¿Está Nancy por ahí?

—Sí, por aquí andará. ¿Quieres hablar con ella?

«¿Por qué otra razón he llamado, estúpido?»

—Me gustaría.

—Espera un segundo, voy a buscarla.

Ella esperó. Era agradable estar echada, relajada y caliente, sostenida por grandes almohadas, pero Nancy tardaba tanto en acudir al teléfono que se puso impaciente. ¿Qué estaría haciendo esa chica? Para pasar el tiempo cogió el libro y había leído ya un par de párrafos cuando:

—Hola.

—Nancy —dijo ella dejando el libro—. ¿Dónde estabas? ¿En el fondo del jardín?

—No.

—¿Qué tal estás pasando la Pascua?

—Bien, gracias.

—¿Tienes invitados?

—No.

Su voz era gélida. Era Nancy cuando se ponía de lo más desagradable y estaba ofendida al máximo. ¿Qué habría pasado ahora?

—Nancy, ¿pasa algo?

—¿Por qué debería pasar algo?

—No lo sé, pero es obvio. —Silencio—. Nancy, creo que sería preferible que me lo dijeses...

—Sólo me siento un poco herida y enfadada. Eso es todo.

—¿Por qué?

—¿Por qué? Tú me lo preguntas, como si no supieses perfectamente la razón.

—Si lo supiese, no te lo preguntaría.

—¿No estarías herida en mi lugar? No sé nada de ti durante semanas y cuando telefoneo a Podmore's Thatch para invitaros a ti y a Antonia a venir a pasar el día de Pascua con nosotros, me encuentro con que te has marchado. Que te has marchado a Cornualles, llevándotela a ella y a ese jardinero, y todo sin decir una sola palabra ni a George ni a mí.

Así que era esto.

—Si tengo que ser sincera, Nancy, no pensé que pudiera interesarte.

—No es una cuestión de estar interesado o no, es una cuestión de preocupación. La verdad, marcharse así, sin decirle nada a nadie; hubiese podido pasar cualquier cosa, y nosotros sin saber dónde estabas.

—Olivia lo sabía.

—Oh, Olivia. Sí, claro, ella lo sabía y qué gran satisfacción le produjo ponerme al corriente. Encuentro asombroso que te parezca necesario contarle a ella tus proyectos y a mí ni una sola palabra. —Se estaba despachando a gusto—. Todo lo que sucede tengo que oírlo de segunda mano, a través de Olivia. Todo lo que haces. Todo lo que decides. Cuando contrataste al jardinero para trabajar para ti. Cuando decidiste que Antonia fuese a vivir contigo, después de que yo pasase semanas y gastase un montón de dinero poniendo anuncios en el periódico para un ama de llaves. Luego vendes los paneles y regalas *Los buscadores de conchas.* Sin consultar ni un ápice con George o conmigo. Es imposible entenderlo. Al fin y al cabo, soy la mayor de tus hijos. Si consideras que no tienes ningún deber conmigo, por lo menos ten en cuenta mis sentimientos. Y luego eso de irte a Cornualles así, con Antonia y el jardinero a cuestas. Un par de extraños. Sin embargo, cuando sugerí que Melanie y Rupert podían ir, te negaste a aceptar la idea. ¡Tus propios nietos! Pero tú te vas con un par de extraños. Sobre los cuales no sabemos nada en absoluto. Se están aprovechando de ti, madre. No entiendo cómo no te das cuenta. Y ellos piensan que eres una débil, sin duda, no podía imaginarme que fueses tan ciega. Todo es tan humillante..., tan irreflexivo...

—Nancy...

—... Si es así como te comportaste con el pobre papá, no me extraña que te abandonase. Es suficiente para que cualquier persona se sienta rechazada e indeseada. Abuelita Keeling siempre decía que tú eras la persona más insensible que había conocido jamás. George y yo hemos intentado hacernos responsables de ti, pero no nos has puesto las cosas fáciles. Te has marchado, sin una palabra..., te has gastado un montón de dinero. Todos sabemos lo que te va a costar estar en el Sands..., y has regalado *Los buscadores de conchas...*, cuando sabes lo mucho que nosotros hubiésemos necesitado..., es tan doloroso...

Los resentimientos almacenados salieron a la superficie. Nancy, casi incoherente en esos momentos, al final se quedó sin aliento. Por primera vez, Penélope pudo meter baza.

—¿Has terminado? —preguntó educadamente. Nancy no contestó—. ¿Puedo yo hablar ahora?

—Si quieres.

—Te he telefoneado para desearte una feliz Pascua. No para tener una pelea. Pero si quieres que nos peleemos, lo haremos. Al vender los paneles, me he limitado a hacer lo que tú y Noel me habéis instado a hacer durante meses. Me han dado por ellos cien mil libras, como sin duda te habrá dicho Olivia y, por primera vez en mi vida, he decidido gastar un poco para mí misma. Tú sabes que estaba haciendo proyectos para volver a Porthkerris, ya que te pedí que vinieses conmigo. Se lo pedí a Noel y se lo pedí también a Olivia. Todos teníais excusas. Ninguno de vosotros quería venir.

—Madre te di mis razones...

—Excusas —repitió Penélope—. No tenía ninguna intención de venir sola. Quería una alegre compañía para compartir mi placer. Así que Antonia y Danus han venido conmigo. Todavía no estoy tan senil como para no poder escoger a mis propios amigos. Y por lo que respecta a *Los buscadores de conchas,* este cuadro era mío. No lo olvides nunca. Papá me lo dio como regalo de boda y ahora, colgado en la galería de arte de Porthkerris, considero simplemente que se lo he devuelto. A él y a miles de personas corrientes que ahora podrán ir a mirarlo, conociendo quizá de esta forma algo de la sensación de bienestar y del placer que siempre me ha proporcionado.

—No tienes idea de su valor.

—Tengo mucha mejor idea de la que tú has tenido nunca. Tú has vivido con *Los buscadores de conchas* toda tu vida y apenas te fijabas en él.

—No me refería a esto.

—No, ya lo sé que no te referías a esto.

—Es como... —Nancy buscaba las palabras—, es como si quisieras herirnos a sabiendas..., como si nos despreciases...

—Oh, Nancy.

—¿...Y por qué le cuentas siempre las cosas a Olivia y a mí nunca?

—A lo mejor porque tú pareces encontrar difícil de comprender cualquier cosa que yo haga.

—Cómo puedo comprenderte si te comportas de una forma tan extraordinaria, nunca confías en mí..., tratándome como si fuera una estúpida... Siempre es Olivia. Tú siempre has querido a Olivia. Cuando éramos pequeñas, era siempre Olivia, tan inteligente y ocurrente. Tú nunca intentaste comprenderme a mí..., si no hubiese sido por abuelita Keeling...

Había alcanzado aquel punto donde, inundada de autocompasión, estaba dispuesta a recordar todos los agravios del pasado que imaginaba le habían sido infligidos. Penélope, agotada por la conversación, se dio cuenta de pronto que no podía aguantar más. Ya había aguantado demasiado y tener que escuchar los lloriqueos adolescentes de una mujer de cuarenta y tres años era más de lo que podía soportar.

—Nancy, creo que deberíamos poner término a esta conversación —dijo.

—... Yo no sé lo que habría hecho sin abuelita Keeling. El hecho de tenerla ahí, hizo mi vida soportable...

—Adiós, Nancy.

—... Porque tú nunca tenías tiempo para mí..., nunca me diste nada...

Al volver a colgar el auricular con delicadeza Penélope cortó la conversación con su hija. Quedó silenciada, afortunadamente, la voz enfadada y subida de tono. En las ventanas abiertas, las diáfanas cortinas se balanceaban en la brisa. Su corazón, como siempre después de estas situaciones desgraciadas, galopaba desenfrenadamente. Cogió las píldoras, se tomó dos con agua y se reclinó en las almohadas blandas, cerrando los ojos. Pensó simplemente en dejarse ir. Se sentía bastante agotada y por un momento más que predispuesta a sucumbir al agotamiento, incluso a las lágrimas. Pero no iba a enfadarse por Nancy. No iba a llorar.

Después de un rato, cuando su corazón se hubo calmado de nuevo, apartó las sábanas y se levantó de la cama. Llevaba una bata ligera y fresca y su largo pelo estaba suelto. Se dirigió al tocador y se sentó, mirando, sin demasiada satisfacción, su propia imagen. A continuación cogió un cepillo y empezó a cepillarse el pelo con pasadas largas, cortas y relajantes.

«Era siempre Olivia. Tú siempre has querido a Olivia.»

Esto era verdad. Desde el momento en que nació y Penélope la miró por primera vez, un diminuto bebé oscuro, con una nariz demasiado larga para su carita algo fea, había experimentado esa indescriptible proximidad hacia ella. Porque a causa de Richard, Olivia era especial. Pero esto era todo. Nunca la había querido más que a Nancy y a Noel. Los había querido a todos ellos, sus hijos. Los había querido a cada uno como al que más, pero por diferentes razones. Había descubierto que el amor tenía una extraña manera de multiplicarse. Duplicarse, triplicarse, de forma que cada vez que llegaba un hijo, había más que bastante para todos. Y Nancy, la primera, había tenido más parte de amor y atención. Recordó a la pequeña Nancy, tan atractiva y simpática, tambaleándose por el jardín de Carn Cottage sobre sus piernas cortas y gordinflonas persiguiendo a las gallinas, empujando la carretilla que Ernie había construido para ella, mimada y consentida por Doris, perpetuamente rodeada de brazos amorosos y rostros sonrientes. ¿Qué había pasado con esta niñita? ¿Era realmente posible que Nancy no recordase nada de aquellos primeros tiempos de su vida?

Triste, pero parecía que así era.

«Tú nunca me has dado nada.»

Esto no era verdad. Sabía que esto no era cierto. Había dado a Nancy lo que había dado a todos sus hijos. Una casa, seguridad, comodidad, interés, un lugar donde llevar a sus amigos, una sólida puerta para mantenerlos a salvo del mundo exterior. Se acordó del gran sótano de la casa de la calle Oakley, que olía a ajo y hierbas y estaba siempre bien caldeado con la gran estufa y la chimenea. Los recordaba a todos, charlando como pájaros y hambrientos como cazadores, volviendo apresuradamente del colegio en las oscuras tardes de invierno; dejando caer sus carteras, quitándose los abrigos e instalándose para comerse grandes cantidades de salchichas, pasta, pasteles de pescado, tostadas calientes con mantequilla, bizcocho con pasas y cacao. Recordó aquella maravillosa estancia en época de Navidad, con el olor del abeto y las tarjetas de Navidad colgadas por todas partes sobre cuerdas de lazos rojos, como si de colada se tratase. Pensó en los veranos, con las puertaventanas abiertas al jardín de atrás, la sombra de los árboles, el aroma de las plantas de tabaco y los alhelíes. Pensó en los amiguitos que iban a jugar a su jardín, gritando y saltando sin parar. Nancy había sido uno de ellos.

Había dado a Nancy todo esto, pero no había podido dar a Nancy lo que ésta quería (ella nunca decía «quería», decía «necesitaba»), porque nunca habían tenido suficiente dinero para pagar las posesiones materiales y los regalos costosos que la niña reclamaba. Vestidos para fiestas, cochecitos de muñecas, un poney, un internado, el baile de presentación en sociedad, la temporada social de Londres. Una gran boda con pretensiones había sido el punto máximo de sus ambiciones, y la había conseguido gracias a la oportuna intervención de Dolly Keeling, quien organizó (y pagó la respectiva factura) todo el extravagante y embarazoso asunto.

Dejó finalmente el cepillo del pelo. Estaba todavía enfadada con Nancy, pero esta simple tarea la había tranquilizado. Arreglada una vez más, se sintió mejor, más fuerte, con dominio sobre sí misma, capaz de tomar decisiones. Se retorció y recogió el pelo, tomó las peinetas de carey y las colocó en forma precisa y con fuerza en su sitio.

Media hora después, cuando Antonia fue en su busca, ella había vuelto a la cama. Estaba sentada apoyada en las almohadas ahuecadas, sus cosas al alcance de su mano y el libro sobre las rodillas.

Un golpe ligero en la puerta y la voz de Antonia.

—¿Penélope?

—Entra. —La puerta se abrió apareciendo la cabeza de Antonia al borde de ésta.

—Sólo he venido para... —Antonia entró en la habitación, cerrando la puerta detrás de ella—. ¡Estás en la cama! —Su expresión era de la máxima preocupación—. ¿Qué pasa? ¿Estás enferma?

—No, no estoy enferma —dijo Penélope cerrando el libro—. Sólo un poco cansada. Y no tengo ganas de bajar para cenar. Lo siento. ¿Me estabais esperando?

—No hace mucho. —Antonia se sentó al borde de la cama—. Hemos ido al bar, pero al ver que no llegabas, Danus me ha mandado arriba para ver si pasaba algo.

Vio que Antonia iba vestida de noche. Llevaba una estrecha falda negra sobre la que se había ceñido la blusa de una talla superior de raso color crema que habían comprado juntas en Cheltenham. Su pelo rubio cobre colgaba sobre su espalda, brillante y limpio, y su rostro estaba exento de artificio, con una piel suave como una manzana dulce. A excepción por supuesto de aquellas pestañas increíblemente largas y negras.

—¿Quieres algo para comer? ¿Te gustaría que llamase al servicio de habitaciones y te hiciese traer una bandeja?

—Puede ser. Más tarde. Pero lo puedo hacer yo misma.

—Supongo —dijo Antonia acusadora— que habrás estado haciendo demasiadas cosas, como caminar en exceso, sin Danus y yo para estar seguros de que no lo hacías.

—No me he excedido en nada. Sólo me he enfadado.

—Pero ¿qué ha pasado para que te enfadases?

—He telefoneado a Nancy para desearle felices Pascuas y he recibido un torrente de injurias a cambio.

—Qué mal por su parte. ¿De qué diablos se trataba?

—Oh, todo. Me trata como si fuera una vieja loca. Dice que la descuidé cuando era niña y que soy una vieja extravagante. Que tengo secretos con ella, soy irresponsable y que no sé escoger a mis amigos. Creo que todo se ha estado incubando durante un tiempo, pero el hecho de haberos traído a ti y a Danus conmigo a Porthkerris ha sido la gota. Todo se ha desbordado y me ha caído encima. —Sonrió—. Oh, bueno, mejor fuera que dentro, como solía decir mi querido papá.

—¿Cómo ha podido alterarte tanto? —Antonia, a pesar de todo, seguía indignada.

—No me ha alterado. Me ha indignado. Mucho más saludable. Y miremos las cosas como son, siempre hay un lado divertido en todas las situaciones. Le he colgado el teléfono e imagino cómo ha ido hacia George hecha una furia con un torrente de lágrimas indecorosas, desencadenando sobre él todas las iniquidades de su casquivana madre. Y George, refugiándose detrás de *The Times,* sin decir nada. Siempre ha sido el más reservado de los hombres. La razón por la cual quiso casarse con él está más allá de toda lógica. No es de extrañar que sus hijos sean tan miserablemente desagradables. Rupert con sus malos modales y Melanie con su siniestra mirada feroz, siempre mascando la punta de su coleta.

—No estás siendo muy amable.

—No. No lo soy. Estoy siendo malévola. Pero estoy contenta de que haya sucedido porque me ha ayudado a aclararme las ideas. Te voy a hacer un regalo. —Su enorme bolso de piel estaba sobre la mesilla de noche. Lo cogió, buscando en su espacioso interior. Sus dedos encontraron lo que estaba buscando. Sacó el gastado estuche de piel—: Toma —dijo tendiéndoselo a Antonia—. Esto es para ti.

—¿Para mí?

—Sí. Quiero que lo tengas. Cógelo. Ábrelo.

Casi a regañadientes, Antonia tomó el estuche. Presionó la pequeña cerradura y lo abrió. Penélope observaba su cara. Miraba sus ojos desorbitados, incrédulos, su boca abierta por la estupefacción.

—Pero... no pueden ser para mí.

—Lo son. Te los regalo. Quiero que los tengas tú. Los pendientes de tía Ethel. Me los dejó cuando murió y los llevé a Ibiza cuando estuve allí con todos vosotros. Los llevé en la fiesta de Cosmo y Olivia. ¿Te acuerdas?

—Claro que me acuerdo. Y no puedes regalármelos. Estoy segura de que son muy valiosos.

—No tanto como tu amistad. No tanto como la alegría que me proporcionas.

—Pero deben valer miles de libras.

—Creo que cuatro mil. Nunca he podido permitirme el gasto de asegurarlos, así que los tenía guardados en el banco. Los recogí el día que fuimos a Cheltenham. Supongo que tú tampoco podrás pagar el seguro, por lo que probablemente volverán al banco. Pobres, no disfrutan mucho de la vida, ¿verdad? Pero te los puedes poner ahora, esta noche. Tienes agujeros en las orejas, no se caerán. Póntelos y déjame ver cómo te quedan.

—Penélope —Antonia seguía dudando—, si son tan valiosos, ¿no deberías conservarlos para Olivia o Nancy? O para tu nieta. Quizá Melanie debería tenerlos.

—Sé que a Olivia le gustará que sean tuyos. Le recordarán Ibiza y Cosmo y le parecerá muy bien que te los quedes tú. Y Nancy se ha vuelto tan fastidiosamente codiciosa y materialista que no es digna de nada. En cuanto a Melanie, dudo que sepa algún día apreciar su belleza. Y ahora, póntelos.

Antonia, todavía dudosa, lo hizo; los sacó uno después del otro del gastado terciopelo e introdujo los finos hilos de oro en los lóbulos de sus orejas. Echó hacia atrás el pelo.

—¿Cómo quedan?

—Perfecto. Exactamente lo que necesitabas para completar este bonito conjunto. Ve al espejo y compruébalo por ti misma.

Así lo hizo Antonia, levantándose de la cama y cruzando la habitación para ponerse delante del tocador. Penélope miró su imagen en el espejo y pensó que nunca había visto una chica tan sensacional.

—Son idóneos para ti. Hay que ser muy alta para llevar joyas tan lujosas. Y si algún día te encuentras corta de dinero, siempre podrás venderlos o empeñarlos en una casa de empeños. Una pequeña seguridad para tiempos difíciles.

Pero Antonia seguía callada, sin palabras ante la magnificencia del regalo. Al cabo de un rato se volvió para ir de nuevo junto a Penélope.

—Estoy aturdida —dijo sacudiendo la cabeza—. No comprendo qué he hecho para que seas tan maravillosa conmigo.

—Creo que algún día, cuando tengas mi edad, encontrarás la respuesta.

—Voy a hacer un trato contigo. Los llevaré esta noche, pero mañana por la mañana puedes haberte arrepentido y, en ese caso, te los devolveré.

—No me arrepentiré. Ahora que los he visto sobre ti estoy más segura que nunca de que deben pertenecerte. Y no hablemos más sobre este tema. Siéntate y cuéntame cómo has pasado el día. A Danus no le importará. Puede esperar otros diez minutos. Y quiero que me lo cuentes todo. ¿Te ha gustado la costa sur? Tan diferente de aquí, todo bosque y agua. En una ocasión estuve allí una semana, durante la guerra. En una casa con un jardín que descendía hasta una ensenada. Había narcisos salvajes por todas partes y gaviotas que iban a posarse en la punta del embarcadero. A veces me pregunto qué habrá sido de aquella vieja casa y quién vivirá allí ahora —comentó al margen del tema—. Dime, ¿dónde habéis estado? ¿A quién habéis visto? ¿Ha sido divertido?

—Sí, ha sido estupendo. Una excursión muy agradable. Y también interesante. Hemos visto ese enorme supermercado del jardín; con invernaderos, cobertizos semilleros y una tienda donde la gente puede ir y comprar plantas, regaderas y otras cosas. Cultivan tomates, patatas nuevas y todo tipo de verduras exóticas como guisantes *mangetout*.

—¿A quién pertenece?

—Una gente llamada Ashley. Everard Ashley fue a la Escuela de Horticultura con Danus. Por eso hemos ido.

Se detuvo, como si ello fuese todo lo que había que decir. Penélope esperaba más, pero Antonia se quedó callada. Tal reticencia era inesperada. Miró con ojos agudos a Antonia, pero ésta había bajado la mirada y sus manos jugaban nerviosamente con el estuche vacío, abriendo y cerrando la tapa. Penélope notó la presencia de un malestar. Algo iba mal.

—¿Dónde habéis comido? —presionó gentilmente.

—Hemos comido con los Ashley en la cocina de su casa.

Así murió la agradable visión de una comida íntima en un mesón.

—¿Está casado Everard?

—No. Vive con sus padres. La granja es de su padre. Llevan el negocio juntos.

—¿Y Danus quiere hacer algo en la misma línea?

—Eso dice él.

—¿Habéis hablado de ello?

—Sí. Hasta cierto punto.

—Antonia. ¿Qué es lo que ocurre?

—No lo sé.

—¿Os habéis peleado?

—No.

—Pero algo ha pasado.

—No ha pasado nada. Esto es lo que ocurre. He llegado hasta aquí, pero ya no puedo avanzar. Creo conocerlo, creo estarle cerca, pero entonces él levanta su barrera. Es como que te cierren una puerta en la cara.

—Te has encariñado con él, ¿verdad?

—Oh, sí. —Una lágrima salió por debajo de sus pestañas inferiores y empezó a surcar la mejilla de Antonia.

—Creo que estoy enamorada de él.

Un largo silencio. Antonia asintió.

—¿Y tú piensas que él no está enamorado de ti?

Las lágrimas ahora se intensificaron. Antonia levantó una mano para barrerlas del rostro.

—No lo sé. Podría no estarlo. Durante estas últimas semanas hemos permanecido muy juntos..., seguramente ahora él debe de saber, en un sentido u otro..., llega una especie de punto de no retorno y creo que nosotros lo hemos sobrepasado.

—Es mi culpa —dijo Penélope—. Toma... —Alargó la mano hasta la mesilla de noche y tendió a Antonia unos cuantos pañuelos de papel. Antonia se sonó la nariz de forma vehemente.

—¿Por qué debería ser tu culpa? —preguntó a continuación.

—Porque he pensado sólo en mí misma. Quería compañía, qué vieja egoísta soy. Y por eso os pedí a ti y a Danus que vinieseis conmigo. Puede ser también que estuviese interfiriendo un poco, como una casamentera. Eso siempre sale mal. Yo pensaba que estaba siendo muy inteligente. Pero quizá cometía el más funesto de los errores.

—¿Qué pasa con él, Penélope? —Antonia parecía desesperada.

—Es reservado.

—Es más que reservado.

—Orgulloso, a lo mejor.

—¿Demasiado orgulloso para amar?

—No es exactamente esto. Pero creo que no tiene dinero. Sabe lo que quiere pero no tiene capital para empezar. Hoy en día hace falta mucha inversión para cualquier tipo de negocio. No tiene porvenir. Es posible que no se sienta en posición de comprometerse.

—El compromiso no implica necesariamente la responsabilidad del matrimonio.

—Pienso que con un hombre como Danus quizá sí.

—Podría simplemente estar con él. Podríamos trabajar en algo juntos. Trabajamos bien juntos. En todos los sentidos.

—¿Has hablado de ello con él?

—No puedo. Lo he intentado, pero no puedo.

—En ese caso, creo que debes intentarlo de nuevo. Por el bien de ambos. Explícale cómo te sientes. Pon las cartas sobre la mesa. Por lo menos sois buenos amigos. ¿Supongo que podrás ser sincera con él?

—¿Quieres decir que le diga que le quiero, que quiero pasar el resto de mi vida con él, que no me importa si no tiene un céntimo y que ni siquiera me preocupa que no quiera casarse conmigo?

—Dicho así, admito que suena un poco crudo. Pero... sí. Supongo que esto es a lo que me refiero.

—¿Y si me manda a paseo?

—Te sentirás herida y destrozada, pero por lo menos sabrás cómo están las cosas. Y por alguna razón no creo que él te mande a paseo. Pienso que será honesto contigo y verás que la explicación a su actitud es algo aparte y separado de su relación contigo.

—¿Cómo puede ser?

—No lo sé. Espero que sea así. Me gustaría saber por qué ni bebe ni conduce. No es mi problema pero me gustaría enterarme. Hay algo detrás de todo esto, estoy segura. Pero conociéndolo no puedo creer que sea nada vergonzoso.

—No me importaría que así fuese —las lágrimas de Antonia habían cesado. Se sonó la nariz una vez más.

—Lo siento —dijo—. No era mi intención montar este numerito.

—A veces es mejor. Mejor sacar las penas fuera que dejarlas dentro.

—Ocurre que es el primer hombre por el que me he sentido atraída o allegada a él. Si hubiese habido un desfile de otros, supongo que me enfrentaría mejor a la situación. Pero no puedo hacer nada contra mis sentimientos y no creo que pueda soportar la idea de perderlo. Cuando lo vi por primera vez en Podmore's Thatch, supe que era especial; supe que iba a ser alguien muy importante en mi vida. Y en cierta forma, cuando estábamos allí, todo andaba bien. La situación era fácil y natural y podíamos hablar juntos, trabajar juntos, plantar juntos, sin que hubiese ninguna tensión. Pero aquí es diferente. Se ha convertido en una situación irreal, algo sobre lo que no me parece tener control alguno...

—Ay, querida, es mi culpa. Lo siento. Pensaba que podía ser romántico y especial para ti. No debes llorar de nuevo. Vas a arruinar tu bonita cara y malograr toda la velada...

—Desearía no ser yo... —dejó escapar impulsivamente—. Me gustaría ser Olivia. Ella nunca se metería en un lío como éste.

—Tú no eres Olivia. Tú eres tú misma. Eres hermosa y eres joven. Tienes toda la vida por delante. Nunca desees ser otra persona, ni siquiera Olivia.

—Es tan fuerte. Tan juiciosa.

—También tú lo vas a ser. Ahora te lavas la cara y te arreglas el pelo, luego bajarás y le dirás a Danus que yo he decidido pasar una velada tranquila a solas; a continuación te tomarás una copa con él e iréis a cenar, y después de la cena le explicarás todo lo que me has dicho a mí. No eres una niña. Ninguno de los dos sois unos niños. Esta situación no puede continuar y no permitiré que seas desdichada. Danus es un buen chico. Pase lo que pase, diga lo que diga, nunca te heriría deliberadamente.

—No. Ya lo sé. —Se dieron un beso. Antonia se levantó de la cama y se dirigió al cuarto de baño para lavarse la cara. Cuando salió, se detuvo en el tocador y usó el peine de Penélope para arreglarse el pelo.

—Los pendientes te darán suerte —le dijo Penélope—. Y ten confianza en ti misma. Ahora, rápido, es hora de que te marches. Danus se estará preguntando qué ha pasado con nosotras. Y recuerda, habla claro y no tengas miedo. Nunca tengas miedo de ser honesta y sincera.

—Lo intentaré.

—Buenas noches, cariño.

—Buenas noches.

XIII

DANUS

Penélope se despertó a la mañana siguiente despejada y prístina, oyendo los sonidos agradables y reconocibles: el mar, abajo, lejos y arrastrado suavemente a la playa, las gaviotas gritando, un tordo piando sin cesar justo debajo de su ventana, un coche subiendo la cuesta, cambiando la marcha, deteniéndose en la grava, un hombre silbando.

Eran las ocho y diez. Había dormido por espacio de doce horas seguidas. Se sentía descansada, llena de energía, muy hambrienta. Era martes. El último día de las vacaciones. Esta evidencia le dio pena. Mañana por la mañana deberían hacer las maletas y prepararse para el largo camino de vuelta a Gloucestershire. Se sintió impulsada por un sentimiento de urgencia egoísta, porque había cosas que todavía no había hecho y que deseaba hacer. Permanecía acostada en la cama haciendo una lista mental, por una vez poniendo sus prioridades en primer lugar. Danus y Antonia, y el dilema en el cual se encontraban deberían ocupar por el momento un segundo lugar. Se levantó, tomó un baño, se peinó y se vistió. A continuación, fresca, perfumada y vestida con ropa limpia se sentó al escritorio de su habitación y escribió una carta a Olivia utilizando el grueso y lujoso papel del hotel con el nombre de éste en relieve. No fue una carta muy larga, era más una nota, para informar a Olivia que había regalado los pendientes de tía Ethel a Antonia. Por alguna razón, le parecía importante que Olivia lo supiera. Introdujo la carta en el sobre, escribió la dirección, puso el sello y la cerró. Después, cogió el bolso y la llave y bajó.

Encontró el vestíbulo desierto, con las puertas giratorias abiertas para dejar pasar el aire y los aromas frescos de la mañana. Sólo estaban el conserje, detrás del mostrador, y una mujer con un uniforme azul limpiando la alfombra con el aspirador. Saludó a ambos, echó la carta en el buzón y se dirigió al vacío comedor para encargar el desayuno. Zumo de naranja, dos huevos pasados por agua, tostadas y mermelada y café solo. Cuando estaba casi terminando su desayuno, otros huéspedes habían entrado con discreción, habían tomado asiento y leían el periódico o discutían los planes del día. Se organizaron partidos de golf y excursiones turísticas. Penélope escuchaba y estaba contenta de no tener que prestar atención a otra persona. Todavía no había rastro ni de Danus ni de Antonia y se alegraba de ello con cierta vergüenza.

Cuando abandonó el comedor eran casi las nueve y media. Cruzó el vestíbulo y se detuvo en el mostrador del conserje.

—Voy a la galería de arte. ¿Sabe usted a qué hora abren?

—Creo que hacia las diez, señora Keeling. ¿Va usted a coger el coche?

—No. Voy a ir andando. Hace una mañana maravillosa. Pero si le llamo cuando haya terminado, ¿podría usted mandar un taxi para recogerme?

—Naturalmente.

—Gracias.

Salió a la luz del sol y a las ráfagas dulces y frescas de la brisa consciente del placer que experimentaba, aumentando eso su sentido de libertad. Siendo niña los domingos por la mañana se sentía de la misma manera, a la aventura y vacía, dispuesta a aceptar los placeres inesperados. Caminaba lentamente saboreando aromas y sonidos, deteniéndose para mirar los jardines, la resplandeciente extensión de la bahía, un hombre paseando a su perro por la arena. De esta forma, en el momento en que al final dejó atrás el puerto para introducirse en la calle empinada y adoquinada que daba a la galería, vio que su puerta estaba abierta, pero a esa hora y en una época tan temprana del año la encontró comprensiblemente desierta, a excepción de un joven que estaba sentado detrás de la puerta de entrada. Era un individuo cadavérico, con una larga mata de pelo y llevaba unos tejanos despedazados y un enorme jersey lleno de manchitas. Bostezaba como si no hubiese dormido, pero cuando Penélope apareció interrumpió un bostezo, se enderezó en la silla y se ofreció a venderle un catálogo.

—No, no necesito un catálogo, gracias. Quizá después, me quedaré unas postales.

Terriblemente cansado se arrellanó de nuevo en la silla. Ella se preguntó a quién se le habría ocurrido escogerlo como encargado, diciéndose que probablemente lo hacía gratis.

Los buscadores de conchas la esperaban, impresionante en su nueva casa, colgado en el centro de la larga pared sin ventanas. Caminó sobre el suelo resonante y se instaló cómodamente en el antiguo sofá de piel donde, muchos años atrás, solía sentarse con papá.

Él había tenido razón. Aquellos jóvenes artistas habían llegado, como él había predicho. *Los buscadores de conchas* estaba flanqueado, rodeado, por abstractos y primitivos, todos rebosantes de color, luz y vida. Habían desaparecido pinturas menores *(Barcas de pesca en la noche; Flores en mi ventanal)* que en los viejos tiempos habían llenado los altísimos espacios. Podía reconocer en esos momentos la obra de otros pintores, los nuevos artistas que los habían reemplazado. Ben Nicholson, Peter Lanyon, Brian Winter, Patrick Heron. Pero en ninguna forma dominaban a *Los buscadores de conchas.* Por el contrario, ponían en evidencia los azules, los grises y los reflejos trémulos del cuadro favorito de papá; y ella pensó que era un poco como estar en una habitación con hermosos muebles tanto tradicionales como puramente modernos, donde ninguna pieza desentonaba ni competía con su vecina, simplemente porque cada una de ellas era la creación de un artesano y la mejor de su período.

Permaneció allí, contenta y sosegada, deleitando su mirada con el querido y familiar cuadro.

Cuando tuvo lugar la interrupción y otro visitante entró por la puerta situada detrás de ella, apenas fue consciente de ello. Se produjo una conversación susurrada. Luego pasos, caminando despacio. Y súbitamente fue como había sido antes, en aquel día borrascoso de agosto durante la guerra; ella volvía a tener veintitrés años, con los zapatos deportivos agujereados, y papá sentado junto a ella. Y Richard entrando; en la Galería y en sus vidas. Y papá le dijo «ellos llegarán..., para pintar el calor del sol y el color del viento». Así fue como había empezado todo.

Los pasos se acercaban. Allí estaba él, esperando que ella le prestase atención. Volvió la cabeza. Pensando en Richard, vio a Danus. Le miró desorientada, perdida en el tiempo; un extraño.

—La molesto —dijo él.

Su voz familiar rompió el fantástico hechizo. Ella recobró el sentido de la realidad, se libró del pasado y recompuso su rostro con una sonrisa.

—Claro que no. Estaba soñando.

—¿Prefiere estar sola?

—No, no. —El estaba solo. Llevaba un jersey típico de Guernesey de color azul marino. Sus ojos mirándola parecían extrañamente brillantes, intensamente azules, y no parpadeaban—. Me estoy despidiendo de *Los buscadores de conchas.* —Cambió de postura y golpeó la gastada piel junto a ella—. Ven y acompáñame en mi comunión solitaria.

Él obedeció sentándose medio vuelto hacia ella, con un brazo a lo largo del respaldo y las largas piernas cruzadas.

—¿Se encuentra usted mejor esta mañana?

—¿Mejor? —Ella no podía recordar haber estado enferma.

—Ayer por la noche. Antonia me dijo que no se encontraba usted muy bien.

—Ah, eso —dijo quitándole importancia—. Sólo estaba un poco

cansada. Estoy perfectamente bien esta mañana. ¿Cómo has sabido dónde estaba?

—Me lo ha dicho el portero.

—¿Dónde está Antonia?

—Haciendo las maletas.

—¿Haciendo las maletas? ¿Ya? Pero si no nos marchamos hasta mañana por la mañana.

—Está haciendo mis maletas. Esto es lo que le he venido a explicar. Esto y muchas otras cosas. Tengo que marcharme hoy. Voy a coger el tren para Londres y de allí, esta tarde, el tren nocturno para Edimburgo. Tengo que ir a casa.

A ella sólo se le podía ocurrir una razón para esta acción tan precipitada y urgente.

—Tu familia. Ha ocurrido algo. ¿Alguien está enfermo?

—No. Nada de eso.

—¿Pero por qué? —preguntó mientras sus pensamientos volaban hacia la última noche y Antonia en un baño de lágrimas sentada en su cama. Debes ser sincera y honesta le había dicho a Antonia, segura, con toda la arrogancia de la experiencia, de estar dándole el más adecuado de los consejos. En cambio parecía que lo que había hecho era sólo inmiscuirse, interferir y destruir. El plan había fracasado. El valiente gesto de Antonia de poner sus cartas sobre la mesa no había clarificado la situación; la franqueza había provocado una confrontación, posiblemente una irredimible disputa, y en esos momentos ella y Danus habían decidido que el único camino a tomar era el de la separación.

No podía haber otra explicación. Se sintió cerca de las lágrimas.

—La culpa es mía —se reprochó—. Soy yo la responsable.

—No hay culpas. Lo que ha ocurrido no tiene nada que ver con usted.

—Pero soy yo quien le dijo a Antonia...

—Y tenía usted razón —le interrumpió él—. Y si anoche ella no hubiese hablado, lo habría hecho yo. Porque el día de ayer fue una especie de catalizador. Todo cambió, fue como atravesar una línea de separación. Todo se volvió muy simple y muy claro.

—Ella te quiere, Danus. Seguramente te has dado cuenta.

—Por esto me voy.

—¿Tan poco significa ella para ti?

—No. Lo contrario. Todo lo contrario. Más que amor. Ella ha llegado a ser parte de mí. Decir adiós será como arrancar mis propias raíces. Pero tengo que hacerlo.

—Me dejas perpleja.

—Lo entiendo.

—¿Qué pasó ayer?

—Creo que ambos maduramos de golpe. O es posible que haya

madurado lo que estaba pasando entre nosotros. Hasta ayer todo lo que habíamos hecho juntos era insignificante, trivial, inocuo. Trabajar con poca seriedad en el jardín de Podmore's Thatch, nadar en las rocas de Penjizal. Nada importante. Nada serio. Pienso que es probable que fuese mi culpa. No estaba buscando una relación importante. Era lo último que quería. Pero entonces ayer fuimos a Manaccan. Yo le había hablado a Antonia sobre mi sueño de tener algún día un lugar propio, ella lo comentó todo conmigo, pero de la forma más despreocupada y alegre, sin darme cuenta de lo muy a pecho que se tomaba estas conversaciones. Entonces Everard Ashley empezó a enseñarnos todo aquello y mientras estábamos en ello ocurrió una cosa extraordinaria. Nos convertimos en una pareja. Era como si cualquier cosa que fuésemos a hacer, la fuéramos a hacer juntos. Antonia se mostró tan entusiasta e interesada como yo, interviniendo con preguntas, ideas y proyectos; de golpe, en medio de un invernadero lleno de tomates, supe que ella era parte de mi futuro. Parte de mí ahora. No puedo imaginar la vida sin ella. Haga lo que haga, quiero hacerlo con ella y cualquier cosa que me pase, quiero que nos pase a ambos.

—¿Y qué puede impedir que todo esto se realice?

—Dos razones. La primera es estrictamente práctica. No tengo nada que ofrecer a Antonia. Tengo veinticuatro años y no tengo dinero, no tengo casa, no tengo medios propios y mi sueldo semanal es el de un jardinero. Un centro de jardinería, un lugar propio, es sólo un castillo en el aire. Everard Ashley empezó con su padre, pero yo tendría que comprar y no tengo capital.

—Los bancos prestan dinero. ¿Y una subvención del gobierno? —dijo, para luego pensar en los padres de él. De los fragmentos de información que Danus había dejado caer de vez en cuando, la impresión recibida había sido la de una familia, si no nadando en la abundancia, sí sin problemas de bienes materiales—. ¿Tus padres no podrían ayudarte?

—No, para esta cantidad, no creo.

—¿Se lo has pedido?

—No.

—ELes has comentado tus planes?

—Todavía no.

Este derrotismo era bastante irritante. Decepcionada por él, Penélope notó que estaba perdiendo la paciencia.

—Lo siento, pero no llego a comprender a qué viene todo este lío. Tú y Antonia os habéis encontrado el uno al otro, os queréis y deseáis pasar el resto de vuestras vidas juntos. Deberías coger esta felicidad al vuelo, sujetarla firmemente y no dejarla marchar nunca. Hacer algo diferente sería moralmente injusto. Este tipo de ocasiones no vuelve a presentarse. ¿Qué importa si tenéis que vivir con escasos recursos? Antonia puede encontrar un trabajo; la mayoría de las esposas jóvenes lo hacen. Otras parejas salen a flote porque han sabido establecer un justo orden de prioridades. —El no comentó nada al respecto y ella frunció el entrecejo—. Imagino que se trata de tu orgullo. Tu estúpido y testarudo orgullo escocés. Y si es así, estás siendo egoísta en extremo. ¿Cómo puedes marcharte, abandonarla y hacerla infeliz? ¿Qué pasa contigo, Danus, que eres capaz de dar la espalda al amor?

—He dicho que había dos motivos. Sólo le he explicado uno.

—¿Y cuál es el otro?

—Soy epiléptico —dijo él.

Ella se quedó helada hasta la inmovilidad, incapaz de decir nada, sin palabras. Lo miró a la cara, a los ojos, pero él no se turbó y no bajó la mirada. Anheló abrazarlo, estrecharlo contra ella, consolarlo, pero no hizo ninguna de estas cosas. Los pensamientos fortuitos tomaron forma, volando sin rumbo en todas las direcciones, como pájaros espantados. La respuesta a todas esas preguntas no contestadas. Este hombre es Danus.

—¿Se lo has dicho a Antonia? —dijo suspirando profundamente.

—Sí.

—¿Quieres contármelo?

—Estoy aquí para esto. Antonia me ha enviado. Ha dicho que usted debía saberlo, más que cualquier otra persona. Antes de marcharme y abandonarla a usted, tengo que explicarle mis razones.

—Te escucho —dijo ella poniendo una mano sobre la rodilla de él.

Supongo que todo empezó con mi madre y mi padre. Y con Jan. Creo que ya le he contado que mi padre es notario. Los hombres de su familia han sido personas de leyes desde hace tres generaciones y el padre de mi madre era juez de los tribunales escoceses y miembro de la Cámara de los Lores. Jan estaba destinado a seguir los pasos de mi padre, entrar en la empresa familiar y en definitiva continuar con la tradición. Hubiese sido un buen hombre de leyes porque cualquier cosa que emprendiese era siempre un éxito. Pero a los catorce años Ian murió. Inevitablemente, me tocó ocupar su lugar. Yo nunca había pensado en lo que quería hacer. Sólo sabía que eso era lo que tenía que hacer. Supongo que usted pensará que estaba programado como una computadora. Bien, acabé el colegio y a pesar de que nunca fui tan brillante como Jan, me las arreglé para aprobar los exámenes necesarios y aprobé el acceso a la Universidad de Edimburgo. Pero era todavía demasiado joven, así que, antes de ir a la universidad, pasé dos años viajando y viendo un poco de mundo. Estuve en Estados Unidos. Vagabundeé de costa a costa, hice cualquier trabajo que se me presentó y acabé en Arkansas, trabajando en un rancho de ganado para un hombre llamado Jack Rogers. Tenía una superficie inmensa, se extendía en kilómetros y yo era uno de los peones; ayudaba a agrupar el ganado y arreglar las cercas y vivía en un barracón con literas junto con otros tres tipos.

El rancho estaba muy lejos de todo. El pueblo más cercano se llamaba Sleeping Creek, estaba a sesenta y cinco kilómetros y no había un gran movimiento cuando uno iba allí. Solía ir a veces, para llevar a Sally Rogers a comprar provisiones o para recoger suministros y equipamiento para Jack. Eran viajes que duraban un día, con la camioneta dando tumbos en una carretera sucia y llena de polvo pardo.

Un día, hacia el final de mi estancia allí, me puse enfermo. Me encontré malísimo, empecé a vomitar y a temblar y la temperatura me subió violentamente. Debí de delirar, porque no recuerdo haber sido trasladado del barracón a la casa principal, pero allí fue donde me encontré, con Sally Rogers cuidándome. Hizo un buen trabajo y después de más o menos una semana, me recuperé y me pude levantar. Decidimos que había sido algún virus lo que me había afectado y cuando pude caminar tres pasos sin desplomarme, volví al trabajo.

Entonces, poco después, sin ningún aviso..., nada..., perdí el conocimiento. Me derrumbé como un árbol derribado sobre la espalda y estuve inconsciente aproximadamente media hora. Sin razón aparente, una semana después ocurrió de nuevo y me sentía tan enfermo que Sally me metió en la camioneta y me llevó al médico en Sleeping Creek. Escuchó la historia de mi desgracia y me hizo hacer algunas pruebas. Una semana después, volví a verle y me dijo que tenía epilepsia. Me dio una medicina para tomar cuatro veces al día. Me dijo que tomándola estaría bien. Se despidió diciéndome que no podía hacer nada más por mí.

Se hizo el silencio. Penélope tuvo la sensación de que se esperaba algún comentario de su parte, pero no se le ocurría nada que no fuese o trillado o trivial. Tuvo lugar una larga pausa y luego Danus continuó con dificultad.

—No había estado enfermo en toda mi vida. Lo peor que había tenido era el sarampión. Le pregunté que ¿por qué? Me hizo algunas preguntas y llegamos a un golpe que recibí en la cabeza en el colegio jugando al rugby. Sufrí una conmoción cerebral pero nada más. Hasta entonces. Tenía epilepsia. Tenía casi veintiún años y era un epiléptico.

—¿Se lo contaste a aquella gente tan encantadora para quien trabajabas?

—No. E hice prometer al médico que honraría el secreto profesional. No quería que nadie lo supiese. Si no podía enfrentarme a ello solo, no sería capaz de afrontarlo en absoluto. Finalmente volví aquí. Volé hasta Londres y cogí el tren nocturno para regresar a Edimburgo. Con tiempo para pensar en las cosas, descubrí la verdad. Que nunca podría reemplazar a Jan. Tenía miedo de no estar a la altura y de decepcionar a mi padre. Además había otra cosa que había descubierto durante los últimos meses. Que necesitaba estar al aire libre. Necesitaba trabajar con mis manos. No quería que nadie estuviese pendiente de mí, esperando algo que nunca podría realizar. Uno de los peores tragos que he pasado en mi vida fue tener que decir todo esto a mis padres. Al principio, se mostraron incrédulos. Después disgustados y desesperadamente desilusionados. No los critico. Estaba destruyendo todos los planes que habían hecho. Al final, se resignaron y me apoyaron. Sin embargo, después de todo esto, no me animé a hablarles de mi epilepsia.

—¿Nunca se lo has contado? ¿Cómo has podido?

—Mi hermano murió de meningitis. Consideré que, entre una cosa y otra, ya se habían enfrentado a suficientes desgracias. Además, qué hubiese ganado cargándoles con más preocupación y angustia. E hice bien. Iba tomando el medicamento y no me desmayaba. A todos los efectos, era completamente normal. Todo lo que tenía que hacer era escoger un médico joven..., un hombre que no supiera nada de mi historial médico. Me dio una prescripción permanente para mi medicina. Después de ello, me matriculé por tres años en la Escuela de Horticultura de Worcestershire. También esto estuvo bien. Era un muchacho como los otros. Hacía todo lo que hacían los otros estudiantes. Me emborrachaba, tenía un coche, jugaba a fútbol. Sin embargo, era epiléptico. Lo sabía. Si dejaba de tomar las pastillas, todo volvería a empezar. Intentaba no pensar en ello, pero uno no puede parar lo que se mueve dentro de tu cabeza. Estaba siempre ahí. Un gran peso, como un saco cargado que nunca se puede depositar.

—Si hubieses compartido tu problema, no te habría parecido tan pesado.

—Al final lo hice. Me vi obligado a hacerlo. Cuando acabé la escuela, conseguí el trabajo con Autogarden en Pudley. Había visto un anuncio en el periódico, me presenté y fui aceptado. Trabajé hasta Navidad y luego fui a casa a pasar un par de semanas. Por Año Nuevo, tuve la gripe. Debí permanecer en cama por espacio de cinco días y me quedé sin la medicina. Como no podía ir por mí mismo, le pedí finalmente a mi madre que fuese a comprarla; y entonces, como es de suponer, salió todo a la luz.

—Así que ella lo sabe. Oh, doy gracias al cielo por esto. Debió de tener ganas de estrangularte por haber sido tan misterioso.

—Aunque parezca increíble creo que sintió alivio. Sospechaba que algo iba mal habiendo imaginado lo peor, pero guardándoselo para ella. Este es el problema en mi familia, siempre nos lo guardamos todo dentro. Tiene algo que ver con ser escocés e independiente, y no querer ser una molestia. Es así como hemos sido educados. Mi madre nunca fue demostrativa, nunca fue lo que podríamos decir particularmente acogedora; pero aquel día, después de haber salido disparada para comprar la medicina en la farmacia, se sentó en mi cama y hablamos durante horas. Habló incluso de lan, cosa que no había hecho antes. Recordamos buenos momentos y nos reímos. Luego le dije que siempre me había considerado como el segundo y que nunca podría tomar el puesto de Jan; y, con esto, ella volvió a ser la mujer enérgica y práctica y dijo que no fuese un imbécil; que yo era yo mismo y que no me quería de otra manera; todo lo que deseaba era yerme bien otra vez. Lo que significó otro diagnóstico y una segunda opinión. Apenas me levanté de la gripe me encontré sentado en el consultorio de un eminente neurocirujano, asaltado a miles de preguntas. Me hicieron nuevas pruebas y un electroencefalograma.., una exploración cerebral mediante escáner..., para al final decirme que no se podía hacer un diagnóstico preciso mientras estuviese tomando la medicación. Así que tenía que dejarla durante tres meses y luego volver para una segunda consulta. Si tenía cuidado, no había razón para que me pasase nada, pero bajo ninguna circunstancia podía beber alcohol o conducir un coche.

—¿Y cuándo habrán transcurrido los tres meses?

—Ya han pasado. Desde hace dos semanas.

—Pero esto es una locura. No debes perder más tiempo.

—Esto es lo que me dijo Antonia.

Antonia. Penélope casi se había olvidado de Antonia.

—Danus, ¿qué pasó ayer por la noche?

—Usted ya conoce una parte. Nos encontramos en el bar, la esperamos a usted y, al ver que no aparecía, Antonia subió a verla. Mientras yo estaba solo, me dediqué a hacer una lista mental de todas las cosas que le iba a decir a ella. Imaginaba que iba a ser muy difícil, y me encontré buscando las palabras adecuadas y componiendo ridículamente frases formales. Pero entonces apareció llevando los pendientes que usted le había regalado y estaba tan sensacionalmente hermosa que todas aquellas frases preparadas con cuidado se las llevó el viento y me limité a decirle lo que había en mi corazón. Y cuando hablé, ella empezó a hablar también, y los dos a reírnos, porque ambos nos dimos cuenta de que estábamos diciendo lo mismo.

—¡Mi querido muchacho!

—De lo que yo tenía miedo era de herirla o apenarla. Siempre me ha parecido muy joven y muy vulnerable. Pero estuvo estupenda. Inmensamente práctica. Y, al igual que usted, se horrorizó al enterarse de que había dejado que las semanas pasasen sin pedir hora.

—¿Pero ahora está hecho?

—Sí. He llamado a las nueve de la mañana. Tengo que ir al neurocirujano el jueves, y me harán otro electroencefalograma. Tendré el resultado casi inmediatamente.

—Nos llamarás a Podmore's Thatch para ponernos al corriente.

—Por supuesto.

—Si has estado tres meses sin tomar medicación y sin desmayos, seguramente el pronóstico será esperanzador.

—No puedo permitirme pensar esto. No tengo esperanza.

—¿Pero volverás con nosotras?

Por primera vez Danus pareció inseguro de sí mismo; titubeó.

—... No lo sé. El caso es que quizá tenga que someterme a algún tipo de tratamiento. Puede durar meses. A lo mejor debo quedarme en Edimburgo...

—¿Y Antonia? ¿Qué va a pasar con Antonia?

—No lo sé. No sé lo que va a pasar conmigo. Hoy por hoy no veo posibilidad de ser capaz de darle la vida que se merece. Tiene dieciocho años. Puede hacerlo todo con su vida, tener a cualquiera. No tiene más que llamar a Olivia y dentro de algunos meses estará en la portada de todas las revistas elegantes del país. No puedo permitir que ella se comprometa conmigo hasta que yo pueda ver algún futuro para ambos. Realmente no hay alternativa.

Penélope suspiró. Sin embargo, en contra de su mejor consejo, respetó su razonamiento.

—Si os tenéis que separar por una temporada, sería preferible para Antonia volver a Londres con Olivia. No puede perder el tiempo en Podmore's Thatch conmigo. Se moriría de aburrimiento. Se sentirá mejor trabajando. Nuevos intereses...

—¿Estará usted bien sin ella?

—Oh, por supuesto —dijo ella sonriendo—. Pobre Danus. Lo siento por ti. La enfermedad es odiosa, sea cual sea la forma en que se presente. Yo estoy enferma. He sufrido un ataque cardíaco pero no he querido decirlo a nadie. Me fui del hospital y les dije a mis hijos que los médicos eran idiotas. He seguido insistiendo que no me pasaba nada malo. Pero no es así. Si me enfado, mi corazón sube y baja como un yoyó, y tengo que tomar una píldora. En cualquier momento puede fallar del todo y dejarme con la pata estirada. Pero hasta ese momento, me siento realmente mucho más feliz haciendo ver que nada en absoluto ha ocurrido. Y tú y Antonia no debéis preocuparos porque esté sola. Tengo a mi querida señora Plackett. Pero no creas que no os voy a echar de menos a ambos. Lo hemos pasado muy bien. Y no hubiese podido pedir mejores compañeros durante esta última semana. Debo darte las gracias por haber venido a este sitio tan especial para mí.

—Nunca he sabido —empezó él moviendo la cabeza y sonriendo con incredulidad— por qué ha sido usted siempre tan excepcionalmente amable conmigo.

—Te lo explico en un santiamén. Te tomé simpatía inmediatamente por tu aspecto. Tienes un extraño parecido con un hombre que conocí durante la guerra. Fue como si te reconociese al primer golpe de vista. Doris Penberth también comentó este parecido la tarde en que tú y Antonia fuisteis a buscarme a su casa. Doris, Ernie y yo somos las únicas personas vivas que lo recuerdan. Se llamaba Richard Lomax y murió el Día D en la playa Omaha. Decir que alguien fue el amor de tu vida suena al más trivial de los tópicos, pero esto es lo que él fue para mí. Cuando él murió, algo murió también en mi interior. Nunca hubo nadie más.

—¿Y su marido?

—Me temo que el nuestro nunca fue un matrimonio muy satisfactorio —contestó Penélope con un suspiro y un encogimiento de hombros—. Si Richard hubiese sobrevivido a la guerra, yo hubiese abandonado a Ambrose, llevándome a Nancy para ir a vivir con Richard. Tal como fueron las cosas, volví con Ambrose. Parecía la única alternativa. Además me sentía un poco culpable con respecto a él. Yo era joven y egoísta cuando nos casamos y fuimos separados casi enseguida, así que el matrimonio no había tenido ninguna oportunidad. Sentía que le debía a Ambrose esta oportunidad, ya que no otra cosa. Además, era el padre de Nancy y yo quería tener más hijos. Al fin supe que nunca volvería a enamorarme completamente otra vez. Nunca podría haber otro Richard. Parecía la única cosa sensata, sacar partido de lo que tenía. Tengo que admitir que Ambrose y yo no hicimos un éxito de nuestra vida en común, pero tenía a Nancy, y luego tuve a Olivia, y luego a Noel. Los niños pequeños, a pesar de lo pesados que son, pueden ser un gran consuelo.

—¿Ha hablado usted con sus hijos acerca de este hombre?

—No. Nunca les he hablado de él, nunca he pronunciado su nombre. Durante cuarenta años no he hablado de él. Hasta el otro día cuando estaba con Doris y ella habló de Richard como si acabase de salir en ese momento de la habitación. Fue encantador. Ya no resultó triste. He vivido con la tristeza demasiado tiempo. Y en una soledad que nada ni nadie podía aliviar. No obstante, a lo largo de los años, he superado lo que había pasado. He aprendido a vivir conmigo misma, a cultivar flores y ver a mis hijos hacerse mayores; a mirar cuadros y escuchar música. Unos poderes discretos pero cuyo apoyo es bastante asombroso.

—Echará de menos *Los buscadores de conchas.*

Le emocionó su perspicacia.

—No, Danus. Ya no. *Los buscadores de conchas* se ha ido, como se fue Richard. Es probable que no vuelva a repetir su nombre. Y tú guardarás para ti lo que te acabo de contar, para siempre.

—Lo prometo.

—Bien. Ahora que parece que hemos dicho lo que había que decir, ¿no te parece que deberíamos movernos? Antonia estará pensando que hemos desaparecido para siempre. —Danus se levantó y extendió una mano para ayudarla a ponerse de pie. Ella descubrió que éstos le dolían—. Estoy demasiado cansada para subir la colina. Vamos a pedirle a este joven de pelo largo que llame un taxi para llevarnos al hotel. Dejaré *Los buscadores de conchas* y todos los recuerdos de mi pasado detrás de mí. Aquí; en esta simpática y pequeña galería, donde dieron comienzo y donde corresponde que terminen sus días.

XIV

PENÉLOPE

El portero del hotel Sands, resplandeciente con su uniforme verde oscuro, cerró la puerta del coche y les deseó un buen viaje. Antonia conducía. El viejo Volvo se puso en movimiento girando en la curva de la avenida que descendía entre hortensias para salir a la carretera. Penélope no miró atrás.

Era un buen día para marcharse. El encanto del perfecto clima que les había acompañado parecía haberse roto, no sólo para ese día sino también para los siguientes. Durante la noche había rodado una neblina desde el mar y todo estaba velado de una humedad que se dispersaba para juntarse de nuevo, como humo. Sólo una vez, justo antes de llegar a la autopista, se aclaró la niebla dejando pasar un rayo difuso de sol y quedó al descubierto el estuario. Había marea menguante. Las marismas yacían vacías de vida, a excepción de las eternas aves marinas en busca de comida, y en la distancia podían vislumbrarse las blancas olas del Atlántico rompiendo sobre el banco de arena. A continuación, el escarpado terraplén de la nueva carretera se alzó hacia el cielo y todo desapareció de la vista.

Se habían marchado. Penélope se acomodó para el largo viaje. Pensó en Podmore's Thatch y descubrió que deseaba llegar a casa. Anticipando la llegada con satisfacción pensó en el momento de entrar en su propia casa, echó un vistazo al jardín, deshizo la maleta, abrió las ventanas, leyó la correspondencia...

—¿Estás bien? —preguntó Antonia junto a ella.

—¿Piensas que debería estar en un baño de lágrimas?

—No. Pero abandonar un lugar que uno quiere siempre es doloroso. Has esperado tanto tiempo para volver. Y ahora nos marchamos otra vez.

—Tengo suerte. Mi corazón está en dos lugares, así que esté donde esté, soy feliz.

—Debes volver el año que viene. Para ver a Doris y Ernie. De esta forma tendrás algo por lo que ilusionarte. Cosmo siempre decía que no valía la pena vivir sin ilusiones.

—Pobre hombre, cuánta razón tenía —dijo pensando en ello—.

Me temo que por el momento tu futuro aparece triste y solitario.

—Sólo por un tiempo.

—Es mejor ser realista, Antonia. Si estás preparada para lo peor con respecto a Danus, cualquier cosa mejor será como un regalo.

—Lo sé. Y no me hago muchas ilusiones con respecto a él. Comprendo que quizá transcurra mucho tiempo y odio esta perspectiva por él. Pero para mí, egoístamente, el saber que está enfermo lo hace todo más fácil. Nos queremos de verdad el uno al otro y eso es lo único que me importa..., esto es lo más importante de todo y a lo cual me voy a aferrar.

—Has sido muy valiente. Sensible y valiente. No esperaba otra cosa de ti. Estoy realmente muy orgullosa.

—De hecho no soy valiente. Pero las cosas no son tan malas si uno puede hacer algo. Lo peor fue el lunes pasado, cuando volvíamos al hotel desde Manaccan, sin decir una palabra ninguno de los dos, conscientes de que algo iba mal pero sin tener ni idea de lo que se trataba. Tuve la sensación de que él estaba cansado de mí, que deseaba haber ido a ver a sus amigos solo. Fue realmente espantoso. ¿No son los malentendidos lo peor del mundo? No permitiré que me ocurra otra vez. Y sé que no volverá a ocurrir entre Danus y yo.

—Ha sido tan culpa suya como tuya. Pero creo que esta lamentable reserva es algo inherente en él, heredado de sus padres y en gran parte consecuencia de la forma en que ha sido educado.

—Me dijo lo que más le gustaba de ti. El hecho de que estás siempre más que dispuesta a hablar de cualquier cosa. Y, más importante, a escuchar. Me dijo que siendo niño nunca logró hablar realmente con sus padres, ni sentirse verdaderamente cerca de ellos. Qué triste, ¿verdad? Sin duda lo adoran, pero no se les ocurre decírselo.

—Antonia, si Danus tiene que quedarse en Edimburgo y recibir tratamiento, o incluso estar en el hospital por una temporada..., ¿has pensado lo que vas a hacer?

—Sí. Si puedo me quedaré contigo un par de semanas más. Para entonces deberíamos saber por dónde sopla el viento. Y si se trata de algo largo, telefonearé a Olivia y aceptaré su oferta de ayuda. No es que quiera ser modelo fotográfica. No es realmente un trabajo que me guste, pero si puedo ganar una cantidad considerable podría ahorrar; y cuando Danus esté repuesto, por lo menos tendremos una base, aunque pequeña, para empezar en la vida. Además, así estaré ocupada y no tendré la sensación de estar perdiendo el tiempo.

Al entrar en la espina dorsal del país y dejar atrás la costa, la niebla se había fundido y desaparecido. En las tierras altas, el sol lamía los campos, las granjas y los páramos, y los viejos motores de minas de estaño abandonadas se erguían hacia el despejado cielo primaveral, desiguales como dientes rotos.

—Qué extraño —dijo Penélope con un suspiro.

—¿Qué es tan extraño?

—Primero fue mi vida. Luego la de Olivia. Después llegó Cosmo. Luego tú. Y ahora estamos hablando de tu futuro. Una extraña progresión.

—Sí. —Antonia titubeó y a continuación siguió—. Hay una cosa de la cual no debes preocuparte. No todo va tan mal respecto a Danus. Quiero decir que no es impotente, ni nada parecido.

Fue preciso un instante para que el significado de esta observación fuese asimilado. Penélope volvió la cabeza y miró a Antonia. El fino perfil de Antonia estaba concentrado en la carretera pero un ligero rubor daba calor a sus mejillas.

Se volvió para mirar por la ventanilla, sonriéndose secretamente.

—Me alegro —dijo.

El reloj de la iglesia de Temple Pudley daba las cinco cuando atravesaron la verja de Podmore's Thatch y se pararon. La puerta frontal estaba abierta y un penacho de humo salía de una chimenea. La señora Plackett estaba allí, esperándolas. El agua hervía y había hecho una hornada de bollos. Ningún regreso a casa podía haber tenido un mejor recibimiento.

La señora Plackett estaba vocinglera, dividida entre el deseo de escuchar las noticias de ellas y dar las suyas propias.

—¡Mira qué buen color tienen! Deben de haber tenido el mismo tiempo que nosotros. El señor Plackett ha tenido que regar nuestro huerto, de lo seca que estaba la tierra. Gracias por la postal, Antonia. ¿Era el hotel, con todas esas banderas al viento? Me ha parecido un palacio. Aquí hubo unos gamberros que destrozaron todas las flores del patio de la iglesia y escribieron palabras groseras en las tumbas con pintura de spray. He comprado algunas cosillas: pan, mantequilla, leche y un par de chuletas para la cena. ¿Han tenido un buen viaje?

Por fin pudieron decirle que sí, que habían tenido un buen viaje, que las carreteras estaban despejadas y que se morían por una taza de té.

Fue sólo entonces cuando la señora Plackett cayó en la cuenta de que habían sido tres personas las que se habían ido a Cornualles, habiendo vuelto sólo dos.

—¿Dónde está Danus? ¿Lo han dejado en Sawcombe?

—No, no ha vuelto con nosotras. Ha tenido que marcharse a Escocia. Cogió el tren ayer.

—¿A Escocia? No estaba previsto, ¿verdad?

—Así es. Pero no tuvo otro remedio. Pero hemos pasado cinco días maravillosos juntos.

—Esto es lo que importa. ¿Ha visto usted a su vieja amiga?

—¿Doris Penberth? Sí, por supuesto. Y puedo decirle, señora Plackett, que nos pusimos las botas charla que te charla. —La señora Plackett estaba haciendo el té. Penélope se sentó a la mesa y se sirvió un bollo—. Es usted un sol. Mira que venir aquí a esperarnos...

—Bueno, le he dicho a Linda, pienso que es mejor que me deje caer por allí. Para airear la casa. Coger unas flores. Sé que no le gusta la casa sin flores. Y ésta es otra de las noticias. Darren, el niño de Linda, ha empezado a caminar. Empezó a andar por la cocina el otro día. —Sirvió el té—. El lunes es su cumpleaños. He dicho que le echaría una mano a Linda, si a usted no le importase que viniese el martes en lugar del lunes. Y he limpiado los cristales, he puesto la correspondencia sobre su escritorio... —Apartó una silla y se sentó con sus anchos y capaces brazos cruzados sobre la mesa delante de ella—. Había un montón enorme tirado sobre la alfombrilla detrás de la puerta...

Finalmente se fue, pedaleando hacia casa con su imponente bicicleta para servir el té al señor Plackett. Mientras ellas charlaban, Antonia había descargado el coche y subido el equipaje arriba. Presumiblemente debía de estar deshaciéndolo, pues no había vuelto a aparecer; y así, apenas la señora Plackett se hubo marchado, Penélope hizo lo que había estado deseando hacer desde que había atravesado la puerta. Primero el invernadero. Llenó una regadera y regó todas las macetas. A continuación salió al jardín con un par de tijeras para podar. La hierba necesitaba ser cortada, los iris habían salido y al final del arriate había una masa de tulipanes rojos y amarillos. El primero de los rododendros tempranos había florecido y cogió un brote quedándose maravillada de su perfecto rosa pálido, aureolado de consistentes hojas verde oscuro, y llegó a la conclusión de que ninguna mano humana podía conseguir semejante composición de pétalo y estambre. Después de un momento, con la flor en la mano, deambuló hasta el huerto inundado de brotes de frutos y atravesó luego la puerta para dirigirse a la ribera del río. El Windrush fluía tranquilo, deslizándose bajo las ramas colgantes de los sauces. Había prímulas y matas de malvas de tonalidad pálida y, mientras ella caminaba, un pato real surgió de una espesura de cañas y se puso a nadar contra corriente seguido, ante la mirada hechizada de Penélope, por media docena de patitos plumosos. Anduvo hasta el puente de madera y después rehízo lentamente el camino de vuelta a casa. Cuando cruzaba el césped, Antonia la llamó desde la ventana de su dormitorio.

—Penélope. —Esta se detuvo mirando hacia arriba. La cabeza y los hombros de Antonia estaban enmarcados en un laberinto de madreselvas—. Son más de las seis. ¿Te molesta si telefoneo a Danus? Le prometí que lo haría, sólo para decirle que hemos llegado bien.

—Por supuesto. Utiliza el teléfono de mi habitación. Y dale recuerdos de mi parte.

—Lo haré.

En la cocina, llenó un jarroncito brillante de agua e introdujo en él el rododendro. A continuación lo llevó hasta la sala de estar, ya adornada profusamente por las manos amorosas pero nada profesionales de la señora Plackett. Puso el jarrón sobre su escritorio, cogió el correo y se instaló en su butaca. Los sobres de color ante pálido, probablemente conteniendo facturas, fueron echados al suelo. Los otros... los hojeó. Llamó su atención un sobre grueso y blanco. Reconoció la escritura de patas de araña de Rose Pilkington. Abrió el sobre con el dedo pulgar. Oyó un coche que atravesaba la verja, subía el sendero y se detenía.

Ella no se movió de su asiento. Un extraño llamaría al timbre, un amigo se limitaría a entrar. El visitante hizo esto último. Unos pasos cruzaron la cocina, el vestíbulo. La puerta de la sala de estar se abrió y Noel entró en la habitación.

—¡Noel! —No podía haber estado más sorprendida.

—Hola. —Llevaba unos pantalones beige de tela cruzada, un jersey azul pálido y un pañuelo del algodón moteado de rojo atado al cuello. Estaba muy moreno y extraordinariamente guapo. La carta de Rose Pilkington fue olvidada.

—Vengo de Gales. —Cerró la puerta detrás de él. Ella levantó la cara a la espera de uno de sus rutinarios besos, pero él no se inclinó para besarla. Por el contrario se instaló delante de la chimenea, con cierta elegancia, con los hombros apoyados contra la repisa y las manos en los bolsillos del pantalón. Detrás de su cabeza, la pared que había acogido a *Los buscadores de conchas* parecía desnuda y vacía—. He pasado allí el fin de semana de Pascua. Ahora voy camino de Londres. He pensado en dejarme caer por aquí.

—¿El fin de semana de Pascua? Pero si es miércoles...

—Ha sido un fin de semana largo.

—Me alegro por ti. ¿Lo has pasado bien?

—Muy bien, gracias. ¿Y cómo estaba Cornualles?

—Mágico. Hemos llegado hacia las cinco. Todavía no he deshecho la maleta.

—¿Y dónde están tus compañeros de viaje? —Su voz se había agudizado. Ella le miró con severidad pero los ojos de él cambiaron de dirección y no captó su mirada.

—Danus está en Escocia. Se fue ayer, en tren. *Y* Antonia está arriba, en mi dormitorio, telefoneándole para que sepa que hemos llegado bien.

—Con esta poca información —empezó Noel levantando las cejas—, es difícil adivinar lo que ha pasado en realidad. Su regreso a Escocia parece indicar que las relaciones se han deteriorado durante vuestra estancia en el hotel Sands. Sin embargo, en este momento Antonia está hablando con él por teléfono. Tienes que explicármelo.

—No hay nada que explicar. Danus tenía una cita en Edimburgo a la que no podía faltar. Así de simple. —La expresión de Noel indicaba que no la creía y decidió cambiar de tema—. ¿Quieres quedarte a cenar?

—No. Tengo que volver a Londres. —Pero no hizo movimiento alguno.

—Una copa entonces... ¿Te apetece una copa?

—No. Estoy bien así.

Ella pensó que no le iba a permitir que la intimidase.

—A mí sí que me apetecería algo. Me gustaría un whisky con soda. ¿Serías tan amable de preparármelo?

Después de un ligero titubeo, él se dirigió al comedor. Ella oyó cómo abría el aparador, el tintineo de los vasos. Amontonó las cartas que yacían en su regazo y las dejó en orden sobre la mesa situada junto a la butaca. Cuando él volvió, se dio cuenta de que había cambiado de idea con respecto a la copa, pues llevaba dos vasos. Le dio uno a ella y volvió a su posición inicial.

—¿Y *Los buscadores de conchas*? —preguntó él.

Así que era esto. Ella sonrió.

—¿Ha sido Olivia quien te ha contado lo de *Los buscadores de conchas,* o ha sido Nancy?

—Nancy.

—Nancy está profundamente molesta de que haya hecho esto. Ofendida personalmente. ¿Es así como te sientes? ¿Es esto lo que me has venido a decir?

—No. Sólo quiero saber qué demonios es lo que te ha inducido a hacer una cosa así.

—Mi padre me lo dio. Yo se lo he dado a la Galería, es simplemente como si se lo hubiese devuelto.

—¿Tienes idea de lo que vale ese cuadro?

—Sé lo que vale para mí. Por lo que respecta a su valoración económica, nunca ha sido expuesto con anterioridad y nunca ha sido tasado.

—Llamé a mi amigo Edwin Mundy y le expliqué lo que habías hecho. Él nunca ha visto el cuadro, es verdad, pero tiene una idea muy clara del precio que hubiese alcanzado en una sala de subastas. ¿Sabes la cantidad que ha indicado...?

—No, y no quiero que me lo digas. —Noel abrió la boca para decírselo, pero se encontró receptor de una mirada de advertencia tan impresionante que la volvió a cerrar sin decir nada—. Estás enfadado —continuó ella—, porque por alguna razón tanto tú como Nancy consideráis que he regalado algo que os pertenece por derecho. No es así, Noel. Nunca lo ha sido. En cuanto a los paneles, deberías estar contento de que haya seguido tu consejo. Tú me recomendaste encarecidamente que vendiese y fuiste tú quien me sugirió Boothby's y el señor Brookner. Este último me encontró un comprador privado que me ofreció cien mil libras. Lo acepté. El dinero está ahí y será incluido en mi herencia cuando muera. ¿Acaso no estás satisfecho con esto o es que quieres más?

—Deberías haberlo discutido conmigo. Al fin y al cabo soy tu hijo.

—Lo hemos discutido. Una y otra vez. Y en cada ocasión la discusión no ha desembocado en nada o ha acabado en una pelea. Sé lo que tú quieres, Noel. Tú quieres dinero *ahora.* A tu disposición. Para malgastarlo a tu gusto en alguna empresa desatinada que probablemente al final se quedaría en nada. Tienes un buen trabajo pero quieres uno mejor. Agente de bienes de consumo. Y una vez que te aburras de esto, habiendo perdido seguramente todo el dinero invertido en el intento, entonces habrá otra cosa..., alguna otra mina de oro al final de un arco iris inexistente. La felicidad está hecha de la mayor parte de las cosas que tienes, la riqueza está hecha de la mayor parte de las cosas que has tenido. Tienes mucho a tu favor. ¿Por qué no puedes verlo? ¿Por qué siempre quieres más?

—Hablas como si pensase sólo en mí mismo. No es así. Pienso también en mis hermanas, y en tus nietos. Cien mil libras parece mucho, pero hay impuestos que pagar y si continúas tirándolo por la ventana con el primer perro lisiado que se pone en tu camino y te cae en gracia...

—Noel, no me hables como si estuviese loca. Estoy en plena posesión de mis facultades. Ahora que he ido a Porthkerris alojándome en el Sands y llevándome a Danus y a Antonia para que me hiciesen compañía ha sido la primera vez en mi vida, repito: la primera vez que he experimentado el gozo del lujo y la generosidad. Por primera vez en mi vida, no he tenido que pesar el valor de cada céntimo. Por primera vez, he podido no preocuparme de los precios. Ha sido una experiencia que nunca olvidaré y tanto más reconfortante por la gracia y la gratitud con la que ha sido compartida.

—¿Es esto lo que deseas? ¿Gratitud infinita?

—No, y creo que deberías intentar comprender. Si contigo ando con pies de plomo y soy cautelosa con tus necesidades y tus proyectos, es porque lo he vivido con anterioridad con tu padre, y no estoy dispuesta a empezar de nuevo.

—No me vas ahora a censurar por mi padre.

—No lo hago. Tú eras un niño pequeño cuando se alejó de todos nosotros. Pero dejó detrás gran cantidad de sí mismo. Buenas cosas. Su belleza, su encanto y sus innegables dotes. Pero asimismo dejó otras características, las cuales no son tan recomendables: ideas sublimes, inclinaciones lujosas y ningún respeto por la propiedad de los demás. Lo siento. Odio tener que decir estas cosas. Pero me parece que ha llegado el momento de que tú y yo hablemos claro el uno con el otro.

—No me imaginaba que me tuvieses tanta aversión —dijo él.

—Noel, eres mi hijo. ¿No comprendes que si no te quisiera más allá de cualquier cosa no me habría molestado en decir estas cosas?

—Tienes una extraña manera de demostrar el amor. Regalando todas tus posesiones a extraños... y nada para tus hijos.

—Hablas como Nancy. Nancy me dijo que yo nunca le había dado nada. ¿Qué os pasa a los dos? Tú, Nancy y Olivia erais mi vida. Durante años sólo viví para vosotros. Pero ahora, oyéndo te decir estas cosas, me desespero. Tengo la sensación de que en algún momento y en cierta forma te he fallado total y completamente.

—Creo —dijo Noel despacio— que así es.

Después de esto parecía que no había nada más que decir. El terminó la bebida, se volvió y depositó el vaso sobre la repisa. Era obvio que estaba a punto de marcharse y la idea de que él se fuese con la amargura de su pelea todavía sobre ellos, era más de lo que Penélope podía soportar.

—Quédate a cenar con nosotras, Noel. No acabaremos tarde. Podrás estar en Londres hacia las once.

—No, tengo que marcharme —dijo él poniéndose en movimiento.

Ella se levantó a su vez de la butaca y lo siguió a través de la cocina hasta el exterior. Sin mirarla ni encontrar sus ojos, él se metió en su coche, cerró la puerta, se puso el cinturón de seguridad y puso el motor en marcha.

—Noel. —El miró a su madre sin que sus bellos rasgos sonriesen, sin amor—. Lo siento —dijo ella. El asintió brevemente, acusando recibo de su disculpa. Ella esbozó una sonrisa—. Vuelve pronto. —Pero el coche ya se estaba moviendo y sus palabras se ahogaron en el estruendo del motor sobrealimentado.

Cuando él se hubo marchado, ella volvió al interior. Se detuvo junto a la mesa de la cocina pensando en la cena, pero no podía concentrarse en lo que iba a hacer. Con un esfuerzo sobrehumano, reunió valor; se dirigió a la despensa, cogió patatas y depositó el cesto junto al fregadero. Abrió el grifo del agua fría y miró como ésta corría. Pensó que llorar la ayudaría a desahogarse, pero estaba tan bloqueada que ni las lágrimas acudieron a sus ojos. Por espacio de algunos segundos permaneció allí, incapaz de moverse. De pronto tintineó el teléfono de la cocina, un clic que la devolvió a la realidad. Abrió un cajón, sacó un cuchillo pequeño y afilado. Cuando Antonia bajó corriendo las escaleras para reunirse con ella, la encontró pelando patatas tranquilamente.

—Lo siento, hemos hablado un montón de horas. Danus ha dicho que te pagará la llamada. Debe de haber costado mucho. —Antonia se sentó a la mesa y estiró las piernas. Sonreía y tenía el aspecto brillante y satisfecho de un gatito—. Te manda sus más cariñosos recuerdos y dice que te ha escrito una larga carta. No una carta de cumplido, sino una de verdad. Mañana por la mañana tiene que ir a ver al médico y nos llamará en el momento en que conozca el diagnóstico. Parecía estar estupendamente, en absoluto preocupado. Dice que hace sol, incluso en Edimburgo. Estoy segura de que es un buen signo, ¿verdad? Esperanzador. Si estuviese lloviendo sería más triste para él. He oído voces. ¿Has tenido una visita?

—Sí. Sí, así es. Era Noel camino de Londres de regreso de un fin de semana en Gales. Un fin de semana muy largo, me ha dicho. —Estaba bien, su voz era normal, como siempre, despreocupada y bastante firme—. Le he dicho que se quedase a cenar, pero quería seguir. Ha tomado una copa y se ha marchado.

—Siento no haberlo visto. Pero tenía tantas cosas que decirle a Danus... No podía dejar de hablar. ¿Quieres que me ocupe yo de las patatas? ¿O prefieres que vaya a buscar alguna coliflor y alguna otra cosa? ¿O pongo la mesa? ¿No es divino estar en casa? Ya sé que no es mi casa, pero es como si lo fuese y es estupendo estar de vuelta. ¿Sientes lo mismo? ¿No echas nada de menos?

—No —le dijo Penélope—. No echo nada de menos.

A las nueve de la mañana del día siguiente hizo dos llamadas telefónicas a Londres y concertó dos citas. Una de ellas con Lalla Friedmann.

La cita de Danus era a las diez, y la noche anterior habían acordado que no sería antes de las once y media cuando él podría acudir a un teléfono para informarles sobre el diagnóstico del médico. Pero la llamada llegó justo antes de las once y fue Penélope quien contestó, pues Antonia había bajado al huerto a tender una colada para que se secase al viento.

—Podmore's Thatch.

—Soy Danus.

—¡Danus! Oh, querido, Antonia está en el jardín. ¿Qué noticias hay? Dime. ¿Qué noticias tienes para nosotras?

—Ninguna.

—¿No has ido al médico? —dijo Penélope y su corazón se encogió a causa de la desilusión.

—Sí, he estado allí y luego he ido al hospital para el electroencefalograma, pero..., y no se lo va a creer..., el ordenador está averiado y no han podido darme los resultados.

—No me lo puedo creer. ¡Es del todo exasperante! ¿Cuánto tendrás que esperar?

—No lo sé. No me lo han podido decir.

—Entonces ¿qué vas a hacer?

—¿Recuerda que le hablé de un amigo mío llamado Roddy McCrae? Estuvimos anoche tomando una copa en The Tilted Wig y me explicó que mañana se marcha a Sutherland una semana para pescar. Me dijo si quería ir con él, a la granja, y he decidido aceptar su invitación y marcharme. Si puedo esperar dos días para conocer el resultado de la exploración, también puedo esperar una semana. Y por lo menos no estaré sin hacer nada en casa, con una mano encima de la otra y volviendo loca a mi madre.

—Entonces ¿cuándo volverás a Edimburgo?

—El jueves que viene, seguramente.

—¿No hay forma de que tu madre pueda estar en contacto contigo en la granja para comunicarte las eventuales noticias?

—No. Ya se lo expliqué, está en el quinto pino. Además, para serle sincero, le diré que he vivido tanto tiempo con esto que puedo esperar otros siete días.

—En este caso, es preferible que vayas. Y, al mismo tiempo, cruzaremos los dedos. No dejaremos de pensar en ti ni un solo instante. ¿Prometes telefonearnos apenas regreses?

—Por supuesto. ¿Está Antonia por ahí...?

—Voy a buscarla. Espera.

Dejó el auricular colgando de su cable y salió por el invernadero. Antonia estaba acercándose por el césped con el cesto vacío de la ropa bajo el brazo. Llevaba una blusa con las mangas arremangadas hasta los codos y una falda de algodón azul marino que ondeaba al viento.

—Antonia, deprisa, es Danus...

—¿Ya? —El color desapareció de sus mejillas—. Ay, ¿qué ha dicho? ¿Qué ha pasado?

—Todavía no hay ninguna noticia porque el ordenador se ha estropeado..., pero deja que sea él quien te lo cuente. Está esperando al teléfono. Dame..., yo llevaré el cesto.

Antonia se lo confió y voló al interior. Penélope se dirigió con el cesto al banco que se encontraba bajo la ventana de la sala de estar. Realmente, la vida era demasiado cruel, siempre estaban sucediendo contratiempos. Pero era posible que, dadas las circunstancias, fuese preferible que Danus se marchase con su amigo. La compañía de un antiguo compañero era la mejor alternativa en ocasiones semejantes. Imaginó a los dos jóvenes en ese mundo de páramos sin fin, colinas encumbradas, mares norteños agudamente fríos y ríos profundos, oscuros y de rápido fluir. Pescarían juntos. Sí, Danus había tomado la decisión correcta. Se decía que la pesca era muy terapéutica.

Captó un movimiento de soslayo. Miró y vio a Antonia saliendo del invernadero y dirigiéndose hacia ella a través de la hierba. La muchacha parecía abatida, arrastrando los pies como un niño.

—Maldita sea —dijo dejándose caer junto a Penélope.

—Lo sé. Es muy frustrante. Para todos nosotros.

—Ese endemoniado y viejo ordenador. ¿Por qué no pueden hacer funcionar esa cosa? ¿Y por qué le tiene que haber pasado a Danus?

—Debo decir que es muy cruel. Pero no podemos hacer nada y lo mejor es ver el lado bueno.

—El lado bueno para él; se va a pescar toda una semana.

Penélope no pudo dejar de sonreír.

—Hablas como una esposa abandonada —le dijo a Antonia.

—¿Tú crees? —observó Antonia con cierto remordimiento—. No quería decir eso. Es sólo que esperar otra semana parece interminable.

—Lo sé. Pero es mucho mejor para él que estar sentado esperando a que suene el teléfono. No hay nada más desmoralizante en este mundo. Es preferible que esté felizmente ocupado. Estoy segura de que no le vas a guardar rencor por esto. Y la semana pasará. Nosotras dos también vamos a tener muchas cosas que hacer. El lunes tengo que ir a Londres. ¿Te gustaría venir conmigo?

—¿A Londres? ¿Para qué?

—Sólo para ver a unos viejos amigos. Hace tiempo que no he ido. Si quieres venir conmigo, cogeríamos el coche. Pero si prefieres quedarte, podrías acompañarme a Cheltenham y tomaría el tren.

—No —dijo Antonia después de haber reflexionado sobre esta sugerencia—. Creo que me quedaré aquí. Tendré que volver a Londres dentro de poco y es una lástima perderse un solo día de campo. Además, la señora Plackett no vendrá el lunes por ser el cumpleaños de Darren, así que haré las tareas domésticas y prepararé una cena deliciosa para cuando vuelvas a casa. Por otra parte —sonrió volviendo a ser la de siempre—, siempre existe la remota posibilidad de que Danus encuentre un teléfono a quince kilómetros y decida llamarme. Sería una tragedia si yo no estuviese aquí.

Y así Penélope fue sola a Londres. Como habían planeado, Antonia la acompañó a Cheltenham y cogió el tren de las 9.15. Una vez en

Londres, visitó la Real Academia y comió con Lalla Friedmann. A continuación, tomó un taxi que la llevó a la Gray's Inn Road, donde se encontraban las oficinas de Enderby, Looseby & Thring, Abogados. Indicó su nombre a la muchacha que se encontraba sentada detrás del mostrador de recepción, y ésta la condujo arriba a través de dos tramos de estrecha escalera hasta el despacho del señor Enderby. La muchacha golpeó ligeramente la puerta con el puño y abrió la puerta.

—La señora Keeling, señor Enderby.

Se echó a un lado. Cuando Penélope atravesó la puerta, el señor Enderby se levantó y acudió a saludarla.

En los viejos tiempos, cuando estaba sin un céntimo, Penélope habría ido desde la Gray's Inn Road a la estación de Paddington bien en autobús o en metro. De hecho, había planeado mentalmente hacerlo así, pero cuando al fin salió a la acera procedente del local de Enderby, Looseby & Thring, descubrió que la idea de abrirse camino en Londres por medio de un transporte público se le hacía de pronto bastante insoportable. Se acercaba un taxi vacío; se adelantó y lo paró.

En el taxi se sentó detrás, contenta de estar a solas, absorta en sus pensamientos, recordando su conversación con el señor Enderby. Mucho había sido lo discutido, decidido y llevado a cabo. No había nada más que hacer. Se había realizado lo previsto, pero había sido tan extenuante que se sentía sin fuerzas, tanto física como mentalmente. Le dolía la cabeza; los pies parecían demasiado anchos para los zapatos. Además se sentía sucia y acalorada, pues la tarde, a pesar de estar encapotada y sin sol, era calurosa; el aire era pesado y viciado. Al mirar por la ventanilla del taxi, mientras esperaban que los semáforos cambiasen de rojo a verde, se sintió de pronto agobiada y deprimida por todo lo que veía. La envergadura de la ciudad; los millones de seres humanos que atestaban las calles, sus caras ansiosas y preocupadas, todos apresurados como si temiesen llegar con retraso a una cita de vida o muerte. Ella había vivido en Londres. Había sido su casa. Aquí había criado a su familia. En aquel momento no pudo imaginar cómo había soportado aquellos años.

Pretendía coger el tren de las 4.15, pero el tráfico en la Marylebone Road había alcanzado unas proporciones tan apabullantes que, cuando el taxi pasó por delante del museo de Madame Tussaud, estaba resignada a perderlo y coger el siguiente. Una vez en Paddington se desprendió de un montón de billetes para pagar el elevado precio de la carrera, comprobó el horario del tren y buscó una cabina telefónica para telefonear a Antonia y decirle que llegaría a Cheltenham a las ocho menos cuarto. Hecho esto, se compró una revista, entró en el bar de la estación, pidió un té y se sentó a esperar.

El caluroso, agotador e incómodo viaje en tren llegó a su término y enorme fue el alivio que sintió al llegar a su destino. Antonia estaba en el andén cuando ella bajó del tren y le resultó delicioso ser esperada, besada, cogida de la mano y conducida. Pasaron por la barrera hasta la plaza de la estación; Penélope miró hacia el claro cielo nocturno, olió los árboles y la hierba y respiró agradecida, llenando los pulmones con el aire dulce y fresco.

—Me da la impresión —le dijo a Antonia— de que hace semanas que estoy fuera.

Una vez instaladas en el viejo Volvo, se dirigieron a casa.

—¿Has tenido un buen día? —preguntó Antonia.

—Sí, pero estoy rendida. Me siento sucia y agotada, como un refugiado de años. Y había olvidado lo caótica que es la ciudad. Pierdes la mayor parte del día sólo yendo de un sitio a otro. Por esto he perdido el tren. Y el que he cogido estaba lleno de gente.

—Hay pollo en pepitoria, a lo mejor no te apetece cenar tan tarde.

—Lo que realmente quiero es un baño caliente e irme a la cama...

—En este caso, apenas lleguemos eso es lo que vas a hacer. Y una vez estés en la cama, iré a ver si te apetece cenar algo y, en caso afirmativo, te lo llevaré en una bandeja.

—Eres la más encantadora de las criaturas.

—Mira, Podmore's Thatch no es lo mismo sin ti.

—¿Cómo has pasado tu día a solas?

—He cortado la hierba. He puesto en marcha el motor del cortacésped y lo he hecho casi como un verdadero profesional.

—¿Ha telefoneado Danus?

—No. Pero de hecho tampoco esperaba realmente que lo hiciese.

—Mañana es martes. Otros dos días y tendremos noticias suyas.

—Sí —dijo Antonia.

Permanecieron en silencio. Ante ellas la carretera serpenteaba hacia arriba en la campiña de Costwold.

Pensaba que podría dormir, pero no fue así. El verdadero sueño la eludía; se adormiló, despertó. Se agitó, dio vueltas, dormitó de nuevo. Los sueños que de hecho sólo eran medios sueños eran interrumpidos por voces, por palabras y fragmentos de conversación sin sentido. Ambrose estaba allí, y también Dolly Keeling, hablando sin parar sobre una habitación que iba a decorar de color magnolia. Y luego Doris, hablando por los codos y lanzando risotadas con su risa aguda. Lalla Friedmann, de joven. Joven y asustada porque su marido Willi se estaba volviendo loco. «Tú nunca me has dado nada. Tú nunca me has dado nada. Debes de estar enferma. Se están aprovechando de ti.» Antonia estaba en un tren y se marchaba para siempre. Estaba intentando decirle algo a Penélope, pero el silbato del tren se dejó oír y Penélope sólo pudo ver su boca abriéndose y cerrándose; y se puso muy nerviosa porque sabía que lo que Antonia estaba diciendo era de vital importancia. Y luego el viejo sueño; la playa vacía, la pálida niebla y la desolación, porque en el mundo no había más personas que ella.

La oscuridad era total. De vez en cuando, al despertarse, encendía la luz y miraba el reloj. Las dos. Las tres y media. Las cuatro y cuarto. Las sábanas de su cama estaban revueltas y arrugadas y no había consuelo para unos miembros fatigados e intranquilos. Anhelaba la luz del día.

Llegó por fin. La vio llegar y se sosegó. Se adormiló una vez más, luego abrió los ojos. Miró los primeros rayos débiles de sol, un pálido cielo despejado de nubes; oyó a los pájaros, llamando y contestando. A continuación, al tordo del castaño.

Por fortuna la noche se había acabado. A las siete, más extrañamente cansada que nunca, salió despacio de la cama y se puso las zapatillas y la bata. Todo requería el mayor de los esfuerzos, de forma que incluso estas simples acciones precisaron de conciencia y concentración. Se dirigió al cuarto de baño, se lavó la cara y los dientes, moviéndose con cautela a fin de no provocar sonidos y molestar a Antonia. De regreso en el dormitorio, se vistió, se sentó frente al espejo, se cepilló el pelo, lo recogió y sujetó con horquillas. Miró las manchas como moretones, bajo sus ojos oscuros, la palidez de la piel.

Bajó. Pensó en hacerse una taza de té y luego desistió de la idea. Por el contrario, salió al exterior pasando por el invernadero, abriendo la puerta de cristal y saliendo al jardín. El aire era frío y cortante como un diamante. Su impacto le provocó un escalofrío y se puso la rebeca sobre los hombros; pero era tambien tonificante, como es tonificante el agua fría de primavera o una zambullida en una piscina helada. El rocío brillaba sobre la hierba recién cortada, pero los primeros rayos calientes de sol habían tocado una esquina y allí el rocío se fundía y la hierba mostraba una tonalidad de verde diferente.

Se le levantó el ánimo, confortada como siempre al ver la hierba, los árboles, los arriates..., su propio santuario, que ella misma había creado durante cinco años de duro y satisfactorio trabajo. Se pasaría todo el día allí. Había mucho por hacer.

Llegó a la terraza, donde estaba el viejo banco de madera. En espacios entre las losas de pizarra crecían manojos de tomillo y aubrietia (que, más tarde en el año, se convertirían en cojines gordos de flores blancas y púrpura), pero también, inevitablemente, crecían malas hierbas. Un descarado diente de león atrajo su atención y ella se inclinó para cogerlo, tirando de la testaruda y resistente raíz. Sin embargo, parecía como si incluso este pequeño esfuerzo fuese demasiado, pues al incorporarse, se sintió tan extraña, con la cabeza tan vacía y desorientada que se le ocurrió que estaba a punto de desmayarse. Instintivamente, buscó el respaldo del banco y, con este soporte como ayuda, se las arregló para flexionarse hasta la posición de sentada. Insegura, esperó lo que iba a ocurrir a continuación. Se produjo casi instantáneamente. Un dolor, como una corriente incandescente, golpeó su brazo izquierdo, rodeó su pecho, la aprisionó, una cinta de acero que lo cerraba todo. No podía respirar y nunca había conocido tal agonía. Cerró los ojos y abrió la boca para echar con un grito el dolor, pero ningún sonido salió de sus labios. La existencia se redujo al dolor. Al dolor y a los dedos de su mano derecha que todavía se apretaban alrededor de los restos del diente de león. Por alguna razón era muy importante seguir sujetándolo. Podía sentir la tierra fría y húmeda adherida a sus raíces, oler la fragancia fuerte y acre de la tierra. Lejos, débilmente, oyó cantar al tordo.

Y entonces se acercaron a hurtadillas otros olores y otros sonidos. La hierba recién cortada de un antiguo césped; un césped que descendía hasta la orilla del agua, donde crecían narcisos salvajes. El olor salobre del flujo de la marea que ascendía llenando la ensenada. Las gaviotas gritando. Los pasos de un hombre.

El último lujo. Abrió los ojos. El dolor había desaparecido. El sol había desaparecido. A lo mejor detrás de una nube. No importaba. Nada importaba.

Él venía.

—Richard.

Él estaba allí.

A las nueve y cuarto de la mañana del martes primero de mayo en la calle Ranfurly, Olivia se encontraba en su pequeña cocina; había filtrado el café, hervido un huevo para su desayuno y revisado la correspondencia matutina. Se había arreglado el pelo y maquillado la cara, como era su costumbre, pero todavía no se había vestido para el día de trabajo. Entre la correspondencia encontró una postal de Asís, donde uno de los redactores de arte había ido de vacaciones. Le estaba dando la vuelta para leerla cuando sonó el teléfono.

Todavía sosteniendo la postal, atravesó la sala de estar para contestar la llamada.

—¿La señorita Keeling? —Una voz femenina y pueblerina.
—Sí.
—Ay, la he encontrado. Tenía tanto miedo de que ya se hubiese marchado al despacho...
—No, no me voy hasta las nueve y media. ¿Quién habla?
—La señora Plackett. Desde Podmore's Thatch.
La señora Plackett. Con un esmero doloroso, como si su disposición fuese de la mayor importancia, Olivia depositó la alegre postal sobre la repisa de la chimenea, apoyada contra el marco dorado del espejo. Su boca estaba seca.
—¿Mamá está bien? —logró preguntar.
—Señorita Keeling, me temo que..., bueno, son malas noticias. Lo siento. Su madre ha muerto, señorita Keeling. Esta mañana. Bastante pronto, antes de que yo llegase.
Asís; bajo un cielo casi imposiblemente azul. Ella nunca había estado en Asís. Mamá había muerto.
—¿Cómo ha pasado?
—Un ataque al corazón. Tiene que haber sido bastante rápido. En el jardín. Estaba recogiendo malas hierbas. Había un diente de león en su mano. Debe de haber tenido una pequeña alerta para llegar al asiento. Ella..., ella no parece haber sufrido, señorita Keeling.
—¿Había estado indispuesta?
—No, en absoluto. Volvió de Cornualles bronceada como un grano de café y con su aspecto de siempre. Pero ayer estuvo en Londres todo el día...
—¿Mamá estuvo en Londres? ¿Por qué no me lo dijo?
—No lo sé, señorita Keeling. No sé para qué fue. Cogió el tren en Cheltenham y cuando Antonia fue a buscarla a la estación por la noche la señora Keeling estaba realmente cansada, ha dicho. Se dio un baño y se fue a la cama, apenas llegaron a casa; y Antonia le llevó una cena ligera en una bandeja. Puede ser que hiciese demasiadas cosas.
Mamá, muerta. Lo horrible, lo inimaginable había pasado. Mamá se había ido para siempre y Olivia, que la había querido casi más que a cualquier otro ser humano, no podía sentir otra cosa que un terrible frío. Sus brazos, dentro de las mangas anchas de su bata, se cubrieron de piel de gallina. Mamá había muerto. Las lágrimas, el tormento y un agonizante sentido de pérdida estaban ahí, sin embargo no estaban allí y ella lo agradeció. «Me afligiré más tarde», se dijo. Por el momento el dolor sería puesto de lado, como un paquete, para ser abierto en el momento más conveniente. Era el viejo truco que había aprendido de la dura experiencia. El cierre de los compartimientos estancos, el concentrarse en el problema práctico. Primero había que resolver lo más urgente.
—Cuénteme, señora Plackett —dijo.

—Bien. He llegado esta mañana a las ocho. Normalmente no vengo los martes pero ayer fue el cumpleaños de mi nieto y cambié el día. Y he venido pronto porque los martes tengo también que ir a limpiar a casa de la señora Kitson. He entrado con mi propia llave y no había nadie por aquí. Estaba peleándome con el calentador del agua cuando ha bajado Antonia. Me ha preguntado dónde estaba la señora Keeling porque la puerta de su habitación estaba abierta y la cama vacía. Bien, no se nos ocurría nada. Entonces he visto que la puerta del invernadero estaba abierta, así que le he dicho a Antonia que debía de estar fuera en el jardín. Antonia ha salido a mirar. Entonces he oído que gritaba mi nombre. He corrido y la he visto.

Olivia reconoció agradecida en la voz de la señora Plackett las entonaciones de la mujer de campo que ya había experimentado este tipo de crisis con anterioridad. Era una mujer madura. Probablemente se había enfrentado a la muerte muchas veces y no le provocaba ni miedo ni horror.

—La primera cosa que he tenido que hacer ha sido calmar a Antonia. Estaba realmente impresionada, lloraba, gritaba y temblaba como un gatito. Pero la he abrazado y la he hecho sentar con una taza de té, y ha reaccionado como una buena chica, ahora está sentada en la cocina conmigo. Cuando ella ya estaba más tranquila, he telefoneado al médico de Pudley, el cual ha llegado al cabo de diez minutos, y me he tomado asimismo la libertad de llamar al señor Plackett. Ahora tiene el último turno en la fábrica de electrónica, así que ha podido venir con la bicicleta. Entre él y el médico han llevado a la señora Keeling al interior y luego a su dormitorio. Ahora está allí, en su cama, decente y en paz. No tiene que preocuparse usted por esto.

—¿Qué ha dicho el médico?

—Ha dicho que ha sido un ataque al corazón, señorita Keeling. Probablemente instantáneo. Ha firmado el certificado de defunción. Lo tengo aquí conmigo. Entonces le he dicho a Antonia que deberíamos llamar a la señora Chamberlain, pero ella ha dicho que era preferible llamarla a usted antes. A lo mejor hubiese debido llamarla antes, pero no quería que usted pensase en su pobre madre muerta, y todavía en el jardín.

—Ha sido muy considerado de su parte, señora Plackett. Así que nadie más lo sabe.

—No, señorita Keeling. Sólo usted.

—Bien. —Olivia miró su reloj—. Yo se lo diré a la señora Chamberlain, y también a mi hermano. Luego iré a Podmore's Thatch, tan pronto como me organice. Estaré ahí más o menos a la hora de comer. ¿Estará usted todavía ahí?

—No se preocupe por eso, señorita Keeling. Estaré aquí todo el tiempo que usted lo necesite.

—Tendré que quedarme algunos días. Quizá podría usted prepararme una habitación. Y asegúrese de que haya suficiente comida en casa. Si es necesario, Antonia puede coger el coche e ir a comprar a Pudley. Le hará bien tener algo que hacer. —Una idea pasó por su cabeza—. ¿Y el jardinero? ¿Danus? ¿Está por ahí?

—No, señorita Keeling. Está en Escocia. Se fue allí directamente desde Cornualles. Tenía que acudir a una cita.

—Es una pena. Bien, qué le vamos a hacer. Déle un abrazo a Antonia de mi parte.

—¿Quiere hablar con ella?

—No —dijo Olivia—. No. Ahora, no. Puede esperar.

—Lo siento, señorita Keeling. Siento haber tenido que ser yo quien se lo diga.

—Alguien tenía que hacerlo. Señora Plackett..., gracias.

Colgó. Miró por la ventana y se dio cuenta por primera vez de que hacía un día precioso. Era una perfecta mañana de mayo y mamá había muerto.

Después, cuando todo hubo pasado, Olivia se preguntó qué demonios hubiesen hecho sin la señora Plackett. En el transcurso de su experiencia vital, nunca había tenido que habérselas con un entierro. Descubrió que era mucho lo que había que hacer. Y el obstáculo inicial, cuando llegó a Podmore's Thatch, fue la tarea de ocuparse de Nancy.

George Chamberlain había contestado al teléfono en la vieja vicaría cuando Olivia llamó desde Londres y, por primera vez en su vida, agradeció profundamente escuchar la voz lúgubre de su cuñado. Le explicó lo que había ocurrido de la forma más simple y rápida que pudo, diciéndole que ella por su parte iría inmediatamente a Podmore's Thatch; y colgó dejando que fuese él quien comunicase la triste noticia a Nancy. En un primer momento había supuesto que ahí se había acabado el asunto, pero cuando atravesó con el Alfasud las verjas de Podmore's Thatch vio el coche de Nancy y cayó en la cuenta de que no se iba a librar tan fácilmente como había pensado.

Todavía no había salido de su coche cuando Nancy ya estaba allí, surgiendo de la puerta abierta y acercándose con los brazos extendidos, los ojos anegados y el rostro lleno de lágrimas. Antes de que Olivia pudiese llevar a cabo alguna acción evasiva, Nancy había echado los brazos encima de su hermana, apretando su mejilla contra la pálida y fría de Olivia y estallando una vez más en ruidosos sollozos.

—Oh, cariño..., he venido enseguida. Cuando George me lo ha dicho, he venido. Tenía que estar con todos vosotros. Yo..., yo tenía que estar aquí...

Olivia permaneció quieta como una piedra, soportando tanto como era aceptable y cortés el sucio y repugnante abrazo. Luego, con amabilidad, se apartó.

—Esto es lo que ha dicho George. Ha dicho que sólo iba a servir de estorbo. —Nancy se subió una manga de la rebeca para sacar un pañuelo empapado con el que se sonó la nariz esforzándose por recobrar la calma—. Pero por supuesto no podía quedarme en casa. Tenía que estar aquí. —Se sacudió violentamente, echó los hombros hacia atrás. Estaba siendo valiente—. Sabía que tenía que venir. El viaje en coche ha sido una pesadilla; cuando he llegado aquí las piernas me temblaban, pero la señora Plackett me ha hecho una taza de té y ahora estoy mejor.

La idea de soportar a Nancy en su dolor y aguantarla las horas siguientes era casi más de lo que Olivia podía resistir.

—No debes quedarte —le dijo a su hermana, mientras buscaba alguna razón irrecusable para alejar a Nancy de la casa. Tuvo una inspiración—: Tienes que tener en consideración a los niños y a George. No debes descuidarlos. Yo sólo tengo que pensar en mí misma, así que es lógico que me quede yo.

—¿Y tu trabajo?

Olivia se dio la vuelta y cogió la pequeña maleta del asiento trasero del coche.

—Está todo arreglado. No iré al despacho hasta el lunes por la mañana. Anda, entremos. Vamos a beber algo y luego podrás irte a casa. Si tú no necesitas un gin-tonic, yo sí.

Abrió camino y Nancy la siguió. La cocina familiar estaba limpia, pulida; se sentía calor, pero también un terrible vacío.

—¿Y Noel? —preguntó Nancy.

—¿Qué pasa con él?

—¿Se lo has dicho?

—Claro. Después de hablar con George. Le he llamado a la oficina.

—¿Le ha impresionado mucho?

—Sí, creo que sí. Claro que no ha hablado mucho.

—¿Va a venir?

—No por el momento. Le he dicho que si lo necesitaba me pondría en contacto con él.

Como si fuese incapaz de estar de pie más de dos minutos, Nancy cogió una silla y se sentó a la mesa. Aparentemente su dramática huida de la vieja vicaría para dirigirse a Podmore's Thatch no le había dejado tiempo ni para peinarse, empolvarse la nariz, o encontrar una blusa que combinase con la falda.

No sólo parecía apenada, sino que además estaba hecha un lío y Olivia sintió que acudía a ella una oleada de aquella vieja e irritante impaciencia. Pasase lo que pasase, bueno o malo, Nancy siempre hacía un drama de ello y, además, se adjudicaba el papel principal.

—Ayer fue a Londres —estaba diciendo Nancy—. No sabemos para qué. Se fue en tren, sola, para pasar todo el día fuera. La señora Plackett me ha dicho que cuando regresó estaba bastante agotada. —Parecía ofendida, como si una vez más Penélope le hubiese jugado una mala pasada. Olivia casi esperaba que añadiese: *y no me dijo que tenía previsto morirse.*

—¿Dónde está Antonia? —preguntó para cambiar de tema.

—Ha ido a Pudley a hacer unas compras.

—¿La has visto?

—Todavía no.

—¿Y la señora Plackett?

—Arriba; creo que está preparando tu habitación.

—En ese caso, voy a subir mi maleta y a saludarla. Tú quédate aquí. Cuando vuelva, nos tomaremos una copa y luego podrás volver con George y los niños...

—Pero no puedo dejarte sola...

—Claro que puedes —le dijo Olivia fríamente—. Podemos estar en contacto por teléfono. Además, estoy mejor sola.

Nancy se fue por fin. Con su marcha Olivia y la señora Plackett pudieron empezar a ocuparse de las cosas.

—Tenemos que llamar a las pompas fúnebres, señora Plackett.

—Joshua Bedway. Es el mejor en el oficio.

—¿Dónde está?

—Aquí mismo, en Temple Pudley. Es el carpintero del pueblo, la funeraria es un negocio suplementario. Es un buen hombre, con mucho tacto y discreto. Hace muy bien su trabajo. —La señora Plackett miró el reloj. Era casi la una menos cuarto—. Ahora estará en casa, comiendo. ¿Quiere que lo llame?

—Ay, ¿lo haría usted? Dígale que venga lo antes posible.

Así lo hizo la señora Plackett, sin entonaciones teatrales ni modulaciones piadosas en la voz. Se limitó a dar una simple explicación y a pedir un servicio. Podía haberle estado pidiendo que fuese a arreglar la puerta. Cuando colgó su expresión era de satisfacción, como la de alguien que hubiese hecho un buen trabajo.

—Bueno, ya está hecho. Vendrá a las tres. Yo vendré con él. Será más fácil para usted tenerme aquí.

—Sí —dijo Olivia—. Sí, será mucho más fácil.

A continuación se sentaron a la mesa de la cocina y redactaron una lista de las cosas que debían hacer. Olivia iba ya por su segundo gin-tonic y la señora Plackett había aceptado un vasito de oporto. «Muy reconfortante», le dijo a Olivia. Le gustaba mucho el oporto.

—A la siguiente persona que debemos avisar —le dijo a Olivia— es el párroco, señorita Keeling. Supongo que querrá una misa y un entierro cristiano. Luego hay que elegir una parcela en el cementerio y fijar un día y una hora para el funeral. Y entonces hablar sobre los himnos y estas cosas. Querrá que haya himnos, supongo. A la señora Keeling le gustaban los conciertos y un poco de música está bien en un funeral.

Olivia se sintió algo mejor discutiendo de detalles prácticos. Desenroscó su pluma estilográfica.

—¿Cómo se llama el párroco?

—Reverendo Thomas Tillingham. Es conocido como señor Tillingham. Vive en la vicaría, junto a la iglesia. Sería bueno hacerle una llamada telefónica y pedirle que venga mañana por la mañana. Invitarle a una taza de café.

—¿Conocía a mi madre?

—Oh, sí. Todo el mundo en el pueblo conocía a la señora Keeling.

—Nunca ha sido lo que podríamos llamar una practicante regular.

—No. Puede que no. Pero siempre estaba dispuesta a participar en los fondos para el órgano o en la venta benéfica de Navidad. Y de vez en cuando invitaba a los Tillingham a comer. Con los mejores salvamanteles de encaje en la mesa y una botella del mejor vino tinto.

No resultaba difícil imaginarlo y Olivia, por primera vez en el día, se encontró sonriendo.

—Recibir a sus amigos; esto era lo que realmente le gustaba.

—Era una dama adorable en todos los sentidos. Uno podía hablar con ella sobre cualquier cosa. —La señora Plackett sorbió un poco de oporto—. Otra cosa, señorita Keeling, debería informar al abogado de la señora Keeling que ella ya no está entre nosotros. Bancos, este tipo de cosas. También hay que arreglar todo esto.

—Sí, lo había pensado. —Olivia escribió—: Enderby, Looseby & Thring. Y tendremos que insertar una esquela en la prensa. *The Times* y *The Telegraph,* por ejemplo...

—Y luego, las flores de la iglesia. Es bonito que haya flores y seguramente usted no tendrá tiempo para hacer unos arreglos florales. Hay una chica encantadora en Pudley. Tiene una pequeña camioneta. Cuando murió la anciana suegra de la señora Kitson, hizo unas coronas preciosas.

—Bien, ya veremos. Pero primero debemos decidir cuándo será el funeral.

—Y después del funeral... —La señora Plackett titubeó—. Hoy

en día muchas personas piensan que no es necesario, pero yo creo que es un detalle hacia los demás darles, después del funeral, una taza de té y algo para comer. Una tarta de fruta estaría bien. Por supuesto depende de la hora de la misa, pero cuando los amigos vienen de lejos, y estoy segura de que habrá muchos de muy lejos, resulta bastante ingrato despedirlos sin ofrecerles por lo menos una taza de té. Además, en cierta forma facilita las cosas. Se puede charlar un poco y eso aleja la tristeza. Hace que uno no se sienta tan solo.

Esta costumbre de velatorio, típica de la gente del campo y pasada de moda, no se le había ocurrido a Olivia, pero captó el sentido común en la sugerencia de la señora Plackett.

—Tiene usted toda la razón. Organizaremos algo. Pero debo advertirle que soy una nulidad como cocinera. Deberá ayudarme.

—Déjelo en mis manos. La tarta de frutas es mi especialidad.

—En este caso, parece que está todo. —Olivia dejó la pluma y se apoyó en la silla. A través de la mesa ella y la señora Plackett se observaban mutuamente. Durante un momento, ninguna habló—. Creo, señora Plackett —siguió Olivia a continuación—, que usted era sin duda la mejor amiga de mi madre. Y en estos momentos me doy cuenta que también lo es para mí.

—No he hecho más de lo que debía, señorita Keeling —dijo la señora Plackett algo turbada.

—¿Antonia está bien?

—Creo que sí. Estaba muy conmocionada, es una muchacha muy sensible. Ha sido una buena idea mandarla de compras. Le he dado una lista larga como mi brazo; para tenerla ocupada. Así se siente útil. —A continuación, la señora Plackett terminó el oporto, dejó el vaso vacío sobre la mesa y se puso de pie—. Bien, si a usted no le importa, me iré a casa a darle al señor Plackett algo para comer. Pero volveré a las tres con Joshua Bedway. Y me quedaré hasta que hayan terminado y se haya marchado.

Olivia la acompañó a la puerta y vio cómo se marchaba, imponente como siempre sobre su bicicleta. Estando allí, oyó el rumor de un coche que se acercaba y un momento después entraba el Volvo por la puerta. Olivia no se movió. A pesar del afecto que sentía por la hija de Cosmo y aunque apenada por la forma en que la muchacha se sentía, era consciente de que sería incapaz de soportar otro flujo de emoción, otro abrazo húmedo y lacrimoso. Su única defensa en los días venideros era la coraza de control emocional, fuerte como una armadura. Miró cómo el Volvo se detenía, vio cómo Antonia se desabrochaba el cinturón de seguridad y salía del coche. Mientras, Olivia cruzó los brazos, el gesto del lenguaje corporal que significaba un rechazo físico. Por encima del techo del coche sus miradas se encontraron a través de los pocos metros de grava que las separaba. Hubo una pausa y a continuación Antonia cerró con un ligero golpe la puerta del coche y se acercó a ella.

—Estás aquí —fue todo lo que dijo.

Olivia abrió los brazos y colocó sus manos sobre los hombros de Antonia.

—Sí, estoy aquí —dijo inclinándose hacia adelante, se dieron un beso formal, tocándose las mejillas.

Todo iría bien. No iban a ser teatrales. Olivia agradeció profundamente verse libre de ello, pero también se entristeció porque siempre es triste ver que alguien a quien se ha conocido de niño se ha hecho mayor.

A las tres en punto Joshua Bedway estaba allí al volante de su pequeña furgoneta y con la señora Plackett a su lado. Olivia había abrigado el temor de que él acudiese ataviado de negro tinta y con una expresión tenebrosa para estar a la altura de las circunstancias, pero todo lo que había hecho era cambiarse el mono por un traje decente y una corbata negra; y su rostro quemado por el sol y de hombre de campo no le pareció a ella susceptible de permanecer sombrío mucho tiempo.

Sin embargo, por el momento estaba entristecido y se mostraba comprensivo. Le dijo a Olivia que a su madre se la echaría mucho de menos en el pueblo. En los seis años que había vivido en Temple Pudley se había integrado, dijo, en la pequeña comunidad.

Olivia le agradeció estas amables palabras, y una vez pasadas las formalidades el señor Bedway sacó una libreta de su bolsillo. Había unos cuantos detalles, le dijo, procediendo a enumerarlos. Mientras le escuchaba, ella comprendió que era un verdadero profesional en su trabajo, lo cual agradeció interiormente. Habló de la tumba, del sepulturero y del registro civil. Le hizo preguntas y Olivia las contestó.

—Creo que eso es todo, señorita Keeling —dijo por último cerrando su libreta y metiéndola otra vez en el bolsillo—. No se preocupe del resto, queda en mis manos.

Así lo hizo Olivia, recogiendo a Antonia y saliendo de la casa. No bajaron al río, sino que salieron por la verja y cruzaron la carretera, subieron la escalera para pasar la cerca y siguieron el viejo sendero de herradura que ascendía por la colina detrás del pueblo. Atravesaba campos llenos de ovejas pastando con sus corderos; los setos de espino estaban en flor y los arroyos musgosos sembrados de primaveras salvajes. Desde la cima de la colina se divisaba un buen panorama con unas antiguas hayas exponiendo las raíces, erosionadas por siglos de viento e intemperie. Al llegar a éstas, acaloradas y sin aliento por la ascensión, se sentaron con la sensación de un deber cumplido y observaron el panorama.

Se extendía en kilómetros, era un gran pedazo de campiña inglesa que conservaba sus encantos y disfrutaba del calor del sol en una excepcional tarde de primavera. Granjas, campos, tractores, casas, todo quedaba reducido por la distancia al tamaño de juguetes. Bajo ellos, Temple Pudley parecía inactivo, un fortuito agrupamiento de doradas casas de piedra. La iglesia estaba medio escondida por tejos, pero Podmore's Thatch y los blancos muros de la taberna Sudley Arms eran perfectamente visibles. Humo similar a altos penachos de plumas grises surgía de las chimeneas y en un jardín un hombre había encendido una hoguera.

Era una maravilla de tranquilidad. Los únicos sonidos eran el balido de las ovejas y el susurro de la brisa en las ramas de haya sobre sus cabezas. Un avión, alto en el cielo como una abeja soñolienta, zumbó a través del espacio, pero sin conseguir turbar la paz.

Hacía rato que no hablaban. Desde que se habían encontrado, Olivia había estado o telefoneando o recibiendo llamadas (dos de las cuales, ambas bastante inútiles, procedían de Nancy) y no habían tenido ocasión de hablar. En esos momentos observaba a Antonia, sentada sobre un montoncillo de hierba a pocos metros, con unos tejanos desteñidos y una blusa de algodón rosa. El jersey, que se había quitado durante la larga ascensión a la colina, yacía junto a ella y su pelo le caía hacia adelante ocultándole la cara. Antonia de Cosmo. A pesar de su propio sufrimiento encerrado, el corazón de Olivia se enterneció pensando en esto. Dieciocho años eran muy pocos para que le hubiesen pasado tantas cosas terribles. Pero no podía hacer nada y Olivia sabía que, al desaparecer Penélope, Antonia había vuelto a ser un problema.

—¿Qué vas a hacer? —le preguntó rompiendo el silencio.

—¿Qué quieres decir? —preguntó Antonia volviéndose para mirarla.

—Me refiero a qué vas a hacer ahora. Ahora que mamá ha muerto ya no hay razón para que te quedes en Podmore's Thatch. Tendrás que empezar a tomar decisiones. A pensar en tu futuro.

Antonia se volvió de nuevo, levantó las rodillas y descansó la barbilla en ellas.

—Ya lo he pensado.

—¿Quieres volver a Londres? ¿Aceptar mi propuesta?

—Sí, si es posible. Me gustaría hacerlo. Pero más adelante. Ahora enseguida, no.

—No lo entiendo.

—He pensado que a lo mejor... podría ser una buena idea que me quedase aquí por un tiempo. Quiero decir, ¿qué va a pasar con la casa? ¿Se va a vender?

—Imagino que así será. Yo no puedo vivir aquí y tampoco Noel.

Y no creo que Nancy quiera mudarse a Temple Pudley. No es bastante distinguido para ella y George.

—En este caso, habrá gente que quiera venir a verla, ¿no es así? Y podréis obtener un mejor precio por ella si está amueblada, hay flores por todas partes y el jardín está bonito. He pensado que quizá podría quedarme, vigilarlo todo, enseñar la casa a eventuales compradores y cortar la hierba. Luego, cuando se haya vendido y todo esté arreglado, podría volver a Londres.

—Pero, Antonia —Olivia estaba sorprendida—, estarías completamente sola, sin nadie en la casa. ¿No te importaría?

—No. No me importaría. No es ese tipo de casa. Creo que nunca me sentiré realmente sola aquí.

Olivia consideró la idea dándose cuenta de que, de hecho, era bastante razonable.

—Bien; si lo tienes claro, creo que todos te lo agradeceríamos mucho. Porque nadie de la familia podrá quedarse aquí y la señora Plackett tiene otros compromisos. Naturalmente todavía no se ha decidido nada, pero estoy segura de que la casa se pondrá en venta. —Recordó algo más—: Sin embargo, no veo por qué deberías ocuparte también del jardín. Sin duda Danus Muirfield volverá al trabajo.

—No lo sé —dijo Antonia.

—Pensaba que sólo había ido a Edimburgo para acudir a una cita —dijo Olivia frunciendo el ceño.

—Sí. Con un médico.

—¿Está enfermo?

—Tiene epilepsia. Es epiléptico.

—¿Epiléptico? —exclamó Olivia horrorizada—. Qué horror. ¿Mamá lo sabía?

—No, nadie lo sabía. No nos lo dijo hasta el final de nuestras vacaciones en Cornualles.

Olivia se sintió intrigada. Nunca había visto al joven y sin embargo todo lo que había oído acerca de él, de boca de su hermana, su madre y Antonia, no había hecho más que aumentar su interés.

—Debe de ser una persona muy reservada. —Antonia no hizo comentario al respecto. Olivia recordó algo más—: Mamá me dijo que ni bebía alcohol ni conducía y tú también lo mencionaste en tu carta. Supongo que era por esto.

—En efecto.

—¿Y qué pasó en Edimburgo?

—Le visitó el médico y le hicieron otro electroencefalograma, pero el ordenador del hospital estaba estropeado y no pudieron darle los resultados de las pruebas. Llamó para decírnoslo. El jueves pasado. Luego se fue a pescar con un amigo durante una semana. Dijo que era mejor que andar dando vueltas por la casa, sin tener nada que hacer.

—¿Cuándo vuelve de su excursión de pesca?

—El jueves. Pasado mañana.

—¿Podrá entonces conocer el resultado de la exploración?

—Sí.

—¿Qué pasará después de esto? ¿Volverá a Gloucestershire a trabajar?

—No lo sé. Supongo que dependerá de lo enfermo que esté.

Todo sonaba bastante triste y desesperanzador. Sin embargo, pensándolo bien, no era sorprendente del todo. Hasta donde Olivia podía recordar, en la vida de su madre había pasado una serie de gente excéntrica y personas incapaces, como abejas a la miel. Nunca había dejado de darles apoyo moral y ayudarlos y este generoso despliegue de energía —en ocasiones en forma de dinero contante y sonante— era una de las cosas que hacían que Noel se subiese por las paredes. Y era muy posible que fuera ésta la razón por la cual había tomado a Danus Muirfield una antipatía instantánea.

—Mamá le tenía mucha simpatía, ¿verdad? —dijo.

—Sí. Creo que le tenía mucho aprecio. Y él era muy cariñoso con ella. La atendía muy bien.

—¿Se disgustó mucho cuando él le contó lo de su enfermedad?

—Sí. No por ella, sino por él. El saberlo fue un impacto. Algo inimaginable. Cornualles era mágico y nos estábamos divirtiendo mucho... Era como si nada malo pudiese volver a ocurrir. Hace sólo una semana, cuando Cosmo murió, pensé que era lo peor que me podía ocurrir. Pero creo que nunca una semana puede haber sido tan horrible y larga como ésta.

—Oh, Antonia, lo siento.

Temió que Antonia estuviese a punto de sucumbir al llanto, pero en cambio se volvió para mirarla y Olivia vio con alivio que sus ojos estaban secos y su rostro, aunque serio, nada descompuesto.

—No debes sentirlo —dijo ella—. Tienes que estar contenta de que haya tenido ocasión de ir a Cornualles antes de morirse. Disfrutó cada momento. Creo que para ella fue como volver a ser joven. Desbordaba energía y entusiasmo. Cada día fue mejor que el anterior. No malgastó un solo momento.

—Te tenía mucho cariño, Antonia. El tenerte a su lado debió de multiplicar su placer.

—Debo decirte otra cosa —dijo Antonia apenada—. Me regaló los pendientes. Los pendientes que tía Ethel le había dejado. Yo no los quería pero ella insistió. Ahora están en mi habitación en Podmore's Thatch. Si piensas que debo devolverlos...

—¿Por qué deberías devolverlos?

—Porque son muy valiosos. Valen cuatro mil libras. Me parece que deberían ser para ti, o para Nancy, o para la hija de Nancy.

—Si mamá no hubiese querido que tú los tuvieras, no te los habría dado —dijo Olivia sonriendo—. Y no hacía falta que me hablases de los pendientes pues ya lo sabía. Me escribió una carta explicándome lo que había hecho.

—¿Me pregunto por qué haría una cosa así? —dijo Antonia sorprendida.

—Supongo que lo hizo pensando en ti y en tu buen nombre. No quería que nadie pudiese acusarte de haberlos birlado de su joyero.

—¡Qué raro! Podía habértelo dicho en cualquier momento.

—Estas cosas es mejor tenerlas por escrito.

—¿No crees que tuvo una especie de premonición? ¿Que sabía que iba a morir?

—Todos sabemos que vamos a morir.

El reverendo Thomas Tillingham, párroco de Temple Pudley, acudió a Podmore's Thatch a las once de la mañana siguiente. Olivia no tenía ganas de la entrevista. Nunca había tenido mucho trato con los curas y no estaba muy segura de cómo se entenderían el uno con el otro. Antes de su llegada, se esforzó para prepararse para todas las exigencias, aunque era difícil de hacer porque no tenía ni idea del tipo de hombre que sería. Quizá de edad avanzada y cadavérico, con una voz aflautada y puntos de vista arcaicos. O joven, de tendencias ultramodernas, tolerante ante las actitudes estrafalarias para modernizar la religión, invitando a sus feligreses a estrecharse las manos mutuamente y esperando de ellos que cantasen himnos recién inventados y alegres con el acompañamiento del conjunto local de música pop. Tanto una perspectiva como otra resultaban desalentadoras. Sin embargo, su gran temor era que el párroco pudiese sugerir que juntos, él y Olivia, debieran arrodillarse para rezar. Decidió que, en el caso de que surgiese esta espantosa eventualidad, se inventaría un ligero dolor de cabeza, alegaría mala salud y saldría de la habitación.

Afortunadamente sus temores no se cumplieron. El señor Tillingham no era ni joven ni viejo; simplemente un hombre de mediana edad, agradable, corriente, vestido con una chaqueta de *tweed* y alzacuello. Pudo entender perfectamente que a Penélope le gustase invitarlo a comer. Lo recibió en la puerta y lo condujo al invernadero, que era el lugar más alegre que se le pudo ocurrir. Resultó ser una idea genial pues hicieron comentarios sobre las plantas de Penélope y de su jardín y así la conversación se fue acercando de forma natural al tema en cuestión.

—Todos echaremos mucho de menos a la señora Keeling —dijo el señor Tillingham. Sonaba sincero de verdad y a Olivia no le costó creer que no se estaba refiriendo con melancolía a las deliciosas comidas que ya no paladearía más—. Era de lo más encantadora y añadió a nuestra vida de pueblo un gran carisma.

—Esto es lo que ha dicho el señor Bedway. Qué hombre tan amable. Y especialmente amable para mí, pues fíjese usted, es la primera vez que tengo que habérmelas con un funeral. Quiero decir que nunca he tenido que organizar uno. Pero la señora Plackett y el señor Bedway, entre los dos, me han facilitado las cosas.

Como si hubiese estado preparado, la señora Plackett hizo su aparición llevando una bandeja con dos tazas de café y un plato con galletas. El señor Tillingham puso una buena cantidad de azúcar en su taza e inició el tema de la iglesia. No le tomó mucho tiempo. El funeral de Penélope tendría lugar el sábado a las tres de la tarde. Acordaron el tipo de ceremonia y entraron en la cuestión de la música.

—Mi mujer es la organista —dijo el señor Tillingham a Olivia—. Tocará encantada si usted desea que lo haga.

—Qué amable de su parte, claro que lo deseo. Pero nada de música lúgubre. Algo hermoso que la gente conozca. Lo dejo en sus manos.

—¿Y los himnos?

Escogieron un himno.

—¿Y una oración?

—Como ya le he dicho, señor Tillingham, soy completamente novicia en este tipo de cosas. Preferiría que fuese usted quien lo decidiese.

—¿No le gustaría a su hermano leer la oración?

Olivia dijo que no, que no pensaba que fuese algo que Noel quisiera hacer.

El señor Tillingham indicó un par de detalles más que fueron arreglados con presteza. A continuación él terminó su café y se puso de pie. Olivia lo acompañó a la puerta principal cruzando la cocina; su viejo Renault estaba aparcado en la grava.

—Adiós, señorita Keeling.

—Adiós, señor Tillingham. —Se estrecharon la mano—. Ha sido usted muy amable. —Él sonrió, con una sonrisa inesperadamente encantadora y calurosa. De hecho no se había reído antes, pero en esos momentos sus rasgos ya familiares se transformaron de tal forma que Olivia dejó de pensar en él como en un cura y por consiguiente le resultó bastante fácil expresar algo que había estado barruntando desde el momento en que él había entrado en la casa—. A decir verdad no comprendo por qué es usted tan atento y servicial. Al fin y al cabo ambos sabemos que mi madre no era una practicante regular. Ni siquiera era muy religiosa. Y le resultaba muy difícil tragarse la idea de la Resurrección y el más allá.

—Lo sé. En una ocasión discutimos sobre ello sin ponernos de acuerdo.

—Tampoco estoy segura de que creyese en Dios.

El señor Tillingham, todavía sonriendo, sacudió la cabeza y alargó una mano para coger la manilla de la puerta de su coche.

—Yo no me preocuparía mucho por esto. Es posible que ella no creyese en Dios, pero estoy casi seguro de que Dios creía en ella.

La casa, privada de su dueña, era una casa muerta, la concha de un cuerpo, los latidos de su corazón detenidos. Desolada, extrañamente silenciosa, parecía esperar. La quietud era una cosa física ineludible, que oprimía como un peso. Ningún paso, ninguna voz, ningún ruido de cacerolas procedente de la cocina; ni Vivaldi, ni Brahms resonando de forma reconfortante desde la radio-casete del aparador de la cocina. Puertas cerradas que permanecían cerradas. Cada vez que subía la estrecha escalera, Antonia se encontraba cara a cara con la puerta cerrada del dormitorio de Penélope. Antes, siempre había estado abierta, permitiendo ojeadas a la ropa colocada sobre una silla, ráfagas de aire soplando desde la ventana abierta, el fragante olor de la propia Penélope. Ahora, sólo una puerta.

Abajo no era mejor. Su butaca vacía junto a la chimenea de la sala de estar. El fuego apagado, el escritorio cerrado. Acabada la confusión amistosa, la risa, los abrazos calurosos y espontáneos. En el mundo en el cual Penélope había vivido, existido, respirado, escuchado, recordado, había sido posible creer que nunca podría pasar nada demasiado terrible. O si así era..., y a Penélope le ocurrió..., había entonces formas de enfrentarse a ello, de aceptarlo, de negarse a admitir la derrota.

Ella estaba muerta. Aquella mañana horrible, cuando salió del invernadero al jardín y vio a Penélope derrumbada en el viejo banco de madera, con sus largas piernas estiradas y los ojos cerrados, Antonia se había dicho con brusquedad que Penélope estaba sólo descansando por un momento; saboreando el aire cortante y temprano, el pálido color de los primeros rayos de sol. Lo evidente era, incluso por un instante, demasiado horrorosamente definitivo para aceptarlo. La existencia sin aquella fuente de constante satisfacción, sin aquella seguridad fuerte como una roca era inimaginable. Pero lo inimaginable había pasado. Ella se había ido.

Lo peor era el transcurrir de cada día. Los días que antes nunca habían sido suficientemente largos para todas sus varias actividades, ahora se alargaban hasta la eternidad; un siglo que iba entre el amanecer y la oscuridad. Ni siquiera el jardín proporcionaba consuelo, porque Penélope no estaba allí para darle vida y necesitó un esfuerzo real para salir al exterior y encontrar algo para hacer allí, como arrancar malas hierbas o coger un ramo de narcisos para luego ser dispuesto en un jarrón y colocado en algún lugar. En cualquier sitio. No importaba. Nada importaba ya.

El hecho de estar sola resultaba una experiencia terrible. Nunca había sabido lo que era sentirse sola. Antes siempre había habido alguien. Primero, Cosmo; y luego, cuando Cosmo murió, la reconfortante certeza de que Olivia estaba allí. En Londres, cierto, a miles de kilómetros de Ibiza, pero allí. Al final de una conversación telefónica diciendo «de acuerdo, ven, me ocuparé de ti». Sin embargo, dadas las circunstancias, era inabordable. Práctica, organizada, haciendo listas, hablando por teléfono, parecía no estar nunca alejada del teléfono. Había dejado bien claro a Antonia, sin decirlo, que no era momento para conversaciones largas e íntimas, que no era el momento de confidencias. Antonia tuvo la perspicacia de darse cuenta de ello; por primera vez estaba viendo la otra cara de Olivia: la mujer de negocios, fría y competente que se había abierto camino subiendo los peldaños de su carrera para pasar a convertirse en directora de *Venus* y, en el recorrido, había aprendido a ser implacable con las debilidades humanas e intolerante con el sentimentalismo. La otra Olivia, la Olivia que Antonia había conocido en los tiempos que ella ya consideraba como los viejos días, era con toda probabilidad demasiado vulnerable para exponerse y, dada la situación, se había encerrado en sí misma. Antonia lo comprendió y lo respetó, pero ello no le facilitó las cosas.

A causa de esta barrera que había entre ellas y también porque era obvio que Olivia ya tenía más que suficiente con lo suyo, Antonia no le había hablado mucho de Danus. Habían hablado de él de forma casual, en la ventosa cima de la colina, mientras el señor Bedway hacía lo que tenía que hacer en Podmore's Thatch, pero no se había comentado nada importante. «Tiene epilepsia», le había contado a Olivia. «Es epiléptico.» Pero no le había dicho, «lo quiero». El es el primer hombre que he querido y él siente lo mismo por mí. Me quiere y nos hemos acostado, y no me asustó como siempre me había imaginado que pasaría, fue simplemente estupendo y mágico, todo al mismo tiempo. No me preocupa lo que el futuro nos va a deparar, no me preocupa que no tenga dinero. Quiero que vuelva a mí tan pronto como pueda y si está enfermo esperaré hasta que esté bien de nuevo; lo atenderé y viviremos en el campo cultivando coliflores juntos.

No hablaba de esto sólo porque tenía la certeza de que la mente de Olivia estaba en otras cosas..., de hecho existía la posibilidad de que no estuviese interesada y no quisiera escuchar. Vivir juntas en la misma casa que Olivia era como estar sentado junto a un extraño en un tren. No había un punto real de contacto y Antonia se encontró aislada en su propia desgracia.

Antes, siempre había habido alguien. Ahora ni siquiera estaba Danus. Estaba lejos, en el norte de Sutherland, inaccesible por teléfono o telegrama u otro medio normal de comunicación. Se dijo que él no podría haberse alejado más completamente de ella si hubiese decidido hacer una travesía en canoa por el Amazonas o conducir un equipo de *huskys* a través de la capa de hielo polar. El hecho de no poder contactar con él era casi insoportable. Penélope había muerto y Antonia necesitaba de él. Como si la telepatía fuese algún tipo fiable de sistema de radar, se pasaba la mayor parte de las horas del día enviándole mensajes mentales positivos, instándole a recibirlos, a sentirse impulsado a entrar en contacto con ella. En caso necesario, a recorrer treinta kilómetros hasta la cabina más cercana, y marcar el número de Podmore's Thatch a fin de ponerse al corriente de lo que estaba ocurriendo.

No obstante esto no sucedió y Antonia tampoco se sorprendió tanto. Se consolaba diciéndose que telefonearía el jueves. El jueves volverá a Edimburgo y me llamará, a la primera oportunidad que tenga. Lo prometió. Me telefoneará para decirme, ¿decirnos?, el resultado de la exploración cerebral y el diagnóstico del médico. (Era increíble que eso le pareciese de menor urgencia.) Y entonces tendré que decirle que Penélope ha muerto; y él vendrá, de una forma u otra, estará aquí, y yo podré volver a ser fuerte. Antonia necesitaba de esta fuerza para poder superar la prueba dolorosa del funeral de Penélope. Sin Danus junto a ella no estaba segura de ser capaz de soportarlo.

Las horas pasaban lenta, muy lentamente. Transcurrido el interminable miércoles, había llegado el jueves. Hoy llamará. Jueves por la mañana. Jueves a mediodía. Jueves por la tarde.

No había llegado la llamada.

A las tres y media Olivia salió para ir a la iglesia para encontrarse allí con la muchacha de Pudley que iba a realizar los arreglos florales para la ceremonia del funeral. Antonia se fue al jardín a hacer pequeños trabajos sin trascendencia sin terminar nada; luego bajó al huerto a descolgar una serie de paños de cocina y de fundas de almohada. La campana de la iglesia dio las cuatro y súbitamente como una revelación, supo que no podía esperar un momento más. Había llegado el instante de llevar a cabo alguna acción positiva y, si no lo hacía al punto, se pondría histérica o se precipitaría cuesta abajo hasta la ribera del Windrush y perecería ahogada. Abandonó el cesto de la ropa, atravesó el jardín y el invernadero y entró en la cocina; una vez allí descolgó el teléfono y marcó el número de Edimburgo.

La tarde era calurosa y soñolienta. Las palmas de sus manos estaban húmedas y su boca seca. El reloj de la cocina indicaba el paso de los segundos a un ritmo más rápido que los latidos de su propio corazón. Mientras esperaba a que alguien contestase a la llamada, descubrió que estaba indecisa con respecto a lo que iba a decir con exactitud. Si Danus no estaba allí y era su madre quien acudía al teléfono, debería dejar un mensaje para él. «Soy Antonia Hamilton. Por favor dígale a Danus que la señora Keeling ha muerto. Y que me llame si es tan amable. Tiene el número.» Hasta ahí, estaba bien. ¿Pero tendría la presencia de ánimo de ir y preguntarle a la señora Muirfield si había alguna noticia del hospital? ¿O eso podría ser considerado como una intrusión y muy poco delicado? De haber llegado el diagnóstico y ser éste pesimista, a la madre de Danus no le entusiasmaría compartir su lógica aflicción con una completa extraña, con una voz incorpórea llamando desde las profundidades de Gloucestershire. Por otra parte...

—¡Dígame!

Antonia fue cogida desprevenida y con los pensamientos volando en todas direcciones; a punto estuvo de dejar caer el auricular.

—Yo..., bueno..., ¿es usted la señora Muirfield?

—No. Lo siento, pero la señora Muirfield no está en casa en estos momentos. —Era una voz femenina, muy escocesa y afectada en extremo.

—Bien, ¿cuándo estará de vuelta?

—Lo siento, pero no lo sé. Ha ido a una reunión del Fondo de Ayuda Infantil y luego creo que ha quedado con unos amigos para tomar el té.

—¿Y el señor Muirfield?

—El señor Muirfield está en la oficina. —La respuesta fue brusca, como si la pregunta de Antonia fuese estúpida, y lo era, y la respuesta obvia—. No estará en casa hasta las seis y media.

—¿Con quién estoy hablando?

—Soy la asistenta de la señora Muirfield. —Antonia titubeó. La voz cuya dueña deseaba a lo mejor seguir con su limpieza, se había vuelto impaciente—. ¿Quiere usted dejar algún recado?

—Danus no está, ¿verdad? —preguntó con cierta desesperación.

—Danus está fuera, pescando.

—Lo sé. Pero se suponía que regresaba hoy y he pensado que podía haber llegado.

—No. No ha venido y no tengo ni idea de cuándo lo esperan.

—Bien, quizá... —Había otra alternativa—. ¿Podría dejarle un mensaje?

—Tendrá que esperar a que vaya a buscar un lápiz y un papel. —Antonia esperó; pasó un rato—. Ya está.

—Dígale que ha llamado Antonia. Antonia Hamilton.

—Deme tiempo para escribirlo. An-ton-ia Ham-il-ton.

—Sí, eso es. Sólo dígale que... la señora Keeling murió el martes por la mañana. Y que el funeral tendrá lugar el sábado por la tarde a las tres en Temple Pudley. El comprenderá. Es posible —dijo rezando para que pudiese hacerlo, para que estuviese allí—, es posible que él quiera venir.

A las diez de la mañana del viernes sonó el teléfono en Podmore's Thatch. Era la cuarta llamada desde el desayuno y todas ellas habían sido atendidas por Antonia, volando desde cualquier sitio para ser ella la primera persona que descolgase el auricular. Pero en esta ocasión Antonia había salido, se había ido al pueblo para recoger los periódicos y la leche, por lo que fue Olivia quien, sentada a la mesa de la cocina, se levantó y contestó a la llamada.

—Podmore's Thatch.

—¿La señorita Keeling?

—Yo misma.

—Soy Charles Enderby, de Enderby, Looseby y Thring.

—Buenos días, señor Enderby.

No le presentó las condolencias usuales porque ya lo había hecho cuando Olivia había hablado con él para comunicarle de manera oficial como abogado de Penélope, que su madre había muerto.

—Señorita Keeling, por supuesto el sábado viajaré hasta Gloucestershire para asistir al funeral de la señora Keeling, pero he pensado en la conveniencia de que, una vez todo acabado, nos reuniésemos con usted, su hermano y hermana; sólo para repasar los puntos de la voluntad de su madre que precisen alguna explicación y ponerles a todos al corriente. Puede ser que parezca un poco precipitado y por supuesto tienen ustedes la libertad de proponer una fecha alternativa, pero me parece una buena oportunidad estando toda la familia bajo el mismo techo.

Olivia reflexionó sobre la sugerencia.

—No veo ninguna razón para no hacerlo. Cuanto antes mejor y no ocurre a menudo que los tres estemos juntos.

—¿Qué hora me sugiere usted?

—Bien, la ceremonia empezará a las tres y luego habrá aquí un té para quien quiera volver a casa. Supongo que hacia las cinco se habrá terminado. ¿Qué le parece las cinco?

—Espléndido. Tomo nota de ello. ¿Se lo comunicará usted a la señora Chamberlain y a su hermano?

—Sí, naturalmente.

Telefoneó a la vieja vicaría.

—Nancy, soy Olivia.

—Oh, Olivia, estaba a punto de llamarte. ¿Cómo estás? ¿Cómo va todo? ¿Me necesitas en Podmore's Thatch? No tengo ningún problema en ir. Si supieras lo inútil que me siento y...

—Nancy. —Olivia la interrumpió—. El señor Enderby ha telefoneado. Quiere una reunión de familia después del entierro de mamá, a fin de comunicarnos sus últimas voluntades. A las cinco. ¿Podrás estar aquí?

—¿A las cinco? —Su voz chillona tenía un matiz de alarma.

Como si Olivia hubiese sugerido una misión clandestina y sospechosa—. Oh, no, a las cinco no puedo.

—Por todos los cielos, ¿por qué no?

—George tiene una cita con el párroco en la parroquia. Para el salario del coadjutor. Es muy importante. Tendremos que marcharnos apenas acabe el funeral...

—Esto también es importante. Dile que posponga la reunión.

—Olivia, no puedo hacer una cosa así.

—En ese caso, venid con dos coches al entierro y luego tú te marchas cuando terminemos. Tienes que estar aquí...

—¿No podemos reunirnos con el señor Enderby en otro momento?

—Claro que podemos, pero no será tan cómodo. Además ya le he dicho al señor Enderby que *estaríamos* aquí, así que de hecho no tienes alternativa. —La voz de Olivia sonaba, incluso a ella misma, dictatorial y aguda. Añadió en un tono más amable—: Si no quieres marcharte sola a tu casa esa noche, puedes quedarte aquí y volver a la mañana siguiente. Pero tienes que estar aquí.

—Ay, de acuerdo —cedió Nancy, aunque a regañadientes—. Pero no quiero quedarme a pasar la noche, gracias de todas formas. Es el día libre de la señora Croftway y tengo que hacer la cena de los niños.

—Está bien —dijo Olivia dejando de intentar ser amable y pensando que bendita fuese la señora Croftway—. Y ahora llama a Noel y dile que él también tiene que estar aquí. Será una llamada menos que tendré que hacer y con un poco de suerte hará que dejes de sentirte inútil.

Después de un largo período de tiempo seco, durante el cual el nivel del río había descendido de forma desastrosa y la reserva del salmón se había quedado baja y tranquila, llegaron las lluvias a Sutherland. Aparecieron de sopetón surgiendo de gordas nubes grises que rodaron del oeste y oscurecieron el cielo y la luz del sol, atacando las cimas de las colinas, calando las cañadas y produciéndose niebla, en ruido sordo al caer las gotas. El brezo, ardiente como la yesca, bebió en la humedad, la absorbió, desparramando el exceso en grietas turbosas que goteaban en diminutos arroyos primero y luego en riachuelos mayores, bajando por las laderas hasta el propio río. Un sustancioso día de lluvia era suficiente para revitalizar el caudal de agua. Éste aumentaba, ganaba fuerza, se arrojaba blancamente en profundas charcas, se precipitaba por el declive de la cañada, en dirección al mar abierto.

El jueves por la mañana la perspectiva de pescar, que hasta aquel momento se había demostrado infructuosa, de pronto abundaba en posibilidades excitantes.

Jueves era el día en que los dos jóvenes habían previsto regresar a Edimburgo. En estos momentos se encontraban en el umbral de la puerta abierta de la desolada granja, mirando la lluvia y comentando la situación. Después de una semana de deporte mediocre, la tentación de aplazar su regreso era demasiado grande para no caer en ella. No obstante había obstáculos para este proceder.

—Yo no tengo que ir al despacho hasta el lunes —dijo finalmente Roddy—. Por lo que a mí respecta, es lo mismo estar aquí que allí. La decisión depende de ti, muchacho. Tú eres quien quiere volver a casa para saber lo que han decidido esos puñeteros médicos. Si no puedes esperar un día más para escuchar el veredicto, haremos las maletas y nos marcharemos. Pero en mi opinión has esperado tanto tiempo que bien podrías esperar otro día y disfrutar mientras tanto. Tampoco creo que tu madre se vaya a alarmar si no apareces esta noche. Ya eres un hombre y si escucha el pronóstico del tiempo, se imaginará lo que ha ocurrido.

Danus sonrió. Agradecía a Roddy la forma fortuita en que llegaba al quid de su dilema. Hacía años que eran amigos, pero durante los últimos días y dado que sólo se habían tenido el uno al otro como compañía, habían intimado en gran manera. Allí, en aquel lugar remoto e inaccesible del mundo, donde había pocas diversiones y por las noches, una vez hecha la cena y encendido el fuego de turba, charlar era lo único que se podía hacer. Para Danus era bueno hablar, bueno sacar a la luz lo que había guardado para sí de forma vergonzosa y despreciable durante demasiado tiempo. Le contó a Roddy sobre Estados Unidos y la súbita aparición de su enfermedad y, una vez compartida, su experiencia perdió gran parte de su horror. Habiendo empezado con todo esto, fue capaz de seguir confiándose. De explicar su decisión de cambiar de carrera; de dar una idea general sobre sus planes futuros. Le contó lo de su trabajo en Podmore's Thatch para Penélope. Describió su idílica semana en Cornualles. Por último le habló de Antonia.

—Cásate con la chica —fue el consejo de Roddy.

—Me gustaría. Algún día. Pero antes tengo que solucionar algunas cosas.

—¿Qué es lo que hay que solucionar?

—Si nos casamos, tendremos hijos. No sé si la epilepsia es hereditaria.

—Tonterías, claro que no.

—Además mi trabajo no es precisamente lucrativo. De hecho no he logrado juntar ni dos céntimos.

—Pide un préstamo a tu viejo. No puede andar corto de dinero.

—Podría hacerlo, claro, pero preferiría no tener que llegar a eso.

—Con el orgullo no irás a ninguna parte, muchacho.

—Supongo que no. —Pensó en ello pero no quiso comprometerse—. Ya veremos —fue todo lo que prometió.

A continuación levantó la cara hacia el cielo y pensó en el regreso a casa y en el veredicto final de su enfermedad. Pensó en Antonia, que estaría llenando sus días en Podmore's Thatch pendiente del teléfono, esperando su llegada.

—Prometí a Antonia que la llamaría hoy —dijo—. Apenas llegase a Edimburgo.

—Puedes hacerlo mañana. Si ella es como imagino, lo comprenderá. —El río estaría ya crecido en esos momentos. En su imaginación Danus sintió el peso y el balanceo placentero de la caña para el salmón, todavía sin usar. Escuchó el silbido del lanzamiento, sintió el estirón de una mordedura. Había una charca donde el gran pez estaba al acecho. La impaciencia de Roddy aumentó—. Anda, decídete. Vivamos peligrosamente y concedámonos otro día. Hasta ahora sólo hemos cogido truchas y nos las hemos comido. Los salmones nos están esperando allí abajo. Les debemos el darles una oportunidad deportiva.

Era obvio que estaba rabiando por ir. Danus volvió la cabeza y miró a su amigo. Los rasgos rubicundos de Roddy tenían la expresión de un chiquillo a la espera del regalo de su vida y Danus supo que no tendría el valor de negárselo.

—De acuerdo. Nos quedamos. —Y sonrió cediendo.

Al día siguiente, muy temprano, se dispusieron a viajar hacia el sur. El maletero del coche de Roddy estaba cargado de bolsas, cañas, garfios, botas altas de goma, cestas y los dos enormes salmones que habían arrastrado a tierra durante el transcurso de la tarde anterior, con lo cual la decisión de quedarse se había demostrado más que valiosa. La pequeña cabaña, limpia, ordenada y debidamente cerrada, desapareció entre las colinas detrás de ellos. Delante se extendía la larga y estrecha carretera, serpenteando y bajando a través del desolado páramo de Sutherland. Había parado de llover, pero el cielo todavía estaba salpicado de nubes acuosas y su sombra deambulaba por los interminables kilómetros de pantanos y brezos. Una vez atravesado el páramo, llegaron a Lairg para luego cruzar el río por el puente Bonar y rodear las aguas azules del estuario de Dornoch. Subieron luego por la falda del Struie, ventosa y escarpada, hasta la Isla Negra. Ahora la carretera era ancha y rápida y pudieron aumentar la velocidad. Las indicaciones se sucedían una a la otra, eran alcanzadas y adelantadas a un promedio alarmante. Inverness, Culloden, Carbridge, Aviemore y a continuación la carretera se curvaba al sur desde Darwhinnie, para ascender el Cairngorms por las colinas desiertas de Glengarrie. A las once de la mañana habían pasado por Perth y entraban en la autopista, cortando a través de Fife como un bisturí; aparecieron los dos grandes puentes que se extendían sobre el Forth como si hubiesen sido construidos con alambre y reluciendo en la brillante luz de la mañana. Cruzado el río ya estaban en la carretera de acceso a Edimburgo. Observados desde cierta distancia, las agujas y las torres de la parte antigua de la ciudad, el peñón y la mole del castillo con su bandera ondeando en el asta presentaban, como siempre, una silueta atemporal e inmutable como un cuadro antiguo.

La autopista se terminaba. El coche fue disminuyendo la velocidad, sesenta, cuarenta kilómetros por hora. El tráfico se volvía más denso. Llegaron a las casas, las tiendas, los hoteles, los semáforos. Apenas habían hablado durante todo el viaje. Roddy rompió entonces el silencio.

—Ha sido estupendo —dijo—. Iremos otra vez.

—Sí. Otra vez. No sé cómo darte las gracias.

Roddy tamborileó con los dedos sobre el volante.

—¿Cómo te sientes?

—Bien.

—¿Aprensivo?

—No. Sólo soy realista. Si tengo que vivir con esto el resto de mi vida, pues eso es lo que tendré que hacer.

—Nunca se sabe. —El semáforo pasó al verde. El coche se movió hacia adelante—. Pueden ser buenas noticias.

—No pienso así. Prefiero esperarme lo peor y estar preparado para enfrentarme a ello.

—Sea lo que sea..., lo que hayan encontrado..., no debes hundirte. Quiero decir que si las cosas se ponen algo negras no debes guardártelo para ti. Si no hay nadie con quien puedas hablar, yo estaré siempre a tu disposición.

—¿Te gusta ir de visita a los hospitales?

—Me vuelve loco, chico. Siempre encuentro una bonita enfermera a quien echarle la vista encima.

Calle Queensferry; el puente Dean. Se encontraban ya en las anchas calles y las hileras de casas perfectamente alineadas de la Ciudad Nueva. Recién lavadas, secadas al sol, sus piedras tenían el color de la miel; en la plaza Moray el nuevo verde follaje velaba los árboles y los cerezos en flor se curvaban pesadamente cargados de brotes.

Heriot Row. Su casa, una construcción alta y estrecha. Roddy aparcó junto a la acera y apagó el motor. Salieron y descargaron las cosas de Danus, incluyendo la cesta que contenía el precioso pescado, y lo amontonaron todo en el umbral de la entrada.

—Ya estamos —dijo Roddy una vez hecho esto, aunque dudando como si estuviese poco dispuesto a abandonar a su amigo—. ¿Quieres que entre contigo?

—No —le contestó Danus—. No te preocupes.
—Llámame esta noche al apartamento.
—Lo haré.
Roddy dio una afectuosa palmada en la espalda de Danus.
—Adiós[1] entonces, muchacho.
—Ha sido genial, Roddy.
—Buena suerte.
Se metió de nuevo en el coche y se alejó. Danus miró cómo se marchaba y a continuación sacó del bolsillo de sus tejanos el llavín para abrir la enorme puerta pintada de negro. Se abrió hacia adentro. Vio el familiar vestíbulo, la escalera que subía curvándose. Todo estaba inmaculado y ordenado y el silencio sólo estaba roto por el tictac del alto reloj que había pertenecido en su día al bisabuelo de Danus. Los muebles brillaban gracias al pulimento y años de cuidado y un jarrón de jacintos adornaba la cómoda situada junto al teléfono, llenando el aire con su aroma fuerte y sensual.
Vaciló. Arriba una puerta se abrió y cerró. Pasos. Él miró hacia arriba en el momento en que su madre aparecía en lo alto de la escalera.
—¡Danus!
—La pesca ha ido bien —dijo él—. Me he quedado un día más.
—Oh, Danus...
Su aspecto era el de siempre, pulcro y elegante; llevaba una falda recta de *tweed* y un jersey de lana y ninguno de sus cabellos grises estaba fuera de su sitio. Y, sin embargo, parecía diferente. Se dirigía hacia él bajando la escalera..., corriendo, lo cual en sí era extraordinario. La miró fijamente. En el último peldaño ella se detuvo, sus ojos estaban a la misma altura de los suyos, su mano cerrada sobre el bolo del pilar de la escalera.
—Estás bien —dijo. No quería llorar pero sus ojos azules brillaban como con lágrimas no vertidas. Él nunca la había visto antes en tal estado de excitación emocional—. Oh, Danus, todo está bien. No tienes nada malo. Nunca has tenido nada. Telefonearon ayer por la tarde y tuve una larga charla con el especialista. El diagnóstico que te dieron en Estados Unidos estaba completamente equivocado. Y todos estos años..., nunca has tenido epilepsia. Nunca has sido epiléptico.
Él no podía decir nada. Su cerebro había dejado de trabajar, se había vuelto como de algodón y no podía pensar de modo coherente.
—Pero... —Sólo un pensamiento que le costó exteriorizar y el sonido de su voz salió como un gruñido. Deglutió y empezó de nuevo—: ¿Y los desmayos?

1. En castellano en el original. *(N. del T.)*

—Fueron causados por el virus que contrajiste y por la fiebre tan alta. Aparentemente puede pasar. Y te pasó a ti. Pero no es epilepsia. Nunca lo ha sido. Y si tú no hubieses sido una estúpida cabeza hueca guardándotelo todo para ti, te habrías ahorrado todos estos años de angustia.

—No quería preocuparos. Pensaba en Ian. No quería que pasaseis por todo ello una segunda vez.

—Yo pasaría por las llamas del infierno antes que verte infeliz. Y todo fue por nada. Por ninguna razón. Estás bien.

Bien. Nunca fue epilepsia. No había pasado nunca. Como una pesadilla, e igualmente horroroso, pero nunca había pasado de verdad. Estaba bien. Se habían acabado las píldoras, la incertidumbre. El alivio lo volvió ligero, como si en cualquier momento fuese a elevarse y flotar hasta el techo. Ahora podría hacerlo todo. Cualquier cosa. Podría casarse con Antonia. «Oh, Dios bendito, puedo casarme con Antonia y podemos tener hijos; nunca podré agradecértelo bastante. Gracias por este milagro. Te lo agradezco tanto. Nunca dejaré de estar agradecido. Nunca lo olvidaré. Te prometo que nunca lo olvidaré. Yo...»

—Danus, no te quedes ahí pasmado. ¿No lo has entendido?

—Sí —dijo él—. Te quiero —añadió y, aunque era cierto y siempre lo había sido, no podía recordar habérselo dicho con anterioridad. Su madre rompió de golpe en lágrimas, lo cual también era una nueva experiencia; Danus la rodeó con sus brazos y la estrechó tan fuertemente que al cabo de un momento ella dejó de llorar y empezó a sorber por la nariz y a buscar su pañuelo. Se separaron por fin, ella se sonó, se secó los ojos y se atusó el pelo poniéndolo en su lugar;

—Qué estupidez —dijo a continuación—. Lo último que quería era llorar. Pero ha sido una noticia tan maravillosa y tu padre y yo hemos enfermado de frustración, por no haber sido capaces de ocuparnos de ti, compartirlo contigo y tranquilizarte. Pero ahora que te lo he dicho, hay otra cosa que creo que debes saber. Ayer por la tarde dejaron un mensaje telefónico para ti. Yo no estaba, pero lo tomó la señora Cooper y lo dejó para que yo lo encontrase. Me temo que puede ser una noticia bastante dolorosa, pero espero que no te deje demasiado turbado.

Ante sus ojos ella estaba ya recuperando una vez más su talante práctico de siempre. Las demostraciones de emoción y afecto justificadas por la situación se acabaron. Introduciendo el pañuelo en la manga, apartó con un gesto amable a Danus de su camino y se dirigió a la cómoda donde estaba el teléfono, a fin de coger el taco de notas que se encontraba junto a éste. Pasó unas hojas.

—Aquí está. Es de alguien llamado Antonia Hamilton. Es preferible que lo leas tú.

Antonia.

Tomó el taco, vio el mensaje escrito a lápiz con la caligrafía redonda de la señora Cooper.

Antonia Hamilton ha llamado a las 4 el jueves dice que la señora Keeling ha muerto el martes el entierro es a las 3 en Temple Pudley sábado por la tarde piensa que usted quiera ir espero haberlo comprendido bien.

L. COOPER

La familia se reunió para el funeral de su madre. Los Chamberlain fueron los primeros en llegar, Nancy en su coche y George conduciendo su anticuado y pesado Rover. Nancy llevaba un abrigo y una falda de color azul marino y un sombrero de fieltro bastante impropio.

A fin de sentirse valiente y serena, Olivia se había puesto su vestido favorito gris oscuro de Jean Muir. Saludó y besó a ambos. Besar a George era como besar un nudillo, además olía a naftalina y ligeramente a antiséptico, como un dentista. Como si fuesen invitados y extraños, los acompañó a la cálida y floreada sala de estar. Y, como si fuesen huéspedes, se encontró dándoles conversación, disculpándose.

—Siento no haberos podido invitar a comer. Pero como habréis visto, la señora Plackett ha preparado la mesa del comedor para el té y ha apartado todas las sillas; y Antonia y yo nos hemos pasado la mañana haciendo bocadillos. Nosotras hemos ido picando.

—No te preocupes. Hemos tomado algo por el camino —dijo Nancy sentándose con un suspiro de alivio en la butaca de mamá—. Como la señora Croftway tiene el día libre, hemos dejado a los niños con amigos en el pueblo. Melanie se ha quedado llorando. Está terriblemente afligida por su abuelita Pen. Pobre niña, es la primera vez que se encuentra ante una muerte. Cara a cara. —A Olivia no se le ocurrió nada para responder al respecto. Nancy se quitó los guantes negros—. ¿Dónde está Antonia?

—Arriba. Cambiándose.

—Sería mejor que se diese prisa —dijo George mirando el reloj—. Son las tres menos veinticinco.

—George, sólo hacen falta cinco minutos para ir desde aquí hasta la iglesia.

—Es posible. Pero no podemos andar apresurándonos en el último momento. Resultaría de lo más indecoroso.

—¿Y madre? —La voz de Nancy era muy baja—. ¿Dónde está madre?

—Está allí, en la iglesia, preparada y esperándonos —le contestó

Olivia apresuradamente—. El señor Bedway sugirió una procesión familiar desde la casa, pero decidí rechazar la idea. Espero que estés de acuerdo.

—¿Cuándo llegará Noel?

—De un momento a otro, espero. Viene en coche desde Londres.

—El tráfico los sábados siempre es muy intenso —declaró George—. Probablemente llegará tarde.

Pero su profecía pesimista fue infundada pues cinco minutos después la paz campestre fue quebrantada por los sonidos familiares de la llegada de su hermano: el fragor del motor del Jaguar, el rechinamiento de los neumáticos sobre la grava al frenar para detenerse, el golpe de la portezuela del coche. Momentos después se reunió con ellos. Parecía inmensamente alto, moreno y elegante dentro de un traje que sin duda alguna había sido cortado a medida ante la perspectiva de costosas comidas de negocios y que, en cierta forma, era demasiado ostentoso para un sencillo entierro de pueblo.

No importaba, estaba allí. Nancy y George permanecieron sentados observándole, pero Olivia se puso de pie y fue a darle un beso. No olía a desinfectante, sino a Eau Sauvage y ella se sintió agradecida por esta pequeña merced.

—¿Has tenido un buen viaje?

—No demasiado malo. Pero el tráfico era infernal. Hola, Nancy. Hola, George. Olivia, ¿quién es ese señor con un mono azul que anda por el garaje?

—Oh, debe de ser el señor Plackett. Va a quedarse guardando la casa mientras estamos en la iglesia.

—¿Estamos esperando la llegada de los bandidos? —dijo Noel levantando las cejas.

—No, pero es la costumbre local. La señora Plackett insistió. Da mala suerte y no es *comme il faut,* ambos, dejar la casa vacía durante la ceremonia del funeral. Y se ha organizado para que se quede el señor Plackett, le ha dicho que vigile los fuegos de las chimeneas, ponga el agua del té a hervir y esas cosas.

—Todo muy bien organizado.

George volvió a mirar el reloj. Se estaba impacientando.

—Creo que debemos empezar a ir. Vamos, Nancy.

Nancy se levantó y se dirigió al espejo que colgaba sobre el escritorio de mamá, a fin de comprobar la inclinación del ala de su horrible sombrero. Hecho esto, se puso los guantes.

—¿Y Antonia?

—Voy a llamarla —dijo Olivia, pero Antonia ya estaba abajo, esperándoles en la cocina.

Estaba sentada a la refregada mesa de madera y charlaba con el señor Plackett, el cual había entrado y se había hecho cargo de su puesto de celador. Cuando ellos entraron en la cocina, se puso de pie y saludó cortésmente. Llevaba una falda de algodón a rayas azul marinas y blancas, una blusa blanca con cuello de encaje y sobre ésta una rebeca azul marino. Se había recogido el brillante pelo en una cola de caballo sujeta con un lazo azul marino. Por el aspecto joven que ofrecía su timidez parecía una colegiala. Estaba terriblemente pálida.

—¿Estás bien? —le preguntó Olivia.

—Sí, claro.

—George dice que es hora de marcharnos.

—Estoy lista.

Olivia encabezó la pequeña y sombría comitiva, pasando por el porche y saliendo a la clara y pálida luz del sol. Cuando cruzaban la grava se oyó la campana de la iglesia, tañendo gravemente. Los repiques acompasados resonaron en el tranquilo campo y los grajos, habiendo sido molestados, se dispersaron graznando de los picos de los árboles. Las campanas estaban tocando por mamá, se dijo Olivia tomando de pronto conciencia de que todo era fríamente real. Se detuvo a fin de darle tiempo a Nancy para que llegase a su altura y caminar a su lado. Al hacerlo y volver la cabeza, vio por casualidad a Antonia deteniéndose en seco sobre sus pasos. Antes estaba pálida, en esos momentos era la palidez misma.

—Antonia, ¿qué te pasa?

—Es que... he olvidado algo. —Parecía presa de pánico.

—¿Qué has olvidado?

—Pues..., el..., un pañuelo. Me he olvidado el pañuelo. Lo necesito..., será un momento. No me esperéis. Seguid..., os alcanzaré...

Y se precipitó hacia el interior de la casa.

—Qué raro. ¿No se encuentra bien?

—Sí, creo que sí. Está trastornada. Debería esperarla...

—No puedes esperar —dijo George con firmeza—. No hay tiempo para esperar o se hará tarde. No pasa nada con Antonia. Le guardaremos un sitio. Anda, vamos, Olivia...

Pero mientras estaban allí dudando, tuvo lugar otra interrupción: el sonido de un coche bajando demasiado deprisa por la carretera que atravesaba el pueblo. Apareció por la curva de la taberna, aminoró la marcha y se paró a sólo unos metros, junto a la verja abierta de Podmore's Thatch. Un Ford Escort verde oscuro, desconocido. Enmudecidos por la sorpresa ellos observaron cómo su conductor bajaba del coche y cerraba la puerta detrás de él. Un joven tan desconocido como el coche. Un hombre a quien Olivia no había visto en toda su vida.

Se quedó allí y nadie decía nada limitándose a mirarle fijamente. Por último fue él quien rompió el silencio.

—Ruego me perdonen —dijo— por llegar tan precipitadamente

y tan tarde. Ha sido un largo viaje. —Miró a Olivia y vio una perplejidad total escrita en su rostro. El sonrió—. Creo que no nos conocíamos. Tú debes de ser Olivia. Soy Danus Muirfield.

Pues claro. Alto como Noel, aunque de complexión más fuerte, con anchas espaldas y una cara muy bronceada por el sol. Un joven pero que muy atractivo; y Olivia pudo darse cuenta perfectamente de la razón por la cual mamá se había encariñado tanto de él. Danus Muirfield. ¿Quién sino podría ser?

—Pensaba que estabas en Escocia. —Fue todo lo que se le ocurrió decir a Olivia.

—Estaba allí. Hasta ayer no me enteré de lo de la señora Keeling. Lo siento muchísimo...

—Estábamos yendo a la iglesia. Si quieres...

—¿Dónde está Antonia? —la interrumpió él.

—Ha vuelto a entrar en casa porque se había olvidado algo. No creo que tarde. Si quieres esperarla, el señor Plackett está en la cocina...

Al límite de su paciencia, George no podía escuchar más.

—Olivia, no tenemos tiempo para quedarnos a charlar. Y ni hablar de esperar. Debemos irnos, ahora. Y este joven puede dar prisa a Antonia y preocuparse de que no llegue tarde. Ahora vámonos... —dijo empujándolos hacia fuera como si fueran ovejas.

—¿Dónde puedo encontrar a Antonia? —preguntó Danus.

—En su habitación, supongo —le contestó Olivia por encima de su hombro—. Os guardaremos sitio.

Encontró al señor Plackett apaciblemente sentado a la mesa de la cocina leyendo el *Racing News.*

—¿Dónde está Antonia, señor Plackett?

—Ha subido. Me ha parecido que lloraba.

—¿Le importa que vaya a buscarla?

—No es cosa de mi incumbencia —dijo el señor Plackett.

Danus lo dejó y corrió escaleras arriba subiendo los peldaños de dos en dos.

—¡Antonia! —Nada familiarizado con el plano superior de la casa, fue abriendo puertas, encontró un cuarto de baño y un armario para las escobas—. ¡Antonia! —Más allá del pequeño pasillo una tercera puerta daba a un dormitorio que evidentemente estaba ocupado pero que en aquel momento se encontraba vacío. Al otro lado había todavía otra puerta, al final de la casa. Se precipitó sin llamar y la encontró por fin, sentada tristemente al borde de la cama y en un mar de lágrimas.

El alivio casi le hizo sentir mareado.

—Antonia. —En dos zancadas estuvo a su lado.

Se sentó rodeándola con sus brazos y estrechando la cabeza de ella contra su hombro; la besó en la coronilla de la cabeza, en la frente, en sus ojos húmedos. Sus lágrimas sabían a sal y sus mejillas estaban mojadas, pero nada importaba aparte del hecho de haberla encontrado, de tenerla en sus brazos y de decirle que la quería más que a nadie en el mundo, y que nunca, nunca volverían a separarse otra vez.

—¿No oías cómo te llamaba? —preguntó él por último.

—Sí, pero no pensaba que fuese cierto. Sólo podía escuchar esa horrible campana. Estaba bien hasta que ha empezado la campana y entonces..., me he dado cuenta de pronto de que me iba a derrumbar. No podía seguir con los otros. La echo tanto de menos, todo es horrible sin ella. Ay, Danus, está muerta y yo la quería tanto. Y la añoro. La añoro todo el tiempo...

—Lo sé —le dijo él—. Lo sé.

—Ha sido todo tan espantoso —continuó ella sin dejar de sollozar en su hombro—. Desde que tú te fuiste, tan espantoso, y no había nadie...

—Lo siento...

—Además no he dejado de pensar en ti. Todo el tiempo. He oído tu voz llamándome, pero no podía creer... que fueses tú de verdad. Ha sido esa maldita campana y yo a punto de derrumbarme. Cuánto deseaba que estuvieses aquí.

Él no dijo nada. Ella seguía llorando, pero los sollozos menguaban, estaba pasando lo peor de la crisis. Al cabo de un momento, él aflojó la presión de sus brazos y ella se apartó volviendo el rostro hacia él. Echó hacia atrás un mechón de cabello que cruzaba su frente y luego cogió un pañuelo limpio y se lo dio. Él la miró tiernamente mientras ella se secaba los ojos y se sonaba ruidosamente la nariz como una niña.

—¿Dónde estabas, Danus? ¿Qué pasó? ¿Por qué no me telefoneaste?

—No llegamos a Edimburgo hasta ayer a mediodía. La pesca era demasiado buena para marcharnos y no tuve el valor de privar a Roddy de su diversión. Cuando llegué a casa mi madre me dio tu mensaje, pero cada vez que intentaba llamar tu teléfono comunicaba.

—No ha parado de sonar.

—Por último he decidido dejarlo, coger el coche de mi madre y venir para aquí.

—¿El coche? —repitió ella. El significado de ello tardó unos segundos en hacer mella—. ¿Has conducido? ¿Tú?

—Sí. Puedo volver a conducir. Y puedo beber hasta emborracharme si me da la gana. Todo está bien. No soy epiléptico y nunca lo he sido, todo empezó con el diagnóstico equivocado de aquel médico de Arkansas. Estuve enfermo, sí, durante un tiempo, incluso muy enfermo. Pero nunca fue epilepsia.

Él pensó por un terrible momento que ella iba a volver a llorar. Pero todo lo que ella hizo fue lanzar sus brazos alrededor de su cuello y abrazarse a él tan fuertemente que él temió quedarse sin respiración.

—Oh, Danus, amor, es un milagro.

Él se liberó de ella con gentileza aunque sin soltarle las manos.

—Pero esto no es el final. Es sólo el principio. Una nueva y total manera de empezar, para ambos; porque haga lo que haga quiero hacerlo contigo. No tengo ni idea de qué diablos pasará y todavía no tengo nada que ofrecerte, pero, te lo ruego, si me quieres no dejes que nos volvamos a separar.

—Huy, no, no lo permitiremos. Nunca. —Había dejado de llorar, las lágrimas estaban olvidadas y ella volvía a ser su querida Antonia—. De alguna manera, algún día, vamos a tener ese centro de jardinería. Encontraremos el dinero...

—En realidad no quiero que vayas a Londres a trabajar de modelo.

—No lo haré si tú no quieres. Debe de haber otros caminos. —De golpe le sobrevino una idea brillante—: Ya está. Puedo vender los pendientes, los pendientes de tía Ethel. Están valorados en por lo menos cuatro mil libras..., sé que no es mucho, pero siempre será algo para empezar. ¿No lo crees así? Nos permitirá tener algo para empezar. Y a Penélope no le importaría. Cuando me los regaló me dijo que podía venderlos si quería.

—¿No quieres conservarlos? ¿Como un recuerdo suyo?

—Ay, Danus, no necesito los pendientes como recuerdo. Hay miles de cosas que me la recuerdan.

Durante todo el rato que habían estado hablando, la campana de la torre de la iglesia había continuado con su tañido. Dong. Dong. Dong, atravesando el campo. De improviso, dejaron de oírse.

Se miraron el uno al otro.

—Tenemos que marcharnos —dijo él—. Debemos estar allí. No podemos llegar tarde.

—Sí, claro.

Se pusieron en pie. Ella se recompuso rápidamente el peinado y se frotó las mejillas con las manos.

—¿Se nota que he estado llorando?

—Sólo un poco. Nadie se fijará.

—Estoy lista —le dijo alejándose del espejo.

El la cogió de la mano y juntos salieron de la habitación.

Mientras la familia se dirigía a la iglesia, el tañido de la campana aumentó de volumen y al resonar sobre ellos silenciaba todos los demás sonidos del pueblo. Olivia vio los coches aparcados junto a la acera y el pequeño flujo de asistentes atravesando la puerta del cementerio y tomando el sendero que ascendía entre las viejas lápidas.

Dong. Dong. Dong.

Se detuvo un momento para intercambiar unas palabras con el señor Bedway y luego siguió a los demás al interior de la iglesia. Después del calor exterior, chocaba el frío procedente de los suelos enlosados y de la piedra nunca vista por el sol; era un poco como entrar en una cueva y además había un penetrante olor a humedad que evocaba madera carcomida y moho. Sin embargo, no todo era tenebroso pues la muchacha de Pudley había hecho muy bien su trabajo y allí donde uno mirase había una profusión de flores primaverales. Por otra parte, dado que la iglesia era pequeña, estaba llena. Ello reconfortaba a Olivia quien siempre había encontrado deprimente la visión de los bancos vacíos.

Al empezar su bajada por el pasillo, el tañido dejó de oírse súbitamente y en el silencio sus pasos resonaron en las losas desnudas. Uno detrás de otro, tomaron asiento en el primero de los dos bancos vacíos frente al altar. Olivia, Nancy, George y luego Noel. El momento que Olivia tanto había temido había llegado, allí delante de los peldaños del altar esperaba el féretro. Cobardemente, apartó la mirada para dirigirla a su alrededor. Un mar de rostros desconocidos..., habitantes de Temple Pudley, imaginó, que habían acudido a rendir su último homenaje..., encontró otras caras familiares desde hacía tiempo y llegadas desde muy lejos. Los Atkinson de Devon; el señor Enderby de Enderby, Looseby & Thring, Roger Wimbush, el retratista que años antes, siendo todavía estudiante de arte, había hecho del estudio de Lawrence Stern en la calle Oakley su casa. Vio a Lalla y Willi Friedmann, distinguidos como siempre y con sus pálidos rostros de refugiados cultos. Vio a Louise Duchamp, muy elegante con su vestido negro tinta; Louise, la hija de Charles y Chantal Rainier y una de las más antiguas amigas de Penélope y que había hecho el largo viaje desde París a Inglaterra para estar allí. Louise levantó la mirada y, al captar la de Olivia, sonrió. Olivia le devolvió la sonrisa; le conmovió el hecho de que se hubiese sentido impelida a venir desde tan lejos y agradeció su presencia.

Una vez las campanas en silencio, la música se deslizó en el silencio polvoriento de la iglesia. Como había prometido, la señora Tillingham estaba tocando el órgano. El órgano de Temple Pudley no era un instrumento fino, era jadeante y viejo a la vez, como un hombre anciano, pero incluso estos defectos no podían deteriorar la refrescante perfección de la *Pequeña música nocturna*. Mozart. La favorita de mamá. ¿Lo sabría la señora Tillingham o se trataba sólo de una inspiración?

Vio a la anciana Rose Pilkington, cerca de los noventa, pero gallarda como siempre, que llevaba una capa de terciopelo negro y un sombrero violeta tan magullado que parecía como si hubiese dado dos veces la vuelta al mundo. Lo que probablemente era verdad. Su rostro, arrugado como una nuez, estaba tranquilo; sus apagados ojos observaban con pacífica resignación lo que había pasado y lo que iba a ocurrir. El simple hecho de mirar a Rose hizo que Olivia se sintiese avergonzada de su propia cobardía. Miró hacia delante, escuchó la música y posó por fin la mirada en el féretro de mamá. Aunque apenas pudo verlo por estar éste cubierto de flores.

Desde la parte posterior de la iglesia donde se encontraba la puerta abierta, llegó el sonido de un pequeño movimiento y de voces apagadas. A continuación unos pasos avanzaron apresuradamente por el pasillo. Olivia se volvió para ver a Antonia y a Danus sentándose en el banco vacío detrás de ellos.

—Lo habéis conseguido.

Antonia se inclinó hacia adelante. Aparentemente se había recobrado pues había color en sus mejillas.

—Lo siento, hemos llegado tarde —susurró al oído de Olivia.

—Justo a tiempo.

—Olivia..., éste es Danus.

—Lo sé —dijo Olivia sonriendo.

Sobre ellos la campanada de la torre dio las tres.

Casi finalizaba el oficio divino y después de un pequeño tributo, el señor Tillingham anunció el himno. La señora Tillingham inició los primeros compases y todos los feligreses se pusieron en pie con el libro de himnos preparado.

Por todos los santos que descansan de sus obras
Quienes con la fe te testimoniaron frente al mundo
Bendice, oh Jesús, su nombre para siempre

Aleluya

La canción era familiar para los lugareños de Temple Pudley y sus voces elevadas provocaron que las viejas vigas carcomidas resonasen. Posiblemente era el canto más adecuado para un funeral, pero Olivia lo había escogido porque sabía que era el único que de verdad le gustaba a mamá. No debía olvidar ninguna de las cosas que le gustaban, no sólo la música bella, tener gente a su alrededor, cultivar flores y telefonear para largas charlas justo en el momento en que uno esperaba que así lo hiciese. Sino también otras cosas, como la risa, la entereza, la tolerancia y el amor. Olivia sabía que no debía permitir que estas cualidades saliesen de su vida sólo porque mamá ya no estaba ahí. Porque si lo hacía la parte más hermosa de su compleja personalidad se marchitaría y moriría, no quedándole otra cosa que su inteligencia innata y su ambición implacable e infinita. Nunca había contemplado la idea de la seguridad del matrimonio; sin embargo, necesitaba a los hombres, si no como amantes, sí como amigos. Si quería recibir amor, debería seguir siendo una mujer preparada para darlo, en caso contrario se convertiría en una vieja amargada y sola, de lengua afilada y probablemente sin amigos en el mundo.

Los meses venideros no serían fáciles. Mientras mamá estaba con vida sabía que una pequeña parte de sí misma había seguido siendo una niña mimada y adorada. Quizá uno no maduraba completamente hasta que moría la propia madre.

Tú eras su roca, su fortaleza y su fuerza,
Tú, Señor, su capitán en la batalla por el bien.

Cantó fuerte. No porque tuviese una voz particularmente potente sino porque, como aquel niño silbando en la oscuridad, contribuía a aumentar su valor.

Tú, en la triste oscuridad, la verdadera luz.

Aleluya

Nancy se había deshecho en lágrimas. A lo largo del oficio divino las había controlado con resolución, pero de pronto dejó de importarle y las dejó fluir. Sus sollozos eran ruidosos y sin duda embarazosos para los demás, sin embargo, nada podía hacer al respecto, a excepción de sonarse con fuerza la nariz de vez en cuando. No tardaría en gastar todos los Kleenex que había introducido en su bolso de forma previsora.

Deseaba por encima de todo haber tenido la ocasión de ver a madre otra vez..., o simplemente haber hablado con ella por teléfono..., después de la última y terrible conversación desde Cornualles, cuando la llamó para desearle una feliz Pascua de Resurrección. Pero madre se había comportado de una forma increíble y era indudable que había cosas que era preferible decir, sacar a la luz. Luego le había colgado el teléfono a Nancy y antes de que ésta tuviese o el tiempo o la oportunidad de aclarar las cosas entre ellas, madre había muerto.

Nancy no se culpaba. Sin embargo, más tarde, despierta en medio de la noche, se había sentido extrañamente sola en la oscuridad y había llorado. Ahora también lloraba, sin importarle que la gente lo viese, sin preocuparse de que escuchasen su dolor. Este dolor era evidente y ella no sentía vergüenza por ello. Las lágrimas fluían y ella no hacía esfuerzo alguno para detenerlas; fluía como agua amortiguando el resistente y caliente rescoldo de su culpabilidad inadmisible.

Oh, mis soldados de Dios, fieles, leales y valientes
Lucháis como los santos que noblemente lucharon en
[los tiempos
Y ganaron llevándose la dorada corona de la victoria

Aleluya

Noel no se unió al canto, ni siquiera hizo el gesto de abrir el libro de los himnos. Permanecía inmóvil al final del banco, con una mano en el bolsillo de la chaqueta y la otra descansando sobre el antepecho de madera frente a él. Su rostro atractivo no mostraba expresión alguna y nadie era capaz de imaginar lo que pasaba por su mente.

¡Oh, comunión bendita! ¡Divina compañía!
Nosotros luchamos débilmente, ellos resplandecen de gloria.

La señora Plackett, sentada en la parte posterior de la iglesia, alzaba la voz en jubilosa alabanza. Mantenía alto el libro y su considerable pecho se erguía hacia adelante. Era una ceremonia preciosa. Música, flores y ahora un himno conmovedor..., justo lo que le habría gustado a la señora Keeling. También una gran concurrencia. Había acudido todo el pueblo. Los Sawcombes, el señor y la señora Hodghins del Sudley Arms. El señor Kitson, el director del banco de Pudley, y Tom Hadley, el dueño de la tienda de periódicos; y una docena o más de personas. Y la presencia de ánimo de la familia era buena, a excepción de la señora Chamberlain, sollozando para que todo el mundo la oyese. La señora Plackett no era partidaria de exteriorizar las emociones. Que cada uno aguante su vela, había sido siempre su lema y era una de las razones por las cuales ella y la señora Keeling habían sido tan buenas amigas. Verdaderas amigas. E iba a dejar un verdadero vacío en la vida de la señora Plackett. Ahora echaba una ojeada a la iglesia repleta haciendo algunos cálculos mentales. ¿Cuántos irían a la casa para el té? ¿Cuarenta? Cuarenta y cinco, puede ser. Con un poco de suerte el señor Plackett se habría acordado de poner el agua a hervir.

Todos son ya uno en Ti, pues todos son Tuyos.

Aleluya.

Confió que hubiese suficiente tarta de fruta.

XV

SEÑOR ENDERBY

El té que siguió al entierro terminó a las cinco y cuarto, después de que los rezagados se hubiesen despedido y marchado. Olivia les dijo adiós, vio cómo el último de los coches giraba para desaparecer en la curva de la verja y volviéndose entró de nuevo en casa. En la cocina había una actividad frenética. El señor Plackett y Danus, que habían estado durante la última media hora dirigiendo el tráfico y esforzándose por resolver el lío causado por un cierto número de coches ineptamente aparcados, se habían dirigido al interior y estaban ayudando a la señora Plackett y a Antonia a recoger y fregar la vajilla utilizada para el té. La señora Plackett tenía los brazos metidos hasta los codos en la espuma del jabón. Por su parte, el señor Plackett, tan servicial como siempre, se encontraba junto a ella secando la tetera con una bandeja llena de tazas y vasos y Antonia estaba sacando del armario la aspiradora.

—¿Y qué se supone que voy a hacer yo? —preguntó Olivia a la señora Plackett sintiéndose innecesaria e indecisa.

—Nada —le contestó la señora Plackett sin volver la cabeza desde el fregadero; mientras con sus enrojecidas manos colocaba los platos en el escurreplatos con la rapidez y el esmero de una cinta transportadora—. Como yo siempre digo, muchas manos aligeran el trabajo.

—El té ha estado estupendo. Y no ha quedado ni una miga de su tarta de fruta.

Pero la señora Plackett no tenía ni tiempo ni propensión para la charla.

—¿Por qué no se va usted a la salita y descansa? El señor Chamberlain, su hermano y el otro señor están allí. Diez minutos más y el comedor estará ordenado y listo para su pequeña reunión.

Era una sugerencia excelente y Olivia no la discutió pues estaba muy cansada y le dolía la espalda de tanto estar de pie. Mientras cruzaba el vestíbulo tuvo la tentación de correr arriba, sumergirse en un baño caliente y después meterse en la cama con sábanas frescas, mórbidas almohadas y una buena novela. Luego, se prometió. El día aún no se había acabado. Luego.

En la sala de estar, donde ya habían desaparecido todas las tazas de té, encontró a Noel, a Nancy y al señor Enderby instalados cómodamente y manteniendo una pequeña charla cortés. Nancy y el señor Enderby estaban sentados en las butacas situadas a ambos lados de la chimenea, Noel por su parte había adoptado su postura habitual, esto es de espaldas al fuego y apoyado contra la repisa de aquélla. Cuando Olivia apareció el señor Enderby se levantó. Era un hombre de poco más de cuarenta años, pero a causa de su calvicie, sus gafas sin montura y su forma sobria de vestir, parecía mucho mayor. A pesar de ello tenía un aire sencillo y tranquilo y durante el transcurso de la tarde Olivia lo había observado dándose a conocer a los demás invitados, rellenando las tazas con té y pasando las bandejas de bocadillos y tarta. Asimismo había estado un rato charlando con Danus, lo cual era de agradecer dado que Nancy y Noel habían preferido ignorarlo. Era evidente que las vacaciones en Cornualles a expensas de mamá y el gran derroche del hotel Sands todavía no habían sido asimilados por ellos.

—Lo siento, señor Enderby, me temo que nos hemos retrasado un poco —dijo ella hundiéndose agradecida en el extremo del sofá; el señor Enderby volvió a sentarse.

—No importa, no tengo prisa.

Desde el comedor llegaba el sonido de la aspiradora en funcionamiento.

—Están limpiando las migas y luego podremos empezar. ¿Y tú, Noel? ¿Tienes algún compromiso urgente en Londres?

—Esta noche no.

—¿Y tú, Nancy? ¿Andas corta de tiempo?

—No realmente. Pero tengo que recoger a los niños y he prometido que no llegaría tarde —contestó Nancy que, después de haber estado llorando durante la mayor parte de la ceremonia, se había repuesto y parecía bastante serena. A lo mejor porque se había quitado el sombrero. George ya no estaba, se había puesto en camino desde la iglesia, despedido por Nancy con pesadas recomendaciones para que condujese con cuidado y le presentase sus respetos al párroco, prometiendo él cumplir con ambas cosas—. Y me gustaría estar de vuelta antes de que oscureciese. Me horroriza conducir de noche.

Cesó el sonido de la aspiradora. Casi en ese mismo instante se abrió la puerta, asomando en su quicio la cabeza de la señora Plackett llevando todavía el sombrero del funeral.

—Pues ya está todo, señorita Keeling.

—Muchas gracias, señora Plackett.

—Si a usted le parece bien, el señor Plackett y yo nos vamos para casa.

—Pues claro. Y no sé cómo agradecerle todo lo que ha hecho.

—Lo he hecho de muy buena gana. Hasta mañana.

Se fue. Nancy frunció el entrecejo.

—Mañana es domingo. ¿Para qué viene mañana?

—Para ayudarme a vaciar el cuarto de mamá —contestó Olivia levantándose—. ¿Vamos?

Los condujo al comedor donde todo estaba ordenado y un tapete verde había sido colocado sobre la mesa.

—Parece que vayamos a jugar a las cartas —dijo Noel levantando las cejas. Nadie hizo comentarios sobre su observación.

Tomaron asiento. El señor Enderby en la cabecera de la mesa con Noel y Olivia a cada lado. Nancy se sentó junto a Noel. El señor Enderby abrió su maletín sacando de él varios papeles que colocó delante suyo. Todo era muy formal y él lo dirigía. Todos esperaron a que él empezase.

—Para empezar —dijo aclarándose la garganta—, quiero decirles que les agradezco que se hayan quedado después del entierro de su madre. Espero que esto no haya supuesto ningún inconveniente para alguno de ustedes. Una comunicación oficial de las voluntades testamentarias no es, naturalmente, estrictamente necesaria, pero me pareció que no era una oportunidad despreciable el hecho de tenerlos aquí reunidos bajo el mismo techo para ponerles al corriente de las disposiciones de su madre acerca de sus propiedades y, si era necesario, aclararles los puntos que hubiesen podido quedar oscuros.

A continuación, de entre los papeles que se encontraban delante de él el señor Enderby cogió un largo sobre sacando de él el documento grueso y doblado. Después de haberlo desdoblado, lo dispuso sobre la mesa. Olivia vio cómo Noel apartaba la mirada y se ponía a estudiar sus uñas como si no quisiera ser visto mirando a hurtadillas, como un colegial copiando en los exámenes. El señor Enderby se ajustó las gafas.

—Éstas son las últimas voluntades y testamento de Penélope Sophia Keeling nacida Stern, con fecha ocho de julio de mil novecientos ochenta. —Levantó la mirada—. Si están ustedes de acuerdo, podría no leer palabra por palabra sino limitarme a subrayar los deseos de su madre tal y como ella los expresó. —Todos asintieron y él continuó—. Para empezar hay dos legados para personas no pertenecientes a la familia. Para la señora Florence Plackett, 43 Hodges Road, Pudley, Gloucestershire, la cantidad de dos mil libras. Y para la señora Doris Penberth, 7 Wharf Lane, Porthkerris, Cornualles, cinco mil libras.

—Cuánto me alegro —dijo Nancy aprobando por una vez la generosidad de su madre—. La señora Plackett ha sido un tesoro. No quiero ni imaginar lo que madre habría hecho sin ella.

—Y Doris también —dijo Olivia—. Doris era la mejor amiga de mamá. Pasaron la guerra juntas e intimaron mucho.

—Creo —dijo el señor Enderby—, que he conocido a la señora Plackett, pero no creo que la señora Penberth estuviese hoy con nosotros.

—No. No ha podido venir. Ha telefoneado para decírnoslo. Su marido está enfermo y ella no ha querido dejarlo solo. Pero estaba terriblemente trastornada.

—Bien, escribiré a ambas damas para ponerlas al corriente de los legados —dijo él tomando nota de ello—. Ahora, una vez arreglado esto, llegamos a la familia. —Noel se echó atrás en su silla, sacó del bolsillo superior de la chaqueta su pluma estilográfica y empezó a jugar con ella aflojando y apretando el capuchón con el pulgar—. Para empezar, hay una serie de muebles específicos que ella quería que recibiese cada uno de ustedes. Para Nancy, la mesita regencia del dormitorio; creo que su madre la utilizaba como tocador. Para Olivia, el escritorio de la sala de estar, en su tiempo propiedad del padre de la señora Keeling, Lawrence Stern. Y para Noel, el comedor, es decir la mesa y las ocho sillas; que, imagino, es donde estamos.

—¿Dónde lo vas a meter? ¿En esa jaula de apartamento? —dijo Nancy volviéndose hacia su hermano—. Allí no hay sitio ni para un gato.

—Quizá me compre otro piso.

—Tendrá que tener un comedor.

—Lo tendrá —le replicó él brevemente—. Por favor, siga, señor Enderby.

Pero Nancy no había terminado.

—¿Eso es todo?

—No la comprendo, señora Chamberlain.

—¿Quiero decir..., qué pasa con sus joyas?

«Ya estamos», pensó Olivia.

—Mamá no tenía joyas, Nancy. Vendió los anillos hace años para pagar las deudas de nuestro padre.

A Nancy le molestó como siempre que Olivia hablara con aquella voz dura de su querido y fallecido papá. No había razón para ser tan directa, de decir estas cosas delante del señor Enderby.

—¿Y qué me dices de los pendientes de tía Ethel? ¿Los que le dejó tía Ethel? Deben de valer como mínimo cuatro o cinco mil libras. ¿No se hace mención de ellos?

—Los regaló —le dijo Olivia—. A Antonia.

Esta declaración fue seguida por un silencio. Fue roto por Noel quien, poniendo un codo sobre la mesa y pasando los dedos entre sus cabellos en actitud de desesperación, dijo:

—Oh, Dios bendito.

Olivia, a través del tapete se encontró con los ojos de su hermana. Muy azules, fijos, echando chispas, ultrajados. En las mejillas de Nancy apareció el rubor.

—No será verdad —dijo por fin.

—Me temo —intervino el señor Enderby y su tono de voz era mesurado— que es cierto. La señora Keeling le regaló los pendientes a Antonia cuando estaban juntas de vacaciones en Cornualles. Me habló del regalo cuando fue a verme a Londres, el día antes de su muerte. Fue tajante con respecto a cualquier eventual discusión al respecto y en cuanto a su legítima posesión.

—¿Y tú cómo sabías que madre había hecho una cosa así? —preguntó Nancy a Olivia.

—Porque me escribió explicándomelo.

—Tenían que haber sido para Melanie.

—Nancy, Antonia se ha portado muy bien con mamá y mamá le tenía mucho cariño. Antonia ha hecho que sus últimas semanas de vida hayan sido inmensamente felices. Se fue a Cornualles con ella y le hizo compañía, cosa que ninguno de nosotros se molestó en hacer.

—Si lo que quieres decir es que nosotros debemos estarle agradecidos por esto, te diré que pienso que los papeles están trastocados...

—Antonia está agradecida...

El señor Enderby, aclarándose discretamente y una vez más la garganta, puso fin a esta discusión que hubiese podido durar hasta el infinito. Nancy se encerró en un silencio ofendido y Olivia suspiró aliviada. Por el momento se había acabado, pero ella estaba casi convencida de que la cuestión no descansaría nunca y que el destino de los pendientes de tía Ethel volvería a ser sacado a colación y sería un tema escabroso durante largo tiempo.

—Lo siento, señor Enderby, le estamos entreteniendo. Siga, por favor.

—Ahora —dijo dirigiéndole una mirada agradecida y reanudando el tema— llegamos al resto de los bienes. Cuando la señora Keeling hizo este testamento, me dejó muy claro que no deseaba que hubiese ningún tipo de desacuerdo entre ustedes tres acerca de la venta de sus propiedades. Por lo tanto, decidimos que todo debía ser vendido y la cantidad obtenida dividida entre ustedes tres. Para hacerlo, es necesario nombrar fideicomisarios de sus bienes y acordamos que los albaceas, Enderby, Looseby y Thring, se encargarían de ello. ¿Está claro, lo consideran aceptable? Bien, en este caso... —Empezó a leer—: «Cedo y lego todos mis bienes, tanto muebles como inmuebles, a mis fideicomisarios para vender, retirar de la circulación y convertir el todo en efectivo». ¿Sí, señor Chamberlain?

—No comprendo lo que significa.

—Significa el resto de los bienes de la señora Keeling, que incluye esta casa y su contenido, su cartera de acciones y su cuenta corriente en el banco.

—¿Todo vendido, luego sumado y entonces dividido entre tres?

—Exactamente esto. Por supuesto una vez se hayan pagado deudas pendientes, impuestos y derechos de timbre y los gastos del entierro.

—Parece muy complicado.

Noel buscó en su bolsillo y sacó una agenda. La abrió en una página en blanco y sacó el capuchón de la estilográfica.

—Señor Enderby, quizá podía ser usted más explícito y así podríamos hacer unos cálculos preliminares.

—Muy bien. Empezaremos con la casa. Podmore's Thatch, con sus dependencias y su jardín, me imagino que se puede valorar en por lo menos doscientas cincuenta mil libras. Su madre pagó ciento veinte mil, pero esto fue hace cinco años y desde entonces el valor de la propiedad ha aumentado considerablemente. Además es un bien inmueble muy deseable con fáciles comunicaciones con Londres. Con respecto al contenido de la casa no puedo hablar con tanta certeza. ¿Puede ser diez mil libras? Por otra parte, en estos momentos, la cartera de acciones de la señora Keeling rondará las veinte mil.

—¿Tanto? —dijo Noel silbando—. No tenía idea.

—Yo tampoco —dijo Nancy—. ¿De dónde ha salido todo ese dinero?

—Es el cuidadosamente invertido resto de la venta de la casa de la calle Oakley, después de que su madre comprase Podmore's Thatch.

—Ya veo.

—¿Y su cuenta corriente? —Noel había anotado todas las cantidades en su agenda y era obvio que rabiaba por sumarlas y llegar al gran total.

—En estos momentos la cantidad en cuenta corriente es alta, a causa de la inyección de las cien mil libras que ella cobró por la venta de los paneles de su padre, Lawrence Stern; operación llevada a cabo por Boothby's con un comprador privado. Todo esto, por supuesto, estará sujeto a derechos e impuestos.

—Incluso así... —dijo Noel después de hacer un rápido cálculo—, asciende a más de trescientas cincuenta mil. —Nadie hizo comentario alguno ante esta impresionante cantidad. En silencio él volvió a enroscar el capuchón de su pluma estilográfica, dejándola sobre la mesa y reclinándose en la silla—. En conjunto, chicas, podemos decir que no está mal.

—Me alegro mucho de que esté satisfecho —dijo el señor Enderby.

—Así es —le contestó Noel, estirándose descaradamente y haciendo a continuación el gesto para levantarse de la silla—. ¿Qué les parece si voy a buscar algo para beber? ¿Le apetece un whisky, señor Enderby?

—Mucho, pero no todavía. Me temo que aún no hemos terminado.

—¿Qué más hay que discutir? —preguntó Noel frunciendo el entrecejo.

—Existe un codicilo a la última voluntad de su madre, fechado el treinta de abril de mil novecientos ochenta y cuatro. Con ello, como ustedes comprenderán, queda asignada una nueva fecha al testamento primero, pero como no se cambia nada de lo ya estipulado en él, no hace al caso.

A Olivia le dio que pensar.

—El treinta de abril. Eso es el día que fue a Londres. El día antes de su muerte.

—Efectivamente.

—¿Fue expresamente a verle a usted, señor Enderby?

—Así lo creo.

—¿Para redactar este codicilo?

—Sí.

—Será mejor que nos lo lea.

—Me disponía a hacerlo, señorita Keeling. Pero antes de ello creo que debo mencionar que está escrito del puño y letra de la señora Keeling y firmado en presencia de mi secretaria y de mi escribano. —Empezó seguidamente a leer en voz alta—: «A Danus Muirfield, con domicilio en la villa Tractorman de la finca Sawcombe, Pudley, Gloucestershire, dejo catorce bocetos preliminares al óleo de las principales obras de mi padre, Lawrence Stern, entre los años 1890 y 1910. Los títulos son los siguientes: *La terraza, El encuentro de los amantes, El cortejo del barquero, Pandora...*»

Los bocetos al óleo. Noel había sospechado su existencia y confiado sus sospechas a Olivia; había registrado la casa de su madre en su busca, pero en vano. Ella levantó ahora la cabeza para mirar a su hermano a través de la mesa. Estaba como petrificado e inmensamente pálido; un tic nervioso sacudió su mandíbula y ella se preguntó cuánto tardaría en abandonar el silencio para explotar en una protesta furiosa.

—«... *Las portadoras de agua, Un mercado en Túnez, La carta de amor...*»

¿Dónde habían estado todos aquellos años? ¿Quién los tenía? ¿De dónde habían salido?

—«... *El espíritu de la primavera, El amanecer del pastor, El jardín de Amoretta...*»

Noel no pudo aguantar más.

—¿Dónde estaban?

En su voz se percibía una aguda violencia.

A pesar de haber sido interrumpido de esta forma tan ruda, el señor Enderby no perdió la calma. Posiblemente había previsto una explosión de cólera de este estilo.

—Si me permite terminar, señor Keeling —dijo mirándole por encima de sus gafas—, se lo podré explicar.

—Siga, entonces —dijo Noel después de una incómoda pausa.

—*El dios del mar* —prosiguió el señor Enderby sin prisa—, *El recuerdo, Las rosas blancas* y *El escondite.* Estas obras se encuentran actualmente en poder del señor Roy Brookner de la empresa Boothby's, Expertos de Arte, calle New Bond, Londres W1, estando sin embargo previsto que sean vendidas en Nueva York en la primera oportunidad. Si yo muriese antes de que esta venta se llevase a cabo, serían de la propiedad de Danus Muirfield, bien para conservarlas, bien para venderlas, de acuerdo con sus deseos personales. —El señor Enderby terminó la lectura apoyándose en el respaldo de su silla a la espera de comentarios.

—¿Dónde estaban?

Nadie dijo nada. La atmósfera se había vuelto tensa produciendo incomodidad.

—¿Dónde estaban? —repitió Noel.

—Durante muchos años, su madre los tuvo escondidos en el fondo del armario de su dormitorio. Ella misma los metió allí forrando el panel posterior con papel pintado a fin de que no fuesen encontrados.

—¿No quería que nosotros conociésemos su existencia?

—No creo que sus hijos tuviesen nada que ver con ello. Los escondió por su marido. Ella había encontrado los bocetos en el viejo estudio de su padre de la casa de la calle Oakley. En aquella época tenían algunas dificultades económicas y ella no quería que los bocetos fuesen vendidos sólo para que él tuviese algún dinero disponible.

—¿Cuándo los sacó por fin a la luz?

—Le pidió al señor Brookner que fuese a Podmore's Thatch para la valoración y eventual compra de los otros dos cuadros pintados por el abuelo de ustedes. Fue entonces cuando le enseñó la carpeta con los bocetos.

—¿Y cuándo conoció usted su existencia?

—La señora Keeling me contó toda la historia el día en que redactó el codicilo. El día antes de morir. ¿Quiere usted decir algo, señora Chamberlain?

—Sí. No he entendido nada de lo que están diciendo. No sé de qué están hablando. Nadie me mencionó nunca estos bocetos y es la primera vez que oigo hablar de ellos. ¿Qué es todo este lío? ¿Por qué piensa Noel que son tan importantes?

—Son importantes —le dijo Noel con una paciencia hastiada— porque son muy valiosos.

—¿Los bocetos preliminares? Yo pensaba que eso no tenía ningún valor.

—Pues sí lo tienen.

—Bien, ¿cuánto pueden valer?

—Cuatro, cinco mil libras cada uno. Y hay catorce. Catorce —repitió, gritándole la palabra a Nancy como si fuese sorda—. Multiplica, si eres capaz de hacer esta operación aritmética, cosa que dudo.

Olivia ya había hecho la operación mentalmente. Setenta mil. A pesar del detestable comportamiento de Noel, experimentó una súbita compasión por él. Había estado tan seguro de que estaban allí, en alguna parte de Podmore's Thatch. Incluso se había pasado un largo, húmedo y catastrófico sábado encarcelado en el desván, aparentemente vaciándolo de la basura acumulada por su madre pero de hecho buscándolos. Se preguntó si Penélope había sabido la verdadera razón de esta laboriosidad y, en caso afirmativo, qué es lo que la había inducido a guardar silencio. La respuesta estaba quizá en que Noel estaba siguiendo los pasos de su padre y Penélope no confiaba del todo en él. Así que no había dicho nada, confiando su custodia al señor Brookner y, por último, decidiendo el día antes de su muerte dejárselos a Danus.

¿Pero *por qué*? ¿Por qué razón?

—Señor Enderby... —Era la primera vez que ella hablaba desde que había surgido el tema del codicilo y el señor Enderby pareció aliviado al escuchar su voz serena y le concedió toda su atención—. ¿... Le dio alguna razón para dejar los bocetos a Danus Muirfield? Quiero decir —escogió las palabras con cuidado, no deseando parecer resentida o codiciosa— que es evidente que eran muy especiales y personales..., y hacía poco que le conocía.

—No puedo contestar a esta pregunta porque no conozco la respuesta, sin embargo es obvio que le tenía mucho cariño y que deseaba ayudarlo. Creo que quiere iniciar un pequeño negocio y agradecerá mucho un capital.

—¿Podemos impugnarlo?

—No vamos a impugnar nada —le dijo Olivia de plano volviéndose hacia él—. Aunque sea legalmente posible, yo no quiero tener nada que ver con esto.

Nancy, quien había estado estrujándose el cerebro con cálculos aritméticos, intervino seguidamente en la discusión.

—Pero cinco por catorce hacen setenta. ¿Quiere usted decir que este joven va a llevarse setenta mil libras?

—Si vende los bocetos, señora Chamberlain, sí.

—Pero esto es terriblemente injusto. Ella apenas lo conocía. Era su *jardinero.* —Nancy sólo necesitó unos instantes para ponerse en un estado de elevada excitación—. Es escandaloso. Yo he tenido razón con respecto a él todo este tiempo. Siempre he dicho que tenía una influencia siniestra sobre madre. Ya te lo dije, ¿verdad, Noel, cuando te conté por teléfono que había regalado *Los buscadores de conchas*? Y también los pendientes de tía Ethel... regalados. Y ahora esto. Es la gota que colma el vaso. Todo. Regalado. No debía de estar en su sano juicio. Su cerebro sin duda quedó afectado cuando estuvo enferma. No hay otra explicación posible. Debe haber algo que podamos hacer.

—Yo —dijo Noel, quien por una vez estaba de parte de su hermana—, por mi parte, no me voy a quedar sentado dejando que se lleven todo esto.

—... es evidente que ella no estaba en sus cabales...

—... hay demasiado en juego...

—... aprovechándose...

Olivia no pudo aguantarlo más.

—Basta. Callaos. —Habló sin levantar la voz con una furia controlada que a lo largo de los años el equilibrio editorial de *Venus* había aprendido tanto a temer como a respetar. Pero como Noel y Nancy no habían oído esta voz con anterioridad la miraron con estupefacción y, cogidos de improviso, se quedaron callados.

En el silencio la voz de Olivia sonó dura e implacable.

—No quiero escuchar una palabra más. Se ha acabado. Mamá está muerta y la acabamos de enterrar. Oyéndoos a ambos gritando como dos perros sarnosos, se diría que lo habéis olvidado. De lo que vais a sacar de ella es de lo único que sabéis pensar y hablar. Ahora eso ya lo sabemos, nos lo acaba de decir el señor Enderby. Por otra parte, mamá nunca ha estado fuera de sus cabales, por el contrario, era la mujer más inteligente que jamás he conocido. Es cierto que era generosa en exceso, pero nunca de forma irreflexiva. Era práctica y previsora. ¿Cómo si no pensáis que se las arregló todos aquellos años de nuestra infancia y adolescencia, sin un céntimo y con un marido que se jugaba todo lo que caía en sus manos? Por lo que a mí respecta estoy más que satisfecha y creo que vosotros también deberíais estarlo. Nos proporcionó una infancia mágica y una estupenda base para empezar en la vida; y ahora que ha muerto es evidente que cada uno de nosotros está provisto de holgados medios de vida. En cuanto a los pendientes —siguió, mirando a Nancy de forma fría y acusadora—, si ella quiso que los tuviese Antonia, y no tú o Melanie, estoy segura de que tenía una buena razón. —Nancy bajó la mirada sacándose una pelusilla de la manga de su chaqueta—. Y si los bocetos son para Danus y no para

Noel, también tengo la certeza de que hubo una buena razón para esta decisión. —Noel abrió la boca, cambiando luego de opinión para cerrarla de nuevo, sin decir nada—. Ha expresado su voluntad. Ha hecho lo que quería hacer, esto es lo que importa y nadie va a decir una palabra más.

Lo dijo todo sin alzar la voz ni una vez. Permaneció sentada en medio de la pausa incómoda que siguió a la espera de que Noel o Nancy presentasen objeciones a la reprimenda que les había impartido. Al cabo de un rato, Noel se removió en su silla al otro lado de la mesa. Olivia lanzó una mirada fulminante en su dirección, preparada para una ulterior discusión, pero parecía que él no tenía nada que decir. Con un gesto que admitía la derrota más claramente que cualquier palabra, levantó una mano para frotarse los cantos de los ojos y luego pasársela por el cabello oscuro; e, irguiéndose de hombros, ajustó el nudo de su corbata de seda negra. Había recobrado el dominio de sí mismo. Consiguió incluso esbozar una sonrisa irónica.

—Después de esta pequeña explosión —dijo dirigiéndose a todos en general—, creo que nos hemos merecido aquella copa. —Y poniéndose de pie, añadió—: ¿Un whisky para usted, señor Enderby?

Y así, puso con suavidad término a la reunión y se rompió la tensión. Obviamente muy aliviado, el señor Enderby aceptó el ofrecimiento de Noel y empezó a ordenar sus papeles para luego guardarlos en su maletín. Murmurando algo sobre empolvarse la nariz, Nancy recuperó su dignidad maltrecha, cogió el bolso y abandonó la habitación. Noel la siguió en busca de hielo. Olivia y el abogado se quedaron solos.

—Lo siento —dijo ella.

—No lo sienta. Ha sido un discurso estupendo.

—Usted no piensa que mamá hubiese perdido la razón, ¿verdad?

—Ni por un instante.

—Usted ha estado hablando con Danus esta tarde. ¿Le ha parecido que tiene un carácter retorcido?

—Por el contrario, yo diría que es un joven íntegro.

—Aun así me gustaría saber lo que le indujo a dejarle una herencia tan grande.

—No creo que lo lleguemos a saber nunca, señorita Keeling.

—¿Cuándo se lo va a decir? —preguntó ella aceptándolo.

—Cuando encuentre el momento oportuno.

—¿Cree usted que ahora sería un momento oportuno?

—Sí, si fuese posible hablar con él en privado.

—Quiere decir una vez se hayan marchado Noel y Nancy —dijo Olivia sonriendo.

—Sería preferible esperar hasta entonces.

—¿No se le hará muy tarde para ir a su casa?

—Si me permitiese telefonear a mi mujer...

—No faltaría más. Me gustaría que Danus lo supiera lo antes posible porque es probable que mañana esté por aquí y sería muy violento que yo lo supiese y él no.

—Lo entiendo perfectamente.

Noel regresó llevando el cubo del hielo.

—Olivia, hay un mensaje para ti sobre la mesa de la cocina. Danus y Antonia han ido a tomar una copa al Sudley Arms. Estarán de vuelta a las seis y media.

Lo dijo con mucha naturalidad y pronunciando sus nombres por primera vez sin resentimiento o malignidad. Lo cual, dadas las circunstancias, era tranquilizador.

—¿Puede usted esperar hasta esa hora? —dijo Olivia volviéndose hacia el señor Enderby.

—Claro.

—Se lo agradezco. Ha tenido usted una paciencia infinita con nosotros.

—Me he limitado a cumplir con mis obligaciones, señorita Keeling. Sólo mi obligación.

Nancy, después de haber estado un rato arriba empolvándose la nariz y serenándose, se reunió con ellos en el comedor y anunció que se ponía en camino hacia su casa.

—¿No te vas a quedar a tomar una copa con nosotros? —le preguntó Olivia sorprendida.

—No. Es mejor que no. Tengo un largo camino por hacer y no quiero retrasarme. Adiós, señor Enderby, y gracias por su ayuda. Por favor, no se levante. Adiós, Noel; buen viaje de vuelta a Londres. Olivia, no te muevas; conozco el camino.

Pero Olivia se levantó y, dejando su vaso, salió con su hermana. Una vez fuera, vieron cómo el despejado día primaveral se convertía en un atardecer fresco y perfumado. El cielo estaba alto, claro y manchado de rosa hacia el oeste. Una brisa movía las ramas más altas de los árboles y desde la colina situada detrás del pueblo llegaban con claridad los balidos de las ovejas y sus corderos.

—Qué suerte hemos tenido con el tiempo —comentó Nancy mirando a su alrededor—. Ha facilitado las cosas. Lo has organizado todo perfectamente, Olivia.

Era evidente que estaba haciendo lo posible para ser agradable.

—Gracias —dijo Olivia.

—Mucho trabajo. Me doy cuenta.

—Sí. Había muchas cosas para hacer y todavía quedan algunos detalles para solucionar; como la lápida de la tumba de mamá. Pero de esto podemos hablar en otro momento.

—¿Cuándo piensas volver a Londres? —preguntó Nancy subiendo al coche.

—Mañana por la noche. Tengo que estar en el despacho el lunes por la mañana.

—Te llamaré, entonces.

—Hazlo. —Olivia vaciló recordando sus buenas intenciones de la tarde. Mamá nunca había dejado marchar a sus hijos sin darles un beso de despedida. Se inclinó hasta la ventanilla abierta del coche y besó a su hermana en la mejilla—. Sé prudente —le dijo a su hermana y a continuación, sintiéndose lanzada (ya no venía de aquí), añadió—: Dale recuerdos de mi parte a George y a los niños.

Al entrar de nuevo en la casa se encontró con que los dos hombres habían abandonado el comedor para volver a la comodidad de la sala de estar. Noel había corrido las cortinas y encendido el fuego; pero apenas hubo acabado su whisky con soda, consultó su reloj, se puso de pie y dijo que iba siendo hora de ponerse en camino. El señor Enderby indicó que aprovecharía este momento para telefonear a su esposa, así que Olivia no cejó en ello y acompañó a Noel hasta la puerta principal.

—Tengo la sensación de no haber hecho otra cosa en todo el día que acompañar gente a la puerta —comentó ella.

—Debes de estar cansada. Será mejor que te acuestes temprano.

—Sin duda estamos todos cansados, pues ha sido un día muy largo. —Estaba refrescando y ella se frotó los brazos ante un temblor provocado por el frío—. Siento cómo han ido las cosas, Noel; hubieses estado contento de tener los bocetos. Dios sabe que has trabajado duro buscándolos. Pero tal y como están las cosas no hay nada que se pueda hacer al respecto. Además, debes admitir que a ninguno de nosotros nos ha ido tan mal. Esta casa se venderá muy bien. Así que no te obsesiones imaginando injusticias o acabarás con una espantosa indigestión espiritual, retorcido y amargado.

Él sonrió. Sin mucha alegría, pero seguía siendo una sonrisa.

—Es una píldora dura de tragar, pero parece que no hay alternativa. Por otra parte me gustaría saber la razón por la cual nunca nos habló de estos bocetos, nunca mencionó su existencia. ¿Y por qué se los ha dejado a este joven?

—Le había tomado afecto —dijo Olivia encogiéndose de hombros—. ¿Sentía pena por él? ¿Quería ayudarle?

—Hay algo más en todo esto.

—Es posible —admitió ella dándole un beso de despedida—. Pero supongo que nunca lo descubriremos.

Él subió al Jaguar y se alejó; Olivia se quedó allí donde estaba, escuchando el estruendo del motor alejándose, esperando hasta que el ruido de su tubo de escape defectuoso muriese a lo lejos en el frío de la noche y dejase de oírse. Los sonidos del campo volvieron a predominar de nuevo: las ovejas desde los campos en declive al otro lado de la carretera, el viento creciente que agitaba las ramas altas, un perro ladrando. Oyó pasos rápidos y voces jóvenes acercándose desde el pueblo. Danus y Antonia regresando del Sudley Arms. Sus cabezas aparecieron por encima del muro, y cuando atravesaron la reja abierta ella pudo observar que Danus tenía su brazo alrededor de los hombros de Antonia, que ésta llevaba una bufanda roja envolviendo su cuello y que sus mejillas se habían coloreado. Antonia levantó la vista y vio a Olivia esperándolos.

—Olivia, ¿qué estás haciendo aquí fuera sola?

—Noel acaba de marcharse y os he oído llegar. ¿Lo habéis pasado bien?

—Sólo hemos salido a tomar una copa. Espero que no te importe; todavía no había entrado en la taberna. Es encantadora. Realmente a la antigua usanza; Danus ha jugado a los dardos con el cartero.

—¿Has ganado? —preguntó Olivia.

—No. Ha sido imposible. He tenido que pagarle una jarra de medio litro de Guinness.

Entraron juntos en la casa y en la cocina caliente Antonia se liberó de la bufanda.

—¿Ha terminado la reunión de familia?

—Sí, y Nancy también se ha ido. Pero el señor Enderby todavía está aquí. —Se volvió hacia Danus—: Quiere hablar contigo.

—¿*Conmigo?* —parecía como si a Danus le resultase difícil de creer.

—Sí. Está en la sala de estar. Sería preferible que no le hicieses esperar porque el pobre hombre tiene que irse a su casa.

—¿Pero de qué quiere hablar conmigo?

—No tengo idea —mintió Olivia—. ¿Por qué no vas y te enteras?

Se fue con expresión aturdida y cerró la puerta detrás de él.

—¿Por qué demonios quiere hablar con Danus? —La expresión de Antonia era de profunda aprensión—. ¿Crees tú que será algo malo?

—No, no lo creo en absoluto —le dijo Olivia apoyándose contra el canto de la mesa de la cocina; Antonia seguía sin parecer convencida y Olivia cambió bruscamente de tema—. Bueno, ¿y qué vamos a cenar esta noche? ¿Danus se queda?

—Si no te importa, sí.

—Por supuesto que no me importa. Es mejor que se quede también a dormir, le encontraremos un sitio.

—Así será todo más sencillo. Hace dos semanas que no ha estado en su casa y debe de estar todo húmedo y triste.

—Cuéntame lo que ha pasado en Edimburgo. ¿Tiene ya un diagnóstico bien claro de su estado de salud?

—Sí, así es; está sano, Olivia. Está bien. No es epiléptico y nunca lo ha sido.

—Qué estupenda noticia.

—Sí, es como un milagro.
—Significa mucho para ti, ¿verdad?
—Sí.
—Y creo que tú también para él.
Antonia asintió radiante.
—¿Qué proyectos tenéis?
—Quiere abrir un centro de jardinería..., tener su propio negocio y yo le voy a ayudar. Lo vamos a hacer juntos.
—¿Y su trabajo en Autogarden?
—Se reincorporará al trabajo el lunes, presentará su dimisión y les dará un mes de plazo. Ellos se han portado muy bien..., todos estos días que ha faltado, así que piensa que darles este mes es lo mínimo que puede hacer.
—¿Y después de esto?
—Nos marcharemos y buscaremos algún lugar que podamos alquilar o comprar. En Somerset, quizá. O en Devon. Pero me ratifico en lo que dije acerca de quedarme aquí y no nos marcharemos de Podmore's Thatch hasta que haya sido vendida y se hayan llevado los muebles. Como te dije, enseñaré la casa a la gente que venga y Danus puede atender el jardín.
—Es una idea realmente genial. Pero él no necesita volver a su casa, puede quedarse aquí contigo. Me sentiré mucho más tranquila sabiendo que él está por aquí y que tú no estás sola. Él puede utilizar el coche de mamá y tú me tendrás al corriente de los eventuales compradores que vayan viniendo. Por otra parte, conservaremos a la señora Plackett, si ella quiere, hasta que la casa esté vendida; podrá hacer una buena limpieza general de la casa y será una compañía para ti mientras Danus esté trabajando en los jardines de otros. —Sonrió como si lo hubiese organizado todo ella misma—. Todo se está arreglando muy bien.
—Sólo hay una cosa. Ahora no podré volver a Londres.
—Me lo imaginaba.
—Fuiste un sol ofreciéndome tu ayuda y te estoy muy agradecida, pero no hubiese sido buena como modelo. Soy demasiado tímida.
—Puede que tengas razón. Serás mucho más feliz dentro de un par de botas de goma y con las uñas llenas de fango. —Se rieron—. Eres feliz, ¿verdad, Antonia?
—Sí. Después de lo de Cosmo, nunca hubiese creído volver a ser tan feliz. Ha sido un día muy extraño. Increíblemente feliz y terriblemente triste al mismo tiempo; aunque en cierta forma pienso que Penélope lo habría comprendido. Me aterrorizaba el entierro, pues el único al que había tenido que asistir fue al de Cosmo; y fue tan demoledor que temía ir a otro. Pero esta tarde ha sido bastante diferente. Ha tenido más de celebración.

—Es así cómo yo quería que fuese; así lo había organizado. Pero bueno... —Olivia bostezó—, ahora se ha acabado y sin contratiempos. Terminado.

—Pareces cansada.

—Tú eres la segunda persona que me dice esto esta tarde. Y me temo que lo que significa es que parezco envejecida.

—Nada de esto. Sube, prepárate un baño y no te preocupes de la cena. Yo la prepararé. Hay un poco de sopa en la despensa y chuletas de cordero en la nevera. Si quieres, te subiré una bandeja para que cenes en la cama.

—No soy tan vieja ni estoy tan cansada como para eso. —Olivia se apartó de la mesa y arqueó su dolorida espalda—. Pero iré a tomar un baño. Si el señor Enderby se marcha antes de que yo haya vuelto, discúlpame con él, por favor.

—Así lo haré.

—Despídete de mi parte y dile que le telefonearé.

Cinco minutos más tarde, una vez Danus y el señor Enderby hubieron terminado sus asuntos, Antonia estaba ya en el fregadero pelando zanahorias. Se volvió sonriéndoles, a la espera de que le dijesen algo; que uno de ellos le explicase de qué habían estado hablando. Pero ninguno lo hizo y, frente a semejante solidaridad masculina, no se atrevió a preguntar y se limitó a dar al señor Enderby el recado de Olivia.

—Está bastante cansada y ha subido a tomar un baño. Pero me ha rogado que me despida de usted de su parte y le transmita sus excusas, esperando que lo comprenda.

—Naturalmente que sí.

—Me ha dicho que le llamará por teléfono.

—Gracias por decírmelo. Y ahora debo marcharme. Mi mujer me está esperando en casa para cenar —dijo pasando su maletín a la mano izquierda—. Adiós, Antonia.

—Oh... —Cogida de improviso, Antonia se apresuró a secarse la mano en el delantal—. Adiós, señor Enderby.

—Y muy buena suerte.

—Gracias.

Salió por la puerta con largos pasos seguido de Danus. Una vez a solas, Antonia volvió a las zanahorias, pero su mente no estaba por lo que hacía. ¿Por qué le había deseado buena suerte y qué demonios estaba pasando? No le había parecido que Danus estuviese particularmente alicaído, así que quizá se trataba de algo bueno. A lo mejor —feliz pensamiento— el señor Enderby le había tomado simpatía mientras charlaban durante el té y le había ofrecido ayuda para obtener un poco de dinero en vistas a comprar su centro de jardinería. Parecía poco probable, ¿pero qué otra razón podría haber tenido para desear hablar con él...?

Ella oyó cómo se marchaba el coche del señor Enderby. Dejó de rascar, se apoyó en el fregadero y, con el cuchillo en una mano y una zanahoria en la otra, esperó el regreso de Danus.

—¿Qué te ha dicho? —le preguntó ella antes incluso de que él atravesase el umbral—. ¿Por qué quería hablar contigo?

Danus le quitó de las manos el cuchillo y la zanahoria, los dejó sobre el escurreplatos y tomó a Antonia en sus brazos.

—Tengo algo que decirte.

—¿Qué?

—No tendrás que vender los pendientes de tía Ethel.

—¡Uh, uh!

—¿Señora Plackett?

—¿Dónde está usted?

—Aquí, en el dormitorio de mamá.

La señora Plackett subió la escalera.

—Ya ha empezado, ¿verdad?

—No. Sólo estoy intentando decidir cómo vamos a hacerlo. No creo que haya nada de valor para guardar. Toda la ropa de mamá era tan vieja y poco convencional que no puedo imaginar que nadie pueda quererla. He cogido unas bolsas de basura. Nos limitaremos a llenarlas y dejarlas fuera para que las recoja el basurero.

—La señora Tillingham ha organizado una venta benéfica el mes que viene. Para el fondo del órgano.

—Bien. Ya veremos. Dejaré la decisión en sus manos. Ahora usted podría vaciar el armario y yo empezaré con la cómoda.

La señora Plackett se puso al trabajo abriendo de par en par las puertas del armario y empezando a cargar brazadas de ropa gastada y familiar. Cuando dejó la primera sobre la cama..., Olivia apartó la mirada. Sólo mirar parecía indecente. Había temido esta tarea pero estaba siendo más desgarradora de lo que había previsto. Estimulada por la presencia realista de la señora Plackett, se arrodilló y abrió el cajón del fondo. Jerseys y rebecas, en su mayoría con zurcidos en los codos; un chal blanco de lana shetland; un jersey típico de Guernesey que mamá solía ponerse para trabajar en el jardín.

—¿Qué va a pasar entonces con la casa? —preguntó la señora Plackett mientras trabajaban.

—Va a ser puesta en venta. Era lo que mamá quería, y de todos modos ninguno de nosotros quiere vivir aquí. Pero Antonia y Danus se van a quedar a vivir aquí, para enseñar la casa y en general para atenderla hasta que sea vendida. Cuando esto ocurra, nos desharemos de los muebles.

—¿Antonia y Danus? —Considerando las implicaciones de ello,

la señora Plackett asintió para sí misma con satisfacción—. Esto está muy bien.

—Después se marcharán para buscar un pedazo de tierra para alquilar o comprar. Quieren abrir un centro de jardinería juntos.

—Creo que no va a ser tarea fácil —dijo la señora Plackett—. Por cierto, ¿dónde están? No he visto a ninguno de los dos al llegar aquí.

—Han ido a la iglesia.

—¿De veras?

—Parece aprobarlo, señora Plackett.

—Es bonito que la gente joven vaya a la iglesia. No ocurre muy a menudo en nuestros días. Y me alegro de que vayan a estar juntos. Siempre he pensado que hacían buena pareja. No importa que sean tan jóvenes, pues después de todo parecen tener la cabeza bien puesta sobre los hombros. ¿Qué hacemos con esto?

Olivia miró. La vieja capa de mamá. Una repentina instantánea penetró en sus recuerdos. Mamá y la pequeña Antonia llegando al aeropuerto de Ibiza; mamá con esa capa puesta y Antonia corriendo para lanzarse a los brazos de Cosmo. Parecía que había pasado una eternidad.

—Esto es demasiado bueno para tirarlo —dijo—. Déjelo aparte para la venta benéfica.

Pero la señora Plackett se mostraba poco dispuesta a hacerlo.

—Es gruesa y caliente como nada. Y aún le quedan años de vida.

—Pues quédesela. Se sentirá protegida con ella en la bicicleta.

—Es muy amable por su parte, señorita Keeling. Se lo agradezco —dijo dejándola sobre una silla—. Pensaré en su madre cada vez que me la ponga.

Otro cajón. Ropa interior, camisones, medias de lana, cinturones, bufandas; un chal de seda china, con largos flecos y peonias rojas bordadas. Una mantilla negra de encaje.

El armario estaba casi vacío. La señora Plackett llegó hasta el fondo.

—¡Mire esto! —dijo sacando una prenda todavía sobre su percha acolchada. Un vestido que colgaba lánguidamente, juvenil y corto y hecho de un material barato. Un vestido rojo estampado con margaritas blancas, con un escote cuadrado y hombreras voluminosas—. No lo había visto antes.

—Yo tampoco. Me pregunto por qué mamá lo ha conservado. Tiene pinta de algo que hubiese llevado durante la guerra. Tírelo, señora Plackett.

El cajón superior. Cremas y lociones, limas de cartón, viejos frascos de perfume, una polvera, una borla de plumón de cisne. Un abalorio color ámbar. Pendientes. Pedazos de bisutería sin valor.

Y entonces los zapatos. Todos sus zapatos. Los zapatos era lo peor de todo, más intensamente personal que cualquier otra cosa. Olivia se volvía más y más implacable. Las bolsas de basura desbordaban.

Fue doloroso, pero por fin se terminó. La señora Plackett ató fuertemente las bolsas de plástico y entre las dos las arrastraron escaleras abajo y luego a través de la puerta hasta los cubos de la basura.

—Las recogerán mañana por la mañana y con esto lo suyo habrá terminado.

De vuelta en la cocina, la señora Plackett se puso el abrigo. Olivia vio cómo ésta doblaba con cuidado la capa y la introducía en una bolsa de plástico.

—Nunca se lo podré agradecer bastante, señora Plackett. No hubiese podido hacerlo sola.

—Le aseguro que estoy muy satisfecha de haber podido ayudarla. Bueno, debo irme para hacer la comida del señor Plackett. Que tenga un buen viaje de regreso a Londres, señorita Keeling, y cuídese. Intente descansar un poco, ha sido un fin de semana muy movido.

—Estaremos en contacto, señora Plackett.

—Pues claro. Y venga por aquí. No me gustaría pensar que no vamos a volver a vernos.

Subió a la bicicleta y se alejó pedaleando; figura erguida y majestuosa, con la bolsa de plástico colgando del manillar.

Olivia subió de nuevo al dormitorio de mamá. Despojado de los enseres personales, su aspecto era increíblemente vacío. Dentro de poco tiempo Podmore's Thatch sería vendido y esta habitación pertenecería a otra persona. Habría otros muebles, otras ropas, otros perfumes, otras voces, otras risas. Se sentó en la cama y vio, más allá de la ventana, las primeras hojas verdes del castaño en flor. Escondido en alguna parte entre las ramas, el tordo estaba cantando.

Miró a su alrededor. Se fijó en la mesilla de noche con su lámpara de cerámica blanca y la pantalla de pergamino plisado. Tenía un pequeño cajón. Lo habían pasado por alto sin vaciarlo. Lo abrió encontrando un tubo de aspirinas, un botón, la mina de un lápiz, una agenda caducada; y, en el fondo, un libro.

Alargó la mano dentro del cajón y lo cogió. Un libro delgado encuadernado de azul. *Diario de otoño* de Louis MacNeice. Estaba abultado a causa de una marca voluminbsa en su interior y, donde ésta había sido insertada, se abrió espontáneamente. Allí encontró un lío de papel amarillo fino, doblado de forma apretada, ¿una carta, quizá? Y una fotografía.

Era la fotografía de un hombre. Le echó una mirada y la dejó de lado para empezar a desdoblar la carta, pero le llamó la atención un pasaje del poema que le saltó a los ojos desde las páginas del libro, como un nombre recordado le salta a uno desde la página de un periódico...

Setiembre ha llegado, le pertenece a ella
Cuya vitalidad salta en otoño,
Cuya naturaleza prefiere
Árboles sin hojas y un fuego en la chimenea.
A pesar de que todo mi año debería ser para ella quien
[ya ha convertido
En intolerables o perplejos muchos de sus días
Pero otros muchos en muy felices.
Quien ha dejado un aroma en mi vida, y ha dejado
[mis muros
Danzando sin fin con la sombra de ella
Cuyo pelo se asemeja en todo a mis cascadas
Y los besos recordados siembran todo Londres.

Las palabras no le resultaban nuevas. Siendo estudiante en Oxford, Olivia descubrió a McNeice, se quedó fascinada y devoró vorazmente todo lo que había escrito. Y aun ahora, después del paso de tantos años, le llegó de nuevo al corazón y se conmovió como el día de su primer encuentro con el poema. Lo volvió a leer y dejó el libro. ¿Qué había significado para mamá? Cogió de nuevo la fotografía.

Un hombre. Con algo parecido a un uniforme pero con la cabeza desnuda. Con la cabeza vuelta, sonreía al fotógrafo como si le hubiese cogido desprevenido, y una aduja de cuerda para escalar colgaba de su espalda. Su pelo estaba despeinado y lejos en la distancia podía verse la larga línea del horizonte. Un hombre. Que Olivia no conocía pero que de alguna extraña forma le era familiar. Frunció el ceño. ¿Un parecido? Más que un parecido, le recordaba a alguien. ¿Pero a quién? ¿Alguien...?

Pues claro. De pronto reconoció, estaba claro. Danus Muirfield. No eran sus rasgos, no eran sus ojos, sino otra semejanza más sutil. La forma de su cabeza, la barbilla levantada. El inesperado calor de su sonrisa.

Danus.

¿Era pues este hombre la respuesta a la pregunta que ni el señor Enderby, ni Noel, ni Olivia habían sido capaces de contestar?

Profundamente intrigada, cogió la carta y desdobló las frágiles hojas. El papel estaba arrugado y la escritura era culta, con las letras trazadas con una pluma estilográfica de plumilla gruesa.

Algún lugar de Inglaterra

20 de mayo de 1944

Mi querida Penélope:

En el curso de las últimas semanas me he sentado para escribirte una docena de veces. En cada ocasión no he podido pasar de las primeras cuatro líneas, siendo interrumpido por alguna llamada telefónica, o a la puerta, o por urgentes requerimientos de un tipo u otro.

Pero por fin ha llegado el momento en que puedo estar casi seguro de contar con una hora de tranquilidad en este lugar ignorado. Tus cartas han llegado bien y han sido una fuente de felicidad. Las llevo siempre conmigo como un colegial amartelado y las leo y releo infinidad de veces. Si no puedo estar contigo, puedo oír tu voz.

La conciencia de soledad era completa. A su alrededor la casa estaba vacía y silenciosa. El dormitorio de mamá estaba en silencio, su paz sólo trastornada por el murmullo de las hojas leídas y depositadas junto a ella. El mundo presente estaba olvidado. Estaba en ese mundo pasado que descubría, el pasado de mamá, insospechado hasta el momento, e inimaginado.

Siempre existe la posibilidad de que Ambrose sea caballeroso y permita que te divorcies de él... Todo lo que importa es que deberíamos estar juntos y casarnos en su día, mejor pronto que tarde. La guerra se acabará algún día... Pero un viaje de mil kilómetros empieza con el primer paso y no hay expedición peor que la que no se inicia.

Dejó esta hoja de lado y empezó la siguiente.

... Por alguna razón, no tengo temor de no sobrevivir a la guerra. Muerte, el último enemigo, todavía parece muy lejos, más allá de la vejez y de la enfermedad. Y no me cabe en la cabeza que el destino, después de habernos reunido, no quiera que sigamos así.

Pero había muerto. Sólo la muerte podía haber puesto fin a un amor así. Lo mataron y nunca volvió junto a mamá, y todas las esperanzas y los proyectos de él para el futuro se habían quedado en nada, arrasados por una bala o una bomba. Él había muerto y ella se había limitado a seguir adelante; volviendo con Ambrose y luchando el resto de su vida sin remordimiento ni amargura, y sin un rastro de compasión hacia sí misma. Y sus hijos nunca lo habían sabido. Ni siquiera sospechado. Nadie lo había sabido nunca. En cierta forma esto parecía lo más triste de todo. «Deberías haber hablado de él, mamá. Contármelo a mí, yo lo hubiese comprendido. Me hubiese gustado escuchar.» Descubrió con sorpresa que tenía los ojos bañados de lágrimas, que éstas se derramaban y bajaban por sus mejillas; la sensación era extraña y poco familiar, como si estuviese ocurriendo a otra persona y no a ella misma. Sin embargo, estaba llorando por su madre. «Quisiera que estuvieras aquí. Ahora. Quiero hablar contigo. Te necesito.»

Quizá era bueno llorar. No había llorado por mamá cuando murió pero lo hacía ahora. En privado, sin ninguna persona para burlarse de su debilidad, permitió que las lágrimas fluyesen libremente. La dura y severa señorita Keeling, directora de *Venus,* podía no haber existido nunca. Era otra vez una colegiala irrumpiendo por la puerta de aquel sótano enorme de la calle Oakley, llamando «¡mamá!» y sabiendo que, desde alguna parte, mamá contestaría. Y mientras lloraba, la armadura que se había construido a su alrededor —la dura coraza de autodominio— se rompió y desintegró. Sin aquella armadura no hubiese podido superar los primeros días de vida en un mundo frío donde mamá ya no existía. Ahora, liberada por el dolor, volvía a ser humana y una vez más ella misma.

Al cabo de un rato y con el equilibrio más o menos recobrado, cogió la última hoja de la carta y leyó hasta el final.

> ... Deseo estar con vosotros, compartiendo las risas y los quehaceres domésticos de lo que he llegado a pensar sea mi segundo hogar. Todo fue bueno, en el sentido estricto de la palabra. Y en esta vida nada bueno se pierde realmente. Permanece parte de la persona, se convierte en parte de su carácter. Así una parte de ti va conmigo a todas partes. Y una parte de mí es tuya para siempre. Todo mi amor, querida.
>
> RICHARD

Richard. Dijo el nombre en voz alta. «Una parte de mí es tuya para siempre.» Dobló la carta y, junto con la fotografía, la metió de nuevo entre las páginas de *Diario de otoño.* Cerró el libro, lo dejó sobre las almohadas, miró fijamente al techo y pensó, ahora lo sé todo. Pero sabía que no era así ni mucho menos; sólo sabía que por encima de todo necesitaba enterarse del más pequeño detalle de lo que había ocurrido; cómo había entrado él en su vida; cómo se habían enamorado inevitable y profundamente; cómo había muerto él.

Pero ¿quién lo sabía? Sólo una persona. Doris Penberth. Doris y mamá habían vivido juntas durante toda la guerra. No debió de haber secretos entre ellas. Hizo planes emocionada. Algún día..., quizá en setiembre cuando solía haber menos trabajo en la oficina... Olivia se tomaría unos días libres y se marcharía a Cornualles. Primero, escribiría a Doris y le sugeriría su visita; con toda probabilidad Doris la invitaría a ir a su casa. Doris recordaría a Penélope, hablaría y, poco a poco, iría sacando el nombre de Richard en la conversación; y así finalmente Olivia se enteraría de todo. Pero no se limitarían a hablar; Doris le enseñaría Porthkerris y todos los lugares que habían sido importantes en la vida de mamá y que Olivia no había conocido nunca. La llevaría a ver la casa donde mamá había vivido y visitarían la pequeña galería de arte que Lawrence Stern había ayudado a fundar y Olivia vería una vez más *Los buscadores de conchas.* Pensó en los catorce bocetos realizados por Lawrence Stern al final del siglo pasado y ahora propiedad de Danus. Recordó a Noel cuando se marchaba la tarde anterior.

«¿Por qué se los había dejado a este joven?

»¿Le había tomado afecto? ¿Sentía pena por él? ¿Quería ayudarle?

»Hay algo más en todo esto.

»Es posible. Pero supongo que nunca lo descubriremos.»

Había supuesto mal. Mamá había dejado los bocetos a Danus por una serie de razones. Con sus infinitas exigencias Noel había acabado con su paciencia y encontró en cambio en Danus una persona de valiosa ayuda. Mientras estaban en Porthkerris había observado cómo su amor por Antonia florecía y crecía, pensando que se casaría con la muchacha a su debido tiempo. Eran unas personas especiales para ella y deseaba ofrecerles algún tipo de ayuda en la vida. Pero, la razón más importante, era que Danus le recordaba a Richard. Debió de percatarse —la primera vez que lo vio— de la fuerte semejanza física, sintiendo una inmediata y estrecha simpatía para con el joven. Asimismo quizá, a través de Danus y Antonia, había tenido la sensación de que se le estaba ofreciendo como una especie de segunda oportunidad de felicidad..., una identificación indirecta con ellos. Por otra parte, habían hecho que sus últimas semanas de vida fuesen felices en extremo habiéndoselo agradecido, como ella tenía por costumbre, espectacularmente.

A continuación, Olivia miró el reloj. Era casi mediodía. Danus y Antonia no tardarían en volver de la iglesia. Se levantó de la cama y fue a cerrar y asegurar la ventana por última vez. Se detuvo ante el espejo a fin de dar un repaso a su aspecto y asegurarse de que en su rostro no habían quedado huellas de sus lágrimas. Luego cogió el libro, la carta y la fotografía, a salvo entre sus páginas, y salió del dormitorio cerrando la puerta detrás de ella. Una vez en la desierta cocina, cogió el pesado atizador de hierro y lo utilizó para levantar la tapa del fogón. El calor al liberarse le abrasó las mejillas y ella dejó caer el secreto de mamá en el corazón del carbón incandescente; y miró cómo se quemaba.

Sólo hicieron falta unos segundos para que desapareciese para siempre.

XVI

SEÑORITA KEELING

Después de una primavera llena de promesas, a mediados de junio llegó el verano y todo el país gozaba de una ola de calor. Olivia se deleitaba con ello. Disfrutaba del calor y de las calles de Londres abrasadas por el sol; del panorama de los transeúntes y turistas vestidos con ropa ligera y de los parasoles rayados dispuestos en las aceras fuera de los bares; de los enamorados lánguidamente abrazados bajo la sombra de los árboles en los parques. Todo conspiraba para crear la sensación de vivir perpetuamente en el extranjero y, si bien el calor agotaba a otras personas, a ella le hacía sentir llena de vitalidad. Volvía a ser la señorita Keeling en su punto máximo de dinamismo y *Venus* reclamaba toda su atención.

Agradecía la terapia de un trabajo absorbente y satisfactorio y estaba contenta de poder apartar de su mente a la familia y todo lo que había pasado. Pasado. Desde el entierro de Penélope no había visto ni a Nancy ni a Noel, aunque había hablado con ellos por teléfono de vez en cuando. Podmore's Thatch había sido puesto en venta y adquirido casi inmediatamente, y por una cantidad que había sobrepasado incluso las ilusiones de Noel. Una vez concluida la venta y subastados los muebles, Danus y Antonia se marcharon. Danus había comprado el viejo Volvo de mamá y, metiendo en él sus pocas pertenencias, se dirigieron hacia el oeste a fin de encontrar algún sitio para montar un pequeño centro de jardinería que pudieran considerar suyo. Habían telefoneado a Olivia para despedirse, pero esto había sido un mes antes y desde entonces no había tenido noticias suyas.

Era martes por la mañana y ella estaba sentada a su mesa de despacho. Una nueva joven redactora de moda se había incorporado al equipo y Olivia estaba leyendo las pruebas de los textos. *El mejor accesorio eres tú.* Era bueno; intrigaba al momento. *Olvide sus pañuelos, pendientes y sombreros. Concéntrese en los ojos, un cutis resplandeciente, el brillo de una salud exuberante...*

Sonó el teléfono interior. Olivia apretó el botón sin levantar la vista.

—¿Sí?

—Señorita Keeling —dijo su secretaria—, tengo una llamada para usted. Antonia. ¿Se la paso?

Olivia vaciló mientras reflexionaba sobre ello. Antonia había desaparecido de su vida, estaba enterrada en algún lugar del oeste de Inglaterra. ¿Por qué tenía que llamar, así de repente? ¿Qué querría decirle? A Olivia le molestó la interrupción. Suspiró, se quitó las gafas y se reclinó en el sillón.

—De acuerdo, pásemela —dijo por fin cogiendo el teléfono.

—¿Olivia? —La voz joven y familiar.

—¿Dónde estás?

—En Londres. Olivia, sé que estás terriblemente ocupada, ¿pero no podrías comer hoy conmigo?

—¿Hoy? —Olivia no pudo disimular su consternación; tenía todo el día lleno de compromisos y además había decidido tomar un bocadillo en el despacho para seguir trabajando durante la hora de la comida—. ¿Así, sin avisarme con antelación?

—Lo sé y lo siento, pero es muy importante. Por favor, dime que podrás arreglarlo.

Su voz estaba llena de requerimiento. ¿Qué diablos habrá pasado ahora? Olivia cogió la agenda a regañadientes. A las once y media una reunión con el presidente y luego una reunión con el director de publicidad a las dos. Hizo un cálculo rápido. El presidente no le tomaría más de una hora, pero eso no le dejaba...

—Olivia, por favor.

—De acuerdo —cedió Olivia—. Pero tendrá que ser una comida rápida. Tengo que estar aquí de vuelta a las dos.

—Eres una santa.

—¿Dónde nos encontramos?

—Dilo tú.

—En Kettners, entonces.

—Reservaré una mesa.

—No, yo me ocuparé de ello. —Olivia no tenía intención de estar sentada en una mesa poco distinguida junto a la puerta de la cocina—. Le diré a mi secretaria que lo haga. A la una, y no te retrases.

—No te preocupes...

—Antonia, ¿dónde está Danus? Pero Antonia había colgado.

Mientras el taxi se abría lentamente camino a través del tráfico de las atestadas calles presididas por un ambiente veraniego, Olivia se sentía algo aprensiva. La voz de Antonia por teléfono indicaba cierta agitación y Olivia no estaba muy segura del tipo de recibimiento que le esperaba. Imaginó la escena. Entraría en Kettners y Antonia estaría esperándola vestida con sus habituales tejanos desteñidos y la camiseta de algodón, y parecería totalmente fuera de lugar en ese restaurante elegante frecuentado por hombres de negocios. «Es muy importante.» ¿Qué podía ser tan importante para robar una hora del precioso día de Olivia? Era difícil creer que algo hubiese podido ir mal para Danus y Antonia, pero era preferible que estuviese preparada para lo peor. Se presentaban varias eventualidades. No habían podido encontrar un lugar adecuado para cultivar las coliflores y ahora Antonia quería discutir con ella otro proyecto alternativo. Habían encontrado un huerto pero no les entusiasmaba la casa que iba con él y querían que Olivia fuese a Devon a verla para dar su opinión. Antonia estaba embarazada. O quizá habían descubierto que a fin de cuentas no tenían nada en común y por lo tanto ningún futuro para compartir y habían decidido separarse.

Temblando ante esta perspectiva, Olivia rezó para que no fuese éste el caso.

El taxi se detuvo delante del restaurante. Olivia bajó, pagó la carrera, atravesó la acera y entró. Como siempre, dentro el ambiente era caluroso y hervía de actividad. Olía a comida exquisita, café recién hecho y puros caros. En la barra estaban los hombres de negocios y, sentada en una mesa pequeña, también Antonia. Pero no estaba sola, sino con Danus a su lado y Olivia apenas los reconoció pues no iban vestidos como de costumbre de forma informal, sino, por el contrario, de punta en blanco. Antonia llevaba su brillante cabello recogido en un moño y se había puesto los pendientes de tía Ethel; llevaba un delicioso vestido de Wedgwood de color azul con un estampado de grandes flores blancas. Y Danus iba arreglado y acicalado como un caballo de carreras, con un traje gris oscuro tan bien cortado que hubiese llenado de envidia el corazón de Noel Keeling. Tenían una pinta bárbara; jóvenes, ricos y felices. Una pinta estupenda.

Vieron a Olivia enseguida y se pusieron de pie para saludarla.

—Olivia...

Olivia, con los ojos desorbitados, reaccionó. Besó a Antonia y se volvió hacia Danus.

—Esto es una sorpresa. No esperaba verte a ti también.

—Eso es lo que he querido que pensaras —dijo Antonia con una sonrisa—. Quería darte una sorpresa.

—¿De qué sorpresa se trata?

—Es nuestra comida de boda. Por eso era tan importante que vinieras. Nos hemos casado esta mañana.

Danus hacía los honores. Había encargado champán y la botella esperaba en un cubo de hielo junto a la mesa. Por una vez Olivia rompió con su regla de no beber a la hora de comer y se dejó arrastrar por la celebración, siendo ella quien levantó la copa para brindar por su felicidad.

Charlaron. Había mucho que contar y escuchar.

—¿Cuándo habéis llegado a Londres?

—Ayer por la mañana. Hemos dormido esta noche en el Mayfair y es casi tan distinguido como el Sands. Esta tarde nos vamos a Edimburgo para pasar un par de días con los padres de Danus.

—¿Qué ha pasado con los bocetos? —le preguntó Olivia a Danus.

—Ayer por la tarde estuvimos en Boothby's con el señor Brookner. De hecho los veíamos por primera vez.

—¿Vas a venderlos?

—Sí. Serán enviados a Nueva York el mes que viene para ser subastados a principios de agosto. Bien, trece de ellos. Nosotros nos vamos a quedar con uno. *La terraza.* Hemos creído que debíamos quedarnos con uno.

—Está bien. ¿Y qué pasa con el centro de jardinería? ¿Habéis encontrado algo?

Le explicaron. Después de mucho buscar habían encontrado lo que estaban buscando en Devon. Unas dos hectáreas de tierra que habían sido el jardín cercado de una vieja y enorme finca. La propiedad incluía un pequeño jardín y unos invernaderos de buen tamaño y en buenas condiciones; Danus hizo una oferta y fue aceptada.

—¡Qué maravilla! Pero ¿dónde vais a vivir?

—Oh, hay también una casita, no es muy grande y se encuentra en muy mal estado. Pero al estar tan mal hemos podido bajar el precio y comprarla.

—¿De qué vais a vivir hasta que se vendan los bocetos?

—Hemos conseguido un préstamo bancario. Además, vamos a hacer muchas de las reformas de la casa nosotros mismos para ahorrar dinero.

—¿Dónde vais a vivir mientras tanto?

—Hemos alquilado una caravana. —Antonia apenas podía contener su entusiasmo—. Además, Danus ha comprado un escarificador y vamos a cultivar patatas, para ir limpiando la tierra. Después de esto podremos empezar. Y yo voy a criar gallinas y patos, para luego vender los huevos...

—¿A qué distancia estáis de la civilización?

—Sólo a cinco kilómetros de un pueblo con mercado..., donde venderemos lo que produzcamos. También las flores y las plantas. El invernadero estará lleno de flores tempraneras. Y de macetas..., oh. Olivia, no veo el momento de enseñártelo. ¿Vendrás a visitarnos cuando la casa esté terminada?

Olivia reflexionó sobre ello. Ya se había bebido tres copas de champán y no quería tomar compromisos precipitados de los cuales luego podría arrepentirse.

—¿No hará frío en vuestra casita?
—Vamos a poner calefacción central.
—¿Y el cuarto de baño? No tengo ganas de salir al jardín cada vez que necesite ir al baño.
—No, no tendrás que hacerlo.
—¿Y habrá agua caliente a todas las horas del día?
—Hirviendo.
—¿Tendréis una habitación de invitados, que no tenga que compartir con otros seres, como gatos, perros o gallinas?
—Tendrás una habitación para ti sola.
—Y espero que la habitación tenga un armario con veinticuatro perchas nuevas, que no esté lleno de mohosos vestidos de noche de otras personas y de abrigos de piel apolillados.
—Y las perchas forradas.
—En este caso —concluyó Olivia reclinándose en su silla—, podéis prepararos, porque iré.
Una vez acabaron de comer, salieron a la acera caldeada por el sol y esperaron la llegada del taxi que debía llevar a Olivia de nuevo al despacho.
—Ha sido estupendo. Adiós Antonia. —Se abrazaron con fuerza y se besaron con afecto.
—Oh, Olivia..., gracias por todo. Pero sobre todo por haber acudido hoy.
—Soy yo quien debo daros las gracias por haberme invitado. Hacía años que no había tenido una sorpresa tan agradable y una comida tan simpática. Después de todo este champán dudo mucho que vea las cosas claras durante el resto de la tarde.
Llegó el taxi. Olivia se volvió hacia Danus.
—Adiós, muchacho. —Danus le dio un beso en ambas mejillas—. Cuida de Antonia; y muchísima suerte.
Le abrió la puerta del taxi, ella subió y él la cerró detrás de ella. *Venus,* dijo Olivia al taxista con firmeza; mientras el vehículo se ponía en camino agitó la mano por la ventanilla posterior. Antonia y Danus devolvieron el saludo y Antonia le mandó besos con la mano, después se volvieron y empezaron a caminar en la dirección opuesta alejándose de Olivia, cogidos de la mano.
Ella se reclinó en el asiento suspirando llena de satisfacción. Todo había terminado bien para Danus y para Antonia. Mamá había tenido razón: formaban parte de esos jóvenes que merecían confianza y, en caso necesario, que se les echase una mano. Cosa que ella había hecho. Ahora todo dependía de ellos, con la casita desvencijada, el escarificador, las gallinas, los proyectos para el futuro y su maravilloso e inquebrantable optimismo.
¿Y qué sería de los hijos de Penélope? ¿Cómo manejarían su buena suerte y cómo saldrían adelante? Nancy, imaginó, se mima-

ría a su manera. Quizá compraría un nuevo Range Rover, para presumir con sus amigos en las carreras de caballos a campo traviesa, pero eso sería todo. El resto lo gastaría en escuelas privadas y caras para Melanie y Rupert, como símbolo de estatus social. Ellos saldrían finalmente de allí desagradecidos y nada mejorados.

Pensó en Noel. Todavía trabajaba en lo mismo pero tan pronto pudiese echar mano de su herencia, Olivia estaba casi convencida de que abandonaría su trabajo en publicidad y se le ocurriría alguna idea brillante para montarse por su cuenta. Corretaje comercial o quizá asuntos inmobiliarios de alto nivel. Tal vez dilapidaría el capital y al final se casaría con alguna muchacha rica, bien relacionada y feísima que lo veneraría y adoraría y a la cual sería constantemente infiel. Olivia se sonrió. Era un hombre imposible pero al fin y al cabo era su hermano y de todo corazón le deseaba lo mejor.

Con lo cual sólo quedaba ella y allí no había puntos de interrogación. Olivia invertiría el dinero de mamá con prudencia, teniendo en cuenta la vejez y la jubilación. Se imaginó veinte años después: sola, soltera y todavía viviendo en la casita de la calle Ranfurly. Pero independiente económicamente hablando y viviendo bastante holgadamente. Con posibilidad de permitirse los pequeños placeres y los lujos que siempre le habían gustado. Ir al teatro, a conciertos, invitar a los amigos, irse de vacaciones al extranjero. Puede ser que tuviese un perrito para hacerle compañía. Iría a Devon a visitar a Danus y Antonia Muirfield. Y cuando éstos fuesen a Londres con el montón de niños que sin duda iban a tener, visitarían a Olivia y ella enseñaría a estos niños sus museos y galerías favoritos, los llevaría al ballet y a las marionetas de Navidad. Sería como una simpática tía. No, no una tía, sino una simpática abuela. Sería como tener nietos. Y se le ocurrió que estos nietos serían también los nietos de Cosmo. Lo cual resultaba extraño; como mirar una maraña de hilos sueltos convertirse en una cuerda trenzada que se extendía hacia adelante, hacia el futuro.

El taxi se detuvo. Ella miró y vio algo sorprendida que ya habían llegado y que estaban aparcados delante del ostentoso edificio que albergaba las oficinas de *Venus*. Las piedras color crema y los vidrios brillaban reflejando la luz del sol y los últimos pisos perforaban el azul pálido del cielo.

Bajó y pagó al taxista.

—Quédese con el cambio.

—Oh, gracias, encanto.

Subió los anchos y blancos escalones que conducían al inmenso acceso y, al llegar a la puerta, el portero se adelantó para abrírsela.

—Qué día tan estupendo, señorita Keeling.

Ella se detuvo y le devolvió una sonrisa a cuya luminosidad él no estaba acostumbrado.

—Sí —le contestó—. Es un día particularmente estupendo. Cruzó la puerta. Estaba en su reino, su mundo.

ÍNDICE